刘禹锡传

病树前头万木春

陈建成 著

中国文史出版社

图书在版编目（ＣＩＰ）数据

刘禹锡传 / 陈建成著 . -- 北京 : 中国文史出版社 , 2024.7.
（历史文化名人传记小说丛书）
ISBN 978-7-5205-5062-8

Ⅰ . I247.5

中国国家版本馆 CIP 数据核字第 2025EC4631 号

责任编辑： 徐玉霞

出版发行：中国文史出版社
社　　址：北京市海淀区西八里庄路 69 号院　　　邮　　编：100142
电　　话：010-81136606 81136602 81136603（发行部）
传　　真：010-81136655
印　　装：廊坊市海涛印刷有限公司
经　　销：全国新华书店
开　　本：1/16
印　　张：31.5
字　　数：400 千字
版　　次：2025 年 8 月北京第 1 版
印　　次：2025 年 8 月第 1 次印刷
定　　价：86.00 元

前　言

刘禹锡（772—842），字梦得，籍贯河南洛阳，出生于浙江嘉兴。唐贞元九年（793）取进士，曾担任太子校书、掌书记、县主簿、监察御史兼领监察使、兼署崇陵使判官转屯田员外郎；郎州司马；连州、夔州、和州、苏州、汝州、同州刺史；主客郎中、礼部郎中兼集贤殿学士、太子宾客、加检礼部尚书；追赠户部尚书。葬于河南荥阳檀山原。

他是唐代中期的政治家、思想家、文学家、医学家、诗人。

他出身于一个幕僚书香世家，从小聪颖过人。他的思想鹤立鸡群、文章才藻富赡、诗词妙笔生花。他还对哲学、经学、书法、音乐、佛教、天文等都有研究。他被誉为唐代诗豪，他的诗文作品中的思想对后世产生了深远影响，在中国以及日本的文学史上占有重要地位。

他的诗文充满魅力，以至历朝历代名人墨客如白居易、王安石、苏轼、刘壎、刘伯温、顾炎武、鲁迅、毛泽东等对刘禹锡的诗文都有引用、点评、探讨。

一

他忧国忧民的政治思想抱负的形成，与他生活的年代密不可分，当时正是"安史之乱"之后，"黄巢起义"之前，社会矛盾日趋尖锐的历史时期。

以"二王、刘、柳"发起的"永贞革新"触犯了专权的宦官、割据藩镇和士族大夫们的利益，遭到了他们的合力反对。他们攻击革新派是"倾太宗盛业，危殿下家邦"，并勾结宦官鼓动李纯夺取了皇位，导致"永贞革新"

失败，著名的"八司马"事件，就发生在这个时期。

"永贞革新"失败，刘禹锡遭贬后，他曾多次向各界求助平反，唯独不向自己的姻亲、权势显赫的宦官头目薛盈珍求情，体现出他不向宦官低头的傲骨。

刘禹锡和柳宗元小时为同窗，青年同登进士榜，中年结为政治盟友，晚年是患难兄弟，堪称桃园结义的又一典范。

他与韦应物、白居易合称苏州刺史"三杰"，并与白居易合称"刘白"，与元稹有过命之交。

刘禹锡同情琵琶女泰娘的不幸遭遇，将她的故事用《泰娘歌》一诗抒发，表达他对现实社会的愤懑。白居易的《琵琶行》是六年后，在《泰娘歌》的基础上和唱的一首千古绝唱。

> 紫陌红尘拂面来，无人不道看花回。
> 玄都观里桃千树，尽是刘郎去后栽。

他通过人们在玄观庙里观看桃花的生活琐事，用以讥讽当朝新贵，表达了他不畏权势的刚毅性格。

刘禹锡被贬逐京期间，曾任连州、夔州、安州、苏州、汝州和同州刺史。

他的政治思想鹤立鸡群，任人唯贤，破格起用人才，冲破了当时社会体制的囚笼，实为难得。

他在任连州刺史时，儿时同窗平民裴昌禹来投奔他，他热情有加，并资助鼓励、举荐他报考进士，一举成功。

他在任监察御史巡视农村时，曾为黄州农村私塾简陋，上书宰相韦执谊，建议节省祭祀开支，用以补贴农村助学专用费用。

刘禹锡用过人的智慧和勇气在临终前撰著了《子刘子自传》，传中石破天惊，他在颂扬王叔文的同时，大胆揭露了宦官勾结藩镇发动的宫廷政变，谋杀顺宗皇帝，扼杀"永贞革新"的阴谋，为后人研究唐朝这一段历史，留下了宝贵的证据。

二

刘禹锡的文章和诗词极具魅力。他的散文在唐代就开始受到人们的重视，《旧唐书》卷一六〇史臣曰："贞元、大和之间，以文学耸动缙绅之伍者，宗元、禹锡而已。其巧丽渊博，属辞比事，诚一代之宏才。"还有唐赵璘《因话录》等书对刘禹锡的散文颇有好评。

自宋至清，以及现代文人学子，均有人喜爱并学习刘禹锡的诗文。苏轼的《辩试馆职策问札子二首》其二云：

臣闻之古人曰：人之至信者，心目也。相亲者，母子也。不惑者，圣贤也。然至于窃铁而知心目之可乱，于投杼而知母子之可疑，于拾煤而知圣贤之可惑……

苏轼的这段文字，基本上是根据刘禹锡《上杜司徒书》演变、发挥而来的，其《上杜司徒书》中曰：

人之至信者心目也，天性者父子也，不惑者圣贤也。然而于窃铁而知心目之可乱，于掇蜂而知父子之可间，于拾煤而知圣贤之可疑。

在苏轼的文章里的"窃铁"和"拾煤"的两个典故也和刘禹锡《上杜司徒书》中的"窃铁""拾煤"如出一辙，只不过苏轼比刘禹锡少用了一个"掇蜂"的典故罢了。

刘禹锡的哲学论文《天论》和政论文《辩迹论》等文章，对宋代张载、王安石的唯物主义思想和革故鼎新的政治抱负有一定的影响。

刘禹锡的《天论》三篇，是总结出自己的感观，继承屈原《天问》，荀子《天论》，柳宗元《天对》《天说》等"道天"是由天体自然学说的唯物论而衍生的，而张载在刘禹锡《天论》的基础上进一步发扬光大，填补了刘禹锡没有研究"天人""天人一气"唯物主义思想的空白。

从政治因素来说，刘禹锡的诸多政论文，对王安石的影响比较明显。

王安石与刘禹锡一样，是一个很有政治抱负的政治家和改革家，他的"熙宁变法"与"永贞革新"的政治观点有很多共同之处。王安石对八司马创立"统一道德规范，建立中央集权制"的革新举措先是信仰后借鉴推行。他在《读柳宗元传》中曰：

> 余观八司马，皆天下之奇材也。……至今士大夫欲为君子者，皆羞道而喜攻之；然此八人者，既困矣，无所用于世。……而其名卒不废焉……

从以上文章分析，王安石继承了"二王、刘、柳"主导的"永贞革新"的学术传统和革新精神。

自宋代起，文人就有写笔记的传统。宋祁《笔记》、张邦基《墨庄漫录》、龚颐正《芥隐笔记》、王明清《挥麈录》、史绳祖《学斋占毕》、王应麟《困学纪闻》、周密《齐东野语》和元代刘壎《隐居通议》等笔记，均有评论和赞誉刘禹锡的文章。

明代初期，刘伯温不得志时写下了《郁离子》一书，有很多短篇是学习刘禹锡《因论七篇》的故事改进完成的。其中有一则故事，刘禹锡记述的是他被贬郎州司马时，郎州洪灾，一和尚为救生灵而不救老虎的故事，而刘伯温在《郁离子》中，也编写了这则故事。

明代文学家杨慎《丹铅总录》多次点评刘禹锡的文章；反清斗士顾炎武《日知录》和清代文学家钱大昕《十驾斋养新录》《潜研堂金石文跋尾》等书都点评过刘禹锡的文章。

尤其是晚清史学家平步青对刘禹锡的散文评价是："……同时若刘宾客，才辩纵横，间以古藻，亦柳之亚。"

鲁迅在《集外集·赠人二首》中引用了刘禹锡《踏歌词》中"唱尽新词欢不见"一词。

新中国成立初期，我国中学语文课本上有一篇散文《陋室铭》，其作者就是刘禹锡。其中"山不在高，有仙则名；水不在深，有龙则灵"表达出作者高洁傲岸的品行和安贫乐道的情趣。

"东边日出西边雨，道是无晴却有晴。"这两句优美的诗句中，蕴藏着标新立异的艺术魅力。"沉舟侧畔千帆过，病树前头万木春""唱尽新词欢不见，红霞映树鹧鸪鸣"因其立意新颖，寓意深刻而广为流传。

这些脍炙人口的诗句，曾被白居易高度赞扬和近代鲁迅先生在《集外集·赠人二首》里引用。

成语"司空见惯"一词，出自他在司空李绛宴请时的诗作《赠李司空妓》一诗中的创造。

三

他的诗作不仅垂范于后人，而且曾流惠东瀛，为日本的汉诗作者提供了模拟的蓝本。

我国古典诗歌自唐代七世纪传入日本后，曾风靡于以日本天皇为首的宫廷文化沙龙，成为日本贵族阶层乐于表现才情的文学样式。

刘禹锡的诗为日本平安时代诗人采用尤多的诸家之列。日本学者藤原主编的《和汉朗咏集》中，录取我国各个历史时期诗坛诗人的作品有三十二人，刘禹锡入选作品名列第八。

> 一道长江通千里，漫漫流水漾行船。
>
> 风帆远没虚无里，疑是仙查欲上天。

这首诗日本嵯峨天皇仿效了刘禹锡《浪淘沙》（其一）："九曲黄河万里沙，浪淘风簸自天涯。如今直上银河去，同到牵牛织女家。"

日本文学史料证明，刘禹锡诗词魅力的感染力在日本是旷日持久的，是我国诸多诗作流传日本比较显著的一位诗人。

除以上嵯峨天皇临摹的两首诗作外，日本出版的《凌云集》《文华秀丽集》《经国集》这"敕撰三集"中，也有一些是以刘禹锡的诗为蓝本，摹写而成。

刘禹锡的诗作流传日本，我国虽无史料记载，但从刘禹锡的《赠日本僧智藏》一诗中，说明他与游学日本的空海、最澄和元昙三位高僧，有着较深的渊源和友谊。

四

刘禹锡的俚曲魅力。以《竹枝词》为代表的民歌体诗，是在民间俚曲中发展形成的。他的民歌体诗在唐代西南地区和少数民族中广为流传，民间迎神鼓舞所唱的歌词，大部分是刘禹锡所作。

《竹枝词》、《浪淘沙》词、《踏歌词》三部曲，是刘禹锡在任夔州刺史时，仿效屈原《九歌》的形式，集百家所长，创作而成，影响深远。

晚唐诗人温庭筠在《秘书刘尚书挽歌词二首》中说："京口贵公子，襄阳诸女儿。折花兼踏月，多唱柳郎词。"唐代有几位诗人都写过《竹枝词》，而刘禹锡的声誉最高，人们公认他是《竹枝词》之祖，他为诗人们开辟了一条诗与俚曲相结合的新道路。

刘禹锡的《竹枝词》在宋代受到过苏轼、黄庭坚等文人骚客的高度评价，黄庭坚还手书刘禹锡的《竹枝词》被传为稀世珍宝。自苏轼作有《竹枝词》九首后，各文士就在《竹枝词》的基础上进行发展演变，如南宋杨万里的《过白沙竹枝歌》六首、元末杨维桢的《西湖竹枝词》九首、清尤侗的《外国竹枝词》一百首等。

明代邝璠著有《便民图纂》，书前页有"务农之图"十五幅，"女红之图"十六幅，每幅题竹枝词一首，使泛咏风土民俗的竹枝词成为对农民进行耕织技术教育的课本。

后来的各种竹枝词可分为两大类：一是唱咏当地的历史、地理、风俗、人物和方言，另一类是专咏一事，倒像是特写镜头。

近代各种形式的竹枝词在清华、北大、武大等大学中，深受文学系学子的青睐，各种课外读本广为流传。

总而言之，《竹枝词》是历代人民群众喜闻乐见的一种文学形式，也是民俗学的一座资料库，它既有欣赏价值，又有传播价值。

五

刘禹锡的才学魅力。他撰著哲学著作《天论》三篇，论述天的物质性，分析"天命论"产生的根源，具有唯物主义思想。有《刘梦得文集》，存世有《刘宾客集》等诗文一千零五十五篇。

刘禹锡的大量著作是他在被贬期间的发愤之作。他在《刘氏集略说》曾撰述："谪于沅、湘间，为江山风物之所荡，往往指事成歌诗，或读书所感，辄立评议，穷愁著书，古儒者之大同，非高冠长剑之比耳。"

《旧唐书·刘禹锡传》里评价："武陵溪洞间夷歌，率多禹锡之辞也。"后人将他的诗词编选入《唐诗三百首》《古文观止》里。

刘禹锡一生勤奋学习，朴实无华，难能可贵。

由于他从小体弱多病，受苏州名医陈子敬的精心医治、传授和潜移默化影响，他对医学颇有造诣，是个多才多艺的人物。

他毕生按平时医治经验，著有《传信方》等医学书籍，是我国中医学之瑰宝。

他在追求完美的精神世界的同时，有积极的一面也有消极的一面。一些诗词里，影射着他对社会的黑暗和怀才不遇的愤懑的同时，则以酬僧谈禅为消遣，从佛教中寻求精神慰藉。

刘禹锡的婚姻是不幸的：弱冠丧妻，中年丧偶，晚年丧妾。在唐代歌伎成群荒唐、侈靡之风的官场中，他能洁身自好。

《刘禹锡传》顺利付梓，笔者除查考了《旧唐书》外，还参考了陕西出版社出版的《刘禹锡诗文选注》，高志忠先生著的《刘禹锡诗词译释》，卞孝萱、卞敏先生合著的《刘禹锡评传》，朱炯远先生著的《刘禹锡传》，刘长江先生所著的《千金方》以及网上热衷于刘禹锡思想文化的先生和才女们的书籍及文章。借此，笔者表示衷心的谢意。

时光稍纵即逝，尘埃漫过，但历史的碑痕依旧。耕者是从封存已久的丰碑中进行探寻，一点一点地洗涤，"吹尽黄沙始到金"，终于使刘禹锡这个主人公，血肉丰满地行走在现代的旅途之中。

文化自信是中华民族的精神支柱，古典诗文是中华民族文化的载体，是宝贵的精神食粮，但愿读者能从本书中，赏心悦目地领略到中华民族文化瑰宝的旋律，伴随着历史前进的脚步声，一往无前。

陈建成

于湖北鄂州—四川江油诗仙美郡书斋

目录

楔 子

昔贤多使气，忧国不谋身。
目览千载事，心交上古人。
侯门有仁义，灵台多苦辛。
不学腰如磬，徒使甑生尘。

——刘禹锡

六朝古都洛阳城的冬天，雪在不停地下着，飘飘扬扬地从天上落下，落到古色古香的屋顶上，落在铺满青砖石的地面上，很轻盈，如小猫的脚步一般。

刘府院内的两株古榕树上，穿上了白衣服、白帽子、白棉袄、白围巾，好一片白色天地。

下了一夜的大雪，终于在晌午时分停了，屋檐下、假山边，有串串冰凌在闪闪发光。

已是古稀之年的刘禹锡，坐在一辆木制轮椅上，正在书房里聚精会神地撰写他人生自传《子刘子自传》。

毕竟年纪大了，自传刚脱稿，他就感觉腰酸体胀，于是，他停下手中的毛笔，正要抬起双臂伸个懒腰时，由于双眼长期被墨汁的黑体笼罩着，突然受到窗外冰凌的刺激，本能地将双眼闭了起来。

过了一会儿，他慢慢地睁开眼适应了一下窗外的环境，就对身边候着的管家说："刘全，请推着我到后花园去看看，我喜欢这洁白无瑕的雪景。"

正在专心为他研墨的刘全忙应着："好的，老爷。"

吱嘎吱嘎……一阵声响，一辆大大的双轮轱辘的木制手推车，从刘府的书房推出，滚进了一片白色的后花园。

"刘全，孩子们来书信否，他们今年回不回洛阳过春节？"

不知怎的，人越老越怕孤独，总思念儿孙绕膝的乐趣。

"老爷，放心吧，春节快到了，您老的孙子、外孙像小燕子一样，很快就会飞回来了，到时您别埋怨他们吵个不停。"

刘禹锡像个小顽童似的"嘿嘿"直笑。

"老爷，就在假山旁看雪景吧，这里避风，您这老寒腿再也不能经受寒风侵袭了。"

刘全望着他那瘫痪的双腿，脸色布满愁云。

"好吧！"刘禹锡望着他的脸色，才醒悟过来。

他边安慰边自嘲地说："刘全，你也两鬓斑白了，别只担心我的身体，你也要注意身体。你是知道的，我是个业余大夫啊！医术虽然距华佗还有十万八千里，但调理老夫自己的身体还是绰绰有余的。哈哈哈！我就是没有治好自己的老寒腿，只好借助你的双手走路啊。"

"老爷，伺候您是奴才的责任。"

刘全问："老爷，您的自传脱稿了吗？奴才建议请一位先生执笔，您说他写，这样老爷就能轻松许多。"

"嗯。"刘禹锡模糊地应承着，人却陷入了沉思。

唉！岁数大了，思维就没有那么缜密。他猛然意识到，自己还没有认真回答刘全的问话呢。

他望了望他，得意地笑了笑说："不必了，我已经脱稿了。"

说着，他就抑扬顿挫地朗读起了他刚刚脱稿的自传：

子刘子，名禹锡，字梦得。其先汉景帝贾夫人子胜，封中山王，谥曰靖，子孙因封为中山人也。七代祖亮，事北朝，为冀州刺史、散骑常侍。遇迁都洛阳，为北部都昌里人。世为儒而仕。坟墓在洛阳北山，其后地狭不可依，乃葬荥阳之檀山原。由大王父已还，一昭一穆如平生。曾祖凯，官至博州刺史。祖锽，由洛阳主簿，察视行马外事，岁满，转殿中丞、侍御史，赠尚书祠部郎中。父讳绪，亦以儒学天宝末应进士。遂及大乱，举族东迁，以违患难。因为东诸侯所用，后为淮西从事，本府就加盐铁副使，遂转殿中，主务于甬桥，其后罢归浙右。至扬州，遇疾不讳。小子承夙训，禀遗教，眇然一身，奉尊夫人，不敢殒灭。后忝登朝或领郡，蒙恩泽，先府君累赠至吏部尚书，先太君卢氏由彭城县太君赠至范阳郡太夫人。

初，禹锡既冠，举进士，一幸而中试。间岁，又以文登吏部取士科，授太子校书。官司闲旷，得以请告，奉温清。是时年少，名浮于实，士林荣之。及丁先尚书忧，迫礼不死，因成痼疾。既免丧，相国、扬州节度使杜公，领徐、泗，素相知，遂请为掌书记。捧檄入告，太夫人曰："吾不乐江淮间，汝宜谋之于始。"因白丞相以请，曰："诺。"居数月而罢徐、泗。而河路犹艰难，遂改为扬州掌书记。涉二年，而道无虞，前约乃行，调补京兆渭南主簿。明年冬，擢为监察御史。

贞元二十一年春，德宗新弃天下，东宫即位。时有寒隽王叔文，以善弈棋，得通籍博望。因间隙得言及时事，上大奇之。如是者积久，众未知之。至是起苏州掾，超拜起居舍人、充翰林学士。遂阴荐丞相杜公，为度支、盐铁等使。翌日，叔文以本官及内职兼充副使。未几，特迁户部侍郎，赐紫，贵振一时。愚前已为杜丞相奏署崇陵使判官，居月余日，至是改屯田员外郎，判度支、盐铁等案。

……

行年七十有一，身病之日，自为铭曰：不天不贱，天之祺兮。重屯累厄，数之奇兮。天与所长，不使施兮。人或加讪，心无疵兮。寝于北牖，尽所期兮。葬近大墓，如生时兮。魂无不之，庸讵知兮？

第一章　病树前头万木春

1

时间过得真快，转眼间，刘绪和妻子卢氏带着东都留守李憕的女儿李姣儿，因"安史之乱"逃难辗转来到江南生活，已经近二十个年头了。

刘绪在东都洛阳时，是东都留守李憕的掌书记。安禄山率兵进攻洛阳时，李憕令体弱多病的刘绪带着他唯一的血脉，还未满两岁的女儿李姣儿和夫人逃难，他则与洛阳城共存亡。

刘绪带着夫人和养女来到扬州，在浙西盐铁使权德舆的帐下，担任盐铁官，全家就此算是安定了下来。

值得庆幸的是，在盐铁衙门，刘绪结识了同僚李元淳后，得到了他赠送的偏方，治愈了他多年的痨疾。

美中不足的是，自他唯一的儿子刘高，少年早逝后，他的夫人卢氏再也没有生育。眼见自己已经是快奔五十的人了，卢氏也满了四十，很快步入老龄，却没有为刘家留下一条根儿。

随着他们渐老，他们求子的欲望越来越强烈；这是压在他们心头的一块石头，沉甸甸的。

卢氏是大家闺秀，出身于范阳士族。范阳卢氏的祖先在汉、魏、晋几朝都做过大官，至当朝还自视门第清高。

刘府在东都洛阳也是官僚大户，书香门第；卢氏嫁给刘绪乃门当户对，天作之合。

卢氏在闺中饱读"四书五经"，贤淑有德。深知孟夫子"不孝有三，无后为大"的道理，多次规劝夫君再续一弦。

刘绪是个正人君子。虽然当朝官吏大多有三妻四妾，人随潮流草随风，他纳妾无可非议，但他只钟情于卢氏。

他的顶头上司浙西盐铁使权德舆称赞他说："刘绪兄以文章行实，著休问于仁义，义方善庆，君子多之。"

朝廷经历了安史之乱后，大唐却由盛世逐渐转为衰败，各种社会矛盾日益尖锐。

就刘绪个人来说，他像官场巨石缝中的一株小草，在夹缝中生存。他先后在淮南节度使王玙和李栖筠、韩滉、陈少游等地方诸侯的衙内做幕僚期间，倒是风平浪静，颇得主人的赏识。

刘绪在四十五岁这年，经淮南节度使李栖筠和苏州刺史韩滉二人极力举荐，皇上委任他为浙西盐铁副使，辅佐浙西盐铁使权德舆的工作。

虽然是个副职，但他的为人深得权德舆信任，将苏州地区的盐铁划归他营运管理，成为一方位高权重的官吏。

他只身一人先到苏州上任，将夫人和女儿暂寄居在扬州驿栈。

人往高处走，水往低处流。苏州府是江南地区政治文化活动中心，刘绪决定辞别了居住近二十年的扬州，在苏州间门旁，倚邗沟边买了一座四合院定居了下来。

刘绪的盐铁衙门就设在苏州塔旁，距间门只有二里地，上下班挺方便。

盐铁衙门是国家重要部门。朝廷除农业税收外，食盐、铁矿更是朝廷经济命脉，就盐税赋一项就占全国税收的百分之五十。掌管着盐铁营运，这可是个肥差，运河漕帮每年进贡的银子，就是一个不小的数目，哪一年不是肥了主管盐铁者的腰包。

刘绪是个迂腐脑袋，每当收到漕帮、盐商、铁矿老板的贡银（税赋外的灰色收入），他从不中饱私囊，如数上交正史权德舆或上缴朝廷，倒落得个清官的好名声，他在此岗位上一干就是十来年，顶头上司换了几任，他却从未变动工作，直到六十二岁那年病逝。

这天，刘绪刚忙完了手中事务，他的得力助手张强来到衙内报告说："刘大人，您交代下官寻找的皎然僧人，已找到了。"

近二十年未见到老友了，忽然听到友人的消息，异常高兴，他急不可待地问："他在哪？"

张强故意卖起关子说："远在天边，近在眼前。"

"他在寒山寺？"

张强道："刘大人乃神仙也，苏州有十余座寺庙，您一猜就中，皎然师父现在是寒山寺的住持。"

刘绪笑了笑说："张大人，麻烦你在衙内值守，我去拜访拜访这位高僧。"

刘绪这么急切想拜见皎然，除叙好友离别之情外，主要是想求助老友解开他和妻子的心结。

他这不是舍近求远吗？李元淳不就在节度使李栖筠衙内任职，为什么不求他诊断？其实道理很简单，他们同朝为官，刘绪是个很爱面子的人，如果将他不惑之年求子的事儿传将出去，他就无地自容，这就叫死要面子活受罪。

寒山寺位于距离苏州十余里的小岚山之脉寒山中，始建于南朝萧梁天监年间，后几经大火焚毁。

唐贞观年间，经名僧寒山、希迁二僧重建后，命名寒山寺。

寒山是一座风光旖旎、环境幽雅的清静之地。山顶间苍松翠柏，山腰间翠竹葱茏，山脚下是一片绿油油的茶林，也是苏州著名的碧螺春茶产地之一。

古运河邗沟就像一条玉带，缠绕着寒山向外飘延；河道两旁桑农种满了桑树，穿过寒山就像一块碧绿的翡翠，镶嵌在玉带之中。

傍晚时分，刘绪迈着大步，一个时辰的工夫，脚下生风般地进入了寒山寺的大门。

此时，天空出现皎洁的月光。他借月光举目一望，宽敞的寺院里，一个小沙弥正在一口古井旁提水。

不待刘绪问话，小沙弥见一官吏在寺内东张西望，主动上前搭讪："阿弥陀佛，施主是拜佛还愿，还是借宿？"

刘绪回问："请问小师父，皎然方丈在吗？"

小沙弥见官吏是找刚上任的方丈，连连说："在，在，在禅房正与灵澈师父论诗呢。"

"本官是浙西盐铁副使刘绪，与皎然方丈乃故交也，烦请小师父传话，就说刘绪拜见。"

"不必了，方丈交代过，凡有施主求见，一律带到禅房会晤。刘大人，请！"

小沙弥在前，刘绪紧跟着，从侧门穿过大雄宝殿、藏经楼、钟楼，来到后院禅房。

中间的禅房是住持皎然念经、坐禅和休息的地方。

2

他们刚到门口，就听见禅房门吱的一声打开了，皎然和灵澈缓步而出。灵澈这是要连夜赶回百里之外的云门山云门寺，皎然欲留不住，颇为伤感，竟吟出：

> 我欲长生梦，无心解伤别。
> 千里万里心，只似眼前月。

灵澈想起他的一首《天姥岑望天台山》很适合此时此境，附吟道：

> 天台众峰外，华顶当寒空。
> 有时半不见，崔嵬在云中。

刘绪见状，助兴地吟出：

> 杼山明月亮，圣僧白云封。
> 来日霞光出，禅关出秀峰。

突有第三人唱和，皎然一惊。他借着月光仔细一打量，高兴地双手合十，忙招呼说："阿弥陀佛，好友光临寒寺，有失远迎，罪过、罪过。"

刘绪故作埋怨地说："皎然师父升迁为名寺住持，早忘了旧友啊。"

"阿弥陀佛，哪能呢，贫僧刚刚就任，本准备去贵衙拜访，这不来了高僧斗诗几日，耽搁了。"

皎然解释后，忙对灵澈介绍说："灵澈师父，他就是贫僧在你面前常夸的才华横溢、清正廉明的刘绪，刘大人。"

"阿弥陀佛，久仰，久仰！"灵澈并不惊讶，面无表情地双手合十于胸前。

刘绪打量着眼前这位戒疤披镏，白须红颜，身体胖得似弥勒佛的僧人问：

"皎然师父，这位高僧是？"

"他呀？阿弥陀佛，就是江南名僧，云门寺方丈灵澈。"

"啊，是灵澈高僧。"刘绪忙合掌施礼说，"百闻不如一见，小吏有缘偶遇高僧，真是三生有幸。"

"阿弥陀佛！"灵澈还是面无表情地看着刘绪。

刘绪也不在意，非常诚心地问："久闻灵澈师父不但诗词精湛，还精通天文地理和麻衣相术，请您看在皎然师父的面子上，与小吏相上一面，吾此生有后没？"

皎然听后心中一愣，刘大人今夜是中了哪门子邪，他不是有一个儿子刘高吗？怎么说自己无后，待会儿问个清楚。

"好，好。"皎然邀请道，"阿弥陀佛，都别站着说话，回禅房打坐，边品茗边理论边看相。"

灵澈是个清高的僧人，他是不会随便给人看相的；今晚碍于皎然的面子，推辞不得。

他同时也感觉到了皎然这是借故挽留他，也罢，明日清晨再走也不迟。

刘绪走进禅房，刚学着两位高僧在茶几下方的拜垫上打坐，小沙弥很快沏上了三杯碧螺春递了上来。

刘绪路上走渴了，急忙揭开茶杯盖，顿时一股清香夹杂着禅房内敬佛的檀香味儿，弥漫着整个禅房，沁人肺腑。

"好茶，好茶！"

皎然见刘绪品茶心悦，乘机问："你儿子刘高，现在有二十岁了吧，成家了没？"

真是哪壶不开提哪壶，皎然一通发问，就像一个人心头的伤疤，渐渐结痂，又被人猛地扯开。

刘绪听后，心里一阵酸痛，两串泪珠夺眶而出。

皎然一惊，忙问："高儿怎么了？"

"唉！"刘绪用官袖擦了擦眼泪，重重地叹了口气说："那年在逃亡途中溺水身亡。"

"这到底是怎么回事，请详细道来。"要知道刘高可是跟他学诗的徒儿，皎然怎么不急呢。

刘绪点了点头，陷入了痛苦的回忆之中：

安禄山进攻洛阳前三天，与皎然师父分手后，我们一家子和李夫人母女乘官船很快逃出了洛阳。

运河沿岸都是一片片白茫茫的积雪，一点生机都不见。

一个月后，官船来到了开封城，我见李夫人一路少言寡语，常常以泪洗面，心知她担心丈夫、东都留守李憕李大人的安危。

为了打探洛阳的近况和李憕大人的去处，我令船夫将船停在了开封码头，就带着高儿走进城中打探消息。

经多方打探证实，因安绿山叛军势众，李憕大人与守城将士寡不敌众，全部阵亡。

得到这一噩耗，我连连嘱咐高儿守口如瓶，待到扬州后再与李夫人道出实情，相信时间会冲淡一切悲伤。

我们一上船，李夫人就迫不及待地问我打探的情况如何，我编了一个善意的谎言："李大人还在抗击叛军，两军呈胶着状态，请李夫人放心，不日朝廷就会派兵救援，要不了多日，你们全家就可团聚。"

李夫人何等精明，心生疑惑，转而问高儿。高儿年幼，心地诚实，只见他两眼闪烁其词，只是点头应诺，谁知她留了个心眼。

半月后，官船行至淮河途中，船夫将船停到一小镇，我和船夫上岸采购生活物品，李夫人悄然地问高儿开封真实消息，高儿如实作答。

哪知李夫人听后，就叫身边的女儿李姣儿去找卢娘玩耍，她见女儿走开，就撕心裂肺地喊道："夫君！妾来也。"话音刚落，她纵身跳进正值汛期而汹涌的淮河里。

这一突然变故，吓傻了卢氏和高儿。高儿很快明白过来，奋不顾身地跳入水中，欲救李夫人。

"好徒儿，阿弥陀佛，救上来了没？"皎然听到这儿，迫不及待地问。

"唉！只怪高儿命短，他凭着过硬的水性很快在急流中找到了李夫人，哪知已经不省人事的李夫人本能地用双手紧紧地抱着高儿，高儿双手动弹不得。这一幕恰好被回来的我和船夫看见。

我们正要下水救人，只听得汹涌湍急的河水中传出高儿的呼声："父亲！二十年后我再投胎做您……"

"哈哈哈！"这时，一旁只顾品茗不语的灵澈，突然大笑了起来。

刘绪见状，怒从心起："寒山寺走了个济癫，怎么又来了个灵澈，疯疯癫癫的。"

皎然也紧锁眉头，心想：刘大人正在伤心处，你不安慰也就罢了，怎能幸灾乐祸地取笑人家。

灵澈可不管他们的态度与表情，不气不恼地说："刘大人不是要贫僧看相吗？你的相面告诉贫僧，你儿已经投胎在你夫人肚子里了。"

刘绪不相信地摇了摇头。

皎然深知灵澈不会说诳语，追问道："师兄，这是怎么回事？"

"是大禹水神送的。"灵澈故弄玄虚地说，"天机不可泄露，刘大人回去问问夫人不就明白了。"

3

刘绪心中满怀疑惑地辞别了两位高僧，第二天一早赶往扬州，已经是深夜时分。他来到驿栈，拾级上前，轻轻地叩打着他那点漆大门上的门环。

用人张妈很快将门打开，面带微笑地低声打招呼说："老爷，您咋这么晚回来了？"

"嗯。夫人和小姐睡了吗？"刘绪边问边向夫人的厢房走去。

张妈闩好大门，跟在后面回答道："还没呢，夫人和小姐正在房间等您呢。"

果然，夫人卢氏的房间还亮着烛光。

吱的一声，房间里的小姐李姣儿听见门外的脚步声，打开房门，迈着惊慌的莲步，迫不及待地对刘绪说："父亲，快进来看看，我娘想必是生病了。"

刘绪焦急地问："你娘怎么啦，怎么啦？"他一边问，一条腿儿已经迈进了房间。

李姣儿皱眉说："今晚吃完饭时，娘大吐不止，连肚中的苦水都吐出来了，好难受啊。这不，我正将娘扶到床上躺着哩。"

"夫君回来啦。"只听半身倚靠在床头上躺着的卢氏娇嗔地说："别听姣儿胡说，妾好着呢。"

刘绪悬着的心放了下来，连连说："没事就好，没事就好。"

卢氏欲下床向丈夫施礼，被刘绪一把按在床上说："夫人，免礼了，今晚你为何作呕，哪里不舒服，明早儿我请大夫给你看看。"

卢氏伸出手指，点了点依偎在她身边姣儿的脑袋，红光满面地埋怨起女儿说："都是你，快二十岁的大姑娘了，什么都不懂。"

姣儿撒娇说："孩儿不是担心您嘛。"

张妈在一旁忍笑着，见母女俩亲热个没完，再也憋不住了。就自作主张地对刘绪抱拳施礼说："恭喜老爷，贺喜老爷，夫人有喜了。"

刘绪的脸儿顷刻多云转晴，高兴地问卢氏："夫人，是真的吗？"

卢氏像个大姑娘似的，娇羞地点了点头。

"太好了，太好了，本小姐终于有弟弟了。"李姣儿听后，像一只欢快的小鸟，飞快地出门跑向自己的绣房。

刘绪看着女儿娇柔的身姿飞了出去，不禁像是自言自语，又像是对卢氏说："太好了，又要了却我们的一桩心事了。"

知夫莫若妻，卢氏说："夫君是想着为姣儿选婆家啰。"

刘绪说："是的。权大人的长子权璩，专心研读圣贤之书，聪明过人，正为参加明年的进士考试而发奋呢，是国家未来的栋梁之材。他年方二十又一，尚未婚娶，大姣儿两岁，八字巧合。女儿是金枝玉叶，权璩是侯爷之后，门当户对，郎才女貌，乃天作之合也。"

说到这儿，刘绪兴奋地说："我们来个趁热打铁，明早儿老夫就请媒婆上门提亲。"

卢氏不无担忧地说："权家地位显赫，权大人乃仁义有加，其子配得上我家姣儿，只是担心女儿不愿意。"

她叹了口气，接着说："这孩子，跟李夫人一样，什么都出类拔萃，就是脾气倔强。"

刘绪蛮有把握地说："你不记得姣儿十六岁那年，我们将她的身世告诉她时，她说过的话吗？"

卢氏激动地说："幸得姣儿孝顺，妾终身难忘。"说完，她脑海里立即闪现出那年当天的情景。

那年李姣儿刚满十六岁，出落得如出水芙蓉，天生丽质，肤如凝脂，螓首蛾眉，巧笑倩兮。

特别是在刘绪夫妇的熏陶和教导下，诗词歌赋样样精通，是江南为数不多的才女之一。

刘府出了这么一个绝色才女，江南众多官商之家的公子哥们多已怦然心动，夜不能寐，都在梦想与之结为秦晋之好。

一时间，上门提亲的媒人踏破了刘府的门槛。

可李姣儿任性，择偶有一个颇为苛刻的条件：选人先选诗，她必须看过对方的一首描绘大自然的七律诗词。可惜的是江南之广，竟没有一位公子的诗词入得了她的法眼。

无奈之下，卢氏和丈夫一合计，不能误了女儿的青春，唯一的办法是将她的身世告诉她，并送她到京都长安面见皇上，请皇上赐婚。

养育姣儿十几年，夫妻二人都将她视为己出。突然要揭开秘密，夫妻俩都难以启齿，推来推去，只好由卢氏来完成。

一日，卢氏将姣儿搂在怀中，轻柔地说："乖女儿，娘想跟你说一个天大的秘密。"

"好哇，娘。"

"你……你不是我们的亲生女儿，你是当今郡主。"

李姣儿满脸惊讶，用手摸了摸卢氏的额头说："娘，您没发烧呀？"

卢氏将她的身世全盘托出："你是洛阳东都留守李憕王爷的唯一血脉，李王爷是当今皇上的皇叔，是皇亲国戚，你是金枝玉叶。"

于是，刘绪接过话头，将一切一五一十地告诉了她："在你两岁多那年，安禄山叛乱，你父亲受皇命带兵坚守洛阳东都而战死沙场。受你父命所托，我带着你们母女南下逃难，途中，你母亲闻噩耗跳淮水追随你父亲而去，我们唯一的儿子，也是你的哥哥，他为救你母亲也英年早逝。"

刘绪接着解释说："为了不耽误郡主你的终身大事，我和你母亲亲自送你去长安认亲，由皇上做主赐婚于你。"

李姣儿听明白了，暗叹自己的命苦，年幼父母双亡，由郡主变为孤儿，顷刻泪珠儿像断了线似的，不住地下落。

刘绪见状手足无措，卢氏也不知道怎么安慰，只是紧紧地将李姣儿搂在怀中，用手轻轻地拍打着她的后背，嘴里安慰着："好孩儿别哭，别哭，你这一哭，就将娘的心哭碎了。"

李姣儿边抽泣边想着：父亲为忠，母亲为情都弃我而去，面前的养父养母将我抚养成人，比亲生父母还亲。哥哥是为我家而死，直至现在刘家还没有后人，养育之恩我一个弱女子难以报答，只有守在他们身边尽孝了，为二老养老送终。

李姣儿思索了一会儿，掏出绣帕擦干眼泪，真诚而又坚定地说："父亲、娘，孩儿恳求二老，过去的事就让它过去，就当没有发生过。什么皇亲国戚，什么郡主，那只是过眼云烟，二老永远是我的亲生父母。从此，女儿终生不嫁，在家里伺候二老，为你们养老送终。"

刘绪夫妇听后，异口同声地反对："这怎么行！"

卢氏规劝说："乖孩子，儿大当婚，女大当嫁，官家不养十八女，这是老祖宗定下的规矩，尔等岂能违抗。"

"不嫁，不嫁，就是不嫁，除非……"李姣儿本想说，除非娘再生个弟弟后再嫁，她突然意识到这不是在二老伤口上撒盐吗，就将下半截话咽了回去。

4

姣儿的撒娇任性，是他们夫妻二人娇惯的，刘绪见怪不怪。听着她的语气，这事还有回旋的余地，忙问："除非什么？"

李姣儿当然不会再回答了，忙掩饰说："父亲，对不起，是我口误。"

这时，卢氏嗔怪地瞪了她一眼说："你明明说了嘛，在父母面前有什么不好意思开口的。"

"就是，就是，快说嘛，别将父亲的火病又急发了。"

李姣儿见父母穷追不舍，只好轻声细语地说："除非娘再生一个弟弟，女儿就出嫁。"

这下可好了，夫人怀孕后，就可以嫁女儿了。

卢氏九月怀胎的艰辛自不必提了，她的肚子越来越大了，而腹中的胎儿时不时调皮地踢着她的肚子，使她感到既疼痛又幸福。

这是个上弦月的夜晚，皎洁的月光照得扬州驿站刘绪的房间，像铺了银子一般，群星灿烂，牛郎、织女两颗星儿特别调皮，一眨也不眨地紧盯着房间的窗户，似在偷窥人间的情和爱。

"夫君，快来教训一下你儿子，他又踢我了。"卢氏幸福地对躺在身边的丈夫说。

刘绪轻翻了一下身子，耳朵贴着卢氏的肚皮说："乖儿子，别踢娘好吗？父亲读诗给你听。"

于是他轻轻地吟哦着李白的诗：

床前明月光，疑是地上霜。

举头望明月，低头思故乡。

卢氏笑得合不拢嘴，说："孩子还小，隔着妾的肚皮，他能听懂你读的诗吗？"

刘绪认真地说："听得懂，这叫胎教，待孩子出生后，老夫还要不厌其烦地教他作诗，使他向诗仙李白、诗圣杜甫学习，早日成名。"

说着，他又轻吟着骆宾王的《咏鹅》，李绅的《悯农》，杜甫的《春望》……渐渐地，听见卢氏发出轻微的鼾声，他方才入睡。

刘绪早晨一觉醒来，就发现妻子正含情脉脉地望着他，看似有话对他说。

"夫人，你好像是昨晚做了一个美梦。"

"知我者，夫君也。美梦倒说不上，却很奇特。"

"快说来听听。"刘绪急不可待地说。

卢氏回忆着说："妾梦见太湖地区洪灾泛滥，无边无际的大水冲倒堤岸，汹涌澎湃地向四处陆地狂奔。洪水淹没了庄稼，冲向苏州城，很快爬上了窗户，越过了房梁，无数百姓纷纷跑向高冈、山丘上避难。就在这时，有位白须老人从天而降，他手执铁铲，在洪水中搅了三下，这时惊奇的一幕出现了，洪水突然退去。百姓们见状，欢声雷动，各自返回家园。妾在回家的途中，突然看见一棵老槐树丫上有一个包袱，包袱里传出一个婴儿的哭声，妾连忙将包袱里的婴儿抱入怀中，这时梦就醒了。"

刘绪高兴地跳下床来，手舞足蹈地说："好梦，好梦！灵澈大师说了，这是水神大禹送的。"

"哎哟！"这时卢氏突然发出痛苦的呻吟，豆粒大的汗珠从头发里冒了出来。

刘绪大骇，忙将夫人扶着躺下，急切地问："夫人，怎么啦？"

卢氏勉强露出笑容，轻声说："夫君，没事，小家伙怕是要提前出来了。"

刘绪听罢，忙向室外疾呼："张妈，张妈，快来呀！"

张妈和李姣儿闻声，快步来到他们的房间，异口同声地问："怎么啦？"

"夫人快临盆了，你和姣儿照看好夫人，我去接稳婆。"

说着，刘绪的身子就闪出了房间。

张妈是过来人，知道产妇生孩子需要用很大力气，忙对李姣儿说："小姐，你照看好夫人，我去打几个红糖荷包蛋给她吃。"

"哎呀！"

卢氏刚吃完荷包蛋，稳婆就来了，一切接生的准备工作随着卢氏疼痛地大叫，在有条不紊地进行。

听着夫人的大叫声，刘绪心绪不宁，只是在外面不停地来回踱着步子。

大约一个时辰的工夫，卢氏的大叫声陡然停了，忽地传出一阵婴儿微弱的啼哭声。

生了，刘绪悬在心口的石头终于落地了。这天正是大历七年正月初八辰时。

"父亲，娘生了个弟弟。"李姣儿兴奋地跑了出来，拉着刘绪的手说："父亲，快进去看看弟弟。"

"好，好！"刘绪进来，从夫人的怀里抱出襁褓中的婴儿，高兴地摇晃着，很想亲上儿子一口，又怕自己长长的胡须扎着娇嫩的儿子。

他还是忍住了冲动，只两眼痴痴地望着儿子傻笑，嘴里不停地念叨着："我刘绪终于有儿子了，从此祖传家业就有了继承人啊。"

刘绪的祖先是华夏北方匈奴族人，也是匈奴家族的优秀代表之一。其七代祖刘亮是北魏时期的冀州刺史，后又升任朝廷散骑常侍（朝廷谏官）。孝文帝迁都洛阳后，刘亮也携家来到洛阳定居。因此，刘绪父子一直视洛阳为其籍贯。刘绪的祖父刘凯曾任当朝博州刺史；父亲刘锽，先后担任过洛阳主簿（县令下掌管文书之职）、殿中侍御史（宫廷司法官）。

稳婆边收拾接生工具，边含笑着问："刘大人，给孩子取好名字没？"

"哎哟，老夫一高兴，却把这么大的事给耽误了。"

他想起了夫人昨晚的梦境今天早上就应验了，又记起灵澈高僧的天机不可泄露的话语，证实了儿子是夫人梦中白须老翁送的，而白须老翁不就是"三顾家门而不入"的大禹吗？是祖上积德，大禹水神为我家送来了香火继承人。

想到这里，刘绪兴奋地说："就叫禹锡吧。"

"刘禹锡"，李姣儿反复念叨了几句，不无得意地对卢氏解释说："娘，'禹者'，大禹也；'锡'者，意为赐也。嘻嘻，弟弟是大禹水神赐给咱刘家的。"

刘绪竖起大拇指，点头称赞道："还是我女儿聪明。"

人逢喜事精神爽，刘府喜事连连。在小禹锡半岁的时候，刘绪夫妇终于做通了女儿李姣儿的工作，她与权璩喜结连理。

李姣儿虽是金枝玉叶，但也是个贤淑的女子，她悉心料理陪读于丈夫身旁，一年后又为权家添了一个白胖胖的小子，取名权恒。

"春风得意马蹄疾"，权璩在儿子权恒刚满月时进士及第，在贤内助的辅佐下，后来权璩官至当朝宰相之职，而刘家这个外甥权恒却与小舅舅刘禹锡命里相克，这是后话。

<h2 style="text-align:center">5</h2>

刘绪的顶头上司浙西盐铁使权德舆，升迁为兼任淮南节度使后，刘绪虽未升迁正职，但浙西盐铁使的重任自然而然就落在他的肩上。

转眼间刘禹锡就要满周岁了，由于卢氏是高龄产妇，小禹锡又是个早产儿，他身体瘦弱，时而发热、咳嗽、闹肚子拉稀，多亏了佣人张妈悉心照料，常用刮痧、拔火罐和吸肚脐眼等土方法治疗。

其实，更得益于苏州名医陈子敬的多次中药调理，才使得小禹锡健康成长。

江南风俗，人生成长的第一件大事为一周岁生日，名曰"抓周"。刘绪虽为北方人，夫妻俩也在江南生活了二十来年，入乡随俗，他们决定为儿子举办周岁宴，隆重地庆祝一番儿子的生日。

消息传出，来自苏州地区的亲朋好友、同僚官吏纷至沓来，一时间刘府人头攒动，祝福声一浪高过一浪，站在大门口迎客的刘绪应接不暇，好生热闹。

客人中亲戚下属自不必介绍，光苏州地区的名流雅士就有权德舆、韦元甫、韩滉、罗致文、陆羽、萧存、刘全白、张著兄弟、杨凭兄弟、吴筠、皇甫曾、张志和、皇甫冉、严维、张继、刘长卿、李嘉祐、朱放、柳镇、白季庚、元宽等八十六人。就连迁任远去的王玙和李栖筠也分别派管家前来祝贺。

客人中间还有江南名僧皎然和灵澈，苏州名医陈子敬。

吉时已到，已经在牙牙学语的小禹锡在母亲怀里，听见室外的鞭炮声，一双大大的圆眼儿盯着堂屋中间一张八仙桌上，垫有红纸的圆簸箕，对母亲咿呀着说："娘，抓，抓。"

直乐得姐姐李姣儿将他亲了又亲，连忙从母亲怀里抱过弟弟，将他放在簸箕"步步高升"的升子（江南量米的小斗）上，还没等她松手，满簸箕里的糖果点心、刀剑算盘、儿童玩具他都不抓，只是左手抓了一本《李太白集》，右手抓起了毛笔。

站在一旁观看的灵澈，猛然发现小禹锡胸前还沾有一棵绿油油的葱。

"哈哈哈，这孩子将来一定是个聪明的诗豪。"灵澈笑着说。

皎然也围在人群中观望，不以为然地说："阿弥陀佛，何以见得？"

灵澈指了指小禹锡身上的三件东西，人们这才恍然大悟，纷纷抱拳向刘绪夫妇祝贺。

刘绪忙不迭地抱拳，回礼说："谢谢灵澈师父，谢谢各位大人和亲朋好友。"

抓完周，李姣儿抱起弟弟，小禹锡竟然也将一双小手合上，学着父亲还礼的样儿，他这一天真又滑稽的模样，逗得大家哄堂大笑。

突然，小禹锡发现皎然光溜溜的头上有九块圆圆的戒疤，就伸出稚嫩的小手往他头上摸去，咿呀着说："师父。"

灵澈见状，戏谑着说："皎然，你几时收徒了？"

客人们听了这话，个个紧蹙眉头，默不作声地向灵澈投去不满的眼神。

刘大人还指望着这孩子传宗接代呢，怎么能拜出家人为师呢？

皎然狠狠地瞪了师弟一眼，心想着：这个疯师弟，人家刘府就这么一个宝贝儿子，三代单传，怎能出家为僧呢。

于是，他忙打圆场地解释说："阿弥陀佛，我就收这孩儿为诗门弟子如何，羡慕死你。"

皎然将"诗门"二字咬得很重。

这时，小禹锡又伸出小手，想要摸灵澈头上的戒疤，咿呀不停地叫着："师……父。"又是逗得大家大笑。

这一笑倒笑得主人刘绪心里发毛，难道我儿有佛缘？这可万万使不得。他默默祈祷：大禹神啊，咱刘家虽然不是名门望族，但也是书香门第，三代单传啊！我祖上积有阴德，请保佑我儿学有所成，万万不能皈依佛门啊。

这时，权德舆挤到小禹锡面前，挑逗地说："叫老夫师父！"

小禹锡将虎脑摇得似拨浪鼓。大家知道权大人这是抬亲家的桩，逗乐子增加喜气，也纷纷仿效，小禹锡只是一个劲地摇头。

最后是苏州名医陈子敬上前逗趣，谁知小禹锡双手抱拳，清清楚楚地叫了一声"师父"。

参加周岁宴的宾客们，此时虽未发笑，但人人的脸上却是露出惊讶之色，这孩子认师还认人呢。

刘绪大喜，搬出了周岁宴的压轴戏，双手抱拳施礼说："三位师父在上，隔日我再为犬子设拜师宴。老夫有个不情之请：名字，名字，犬子有名尚未取字，敬请三位师父赐字。"

一日为师，终生为父，孩子既认了师父，赐字理所当然。

皎然、灵澈、陈子敬相互推让了一番，最终推荐皎然赐字。

皎然微微一笑说："阿弥陀佛，刘大人，禹儿是夫人梦中所得，又是水神送子，就取'梦得'如何？"

"好，好……"刘绪拍手连说了几个"好"字。

"刘梦得，好！"大堂里忽然传出一声惊喜的喊声。

大家循声望去，原来是苏州府幕僚柳镇，他怀里抱着才几个月大的儿子柳宗元在凑热闹。小宗元虎头虎脑的样儿，倒是招人喜爱。

柳镇乘机抱着小宗元来到灵澈面前，说："烦请大师为犬子看看相面，也为今天的喜宴添添乐子。"

灵澈点头应允，用佛手摸了摸柳宗元的前额和后脑勺，心中暗自一惊，这孩子与刘梦得是一双麒麟，将来定是国家栋梁之材。

天机不可泄露。灵澈双手合十说："阿弥陀佛，贵子与梦得命运多舛，有五同之缘，即同乡、同窗、同科、同僚、同司马。"

柳镇虽然是河东人，但儿子柳宗元是在苏州出生，所以后来他与刘禹锡互称同乡。

小禹锡出生和生长在一个儒学气氛十分浓厚的士大夫家庭里，是天生读书的料。

刘绪教育儿子的学习方法值得推广，那就是让他广涉群书；他因势利导地进行讲解，由浅入深。

他不愧为一个慈善而又称职合格的父亲和家庭教师。

卢氏家教却相当严格，她从不因小禹锡体弱多病而生怜悯之心，放松对他读书的监督，书桌上常常放着一根细小的竹条子，名曰家法，其抽在手掌心就会立即出现一条明显的血痕。

亲家权德舆目睹了刘府夫妻俩对孩子的严教方法，赞扬说有"万石之训"（《史记·万石列传》）。

好在小禹锡读书非常认真，自觉性强。他从未尝过竹条的滋味，反而却体现出早熟的现象。

刘禹锡从三岁开始读书，七岁上私塾，这四年时间里，《三字经》《千字文》《诗经》《尚书》等启蒙读本，他都能熟记于心。

第二章　私塾熏熏出俊才

1

卢氏还做了一张张像纸牌大小的白色硬壳卡片，对儿子说："禹儿，你读书时，将一些不认识的生字写在卡片上，见到大人或姐姐、姐夫回来就掏出来问，学问，学问，边学边问，这样才能熟记于心。"

小禹锡懂事地点点头说："娘，孩儿记住了。"

刘禹锡不但做到了，而且还创造出新的学习方法。

每逢大人聚会，他最喜欢扎在文人堆里，聆听他们吟诗作赋，从中吸收营养。

有几次与隔壁铁匠铺的发小裴昌禹在外面玩耍时，小禹锡见到穿着长布衫像是读书人的，就上前施礼，然后掏出衣袋里的卡片请教，读书人除了乐意教字外，大都还会竖起大拇指赞扬几句，这使得小昌禹很是羡慕，也学起他来。

每逢母亲带他到寒山寺敬香还愿，他就会悄悄地溜到后院禅房，接受皎然或灵澈师父教导他诗词的写作方法和创作技巧。

五岁那年，皎然和灵澈正在坐禅，见小禹锡像一只欢乐的小鸟又飞进了禅房。

"徒儿梦得拜见两位师父。"

小禹锡对两位师父既尊重又敬佩，每当他们作诗时，他就捧着砚盘站在旁边，边研墨边轻吟。

皎然特别喜爱他，决定考一考他的诗作能力。

"梦得来了。"师徒礼毕，皎然意味深长地出了一题。

"梦得，贫僧和灵澈两位师父教你诗词，不知你有没有长进，考你就本寺情景，作一首七绝如何？"

"嗯。"小禹锡应着，就陷入了沉思。大约一袋烟的工夫，他就轻声吟出《寒山寺学诗》：

> 寺外邗沟沟外山，徒儿求学赋诗艰。
>
> 丛林此处寻悠梦，不见孤灯对月潸。

皎然一听，一脸愕然。此诗平仄韵脚均合律，小小年纪心高志远，而他却不愿心皈佛门。

难怪灵澈师弟预言他长大后，定是当代诗豪，由此看来，刘梦得真是青出于蓝而胜于蓝啊。

"梦得，你志存高远，将来的诗作一定会与前朝李白、杜甫等诗家相媲美。"

灵澈听后哈哈大笑后，补充道："孺子可教也！"

"谢谢两位师父抬爱，徒儿还需更加努力。"

小禹锡狂热的学习劲头，一般的孩子无法与之相比，他书桌上的小竹条儿，由于没有被母亲使用过，已经枯黄了，张妈见状，悄悄地将竹条儿放进柴火灶里给烧了。

在朝廷为官的姐夫权璩是他心目中的偶像。

这天，他听发小柳宗元说，姐夫从京都长安回来了。

刘禹锡就对母亲说："娘，姐夫是个大才子，孩儿有好多问题要向他请教呢。"

"好啊。"卢氏当然乐意，借机她也可以去权府看看外孙权恒。

每当小舅子提问时，权璩都是耐心解答。

有时中途有客人来访，李姣儿就机智地对儿子说："恒儿，去邀小舅到后花园捉迷藏去。"

只小刘禹锡一年多的权恒，天真地问："娘，我就这么一个舅舅，您要我叫他小舅，那我大舅呢？"

李姣儿解释说："你大舅到天国照顾你外婆去了。"

这时，卢氏恰好从厢房走了进来，小权恒恍然明白过来，不满地说："娘骗人，这不是外婆吗？"

李姣儿轻拍了儿子的小手说："不得无礼，娘没骗你，等你长大了娘再详细告诉你，去找小舅玩去。"

"嗯。"小权恒这才去拉着小舅舅一起去玩耍。刘禹锡很懂事，知道大人间有事商量，就愉快地和外甥跑出了书房。

刘禹锡七岁那年，父亲将他送到了苏州最有名的私塾——"敬斋书屋"读书。

执鞭的先生名元宽，只见他满头银白，病恹恹的脸上整天挂着严肃的相儿，令学生娃儿望而生畏。

元宽也是安史之乱时期，从洛阳逃难来苏州的。他满腹经纶，学富五车，一身正气。因憎恨官场中的黑暗，辞去官职，为了生计办起了敬斋书屋，教书育人。

他办学十年来，其桃李成熟后，人人都有建树。徒荣师贵，元宽在江南声名大噪，使得江南地区的名门贵胄，不论多远，都要将自己的孩子送来读书。

本期私塾里只有七个学生：淮南节度使权德舆的孙子权恒；浙东西观察史韩滉的侄儿韩泰，准女婿程异；徐州县令白季庚的儿子白居易；郭子仪节度使衙内推官柳镇的儿子柳宗元；浙西盐铁副使刘绪的儿子刘禹锡；刘绪隔壁的铁匠裴普林之子裴昌禹。

啊不对！是八位学生，还有元宽先生的幼子，不到三岁的元稹，他年幼，先生将他放在最后面而坐，只是体验而已。

这八位学生只有裴昌禹是本乡本土的苏州人，权恒的祖父是为仕江南，白居易的父亲是地方七品芝麻官，其他六位都是因安史之乱逃难江南而出生的。

不难看出，他们大都是贵胄之子，可见他们的长辈对元宽是多么的信任和尊重。

元宽可不论什么贵胄贫民，对待学生一视同仁。但一碗水有时也有端不平的时候，他内心还是喜爱刘禹锡的静稳、认真和打破砂锅问到底的劲儿。

元先生哪里知道，这八个孩子（包括其子元稹）将来都是叱咤朝廷的风云人物，国家栋梁之材，在为仕、治学、经商方面都有建树。可惜在元稹十岁那年，他就病逝了，未能看到弟子们未来成材的模样。

一日，元宽教读《尚书》中的新课中，最后两句是"禹锡玄圭，告厥成功"。

刘禹锡听得清楚，前句中怎么有我的名字呢？他举起小手。

先生见状就问："梦得，有什么不懂的吗？"

"先生，您念的最后两句'禹锡玄圭'是什么意思？"刘禹锡连忙站起来恭敬地问。

柳宗元也带头发出笑声，嚷道："先生，刘梦得自认玄圭，有辱圣贤，该挨板子。"

白居易随即附和，其他学生除权恒外都跟着起哄，就连坐在后排的元稹也嚷着："就是，就是。"

不难看出，这些学生都尝过元先生手中戒尺的滋味，就刘禹锡没有尝过，他们心中忌妒，认为这回抓住了他的把柄。

元先生先是一愣，很快醒悟过来，面露慈爱地反问："梦得，你父亲没有讲你名字的由来吗？"

刘禹锡红着脸儿，轻摇了一下头，诚实地说："没有。我娘只是说过'禹锡'是大禹送子的意思。"

"回答得很好，其他人别起哄，梦得的问题问到点子上了，老师现在就讲解一下'禹锡玄圭，告厥成功'的意思。"

2

原来，《尚书》中记载的是大禹治水后的故事。大禹带领百姓疏通了洪水，统领兵士平定了天下，受到了舜帝的嘉奖。舜帝将他心爱之物，一块名叫"玄圭"的美玉奖赐给大禹，表彰他对黎民百姓作出了巨大贡献。

元先生讲完，循循善诱地问："梦得，你知道你父亲给你取'禹锡'之名的寓意吗？"

刘禹锡沉思了一会儿，试探地作答："先生，父亲是希望我长大做一个对国家和百姓都有贡献的人。"

元宽听后一喜，心里暗暗夸赞道，多么聪明的孩子。但他心里欢喜，却面不改严肃之色地问："子厚（柳宗元字子厚）！你说，梦得回答得正确吗？"

柳宗元连忙站起来，看见先生手中的戒尺，不由自主地伸出了小手，喃喃道："先生，我错了。"

"你错在哪里？"元宽严肃地问。

小宗元快快地说："错在不该在课堂起哄，妒忌同学。"

他是个机灵的孩子，连忙转向隔壁座位上的刘禹锡，低头鞠躬赔礼说："梦得，对不起，我今后要向你学习。"

小禹锡也抱拳还礼说："子厚，我们相互学习。"

从此，他俩成了最要好的朋友。

"孩子们，他们做得对吗？"

"对！"课堂上响起异口同声的童音。

元宽要的就是这个效果，他接着教育弟子说："圣人曰：'见贤思齐焉，见不贤而内自省也。'你们将来都是国家栋梁之材，要团结友爱，不能妒贤嫉能，否则会祸国殃民，孩子们切记，切记。"

先生的一番教诲，使弟子们茅塞顿开，课堂竞赛学习的浪潮一浪高过一浪。

课后，小孩爱玩的天性显露无遗。

这是江南的冬天，虽然看不见北方一样的鹅毛大雪，但如柳絮一般的小雪花儿夹杂着刺骨的寒风，还是使人凉飕飕的。

中午放学，小雪花儿刚停，太阳就暖洋洋地冒了出来。学子们有的乘坐家里派的轿子回家，像白居易家远的就寄读在元先生家里，只有权恒家里显赫，是装饰豪华的马车来接他。

像往常一样，权恒拉着刘禹锡的手，亲切地邀请道："小舅，快上车呀！送你回家。"

刘禹锡挥了挥手说："你先走吧，柏松（裴昌禹字）找我有事儿。"

"好吧。"权府的马车刚走，刘禹锡却见裴昌禹扛着两根钓鱼用的小竹条儿小跑过来。

刘禹锡心领神会，连忙接过鱼竿，与裴昌禹一起向邗沟走去。

他们全然不知，小元稹像个跟屁虫似的，屁颠屁颠地跟在后面。

原来，刚要下课时，坐在前面的裴昌禹转过身来，向刘禹锡挤眉弄眼地加上手势向上不住地提着，他就明白裴昌禹这是邀他去先生家门口邗沟（古运河）的坡岸边钓鱼。这一切小元稹都看在眼里。

本地有一种鱼叫作王余鱼（太湖银鱼），身子很小，最大的不过两寸，嘴儿尖尖的，体形瘦长，浑身呈银白色。它们特别贪吃，人们在河边洗饭箕时，它们成群闻香而来，就是寒冷的冬天也不例外。

沿运河两岸的居民嘴馋时，就用扫帚上的小竹条儿，系上三尺来长的丝线儿，线头系上小钩，钩上挂着饭粒。不等一会儿，王余鱼就上钩了，只需一袋烟的工夫，一碗王余鱼就走进了厨房。加上少许咸芥菜在铁锅里煮入味，一盘又酸又鲜的"王余鱼煮芥菜"就端上桌子，够一家子解馋的了。

"哟，昌禹开了头竿。"小元稹拍着小手嚷道。

"这不，我也开竿了。"刘禹锡扬起竹竿上的鱼，扬扬自得。

"又是一条！"直乐得小元稹穿梭于两人之间，小嘴儿不停地欢叫。

正当他们钓得兴起时，突然扑通一声，传来小元稹"哇哇"的大哭声。

刘禹锡循声望去，大叫一声："不好，元稹滑倒在河里了！"他丢下渔竿，敏捷地跳入齐腰而刺骨的水中，将元稹抱上岸来，飞快地向先生家里跑去。

好就好在冬天里，师娘给元稹穿得严实，仅外面浸湿，棉袄里面还是干的。否则，浸泡在冰冷的河水里，不生病才怪呢。

元先生想到"生病"二字，忽然想起湿漉漉的梦得，连忙从里间跑出堂屋，哪里还有他的影儿。

原来，先生和师娘接过元稹，他们就慌忙进里间，给元稹换衣服，刘禹锡站在堂屋，经大门进来的寒风一吹，浑身就打起了战。他这才明白，他的下身也湿透了，赶紧跑回家中去换衣服。

张妈一见，惊呼起来："我的天哪，这大冷的天，少爷怎么掉到河里去了。"

"冷……"刘禹锡的嘴冻得直哆嗦，说不出话来。

张妈连忙将他拉进房间，三下五除二地剥下了他身上湿漉漉的衣服，赤条条地将他按在厚厚的被子里，前后扎了又扎，见密不透风暖和后，就对小禹锡说："少爷，你睡会儿就暖和了，我去烧碗姜汤给你喝，驱驱寒气。"

不一会儿，一碗热气腾腾的红糖姜汤就端了进来。张妈帮他穿上上衣，披上棉袄说："少爷，趁热喝了就不冷了。"

"嗯。"刘禹锡喝完姜汤，一股暖流很快传遍全身，整个人舒服多了。他便问："张妈，我娘呢？"

"夫人给表少爷做了一件新棉袄，送去你姐姐家了。"

"哦。张妈，请你不要将今天的事儿告诉娘亲，免得她又着急。"

"好的，少爷。"张妈看见少爷无大碍，也就应允了。

一年一度的寒假就要到来了，学子们学完了《周礼》《仪礼》《礼记》《春秋》《论语》《孟子》等文章。大多能背诵，且融会贯通。刘禹锡还兼读了《易经》《尔雅》这些学问较为深奥的书籍。

寒假考试结束后，元先生公布了成绩，并列第一名的是刘禹锡和白居易，柳宗元第二名，第三名是不起眼的小元稹，其他学子自尊心受到了极大的伤害，个个暗自发誓，这次论"大道之行也，天下为公"的寒假作业，一定要超过前三名，特别是要超过小不点儿元稹。

"大道之行也，天下为公"出自《礼记·礼运》，它的含义是：人们只要有公心，以天下为己任，才能国泰民安，社会才能进步。

学子们课堂里都读过《礼记》，作出此论文是驾轻就熟。

开学后，元先生认真圈阅完他们的作业后，感到非常欣慰。

元宽拿着学子们的试卷，在手中扬了扬，打破了平常老绷着脸儿的苦相，难得面带微笑地对弟子们说：

"你们个个都是好样的，文章思维缜密，论点新颖独特，论据充分。个个充分发挥了自己的潜能，文章隽秀，没有辜负老夫几年来的辛勤付出。"

3

一番开场白后，元先生步入正题："天下为公也，有的理解为'公德'，有的理解为'公断''公理''公论''公益'等，这些理解都没有错。平台是一样的，但每个弟子生活的环境和站的角度不一样，对'公'的理解就不一样。最值得表扬的是刘禹锡和柳宗元，他们抓住了天下为公的核心内涵，那就是'公平'。"

元宽继续讲道："只有公平，社会才能消除不公，康庄大道才能呈现，国家才能富强，百姓才能安居乐业，社会才能发展进步。因此，论'大道之行也，天下为公'，必须先要论公平公正也，这样的作文才是紧扣主题，空间之大，能使作者尽情发挥。"

八位学子聚精会神地听着先生讲解，"公"的含义深深地扎根在他们心中。

元宽接着说："在每个学子作文评语的后面，老夫用朱笔给大家圈了四个红圈，给了刘禹锡和柳宗元各圈了五个圈，大家说好不好？"

"好！"课堂上学子们异口同声。

放学后，柳宗元得意地邀着大家去书屋外的操场上踢蹴鞠，学子们纷纷响应跑向操场。

"哎哟！"刘禹锡正欲起身跑步，忽然一个踉跄跌倒在地，双脚膝关节钻心地疼，豆粒大的汗珠直往下掉，脸色苍白。

柳宗元闻声见状，转回来将他扶起坐回凳子上，关切地问："你怎么啦？"

刘禹锡用手指了指两个膝盖，痛苦不堪。

学子们都围了上来，看到刘禹锡这么痛苦的样子，吓得六神无主。还是白居易机灵，他去书房请出了先生。

元先生见状，连忙出门找来一顶轿子，将刘禹锡抬往陈子敬的医馆。

陈子敬忙迎上前问："梦得，是摔跤跌成这样的吗？"

"不，不是，师父！我上课时双膝关节就隐隐作痛，我忍住了，下课刚起身就不能迈腿，跌了一跤就不能走路了。"

陈子敬卷起刘禹锡的两个膝关节看了看，红肿得厉害，又拿出脉枕切了一会儿脉问："梦得，去年的冬天，你的双脚是不是被凉水浸泡过啊？"

刘禹锡刚想回答，忽地想起在邗沟钓鱼救小元稹时，的确在冰冷的河水中泡过。

于是，他点了点头，将那天发生的事儿跟师父一五一十地说了出来。

"这就对了！"陈子敬心疼地说，"你这孩子，你的膝关节突然受到冰水的浸泡，当时就应该到师父这里来抓几服药驱寒。这不，你已经患上了类风湿，成为痼疾，很难治愈。为师只能给你扎一个疗程的针灸，控制其发展，你要自己掌握，发作时自己用针灸缓解。"

说着，陈子敬将一个制作精致的小布匣一层一层地打开，里面有条不紊地装有八八六十四枚长短不一的银针。他耐心地向刘禹锡讲解规格不一的银针用途。并告诉他治疗类风湿病的十二个穴位。每扎一处，他就会用双指在针头上扭动着。

"麻不麻？"不一会儿，刘禹锡就点了点头。

真是神了，当十二枚银针扎在他腿上不同穴位上不久，他的双膝关节就不疼了。一个时辰的工夫，当师父拔掉银针，他就能下地走路了。

从此，刘禹锡爱上了中医。

诊毕，在刘禹锡软磨硬泡下，陈子敬终于点头答应他每周来一次医馆，他教他医术，全面地讲解如何采药、制药、切脉、开方和针灸、拔火罐、刮痧等医学知识。

陈子敬最后总结："积谷防饥，识医养生，天下之至理也。为师知你聪颖好学，笔丰文祺，将来必是国家的栋梁之材，不一定以治病救人为职业。但你身弱体虚，有碍处理国家大事。再说人食五谷六粟，没有不生病的道理，学医是一种最有效的自保办法……"

刘禹锡认真地听着，不时地点着头，他待师父讲完，不失时机地问："师父，听了您老人家的一席高论，使徒儿对学医有了一个崭新的认知，那徒儿该从何开始学起呢？"

"理论上就从《小品方》开始吧。"

《小品方》又名《经方小品》，共十二卷，是东晋医学泰斗陈延之撰著，通俗易懂，是初学者的启蒙读本，是中华医学之宝，也是陈氏传家之宝。

陈子敬是中医世家。三百余年来，第十五代传承人陈子敬的书斋中，至今还保存着竹笈和线装两个版本的《小品方》，可供徒子徒孙们抄阅学习。

两年多来，刘禹锡得空就到陈师父那儿实践学习，初步掌握了切脉要领、开方禁忌、针灸推拿等技术，还研读了《本草》《药对》《素问》等医学书籍。

刘禹锡靠着过硬的医学知识，保障了全家和自己的身体健康。以后数十年，他驾驶着心系国家这艘大船，在政治风云中颠簸，以健康的身体做后盾，毫无顾虑地游弋于政治的旋涡之中，并孜孜不倦地创作出很多流芳百世的优秀作品。

转眼间，刘禹锡几人都已是十几岁的少年。

阳春三月，他邀上外甥权恒，趁没有开学，他们沿着运河走出城外观花赏景。一出城，忽然下起了霏霏细雨，恬静的运河清澈见底，一群群锦鲤儿慢悠悠地游着，一见到天上的白鹭就纷纷沉入水底；两岸碧波荡漾的田野里传出蝈蝈儿"喔喔喔"的叫声，像是一个爱叨咕的妇人在向他们不停地炫耀着"丰收啦！""丰收啦！"；堤岸边的杨柳刚刚冒出点点儿绿色的嫩芽轻扬着，夹杂着在桑树间生长的春梅花、迎春的野花和畦里的油菜花，在争相吐艳；一群黄鹂在树间的枝头上飞来飞去地欢叫着，仿佛在告诉他们，春天真美。

触景生情，刘禹锡不禁舒喉放歌一曲《春游郊外》：

春深播雨运河流，摄景观光即兴游。
杨柳轻扬扬卉艳，秧禾荡漾漾田畴。
鹂歌竞伴蝈儿畅，鹭舞相邀锦鲤悠。
沿岸长风追秀水，尽流甜蜜大江收。

"好诗，好诗，好一句'沿岸长风追秀水，尽流甜蜜大江收'，气势磅礴。"权恒拍手称赞。

刘禹锡笑着说："别尽拍小舅的马屁了，你也和唱一首。"

正当权恒冥思苦想之时，远处突然传来纤夫高亢的歌声。

哎……

运河两岸花连花喂，春风吹浪正淘沙吔，正淘沙；

船家姑娘巧织锦啊，漂到中流赛晚霞哦，赛晚霞。

优美而又粗犷的曲调，使刘禹锡情不自禁地学着哼唱起来。唱着，唱着，唱上了瘾，竟在敬斋书屋里也哼着。

4

哼着，哼着，他并不知道等待一贯品学兼优的他的是元先生的严厉批评。

元宽进教室听见刘禹锡哼唱这种曲子，本来就长的脸儿拉得更长了，脸色难看极了。

元先生大声吼道："梦得，你站到前面来！是谁教你唱的？"

四年多来，这是刘禹锡第一次罚站，同窗们不明就里，他本人更是丈二和尚，摸不着头脑，一脸茫然。

"梦得，你是老夫最得意的弟子，知书识礼，今个儿怎么哼起了淫调野曲呢？"

原来是哼纤夫之曲惹的祸，刘禹锡心里不服，倔强地站着不声不响，沉默也是一种反抗。

怎么啦，这是一首动听的纤夫之歌啊，它将姑娘的织锦在水中漂流的情景与晚霞媲美，多么美丽的意境，多么难得，这是劳动人民智慧的结晶。

元先生见他没有认错的样儿，火冒三丈，指责他说："你的所学，都是孔圣人之著，你就是他老人家的门徒。圣人生前最反对'郑声'，你哼的正是郑声淫乐，是咱们读书人万万不可唱哼的。"

元宽见刘禹锡呆傻地站着没有任何反应，继续训斥："你要多听雅正的歌曲。向圣人学习。"

这时，白居易在座位上举起了右手。

"乐天（白居易字），你有什么问题，请讲。"

"请问先生，孔圣人是怎样听雅曲的？"

元先生讲道："孔圣人在一次文人雅士聚会中，当听到舜帝传下来的《韶》乐时，他沉浸其中，痴迷得很长时间尝不出肉味，常常夸口赞曰：'尽美矣，又尽善也，天下绝唱乎。'"

元先生又转向其他弟子说："大家要吸取刘梦得的这次教训，规范自己的行为准则，圣人曰：'学而优则仕。'否则，你们今后不要说是我元老夫子的弟子。"

刘禹锡倔强地站了一堂课，一动不动，一脸茫然。

很长一段时间，父亲出公差没有回家，他左等右盼，今天见到慈祥的父亲后，禁不住眼泪夺眶而出。

"禹儿怎么啦？是谁欺负你了，男儿有泪不可轻弹哟。"

"父亲，没有谁欺负孩儿，孩儿是受了先生无端的责罚。"

"啊？说来听听。"

于是，刘禹锡就将盘桓在心中的疑问，如竹筒里倒豆子，哗啦啦地倾泻而出。

刘绪很快听懂了事情原委，抚摸着儿子的头，笑着说："难为我儿遇到了人生的难题。人生的错误和挫折总是难免的，只要你正确对待，一切问题都可以迎刃而解。"

刘禹锡迷惘地说："父亲，难道我所学的知识，不能融合在劳动民众之间去吗？"

刘绪很愿意与儿子交心谈心，亲切地说："禹儿，儒家思想的确不注重民间文艺作品。元先生批评你是有依据和道理的，你不要往心里去。为父与你的想法是一致的，写文章和诗词不可拘泥，应有充分的想象空间，到大自然和民间去采风，再结合自己所学的知识，就能写出文采斐然的诗歌和文章。比如李白的《望庐山瀑布》……"

听到父亲讲到这儿，刘禹锡不禁吟哦了起来：

日照香炉生紫烟，遥看瀑布挂前川，
飞流直下三千尺，疑是银河落九天。

　　"不错，我儿记忆力真好。"刘绪竖了竖大拇指后，接着说，"大多学者评论这首诗曰：诗人是用夸张和拟人的手法创作出来的，脍炙人口，具有浪漫主义风采。但从另一个角度想，假如李白不是读书之人，不是朝廷官吏，而是一般平民百姓，他的这首诗会被读书之人嗤之以鼻的，会说他吹牛不打草稿。这就是人们对等级观念的认知，也是人性使然，同时也是人性的弱点。望儿记住，说服别人的首要办法是，要想方设法地引发对方的强烈欲求。"

　　"嗯，孩儿记住了。"刘禹锡似懂非懂地点了点头。

　　刘绪最后鼓励儿子说："你的第一感知很重要，只要你第一次听了民歌，认为好听，你就把它记住，时而哼唱，如果能被人们所接受，这就是一首好歌。"

　　刘禹锡惊讶地望着父亲，调皮地模仿元先生的语气问："此话当真，你有何依据？"

　　于是，刘绪将自己在韦元甫身边当幕僚时，亲眼所见的故事跟儿子讲了起来："韦宰相博学多才，是当今之人无可比拟的。他老人家酷爱民间文艺，工作之余，他将民间流传四百多年的北朝民歌《木兰诗》收集整理成册，并在文人中间广泛宣传说：'这是天下一流的好诗，大家普遍认为好诗是文人创作的，其实好诗在民间啊！'"

　　刘禹锡听完父亲的一番宏论和韦宰相的故事，茅塞顿开，并对韦宰相佩服得五体投地。

　　儿子大了，有了独立思考的能力。

　　刘绪继续鼓励儿子说："禹儿，你知道恒儿的爷爷权大人，在我面前是怎样夸赞你的吗？"

　　刘禹锡自豪地说："权伯伯可喜欢我啦，他老人家是怎样评价孩儿的？"

　　"权大人说：'始予见其屮，已习《诗》《书》，佩觿、韘，恭敬详雅，异乎其伦。'"

　　这句话的意思是说，权德舆最初见到小禹锡时，头发束成两个角，脖子上挂着象骨和玉石制成的挂件，还是孩童打扮时，已经学习了《诗经》和

《尚书》，态度恭谦、庄重、安详、文雅，显然与一般的孩子不同。

刘禹锡听后，谦逊地表态说："谢过权伯父赞扬，孩儿定能见器，始见知名。"

刘绪高兴地说："好，禹儿有志气。"

三年后，同窗好友白居易和柳宗元均因父亲调离河南和河东任职而分别。德宗贞元七年，他们重逢于京城长安。

刘禹锡继续在元先生那儿读了两年私塾，终因元先生病重不能执教，他转而又到皎然和灵澈两位诗僧那儿专心学诗。

5

这些年，在皎然和灵澈两位诗僧的点拨和熏陶下，刘禹锡的诗作在江南初显名气。

名气，在当朝科举制度中是很重要的一环。莘莘学子欲想进京报考进士，首先要拿到进士资格证书。所谓证书并不完全是通过考试，而是看你的诗文在当地有没有名气。

朝廷科举制度中，初选准进士有三关。第一关就是由县考棚监判选出优等生后，县官召集当地名流雅士集体研究，举荐出地方每年进州考试的考生；第二关是所辖州府审核，经考试筛选后，再由州府五名以上的社会名流举荐优等考生；第三关是由刺史大人根据名额数量，亲自审核再发放准考进士资格证。

获取准考证的考生名曰"举人"。

每年各州府的举人名额有着严格的限制，分为上州、中州、下州，上州三名，中州二名，下州一名。苏州在全国来说属上州，每年可以向朝廷举荐三名举人报考进士。

这一初选制度，年轻的刘禹锡就分析出其中的弊端，这种初选，并不能将品质超群的学子举荐给朝廷，反而会导致任人唯亲，徇私舞弊之风弥漫。

好在新任的苏州刺史韦应物是朝廷中公认的文胆，廉洁奉公，谁都不敢找他开后门。上行下效，当年苏州府区乃是铁板一块。

韦应物是苏州府第五任刺史，前几任分别是韦元甫、李栖筠、李涵和韩滉。

所谓"刺史"又称郡守，后来白居易和刘禹锡也分别做了苏州刺史。由于这三位刺史都是名望很高的诗人，又为苏州百姓作出了杰出贡献，深得百姓爱戴，被传颂为"苏州三贤"。

他们为任一方，不但爱民如子，还深深地热爱这块土地，有诗为证。一贤韦应物创作有《登重玄寺阁》：

> 时暇陟云构，晨霁澄景光。
>
> 始见吴都大，十里郁苍苍。
>
> 山川表明丽，湖海吞大荒。
>
> 合沓臻水陆，骈阗会四方。
>
> 俗繁节又暄，雨顺物亦康。
>
> 禽鱼各翔泳，草木遍芬芳。
>
> 于兹省氓俗，一用劝农桑。
>
> 诚知虎符忝，但恨归路长。

继韦应物之后的二贤白居易更是赞不绝口，他即兴挥毫，创作了一首《登阊门闲望》：

> 阊门四望郁苍苍，始觉州雄土俗强。
>
> 十万夫家供课税，五千子弟守封疆。
>
> 阖闾城碧铺秋草，乌鹊桥红带夕阳。
>
> 处处楼前飘管吹，家家门外泊舟航。
>
> 云埋虎寺山藏色，月耀娃宫水放光。
>
> 曾赏钱唐嫌茂苑，今来未敢苦夸张。

刘禹锡做梦都没有想到，他也能担任苏州刺史。可苏州的美景和名胜古迹，都被风流倜傥的两位前任写完了，他怎么再出这个风头呢？不如当一回吹鼓手。

> 苏州刺史例能诗，西掖今来替左司。
> 二八城门开道路，五千兵马引旌旗。
> 水通山寺笙歌去，骑过虹桥剑戟随。
> 若共吴王斗百草，不如应是欠西施。
> ……

以上的小插曲只是后话，此时的刘禹锡并不甘心当一名文士，儒家"学而优则仕"的得志行道思想，已经烙印在他的心里，他决心进京考进士。

对于县州两级考试，凭刘禹锡的实力，他对闯过前两关充满信心。凭着父亲刘绪的为人加之刘禹锡的文采在江南小有名气，找五个举荐人并不困难。

的确如此，刘禹锡十八岁那年，连闯两关，顺风顺水。

难就难在韦刺史这一关，而这一关特别重要，没有他签字的资格证书，你就甭想进京考试，进京也徒劳。

韦应物批准进士资格的方法非常特别：只有社会名流才有资格向他推荐举人，他再将推荐的举人，录用到府衙担任书记员。试用期多则一年，少则半年。

韦刺史要亲自考察举人各方面的能力，认为合格的，他才在资格证上签上自己的大名，盖上官印，而没有入他法眼的举人，到期自行卷铺盖走人。

为了能入苏州衙门当书记员，刘禹锡这几天在思索着找第一介绍人。

孙子曰："知己知彼，百战不殆。"韦刺史很讲究门第观念，要找一位德高望重的长者才行。

皎然师父显然不行，虽然他是江南有名的诗僧，但韦刺史对出家之人并不感冒。可惜元先生在元稹十岁那年去世了。刘禹锡知道，权侯爷洁身自爱，他不喜欢直截了当求他办事的人，认为他们是山野村夫，市井之人，不屑一顾。用什么办法才能打动权伯父的心，让他乐意帮助自己，而不强人所难呢？

有啦，就写一首诗当作敲门砖吧。

主意已定，刘禹锡大步流星地来到权府。他轻叩了三下朱红大门上的门环，不一会儿，只听吱的一声大门打开。

"啊！是刘公子，快请。"

"权管家好！"

礼毕，权管家在前面引路，见一丫鬟过来，忙对她说："快去通报少夫人，舅老爷来了。"

"哎。"丫鬟正要离去，刘禹锡忙制止说："我不去姐姐那儿。不劳驾你们了，两位忙去吧，我是来找侯爷的。"

权管家忙说："侯爷在他书房里。"

"好的，谢谢！"说着，刘禹锡轻车熟路地来到权德舆的书房里。

他轻轻地推开房门，见权侯爷正专心致志地练习书法。

"晚侄拜见侯爷！"

别看权德舆已近耄耋之年，却目光如炬，精神矍铄。

"是刘贤侄啊，快来评评老夫写的字。"

"不敢！"刘禹锡嘴里是这样说，但身体已经靠近了案台。他仔仔细细地观赏着"宁静致远"四个苍劲有神的权体大字，不禁拍手叫好。

"侯爷，晚辈献丑了。"

刘禹锡见侯爷笑着点了点头，这才赞美地说："侯爷的字体刚猛有力，气势雄厚，结构遒劲，字字严谨，超尘脱俗，乃权体之神也。"

"哈哈哈！"权德舆听到晚辈的评语，不禁高兴地大笑了起来。

"权伯父！"此时，刘禹锡不叫侯爷了，这将两者的关系拉得更加亲密了一步。

"请您老人家将这幅墨宝赐给晚侄惠存如何？"

权体是权德舆在楷书的基础上，集北碑、南帖于一体，独创而成，他的字体凌驾于当朝五花八门的字体之上。

第三章　蝶采花儿花恋蝶

1

能得到权德舆的真迹的确很不容易，就连当年江南节度使、他的同僚兼好友李栖筠开口索字，他都婉言谢绝。

今天权德舆在这位自己从小看着长大而又特别喜爱的晚辈真诚中透着祈求的清澈眼神下，竟破天荒地应许了。

"贤侄认为老夫的拙作可以收藏，就赠予你吧。"

说完，他就提笔在"宁静致远"的宣纸右上角写上："赠贤侄梦得惠存"，再在左下角落款，然后盖上闲章和本人印章。

"谢谢伯父，谢谢伯父！"刘禹锡连连施礼道。

礼毕，刘禹锡伸出双手，小心翼翼地卷起墨宝，拿在手中。

"贤侄，你今天怎么有空到老夫的府上来？"

得到墨宝，一阵激动，差一点儿将正事给忘了。

"权伯父……"刘禹锡假装难以启齿的样儿说，"我……我……"

"你看你这孩子，一向口齿伶俐，今儿个怎么磨磨蹭蹭的。"权德舆表态说，"不论你有什么要求，老夫都满足你。"

刘禹锡见权侯爷如此喜爱他，就鼓起勇气将口袋里的一张便笺掏出来，双手恭敬地递给他说："权伯父，我昨日到虎丘去郊游，得诗一首，请您老品鉴。"

学问学问，边学边问。权德舆就是喜欢刘禹锡这种孜孜以求的学习精神，他心想：要是我那宝贝孙子权恒，有他舅舅这一半的精神，老夫睡着了也会笑醒。唉！舅甥俩年龄相仿，师出同门，学问怎么有天壤之别呢。

权德舆边想边接过他手中的纸儿，打开一看，一首《郊游虎丘抒怀》

七绝诗，映入他的眼帘。

> 寒泉濯尽远尘踪，清澈溪边绿草茏。
> 步上阶梯身正稳，虎丘塔顶望高峰。

这是一首借古抒情的诗作，表面看是作者沿着当年越王勾践被软禁的寒泉而上山，清澈的泉水两旁长满了翠绿葱茏的小草。他来到了虎丘塔，即兴拾级而上登上了塔顶，放眼一望，望到了远处群山中的最高峰。

权德舆混迹官场一生，政治精明，文学造诣颇高；刘禹锡的这点心思，他一眼就看得一清二楚。

他的诗作隐晦地表达着他的政治抱负。此诗的寓意是：我大唐盛世，越王卧薪尝胆的时代已经过去；清明的朝廷孕育着很多有才之士。我要刚正不阿地步入仕途，一步一个脚印地为百姓办事，力争达到最高峰。其中，还带有一览众山小的气魄。

权德舆看完，望了望眼前的年轻人，心想，这才是国家真正的栋梁之材，老夫举荐他责无旁贷。

他走近案台，正要向韦应物写一封举荐信时，忽地又放下毛笔。

刘禹锡暗自一惊，难道他老人家要变卦吗？

"快去将我的宝贝孙子叫来。"权德舆吩咐道。

"好的，侯爷。"站在一旁的侍女连忙向小少爷房间跑去。

不一会儿，权恒就进了书房，撒娇地嚷嚷道："爷爷您烦不烦？我正在房里看书哩。"

其实，他躲在自己的书房里，正津津有味地看着一本淫乐书。这也难怪，他正处于青春朦胧期，哪个少女不怀春，哪个少年不痴情，更何况他还是个花花公子呢。

权德舆满脸灿笑着说："乖孙子，你看谁来了。"

"哟，是同窗小舅啊，不知是什么风将你吹来了。"权恒边说边上前抱拳施礼，亲切地说。

"是东风。"权德舆笑着将刘禹锡作的诗递给孙子说，"你能理解此诗的含义吗？"

权恒看了一会儿，大致明白了小舅的来意。他心中暗喜，心中就有了小九九，但这是秘密，不能公开。

他忙对爷爷说："爷爷，我要和小舅一块儿去苏州衙门，我也要去拿资格证，考进士。"

"哈哈哈！"孙子的心愿正是他期盼的，权侯爷不禁高兴地大笑了起来，"老夫这就跟韦刺史写举荐信，为国家举荐人才。"

刘禹锡担心地说："权伯父，您老一次举荐两个亲属，再说恒儿并未通过举人考试，韦刺史可是个不畏权势之人，他会应许吗？"

"举贤不避亲嘛，我相信韦应物会给老夫面子的。至于举人考试，明年再行补上。哈哈……"权侯爷一阵得意地大笑。

笑毕，权德舆忽地话锋一转说："不过，你们俩在州衙当差，要兢兢业业，勤勤恳恳，将自己的聪明才智淋漓尽致地发挥出来。只有这样，才能打动韦老夫子。否则，如果你们是凡夫俗子，就是当今圣上出面说情，他宁肯掉脑袋，也不会发放资格证书的。"

刘禹锡和权恒连忙表态说：

"伯父，您的嘱托晚辈铭记于心。"

"爷爷，您的谆谆教诲我们记住了。"

刘禹锡带着权恒出街市，踏石桥，见一汉白玉牌坊炯然于前，穿过牌坊，高大的门楼上方悬挂着"苏州府"三个苍劲镀金大字匾额。

接待他们的是州衙总管家裴干，刘禹锡认识他，他是娘舅家的远房亲戚。

"晚生拜见总管大人。"刘禹锡上前施礼后，说明了他们的来意。

裴干公事公办地问："有举荐信吗？"

刘禹锡很有礼貌地双手呈上举荐信。

裴干见是权侯爷的专用信封，哪敢怠慢，连忙将他们带到正在苏州衙门大堂案头审阅卷宗的韦应物面前。

"韦大人，有两位举人来做书记员。"

韦应物头也不抬地问："何人举荐？"

"回大人话，是赋闲在家的权侯爷。"

这时，刘禹锡带着权恒上前抱拳行鞠躬礼。

"晚生刘禹锡拜见刺史大人。"

"晚生权恒拜见刺史大人。"

韦应物一听是权德舆举荐来的，忙放下手中的卷宗，抬头打量眼前这两位年轻人。

只见两个秀才打扮的书生，高挑秀雅，身材均在五尺之上，高矮胖瘦，不差上下；衣服都是冰蓝色上好的昂贵丝绸，一个绣着雅致的竹叶花纹，一个绣着淡淡的荷叶花纹。俊俏的脸儿白里透红，与他们头上的羊脂玉发簪交相辉映，巧妙地烘托出两位英俊贵公子的非凡身影，乍一看像是一对双胞胎。

2

虽然韦应物识人无数，但他也看花了眼，使劲地揉了揉双眼，还是分辨不出谁是刘禹锡，谁是权恒。

这也难怪韦刺史，由于卢氏已是花甲老人，行动不便，刘禹锡的穿着全部是姐姐李姣儿料理。

一个是弟弟，一个是儿子，李姣儿倾注了全部的爱，用心装扮着他们。要不是怕公公分辨不出谁是谁，李氏就连他们衣服上的图案，也想绣成一样的。

"谁是刘禹锡？"韦应物疑问着问道。

"回大人，晚生便是。"刘禹锡躬身回答。

"好，好。"韦应物说，"老夫记住了，穿荷叶衣服的是刘绪的儿子，穿竹叶衣服的自然是权侯爷的孙子、权璩的儿子了。"

韦应物接着吩咐说："这两天你们跟着裴总管到州衙转一转，熟悉一下环境，具体工作他会与你们交代的。"

韦应物吩咐完后，拿起案台上的卷宗，又埋头看了起来。

他们很识趣地退出大堂，跟着裴总管去熟悉环境。

苏州衙门之大，盖江南州府之冠。古色古香的建筑群，其整肃之势，就是东都也不可比拟。穿过牌坊至府衙大门之间，是司访人员往来之所；门廊内外衙界，有衙卒警卫，那是信访咨询之处；过门廊，见有高大的石狮一双，显示出州府之威仪。

中心是州府衙门；左侧为税课司，乃钱粮重地。

内衙深处，却与古运河码头相通，便于往来船只检验。其院中古槐、古柳高大葱茏，荫蔽着青石路面。

右入画廊，通铸钱所、书局等。多门与内衙相通，以便属吏出入。

各办公处错落有致，垂柳掩映，极其清幽。其中画廊常悬挂刺史和江南名士书画，以旌表文教英华。

衙后是一栋栋具有江南风格的古建筑群，是刺史和贴身总管以及下人所居住之地……

书记室就设在苏州衙门大堂的一侧，便于韦刺史传唤。

书记室内有二八一十六名书记员，负责各部门的资料、数据和文档的收集、整理入册，便于刺史大人查阅，各负其责。

因为刘禹锡和权恒是进士候选人，他们便成为韦刺史身边的书记员，每天的工作是"一摸带十杂，整理带笔匣"。说白了，就是韦刺史的私人文书，倒也轻松。

这份工作，舅甥俩干得很卖力，各种文书整理得有条不紊，韦刺史的办公案台每天擦拭得贼亮贼亮的，两人起草文书精湛娴熟。当然，是刘禹锡干活最多，才使他们相互配合默契，深得韦刺史器重。

韦刺史闲暇时，常对裴总管夸赞说："权侯爷予老夫举荐了两个栋梁之材。"

这天，韦应物别出心裁地想考一考这两个孩子，出了一题："剖析前朝宰相房玄龄和杜如晦的功过是非。"

刘禹锡仅用一天的时间，就交出了题为《辩迹论》的答卷。

客有能通本朝之雅故者曰：时之污崇，视辅臣之用。房与杜，迹何观焉？建官取士之制，地征口赋之令，礼乐刑罚之章，因隋而已矣。二公奚施为？

余愀然曰：三王之道，犹夫循环，非必变焉，审所当救而已。隋之过岂制置名数之间耶？顾名与事乖耳，因之何害焉！夫上材之道，非务所举，必的然可使户晓为迹也。吾观梁公之迹，章章如县宇矣。

　　曷然哉？请借一以明之。

　　……

　　韦应物耐心地看完了两人的文章，不禁叹然：刘禹锡的文章要胜过权恒几筹啊。

　　刘禹锡的《辩迹论》大意是：一次文会辩论中，有一位通晓本朝掌故的客人说："时势的衰盛，要看宰相的作用如何。"

　　我问客人："你对房玄龄与杜如晦的功绩如何看待？"

　　客人反问说："设立官制和科举取士制度，按照土地、人口征收赋税的法令，礼乐、刑罚的典章等，都不过是沿用隋朝的罢了，这两位宰相有什么作为呢？"

　　我不高兴地说："夏、商、周三朝的典章制度，尚且循环沿用，不一定要改变，无非是审察所应当矫正的部分而已。"

　　我反问客人："隋朝的过失难道是在典章制度的制定之中吗？只是规定的典章制度与实际操作相违背罢了，沿用隋朝的制度有什么害处呢？"

　　……

　　最后辩论的结果：统一了对两任宰相功过是非的评价。总而言之，房玄龄的口碑和杜如晦的功绩都是难能可贵的，值得后人学习借鉴。客人无言可答，起身而去。

　　通过这次辩论，进一步使刘禹锡认识到：看书的人应当读懂书中的真实含义，仰慕贤人的人应当仰慕贤人的思想，只根据功绩去考查，虽然广博却没有抓住要领，确实如此！

　　实际韦应物出的这个题目，是他和他的宝贝千金，只有十四岁的韦莺辩论时，他没有辩赢饱读"四书五经"的女儿，她的观点竟与刘禹锡异曲同工。真是巾帼不让须眉，可惜是个女孩儿，要是个男儿定会成为国家的栋梁之材。

　　为了纠正权恒的错误论证观点，韦应物叫来权恒，直言不讳地说："权恒，你的论点论证虽然充分，但你论证的结果却是错误的，你要向你小舅学习，多看书，这样才有进步。"

权恒听后，脸儿红一阵儿，白一阵儿，口是心非地说："谢谢大人教诲，我一定好好向小舅学习。"

韦刺史见他态度诚恳，挥了挥手说："去忙吧！"

3

权恒走出大堂，心里嘀咕着：学习个屁，这个与我没有血缘关系的所谓小舅，处处压我一头，从种种迹象上看，他是我仕途的竞争者，将来是个冤家。事实很清楚，他夺走了我的母爱不说，上私塾时元先生就偏袒他，就连一向溺爱我的爷爷，也经常唠叨要我向他学习；今个儿，刺史大人像是与爷爷统一口径似的，又要我向他学习。

官不过三代。由于权恒从小就被爷爷溺爱，因此被娇惯成了一个纨绔子弟，妒忌心极强。从此，权恒心里就有了阴影，记恨起了刘禹锡。

刘禹锡心里如明镜似的，但还是一如既往地呵护、帮助这个外甥。

转眼间四个多月过去了。这天刘禹锡还和往常一样，提前来到府衙，将大堂的案台重新擦拭一番后，发现已经到上班时辰了，却还不见外甥权恒来。

刘禹锡心想，难道是他生病了，或是出现了其他状况？不行！得向裴总管请一会儿假，我得上他家去看一看。

"裴总管，权恒今天没有来当值，不知是否发生了什么事儿？我得上他府上去看一看。就一会儿工夫，请您老批准。"

裴干没好气地说："别去了，他已经被韦刺史辞退了。"

刘禹锡一惊，忙问："请问总管，这是为什么？"

"我哪儿知道，待会儿你问一问韦刺史不就知道了。"

刘禹锡想想也是这个理儿。一上午怀着忐忑不安的心情，他已记不清往返于大堂多少次了。

每次来时，只是见刺史大人埋头审阅各县衙送来的卷宗，他不便打扰，就退了回去。

临下值时，韦刺史终于抬起头问："梦得，有什么事儿？"

刘禹锡试探着问："韦大人在上，请问权恒他……"

韦应物也不回话，一脸威严地从案台下拿出一张字条给他。

刘禹锡接过一看，顿时浑身冷汗直冒。

他脑海里闪现出前天，他和权恒一块儿去后衙的事。

那天，韦应物将一份扬州报上来的文书遗留在家里，此时正要批阅，就对一旁站着的刘禹锡说：

"梦得，老夫将扬州的文书落在家里了，你去后衙找韦管家拿予老夫。"

"是！"刘禹锡应承着走出了大堂。

"小舅，哪里去？"闲着无事的权恒，忙从书记室跑出来，追上他问。

"去后衙韦刺史府上拿一份文书。"

"我跟小舅一块儿去。"权恒听说要去韦刺史府上，顿时心猿意马，机会来了，他哪能放过。

刺史大人的府第不是常人能够自由出入的，可他俩腰间挂着州衙大堂的腰牌，为了工作方便，他们可以自由出入衙内的各个部门和后衙。

他俩很快从王府管家那里拿到文书，时间还早，刘禹锡经不住权恒的软磨硬泡，同意与他一块儿去参观一下刺史家的后花园。

他们来到后花园，权恒不禁嚷道："好大好别致的后花园。"

可不是吗？后花园占地面积约有几百亩，全园分东、中、西三部分。东部明快开朗，以平冈远山、松林草坪、竹坞曲水为主；中部为园中精华，池水面积占有三分之一，以水为主，池广树茂，花床铺地，假山林立，景色自然；临水布置了形体不一、高低错落的建筑，主次分明；西部水池呈曲尺形，其特点为台馆分峙，回廊起伏，水波倒影，别有情趣。

他们正游得兴起，突然假山后面传来一阵阵"咯咯"的嬉笑声。

刘禹锡闻声就猜想可能是刺史大人家的小姐和丫鬟们在花园里嬉戏玩耍。

男女有别，他忙对权恒说："走吧，韦刺史还等着文书呢。"说着，刘禹锡头也不回地向前衙而去。

权恒是个花花公子，一听到女子的笑声身体就发软，脚下像抹了树脂胶似的，哪里还迈得动腿儿。

这正是他要来后花园的目的，他早就听闻韦刺史的千金国色天香，一睹芳容的机会不能错过，他两眼直愣愣地盯着假山后面。

不一会儿，假山后面就出现两个小姐和一群丫鬟的身影。权恒连忙躲在一棵古柳后面，两眼一眨不眨地品味着两位小姐婀娜多姿的娇容。

走在前面的是一位二八年龄的少女，她的秀手紧牵着另一个比她年龄略小的秀手，迈着碎莲步从假山后袅娜而出。

权恒望着走在前面亭亭玉立的小姐，心里陡然像有七八只小兔子，怦怦乱跳，他瞪着一双色眯眯的眼，口水不自觉地流了出来。

只见前面的小姐，髻鸦高拥，鬟凤低垂，领如蝤蛴，腰似杨柳；一双两三寸模样的莲钩儿，从粉红的裙子下微微露出，格外勾魂摄魄。

别看权恒是个花花公子，这可是刺史家的后花园，他有贼心可没有贼胆。他紧缩在古柳后面，害怕被小姐们看见，他紧盯着她们远去。

晚上，他躺在床上辗转反侧，难以入眠。

对，我何不作一首情诗，悄悄地叫丫鬟转给韦小姐，试探试探她，如有回音，就说明有戏。想到这儿，他索性翻身起床，来到书房。

这时脑子一片空白，索性将李白《别内赴征》的情诗照抄：

翡翠为楼金作梯，谁人独宿倚门啼？
夜坐寒灯连晓月，行行泪尽楚关西。

权恒此刻脑中只有韦小姐，哪还管这照搬别人的作品是不齿行为，还扬扬自得地署上自己的大名。

其实，他在后花园里看见走在前面的是裴总管的女儿裴花，而裴花手牵着的才是韦刺史的女儿韦莺。

第二天上班，权恒就悄悄地溜进府衙后院，正巧遇韦小姐的贴身丫鬟翠儿，他低三下四地缠着她，请她将这封信转交给小姐，翠儿纠缠不过，这才接过了他手中的书信。

权恒弄巧成拙，韦小姐气恼地将他的这首诗交给了父亲。

韦应物看后大怒：如此轻浮之徒，不学无术，若举荐为进士，将来定会祸国殃民，于是，毫不留情地辞退了他。

4

韦刺史不畏权势，果断地辞退了外甥权恒，看来是个眼里容不得沙子之人，我得处处小心才是。

正当刘禹锡暗自提醒自己时，却怕什么来什么。

这天，刘禹锡又到韦府后衙替韦刺史拿资料，一出韦刺史书房的房门，匆忙中竟与一位女子撞了个满怀。

女子的身子酥酥软软的，身上还有一股淡淡的香味儿直沁他的鼻孔，他如遭电击一般，顿时手足无措，呆愣在一旁。

这也难怪，刘禹锡是第一次与花样年华的女子近距离接触，何况他胸前抱着文书的双手，还不经意地碰到那女子微微凸起的秀峰呢。

"你是？"秀丽女子娇羞地问。

"对不起，小生是前衙书记员刘梦得。"

"你就是梦哥哥！"本应叫他梦得哥，慌乱中她却叫成了梦哥哥。突然意识到"梦哥哥"有梦见哥哥之意，顷刻间她的脸像血泼了一样，顿时红到了脖根，就像苹果树上熟透的苹果，惹人喜欢。

刘禹锡倒没有这么想，礼貌而又正色地问："请问小姐是……"

"小女子是当衙刺史的女儿，名韦莺。"

刘禹锡一听，脸儿顿时雪白，心中暗暗叫苦：完了，完了，这下闯大祸了，要是王大小姐在她父亲面前，告上我一状，那我就要步外甥的后尘，卷铺盖走人。走人事小，那我的政治抱负就会成为泡影。不行，十年的寒窗之苦不能白费。眼前的小姐并不是凶神恶煞之人，只要我真诚地向她赔礼道歉，相信她会原谅我的。"韦小姐，对不起，我不是故意的，请你原谅。"

韦莺见他双手抱拳躬身，眼睛不敢直视她的诚实样儿，不禁咯咯一笑，一双秀丽的眼珠儿转了转，调皮地说：

"好吧，看在你的《辩迹论》观点与本小姐一致的分上，本小姐就饶了你这一次。不过……"

刘禹锡刚刚放下的心，又提到了嗓子眼。

"不过什么，请韦小姐赐教。"

"人家刚才叫了你一声梦哥哥，你得叫我一声莺妹，不然本小姐就亏大了。"

这哪跟哪呀。当刘禹锡望着她那青涩而又天真的眼睛，没有半点邪念，没有多想，立即做出决定，本少爷有个姐姐，认个妹妹何妨。

"莺妹！"

"哎！"韦莺甜甜地应了一声，转身像一只小燕子一样飞走了。

其实，韦莺和好姐妹裴花早就耳闻刘禹锡是个才艺双全的公子，在苏州城内已崭露头角。特别是当她们看见他写的《辩迹论》后，被他能言善辩、雄才大略的志向所折服。

韦小姐言而有信，她并没有在父亲面前告发刘禹锡，这倒使得两个情窦初开的年轻人平添了几分情愫。

这天，是个阳光明媚的冬日，太阳照得人身上暖洋洋的。正欲含苞待放的梅花，竟一下子放纵地绽放开来，给江南的冬天带来春的色彩。

苏州府衙张灯结彩，人流如织。刺史韦应物亲临考场厅堂，上等佐官别驾、长史、司马侍立左右，六曹参军只能在下首听候使唤，各县县令和社会名流也应召而来。

吉时已到，州府乐队钟磬齐鸣，笙笛悠扬。此时忙坏了裴主管，他按尊卑长幼安排次序入座。

厅堂中间主首高大的墙壁上高挂着孔圣人的画像，下方的长长案台上备有各种祭器，器皿中盛放着祭物。

宾客们在韦应物的率领下，纷纷来到孔圣人像前，每人焚香一炷，祭拜先师。

礼毕，韦应物又回到圣人像前，从王主簿手中接过一轴短卷，拉开卷面，向大家挥了挥手，顿时宽大的厅堂鸦雀无声。

激动人心的时刻到了，刘禹锡和"乡贡"们屏住呼吸，竖起耳朵听取韦刺史宣布准进士结果：

"本州府本年度举人考试，实到贡生一百零八名，录取举人三名，他们分别是……"

韦应物在关键时刻吊起了众多贡生的胃口，使他们胃里有十几只水桶，七上八下的。

"第一名是刘禹锡，次名王行方，第三名是邱员。本州举荐刘禹锡等三人上朝应试进士，期望个个登科，为本州生辉。"

宣布完毕，鼓乐齐鸣，一片欢腾。刘绪十分兴奋，激动得不住咳嗽，咳得老泪纵横。

权德舆也很兴奋，正要向身边的爱孙权恒老调重弹"向他小舅学习"时，只见权恒哼的一声冷笑，愤愤而去。

花开两枝，话分两头。苏州府准备着丰盛的酒宴，庆祝此次举人的荣耀。席间，还有官养歌伎伴舞助兴，新举人要为这些来捧场的官僚贵胄和社会贤达敬酒。

席后，还要与这些贵人座谈读书方法和理想抱负等，暂且不提。

再说，刘绪小跑着在州府报喜队伍的前面引路；王主簿则在后带着由二十余人组成的送喜报的队伍。

一路上敲锣打鼓，唢呐声夹杂鞭炮齐鸣，整个姑苏城上空弥漫着喜庆气氛。一群头上扎着发髻的孩子，蹦蹦跳跳地拾着掉在地上未爆响的爆竹，紧跟着报喜的队伍后面，直奔刘府而来，好生热闹。

贞元六年（790），刘禹锡已经是个十九岁的小伙子了，正值弱冠年华，他顺利地连闯三关，终于拿到了进京报考进士的合格证书。

年近六十的老母卢氏，闻讯后，迈着颤巍巍的三寸金莲，乐滋滋地率领家佣们在刘府大门口迎接报喜的官差。

"恭喜刘大人，贺喜刘夫人。"王主簿来到刘府门前，忙上前向刘绪夫妇道贺。

随即他挥了挥手，乐队戛然而止，顿时刘府门前一片宁静。

喜 报

新荐举人刘禹锡，字梦得；通过三级考试和乡绅贤达一致推举，本刺史特批准他为本年度进京报考进士资格首魁。

特此报喜！

苏州府刺史韦应物

王主簿刚一读完，刘绪忙上前躬身接过喜报。

卢氏双手捧着一个大红包，由贴身丫鬟春香和秋香左右搀扶着，面带幸福的笑容，稳步来到王主簿面前。

她先敬上红包，随后邀请他们说："王主簿辛苦了，各位官爷辛苦了。拙家略备了几桌酒席，还望各位大人赏光。"

王主簿笑着说："理当庆祝！刘夫人请！"

5

这时，刘府管家又燃起了鞭炮和烟花。州府乐队见有红包和谢宴，劲头更足了，顿时锣鼓喧天，唢呐悦耳，好不热闹。

只见李姣儿将早已准备好的喜糖，一一分发给孩子们和来看热闹的人群手中。

她还时不时地用机灵的眼扫视全场，生怕漏掉一个人。孩子们倒是大胆，有的孩子在她手里抢夺，引来其他孩子的阵阵嬉笑。大人们心里也是甜滋滋的：能得到金枝玉叶赏赐的糖，真是八辈子修来的福分。

刘禹锡开完了座谈会，担心父亲的身体，他的肺痨又犯了，早就戒酒了，得尽快回家陪王主簿喝两杯，以尽地主之谊。

果不其然，王主簿等人非要劝其父喝酒才有兴致；刘绪无奈，正要举杯破戒时。

"父亲，我来！"

大家见新举人回来捧场，个个酒兴就上来了。在一片猜拳行令中，大家一直闹到酉时方才散去。

刘禹锡将客人送到大门口，刚要转身回屋时，却与刘管家撞了一个正着。

"少爷，夫人和小姐正在大堂等着你商量事儿，我这就在门口等老爷回来。"

"老爷去哪里了？"

"老爷的性格你还不了解，去衙门办公了呗。"

"啊！"刘禹锡又问，"还有什么事儿？"

刘管家狡黠地一笑说："双喜临门的好事儿，你进去问夫人不就知晓了。"

还有一桩喜事？刘禹锡一头雾水，急匆匆地来到大堂。

母亲严慈地坐在大堂的太师椅上，春香和秋香两个贴身丫鬟双手垂于腹下，脸上挂着常有的笑容，一动不动地站在卢氏身后。姐姐李姣儿则坐在卢氏的下首，茶几上的两杯香茗显然都被娘俩饮过，只见从里面飘出的香气儿，袅袅上升，使整个大堂弥漫着清香。

卢氏见儿子进来，用手指了指下位说："禹儿坐！"

"孩儿遵命。"刘禹锡刚坐下，一个跑堂的丫鬟很快与他沏上一杯香茗放于茶几上，躬身退了出去。

"禹儿，趁姐姐在这里，我们娘仨商量个事儿。"

刘禹锡见母亲认真的样儿，忍不住笑着说："娘说就是了。"

"你也老大不小了，开年就满二十，又要赴京赶考，娘要与你定下你的终身大事。"

"娘，孩儿尚未立业，暂时不想考虑终身大事。"

"哎，这就是我儿不对了。男大当婚，女大当嫁，乃天经地义。为娘想托媒人去苏州府裴主管家里提亲。"

刘禹锡像听错了似的，我的老娘亲，您老人家不要乱点鸳鸯谱好不好，孩儿喜欢的是韦刺史的女儿韦莺。虽然两家门户不对，但我在努力争取考中进士为官，缩小两家的差距后，再托媒人说亲。反正莺妹年龄还小，等个三年五载的也没什么。

他从她第一次喊他"梦哥哥"就知道，韦小姐是钟情于他的。

李姣儿见弟弟心不在焉的样儿，催促他："弟弟，你可表个态啊。"

"什么？裴总管的女儿？我可不认识呀。"

卢氏后面一个叫春香的丫鬟见少爷傻乎乎的样儿，不禁掏出绣帕，掩口窃笑。

这也难怪春香笑他，与他年龄相仿的，都娶妻生子，就连小他一岁多的外甥权恒也成家了，他倒像个不谙世事的孩子。

"是的。裴主管的女儿叫花儿，二八芳龄，出落得如花似玉，她的八字正好与我儿般配，乃天作之合啊。"

"娘，您为什么选她？"刘禹锡的这一傻问，直接将春香和秋香两个丫头逗笑了。

卢氏转过头儿，嗔怪地瞪了她们一眼，两个丫头见状，向刘禹锡伸了伸舌头做了个怪相，闭上小嘴收回了笑容。

"看孩儿问的，是不是读书读傻了呀。"卢氏祥和地解释说，"裴管家裴干，是我娘舅裴中丞的远房侄儿，门当户对，亲上加亲。"

裴度是当朝御史中丞。其实，裴度也不是卢氏的亲表哥，而是房下表哥，但卢氏娘家上下都以裴度为荣。

"娘，你别逼孩儿好不好！当前千大万大是我进京考进士的事儿最大，等孩儿登科了再提亲也不晚啊。"

儿大娘难管，这是刘禹锡十九年来，第一次违背娘亲的意愿。好就好在他不同于市井莽夫，直接回绝，他怕伤了母亲的心，则是采取了迂回战术，拖一拖再说。

"咳咳，再等，再等，黄花菜都凉了。"他们正说着，刘绪进了大堂，一边咳着一边不满地说。

父亲今天怎么啦？在刘禹锡的印象里，家里是严母慈父，父亲从来都是护着他的，今个儿怎么与母亲统一战线了呢？

"对呀，好弟弟，父亲说得对，人家裴姑娘开年就十七了，官家不养十八女，人家等不起啊。"

完了，完了。全家四口，三比一，我实在是孤立无援。

"你……"刘禹锡正准备回怼姐姐，你也不是二十才出嫁的吗？但想起姐姐平常的好，话到嘴边又咽了回来。

别看李姣儿是个年近四十的贵妇人，一下子就明白弟弟的下半截子话的意思，再也不说话了。

卢氏见状，一锤定音地说："好了，来个折中吧，年底就把亲事定下来。来年二月孩儿上京考试，登科后回来迎娶裴姑娘，来个双喜临门。"

父亲和姐姐不住地点头，一致同意这个方案。

定亲的日子定在了腊月初八，前来贺喜的人们络绎不绝。刘禹锡此时在他房间里像个木偶似的。在姐姐的指挥下，春香、秋香两个丫鬟将少爷推来转去，很快一个新女婿的形象就出现在客人面前。

只见身材颀长而又清瘦的刘禹锡，头戴黑色幞头，身着淡蓝色刺着龟龙图案的长袍，全身面料是苏州最流行的上色绸缎，隐喻着他是乘龙快婿。

刘禹锡刚一踏进裴府大门，丈母娘选女婿的好戏就开场了。裴夫人乍看一眼，眼前的女婿像是摇曳的竹竿儿上站的那只鹳鹊，经不住风儿一吹，就要散架似的。

她眉头紧蹙，不满意地对裴干说："你是不是老眼昏花了，怎么找了一个鹳鹊做佳婿。"

长期被官场刻刀刻印着一副板脸面孔的裴干，此时露出难得的笑容，他向夫人解释道：

"凡人宠爱其女，当愿女儿做贤公贵侯之妻。那些又白又肥，像瓠瓜一样的贵公子，身无令德，那样的人不过是人奴之材，能配为佳婿吗？禹儿虽清瘦而干练、颀长中却充满智慧，这才是老夫的金龟婿啊。"

俗话说，丈母娘看女婿，越看越好看，而刘禹锡的丈母娘看女婿，却是越看越生气。她是个熟读"三纲五常"的妇人，老爷看上的女婿，她能怎么办，只有进屋暗自流泪。

第四章　好事多磨喜相逢

1

裴夫人的眼泪算是白流了，只见女儿裴花来到她面前劝说："娘啊，郎才女貌才是人们崇尚的，梦得的才华，早令女儿心仪。"

原来是你们父女俩合伙成就的姻缘，于是，裴夫人擦干眼泪，略整粉黛，一笑三迎地出去招待新女婿。

裴花见状，脸上露出了幸福的笑容。

可她哪里知道，她的好妹妹韦莺此时在她的绣楼里哭得像个泪人，暗自哭泣她与刘公子有缘无分。

过完春节，转眼间今天就是元宵节，过完元宵节，刘禹锡就要独自一人去闯京城。今个儿有空，得去皎然师父那儿辞行。

正月的江南万物开始复苏，原野换上了绿装。特别是邗沟两岸的杨柳，枝枝像含羞的少女，在和风的吹拂下，动人地梳理着她那点点碧绿的秀发，令人心旷神怡，浮想联翩。

不知不觉中，刘禹锡就来到了寒山寺。哟，今天怎么这般热闹？一打听，原来是善男信女们冲着今天的灯会而来。

姑苏寒山寺的灯会每年元宵节举办一届，今年却是特别中的特别。一踏上寺门口，就有两位小沙弥对着公告向信徒们介绍，今天元宵猜灯谜的规则。

只要信徒们进寺门，领上一块黑色罩眼布，自觉罩上自己的双眼，在寺内任意行走一百步，再解开眼罩，眼前的灯谜就是你的运数。

小沙弥还神秘地说："这是周公托梦让灵澈师父这样做的。"

灵澈师父是个奇葩，这样吸引人的点子只有他才想得出来。

刘禹锡好奇，也在寺门口领得一块黑色罩布，罩住自己的双眼，摸索着前行。

一、二、三……五十……六十……八十一……九十九，他不知是前行还是转了弯儿，当他数到一百时，猛地揭开罩布，先是眨了眨眼儿，随即眼前一亮，一首七绝灯谜映入眼帘：

帝遣儒臣缵禹功，缘于赭巳溃堤洪。

若闻八马奔驰事，滚滚波涛前进中。

别看刘禹锡读破万卷书，却对今天的灯谜很是费解，从首句"帝遣儒臣缵禹功"，神了，看来我已经对号入座，也就是说：我受当今皇上的派遣像大禹那样去治水建功，可下三句却是似懂非懂。好就好在今天灯会的总导演是灵澈师父，我去问问他老人家，不就知晓了。

果然，皎然、灵澈两位师父忙里偷闲，双双躲进禅房吟诗作赋呢。刘禹锡行礼毕，开门见山地将他觅得的灯谜念了出来。

他直话直说："灵澈师父，除第一句略已理解外，下面三句徒儿却是不懂。"

"哦！"皎然师父插话问，"阿弥陀佛，徒儿说说第一句话的意思。看是真懂还是装懂。"

刘禹锡脸儿一红，看来皎然师父还是不相信徒儿。他毫不隐瞒地说："当今圣上要求我们这些文人，要继承发扬大禹治水'三顾家门而不入'的治水决心和精神，造福民众。"

"现在无水患可治怎么办？"皎然循循善诱道。

刘禹锡斩钉截铁地说："那就治理朝廷的污泥浊水！"

皎然和灵澈都满意地点了点头。

灵澈说："阿弥陀佛！禹儿有这样的抱负乃朝廷之幸，百姓之福。不过为师提醒你，在你治理污泥浊水时，要注意防备蛇鼠之祸。"

啊，原来第二句是这个意思，他连忙问："灵澈师父，那第三句和第四句的意思呢？"

"阿弥陀佛！天机不可泄露。"灵澈说着，他闭上双眼，双手合十，嘴里喃喃地念着《妙法莲华经》，"世雄不可量，诸天及世人，一切众生类，无能知佛者……"

见灵澈这样，再也问不出个所以然来。皎然为了不使刘禹锡过于尴尬，就转移话题问：

"梦得，不知高堂近来身体可好？"

见师父问到父亲，刘禹锡叹了一声气后，紧蹙着双眉说："家父的老毛病又犯了，整天咳个不停，气喘吁吁，不见好转。我劝他老人家辞掉浙西盐铁副使之职，他就是不听，非要带病工作。"

皎然是知道刘绪病根的，早在洛阳就为他治疗过，基本能控制病情，后来幸得同僚一偏方治愈。现在旧病复发，看来是肺痨向沉疴发展了啊。

"阿弥陀佛！你不是得到了陈子敬老先生的真传，为何不能控制呢？快将治疗你父亲的方子拿来，师父帮你参考一下调整方剂。"

"徒儿牢记于心，这就与您写来。"

刘禹锡来到书案前，从笔架上拿出一支小楷狼毫，在砚盘上蘸饱了墨水，在一张白纸上书写了起来。

皎然接过一看，是治疗肺痨的千金方，此方流传下来有五百余年历史，是治疗肺痨的奇方。它却控制不了刘绪的肺痨，看来他是转为《黄帝内经》所述的肺积了。从他患病的时间、年龄、现在的症状结合起来分析，肺积可能到了晚期。

现在唯一的办法是尽量维持刘绪的生命，使刘梦得能放下包袱进京赶考。

于是，皎然毅然提笔，在此方的基础上加了灵芝和冬虫夏草两味药，用以促进增强他的抵抗力和免疫能力，达到延长寿命的目的。

刘禹锡一下子就明白了皎然师父的意思，一下落下泪来。

"师父，这灵芝可求，冬虫夏草何处寻得？中原没有啊。"

皎然正要回答，灵澈突然睁开双眼说："这个不难，我的一位僧友任松州龙华寺住持，赠送了一些吐蕃的冬虫夏草，正宗货，老衲一直舍不得享用，就送给令尊了。"

"谢谢师父，谢谢师父！"刘禹锡忙叩头谢拜。

家里的一切都安排妥当后，权德舆安排了一艘官船，载着刘禹锡北上赶考。

官船行驶在古运河上，出了苏州就进入太湖；横穿扬子江后，又入运河到达徐州。

一进入徐州地界，沿岸红衰翠减，树木凋零。只有那一个个身着满身破旧补丁衣服、伛偻着腰儿、肩背着破棉被、手里牵着孩子的妇人。男人们则是担着一副箩筐，箩筐里一头挑着残缺家什，一头挑着骨瘦如柴的小孩，步履艰难。

这些三三两两的农夫，是因天灾和人祸背井离乡，过着吃了上顿而没下顿的流亡生活。

2

自从安史之乱后，朝廷权力被宦官掌控，皇帝换了一个又一个，却是一代不如一代。

据说当今皇上代宗姑息养奸，朝廷内宦官专权，朝廷外藩镇割据，致使民不聊生，看来传闻非虚啊。

刘禹锡坐在船头正想着，突然听见岸上的孩子饿得无力的哭声，他忙对船夫说："请将船靠岸停下。"

还未等船停稳，他匆忙地拿起好些馒头跳上岸来，将一个馒头递给那快要饿昏的孩子。

"饿坏了吧，快把馒头吃了。"

只有两岁多的孩子，不管三七二十一，就狼吞虎咽地吃起来。

"别噎着，慢慢吃，叔叔这里还有呢。"刘禹锡边轻轻拍打着孩子的后背，边劝哄着。

一时发蒙的大人醒悟过来，扑通一声跪在地上叩头拜谢："谢谢恩人，救我儿一命。"

刘禹锡忙将中年农夫扶了起来，问道："老哥，你们这是往哪儿逃难去啊？"

农夫说："我们是河北沧州人，州府有个武夫当道，他专横跋扈，欺压百姓，我们没法儿活了，才举家逃亡江南，寻找活路。"

刘禹锡问："这些农民都与你是一样的遭遇吗？"

农夫咬牙切齿地说："天下的乌鸦一般黑，他们有的是河北流亡的，有的是河南的，有的是山东的……"

这时，围拢来好多流亡的农民，刘禹锡将馒头一一分给他们充饥。他问了很多农民，才明白事情的原委。

自从安史之乱后，一些地方上的武将武装割据，专横跋扈，不服从朝廷管理，专干一些欺民、损民的事儿。

州郡地方行政官僚都是由所部军官担任，他们个个像老虎一样凶恶残暴。州牧以下的官吏由其亲信和爪牙充任，一人得道，鸡犬升天。一些职务高的宠爱兵丁而轻贱农民；职务低的，整治农民像鸷鸟一样凶残，征收赋税像吸血鬼一样贪婪。农民实在活不下去了，只好流亡他乡。

刘禹锡接着问逆向而行的农夫们："你们怎么往回转呢？"

另一农夫说："我们是河南汴州人，从前虽然念叨着回家，可是家乡的状况一直都是老样子，我们不敢回去。现在听说新节度使过去当过丞相，必定能仁慈地解救我们。特别是他的副使曾经管理过京城，强硬地打击豪强，相信他们定能用法令保护我们。所以我们决定返乡。"

"言之有理！"

农民的肺腑之言对刘禹锡触动很大，当权者的从善政绩和行为表现虽然微不足道，但却像屋檐的水珠滴在地上，点点是迹。他们的声誉和影响就会四处传播。

刘禹锡辞别众农夫，原准备在洛阳旧居稍息一晚，再去郊外祖坟先祭祀一番，可民众的疾苦始终在他脑海里萦回。

到达洛阳后，他放弃了原来的计划，而是弃船换乘一匹枣红马，飞快地往京城长安而去。

他恨不得明天就能考中进士为官，造福百姓。

美好的愿望往往会被现实无情地打击。来到古都长安，刘禹锡无暇游玩和参观这十三朝古都的名胜古迹。他马不停蹄地在紧挨着大雁塔租得住处后，直奔承天门大街中书省报到。

谁曾想到，他出示的苏州府举荐信根本起不到作用，门卫就是不买这个账。

"看看墙上新贴的规定。"门卫丢下一句冰冷冷的话。

刘禹锡只好退了回来，在中书省的左墙壁上，一张告示格外醒目：

经皇上恩准，凡从各州府举荐进京的举人，必须向京城的达官贵人和社会名流"行卷"（投献文稿），持有三名当朝名士的赏识书和所辖州府的举人证书，方可入内报名考试。

真是计划没有变化快。看完告示，刘禹锡顿时瘫软在地。

京城长安我人生地不熟的，哪儿知道达官贵人的府第在什么地方，更不知道谁是社会名流？等我将他们的情况摸清了，黄花菜都凉了。唉！姐夫权璩在京城当官好好的，突然调到四川达州任司马，我刘禹锡在京城真的是举目无亲啊。

对！刘禹锡灵光的脑子很快闪出了一个大胆的想法，我为何不将上京路上农民流亡的悲惨命运和他们企盼贤达清官来管理他们的家乡的民意，做一份"行卷"直接呈给皇上，也许皇上一高兴，举荐我去考试，倒也省去了很多麻烦。

说干就干，刘禹锡一骨碌儿从地上爬了起来，飞快地跑回出租屋内，研墨挥毫，一卷洋洋洒洒的《讯甿》，跃然纸上。

敬呈圣上亲启：

万寿！万寿！万万寿！

刘子如京师，过徐之右鄙。其道旁午，有甿增增，扶斑白，絜羁角，赍生器，荷农用，摩肩而西。

仆夫告予曰："斯宋人、梁人、亳人、颍人之逋者，今复矣。"予愕而讯云："予闻陇西公畅毂之止，方逾月矣。今尔曹之来也，欣欣然似恐后者，其间有劳徕之簿钦,蠲复之条钦,振赡之术钦?硕鼠亡钦,瘠狗逐钦?"曰:"皆未闻也。且夫浚都,吾政之上游也。自巨盗间衅,而武臣颛焉。牧守由将校以授,皆虎而冠;子男由胥徒以出,皆鹤而轩。故其上也子视卒而芥视民,其下也鸷其理而蜂其赋。民弗堪命,是轶于他土。然咸重迁也,非贴危挤壑,不能违之。曩者虽归钦成谣,而故态相沿,莫我敢复。今闻吾帅故为丞相也,能清静画一,必能以仁苏我矣;其佐尝宰京邑也,能诛钼豪右,必能以法卫我矣。奉斯二必而来归,恶待事实之及也!"

予因浩叹曰:行积于彼而化行于此,实未至而声先驰,声之感人若是之速钦!然而民知至至矣,政在终终也。尝试论声实之先后曰:民黠政颇,须理而后劝,斯实先声后也。民离政乱,须感而后化,斯声先实后也。立实以致声,则难在经始;由声以循实,则难在克终。操其柄者能审是理,俾先后始终之不失,斯诱民孔易也。

苏州府荐举人准考进士刘禹锡叩首

贞元七年二月六日

一个只有十八九岁的毛头小伙子,真是初生牛犊不畏虎。刘禹锡直接"行卷"于当今圣上,虽然是想走捷径,尽快踏入仕途,但存在着很大的风险。如果文章能得到皇帝的赏识,的确能得到重用。反之,皇帝龙颜大怒,轻则取消他的考试资格,重则就有戏弄君王之罪,有被杀头的危险。

刘禹锡不是头脑发热,这些风险他是知晓的。这就是他的个性使然,越是艰险越向前。他也不是愣头儿青,他自信他的才华会引起圣上的注意。

3

刘禹锡将"行卷"工整地放入信封,用火漆封好后放在一旁。今个儿很晚了,待明儿找东家问明皇宫所在地,再去也不迟。

晚上,他随便在街市口吃了一碗羊肉泡馍,起身伸了个懒腰,好舒服啊。一眼望去京城长安的夜晚车水马龙,灯红酒绿,四面笙歌,他情不自禁地吟出:

> 弱冠游咸京，上书金马外。
>
> 结交当世贤，驰声溢四塞。

第二天一早，刘禹锡刻意地梳洗打扮了一番，将"行卷"小心翼翼地插入衣袖中，直奔皇宫而去。

长安皇宫主要由三座大型宫殿群落组成，分别是太极宫、大明宫、兴庆宫。这三座宫殿是不同时期兴建，也是不同时期帝王的生活中心。

大明宫建于唐太宗贞观八年（634），始称永安宫，次年改名为大明宫。龙朔二年（662）增建，改称蓬莱宫，长安元年（701）又改回大明宫。大明宫是中国历朝兴建最大的宫殿群之一，因坐落于太极宫东北，故又称为"东内"。

"东内曰大明宫，在西内之东北。"句中"西内"指的是太极宫。读书人都知道，唐初的很多政治建构和文化建构都沿袭了隋制，而在城市的规划与布局上，唐高宗同样选择了以隋朝的建筑风格为样板设计。

大明宫、太极宫和兴庆宫，统称"大内三宫"。大明宫是唐朝皇帝使用时间最长的重要宫殿，居唐朝"大内三宫"之首。它也是中国历史上最著名的宫殿之一。

开皇二年（582），隋朝在长安建造了一座宏伟的太极宫。唐朝建立后，太极宫被继续使用，著名的"玄武门之变"就发生在太极宫的北门。可既然已经有了富丽堂皇的太极宫，高宗皇帝为什么还要花费大量的人力和物力，去建造更加富丽堂皇的大明宫呢？

宇文恺是一位伟大的建筑师，他是大兴城即唐朝长安城和隋朝太极宫的设计者。为了体现皇帝是至高无上的君主，宇文恺根据《周易》的理论，将太极宫置于整个大兴城的北部中心，象征着至高无上的北极紫薇星。

宇文恺在设计太极宫的位置时，有点过于理想化。他忽略了大兴城的地形，把太极宫建在大兴城的最低洼地。所以每到多雨的夏天，太极宫就会变得非常湿热，以至于隋唐两代的皇帝不得不离开皇宫到九成宫避暑。

唐太宗早年征战沙场，受伤无数，难以忍受太极宫的湿热。

当时，唐太宗李世民与他的父亲高祖皇帝李渊之间的关系有些微妙。

因此，唐太宗决定在太极宫北面的龙首的平原上，为高祖皇帝建造一座新的宫殿。这座宫殿被称为永安宫。

永安宫刚刚开始修建，唐高祖就去世了，整个工程戛然而止，直到太宗去世也没有继续。停工十年之后，再由唐中宗李显主持修建。

这三座宫殿分别坐落在长安城北中部，大明宫于城东北角，兴庆宫位于城东。其中，大明宫最大，占地面积三点四平方公里，宫墙周长七点六公里，四面共有十一座宫门。

刘禹锡马不停蹄地来到皇帝的住处，在三座宫殿外围转悠，整整一天，也不知道德宗皇帝住在哪处宫殿。

早春的长安还在飘着片片雪花，凉飕飕的。可他骑的枣红马已经是汗流浃背，汗水浸透了马鞍，直冒白气儿。

直至酉时，他终于打探出德宗皇帝就住在大明宫，于是来到了这个国家政治活动中心。

"你等我一会儿，歇息歇息。"刘禹锡将枣红马拴在大明宫正殿——含元殿前的拴马桩上，边喂着草料，边轻拍着马脸说。

刘禹锡随后来到含元殿大门前，见整座大殿坐落在高高的黄土台上，东西长十六丈，宽六丈，左右各建一阁，名为翔鸾阁和栖凤阁。顾名思义，翔鸾阁是皇帝办公的地方，栖凤阁则是后宫娘娘、宫女和歌伎们生活娱乐的地方。殿南有条长达二十丈的台阶，吉称龙尾道。道旁设置了青石栏杆，栏杆上雕刻着飞龙头像。含元殿的色泽是以红白两色交相辉映，栏杆的边角等处还贴有镏金铜条，更是增添了帝王之家的气派感。

刘禹锡来到殿门前，见一位宦官带领一队卫士在门前查岗，忙上前道了个万福说："这位官爷，烦请将晚生的'行卷'代交给吾皇。举人刘禹锡祝吾皇万寿！万万寿！"

领头的宦官正是代宗皇帝身边的宦官俱文珍。他满脸堆笑地问："你不将'行卷'送给京城名门贵胄，为何要直呈皇上。"

"启禀官爷，晚生乃苏州府举人刘禹锡。因初来乍到，人生地不熟，不知'行卷'送予何人，眼看进士考期逼近，这不怕耽误考期，不得已而为之。"刘禹锡实话实说。

"啊……"俱文珍将"啊"字拖了个长音,一脸堆笑地望了望刘禹锡,两根手指却不停地做着数钱的动作。

刘禹锡不知何意,两眼茫然地望着俱文珍。

原来是个书呆子,不懂宫中世故。

俱文珍的副手薛盈珍见状,恶狠狠地说:"还不快滚,别影响老子们查岗。"

刘禹锡见副手骂人,脸儿顿时气得通红,嘴里打着战儿:"你……"

"嘿嘿……"俱文珍奸笑着说,"刘举人,你回吧,我一定将你的'行卷'转交给皇上。"

"谢谢!"刘禹锡不卑不亢地致谢后,转身向拴马的地方走去。

"傻帽,这样的书呆子还想当官,见鬼去吧。"俱文珍边说边将行卷撕得粉碎,手一扬,一片片纸屑就飘向空中。

明天中书省就要考试了,他左等右等,一直等不到皇上的音讯,恍然知道今年的进士考试没有希望了。但他并不气馁,冷静下来,认真地总结出这次失败的原因:主要是打了无准备之仗。

那就再等一年吧,反正本举人还年轻。回苏州往返又要耽搁很多时间,不如就在京城熟悉熟悉环境。

刘禹锡制定了每日三步工作计划。

上午,去拜访达官贵人和社会贤达,呈上自己多年来的文章和诗作。他自嘲地说:"这叫自我推介。"

下午,他就外出找一找抄写之类的临时活儿。弱冠年华,应该自食其力,不能总是伸手向家里要,该是自己养活自己,为家庭分忧的时候。

晚上,他则挑灯夜读或练习书法,进一步提高知识水平,为来年进士考试做充分的准备。

一年来他结识了像鲍防、包佶、杜黄裳、刘太真、陆贽、顾少连、高郢、裴度、李绛、令狐楚、王涯、韩愈、孟郊、张籍、马异、杨巨源、王伾、王叔文等达官贵人和社会名流,他的文章和诗作都得到了他们的赞赏。

他就像是一个行走江湖的梨园名旦,而在京城首演,一剧成名。

4

今天是贞元八年农历四月初四，是文殊菩萨的生日。长安城内外的莘莘学子，从四面八方来到大雁塔中的大慈恩寺进香，祈求文殊菩萨保佑他们，或考中秀才，或考中举人，或考中进士，或考中状元。

为什么要到大慈恩寺来呢？因为大慈恩寺主要供奉的是文殊菩萨，而大雁塔是唐三藏法师为藏经书而修建，有大雁高飞之典故。

今天还是《大慈恩寺三藏法师传》开光展出之日，该卷本共十卷，唐慧立本、彦悰钤印，记录着玄奘生平事迹，前五卷记录着玄奘出家及到印度求法经过，后五卷记录着他译经情况，讲述自己得高宗、太宗的礼遇和社会尊崇等，是佛学文化瑰宝。

一些善男信女和游客纷至沓来，为的是一睹《大慈恩寺三藏法师传》之风采和沾一沾佛光。

刘禹锡也不能免俗，受皎然和灵澈两位佛家师父的潜移默化影响，他也崇佛尊佛。

他早就有心到大慈恩寺进香，等的就是今天这个良辰吉日。

四月春光无限好，刘禹锡精神抖擞地来到大慈恩寺的门口，只见寺院墙内棵棵高大而又枝繁蔽日的老槐树上面栖满了喜鹊，"呀呀"地叫个不停。

今个儿来得恰是时候，讨得了一个好彩头。

刘禹锡知道寺院门槛是不能踩踏的，他高兴地轻提脚尖，跨过门槛，随着人流进入寺院。

"好漂亮的小姐，走，我们去撩一撩。"

在刘禹锡身后，突然传出一个纨绔子弟轻浮的声音。

"让开！让开！快与我家少爷让开一条道儿。"一群家丁的头儿，见主人发话，连忙清场子，让善男信女们闪在一边。

刘禹锡乘着人们让出的那条缝儿，向前伸脖子一瞧，原来是一位小姐在丫鬟的搀扶下，正从一辆装饰豪华的轿子里钻出来，欲进文殊殿里拜佛。

前面的小姐怎的好面熟啊，是她，一年未见她长高了，也清瘦了。

"小姐，且慢，我们能借一步说说话吗？"纨绔子弟肆无忌惮地上前要去拉小姐的手。

小姐一见，脸面顿时羞得通红，转眼间由红转白，一双杏眼愤懑地瞪着纨绔子弟。

"不得无礼！"小姐的贴身丫鬟翠儿连忙用身体护住小姐。

眼见纨绔子弟不达到目的誓不罢休的架势，刘禹锡急中生智，上前大跨一步叫道："妹妹，你在这儿，让哥哥好找。"

小姐闻声一喜，转身会意地叫了一声："哥哥。"

大庭广众之下，公子哥儿见到美女的哥哥来了，也不便造次，他向随从们传递了一下眼神，喽啰们会意地秘密跟踪他们……

今晚注定是个不眠之夜，外面的星儿一眨不眨地从窗缝里，窥视着刘禹锡躺在出租屋的床上，见他辗转反侧难以入眠，不住地望着蟾宫的月儿窃笑：这小子走桃花运啊。

今天在大慈恩寺巧遇苏州刺史韦应物的女儿韦莺。韦应物现在不是苏州刺史，已升任朝廷总盐铁使，一品大员。他上演了一幕英雄救美的惊险剧，难道这是天意，难道我跟韦小姐真的有缘分？

缘分，一想到"缘分"二字，刘禹锡的眼神突然黯淡了下来。裴花才是我的妻子，虽未过门，但三媒六证俱全，那是赖不脱、甩不掉的事实婚约。

但韦莺决然而真诚地低吟"非梦哥哥不嫁，哪怕是做妾，也忠贞不渝"的情话，一直在他脑中回旋。

刘禹锡的心醉了，不！是心碎了。白天的一幕，像是重新搬上戏台，又一幕一幕地闪现在眼前。

纨绔子弟是宦官俱文珍的养子俱无霸，是京城臭名远扬的花花公子。他曾多次厚颜无耻地对他的狐朋狗友们说："我要将我父亲的损失降到最低限度。"

每当狐朋狗友们听他这么一说，顿时会心地大笑起来。大家知道，虽然俱文珍是皇上身边红得发紫的人，但他作为宦官，怎能行男女之欢。

俱无霸仗着其养父的势力，无恶不作，横行于长安街头。但今天在众目睽睽之下他也不敢造次，只能眼睁睁地望着他们进了文殊殿。

俱无霸不敢跟入文殊殿里调戏韦小姐，因为惧怕文殊菩萨降罪于他。但又不忍心到手的鸭子飞了，只好命令家丁们守株待兔，待他们出来之后，再行龌龊之事。

他的这一举动，早已被大慈恩寺慧心方丈看在眼里。阿弥陀佛，此事贫僧不管，愧为大慈恩寺方丈。

于是，方丈待刘禹锡和韦莺他们祭拜完佛祖后，就来到他们身后，悄悄地对他们说："阿弥陀佛，三位施主，请借一步说话。"

刘禹锡和韦莺对望了一眼，不明就里；当看见方丈慈眉善目时，他们毫不犹豫地跟着方丈进入一间侧室。

"阿弥陀佛，三位施主，那些恶少还在殿外等待女施主。出家人慈善为怀，我们这里有一条密道，通过大雁塔直通寺外竹林，这是当年三藏法师为防经书被盗而修建的，没有想到今日派上用场。"

"谢谢方丈的救难之恩，来日我刘梦得登科后，一定要来贵寺酬谢。"

"你就是江淮盐铁副使刘绪的公子，江南才子刘禹锡？"

"正是晚生。"

慧心方丈真有点丈二和尚摸不着头脑，他原以为他们是兄妹俩呢。继而一想，刘绪只有一根独苗，哪来的女儿？他不禁脱口问道："阿弥陀佛！这位小姐是……"

刘禹锡正欲开口，韦莺倒先落落大方地自我介绍了起来："方丈万福安康！小女子乃当朝盐铁使韦应物之女韦莺，父亲任苏州刺史时，梦得为家父身旁的书记员，我俩曾以兄妹相称。"

"巧了，巧了，今日你俩在我们这千里之外的大慈恩寺偶然相会，正印证了一句俗语……好，好！阿弥陀佛！"

出家人四大皆空，方丈不说出俗语情有可原；而韦莺听完，小脸蛋儿顿时如血泼一般。

慧心方丈点燃一支红烛，递给丫鬟翠儿说："时间不早了，三位快点出寺，免生事端。阿弥陀佛！"

三人辞别方丈，翠儿举着红烛在前，韦莺在中间，刘禹锡殿后，摸索着向前走去。

他们走了一会儿，突然洞内传出"呀"的一声尖叫，只见韦莺脚下三寸金莲一滑，整个娇身就要向侧边倒去。

5

说时迟，那时快。刘禹锡敏捷地上前，用稳健的大手，紧紧地抓住了韦莺的秀手。有了这强有力的支撑点，韦莺的身子方才平衡了，此时她刻意反抓着他的手掌而不愿意松手。

走在前面的丫鬟小翠，突闻小姐的尖叫声，转身却见小姐拉着刘公子不放的亲热样儿，不禁掩面窃笑，故意放慢了脚步。

从文殊殿到寺外的竹林，最长不过一千来丈，对刘禹锡和韦莺两个有情人来说，似乎是漫长地走过了一生，他们十指交叉地握着，虽然没有语言交流，可肢体交流如电流一般，迅速地传递到两人的心中，甜甜的，酸酸的，酥酥的。

一走出洞口，耀日穿透竹林，四处放射出迷人的霞光。

分别的时候到了，韦莺含羞地对刘禹锡小声说："梦哥哥，莺儿此生非你不嫁。"

刘禹锡仿佛从甜甜的梦中醒来，忙挣脱她的秀手，正色地说："莺妹，我是有婚约之人，你这辈子只能做我的妹妹。"

韦莺噘起樱桃小嘴说："我不管，当你的小妾我也心甘情愿。"

刘禹锡严肃地说："莺妹，你冷静点儿，哪有一品官家的小姐，嫁给一个举人做妾的。"

"我不管，只要是我认准的郎君，谁都阻止不了我。"

一旁放哨的小翠这时插嘴说："小姐，怕只怕老爷不会同意。"

韦莺态度坚决地对刘禹锡说："梦哥哥，千里相会终有一别，妹妹祝愿你高中进士或者状元后，不要忘了小妹。待你与花姐成婚后，再来用花轿迎娶小妹到刘府。小女子生是刘家人，死是刘家鬼。"

面对这样一个有情有义而又倔强的女子，刘禹锡语气缓和了下来，他心中想起翠儿刚才的提醒，担心地说："要是韦刺史不同意咋办？"

韦莺语气坚定地说："我就戴发为尼，待家父百年后，你再来尼姑庵迎娶本小姐。"

说完，便向竹林边等着她的轿子跑去。

刘禹锡是个拿得起，放得下之人，通过一晚上的情感纠结，第二天就恢复了常态，备战即将到来的进士考试。

来年的同一天，刘禹锡拿着有包佶、杜黄裳、鲍防三位高官的"行卷"阅批来到中省院报名。

还是去年的那个门卫，当他看见有这三位高官举荐的"行卷"，忙点头哈腰地做了一个手势说："请！"

这也难怪门卫，贞元年间，朝廷主持进士考试的主要人物有鲍防、包佶、杜黄裳、刘太真、陆贽、顾少连、高郢等朝廷命官，这几位考官都能主持公道，不徇私情，以选拔朝廷贤才为己任，这使得当朝的科场作风正气凛然，风清气正。

刘禹锡这次顺利地报完名，正要回家时，"梦得！"突然听见身后有人唤他，他转身一望，不禁下巴快要惊掉了。

"子厚，原来是你。"来人正是刘禹锡小时候的同窗柳宗元，两人激动地拥抱在一起，久久不愿松开。

刘禹锡问："子厚，你也是来报考进士的？"

柳宗元回答："是的！我今年才考取举人。"答毕，他反问："你呢？"

"唉。"刘禹锡叹了口气说，"我去年就考取了举人，由于没有摸清情况，这不耽搁了一年。"

"这两位是谁呀，在中省院搂抱得这般亲热，成何体统。"

二人闻言都是一惊，连忙松开了双手。

"哈哈哈！你们做贼心虚了吧！"

刘柳二人转身一望，柳宗元眼尖，惊叫了起来："乐天！"

可不是嘛，眼前这位胡子拉碴，不修边幅，两眼通红，衣服皱巴巴的年轻"老头"，不正是他们儿时的同窗白居易白乐天嘛！

刘禹锡关切地问："乐天，你可要保重身体啊。"

白居易淡淡地一笑，摇了摇头说："没事。我白天练习撰著、写策，晚上的时间用来练习书法，中途还要吟诗作赋，整天没有空余时间，所以身体就显得有些憔悴，不过不要紧，我年轻还顶得住。"

刘禹锡提醒说："乐天，我们要向子厚学习，你看他身体多棒。"

柳宗元哈哈一笑，用拳头击了击刘禹锡的胸肌说："你也很棒啊，与小时候病恹恹的样子判若两人。"

白居易羡慕地问："梦得，你吃了什么补药，将身体调养得如此硬朗。"

"身体好坏在于运动。"刘禹锡说，"改日我教你几套简易'禽操'。"

"什么是情操？"显然，白居易是个门外汉。

"哈哈哈……"柳宗元大笑后，戏谑地说，"想不到出生六个月就能识字的神童，也有脑瓜子进水的时候。'禽操'是模仿飞禽的动作而发明的一种健身操，梦得，我没有说错吧？"

刘禹锡笑着解释说："所谓'禽操'，就是模仿白鹤掠翅，雄鹰高翔，紫燕画檐等禽类动作的体操，对强身健体很有裨益。"

"好啊，快教教我。"白居易急不可待地说。

"改日吧，中省院不是习操的地方。"

柳宗元邀请说："二位同窗，我请客，找一家上好的酒楼坐着，好好叙叙我们十年来的分别之情。"

"要得！"刘禹锡这一年来省吃俭用，腹中无油而又囊中羞涩，巴不得有人请他撮一顿呢。

说着，三位年轻的举人，并肩往长安著名的杏花楼而去。

"等等，三位同窗，等等我！"

三人不禁回头一望，吃惊地望着后面呼唤的愣小子，一时间，三人都没有认出他是谁。

"怎么，三位同窗，不认识本举人了？我乃你们的启蒙元老先生之子元稹，微之是也。"

这也难怪他仨没有认出他是元稹，他们仨年龄相仿，相互一见就有印象，可元稹当年还是个小屁孩儿。

"哈哈，我道是谁呢？原来是我们的跟屁虫儿，现在出落得一表人才，恕罪，恕罪。"柳宗元开玩笑地说。

"柳兄，有你这样损人的吗？人家可是成家立业的后生了。"

"微之，你成家了？在我的印象中你今年刚满十五岁啊。"刘禹锡惊讶地说。

元稹骄傲地伸出两根指头，得意地说："两个，一妻一妾。"

"这……"听到这一回答，刘禹锡顿时语塞。

"这也没什么大惊小怪的，我的婚姻全凭舅舅和娘亲做主。"

自从元老先生去世后，元稹娘俩投亲舅舅家迁入长安，只有刘禹锡知道这件事。

第五章　同窗同科难同士

1

四个年轻人说着走着，不知不觉间就到了杏花楼，找了一个雅间。读书人最讲礼数，按年龄大小而坐。拉扯了半天，白居易坐大手，刘禹锡坐次手，柳宗元坐上横头，元稹坐下横头。

大家坐定后，白居易接着话头问元稹："你舅舅，他是谁啊？"

"就是去年的吏部主考官。"元稹答。

"杜黄裳，吏部副郎？"刘禹锡问。

元稹竖起大拇指，赞说："梦得兄聪明。"

柳宗元听后，轻嘴薄舌地挖苦说："难怪你小小年纪就能进入进士考试，原来有这样硬的后台呀。"

"这是什么话？"元稹再也不是私塾里的三岁小孩，时常受同窗们的奚落。他如今翅膀硬了，与柳宗元互怼了起来。

"本举人是生铁补锅，凭本事得来的，从来不找舅舅开后门。年轻怎么啦？年轻就是优势。"

刘禹锡见柳宗元误会元稹的舅舅杜黄裳，忙站出来解释说："子厚兄，你误会杜大人了，他可是个正直的考官。"

"何以见得？"

"去年，杜黄裳任进士考试的主考官时，曾抵制皇上的宠臣，也就是他的顶头上司吏部侍郎裴延龄为其子开后门的事儿被传为美谈。并在《唐语林·方正》中记载着呢。"

"啊，是怎样记载的？"白居易饶有兴致地问。

刘禹锡抑扬顿挫地背了起来。

裴操者,延龄之子,应鸿辞举。延龄于吏部候消息。时苗给事及杜黄门同时为吏部知铨,将出门,延龄接见,探侦二侍郎口气。延龄乃念操赋头曰:"是冲仙人。"黄门顾苗给事曰:"记有此否?"苗曰:"恰似无。"延龄仰头大呼曰:"不得,不得!"敕下,果无名操者。

念完,刘禹锡赞道:"当裴延龄要开后门时,实际并不困难,谁人不买账,唯有杜黄门敢于拒之。"

同窗就是同窗,况且柳宗元性格直爽,只见他站起身来,举起酒杯向元稹说:"微之,不要往心里去,这杯酒是为兄向你娘舅杜黄门赔礼道歉。"

"没事,没事。"元稹也站起来与柳宗元把酒言欢。

"功名希自取,簪组俟扬历。"

刘禹锡见他俩拿得起,放得下,乃真君子,不禁吟诗勉励大家。

的确如此,科场风气的好坏,对准备应试的举子们的情绪影响很大。通过杜黄裳抵制裴延龄开后门这件事后,去年考场风气整顿,陆贽知贡举,取进士韩泰、李观、李绛、崔群、王涯等二十三人,"皆天下选,时称龙虎榜"。

柳宗元问:"微之,今年还是你娘舅担任主考?"

"人不记仇是假的,舅舅得罪了裴延龄,今年监考哪有他老人家的份儿。"

"那会是谁呢?"

刘禹锡早就摸清了情况,接过话头说:"是户部侍郎顾少连代行礼部侍郎的职权,担任主考官。"

"不过顾主考比我舅舅还要正直,考生们都别想开后门。"元稹补充道。

"你舅舅哪儿不正直?"元稹的话语露出了破绽,被细心的白居易抓了一个正着。

"嘿嘿……"元稹干笑着,不好意思说出口。

"咱们都是你父亲的弟子,一家人不是?有什么不好说的。"柳宗元劝说。

元稹下定决心说："不怕三位兄长笑话，婚后夫人一年多没怀上，舅舅又张罗了一小妾，又没有动静。孟子曰：'不孝有三，无后为大。'这不，舅舅又为我物色了一个，待我中士后回家完婚。"

"原来你是个摧花高手。"刘禹锡玩笑着后，一本正经地说，"微之，你把左手伸出来。"

大家都知道，刘禹锡从小拜苏州著名大夫陈子敬学医，通过他这么多年的理论结合实际学习，医术肯定有一定造诣。

果不其然，刘禹锡与元稹号过脉后说："微之，是你的问题。"

"什么，我的问题？真是天方夜谭。"

"是的。"刘禹锡肯定地说，"由于你房事过早，风虚目暗造成的。"

"那可怎么办，能治吗？"

"好就好在你是后天引起的，我与你开一副药方泡酒十斤，保你明年妻妾都为你元家添两个小子。"

说着，柳宗元令跑堂拿来了文房四宝，刘禹锡一挥而就写下了方子。

柳宗元看了下方子，问："梦得，此方就是民间流传的七子散吧？"

"正是，看来子厚兄也通药理。"

"略知一二。"

"要不我也跟你开一方。"刘禹锡又跟柳宗元开玩笑说。

柳宗元说："算了吧，我那拙荆像个母猪，三年多生仨小子，要是再吃药，干脆不考进士了，回家去放猪崽得了。"

"哈哈哈！"三人听见柳宗元诙谐的话语，不禁都开怀大笑起来。

"别拿我开涮了，梦得你呢？"柳宗元问。

刘禹锡内心盘算着，当然不能将初恋韦莺的事儿说出来，人家可是名门闺秀。

"父母亲已为我定了一亲，是娘舅家的远房侄女，尚未成婚。"刘禹锡转问道，"乐天，你呢？"

"唉……"白居易长长地叹了口气，眼眸中顷刻间闪出了泪花。

刘禹锡见状一惊，安慰他说："乐天，有什么伤感的事情说出来，别憋在心中，莫憋出病来。"

白居易又是仰天长叹，竟吟出一首《长相思》。

> 汴水流，泗水流，流到瓜洲古渡头。吴山点点愁。
> 思悠悠，恨悠悠，恨到归时方始休。月明人倚楼。

有故事，看来乐天并不是乐天派，他一定有悲凉的爱情故事，只是不愿意向他人透露。为了打开他的心结，刘禹锡也吟出了他的初恋。

> 金凤钗，银凤钗，身在长安欲上阶，夜深孤影徘。
> 风满怀，情满怀，聒断情丝梦不该，醒来却天涯。

柳宗元和元稹是何等精明之人，见刘禹锡敞开心扉地规劝白居易，均附和吟咏。

柳宗元吟出一首《喝火令》：

> 夜梦追沉淀，枯蕉积惇痴。任凭窗外雨丝丝。天水却难连线，孤枕绣绫移。
> 又是双牵手，重来对弈棋。壮年豪放咏情诗。叹也星儿，叹也月藏悲，叹也颖君东去。鹭岛现端仪。

元稹吟出一首《七绝》：

> 鹊请云儿掩月收，不窥织女与郎游。
> 一年一度情人节，莫使痴情付水流。

2

绝顶聪明的白居易，被同窗们的真诚所感动，如实向他们讲述了他和村姑湘灵的爱情故事。

十岁那年，与你们分别后，父亲调任徐州符离县任县令，我们举家随之。哪知符离匪患成灾，进城抢劫、绑票事件时有发生。父亲为了我们全家安全，将我们安置在符离一个偏僻的山村居住。

我家隔壁是一家中年农村夫妇，丈夫姓谢，两口子有一个六岁大的女儿，她能歌善舞，总是绑着长长的两条辫儿，满头秀发映衬着她那如苹果一样红润的脸蛋儿，一笑起来两个小酒窝儿，格外迷人。

她常常来我家陪我读书，为我研墨，我们两小无猜，情同兄妹。随着年龄增长，我们两人慢慢地突破了兄妹之情。她十四岁已经出落得如山里的山茶花儿，水灵灵的，一双迷人的眼眸经常忽闪忽闪地带着泪珠儿望着我，格外迷人。

那年我已经是十八岁的小伙子了，情窦初开，哪禁得住她青涩的情感诱惑，终于忍不住亲吻了她。她忸怩着并未拒绝，只是一张苹果脸儿更加血红。

我后悔呀，我怎么不顾及读书人的颜面，胆子越来越大，竟在我娘外出时偷吃了禁果。

事后，湘灵温柔地对我说："乐天哥，我生是你的人，死是你的鬼。请告知伯母，请媒婆上我家提亲啊。"

男子汉大丈夫，做事情要勇于承担责任。当天晚上，我就将我和湘灵的事儿如实向母亲道出。

谁知母亲听后大发雷霆。她气咻咻地说："不行！自从盘古开天地，儿女的婚事都是父母之命，媒妁之言。哪有姑娘家这么不顾廉耻，尚未婚配就和男人做苟且之事。况且我们是官吏之家，岂能娶一个农家女子呢？你不嫌丢人，我和你父亲还觉得害臊呢。"

我气不打一处来，逆反心理就上来了，态度坚决地对母亲说："母亲，丢不丢人我不管，我非湘灵不娶。如果二老不成全孩儿，我就打一生的光棍。"

虽然我当时说的是气话，可母亲信以为真。为了割断我和湘灵的情感，二老竟棒打鸳鸯。

"后来怎么啦？"元稹迫不及待地问。

发生事儿的第六天，父亲雇了辆马车，我们全家搬回河南新郑老家，与徐州符离远隔千山万水，我与可怜的湘灵，只有在梦里相见。

"后来你有没有去找你的湘灵妹子？"元稹毕竟还年轻，似乎有问不完的问题。

"母亲派家丁将我盯得紧紧的，我只能在书房和天井处走动，不能越雷池半步。"

刘禹锡指了指白居易衣衫不整的邋遢样子说："所以你就不修边幅，故意气你娘亲。"

柳宗元见大家已经酒足饭饱，结完账后，就对白居易说："走，我们带乐天先去裁缝铺做两套举人服饰，再到剃头铺子修一修边幅，免得乐天考取进士后，还是这副行头，遭路人耻笑。"

"我举双手赞同。"刘禹锡由衷地佩服柳宗元仗义疏财的行为。

说干就干，年轻人充满着活力。只一下午的工夫，一个英俊潇洒的举人白居易就出现在长安街头。

第二天清晨，四位才子相邀一起，提着书匣，个个精神抖擞地来到长安中书省考场。

通过门卫严格地搜查全身和书匣有无夹带，确认无误后，方才放考生按事先编好的考号，各人进各自的独立考棚。

读书人真是不易，科考名目繁多，最使学子荣耀的莫过于进士考试。因为进士是怀有抱负的学子，升官路途必须步入的台阶。全国每年进士考试有千余名考生，而录取名额只限定三十名左右，正所谓百里挑一，其难度可想而知。

其实进士考试难度还在后面，初入仕考生有三大难关：第一场考杂文，第二场考贴经，第三场考策问。

所谓杂文，是指考诗赋各一首。这是一场难度很大的考试，通过诗赋字里行间，最能表现出考生的真才实学和功底素质。

因为诗和赋不仅仅是格式要求，还要求考生有敏锐的政治洞察力和丰富的历史内涵和创新意识，更能检验考生的文学功底。

只有这样，才能使一些见识平庸、墨守成规而滥竽充数的考生在第一场就被淘汰。

第二场帖经考试就简单很多。所谓帖经，就是如今的填空题，只要考生博览群书，基本上就能交上优秀的答卷。

第三场为策问考试，相当于现在的问卷考试。由主考官出五道涉及国家如何富强、民生如何改善、地方如何治理、社会矛盾如何处理等为官之道，要求考生针砭时弊地发表自己的见解和方法。

考场还有"抢卷"之规定。因为长安地处北方，早春日短夜长，为了考生在光明的环境中发挥智慧，每人还配发三根红烛，待三根红烛燃完后监考官就上前"抢卷"。考官可不管你题目答完与否，履行职责从不拖泥带水。其实，考官不"抢卷"，考生也无法在漆黑的考棚里完成未做完的试卷。

刘禹锡心存魏阙，他先不着急点燃蜡烛，而是先将试卷的题目借助室外透进来的光亮仔细认真地审题，待心中打完腹稿后，再点燃蜡烛开始书写。因此，他考试的时间比其他考生充裕很多。

今年首场进士考试的杂文题目分别是：《风光草际浮》，要求考生写一首五言六韵十二句排律诗，押仄韵。刘禹锡提笔一气呵成一首《省试风光草际浮》：

熙熙春景霁，草绿春光丽。
的历乱相鲜，葳蕤互亏蔽。
乍疑芊锦里，稍动丰茸际。
影碎翻崇兰，浮香转丛蕙。
含烟绚碧彩，带露如珠缀。
幸因采撷日，况此临芳岁。

作完诗卷后，刘禹锡又吟哦了一遍，自认为满意，这才放下这首诗卷，拿起第二套赋卷《砥石赋》并作序。刘禹锡并不急于作赋，他构思良久后，才提笔写道：

南方气泄而雨淫，地愿而伤物。媪神噎湿，渝色坏味，虽金之坚，亦失恒性。始余有佩刀甚良，至是涩不可拔，剖其室乃出。溯阳眇视，傅刃蒙脊，鳞然如痛痂，如黑子，如青蝇之恶。锐气中锢，犹人被病然。客有闻焉，裹密石以遗予。沃之草腴，杂以鸟膏，切劘下上，真质焯见。踌躇四顾，遒尔谢客："微子之贻，几丧吾宝！"客曰："吾闻诸梅福曰：'爵禄者，天下之砥石也，高皇帝所以砺世磨钝。'有是耶"！余退感其言，作《砥石赋》。

我有利金兮，以利为佩。遭土卑而愿作兮，雄铓为之潜晦。如景昏而蚀既兮，与肌漆而为疠。顾秋蓬之不可制兮，尚何游乎髋髀之外？

……

嗟乎！石以砥焉，化钝为利。法以砥焉，化愚为智。武王得之，商俗以厚；高帝得之，杰才以凑。得既有自，失岂无因？汉氏以还，三光景分。随道阔狭，用之得人。五百余年，唐风始振。悬此大砥，以砻兆民。播生在天，成器在君。天为物天，君为人天。安有执砺世之具，而患乎无贤欤！

3

首先审卷判分的是检校太常太尉、主考官之一的包佶，他是认识刘禹锡的。在他任苏州盐铁使时，刘禹锡的父亲刘绪还是他衙内的一名缉盐使，刘禹锡周岁生日他还去祝贺了呢。

刘禹锡的才华是此届考生不可比拟的。正如诗僧灵澈当年预料的一样"孺子可教也"，他是国家的栋梁之材，此才如不录用，有负圣恩。

包佶想到这儿，毫不犹豫地提起朱笔，在两份试卷上都打了满分。他判完分后，亲自将刘禹锡的试卷面呈主考顾少连最后审核。

顾少连见一向判分苛刻的大学士包佶在两份试卷中都判了满分，不禁仔细地审阅了起来。

顾少连边审边品味，突然只听得"啪"的一声脆响，直惊得包佶和其他幕僚的目光齐刷刷地望着他。

"旷世逸才，旷世奇才也！"原来他是拍案称奇。

顾少连见大家都投来惊讶的目光，这才知道是他由于激动而有些失态，忙对大家说：

"这位考生的两份试卷，我的意见与包大人一致，全判满分，其他几位考官也审阅着，如没有异议，就将刘禹锡定为本年度进士魁首。"

已经降职为副考官的杜黄裳可不服，他拿过刘禹锡的试卷，要在鸡蛋里挑出骨头来。

杜黄裳首先看的是《砥石赋》并序，看完后，他也被考生的巧妙布局而折服。考生以江南长期淫雨使作者的佩剑开始生锈，幸遇朋友赠送磨刀石，打磨出一副光亮的宝剑为序，从而引经据典，说明治理国家要高悬法制的大磨石，才能国泰民安。

这首赋中，挑不出骨头。从良心上讲，杜黄门觉得以自己的水平，也作不出这么优美的赋来，他不禁提起朱笔批示：

赋源倒流三江水，砥石独扫千试人。

批毕，杜黄裳又拿起刘禹锡的诗卷，品读着，他不得不佩服此考生的才华。

这首诗以清词丽句描写出春光在香兰中浮动，使兰花沐浴着阳光而滋长的情形，表达了考生对高尚人格的追求，其立意新颖、独特且高尚。

渐渐地，杜黄裳看出了端倪，终于在鸡蛋里挑出了一小块毫不起眼的脆骨来。

由于省试诗的题材有一定的局限性，束缚了考生的思维发展空间，使他的这首诗辞过于华丽，联想缺乏深度。

于是，杜黄裳又提起朱笔批示。

华丽诗中卷，夺魁联想之。

经过三天的角逐，贞元九年的春闱进士科考终于落下帷幕。通过考委会评审研究，报请德宗皇帝批准，进士榜于阳春三月公布于长安城最显眼的省院高大的墙壁上和长安城墙九大门出口处。

贞元九年初选进士榜

户部侍郎顾少连代行礼部侍郎职权，主持进士考试。本届准考生有一千二百一十一人，通过杂文、帖经、问卷三科三天的考试，经考评委根据考生试卷，评选出本届三十二名进士，经报请圣上恩准，特公布名单如下：

第一名：刘禹锡

第二名：柳宗元

第三名：白居易

以下二十九名按得分顺序公布：

元稹、戴叔伦、吕温、韩泰、韦执谊、李景俭……

祝贺三十二名初选进士荣榜。

大唐科举省院六十三届印

户部侍郎顾少连代行礼部侍郎职权印

贞元九年三月十八日吉时颁布

按照大唐不成文的规定，进士科录取名单发榜公布后，私人和官方都要摆庆祝登科酒宴，新进士半年之内，就会接连不断接到请柬，出席主人的热情宴请。

官方宴请的理由只有一条："恭请某举人登科，略备薄酒以示庆贺。"而官场奢靡之风盛行，利用公款请新进士的名目繁多，天子脚下就有"如闻喜宴""樱桃宴""曲江宴""月灯阁宴"等，还有大雁塔题名之庆祝项目。

私家宴请就不用说了，刘禹锡在长安可是举目无亲。只有那心仪的韦莺记得这件事儿，可她一个女儿家的，欲宴请梦哥哥却宴请无名。

于是，聪明贤淑的韦莺填了一首《蝶恋花》：

妾攒春花歌曲谱，倾听嵯峨，正在擂欣鼓。锦绣琼瑶谁在舞，东风畅快槐荫树。

试看初心荣阔户，进士归来，锦绣缠刘府。一往情深深几许，凭窗翘望阑珊处。

刘禹锡见到韦莺的贴身丫鬟小翠来到他的居所，送来了小姐的特殊礼物，他心情亢奋，来而不往非礼也。

"小翠，你等一等。"

他略加思索，挥毫泼墨，一首五言诗跃然于纸上。

常恨言语浅，不如人意深。
今朝两相视，脉脉万重心。

这首诗充分表达了刘禹锡对韦莺自从大慈恩寺分别后的思念之情。刘禹锡还觉得没有完全抒发出他的感情和担忧。

忽地，他从窗户外看见不远处梨园里的梨花，被风残忍地吹落一地，真是春情始到梨花薄，片片摧零落啊。

触景生情，刘禹锡不免担心韦莺的父亲，韦大人要是知道他们之间的恋情，按"三纲五常"而论，定会棒打鸳鸯。韦大人可是朝廷主管全国盐铁税赋的官啊，他要是怪罪父亲教子无方，从而整治他的下属，那父亲会有好日子过吗？

想到这儿，他又挥毫，填写了一曲《虞美人》：

勤蜂暗叹桃园白，果子谁人摘。寻常树上几黄鹂。头顶迷云缠绕，觉时迟。咸京不夜笙歌雅，撩忆春情画。影孤邀月雪飞亭。响水悄然离去，唤莺莺。

写完，刘禹锡将两首诗词小心翼翼地放入香笺内，叮嘱丫鬟说：

"小翠，烦请你将回礼带回去，悄悄交给小姐，切莫让韦大人和夫人知晓此事。"

小翠咯咯一笑说："刘公子放心，本丫头办事，我家小姐放心着哩。"说完，她接过香笺和打赏的碎银，一阵风儿似的飞走了。

4

虽然没有私人宴请，但官方的曲江宴，初选进士是必须参加的。曲江宴还是由顾少连主办，宴席设在长安东南处的曲江边。

曲江名为江，实际是一座湖泊，是由于湖岸曲折而得名曲江。

曲江环境清幽，棵棵杨柳绕湖而栽，它的翠枝，就像一个个含羞的少女垂着秀发，在碧波荡漾的镜子里梳洗，是个踏青游春的优美场所。林荫的湖边，筑起一群错落有致的楼台亭阁，阁楼的外侧种植着奇花异卉，到了进士发榜之时，湖畔朵朵杏花争相斗艳，一片嫣红粉白，煞是迷人，故而曲江宴又称杏花宴。

赴宴的进士不是单独赴宴，而是由省试院统一安排。这天是个黄道吉日，由顾少连率领省试院全体考官带队，首先和三十二名进士在省院祭拜孔圣人，再授佩大红花于进士们胸前。在一片礼炮声中，刘禹锡和柳宗元分别骑上马头扎有红绸花的一匹枣红马和一匹白龙驹在前领头，另三十名进士则骑马尾随其后呈一字队列。游行队伍里的吹鼓手们锣鼓唢呐齐鸣，声势浩大地先经过启夏门向西来到明德门，北折经朱雀门，再从十里长安街入皇城。十里长安两旁看热闹的人头攒动，呼声如潮，都欲挤往前面，一睹新科进士的风采。

游完长安城后，如长龙般的队伍这才来到曲江楼赴宴。

包佶边欣赏着歌伎们的舞姿，边品着美酒，无意中他发现刘禹锡在恭敬地敬考官和同科们酒的时候，目不斜视，难道他不近女色？

包佶不免担心起刘禹锡，在这个妻妾成双，歌伎成群的官场里，他这种孤僻性格不合群啊。

官场如战场，对于不合群的官僚，无疑会受到同僚的打压和排挤。

包佶是个热心肠的人，再想刘禹锡父亲是他下级，觉得有必要在合适的场合提醒这位才子。

贺宴闹腾到深夜，顾少连见时间不早了，宣布庆宴到此结束，明天还有一个重大项目，那就是大雁塔题名事。

能在大雁塔立碑题名，那可是新进士们的崇高荣耀。

　　大雁塔坐落在大慈恩寺内，与长安钟楼齐名，是长安地标性建筑。大雁塔是唐僧仿照印度的雁塔而建，故沿袭印度塔的原名，是他藏经书的地方。唐太宗见其"大雁"二字寓意深刻，在唐僧的建议下，每届进士中举的名单，都要刻在大雁塔底层的藏碑处，并邀请当科进士登塔远眺。

　　刘禹锡、柳宗元、白居易和元稹四个同窗自成一组，有说有笑地登上九层塔顶，放眼望去，东南方向是逶迤高峻的骊山，华清池就在骊山脚下，北面是滚滚咆哮的黄河，长安城周边平畴无涯，好一派壮丽山河。

　　四人正春风得意，心潮澎湃之时，突然听见刘禹锡"哎哟"一声惊叫，胸口传出撕裂的痛楚。

　　柳宗元见刘禹锡护痛般地捂住胸口，担心地问："梦得，是不是心绞痛？"

　　刘禹锡只是用手指了指塔下，大家一望，见有一个下人和一丫鬟在急呼刘禹锡的名字。

　　"刘少爷，刘禹锡！""刘公子，刘梦得！"

　　刘禹锡由柳宗元搀扶着，四人很快下得塔来。

　　苏州的管家刘全见到自家少爷后，不禁泪如雨下，扑通一声跪在刘禹锡跟前，声音哽咽地说：

　　"少爷，老爷他……他在扬州归天了……呜呜……呜……"

　　刘禹锡闻讯顿觉眼前一黑，就昏迷了过去，整个身子直挺挺地就要倒下去。幸亏有柳宗元扶着，才没有倒地的危险。

　　"少爷！""刘公子！"见到刘禹锡突然昏厥，直吓得刘全和丫鬟小翠大叫了起来。

　　白居易连忙说："元稹，你对京城熟悉，快去找顶轿子或马车，将梦得送到最近的医馆救治。"

　　"好！"元稹听后，撒腿就跑。

　　"回来！"柳宗元说，"梦得只是突闻噩耗，伤心过度，急火攻心造成的。"

　　只见柳宗元不慌不忙地从袖口中抽出一枚银针，快速地扎进刘禹锡的人中穴位。

　　"哇呜……"

"醒了，刘少爷醒了。"小翠拍着小手，高兴地叫了起来。大家见状都松了一口气。

刘禹锡刚擦干眼泪，就见到小翠高兴的样子，气不打一处来，狠狠地瞪了她一眼。

小翠从小跟随韦莺小姐读书识字，在小姐的熏陶下，是猴子也变成了精怪。是呀，刘公子是失父之痛，我怎么能发笑呢。

女孩儿的脸儿，就像六月的天气，说变就变。小翠马上一脸严肃地对刘公子说：

"刘公子，我家老爷听闻你家老爷去世，心里非常悲痛，特令我陪刘全来找你报信。"

小翠边说边向寺外指了指说："老爷还吩咐，他已经为你们准备了一辆马车，见驿换马，两三日就可赶到扬州。"

"谢谢！烦请小翠代我谢谢韦大人。"

刘禹锡问："韦大人是怎么知道家父仙逝的呢？"

刘全站出来解释说："少爷，是夫人令我前来长安向韦大人报丧的，并说韦大人一定知道少爷的住处，这不，小翠就带我来找少爷了。"

刘全解释完后，忙传达夫人的口信说："夫人令你火速赶往扬州，商量料理老爷的后事。"

"好的。"刘禹锡转向三位同窗说，"三位好友，梦得不能陪你们走完进士之路，我必须回去守孝丁忧，三年以后我们再见。"

他们不都是进士了吗，为什么刘禹锡还这么说呢？

按大唐律法规定，初选进士不能立即安排官职，摆在新进士面前有两种选择：一是再参加吏部取士考试，每三年考一次，称为"吏部铨试"，考中后也不一定马上就能上任为官，还要看官职有无缺额。二是立即参加吏部的"博学宏词"科和"书判拔萃"科考试，录取成绩特别优秀者，名额有限，一般一年只录取五至六名，有幸被录取者，可立即安排官职。

原计划是四位同窗合力角逐今年的"博学宏词"科和"书判拔萃"科考试，哪知事有突然，刘禹锡毅然决定，先放下美好前程，回家丁忧。

5

这时，只听得柳宗元说："乐天、微之，预祝二位再次荣升吏部榜，早日为官为民造福。"

白居易顿感惊讶，忙问："子厚，你又是为何放弃吏部考试呢？"

"梦得不但与我是同窗，而且是好兄弟，他的父亲也是我的父亲，我要陪梦得回家丁忧。"

这是哪门子事啊，子厚这不是打我和薇之的脸吗？就你与梦得是好兄弟，难道我们不是吗？

白居易想到这里，就对元稹说："微之，对不起，我也要陪梦得去守孝也。"

两位老大真不够意思，想抛开我小弟，况且梦得于我有救命之恩，这事儿要是传将开来，朋友们不背后戳我的脊梁骨吗？会说我薄情寡义，是个官迷。

"两位老大不参加考试，我更不能参加，我也要陪同梦得去守孝。"

这是咋回事儿，难道我们桃园四结义了吗？刘禹锡回过神来，连忙抱拳作揖说：

"感谢三位同窗！你们的兄弟之情家父地下若有知，定会欣慰。但他老人家的心愿是祝福你们为官造福于民众，为了他老人家弃官守孝而耽搁你们美好的政治前程，我和家母都会于心不安，家父也不会含笑九泉。"

刘禹锡的这番言语的确厉害，他将逝者抬出来，逝者为大，谁能反驳。

"你们瞎胡闹什么！有我代表，你俩就安心地考试去吧，唯愿你们早日高升，莫使我和梦得三年后赶上你们。"

刘禹锡连连摆手说："子厚兄，使不得，使不得。"

"梦得，我主意已定，你的母亲肯定在扬州焦急地等你，我们快点儿上路吧！"

刘全忙帮腔说："是呀少爷，老夫人和小姐一定等急了。"

四人这才停止了争论，向寺外的马车走去。

刚出寺门，小翠就将刘禹锡拉到一旁，悄悄地塞给他一大扎银票。

"这是啥意思？"刘禹锡接过一看，估计有百两银票，他茫然地问道。

小翠向他眨了眨眼儿,小声说:"这是小姐的一点心意,知道你囊中羞涩,路上用得着。"

真是的,一急将这事儿忘了,真感谢韦莺妹子细心。

"少爷!快上车!"不远处,传来刘全的催促声。

"哎!"刘禹锡飞快地上了马车。

"梦得!""刘少爷!""请节哀顺变!"白居易、元稹和小翠在马车后面不停地招手安慰。

"驾!"马车飞奔出了长安城,沿着官道向东急驰而去。

别看马车飞奔,坐在车轿里的三人却感觉不出颠簸。看来,韦莺的父亲是用心安排了一个老把式。

在马车上经过冷风一吹,刘禹锡从悲痛中清醒过来,首先要了解的是父亲为何在扬州去世?

"刘全,父亲为何去了扬州?"

刘全说:"少爷有所不知,你一年多没有回家,家里有些变故,老爷荣升为盐铁副使授殿中侍御史,主务埇桥(今安徽宿州)事务,主管缉捕私盐和埇桥地方的市场物价。因扬州是埇桥管辖之区,所以老爷溘逝于任上。"

"唉!"刘禹锡重重地叹了一口气,自责起来,"父亲,孩儿不孝呀,没有为您养老送终。"

一旁的柳中元忙安慰说:"梦得,自古忠孝不能两全,你考仕为官,其目的是为朝廷出力,乃忠也,请节哀顺变。你现在是一家之主,首要问题是考虑将伯父葬在哪儿入土为安。"

"子厚兄,谢谢你的提醒,家父生前交代过,他死后要叶落归根,回洛阳祖坟山陪祖母安葬。"

这时,车夫听见他们的谈话,忙将头伸进轿内问:"刘少爷,前面官道是个岔路口,一条直往扬州方向,另一条却是往洛阳方向。"

这个问题刘禹锡心里有底,对管家说:"刘全,你下车雇一匹马儿,赶往老家洛阳。家父曾说过,洛阳四眼井街有我家老宅,管理老宅的老管家叫刘用,想必现在已经是花甲老人了。你去找他,请一风水先生,在刘氏祖坟看一阴宅地脉。如果他老人家不健在,那只有由你来代劳了。"

刘禹锡吩咐完后，柳宗元忙从袖口中掏出银票。他知道刘全雇马匹、请风水先生、请八大脚台等都需要很大一笔开支，而此刻的刘禹锡身上连个铜板都没有。

可他只知其一，不知其二。

"子厚兄，不用，不用，我这儿有呢。"刘禹锡见状，忙从袖口中掏出一沓银票，数出五十两递给刘全。

刘全接过银票，问："少爷，办完了这些事后，我还赶往扬州吗？"

"不用，有子厚兄帮助，没有什么搞不定的事。"

刘禹锡接着说："我和子厚兄见到父亲最后一面，就请当地的丧头将父亲入殓，然后我们扶他老人家的灵柩直接回洛阳，你们多买些鞭炮迎接就是。"

柳宗元见刘禹锡安排得头头是道，由衷地佩服他大悲之前不乱阵脚的处事能力，佩服的同时心里疑惑，他哪儿来这么多银子？

待刘全下车后，柳宗元假装生气地说："好你个刘梦得，装穷还装得挺像的。我原来还以为你是个老实人，不会说假话，哪知你是个伪君子，藏得还挺深的。"

刘禹锡忙争辩说："子厚兄，不是你说的那样，你误会我了，我这银子是……是……"

柳宗元见刘禹锡吞吞吐吐的，就知道有隐情，忙追问道："是谁给你的银子？"

人家子厚兄将我当兄弟，连前程都不要了，陪我回乡奔丧，这样仁义的好兄弟，我再隐瞒他，就太不够哥们儿了。

想到这里，刘禹锡诚实地说："是韦小姐托丫鬟给的。"

柳宗元说："我就知道那丫鬟亲热地将你拉扯到偏僻处，定有见不得人的勾当。快老实交代，你与韦刺史的千金是几时勾搭上的？"

刘禹锡笑道："子厚兄，别说得那么难听好不好，我与韦小姐是初恋，私下订有婚约。"

"哼，"柳宗元一声冷笑后说，"你和裴大小姐不是有婚约吗？你私订婚约能算数吗？想必是要步白居易的后尘，一场情殇，两地生悲而已。"

刘禹锡忙争辩说："我可与乐天兄不一样，韦小姐说了，待我迎娶了裴小姐后再去迎娶她。"

"啊！原来你是个闷头鸡儿啄白米，一品大夫的千金甘愿做小妾，你真是有福之人啊！"

"哪里，哪里，子厚兄才是有福之人，二十三岁之人已经是三个孩子的父亲了，可以享尽天伦之乐。"

柳宗元不假思索地说："那你快点完婚呀，二比一，你两个夫人下起崽来，一定会赶超我的。"

"此话差矣！丁忧三年，何能完婚？"

"对不起！"柳宗元此时像个孩子，抱拳向扬州方向叩拜着说，"对不起伯父！我倒把守孝这么大的事给忘了，您老别见怪哈。"

"子厚兄，家父是个慈父，宽宏大量着呢。至于守孝期间，不可操办大婚，这是老祖宗定下来的规矩，作为孝子，我们更应该遵守才是。"

"唉！"柳宗元担心地说，"梦得弟的婚期还要等三年，还不知道这三年有无变数，特别是韦小姐那儿。"

刘禹锡坦然地说："顺其自然吧！"

两人在车上闲谈，倒也不感到寂寞，不知不觉间马车就到了华山脚下。

柳宗元从轿车窗户探出头来，看见雄峻巍峨的青山，问："梦得，这就是著名的华山吧？"

刘禹锡说："是的，自古华山一条路。"

柳宗元记起刘禹锡写的《华山歌》不禁吟哦了起来。

> 洪炉作高山，元气鼓其橐。
> 俄然神功就，峻拔在寥廓。
> 灵踪露指爪，杀气见棱角。
> 凡木不敢生，神仙聿来托。
> 天资帝王宅，以我为关钥。
> 能令下国人，一见换神骨。
> 高山固无限，如此方为岳。

　　　　　丈夫无特达，虽贵犹碌碌。

　　刘禹锡听见柳宗元娴熟地读出自己去年写的《华山歌》，不禁感慨万分。

　　那是去年因无缘进中省院考进士，闲暇之时回来看望病中的父亲时，途经华山，一时兴起写就的游览华山之心得。

　　"子厚兄，难得你还记得为弟的浅作。"

　　"非也，非也。"柳宗元说，"我从诗中感到，仿佛从洪炉中熔铸着这座高山，大有文章呀。"

　　刘禹锡一路阴沉的脸儿终于露出了笑容，感叹说："知我者，子厚兄也。"

　　柳宗元哈哈一笑说："就是嘛，你借物立志，借咏华山重申了自己的志向。男子汉只有像华山一样高不可胜收，才能称之为'岳'！倘若无高尚的品德和出类拔萃的才能，即使成为显贵又能怎样？还不是一个碌碌无为之辈。我要向你学习，争做巅峰之人。"

　　"过于谦虚等于骄傲。"刘禹锡说，"你写的《江雪》也不赖呀，志向远大。"

　　说着，刘禹锡不禁吟哦起来：

　　　　　千山鸟飞绝，万径人踪灭。
　　　　　孤舟蓑笠翁，独钓寒江雪。

　　"哈哈哈，彼此，彼此。"柳宗元见刘禹锡终于从悲痛中回到现实，不禁开怀大笑。

　　人固有一死，逝者如斯夫。刘禹锡这才领悟到柳宗元的良苦用心，不由得对他肃然起敬。

　　刘禹锡他们一路探讨诗文，见驿换马，马不停蹄，日夜兼程，经过千里之遥的颠簸，第四天就到达扬州。

第六章　丁忧戏撰陋室铭

1

父亲刘绪的遗体就停放在扬州盐铁衙门。

"父亲！孩儿不孝呀！"刘禹锡一见到父亲的遗容，扑通一声，双膝跪地，椎心泣血般地大哭，地动山摇，催人泪下。

柳宗元陪跪在刘禹锡身边，为其父亲敬香、烧冥币，然后连叩了三个响头。

礼毕，柳宗元扶着哭得颤抖不止的刘禹锡，安慰道："梦得，人死不能复生，请节哀顺变。你作为孝子，此时应与来悼念的客人进行还礼之事。"

刘禹锡痛哭了一场后，心情好了点。在柳宗元的搀扶下，他立起身子，用含着泪花的眼睛扫了扫整个灵堂。

母亲头缠白绢斜倚在太师椅上，她头顶上方的墙壁上悬挂着一个大大的"奠"字，她因悲伤过度而显得精神颓废，一夜之间，憔悴得不成样子。

刘禹锡见状，好一阵心痛，泪珠儿再次夺眶而出。她的左右有两位女人披麻戴孝地搀扶着她，怎么这两位披麻戴孝的女人，竟有一个刘禹锡不认识，一个是姐姐李姣儿，另一位是？

紧挨着母亲左边而坐的是权德舆、权璩、权恒；右边而坐的是刘禹锡的老泰山裴干和丈母娘裴夫人。

其次下座的全部是刘绪生前的好友和同僚。

这时，母亲身边的两个丫鬟拿来一件白色麻布孝袍和六尺八寸的白色孝巾和一根稻草绳子，帮刘禹锡穿戴上。

刘禹锡披麻戴孝地一一上前拜过客人，一番礼节后，他对坐在一旁闷闷不乐的权恒说："权恒，你和子厚兄一起招待客人，我与你外婆、爷爷等前辈有些事儿要到里间商量。"

凭什么啊？我堂堂大少爷倒成了你家的跑堂。权恒正要发作，只见柳宗元问道："老同窗，一向可好！"

叫花子也讲面子，何况他是权府大少爷呢？权恒回道："好，好，很好，子厚你呢？"

"刚和你舅舅考完第一轮进士被录取，正准备考吏部弘文科，却闻讯你外公仙逝，这不快马加鞭地赶到这里了。"

柳宗元忽地想起来，问刘恒道："你怎么不参加进士考试？你不想世代为官？"

哼！怎么不想，权恒一声冷笑，他用手指了指刚和母亲扶外婆进去的那位披麻戴孝的女人说："就是刚才那条美女蛇害的。"

柳宗元一惊，正想问他呢，他外婆身边的漂亮小姐是谁呢。

"她是谁呀？"

"小舅未过门的媳妇呗。"

"那不是你未来的舅母吗？你怎么对她恨之入骨？"

权恒当然不能讲当年他和舅舅在王府后花园见到的漂亮小姐就是这位裴小姐，被他误认为是韦刺史的千金，想入非非地抄写了李白与他夫人的情书于韦小姐，被韦刺史踢出衙门的事情。

"我才不认她这个狐狸精为舅母呢。"

被权恒骂成"狐狸精"的裴花，此时和姐姐扶着未来婆婆卢氏，来到衙内里间的一间房子，走到一处太师椅前，裴花机灵地拿来一个软垫铺在太师椅上，再轻轻地扶婆婆坐下。

她见自己心仪的男人安排好权老爷和自己的父母坐定后，迈着三寸金莲，款款地来到刘禹锡面前，双手相搭，侧身行礼道。

"妾裴花见过相公！"

"啊！你就是裴花。"

刘禹锡眼前一亮，好个标致的媳妇。这是他俩自定亲以来第一次见面。按当朝礼制，夫妻双方应是在婚礼后，由丈夫掀开新娘的红盖头，夫妻才真正见面，裴花此时与郎君见面，似乎有点于礼不合。

卢氏见状，满脸愁云一下子舒展开来。未来的媳妇识大体，人不但长得漂亮而且机灵贤惠，是我刘家所要的媳妇。

2

她见儿子满脸疑惑，忙替裴花解释说："裴花是我特邀请过门的。你父亲临断气时，嘴巴不停地喃喃着'媳妇、媳妇……后代……'就是不愿闭眼。"

卢氏感激地望了望裴干夫妇，夸赞说："还是你的老泰山识大体，带着裴姑娘来到你父亲面前，她红着脸儿温顺地唤了一声'公公'，你父亲这才安详地闭上双眼。"

刘禹锡听罢，忙抱拳向裴花还礼说："裴姑娘，谢谢你的付出。"

裴花闻言，顷刻间脸儿红得似洛阳的牡丹花儿，忙袅娜着飘到婆婆的面前。

刘禹锡无心诉说儿女情长，他向一旁坐着的权德舆和裴干两家人说："权伯父、泰山大人，母亲、岳母，姐夫、姐姐在上。我有两个重大决定要与大家商量。"

还是丈母娘疼女婿，裴氏心疼地说："贤婿一路车马劳顿，快讲，讲完后去休息一会儿。"

权德舆用手理了理他的胡须说："禹儿，你岳母说得在理，你现在是进士了，更应该注意身体，快说完去休息吧。"

"谢谢两位长辈的疼爱。第一件事是根据家父遗愿，要求叶落归根，我与长辈们和哥姐商量，想按他老人家的遗愿，扶灵枢回洛阳祖坟安葬他老人家。"

卢氏是刘家一家之主，深知自家米缸里的几斤米儿。她担心地说："禹儿有这番孝心，为娘理应支持，只是你父亲生前的俸禄，只够维持一家生计，扶灵回洛阳，路途遥远，可是一笔不菲的费用……"

卢氏说到这儿，不好意思再说下去。

权璩忙站起来说："岳母大人请放心，这笔费用理应由女婿我来孝敬。"

裴干也慷慨地说："是呀，亲家母不用担心，不足的部分由我们来出。"他怕卢氏拒绝，忙补充说："我们两家现在是一家亲啊。"

"谢谢泰山大人和姐夫，你们的好意我心领了。我在长安已经筹够了费用。"

卢夫人是又喜又忧。喜的是儿子大了，有担当了。忧的是儿子这么短的时间，在哪里筹得的一笔巨款啊。

可她哪里知道，她是个有福气的人，还有一位媳妇在为刘家操着心呢。当然，在此种场合，刘禹锡是不能公开这个秘密的。他是个光明磊落之人，待办完父亲的丧事之后，再将详情告知母亲和裴花。

权德舆见资金有了着落，不免对年轻的刘禹锡多看了几眼，俗话说：穷人家的孩子早当家，看来也不尽然啊。刘绪教子有方，有"万石君"之遗风。

所谓"万石君"，乃汉朝人也。姓石名奋，为朝廷大臣，育有四子。他教子有方，慈严并举。四子后来均有建树，官都至二千石，再加上石奋的官位也是二千石。所以，汉景帝赞扬他一家父子五人为"万石"，故而称刘奋为"万石君"。

刘绪晚年得子，对这个独子从不娇生惯养，既慈又严，才使刘禹锡年少有为，且能当家理纪。

唉！我那宝贝孙子要有他舅舅这一半儿，老夫睡着了也能笑醒。

"还有一件事儿。"刘禹锡见大家赞同，接着说，"我已考取进士，可能今后会长期在京城，不便回江南看望母亲。因此，我想将母亲接回老家洛阳定居，洛阳与京城近些，便于经常回家探望母亲，不知长辈们和哥姐意下如何？"

权德舆、裴干和刘绪几家子都是"安史之乱"那年避难而迁往江南的。权德舆退位后，年纪越大，越思念家乡的胡辣汤的味道，他第一个表态。

"老夫举双手赞成禹儿的意见，我们一家子也迁回洛阳。"

裴干与权德舆的想法可不一样，他在苏州生活了二十多年，对江南水乡充满着感情。韦应物调到京城为官时，曾有人动员他随同迁往长安，他婉言拒绝了。

今天女婿提出来，他不得不重新考虑，他和夫人只有这一个宝贝女儿，刘家迁往老家，他要是不和夫人随同，怕是下半辈子再难见到女儿一面，那是多么凄凉的事儿啊。

裴干思前想后，最后决定说："我们一家也迁去洛阳。"

计划定下来了，就立即实施。刘家一干人等扶着刘绪的灵柩，一路风餐露宿，很快就来到洛阳城外。

按照当地风俗，花甲以上老人去世后为白喜事儿，灵柩应在老屋停放三天后再出殡安葬。

刘禹锡一行送葬队伍刚到洛阳南门口，只听得城门口处突然鞭炮齐鸣，袅袅升起的阵阵烟雾中传出唢呐悲戚的哀乐。

刘禹锡举目一望，见是老管家刘用和新管家刘全二人，率领治丧八大抬等人在城门口迎接老爷回家。

刘绪的灵柩由八大脚从马车上放下来，用龙绳绑在双龙杠上，再行抬进城里。

坐在轿子里的卢氏，察觉到抬灵的队伍在往北门走，心中不免疑惑是不是走错了方向。在她的记忆里，她的家应该在城中四眼井方向，那是东京官僚居住的专区。

她正想着，一行人等在北门贫民小区一间小陋室里停了下来。

"错了，错了，我家在城中四眼井街。"

卢氏连忙下轿，在裴花和李姣儿的搀扶下，连连对八大脚说。

这时，满头银发的刘用扑通一声跪在卢氏面前，声音哽咽地说："夫人，没错，这就是刘府。"

卢氏顺着刘用手指的方向，举目一望，陋室大门上方"刘府"两个楷书大字格外醒目。这两个大字她再熟悉不过了，这是当年东京守备王爷李憕赐给她家的。

"姣儿快看，这是你父亲留下的墨迹。"

李姣儿也看见了"刘府"两个苍劲有力的大字，仿佛父亲奋笔疾书的情景就在眼前。现在却是物是人非，不禁鼻子一酸，两行热泪齐刷刷地直往下掉。

权璩见状，忙上前安慰夫人说："夫人，逝者如斯夫，过去的事情就让它过去，保重身体。"

刘禹锡在柳宗元的提醒下，来到刘用面前将他扶起来说："您就是刘伯吧，快起来，您一大把年纪了，一切礼节从简。"

刘用用手袖擦了擦泪花，仔细地打量起刘禹锡后说："像，少爷的相貌还是三十多年前十岁的样儿。"

他随后傻呵呵地问："少爷你喝了长生不老汤吧，已经是四十多岁的人了，怎么像个年轻人。"

刘禹锡先是一愣，马上明白了，他解释说："刘伯，你认错人了，我是老二梦得，您误认为我是哥哥刘高了。"

3

"对不起二少爷，人老眼花的，那大少爷呢？"

问者无意，听者有心，李姣儿哭得更是伤心。刘用、刘全、柳宗元、裴花四人见状，一脸茫然。

伤心的事儿不提也罢。刘禹锡扯开话题问："刘伯，家父生前曾多次跟我讲，我们老家刘府是一通两天井四合院，并且还有后花园。"他用手指了指三间小陋室问："这是怎么回事儿？"

刘用又是扑通一声跪在卢氏面前，老泪纵横地诉说："夫人，奴才对不住你和老爷啊，没有守住咱老刘家的祖业……"

卢氏看见刘用是快古稀之人，不忍心他跪着说话，忙说："刘用，起来说话，这到底有什么变故？"

"谢谢夫人。"刘用低着头儿站在卢氏面前，恨恨地说，"天杀的安禄山，他大逆不道，那年攻占东都后，屠杀无辜百姓和官家，将四眼井街的官吏之家的财产抢劫一空，并将所有官吏的房产占为己有变卖，可怜哪，当年那么繁华的四眼井大街，现在是格外萧条。"

刘禹锡问："后来呢？"

"后来我为了少爷们回老家有个落脚的地方，倾尽自己的积蓄，才在这儿买了这套房子。"

"谢谢刘伯对咱老刘家一片忠心。"刘禹锡指了指门上"刘府"的匾额说，"刘伯，你为咱们留下了宝贵财富，这块王爷亲题的匾额，就价值连城。"

"是吗，二少爷？"

接着刘用又傻呵呵地介绍说："奴才傻人有傻福哟。那年安贼的兵丁将我逐出刘府之后，我深夜潜入刘府，悄悄地将这块见证咱刘家辉煌的匾额摘了下来，放在屋里收藏着。这不，前年我梦见少爷回来了，怕你找不着家门，就将这块匾儿重新挂在大门的上方。"

"谢谢刘伯，谢谢刘伯！"

刘禹锡被刘用的忠心，感动得眼睛湿润了。前年赴京赶考，曾想过要回老屋看一看，终因考期临近而未能如愿。

看来，一个仆人对主子无限忠诚，是会与主人的心灵息息相通啊。

这时，刘全忙完了老爷灵堂的事情，来到刘禹锡面前禀告："少爷，根据您的吩咐，我和老管家请来了洛阳颇有名气的风水先生来到咱刘姓祖坟山看风水地脉。谁知由于当年战乱，死了很多人，导致咱刘姓祖坟无地方安葬后逝者，于是奴才自作主张，请风水先生赶阴阳（找风水宝地），果然在距祖坟山三四十里的地方，有一棺水裙风带的宝地，就是荥阳的檀山原，奴才就将这块宝地用十两银子买了下来。少爷，你看行吗？"

"刘全，你办事我放心。我们举家迁回洛阳后，你就是刘府的管家。刘伯年纪大了，你要像儿子一样孝敬他，好让他颐养天年。"

"是，少爷，请放心，奴才一定尽全力管好刘府，并细心地照顾老夫人和刘伯。"

一切按家乡的规矩安葬了父亲，刘禹锡感到一阵轻松，邀上这两天陪他一起辛劳的姐夫权璩和同窗柳宗元，在街口小吃馆里见面。

席间，刘禹锡说："姐夫，我要去父亲的墓旁守丁忧，你和子厚明个儿各忙各的去吧，恕梦得不能相送了。"

权璩说："我乃一州之长，耽搁了有些时日，案子肯定积压很多，我要回衙门审案，丁忧之事全拜托梦得弟了。"

柳宗元接着说："权大人在官场身不由己，情有可原，我可是闲人一个，再说，荒郊野外的梦得一人睡在丁忧棚里我也不放心，我得陪梦得。"

古代丁忧实为守陵。孝子要在安葬父母的地方，搭一座简陋的丁忧棚子，孝子要在荒郊野外守孝三年。

"不行，不行！"刘禹锡连连摆手说，"子厚兄为家父悉数尽孝，世人均赞。圣人曰：'父母在，不远游'，令堂远在河东，你应回家照顾高堂和妻儿老小才是。"

柳宗元嗔笑着说："就你书读得多，还抬圣人出来压我。圣人还曰：'学而时习之，不亦说乎？有朋自远方来，不亦乐乎？人不知而不愠，不亦君子乎？'"

权璩听后心想：这对活宝，又开始抬杠了，忙打圆场地说："我来平衡一下，子厚仁心德厚，令人敬之。古人云：孝为七七四十九天足矣。到时，再回家不迟。"

柳宗元笑着说："如此甚好，还是权大人会断案啊。"

姐夫发话了，刘禹锡只好默认了。

荥阳檀山原是在渺无人烟的檀山脚下，荒山野岭，格外寂静。好在有柳宗元陪同，倒也不是那么寂寞。

刘全也会来事儿，将一个简陋的守孝棚子装饰成一个山间书屋。他们两人每天在此读书和进行交流，时不时两人相伴回到城中，拜请权德舆传授书法。

权老爷子也不推诿，正好叫上宝贝孙子权恒也一起练习书法，免得他出去拈花惹草，无所事事。

再说，年纪大了，颇感寂寞，有三个年轻人在这里说说笑笑，高谈阔论，倒也热闹。

一天，刘禹锡在丁忧棚里与柳宗元争论了起来，两个大嗓门儿的声音，在这空旷的山野中传出很远、很远，竟将山林的鸟儿都吓飞了。

柳宗元说："梦得，我从《本草纲目》中得到启发，钟乳石能养生。"

刘禹锡想了想，摇了摇头说："不可，不可。"

你梦得以为你师从陈子敬老先生，自认为技高一筹；你要知道我子厚在河东老家也是得了高人的指点。

柳宗元心里不服气，声音提高了八度，据理力争道："钟乳石能温肺、助阳、平喘、制酸、通乳，为何不能养生。"

刘禹锡见柳宗元激动地提高音调，也不退让。在真理面前必须坚持，何况是医药方面的知识，来不得半点虚伪和麻痹大意。

"子厚兄所讲钟乳石之功效一点也没有错。但如果将钟乳石作为养生之道，那是万万不可的正因中医讲究阴阳之道，而钟乳石是石灰岩石通过千万年炭化形成的，故能温肺助阳，对于那些六腑阴虚的患者确有疗效。反之，一些肝火旺盛的患者和阴阳平衡的正常人，将钟乳石食用保健，不但不能养生，反受其害。"

柳宗元细一思量，觉得刘禹锡的宏论很有见地，他笑着伸出大拇指点赞，心服口服。

4

刘禹锡与柳宗元两人在丁忧棚中有说有闹有争论，日子过得挺安逸的。可刘禹锡哪里知道，他那未举行大婚之礼的未婚妻裴花，就这样不明不白地来到刘府，独守空房，其心里的酸楚除了婆婆卢氏，谁又能体会呢？

古训云：进了刘家的门，就是刘家的人。裴花继承了华夏女人的优秀品德，照顾老人，相夫教子。虽然现在还谈不上相夫教子，但心上人在郊外丁忧，陪伴和照顾婆婆是她应尽的责任。

"娘，明天就是父亲七七四十九天祭日最后一天，也是子厚兄回家之日，我想和丫鬟一起上街逛逛，准备些礼物让他带回去。"

"是吗，好的。"卢氏虽点头赞同，但还是有所担心，她问，"不知媳妇有何安排？"

裴花早就有计划，胸有成竹地说："娘，柳伯父是达官贵人，不可怠慢，媳妇倒存有一些零花钱，给他买一些贵重的补品，也为伯母和嫂子买一匹上好的布料，再为三个侄儿买一些咱们洛阳小吃糕饼，让三位小家伙也知道，他们有位刘叔叔在洛阳。"

“难得你想得周全。”卢氏说，“正因为柳府是显赫之家，我们的礼物既要贵重又要有地方特色。”

“刘全！”卢氏突然呼叫管家。

“在！”刘全快步进屋问，“夫人您有何吩咐？”

“你去将我箱子里的两匹苏州刺绣绸缎拿出来，再到条台柜中将那盒长白山的老山参拿来打包后，去五道口买几盒枣糕王回来，与绸缎、山参打成一个包袱。”

“是！”刘全应声退出房间。

裴花见婆婆安排得如此周密，心中生起敬畏之情。好婆婆呀，为人之妇确实不易，我心里闷得慌，又无处诉说，本打算乘外出采买之机，出去散散心儿，这下可好。

卢氏见裴花沉闷着头，心里明白几分，解释说：“好孩子，你的心思为娘知道，只是目前洛阳城内治安情况不是很好，怕你一个女儿家吃亏，所以才安排刘全去办理。”

裴花见婆婆点中了她的心思，红着脸儿说：“谢谢娘关心。”

“待子厚回家了，就不要刘全做饭了，你带着丫鬟柳儿负责这件事，一是我儿每天能到郊外散散心，二是你也可以天天与你夫君见面，用你的真实情感，去打动我那不开窍儿子的心扉。”

“谢谢娘！”裴花含羞地跑了出去。

刘禹锡送走了柳宗元，茅舍读书之趣好像少了许多。好在每天有裴花陪着，倒也不寂寞。

只是到了晚上，裴花经常暗送秋波。他是一个正常而又健壮的男人，他知道裴花的心灵需要爱人的慰藉。

可他是个读书之人，更懂得作为一个孝子，《孝经·丧亲》里孔圣人的教诲，在父亲的墓地不能做出出格的事情。

为了使未婚妻明白他的心志，他劝裴花回到自己的房间休息后，便研墨挥毫，一篇八十一个字的《陋室铭》就泼墨而成。

第二天一早，裴花按惯例来到未婚夫的书房兼卧室，向夫君请安。

刘禹锡见裴花进来，笑吟吟地说：“裴花，你也是个江南才女，看看夫君我昨晚写的一篇小赋，提提意见。"

裴花怆然一笑说："夫君真是个有心之人，谁不知道韦莺才是江南才女啊！你心里思念着韦莺妹妹，倒把妾抬了起来。"

刘禹锡心里不免慌乱了起来，她是怎么知道我与韦莺的恋情的。他故作镇定地说："看你整天神魂颠倒的，想到哪儿去了，夫君我昨晚借茅房陋屋，抒发自己的心志而已。"

裴花浅笑着说："啊！看来是我误会夫君了。"

说着，她拿起书稿，不禁轻吟了出来。

山不在高，有仙则名。水不在深，有龙则灵。斯是陋室，惟吾德馨。苔痕上阶绿，草色入帘青。谈笑有鸿儒，往来无白丁。可以调素琴，阅金经。无丝竹之乱耳，无案牍之劳形。南阳诸葛庐，西蜀子云亭。孔子云：何陋之有？

读完，裴花更进一步了解未婚夫了，他是一个有着远大抱负的男子，我作为他的未婚妻，更应该支持他、体贴他、照顾他，为他分忧。

三年丁忧时间，说快也快。这三年里，刘禹锡在权德舆的传授下，书法大有长进，而且他走遍了这座山，像神农氏一样，尝遍百草，根据其心得，著有《鉴药》一书。

书法和医学只是他闲暇之时的雅兴，刘禹锡没有忘记他的初衷："读书为仕，为民造福。"

他在原来所读之书的基础上，进一步研读了《论语》《孟子》《荀子·修身》《鬼谷子》《孙子兵法》《三十六计》《史记》等著作，为他即将第二次参加的吏部进士考试打下了坚实基础。

5

三年丁忧期满，刘禹锡向母亲提出，他要再次进京参加吏部考试。

卢氏说："我儿斗志未减，乃刘家之幸也。娘和你媳妇坚决支持你。只是在你进京之前，要与裴花举行大婚之典，再也不能让她有其名而无其实地独守空房啊。"

刘禹锡本想用两情若是久长时，又岂在朝朝暮暮进行搪塞，但当他看见裴花委屈的泪水，于心不忍。

命运既然如此安排，我为何不趁此机会，将娶韦莺的事儿提出来呢。

君子坦荡荡，何必藏着掖着？刘禹锡开诚布公地说：

"裴花是个好媳妇儿，但做人要厚道。我曾与韦刺史之女韦莺有婚约在先，为了不辜负韦小姐的一片深情，我想在和裴花举行大婚之后，再选择一个良辰吉日，将韦小姐娶进家门。不知娘和裴花同意否？"

卢氏闻言心想，怪不得他对裴花不冷不热的，原来他早有心上人了。

卢氏坚决反对道："你这个逆子，咱刘家祖宗八代都感情专一。你这样明目张胆地纳妾，对得住裴花姑娘吗？再说人家韦小姐是千金之躯，愿意委屈下嫁我们这个简陋之家吗？傻儿子，别异想天开了！"

刘禹锡见母亲如此态度，他大感意外；但他是个孝子，也不敢据理力争。

于是，他用求助的眼神望着裴花，似一个溺水者，绝望中将她当成一块救命的木板。

说句心里话，哪个女人不想一人伺候自己的男人。但在这个男权社会里，女人的命运是可悲的。

裴花强行露出笑容，违心地劝起了婆婆："娘，花儿感谢您的抬爱。韦小姐从小与我情同姐妹，纳她为妾，花儿我没有意见。"

多么通情达理的孩子，卢氏只能妥协地说："先与花儿成婚，待你考取进士为官后，再考虑纳妾之事。"

新婚宴尔之后，刘禹锡再次踏上进京之程。

刘禹锡在吏部铨试考试院中报名时，再次遇见了他的好友柳宗元，这是他俩约定之行。

按照事先约定，谁先到长安，谁先租好房子等待对方。

新婚宴尔，刘禹锡与新娘子多缠绵了几天，所以自然是柳宗元租好了房子，两人报完名后，有说有笑地朝出租屋而去。

刘禹锡问："子厚兄，你先来京城，你跟乐天（白居易）和微之（元稹）通信了没有？"

柳宗元笑呵呵地回答说："我们都有通信，这两人没有辜负十年寒窗之苦，三年前一举夺冠，现在微之是柳州下面的一个县令，而乐天又在苏州任一方县令。"

刘禹锡抱歉地说："是啊，他俩现在都很不错，都是我拖累了子厚兄。落伍实堪悲，我们一定要迎头赶上他们！"

柳宗元说："信心和决心固然重要，但也要面对现实啊。"

刘禹锡见他话里有话，他直言不讳地说："子厚兄，这不是你的性格呀，有话直说何妨？"

"今年的吏部铨试竞争相当激烈，虽然主考官是包佶包大人，但原来监考官都是新面孔，今年录取的名额比往年少了一半，据说，四年前李绛这个学霸今年也参与了进来。"

刘禹锡与李绛四年前有过一面之缘，他早一年登上进士榜，也是当年科魁，是个学问很深的人。

科魁与科魁较量，今年吏部铨试有好戏看了。

孙子曰："戟楯蔽橹""知兵之将"方能"百战不殆"。刘禹锡想了想，问："子厚兄，本届的监考官是何人？"

柳宗元回答："是太子李诵身边的侍从官王叔文和王伾。"

"看来太子要即位了，真是一朝天子一朝臣啊。"

刘禹锡对王伾不甚了解，但对王叔文略知一二。

"哎！不对呀，德宗皇帝一生猜疑过重，王叔文一向劝太子李诵谨小慎微，现在自己却站出来当出头鸟？"

"是的，当今皇上龙体欠安，命悬一线，已下诏书命太子李诵接班，太子登基是迟早的事儿。"

可他们哪里知道，王叔文善于韬光养晦，提前布局，让太子李诵经常施惠于朝中宦官俱文珍和薛盈珍，这两位是德宗皇帝信任的宦官，这使得太子李诵能顺利地登上皇帝的宝座。

柳宗元用怀疑的眼神问："梦得，你是怎么知道王叔文的？"

"秀才不出屋，能知天下事呗。"刘禹锡玩笑着说。

柳宗元扑哧一笑："没有想到漂亮的弟媳，将她的夫君涂了一层厚厚的粉儿，脸厚得很啊，像天下只有梦得是秀才似的。"

"有这样损人的吗？看来什么都瞒不住子厚兄了。"刘禹锡老实交代说，"是白乐天来信告诉我的。"

"哦，快将王叔文的情况告诉我，魏灵公曰：'工欲善其事，必先利其器'嘛。"

"乐天来信介绍说，据官方消息，这次主考官虽然还是包佶他们，但太子派了王叔文来担任本届监考官，为太子登基储蓄新鲜血液。"

"啊，听说王叔文是个革新派啊！"

"是的，乐天是这样介绍的。王叔文，越州山阴（今浙江绍兴）人，天宝十二年出生，年长我们二十岁左右。苏州司功出身，擅长围棋，是围棋高手。他担任太子侍读，实为侍棋。因他常言民间疾苦，深得太子赏识和信任。近两年时间，朝廷的政治风云颇为险恶。乐天来信说：'已经到了人家不敢欢宴，朝士不敢过从的地步。'叮嘱我们要格外小心。"

第七章　仕途不顺遇贵人

1

白居易还跟刘禹锡讲了王叔文和太子之间的一个小故事。

王叔文深知德宗皇帝猜忌成性，为了保全太子李诵的地位，他劝太子不能惹是生非。

一次，太子与王叙文、王伾和侍读们谈论时事政治，讨论其宫市之弊害的问题。

所谓宫市，是德宗皇帝别出心裁的首创。它并不是传统意义上的集市，而是派宦官强迫民间与宫中交易。从某种程度上来说，是朝廷掠夺民间财富的一种手段，但实际收入大部分落进了俱文珍等宦官之流的腰包。

太子李诵说："寡人面见皇上时，应提醒他老人家废除它。"说完，以王伾为首的侍读都拍掌赞扬太子有胆有识。

唯独王叔文不语，闷坐在一旁。太子见状问："大家都在讨论宫市，王君无言这是为何？"

从太子的一句"王君"之称，可见太子是多么敬重他。

王叔文答道："太子面见皇上，只能过问他老人家的膳食和向他老人家请安，切莫提及宫市等时事政治，谨防小人抓您的小辫子，而进谗言离间。太子当前首要的任务是收买人心，少生事端，方能顺利接班。"

太子李诵谢说："感谢王君提醒，你才是真正的高人。"

柳宗元听完刘禹锡的介绍，感叹地说："这个王大人不同凡响啊，看来，我们在考试的政论文中，应注重革故鼎新的元素。"

有了既定方案，刘禹锡和柳宗元在考场中，有的放矢地发挥，最终如愿以偿，两人连登三科，成为朝廷的正式官僚。

通过这次考试，刘禹锡不得不佩服李绛的才华，不论他和柳宗元怎么努力，还是李绛摘得桂冠，他只得了个第二名，柳宗元获得第三名，韩泰获得第四名……

这届被录取为仕的人员中，从表面上看都在一条起跑线上，而实际是暗流涌动，朝廷各方势力都在为扶植自己的新生力量而进行角逐。

新官员的分配权力，并不在礼部尚书或宰相手中，而是由宦官俱文珍掌控，每年到这个时候，俱文珍家里都是宾客盈门，着实使他大捞一笔。

李绛是当朝宰相陆贽的表侄。别看陆贽的宰相权力旁落于宦官之手，有职无权。但在他的运作下，李绛破格上任为长安渭南县尉。虽然是个副县长，却直接是官居八品。

柳宗元也是个幸运儿，承父亲柳镇的人脉关系，担任京郊蓝田县尉，官居八品。

刘禹锡可就没有他们幸运了，本届进士都各自奔赴前程，走马上任，而他却因"目前暂无官位空缺"，在京城待命。

明白人一眼就明白，刘禹锡是因为在朝中没有任何社会关系，也没有政治联姻，所以按分配官员中不成文的潜规则，他只能排到最后一名，就看有无官位空缺的运气了。

刘禹锡孤身一人，漫无目的地徘徊于十里长安街中，思考着破局的办法。

突然刘禹锡眼前一亮，那个高墙大院的府第不正是韦府韦莺的家吗？是的，是朝廷一品盐铁使，他父亲的顶头上司韦应物的府第。

刘禹锡死马当着活马医，去求韦大人帮助。

"哐哐"他上前敲响了黄铜门环。吱的一声，铜漆而贼亮的大门开了一条缝儿，只见一个下人将头伸出来，恶狠狠地说："谁呀？王府的门环是什么人都能敲的吗？"

人在屋檐下，不得不低头。刘禹锡赔着笑脸说："烦请通报韦大人，新科进士刘禹锡求见。"

下人一听说刘禹锡这个名字，似乎在哪儿听过，但又想不起来，他淡淡地说："你等着，我去向管家通报一声。"

王管家是韦府的老管家，他一听说刘禹锡求见，眉头一下子就蹙了起来。

他在苏州府衙门就认识他，并且非常喜欢这个精明强干的年轻人。

唉！今非昔比啊！为了小姐逃婚离家出走的事儿，老爷正在烦心着呢，正要找他算账，他倒好，自己找上门来了。

王管家心想，老爷和夫人从失女之痛中刚刚平静下来，伤疤还是不重新被揭开为好。

于是，王管家对下人说："叫他走吧，老爷是不会见他的。不过态度不能蛮横，他毕竟是当科进士。"

"是！"下人来到门口，对刘禹锡说，"刘进士请回吧，我家老爷不愿见你。"说完，只听得哐的一声，大门紧闭。

"这是为什么？"刘禹锡吃了闭门羹，心里感到茫然。

难道是我和韦莺小姐的事儿被韦大人知道了，不同意这门婚事而故意闭门谢客？

谁说宰相肚里能撑船，堂堂的一品韦大人可真是个小气之人，不同意我们的婚事也就罢了，不看僧面看佛面，看在我老父亲为你出生入死的分上，你也应该见我一面啊。

"这不是刘公子吗？"刘禹锡正在韦府大门外胡思乱想，突然听见一个熟悉的女声在唤他。

"是你，翠儿姑娘。"刘禹锡一见上街采买回来的韦小姐的贴身丫鬟翠儿，激动地大叫一声。

"嘘……"翠儿做了一个不要出声的手势，用手指了指不远处的一个偏僻的小巷子，她直往而去。

刘禹锡会意，紧跟着她来到巷口。

翠儿伸长脖子，左右望了望，见无人发现他们，这才说："刘公子，你好大的胆儿，我家老爷正派人在京城打探你的住处呢。如果被老爷抓住，非抽了你的筋，剥了你的皮不可。"

刘禹锡越听越糊涂。

"我也没有得罪他老人家呀，他为什么这么恨我？"

"你还不知道呀，小姐离家出走了，据说是出家了。"

"在哪儿出家？"

“听下人们有的说是五台山，有的说是峨眉山，老爷都派人去查找了，杳无音信，呜呜……小姐要是有个三长两短，我也不活了。”

2

刘禹锡一惊，猛然想起来，四年前他们在大雁塔后面的竹林，韦莺曾说过，如果她父亲不同意他们的婚事，她就带发出家，待父亲百年后，她再嫁给他。

莺妹真倔，当年我还以为她只是说说而已，没有想到她真的出家了。

刘禹锡为了证实自己的推断，急问小翠：“韦小姐为何出家？”

“你这不是明知故问吗？难道你心里没数？”

“我还没有上门提亲呢，韦大人是怎么知道我和韦小姐的事儿的？”

“都是俱无霸那小子想吃天鹅肉，用他那没用的父亲的权势来压老爷，逼着老爷将小姐嫁给他。小姐不从，只好向老爷和夫人，表明了非你不嫁的心愿。”

“哪个巨无霸？你是不是脑子进水了，说话颠三倒四的，既然他父亲没用，哪来的权势来威胁韦大人。”

小翠这才意识到她话说有点急，噘着小嘴说：“你才脑子进水了呢。俱无霸就是那年在大慈恩寺调戏小姐的浑蛋。”接着，小翠的小脸儿又顿时一红，道，“他干老子俱文珍是个太监，不是没用吗？”

“啊！”刘禹锡这才明白。

原来，俱无霸这个纨绔子弟，在大慈恩寺见韦莺貌若天仙，欲想将她占为己有，便上前调戏，没有想到半道杀出个程咬金，刘禹锡这个假哥哥搅黄了他的好事。

俱无霸那天在寺外和家丁们左等右等，不见韦莺她们出来，还以为她们是神仙飞走了呢。

回到家里，他思念美人儿，茶不饮，饭不吃，整个人神魂颠倒，一个劲儿地呼着：“仙女，仙女……”病倒在床。

儿子这么一闹，可急坏了宦官俱文珍，他还期盼着这小子为他家传宗接代呢。否则，那这万贯家财谁来继承啊。

俱文珍从宫中请来太医诊治，得出的结论是少爷患的是花痴病，得找到他口中的仙女来哄劝他，才能治愈。

俱文珍将与儿子一起外出的家丁们审问了个遍，才知道白天在大慈恩寺发生的事儿。什么仙女，一定是被人悄悄地带走了。

"找！挖地三尺也要找出那个小姐，老夫就不信了，谁家的女儿还敢不嫁到我俱府来。"

俱文珍声嘶力竭地命令家丁，将长安城翻了个底朝天，也没有找到韦莺。

"笨蛋，一群笨蛋！"一年多过去了，儿子还是疯疯癫癫，仙女还是没有找着。

这也不能怪俱府家丁们无用，韦莺自从那次大慈恩寺一惊之后，回到秀楼从未出门，需要胭脂水粉和女工针线什么的，偶尔令丫鬟去长安街买之。

俱文珍无奈，又生出一条毒计。他令京城有名的画师，根据家丁们的口述，画出了韦莺和小翠的肖像，投放在京城所有绸缎庄和胭脂铺里，店老板一经发现这两名女子，就要立即向俱府报告，否则，就关店铺走人。

果然，功夫不负有心人，肖像画出半月后，一胭脂铺的老板拿着小翠的肖像来到俱府领赏。

俱文珍重赏了店老板，闻之这女子是京城盐铁使韦应物女儿身边的贴身丫鬟。他一声冷笑后，就遣派媒婆上门提亲。

一家有女百家求，何况是一品盐铁使的千金呢？韦莺可不管是谁家达官贵人提亲，竟一概回绝。

韦应物听到媒婆是为俱文珍那个花花公子提亲，心里一百个不愿意。但碍于俱文珍的淫威，韦应物不得不慎重考虑。

"烦劳媒婆回话俱大人，王府之凤能攀上他这个高枝乃小女之幸也。只是小女娇生惯养，待征求她的意见后再作答复。"

韦应物来了一个缓兵之计。

媒婆一声冷笑说："韦大人，俱大人的脾气您是知道的，他所要求的事儿，整个朝廷还没有哪位大人不从的，希望韦大人识时务，不要让我一个妇道人家为难。"

这是赤裸裸的威胁。韦应物心里将俱文珍的祖宗骂了个一百遍，但还是得赔笑说："请俱大人放心，老夫一定尽力。"

好不容易送走媒婆，韦应物心中可犯了难。

韦应物知道，女儿是个非常有主见的女子，只好先吩咐夫人去探探女儿的口风，看看她本人的意见再作打算。

"莺儿，女大不中留，你今年十七有余了，该找婆家出阁啊。"

韦莺含羞地问："娘，又是谁家上门提亲啊？"

"莺儿，是俱府托媒说亲来了。"

听说是俱无霸韦莺粉嫩的脸儿顿时气得通红，埋怨说："娘，父亲是不是老糊涂了，这不是将女儿往火坑里推吗，俱无霸是个什么东西，难道父亲不知？"

韦夫人一脸无奈，只好规劝着："莺儿，你也老大不小了，应该懂得君为臣纲，父为子纲，妻为夫纲的道理，前朝文成公主为我们妇人做出了榜样。你父亲辛苦奋斗多年也不容易，如果我们不应许这门亲事，就俱文珍那小人性格，你父亲的后果会很惨啊，作为女儿，应该以孝为先，就将就地嫁到俱府去吧！"

听了母亲的话，韦莺脑袋轰的一声，倔强地对母亲说："娘，请你转告父亲，女儿不孝，宁死也不从命。"

"唉！"韦夫人叹了一口长气，自言自语地说，"莺儿与他父亲一样倔，这叫我如何是好。"

第二天一早，小翠慌乱地跑到夫人房间，急声说道："夫人，不好了，小姐离家出走了。"

"怎么啦？"韦夫人边问边接过小翠递过来的香笺，韦应物近前一看，女儿那熟悉的娟秀字体跃入眼帘：

　　欣梦始姑苏。慈恩结怨忧。夜三更、空枕泪惊秋。淡笑此生情慷漫，难住首、醒更愁。

　　明月邀我游。倦风入庵休。指弹间、情泪付东流。虽是红尘犹未尽，期待遇、苦为舟。

韦应物一看，就明白了这是女儿给情郎的一首情诗《唐多令》，顿时恼羞成怒，大声喝道："大胆翠儿！快与我老实交代，小姐与哪位公子相好上了。如不从实招来，就用家法伺候。"

3

翠儿顿时吓得五魂掉了三魂，忙双膝跪地，战战兢兢地交代了，小姐与刘禹锡在苏州就开始的恋情。

"唉！"韦应物听后，仰天长叹说，"老夫我是养虎为患啊！"

长叹过后，他猛然想起来，刘禹锡已经来到长安报考吏部铨试，气急败坏地对王管家说："你派一班人等秘密去有关寺庙和庵堂寻找小姐，再另派一班人在长安将刘禹锡这臭小子抓来，看我不打断他的脊梁骨。"

"凭什么啊！"刘禹锡听完小翠的讲述，一下子也跳了起来。

翠儿见状，忙劝诫刘禹锡说："刘公子，好自为之吧。"

说完，她像避瘟疫似的，急忙离去。

刘禹锡本来想好了东窗不亮西窗亮，另辟蹊径，去找权德舆老爷子进京，帮他活动当官事宜。

经过翠儿这么一说，道出韦大人要惩治他的事情原委，反而使他明知山有虎，偏向虎山行的英雄气概涌上心头。

您韦大人不愿意见我，我就在大门前拦您的官轿。

王管家知道这一情况后，出于对刘禹锡的爱护，上前劝说："刘进士，你这是自触霉头，自找苦吃啊。"

刘禹锡坚定地说："我必须当面向韦大人解释清楚。"

"谁要找我解释清楚？"这时，一乘八抬大轿来到韦府门前，韦应物从轿窗中伸出头问。

刘禹锡一见正是他要找的人，忙伏跪在地上说："新科进士刘禹锡求见韦大人。"

"什么？"韦应物威严地说，"你把头抬起来！"

刘禹锡毫不畏惧，倔强地将头抬起来。

韦应物气急败坏地命令说："来人，将此……"他想说此贼，顿觉不妥，忙改口说："将此人拿下，拖到大院，打他五十军……"他又感觉不妥，重新说："家法伺候！"

一行保卫韦应物安全的卫兵不免有些惊讶，一向决策果断的老爷，今天怎么啦，拖泥带水的。

跟着主人有近三十年的王管家，先是担心刘禹锡已经是老爷砧板上的肉：听剁！当听到老爷拖泥带水的命令，心里比豆腐还明白，只是在一旁讪笑。

要知道，韦应物是朝廷盐铁总使，掌管着一群如狼似虎的缉私部队，如果仗打刘禹锡五十军棍，他一个文弱书生哪里受得住，那不仅仅是皮开肉绽的痛苦，很有可能有性命之忧。家法只是挨些板子，就另当别论。

韦应物见卫兵将刘禹锡拿下，边向大门走去边气咻咻地说："权老爷子也不知是哪根筋出了问题，称赞刘绪教育儿子是'万石君'。呸！明明是一个浑球。"

"韦大人，晚生敬佩您是个读书之人。"刘禹锡的两只手臂被卫兵反扭着，他挣扎着反抗道，"逝者为大，不许您侮辱家父，更不能污蔑前朝老臣。"

呵呵！这小子嘴巴还挺硬的，老夫倒是喜欢这种硬汉子。

韦应物一行进入大院，便凶神恶煞般地对王管家说："这浑球就交给你实行家法，训打完后，拖到我书房，老夫要验其伤。"

"是！"王管家应转头向家丁吩咐道，"将他按到板凳上，打他二十大板。"

刘禹锡向王管家挤了挤眼，示意他打轻一点儿。

王管家轻声说："刘进士，这个我知道，不过你的惨叫声要装得大一点儿像一点儿。"

说着，王管家从家丁手中拿过家法，假装凶狠地高高举过头顶，狠狠地向刘禹锡翘起的屁股抽去。

"一、二……十……""哎哟！哎哟……"王管家的数数声和刘禹锡杀猪般的惨叫声，一声高过一声，传进王府深深的后院里。

韦夫人在房里小憩，被一声声惨叫声惊醒，她擦着还没有睡醒的双眼，对床前站着的丫鬟问："小翠，又是哪个下人违反了家规，被管家责罚？"

"夫人，还能有谁？就是那个害得小姐出家的刘禹锡呗。"小翠边说边想着，不听我的劝诫，叫你离开韦府你偏不。她心里有点幸灾乐祸，嘴里随即迸出"活该"二字。

"什么活该不活该？我看你也欠揍，走！我们去看看。"直吓得小翠吐出舌头，她忙与夫人更衣，搀扶着她向大院而去。

韦夫人的超常主动，早就在王管家预料之中。韦夫人特别护犊子，她爱屋及乌。眼见她的心肝宝贝女儿的心上人受刑，哪有不帮之理。

"别打了，别打了，打伤了孩子，我们怎么向刘夫人交代？"

说着，她亲自上前，将刘禹锡扶将起来，关切地问："孩子，打疼了没有？"

刘禹锡向管家投去一个感激的眼神后，忙对韦夫人说："伯母，不碍事儿，我身体棒，承受得住。"

王管家不失时机地说："夫人，老爷还在书房等着验伤呢。"

"验什么验？走，孩子，伯母陪你去！"

韦应物见夫人陪同刘禹锡进了书房，心中叫苦不迭。老夫本想今天好好教训这个乳臭未干的小子，没想到母鸡护起小雏鸡儿来了。

他一脸严厉地问："梦得，你知道老夫今天为什么要教训你吗？"

好汉做事好汉当，刘禹锡直截了当地说："是为莺妹离家出走的事儿，但我们并没有做对不住二老的事。"

还敢狡辩！韦应物严肃地批评他："你愧读圣贤之书，孟子曰：'不待父母之命，媒妁之言，钻穴隙相窥，逾墙相从，则父母国人皆贱之。'"

刘禹锡此刻的双颊像被火烤一般，红一阵儿白一阵儿，不得不低下头儿。

韦夫人也埋怨说："你这孩子也是的，请一媒人来提亲就好了，就不会有如此变故，莺儿也不会受此磨难。"

说着，韦夫人两眼一红，竟抽泣起来。

韦应物见刘禹锡低下了头，还是不依不饶地问："你知错在其一，还错在其二，知否？"

刘禹锡一时没有想出来，求助地望着韦夫人。

韦夫人擦着泪儿说："你这孩子办事不靠谱儿，裴花与莺儿情同姊妹不假，但裴干毕竟是老爷的总管，你欲扶裴花为正室，将莺儿纳为妾，老爷的颜面何在？"

刘禹锡辩解道："晚辈本想待考取进士后，再来提亲，哪知母亲大人施压，母命难违啊，还望韦大人见谅。"

4

"唉！"韦应物深沉地叹了一口气问，"算你小子还有良心，你今天拦老夫的轿子是为何？"

刘禹锡一听，有戏，悬在胸口的石头终于放了下来。

"晚辈连中三元，心中甚喜，本意是在举目无亲的京城，只有韦大人您是家父的故交，故前来报喜，共同分享这份喜悦，谁知王管家不让进啊。"

刘禹锡这话看似是在责怪王管家，实则是他想将王管家摘出来，免得韦应物找王管家秋后算账。

"哼，"韦应物狡黠地笑了笑说，"不止如此吧。"

官刁于民，何况是在官场游刃有余的韦应物呢？刘禹锡只好吞吞吐吐地道出了他还在等待分配的事。

韦应物为难地说："朝中官员分配权被宦官俱文珍掌控，经莺儿拒婚一闹，要想从他这儿找到突破口，难上加难。"

"正因为这样，晚辈只好求助您来了。"

刘禹锡在苏州衙门为书记时，韦应物就喜欢上了他，今个儿他有困难，看在他逝去的父亲的面子上，他也应该帮他一把。

韦应物思考了一会儿说："看来只有另辟蹊径，我和太子身边的宾客王叔文王大人颇有交情，明日老夫请他在太子殿里，为你寻得一名官差如何？"

"如此甚好，晚辈谢了。"

就这样，刘禹锡有惊无险地离开了韦府，他一路失落地走着，担心着韦莺妹子的安危。

很快，刘禹锡接到通知，诏他去太子殿任校书，官为九品。实际就是太子宫中图书管理员。

唉！真正是朝中无人难做官啊，先干着再说吧。

刘禹锡任太子校书期间，很是羡慕王叔文和王伾这些侍读，他们能整天陪伴太子李诵，虽然见机而作，但也能坦露自己的见解。可他和宫中许多下人一样，见到太子从身边而过，只能垂首躲避一旁。

一天，刘禹锡刚从崇文馆校完书回图书馆小憩，就见王叔文正匆匆来到图书馆。

刘禹锡在吏部铨试时认识王叔文，忙起身抱拳作揖请安说："太子校书刘禹锡给王大人请安。"

"啊！你就是刘禹锡呀，文采不错，人也英俊，难怪韦应物极力举荐你呀！在这儿还干得来吧？"

刘禹锡说："感谢王大人关心。晚生干此工作很愉快，只是有很多深奥之书不甚理解，斗胆请大人赐教。"

王叔文见他谈吐不俗，喜欢上了这位年轻人。

他坐了下来，接过刘禹锡敬上的香茗，品了一口后问："刘校书，说来听听，本官与你一同探讨。"

"是！"刘禹锡将不懂的问题抄在一个小本子中，他拿出来翻看了一下，说，"王大人，商鞅辅佐秦孝公，为什么要积极实行变法？"

"问得好，看来你是很有思想的年轻官员，将来一定是国家栋梁之材。"

王叔文表扬了他之后，接着说："我刚才正同太子讲述秦孝公重用商鞅变法之事。秦起用了商鞅这个特殊人才，上承穆公之基础，下启昭襄之帝业，移风易俗，民富国强。"

王叔文叹了一口气，忧虑地说："我们大唐，正处在危急存亡关头，四夷蠢动，内乱不断，天柱动摇，地坼山崩。若商鞅再世，我们大唐根基就坚固了！"

　　刘禹锡望着王叔文脸上如犁耕过的皱纹，听着他慷慨忧国的言辞，他那颗年轻而不安稳的心也跟着躁动起来。

　　"王大人放心，'江山代有人才出'，我一定要融会贯通商鞅变法的精神，为重塑大唐江山发光发热。"

　　王叔文欣慰地点了点头，查完资料后，告辞而去。

　　心情的躁动犹如太湖的波浪，短暂的狂风骤雨之后，又归于平静。王叔文自上次来过之后，再也没有光顾过他这个清闲之地。

　　据说是德宗皇帝的病情越来越严重，进而引发皇子们为争夺皇位，斗得你死我活。

　　王叔文这个太子李诵的高参，正陪着太子运筹帷幄，哪有时间光顾这里。

　　刘禹锡想通过王叔文的关系，面见太子的计划成了泡影。

　　从各个渠道得知，李绛、白居易、元稹、韩泰等在官场上均有建树，现在都是七品芝麻官了。

　　刚刚又传来消息：柳宗元接任蓝田县令，也是七品官衔了。他在祝贺朋友的同时，心里却是酸楚的。

　　蓝田县衙不远，出了长安城就到了。不管心里怎样不舒服，但刘禹锡发自内心地为柳宗元高兴。

　　这不，今天闲着无事，他骑着马出了城，来到蓝田县衙。

　　正在伏案看卷宗的柳宗元听衙卒报告，他的朋友刘禹锡特来看望他，忙放下手中的卷宗，起身出门迎接。

　　"梦得，是什么风将你吹来了？"

　　刘禹锡答非所问："蓝田衙门朝南开，有朋无事莫进来。子厚兄要是再不出来，我可要击鸣冤鼓了。"

　　"呵呵，堂堂太子殿下的校书，何冤之有，竟在本县的一亩三分地里鸣冤叫屈。"

　　"唉！别提了。"刘禹锡指了指自己身上的九品官服说，"惭愧，惭愧，在太子身边工作快一年了，还是原地踏步。"

　　柳宗元问："你与太子没有搞好关系？"

刘禹锡无奈地说："何谈关系，我认识太子，太子却不认识我啊。"

柳宗元听后，就吟上李太白的一句"天生我材必有用，千金散尽还复来"的诗句来安慰他。

刘禹锡真诚地说："其实我不是来向你诉苦的，是真心来祝贺子厚兄荣升的。"

"是吗？"柳宗元狡黠地一笑说，"梦得，你订了哪家酒楼为本县庆贺啊。"

刘禹锡呵呵一笑，用手指了指县衙门前的一条小河说："就河里的水，煮河里的鱼。"

"奸屁蛋！"

"子厚兄有所不知，我一个九品官那点俸薪，可要养活一大家子人啊。今非昔比，一人吃饱全家不饿的日子就是使人留恋。"

"好啊，弟媳裴花终于有孩子了？"

刘禹锡实话实说："怀上了，正需要营养，我每月的俸薪大部分都寄回洛阳。这不，腹中的油水早已被胡辣汤洗空了。老兄面前不说假话，我是以借庆贺之名，实则是来打秋风改善伙食的。"

"哈哈哈……"柳宗元大手一挥说，"走哇，我们去蓝田张氏羊肉泡馍馆边吃边聊。"

蓝田不虚此行，刘禹锡一路连连打着饱嗝回到太子殿图书馆，迎面看见一位熟悉的身影从太子殿走了出来。

机会来了，刘禹锡主动上前请安说："杜叔，晚辈刘禹锡向您请安，祝您福体安康。"

来人正是淮南节度使杜佑，他刚从皇上那儿接到皇命：令他兼任徐泗濠节度使，平叛张愔叛乱，具体任务由太子李诵部署。

一身威武戎装的杜佑，停下脚步打量着刘禹锡，满脸疑惑地问："你是刘绪的儿子？"

"杜叔，正是晚辈。"

5

二十年前，杜佑和刘绪都是浙西观察使韦元甫属下的幕僚，两人关系融洽，交情颇深。

"梦得贤侄，老夫只听说你文采好生了得，你入仕后在太子殿身居何职？"

"说来惭愧，晚辈辜负了长辈们的期望，只任太子校书一职，仍为九品官阶。"

听锣听音，听鼓听声。别看杜佑是个文人，他可是当今皇上最信任的大臣，是淮南、徐泗军政一把手，掌握着重兵。他在官场拼搏了大半辈子，是只老狐狸，刘禹锡对环境不如意的心思，他一听就明白。

"贤侄，如你不惧军中之苦，愿意随老夫从军否？"

"吃得苦中苦，方为人上人，晚辈愿意追随叔叔左右，啊！跟随杜将军左右，建功立业。"

"哈哈哈！"杜佑大笑着说，"不愧为刘绪的儿子，有志气。老夫军政繁忙，身边正缺一位掌书记，提升你为八品掌书记。你等一会儿，我这就去请示太子，将你放飞，跟着老夫从军。"

别看杜佑是个进士出身，由于长期率军，倒不缺乏军人素质，他雷厉风行地进入太子殿，很快多牵了一匹枣红马出来。

杜佑骑在他心爱的白龙驹上，见到刘禹锡还站在原地，就将枣红马的缰绳甩给他。

"刘掌书记，紧跟着我。"

"是！"

树挪死，人挪活；也许我刘禹锡的发展空间不在宫中，而是在战云密布的军旅之中。

更使刘禹锡情怀满志的是，淮南节度使的军帐就设在令他难以忘怀的扬州。父亲兢兢业业一生，最后阖逝于扬州的任上。他决心继承他老人家的遗志，从戎建立新功。

节度使掌书记，其实就是杜佑身边的文字秘书，负责起草军中的各种告示和上奏皇帝的奏折。

这份工作对于饱读诗书的刘禹锡来说是小菜一碟，特别是在这和平年代。

其实军队的事情并不是刘禹锡想得那么简单。这次杜佑来京，是德宗皇帝秘密将他召进宫里，布置平叛张愔不服从朝廷命令，自立为王的重大事件。

张愔乃原徐泗濠节度使张建封之子。张建封死后，朝廷决定另派节度使接管徐泗濠中军帐。哪知张愔并不买朝廷的账，自封为徐泗濠节度使，自立为王。

自古只有皇帝是世袭制，哪有地方节度使也世袭的道理？新老交替必须经过朝廷派员接任。如果让张愔得逞，那不就乱套了，大唐江山也将永无宁日。

病重的德宗在宦官俱文珍和薛文珍两人的高参下，招来太子李诵，决定剿灭平叛张愔这个叛逆。

杜佑虽然兼任两地节度使，实际兵力还是自己的原军队，有十万之众。至于徐泗濠节度使只是徒有虚名。徐泗濠地区的六七万军队全部被张愔掌控。

在双方实力不等的情况下，两军交战勇者胜。杜佑乃秀才出身，对掌管训练军队是个门外汉。自恃有朝廷撑腰，且他的军队明显多于张愔的军队，竟想一战成名。

刘禹锡根据杜佑的指示，草拟了一份战书，由信使送到张愔的手中。张愔是行伍出身，在父亲张建封潜移默化的影响下，是一个骁勇善战的将军，他欣然应战。

要说杜佑一点军事才能都没有，那是冤枉他了。从他大兵团的排兵布阵上看，他精通孙子兵法。

在杜佑居高临下的指挥所里，刘禹锡站在主帅身旁，随时待命。一声铳响后，方圆百里的战场顿时战鼓震天，尘土飞扬，只见杜佑的军队以排山倒海之势扑向敌方。

然而敌方张愔却是不慌不乱，以逸待劳。待杜佑的部队冲上来之后，他们采取十万军中取上将首级的战术，冲在最前面的杜军统领肖克光与张愔大战一百来个回合后，冷不防被张愔的神箭手射中，兀然倒落下马。

顿时，杜军大乱，刘禹锡看得真切，忙提醒说："杜将军，快下令鸣金收兵，否则，我军要吃大亏啊！"

只一个时辰的工夫，杜军溃不成军，是什么原因造成的呢？孙子曰："兵者，国之大事，死生之地，存亡之道，不可不察也。"

实际上这次为剿灭张愔，太子李诵在王叔文的建议下，另派了泗州刺史张伾从泗州讨伐埇桥之敌，其结果也是大败。也就是说，杜佑和张伾都不是张愔的对手。

刘禹锡在丁忧期间，就熟读孙子兵法，为了更好地效忠杜佑，刘禹锡主动请缨说："杜大帅，末将想深入部队基层，调查这次失败的原因。"

杜佑气急败坏地说："查，一定要彻底查清我十万大军不攻自败的根源所在。"

他想了想，随即命令说："刘掌书记，本帅命令你为军中监察使，负责调查这次失败的原因，查清后，直接向本帅报告。"

"是！"

刘禹锡深入军队基层，调查研究。不查不知道，一查着实吓了一跳。如果要追究原因，却令刘禹锡有点儿哭笑不得。

原来，杜佑的军队上下级军官，因没有忧患意识，长期不练兵，养尊处优，毫无战斗力。

要是追究责任，不只是哪一级军官的问题，实际是朝廷和统兵主帅要负主要责任。

吃饭不得罪火头军，刘禹锡初来乍到，这个道理他是懂得的。但他有责任向主帅阐明这里面的真实原因。

对敌斗争要讲究策略，揭露上级的错误，更要讲究策略。主子就是主子，是不能轻易得罪的。刘禹锡苦苦思索怎样向主帅汇报这次事件的调查结果。忽地，他眉头一皱，计上心来。他迈着稳健的步子，胸有成竹地回到杜佑身边。

"刘监察，你小子辛苦了，下基层半月余变的又瘦又黑。"杜佑见到刘禹锡后，心疼地说。

"谢谢主帅关心！"刘禹锡用力地拍了拍自己的胸脯说，"您看，我这不更结实了吗？"

"结实就好，快说说你调查的结果。"

刘禹锡微笑地从袖口中拿出一张信笺，双手恭敬地递给杜佑。

第八章　军旅生涯崭头角

1

杜佑还以为是刘禹锡写的调查报告，他接过一看，原来是他写的一首名为《养鹫词》并引：

途逢少年志在逐兽，方呼鹰隼以袭飞走，因纵观之，卒无所获。行人有尝从事于斯者曰："夫鹫禽饥则为用，今哺之过笃，故然也。"余感之，作《养鹫词》：

> 养鹫非玩形，所资击鲜力。
> 少年昧其理，日日哺不息。
> 探雏网黄口，旦暮有余食。
> 宁知下鞲时，翅重飞不得？
> 毰毸止林表，狡兔自南北。
> 饮啄既已盈，安能劳羽翼。

杜佑也是学富五车之人，当他看到刘禹锡的诗作后，脸儿是红一阵儿，青一阵儿。正想发作，但文人的涵养战胜了军人的粗暴，终于忍住没有发脾气。

这首诗里是讽刺他的军队尽是一些腐败无能，安乐享受之辈，哪里还有战斗力可言。

这不是当着主人的面打主人的狗吗？俗话说，打狗还看主人呢。

杜佑调整了一下自己的情绪，不得不叹服眼前的年轻人是青出于蓝而胜于蓝，敢作敢为又精明睿智。

"刘监察，你说得对，'鹙鸰止林表，狡兔自南北'。这鹙鸰实为猛禽，本该翱翔于蓝天，食尽天下之狡兔才是。可现在却躲在林间自得其乐，狡兔必然成灾。"

杜佑顿而想了一会儿，继续说："其实，何止是我的军队，朝廷的禁卫军也是一样啊。何谈养兵千日，用兵一时。徐泗平叛实则是一个沉痛的教训啊。这样，亡羊补牢，犹未为晚。你制定出切实可行的治军方案，本帅审查后付诸实施，待提高了军队的战斗力后，再行平叛。"

军令如山，临危受命，刘禹锡深感责任重大。他按所学的《孙子兵法》的练兵内容，结合杜军的实际情况，制订了一套完整的练兵计划，得到了杜佑的认可和支持。

杜佑说："刘监察，你的这套练兵计划很好，本帅继续委任你为军中七品监察，负责各部练兵的监察事务。"

"是！"他终于追上子厚、乐天、元稹了。

杜佑想，只能一级一级地提拔眼前的爱将，但官衔过低也难压阵，于是，他从腰间解开他的宝剑递给他。

"本帅的宝剑赠予你，授予你在军中监察有先斩后奏的权力。"

刘禹锡受宠若惊，连忙接过宝剑，庄重地说："请主帅放心，末将一定竭尽全力，将我军训练成一支战无不胜的军队。"

正当刘禹锡在军队里与官卒们较量时，突然接到家里的管家刘全传来的书信噩耗，妻子裴花难产，为了保全他们唯一的血脉，将生命给了女儿，她却选择了死亡。

原来，裴花的预产期已经超过了一个月才临盆，在那个年代，医学并不发达，这是"娘奔死来儿投生"的关键时刻。

卢氏是过来人，急令刘全快去接稳婆（接生婆）。她知道，儿媳超过预产期，孩子过大会造成难产，危及母子。

裴花由于剧痛和拼命用力，欲想将孩子生出来，稳婆到来时，已经是精疲力竭。

稳婆一看产妇的样儿，心里一紧，赶忙全力地帮助产妇生产。越急越乱，新生儿在母亲肚子里欲出生憋闷不过，人的求生本能，却乱动一气，一下子将小脚丫伸出了母体。

稳婆见状，大惊失色，忙对卢氏说："产妇严重难产，现在的情形要想母子平安是不可能的了。救大人还是救小孩，请尽快作出决定。"

卢氏毫不犹豫地说："快救大人！"

裴花虽然已经精疲力竭，但稳婆的话她却听得清楚。

伟大的母爱使然，她断断续续地留下她在人间最后的一句话："请……先……救……孩……"

稳婆使出浑身解数，终于救出了一个白白胖胖的女孩，裴花却撒手人寰，死时还未满二十岁。

说来也怪，刘禹锡的女儿自从稳婆从她娘肚子里救下来以后，就大哭不止，不论奶奶、外婆和姑姑李姣儿怎样哄慰，她就是不吃不喝哭闹不止，直到三天后，她母亲裴花入土后，她才停止了哭闹。

姑姑李姣儿见她三天后与正常孩子一样该吃就吃、该睡就睡的样子，就无奈地叫她刘仙姑。

面对噩耗，刘禹锡悲痛万分，心里非常愧疚。要是我在家里，凭着我的医术调理孕妻，妻子就不会难产而死。

可当前又是一个难题摆在他的面前，此时军队正在紧张的训练之中，我作为军中监察官，怎能脱离岗位回家葬妻呢。

刘禹锡左思右想，还是要以国家利益为重。

于是，他回信对老母解释说："母亲大人，自古忠孝不能两全。我现在负责全军的训练监察工作，确实不能离开岗位，请您老人家代我向岳父母二老道一声对不起，我愧对妻子啊！"

刘禹锡化悲痛为力量，全心投入练兵监察工作，初见成效，军队面貌焕然一新。

正当刘禹锡准备回到主帅帐中汇报比武建议时，杜佑身边的传令兵骑着一匹老迈的马儿，慢悠悠地来到他的帐中。

"刘监察，主帅令你不要练兵了，回到他的身边去。"

正是试验军队有无战斗力的关键时刻，为什么突然不练了呢？

刘禹锡满脸疑惑地回到杜佑身边，迫不及待地问："主帅，练兵正在如火如荼进行着，怎么就不练了呢？"

杜佑也不回答，只是从案台上拿出一道圣旨给他看。

奉天承运，皇帝诏曰：

擢令杜佑，免其泗史，张愔任之；续任淮史。

钦此！

"这是为什么？难道吾皇向张贼妥协了吗？"刘禹锡大声诘问。

杜佑说："梦得，你还年轻，官场如战场，瞬息万变，世事难料啊，这不知又是朝廷哪位宦官使出的幺蛾子。"

杜佑猜测得八九不离十，平叛事件便草草收场。

2

张愔是个土皇帝，他敢于与朝廷叫板，绝非等闲之辈。

在张愔的中军帐中，豢养着一个百余人的智囊团，他是个善于听取下属意见之人。

刘禹锡不曾料到，他的外甥同窗权恒就投奔在张愔的麾下，做了一个七品参议。当然，权恒的这个七品官是张愔自封的，朝廷礼部并未备案。

权恒为什么要投奔张愔呢？说起来是一件阴错阳差的事。

权恒是个花花公子，倚仗爷爷权德舆的溺爱，二十几岁的人了，却还一事无成。

去年，权德舆寿终正寝，权恒像天塌了似的，无依无靠。权璩已官至一州之长，现在家父已逝，宝贝儿子没有保护伞了，是该认真管一管了。

他与夫人李姣儿一商量，决定将他放在他的好友同僚泗州刺史张伾的府衙锻炼锻炼。

权恒心里一百个不愿意，但父母之命难违，现在又没有爷爷护着了。他看也没看父亲的书信是投给谁的，接过书信往包袱里一放，就悻悻地往泗州方向而去。

谁知权恒来到泗州地界，却见张府高墙大院，很是气派，他想都没有想就将父亲的介绍信投递给了门卫。

其实权恒来到的并非泗州府衙，而是徐泗濠节度使张建封的官邸。张愔拆开书信一看，是利州权璩写给泗州张伾的举荐信。

张愔与张伾一向不和，达到水火不相容的地步。权恒无知，这不是将自己往火坑里跳吗？典型的自杀行为。

果然，张愔看完信后，恼羞成怒地大喝一声："来人，将门前那个叫权恒的小子拿下，打入死牢。"

权恒冤哪，他一个养尊处优的花花公子，哪里受过这份罪儿。他双手紧扶着死牢的实木栅栏，不停地高喊：

"放我出去，我是前朝宰相权德舆的孙子，当今利州刺史权璩的儿子，你们抓错人了，我冤哪！"

也是他命不该绝，正是他这喊冤叫屈的高嗓门，救了他一命。

此时，张愔的军师张能心血来潮，带着几名卫兵前来巡视牢房，听见权恒的喊冤声，饶有兴趣地问狱吏：

"喊冤的是何人？"

狱吏嘿嘿一声冷笑，回答说："回军师，是权老宰相的孙子，利州刺史权璩的儿子。"

"你们把他抓来为甚？"

"回军师，是这小子自投罗网！"狱吏将他误投张府的情况做了详细解释。

张能不仅是张愔的军师，也是深得他父亲张建封器重的军师。此人足智多谋，掐指会算，很得张愔敬重。

张能细细思量后，就命令狱吏说："你且好酒好肉地招待此人，我去通报主公，此人将是主公帐下不可多得的人才。"

正如张能的预料，权恒不但有盘根错节的朝廷关系网，而且是个善于出点子的人，他很快得到张愔的器重。

母亲李姣儿得知儿子权恒投靠了与朝廷作对的张愔，不禁大骂："这个逆子……"口吐鲜血，一病不起。

李姣儿气得吐血之事，刘禹锡和权恒都不知情。

这天，张愔率军击败了杜佑和张伾的联合平叛部队，扬扬自得之中，按惯例犒劳手下官兵。

张军们大块吃肉，大碗喝酒，军中将士将主帅吹捧上了天，这正是张愔所需求的虚荣心。

然而，正在张愔忘乎所以之时，权恒却向他泼来一瓢冷水。

"主公，你是想称王称霸，还是想一帆风顺地过着这种土皇帝的日子？"

张愔为顾全颜面，将权恒拉进他的中军帐，见帐内无人，这才说："你是啥意思啊？你以为李氏江山是那么好动摇的，我只想着家父留着的这一亩三分地儿。"

这正是权恒所需要的答案。别看权恒娇生惯养，脑袋可不糊涂。他要是跟随张愔叛乱，他那个世袭贵胄家族就要因他而灭九族，爷爷在九泉之下也不会饶恕他。

他已思索出应对之策：何不将他绑上朝廷的战车，我也因此立下功劳，再次光耀门庭。想到此计，权恒决定用温水煮青蛙的办法，慢慢引导张愔按照自己的思路发展。

权恒分析说："您要想守住您这一亩三分地，用武力抵抗不是明智之举，而是螳臂当车，自寻死路。"

张愔怒道："你这是说的什么混账话，我不是以弱对强，战胜了杜佑和张伾吗？"

权恒并不惧怕他的淫威，还是不温不火地劝说："主公，此一时彼一时也。杜佑军中人才辈出，他不拘一格地重用他身边的掌书记刘禹锡，进行大练兵，如果再次交战，胜负难料啊！如果我军失败，您这一亩三分地还守得住吗？"

当然，他不想将他和刘禹锡的关系讲出来，以免他生疑心。

张愔一细想，果然是这么个理儿，忙问："权参议，你有何高见？"

"如今朝廷的宦官，就像阳澄湖的螃蟹一样横行，就连当今宰相也是一个空架子。我们何不利用宦官的权力，来保存老帅留下来的基业呢？我们也加入横行的队伍，到那时，要有多威风就有多威风。"

张惴见权恒说得头头是道，就知道他早就有主意。

"权参议，别再转弯抹角了，直接说出你的高见吧。"

权恒还是不急不躁地问："主公，朝廷除了俱文珍外，又出现了一支新的宦官势力，您知道吗？"

"这个我知道，是薛盈珍呗。两珍狼狈为奸，将朝廷搅得乌烟瘴气，谁个不知，谁个不晓。"

此时，张惴终于明白了权恒的意思，要他投靠宦官。他一细想，这也是值得一试的权宜之计。

于是，他又担心地说："你是知道的，家父生前与他们并无交情，本帅我自然也是如此。"

权恒答非所问，转而问他："主公，薛盈珍何方人氏？"

他这一问，倒是提醒了张惴："啊！他是薛家冈本土人氏。"

"哈哈，这不就得了。"

"可我与薛家人不熟，派谁去牵线搭桥呢？"

权恒主动请缨，毛遂自荐说："主公，有钱能使鬼推磨，如您信得过末将，就将这项任务交给末将完成。"

3

终于将张惴说动心了，但他还是有点儿不放心地问："权参议，看你胸有成竹的样儿，说说你的计划吧？"

"现在朝廷出了怪事儿，德宗皇帝允许太监宦官们娶妻生子，俱文珍与时俱进，竟然娶了三房妻子。"

张惴终于明白权恒的计划了，试探着说："权参议的计划是，我们在薛家冈为薛盈珍造一座漂亮豪华的府第，再为他娶上一妻三妾，让他光宗耀祖。"

"知我者，主公也。"

权恒补充说："薛盈珍的弟弟薛謇现在任京兆水运使，与家父感情甚好。我们将薛府建好后，就将薛謇接回风光风光，再以家父之谊请他与其兄牵线搭桥。接上线后，再让薛盈珍在皇上那儿进行暗箱操作，主公您的徐泗濠节度使的宝座，就是瓮中捉鳖，手到擒来。"

"哈哈哈，权参议此计甚妙！"

徐州平叛失利，朝廷做出了让步，实际上还不只是让步的问题。德宗皇帝在免去杜佑徐泗濠节度使的同时，让张愔继承父职的基础上，还擢升为"右骁卫将军同正、泗州刺史、御史中丞、充本州团练使、知徐州留后"等。

也就是说，朝廷不但不追究他叛乱杀死无数无辜官兵的责任，反而重用他为徐州地区最高军政长官。

"还打什么仗啊，都是一家人了。"钦差大臣的一句话，点醒了杜佑，他只好召回刘禹锡，率领残部，灰溜溜地退回扬州。

只可叹那些战死沙场的官兵，他们死得不明不白，真是有苦无处诉啊。

杜佑回到扬州，越想越觉得朝廷的风向标出现了严重偏差，长此下去，大唐根基有倾斜的危险。

如今圣上不重用我们这些为国家利益出生入死的大臣，奸佞当道，我何必占着茅坑不拉屎儿，干脆请辞淮南节度使这一职务，交出兵权，回京都颐养天年。

杜佑令刘禹锡写了一份辞呈，请求皇上革其军职，调回长安故里，退出政坛。

刘禹锡按照杜佑的意思，边写着奏章，边感慨自己的政治抱负也随着杜佑的心灰意冷而变得绝望。

圣旨很快又传到扬州，而圣旨的内容简单得再简单不过，只有"继任"二字。

杜佑心灰意冷，再没有心思治理军队，埋头撰著一部二百卷的大型典章《通典》。

刘禹锡则继续担任他的文字秘书。

刘禹锡不愿就此放弃自己的抱负，理性告诉他希望往往在绝望中产生。但在当今社会里，朝中无人莫做官的现状，摆在"学而优则仕"者的面前。

于是，刘禹锡利用空闲之余，广泛结交军队和社会上的名流，以求另寻门路。

功夫不负有心人，他在扬州结识了李益。李益要大刘禹锡二十四五岁，其诗名早就传遍华夏大地。

刘禹锡对李益仰慕已久，诗文是通向人类灵魂的纽带，两人很快成了忘年之交。

阳春三月的一天，李益发出邀请，请刘禹锡、张登、段平仲和张复元等一批文人，宴聚于"二十四桥"的水馆。

扬州的水馆，就是一艘艘花船，游弋于运河和扬子江上。

众人欢聚一堂，对酒联诗。联诗是当代文人的娱乐项目之一，却有很多规矩。

只见四名婀娜多姿的侍女，一人持着银壶，负责倒酒，灌酒，美其名曰："美女献甘醇"；一人负责手持沙漏，负责计时，时不时也充当"美女献甘醇"的角色；一人手持铜锣，负责预警，铜锣一响，酒入肝肠；一人则坐在一旁，弹奏着琵琶，轻柔优美的音乐，始终在水馆里回荡。

一桌八个文人，两人一方，恰到好处。经大家一致推选，由年轻有为的刘禹锡军爷开场。刘禹锡何时怯场？只见他略一思索，待女子手中的沙漏只漏到一半，一首七绝就脱口而出：

> 功勋未作追欢宴，风荡轻舟伎献情。
> 不享娇娘香味美，赋诗和唱伴琵声。

李益一听这是一首自责诗，壮志未酬却寻欢。好就好在诗意与此时欢聚情景相融，未失大雅。更使李益暗自佩服的是，刘禹锡韵脚选择的是宽韵"庚"韵，以便众诗友和唱。窥豹一斑，可见刘禹锡的思维缜密，顾全大局。

宴席联诗声、谈笑声伴随着优美的琵琶声，一直闹腾到了深夜，八位诗人其中七个烂醉如泥，有的爬在桌子边，有的倒在船舷上，有的仰卧在船板上沉醉地睡着了。

文人的文雅，此时此刻被他们横扫一空。

特别是李益，他故意吟不出诗文，进而享受美女一杯接一杯地献酒，不醉才怪呢。

刘禹锡见到这些美娇娘，不是不动心，而是借酒消愁愁更愁。他的脑中经常闪现出妻子裴花悲惨的模样，有时也闪现出初恋情人韦莺孤寂的身影，他就没有兴趣享受美女加美酒了。

面对一群烂醉如泥的诗友，他也束手无策，不知如何照料他们。好在水馆里有住宿服务，他和侍女们费了九牛二虎之力，才将他们扶进房间休息。

他正想离开时，有个叫泰娘的琵琶女提醒他说："刘军爷，按规矩，您走时应该留一首诗作给他们，免得日后朋友们说您不注重礼节。"

是啊，一忙一累就昏了头儿，倒把这事儿给忘了，于是，刘禹锡来到他们堆睡的房间，接过侍女递上的毛笔，伏案龙飞凤舞着：

> 寂寂独看金烬落，纷纷只见玉山颓。
> 自羞不是高阳侣，一夜星星骑马回。

写毕，他将这首诗，放在正在呼呼大睡的段平仲的枕边，跃马而去。

第二天，太阳晒得李益他们屁股生疼才起床，清点人数时，看见刘禹锡留下的诗作，方才知道就他一人没有醉，李益饶有兴致地品味起刘禹锡的诗。

这是一首调侃诗，大意是众人皆醉，唯有自己还醒着。寂寥中眼看红烛一点点燃尽，月光中听到诗友们卧席相枕的鼾态，我却不能成为酒徒而感到对不住朋友，只好在星光中骑马回营。

又到了仲夏时节，同僚刘伯刍和窦常见刘禹锡整天闷闷不乐，与刚从军时判若两人，就相邀他一起到扬州法云寺散心，抽签解闷。

4

法云寺位于扬州谢镇西端，该寺是由尼姑主持，相传其寺内签卦相当灵验。寺内古木参天，枝丫相融，甚是奇观。

刘禹锡早在苏州寒山寺得到灯谜指点，无心抽签问卦，只是瞻仰前朝名将谢安曾用过的战袍战旗等遗物，又观寺内高龄古柏，思潮起伏，脱口吟出《谢寺双桧》：

> 双桧苍然古貌奇，含烟吐雾郁参差。
> 晚依禅客当金殿，初对将军映画旗。
> 龙象界中成宝盖，鸳鸯瓦上出高枝。
> 长明灯是前朝焰，曾照青青年少时。

寺中长明灯曾照着谢安将军的英姿，而今也照在我的身上，我何时才能像谢安一样驰骋疆场，为国建功呢?

又过了一段时间，炎暑退去，郊外田野里金灿灿的菽稻在风中点头弯腰，向人们煽情地微笑，运河两岸一朵朵菊花儿，在畅快地拥抱着一群蜂蝶儿嬉戏。据说城外有一个叫南塘镇的地方，水乡碧玉，风光旖旎，正是郊游散心的好去处。

这天刘禹锡心情甚欢，竟独自一人雇得一艘小船，沿着古运河来到了南塘。看到祖国山河如此秀美，联想到自己为仕六年来，依然还是一介谋士，不能尽情发挥自己治理山河的能力，而产生愧疚感。

为官者都是宁当鸡头，不做凤尾之徒，其中的奥秘不言自明，刘禹锡也不能免俗。

杜将军虽然对我不薄，但僚属只能为他人作嫁衣。现在可好，嫁衣也不用做了，每天只是碌碌无为地游山玩水，一首《晚步扬子游南塘望沙尾》五言诗进出脑海：

> 淮海多夏雨，晓来天始晴。
> 萧条长风至，千里孤云生。
> 卑湿久喧浊，搴开偶虚清。
> 客游广陵郡，晚出临江城。
> 郊外绿杨阴，江中沙屿明。

　　归帆翳尽日，去棹闻遗声。

　　乡国殊渺漫，羁心目悬旌。

　　悠然京华意，怅望怀远程。

　　薄暮大山上，翩翩双鸟征。

　　从此诗中，不难看出刘禹锡此时的忧愁和期待，壮志未酬的政治抱负，自张愔事件后，一直在折磨着年轻的刘禹锡，使他寝食不安，夜不能寐。

　　他在等待时机，找到自己发挥才能的舞台，并期望在泱泱山水间，找到初恋情人，与她一起像翩翩飞行的两只鸿鹄，飞翔在为民造福的道路上。

　　东方不亮西方亮，我刘禹锡不能吊死在杜将军这棵老槐树上。我必须另辟蹊径，哪怕是再从起跑线上起跑，一定要赶上李绛、白居易、元稹、韩泰和柳宗元他们。

　　主意已定，瞌睡虫儿遇到了枕头，他从刘伯刍口中得到了一个好消息，姐夫权璩已调到京城为吏部侍郎。一人得道，鸡犬升天，我何不去京城，托姐夫找一找门路，重新调回京城。

　　刘禹锡是个知恩回报之人，他不想就此悄悄地走出杜军，而是向杜佑坦诚地说明，不想安于无所事事的现状，要另起炉灶，实现自己的政治抱负。

　　杜佑是官场老狐狸，阅人无数。刘禹锡欲投奔其姐夫的这点想法，他心知肚明。

　　为了对得起老友刘绪，更是为了他这朵政坛鲜花不过早凋零，他的一席忠告，犹如一瓢冬天的冷水，直浇得刘禹锡一个透心凉。

　　杜佑明白，刘禹锡急病乱投医，不知道他姐夫荣升的内幕，于是实言相告。

　　"你姐夫权璩并没有继承权老爷子的衣钵，他为了升官发财，竟与宦官俱文珍、薛盈珍沆瀣一气。你不是立志为官要为民造福吗，与这些人为伍，与虎狼有何区别？"

　　刘禹锡在太子殿下任校书时，就耳闻目睹过俱文珍掌管的禁卫军横行宫市和排挤打压正直官吏的卑鄙行为。特别是他们扰乱朝纲，扶持亲信，打压污蔑太子李诵的种种劣行，因此心里对他们恨之入骨，曾暗自发誓，有朝一日他掌权，定要协助太子铲除这些阉党。

"宁可桑麻不食，也决不与阉党为伍。"刘禹锡斩钉截铁地说。

"老夫没有看走眼。"杜佑听后，甚是欣慰。

"唉！"随后刘禹锡叹了口气，自言自语地说，"这……姐夫怎能与这些人为伍呢，他不怕后人耻笑？难道我姐也不管一管？"

论资排辈，李姣儿还是当今德宗皇帝的姑姑，虽未认亲，但事实存在。权璩深知这层关系，从来对妻子的话言听计从。

"老夫正要跟你谈及此事。你姐姐贵为郡主，明辨是非，正为权家这对父子的卑鄙行为气得重病缠身。老夫特许假于你回洛阳省亲，也去探望探望你姐姐吧。"

"多谢主帅。"刘禹锡答应后，他又问，"主帅，不知我那不着边际的外甥近况如何？"

"你还不知道啊，权恒现在是张愔的得意门生，朝廷新贵。"杜佑将权恒如何给张愔施策，巴结薛盈珍的前因后果如实告诉了刘禹锡。

"权老爷子一世清明，怎么出了这么一对儿孙，权门不幸啊！"

"你回去快点将郡主姐姐的病医好，回来后老夫交给你一个重要任务。"

"主帅！什么任务？"刘禹锡一听说有任务，垂着的脑袋像注射了鸡血似的，一下子就来了精神。

"快去快回。"杜佑故意卖起了关子说，"一件让你终生难忘而又受益的任务。"

刘禹锡见杜佑暂时不愿意说出任务，无奈只好退出了中军帐，回到自己的宿舍，清点了一些简单行头，上街为母亲、岳父母、姐姐和女儿各购了一份礼物后，就急忙动身回家省亲。

刘禹锡三年多没有回洛阳老家了，他归心似箭，沿途见驿换马，见水乘舟，千余里的路程，三四日就到了洛阳。

然而，使他惊讶的是，老管家刘用在城北购置的陋室刘府已经人去楼空。经与邻居打听，方才知道新管家刘全重新将城中四眼井街上的老宅子又买了回来。

这个刘全也真是的，他哪儿来的钱买房子呢，买就买了，你也该在信中与我言语一声啊。

原来刘全未在来往的书信中提及自己的功劳，实则是想给少爷一个惊喜。

刘禹锡用人眼光独特，他从刘全千里报丧和为父选择吉祥墓地就看出来了，刘全是善于治家的能手，虽然不善言辞，但只要你给他一个平台，放心地让他运作，他能把家里打理得很好。

所以，在他进京为官之前，就让老管家刘用退休，而由他来掌管打理刘府。

5

果不其然，刘全利用葬父时剩余的银两和他寄回家的俸禄为资本运作，不但收回了旧宅，而且模仿官僚地主们的现行做派，也为他这个小官僚购置了一二十担田地，雇佃户耕种，每年靠收租子，又将刘府拉回到了小康的日子。

刘禹锡一踏进旧宅，就看见院子里一个漂亮的两三岁小女孩儿，在看见他之后丢掉手中的玩具，迎面就向他扑来。

"父亲！奶奶，父亲大人回来了。"

刘禹锡听着这稚嫩而又亲切的声音，顿生一种幸福之感，连忙将小女孩抱起来问："小仙女，你是怎么知道我是你父亲。"

"父亲大人，梦里母亲告诉我的。"

刘禹锡顿时深感痛心，可怜的孩子，出生到现在还不知父母长得什么样儿。

说来惭愧，女儿这么大了，刘禹锡还是第一次见到她。女儿长得像她母亲裴氏，看到女儿这副漂亮的脸蛋儿，幸福的同时却夹杂着悲痛。妻子要是健在该多好，就是一个圆满的家庭。

"你这小子可回来了。"卢氏听见孙女的叫唤，在丫鬟柳儿的搀扶下，急忙迈着三寸金莲，颤巍巍地从房间里出来，嘴里不停地唠叨。

"裴花这孩子命薄啊，要是她还健在，这一小家子团聚，那是多么幸福的事啊。"

刘禹锡鼻子一酸，抱着女儿扑通一声双膝跪在老母面前，声音哽咽着说："孩儿不孝，给母亲请安。"

"秀英给奶奶请安！"

一听早熟的孙女的请安声，卢氏不禁又唠叨了起来："这孩子真聪明，半岁之后就会说话，八个月就能下地行走。唉！要是个男孩儿该多好。"

小秀英见奶奶重男轻女，娇嗔地瞪着奶奶说："武则天，文成公主都是女孩儿。"

"这是谁教你的？"刘禹锡望着女儿假装生气。

"这是秘密，女儿不告诉您。"小秀英歪着个小脑袋，一副滑稽的样儿，刘禹锡瞬间被她逗乐了。

"还有谁？是她姑姑呗！"

卢氏一提到女儿李姣儿，恍然想起她还病倒在床，忙上前拉着刘禹锡的手说："禹儿，快去看看你姐患的什么病？菩萨保佑，莫再让白发人送黑发人啊。"

刘禹锡视姐如母，小时候她对他和自己儿子权恒一样溺爱，慈母般的呵护，使他终生难忘。

他迅速来到冷冷清清的权府，不等下人报告，就急不可待地来到姐姐的病床前，号脉问诊。

唉！刘禹锡重重地吐出了心中因担心而憋闷的气儿。还好，姐姐是因怄着姐夫和权恒的气，无处发泄，积郁成疾。

他开了一方顺气通窍的药方，吩咐下人购买送到权府后，就对病床上的姐姐说："姐姐，你的身体无大碍，想开点。起来，弟弟陪你出去散散心。"

刘禹锡除每天亲自煎熬中药外，还带着姐姐去看洛阳的牡丹花、讲解洛阳古典建筑的来源和带她去郊外呼吸新鲜空气。

也许是弟弟的中药起了作用，也许是弟弟带她逛风景而使她心情渐渐愉快了起来，近两天她的气色比原先好多了，再调理调理就可以痊愈。

在与姐姐治病的同时，刘禹锡没有忘记去裴府，看望孤苦伶仃的两位老人。

这天，他抱着女儿，带着刘全来到裴府看望岳父岳母。看见两位老人因失去女儿而明显苍老的面容，他惭愧地对二老说："岳父岳母在上，自古忠孝不能两全，孩儿都将精力放在工作上，没能很好地照顾二老，还恳请二老谅解。"

说着，他将刘全叫到二老的身边，交代道："你今后要视二老为父母，代我行孝。要安排人每个双日就将秀英带到这里来玩耍一天，单日陪伴老母，使三位老人都能享受到天伦之乐。要时刻关心二老的身体情况，及时就医，并将我每月的俸薪交一半给二老，买两个丫鬟照顾二老的生活起居，要使二老吃穿不愁，生活有序而又有依靠。"

"是！少爷，您安心去干您的大事吧，我坚决按少爷的吩咐办理。"

裴干见女婿安排得如此周密，宽心地笑了。他斜望了老伴一眼，好像在说：当年我没有看走眼吧，女婿就是重情重义之人，女婿是半边子啊。

刘禹锡本来就是个工作狂。他见家里被刘全打理得有条有序，老母、岳父和岳母身体康健，姐姐康复如初，女儿乖巧伶俐，他放心地返回了扬州。

他回到扬州住地后，心里又记挂着杜将军临别时说到的任务，就马不停蹄地来到杜府报到。

"报告主帅，末将省亲完毕，前来报到。"

杜佑正在书房里收拾他的书稿，见到刘禹锡进来，高兴地说："梦得，你来得早不如来得巧。"

他用手指着案台上一摞高高的书稿说："老夫的二百卷《通典》刚刚脱稿，现在交给你一个枯燥而又神圣的任务。"

刘禹锡跟随杜佑已有三四个年头，是顽石也打磨成了鹅卵石，听完他心里就猜到了任务的大概内容，他试探着说："主帅是要我校书勘误？"

"老夫就是喜欢你们这些聪明的年轻人。"杜佑说，"我决定成立一个校书小组，由你负责任组长，刘伯刍、窦常两位任组员。给你们半年的时间完成校书任务，有没有困难？"

"保证完成任务！"

杜佑神秘地一笑，说："这是一部二百卷的大型典章制度专著，是老夫依据古人治国的经验和典章制度的总结，是老夫的毕生心血，半年后我要将此书进贡给明君，其意义非凡。"

刘禹锡由衷地佩服杜佑，他不仅是个文采超群的文学家，更是个足智多谋、运筹帷幄、决胜千里的政治家、军事家。

杜将军如此看得起我这个无名小卒，将要进贡太子李诵、未来皇帝的巨著让我领头校对，除了恩师，还会有谁这么信任我呢？

不对，像元宽、皎然、灵澈、陈子敬、权德舆五位恩师也不会如此信任他，将自己的作品交给其学生下属勘校。

通过一番思索，刘禹锡渐渐明白了这是老将军的良苦用心：他老人家是要我在校书的同时，融会贯通书中的精髓，为日后佑君治理国家掌握理论知识。

刘禹锡带着两个幕僚，怀着感恩的心情，夜以继日地在杜佑书房里一页一页地仔细校阅。

光阴似箭，愉悦而又紧张的半年过去了，杜佑见刘禹锡他们如期完成了校书任务，心中甚为欣喜。

为此杜佑破天荒地安排了一顿家宴，犒劳三位军中才子。

席间，杜佑饶有兴趣地问："三位辛苦了，你们从校勘《通典》中，得到了什么收获？"

虽然刘伯刍、窦常两位都能侃侃而谈，但都是一些谄媚阿谀之词，没有谈到点子上。

杜佑心中不悦，但他不露声色，面上还是一副老成持重的模样，他笑着问："梦得，你一直没有说话，你有何体会？"

第九章 革新之舟扬风帆

1

刘禹锡虽然从杜佑的脸色中看不出他的表情，但从问话中，他已经察觉到老将军的不悦。

刘禹锡这才开口说："主帅，末将先从《通典》章节的顺序谈一点浅见。"

杜佑点了点头同意，刘禹锡接着说："按常规章节顺序，除总纲外，一般是先将'教化'置于首卷，而主帅将'食货'一类置于卷首，其意思是：天下治理之根本在于教化，而教化的实施应以衣食为本。反之则如空中楼阁，脱离了实际。"

杜佑用手捻着他那长而雪白的银须，频频点头。

刘禹锡继续说："主帅将'选举''职官'两类置于'食货'后，意思是教化能否实施在于各级官员，有了各级官员就能考察人才，考察人员的目的是选官。"

杜佑继续用手儿捻着银须，脸上露出难见的微笑。

刘禹锡接着说："再说'礼'与'乐'，这些都是为扶正习俗教化人心设置的，有礼便能使风俗雅正，有乐便能使人心和谐，这些都是对国人的正面开导。"

"好，好！"杜佑不再捻胡须，而是拍着手掌，连连叫好。

刘禹锡接着说："至于'刑'则是礼和乐的对立面，开导教化不灵，则须用刑法之手段制裁那些违法乱纪之人，以震国法之威。"

"妙！"杜佑情不自禁地用手掌轻击了一下案台。

刘禹锡不停地叙说《通典》中的精髓，最后说："后两类是'州郡''边防'结尾，前者是划分职官之权的属地，后者是遏制外族寻衅之法，内外均有制衡，缺一不可。"

"你小子怕不是老夫肚里的蛔虫，老夫著作的初心，你已经融会贯通，看来，你是认真研读了老夫的著作。"

刘伯刍、窦常两人见主帅放下身架，一反常态地走近刘禹锡，动情地拍着他的肩膀，两人汗颜不止。

正如杜佑表扬的那样，刘禹锡从《通典》中掌握了很多治国安邦的理论知识，为他日后为官起到了积极的开导作用。

酒足饭饱之后，刘禹锡美美地睡了一个晚上，而主帅杜佑却彻夜未眠。

杜佑心想，这小子青出于蓝而胜于蓝，将来必定是国家栋梁之材。想老夫我学富五车，毕生为朝廷兢兢业业地工作，虽有建树，但如今圣上似乎是对我用而器之，不用也弃之。但不论怎样，老夫对圣上忠心耿耿，有责任有义务为国培养提拔人才。我军中秀才和军官无数，而刘禹锡最出类拔萃。我要用这套《法典》去领航太子李诵身边的大臣们，为已经在慢慢腐朽的李氏大厦换上一根根栋梁之材。

第二天清晨，杜佑精神不振地来到中军帐，军中密探向他汇报了一件令人担心的事儿：京城都在传太子李诵已经中风的消息。

太子身体好好的，怎么一下子就病倒了呢？杜佑怀疑这条信息的真实性，忙令卫兵去将刘禹锡召来。

杜佑见刘禹锡进来，不待他请安，就急忙问："刘掌书记，你在太子殿下工作一年余，听说过他有中风的毛病吗？"

"不可能！"刘禹锡不假思索地解释说，"主帅，末将略通医术，中风也称卒中，多因气血逆乱、脑脉痹阻所致，而造成这些原因是多方面的，主要是缺乏锻炼，油腻食品和动物内脏摄入过多，生活没有规律，体力、脑力使用过度或突然受刺激所致，而太子身体清瘦，勤于锻炼，生活很有规律，不可能患中风病。"

"老夫也不相信。老夫令你秘密回到长安，打探出太子的消息后，立即回来向本帅汇报。"

"是！"刘禹锡大喜过望，飞马向长安奔去。

太子中风的消息，犹如在华夏官场引发十级大地震，震得各地官员坐捺不住，纷纷像杜佑一样派出探子进京打探消息，一时间，十里长安人满为患。

太子李诵接班，德宗皇帝是下了诏书公布全国，是比板上钉钉还稳的事儿，谁知人算不如天算，太子突然中风，神志不清，如果是真的，那太子肯定是不能当皇帝了，那么谁来接替太子呢？真实情况必须从宫中宦官那儿打探清楚，否则将万劫不复。

各地官员各怀心思，十里长安人满为患，也就不足为奇了。

刘禹锡马不停蹄地来到长安，正急匆匆地走到闹市口，欲尽快赶往皇宫时，他的枣红马儿不待主人指令，收住扬起的前蹄，长嘶一声后，就陡然停在原地不走了，两只后蹄不停地刨着石板地面。

由于惯性的作用，差一点儿将刘禹锡甩了下来。

刘禹锡怒骂道："你这畜生，关键时刻捣什么乱。"

"刘掌书记，你骂谁呢？"对面的白龙驹上传来一个熟悉的声音。

刘禹锡循声望去，迅速飞身下马，来到白龙驹前，低头抱拳行礼说："末将刘禹锡拜见王大人！"

原来，骑在白龙驹上的人正是他要进宫打探消息的人，太子李诵的宾客王叔文。

"还傻站着干什么？还不快去拜见太子。"王叔文神神秘秘地说，"跟太子请安，声音要放大一点儿，别像个娘们！"

刘禹锡听后一惊，后面骑在彤红的汗血宝马上的正是他熟悉的身影，原来太子如我所料，身体健康着呢。

他回味刚才王叔文大声的语气，顿时心领神会：原来太子中风是个谣言。

刘禹锡上前，单腿跪在地上，双手握拳举过头顶，声音洪亮地说："淮南节度使属下掌书记刘禹锡拜见太子阁下，祝太子千寿、千寿、千千寿！"

长安街蜂拥般看热闹的人群，见太子安然无恙，纷纷跪拜在长安街两旁，山呼"太子千寿、千寿、千千寿！"

太子李诵见状，心情无比激动，他要的就是这个效果。

"诸位臣民，孤家正是当今太子，望各位臣民相互转告，孤家身体好着呢，望华夏臣民不要担心。"

进宫后的刘禹锡方才知道，太子李诵现身于长安街一事，是他的侍读官王伾的主意，可见太子殿里藏龙卧虎。

2

原来"太子中风，人事不省"的谣言，是以俱文珍为首的宦官想出来的阴谋。

他们趁德宗皇帝病重，拒绝一切官员探视，包括太子李诵。他们与二皇子李谊和一些如张愔之流的地方藩镇沆瀣一气，妄想废立太子，谋权篡位。

哪知李诵身边高参林立，藏龙卧虎；一个接一个的应变之策，使得俱文珍之流的阴谋破产。

宦官们为何要造太子的谣言呢？

则因他们接到来自安插在太子身边的密探密报，太子和侍读官们经常探讨商鞅变法，决定继位后废除宫市，收回宦官掌管的神策军和地方藩镇的军权，遣散宫中多余宫女和歌伎，立法宦官不能娶妻等法规，这些都严重触及他们的切身利益。

俱文珍之流见太子李诵难以驾驭，而二皇子老实忠厚，是德宗十一个儿子中最软弱无能的一个。

于是，他们就选中了这个软柿子，在德宗面前多次进谗言要废除李诵，每一个阴谋诡计都被聪明过人的李诵识破，并加以化解。这次"太子中风"的谣言是薛盈珍在与权恒交流时，权恒想出的一条毒计。

三人成虎，只要谣言迅速在华夏大地传播开来，他们趁热打铁将李诵软禁起来，然后告知天下，太子已是一个植物人，待德宗皇帝驾崩后，将伪造的遗诏拿到百官面前，宣读立二皇子接班当皇帝。

这一毒辣阴谋，使得李诵气愤不已。小不忍则乱大谋。李诵的隐忍达二十六年之久，无论什么意见都从未在德宗皇帝面前提过，只是默默无言地做事，宦官们叫他"哑巴太子"。正因为这样，他才深得德宗皇帝信任。

这次谣言的产生，非同小可，李诵忙召集身边的侍读们商量破解之策。

王叔文说："太子在上，依微臣之见，戳穿谣言最好的办法是太子公开在人流中露面，谣言不攻自破。"

王伾紧接着说："叔文的主意不错，太子蛰伏已久，突然露面巡视长安街，这是京城重大新闻，只要我们组织人员将这则新闻传播华夏，让谣言见鬼去吧。"

新闻在当时是一个新名词，一侍读问："王大人，何为新闻？"

王伾想了想说："我用个比喻来回答你的问题。狗咬人不叫新闻，那是正常现象，那么人咬狗呢？这才是重大新闻。"

哈哈哈！侍读们发出一阵哄堂大笑。笑你王伾比喻得太不恰当了吧，怎么说太子会去咬狗呀！

太子李诵语气严肃，咬牙切齿地说："王伾先生言语虽有不雅，但他提醒孤家，孤家是时候要露出钢牙，紧紧咬住这些宫中鹰犬，直至将他们咬死方休。"

王叔文又献计说："太子在上，一是您巡视长安街的新闻要写成告示，令各州府张贴。二是要秘密令杜佑节度使率军回京，牵制京城神策军，三是令张伾刺史调兵监视徐泗濠张愔，以防俱文珍之流狗急跳墙，犯上作乱。"

李诵说："立即按王君的计策行事。"

于是，就有了刘禹锡临街拜见一事。刘禹锡大悟：来得早不如来得巧，原来我不经意地充当了太子露脸一幕的配角。

太子不发威则可，发起威来，地动山摇。

刘禹锡拿着太子调"淮南节度使杜将军，率军回防长安，驻扎阿房宫旧址，随时待令"的密令，就日夜兼程地返回扬州。

杜佑接令后，丢掉军中的坛坛罐罐，轻装简从，只带着那套他的毕生心血《通典》，连夜拔帐，直奔长安。

也许是天意，也许是太子李诵运筹帷幄，当十万杜军兵临城下时，吓得只有区区万人神策军的统领俱文珍胆战心惊。

恰在此时，德宗皇帝驾崩。俱文珍、薛盈珍两位宦官深知，太子李诵早有防备，拥立二皇子李谊继位的阴谋彻底破产了。

他们审时度势，态度来了一个一百八十度的大转弯。俱文珍乘百官悼别德宗之际，高调宣读德宗"太子李诵即位"的遗诏，扶持李诵坐上了皇帝的宝座。

可怜之人自有其可怜之处。二皇子李谊被宦官们玩弄于股掌之中，一直洋洋自得。如今他见大势已去，一条白绫结束了他糊涂的一生。

李谊的死，无意中将欲谋权篡位的罪责独揽于身，使俱文珍之流躲过了一劫，成为朝廷的后患。

一朝天子一朝臣。顺宗登基后，采取"挖墙脚掺沙子"的办法，吐故纳新，朝廷进行了大换血。

韦执谊，任宰相；杜佑，任吏部尚书、盐铁转运使；李实，继任京兆尹；张伾，调任京兆副尹；王叔文，授翰林院待诏、度支使、盐铁转运副使；王伾，升任左散骑常侍、翰林学士；权璩，礼部尚书；范希朝，户部尚书；杜黄裳，任太常卿；调前朝被贬官员陆贽、阳城、郑庆余、韩皋、韩泰回京官复原职；俱文珍、薛盈珍等宦官职位不变；地方正副节度使张愔、武元衡、刘辟等暂且未调整。

张伾、陆贽二人未接任就在途中去世，追认其官衔。

刘禹锡受吏部尚书杜佑大人之命，前往蓝田向好友柳宗元传达吏部人事任命：任命韩泰、柳宗元、刘禹锡、韩晔、陈谏、凌准、程异为监察御史，官职不大，可权力通天。

监察御史的职权是负责监察全国府、郡、邑等地方官员的行政作为，即时上报吏部审查，再转交圣上终审，窥豹一斑。

韩泰是德宗在世时就任监察御史，只因他上奏京畿灾荒时，着实曝光了李实为官虚假瞒报行为。只是不知何故，奏章竟然落入京兆尹李实的手中，他也因此不明不白地被贬到广东连州阳山任县令。

召韩泰回京，还是刘禹锡的主意呢。不是因为他们是少年同窗，而是韩泰精通业务，他和子厚等人都需要韩泰带一带，韩泰自然而然升任为监察中丞，负责领导监察部门。

但同时杜佑也知道他们三人是同窗好友。就现代语言来说，柳宗元和刘禹锡是硕士同学，那么他俩和韩泰三人就是博士同学。

监察一职最讳忌的是三人成虎，而杜佑用人的特点是疑人不用，用人不疑，三杰逐浪监察御史一时被传为佳话。

3

刘禹锡快步来到他和柳宗元曾经风光的曲江宴的湖泊,见枝枝秀柳垂着翠发,在镜面上梳妆。湖面上掠过黄金鹗捕鱼时,敏捷的身姿,不远处一只水獭在筑栏捕鱼。

刘禹锡昨晚听了京城名师施先生的授经。为了这堂课,他苦等了七天,真是不易啊!最使刘禹锡不忘的是,施先生在《曹风·候人》中提到"维鹈在梁"中的"梁"字作用,批评鹈鸟应当独自去捕鱼,不应该到人设置的工具中去捕鱼,以此为臂,掠他人之美。观点独特,受益匪浅。

触景生情,刘禹锡思绪万千,想起一娘养九子,九子九个样的俗语来。他耳闻目睹先皇的十一个儿子在皇位争夺的斗争中,形态各异。

最可怜的就是二皇子,他本是一个勤于捕鱼的水獭,却相信宦官能篡位,最终落得一个可悲的下场。

而太子李诵才是真正捕鱼的黄金鹗。他脑海里涌出一首《有獭吟》的哲理诗来:

> 有獭得嘉鱼,自谓天见怜。
>
> 先祭不敢食,捧鳞望清玄。
>
> 人立寒沙上,心专脰肩肩。
>
> 渔翁以为妖,举块投其前。
>
> 呼儿贯鱼归,与獭同烹煎。

他作诗不但能临场发挥,而且记忆力惊人,何不将这首哲理诗读给子厚兄听一听,共同探讨一番。

说干就干,他来到蓝田县衙,也不通报,直闯县衙衙门。衙卫先是一愣,何方神圣这么大的胆儿,竟敢私闯衙门,正欲阻拦,再一细看,他是县长大人的好兄弟,忙侧让着身子,躬身相迎。

"子厚兄,我在曲江边觅得一诗,你看如何?"

这首《有獭吟》就是送给子厚兄的见面礼，开门见山。

子厚一听，佩服地说："梦得，三日未见当刮目相看。你这是一首唯物辩证的哲理诗，常人是很难作出的。"

"别戴高帽子了，请毫不隐讳地加以评论。"刘禹锡真诚地说。

柳宗元说："诗贵在意境，是形象思维，而哲理诗是抽象的，贵在精辟，一般来说，谈哲理要运用逻辑思维，所以，不论是以哲理入诗，还是用诗的形式来阐发哲理，都是不容易做到的，而你刘梦得做到了，有人评论李白为诗仙，杜甫为诗圣，那你就是诗豪了。"

"哈哈哈"两人同时发出畅快的大笑。

新官上任，韩泰、柳宗元、刘禹锡、韩晔、陈谏、凌准、程异都没有在吏部衙门待着，韩泰将华夏分为三大片区：西北片区、西南片区、东南片区，两人一组前往华夏大地巡察。

刘禹锡、柳宗元二人一组，负责东南片区，即湖南、河南、湖北、安徽、山东、江苏和浙江七大省份，所到之处，也许是地方官员秘密得到他们巡察的消息，各州、郡、邑倒是没有发现地方官员违法违纪的现象。

所经之处，他们发现众多商贾在贩运走私盐和铜铁矿产，而以财富比高低，攀比之风盛行，而贩卖盐、铁都是朝廷明令禁止的，它们是国税的重要来源。

"这样不行，贾多伤农。"刘禹锡说道。

他对柳宗元说："子厚兄，我们得将这靠走私富裕起来而相互攀比的奸商的不法行为上奏朝廷。"

柳宗元苦笑着说："梦得，这不是我们职权之事。明理的人会说，你这是维护国家利益，不明就里的人会耻笑你是狗拿耗子多管闲事，而你想过没有，这些走私商贾为何敢明目张胆地显耀富裕，还不是与朝廷官吏有着勾扯连筋的关系。"

是的，我们的职责只能对行政地方官员进行监察，而盐铁使、节度使们都拥兵自重，我一个小小的监察御史鞭长莫及啊。

怎么办？总不能让这种局势发展下去，伤害农民种田的积极性。不行，我得用讽刺诗的形式，委婉地报告杜大人。民以食为天，无粮则乱的道理，他老人家心知肚明。

主意已定，刘禹锡严肃地对柳宗元说："子厚兄，你的劝阻不无道理。但我们拿的是朝廷俸禄，不能坐视不理。"

"那你说怎么办？"

"我想写一首讽刺商贾的诗作，送给杜大人教正，这不是巧妙地将商贾们的不法行为，告知杜大人了吗？"

柳宗元忙表示支持说："梦得，就你脑瓜子灵光，如此甚好，想必你的诗作已经在脑海中形成。"

"知我者，子厚兄也。"刘禹锡的一首《贾客词》一蹴而就：

> 贾客无定游，所游唯利并。
>
> 眩俗杂良苦，乘时取重轻。
>
> 心计析秋毫，捶钩侔悬衡。
>
> 锥刀既无弃，转化日已盈。
>
> ……

柳宗元拍手称赞。

刘禹锡知道杜大人最爱吃武穴酥糖，从武穴顺道，就买了几盒，回到长安后连夜送到杜府。

哪知刚一进大堂，就被杜大人的小老婆李氏缠着；他急中生智，方才摆脱美女蛇的纠缠。

刘禹锡不是表里不一的小人，他送武穴酥糖给杜佑不是奉承，而是出于对他老人家由衷的尊重。

再说了，他的老母经常告诫他，如去拜访老人，要带点小礼品。"空手进门，狗子不闻。"

宾主师徒礼节一番后，刘禹锡将一信笺和礼物双手递给杜佑说："恩师，晚生出差去了一趟江南，顺便跟您老带了几包你老最爱吃的武穴酥糖。"

杜佑脸上露出让人捉摸不定的微笑，说："放着吧！想必你不只是为了送酥糖与老夫。"

"是的，晚生在江南巡察的途中，看见商贾相互攀比之风盛行，获得一诗，恳请恩师赐教。"

4

杜佑接过《贾客词》，认真一读，就明白诗中的意思：

全国各地的商人以财富比高低，盐商尤其厉害。有人说："商人势大就伤害农民。"我有感于此，作了这首诗。

商人没有固定的去处，哪儿有利就到哪儿去。好坏掺杂蒙骗普通人，抓住时机牟取暴利。秋毫之末放在心上，制造假秤故弄玄虚。再微小的事物都不会丢弃，财富一日多似一日。为了求福祈祷水神，为了求财参拜佛寺。妻子戴着镂花金镯，女儿佩着串珠璎珞。巨额财富可比诸侯，贿赂受皇上宠幸的官僚专用奇货。抓时机迅猛如鸷鸟，收藏钱串盘如龙蛇。巍峨货船在河里行走，店铺比那高楼还要高。行走停留皆伴歌舞，关卡津梁不把税收。为什么农夫辛辛苦苦，忍饥受寒一年到头？

看完后，杜佑脸上依旧挂着让人捉摸不定的微笑，像是不想正面教正刘禹锡的诗作，转而说。

"梦得，老夫讲一则铜镜的故事，你以此作一首诗如何？"

"遵命，晚生愿洗耳恭听。"

"老夫前日公干去了一趟你的老家东都洛阳，闲暇之时去街面上逛了逛，看见一个卖铜镜的老者在街上摆着地摊儿叫卖铜镜。"

"正巧！"杜佑向主室指了指说，"夫人梳妆还要一面镜子，于是，老夫弯身去选铜镜，你猜我发现了什么？"

刘禹锡知道恩师原来并不惧内，自原配夫人去世后，又续弦年轻漂亮的李氏为正房。

自此，他对李氏言听计从；夫人叫买镜子，他作为一品大员，只好亲自上街购买。

但他听杜府家人背后议论过，李氏爱嚼舌头根儿，德行不好，他最瞧不起的就是这种女人。

刘禹锡顷刻间意识到自己的思想开了小差，忙问："恩师，发现了什么？"

"我发现十面镜子有九面凸凹不平，只有一面光滑无比。老夫恼问镜商，你这劣质的镜子，怎样让顾客挑选？你道镜商怎样回答？"

"晚生无知，请恩师说明。"

"生意人是按顾客所需而制作铜镜，好姣容者十个里面难挑一个，一般长相者不愿意用光亮的镜子照看自己，何况那些丑陋者呢。所以铜镜是根据顾客心理好恶而制作的。不瞒这位老爷，光滑的铜镜是纯铜制作，成本高，反倒不让顾客满意，销量甚少。我用镀铜和纯铁制成的镜子反而生意很好。"

刘禹锡听后，认真思索了一会儿，似乎明白恩师讲这个故事的用意，是对前者《贾客词》的解释：昏镜本来一文不值，可陋容之人却饰以纹绣之带，装以琼瑛之匣，这就是陋容者对昏镜的偏爱。故事中寓意着十个君王九个昏，十个臣子九个贪。朝野上下一滩污泥浊水，你一人清明有什么用。

刘禹锡正想谈出自己的想法，杜佑摆了摆手说："只可意会，不能直言，你写一首讽刺诗，老夫在盐铁衙门传播就行。"

刘禹锡点了点头，出口成章，一首《昏镜词》已成：

昏镜非美金，漠然丧其晶。

陋容多自欺，谓若他镜明。

瑕疵既不见，妍态随意生。

一日四五照，自言美倾城。

饰带以纹绣，装匣以琼瑛。

秦宫岂不重，非适乃为轻。

"好，好，好一首讽刺时弊之作。"杜佑听后，大加赞扬地说，"不愧为当代诗豪，讽刺诗作已经到了炉火纯青的地步，特别是小引，起到了画龙点睛的作用。"

刘禹锡从杜府告辞出来，经长安街的冷风一吹，头脑生疼。得到杜佑的夸赞，刘禹锡并未扬扬自得，而是陷入了迷惘之中。

作为主管盐铁的大臣，却让商贾们胡作非为，为了不得罪权贵而听之任之，这是典型的不作为，这样发展下去，我大唐之堤将有溃之的危险。千里之堤，溃于蚁穴的教训，也有前车之鉴，难道要再次重演吗？我一个小小的监察御史怎能力挽狂澜？大唐官场腐败就像一个有毒疮的患者，已经病入膏肓，亟须做刮骨疗毒手术，否则……

刘禹锡不敢往下想，也不愿意往下想。

国家有难，匹夫有责。那么由谁来主刀，进行刮骨疗毒，革新时政弊端呢？

刘禹锡想到一个有胆有识之人，他就是顺宗皇帝的宠臣王叔文。只要他能领头革新，我愿当他的先锋官。

刘禹锡坐在轿子里，紧锁的眉头顿时舒展开来，催着轿夫往家里赶，乘兴与两位好友小酌几杯。

刘禹锡家住在离皇宫不远的平安里胡同，柳宗元住在他家的北面，也是平安里胡同，距刘府有四五十来丈。韩泰住也住在同一个胡同，是南边，与刘府紧隔三四个府第。

这样一来，刘府成为三家的中心。韩泰、柳宗元外出办差回来，就到刘府打秋风。

他们的理由还是站得住脚的：家有一老，就是一宝，而他们二人的高堂相继去世。卢氏年逾古稀，他们是来看望老母的。每次他们到来，严慈的卢氏就像对待亲生儿子一样对待他们。

刘禹锡因有管家刘全治家，家境殷实，今非昔比，刘府奴仆和丫鬟有十来名，特别有一位苏州厨娘，淮扬菜做得很是地道，韩泰、柳宗元他俩都在江南生活过，哪有不经常光顾之理。

这不，刘禹锡尚未进门，就听见大堂里传出两位老友逗六岁女儿的嬉笑声和老母的嗔笑声。

主人回来了，柳儿知趣地牵着小秀英的手，到外面去玩耍。

三人见面，闲扯了一会儿，丫鬟们就将酒菜端上了桌子。卢氏像往常一样，被"三个"儿子推上首座，接受他们的敬酒祝福。

岁数大的老人食量本来就少，吃饱之后，她借故离开，将空间留给了三个年轻人。

三个监察御史聚在一起，三句不离本行，谈论起各地方政府的严重腐败问题。

刘禹锡在酝酿革新之事，需要一批得力助手，而眼前的两位好友正是可以并肩同行的好兄弟。

历史的经验教训，是深刻和残酷的；只有团结一切可以团结的力量，才能使革新运动发展下去，避免商鞅的悲剧重演。

秦国商鞅变法虽然让国家大有发展，但伤害了多数官僚贵胄的利益，秦惠文王执政后，就下令秦军在郑国将商鞅及九族杀掉，后将他的尸体运回秦国，处以车裂极刑。

5

历史的教训告诫刘禹锡他们，革新变法是有很大风险的，变法如果失败丢官罢职事小，最严重的是有丢掉自己和家人性命的可能。

于是，他试探性地提议说："我们联名上奏吾皇，列举大量事实说明，朝廷亟须整治贪腐行为。如何？"

柳宗元提醒道："我同意，不过我们有南林（韩泰字）兄'京畿灾荒'的教训，上奏要讲究策略。"

韩泰说："我是大意失荆州，将奏折交给俱文珍转呈，没有想到朝廷宦官之流卑鄙无耻，竟将奏折转交到我本要弹劾之人京兆尹李实的手中。"

刘禹锡气愤地说："李实倚仗自己是皇亲贵族，结党营私，瞒上欺下，陷害忠良，无恶不作，是可忍孰不可忍，我们就拿他开刀，将这个贪官弹劾。"

韩泰担心地说："李实在京兆尹任上经营多年，关系网盘根错节，根基很深，搞不好我们没有吃着羊肉却惹了一身臊。"

柳宗元说："南林兄的担心不无道理，就我们三人是弹劾不了李实的。我们要请我们的顶头上司杜大人出面弹劾，这事颇有胜算。"

刘禹锡忙摆了摆手说："不行，不行，杜大人是不会出这个头的。"

柳宗元说："梦得，这就是你的不对了，你是不是怕将你的恩师拉下水啊？"

刘禹锡说："否也，否也。"

说着，他将《贾客词》之缘故，而衍生出《昏镜词》一诗的故事，向两位好友和盘托出。

韩泰咬牙切齿地说："既无援军，又无后盾，那我们只有效仿当年项羽'破釜沉舟，背水一战'。舍得一身剐，誓将李实拉下马！"

刘禹锡分析说："没有援军和后盾也不尽然，韦宰相和王大人都是革新派，我们要全力说服二人，争取到他们的支持，何愁李实这棵枯树不倒呢。"

柳宗元说："王大人本来思想激进，早有革除时政弊端之决心，让他领头应该问题不大。"

刘禹锡见韩泰点着头儿，他心中暗喜，三人不谋而合。

柳宗元接着说："韦宰相乃朝廷新贵，想必他不会出这个头儿。"

刘禹锡说："子厚兄，不一定吧。他是个爱憎分明之人，对待下属的意见，只要是于国于民有利的事儿，他都愿意采纳。"

"何以见得。"韩泰不以为然地说。

刘禹锡说："上次我巡察黄州时，见其山区私塾破乱不堪，桌椅板凳残缺不全。在这么艰苦的条件下，私塾先生还是认真施教，学子们坐在残缺不全的板凳上，有的学子甚至坐在草垫上认真听讲，很是令人心酸。"

"我不禁上前询问先生：尔等教学环境如此低劣，何不进行改善？"

教书先生回答道："这位兄台想必是从城中而来，不知我们这穷山恶水之困境。这些学子的学费还是家长从牙缝里挤出来的红薯干儿，我穷得连一两碎银都没有，哪来银子修理私塾。"

"我为我的无知问话感到愧疚，连夜上书韦宰相，将这里的教育情况如实汇报，并建议将朝廷祭祀开支节约出来的银两，用以扶持农村教育。"

"韦宰相很快采纳了我的建议，将华夏农村私塾都进行了补贴。"

韩泰讥笑着说："难怪我们的祭祀活动少了，原来是你的馊主意。"

刘禹锡笑着说："南林兄可不要看不起我这个馊主意，可取得了立竿见影的效果。"

柳宗元挖苦地问："梦得，别吹牛了，短时间能有什么效果。"

刘禹锡嘿嘿一笑说："我还真不是吹牛，据中省院传出消息，今年录取的新进士中，就有一个叫周岌的进士是从黄州那所破旧的私塾走出来的。"

哈哈哈！大家被刘禹锡的"立竿见影"逗得大笑。

看来，韦执谊这个宰相，确实是个体恤民情的好官，动员他加入革新队伍中来，看来是有一定可能性的。

"三位长辈在笑什么？"这时，刘秀英牵着奶奶进入客厅，扬起可爱的小脸蛋儿问。

柳宗元逗她说："笑我的大侄女长得越来越漂亮了。"

"谢谢柳叔夸赞，我长大以后，也要像长辈们一样，为民造福。"

韩泰笑着夸赞说："我大侄女乃巾帼英雄。"

"唉！什么巾帼英雄？要是个男孩子多好。"卢氏叹了一口气，埋怨着说，"梦得，你也老大不小了，心里别总放不下秀英她娘，该续一弦，为咱老刘家继承香火。"

刘禹锡自从妻子裴花去世后，七八年间一直未娶，是他心存对裴花的内疚感，但主要原因是他还在苦苦寻找和等待韦莺，希望能与她破镜重圆。

正当刘禹锡不知怎样回答母亲时，韩泰猛拍脑门，连连向卢氏道歉说："老娘，老娘，对不起，我这脑子被酒儿烧坏了，把我表叔托付给我为表妹提亲的大事儿，差一点儿忘却了。"

卢氏听到提亲，布满皱纹的脸儿就笑开了花。

"林儿，是不是为禹儿提亲？"

"恭喜老娘，贺喜娘亲，正是！"

"快说说你家表叔是怎样看上我家禹儿的。"

"我家表叔名叫薛謇，是京兆水运御史。我表妹名薛惠，芳龄二八，他们父女俩羡慕梦得的才华，表妹愿意填房。"

幸运之神降临时，往往只是因为你多看了一眼；多想了一下，多走了一步。刘禹锡近段时间就常常被幸运之神的箭射中。

政治上他被革新派王叔文、韦执谊信任，被委任为革新派组织部长，兼秘书长。官职虽然未变动，但官衔连升两级，现在是五品监察御史。

这不，他孤身一人在寒冷的被窝里辗转反侧，正欲瞌睡时，好友韩泰送来了热烘烘的被褥。

韩泰介绍薛惠的家庭情况时，多了一个心眼儿。有意隐瞒了宫廷宦官薛盈珍是薛惠的大伯父。

他故意不介绍这个情况是有他的考量：刘禹锡爱憎分明，他最恨阉党搅乱朝纲，知道内情后他会拒绝，这样就有负表叔和表妹的期望。其次是他也不想让他们知道薛盈珍是他的表叔，薛盈珍的为人是他们这个家族的耻辱。

还蒙在鼓里的韩泰却不知，这次正是薛盈珍为了拉拢刘禹锡，利用他使用美人计而进行政治联姻。

第十章　美人引发山雨来

1

这次政治联姻只是单方面知情，刘禹锡和韩泰并不知情。

婚姻大事，岂非儿戏。开始，刘禹锡对薛謇主动将女儿许配给他，对其目的还有所怀疑。但仔细一想，人家的官品还高他一级，况且薛謇在官场上的口碑还可以，看来的确是他们父女看上自己的人品和才华，才愿意与自己联姻。

卢氏盼孙儿心切，忙说："林儿，快将你表妹的八字报来，我找京城有名的张铁嘴算上一卦，看他们八字合不合。"

"老娘，您老甭操劳了，我家表叔早就找张铁嘴算过了，梦得属猪，表妹属羊，猪配羊，家庭和睦兴旺，喜气洋洋。"

柳宗元趁热打铁说："老娘，梦得今年三十三了，何不近期选个黄道吉日，差媒婆上薛府提亲，免得夜长梦多。"

卢氏两眼笑得合成了一条缝，连连说："要得，要得。我立即准备彩礼，令刘全带上媒婆上门提亲。"

站在一旁的小秀英，不住地拍着小手，高兴地说："好啊，好啊！我终于有娘了。"

一个正常的男人哪个不怀春？何况刘禹锡正值壮年。他之所以不愿再娶，主要是对妻子的惨死和韦莺下落不明的自责所禁锢。

刘禹锡怀着心事，无奈地与薛惠拜堂成婚了。

新婚之喜，以柳宗元为首的同僚们，喝喜酒闹到深夜方才散去，新房里的新娘子盖着红头帕，端庄地坐在胡床的边沿，激动而又平静地等待着新郎回房，掀开她的红盖头。

刘禹锡似醉非醉地回到新房，他没有立即去掀红盖头，倒是一屁股跌坐在太师椅上，望着条台上的两只红烛忽闪忽闪的，他的眼睛开始模糊了，仿佛看见裴花和韦莺两位心上人在流着红泪。

新娘子薛惠左等右等，不见夫君来为她揭开红盖头，房间静悄悄的，只是听见一个男人的呼噜声。

薛惠心想：一定是夫君酒喝高了，独自睡了。她好奇地用双手掀开红盖头一角一看，果不其然，还穿着大红袍新郎服的刘禹锡，竟在太师椅上睡着了。

她也顾不得害羞，掀开头帕，连忙抱来一床被子，盖在夫君的身上，她则陪伴在一旁。

已是三更时分，刘禹锡梦见他与韦莺幸福的洞房花烛夜，他将她紧紧地拥入怀中又睡了过去。

过了一会儿，刘禹锡口渴难当，嘴中喃喃地说："渴，渴。"

薛惠听后，轻柔地说："相公，请你松开手，妾这就为你去端醒酒茶。"

刘禹锡迷糊中听见一个女子唤他相公，睁眼一瞧，忙松开紧抱着她柔软身姿的双手说："你不是莺妹，你是谁？"

薛惠一听"莺妹"二字，女人的敏感直觉告诉她：眼前她心仪的男人心中并未存放有她，也未存放他的前妻，而占据他心里位置的，是这个被唤作莺妹的女人。

薛惠心中一酸，两行热泪滴在刘禹锡的脸上，这才将他淋得清醒了许多。

他仔细打量眼前漂亮女子后说："对不起，你是薛惠？"

薛惠两眼含泪地点了点头问："相公，你是不是知道什么，不喜欢奴家。"

别看薛惠年龄不大，但却是个很有主见的女子。

出嫁前，母亲告诉她说："你父亲将你许配给刘郎，是大伯的主意，要你用女人的温柔去感化自己的男人，让他站队于你大伯这边。"

薛惠一惊，生气地说："这不是政治联姻吗？要我与自己的夫君同床异梦，我不干！"

2

薛娘劝道："孩子，你虽是饱读诗书的女子，却不知道官场如战场般的残酷，你父亲能稳坐在兆京水运史这个位置上，还不是你大伯罩着。否则，就京兆尹李实贪婪的性格，这个肥缺早就换上他的心腹。"

是啊，难怪父亲这么热衷我和梦得的婚事，原来是拿女儿的幸福去保他的官位。好就好在梦得是我心仪的男人，我且顺着大伯的竹竿子往下滑，成全我俩美好姻缘后，那就是嫁出去的姑娘泼出去的水，进了刘家的门，就是刘家的人，一切按梦得的旨意办不就行了。

原来现实中，我是剃头匠的担子，一头热。想到此时，一阵难过又涌上心头，薛惠不禁"呜呜"地放声痛哭了起来。

刘禹锡不知所措，忙问："你怎么又哭了起来？"

薛惠哭了一小会儿，心里好受了许多说："奴家是真心喜欢你，才决定背叛生我养我的父母，准备将一切实情告诉你。你可倒好，拥着奴家却想着别的女人，奴家能不伤心吗？"

刘禹锡脸儿一下子红了起来，忙又抱着薛惠说："对不起，韦莺是我的初恋，她为了我已经离家出走，生死未卜，我是担心她。你是我用花轿接进门的妻子，就是我刘梦得的夫人，我一生一世都要呵护着你，爱着你。"

薛惠破涕为笑说："这还差不多。夫君是真心爱奴家，奴家也不能向夫君隐瞒什么，我们的婚事是我大伯安排的，还说是政治联姻。"

刘禹锡一惊，忙问："政治联姻，你大伯是谁？"

"是薛盈珍。"

于是，薛惠将她俩婚姻的前因后果，如竹筒倒豆子，一五一十地向夫君袒露出来。

刘禹锡虽然谨小慎微，但还是被他的同窗摆了一道，这桩婚姻的始作俑者正是他外甥权恒。

以王叔文、王伾、刘禹锡、柳宗元为首的革新派在四处扶植人才，为轰轰烈烈的革新运动拉赞成票，而俱文珍、薛盈珍、武元衡、张愔等人也没有闲着。他们秘密地潜回薛盈珍的老巢，边享受美女佳酿，边讨论时局。

俱文珍说："顺宗继位，起用一些不知天高地厚的臣子，像王叔文、王伾这两人狼狈为奸，怂恿宰相韦执谊即将进行革新运动，乳臭未干的刘禹锡竟是他们的组织部长，而柳宗元、韩泰等年轻官员也像跟屁虫一样地跟着刘禹锡。照这样发展下去，他们会逐渐地夺取和削弱我们手中的权力，严重威胁我们的官场地位安全。"

武元衡带了讥讽地问："薛公公，韩泰不是你的亲表侄吗，他怎么也在里面混啊？"

"别提那个混蛋了，是个吃里爬外的野种！"薛盈珍骂完后，转而讥讽权恒问，"权大人，刘禹锡不是你的小舅吗？"

"什么小舅，我没有舅舅，我外公是肃宗皇帝的弟弟，只生育我娘一人。"

权恒接着献计说："不过，我对刘禹锡还是了解的。孙子曰：'知己知彼，才能百战不殆。'他是个孝子，身边没有女人照顾他年迈的老母。因此，我们可以施以美人计，借此将他拉入我们的阵营中来。"

张愔说："这还不好办，本府美女歌伎多的是，送一两个给他不就得了。"

"不，不！主帅不了解刘禹锡，他不近女色，更不会将歌伎纳为妾。"

张愔不耐烦地说："那依你之见，该怎么办？"

真是秀才遇到兵，有理说不清。权恒见怪不怪，继续说："要寻得一门当户对的女人，方能打动他的心，为我所用。"

刘禹锡在革新派中是个关键人物，把他拉拢过来，铲除革新派就事半功倍。大家都在冥思苦想，哪家有适合刘禹锡的女子。

突然，薛盈珍猛拍脑门说："我这不是手端着茶杯找茶喝吗？我弟弟的女儿惠儿不就是很好的人选吗！"

几个同流合污者一拍即合，这个使用美人计，离间瓦解革新派的任务，就交给薛盈珍来完成。

张愔、权恒、武元衡三人见大事已定，分别告辞离去。宽大的客厅里只剩下两个宦官头目，他们狼狈为奸，正在酝酿一个更大的阴谋。

刘禹锡见新婚妻子薛惠识大体，将保守派利用美人计来拉拢他的阴谋和盘托出，不禁喜欢上了她。

他将妻子搂在怀中解释说："我与你大伯本无仇怨，只是这些阉党利用在皇帝身边工作的机会，投机钻营，搅乱朝纲，使朝廷上下一片乌烟瘴气。为了使我大唐江山坚如磐石，使生灵免遭涂炭，我们要与他们斗争到底，直至胜利。"

刘禹锡说到此时，用手抚摸了一下妻子的脸蛋儿，接着说："惠儿，你知道吗？这就是政治，斗争是残酷的，你跟着我要有个心理准备啊！"

"夫君志存高远，这个妾是知道的。"薛惠接着表态说，"夫君请放心，嫁鸡随鸡，嫁狗随狗，你叫我去打狗，我决不去撵鸡。"

薛惠不愧为一个贤妻良母，她照顾婆婆尽心尽力，还为刘禹锡生养了两个儿子，自嫁到刘家后，她再也没有回过娘家。

只可惜刘禹锡命中克妻，他们结婚七年后，她随夫君带着老母幼子，流放在湖南郎州任司马，一次她在沅江边洗衣服时不慎失足落水，被珠江水吞没，这是后话。

在薛盈珍听从了权恒的诡计后，谁曾料到，他是赔了夫人又折兵，反而使革新派如火如荼地进行着。

这天，王叔文在他的府上，以赏月为名，邀请有韦执谊、王伾、刘禹锡、柳宗元、韩泰、韩晔、陈谏、凌准、程异共十人，秘密召开了一次骨干成员的动员大会。

在韦执谊、王叔文和王伾极力推荐下，顺宗皇帝提拔刘禹锡为屯田员外郎，兼判度支盐铁使，协助杜佑和王叔文管理全国财政；柳宗元为礼部员外郎，掌管礼仪、享祭、贡举之政；韩泰为监察御史中丞；陈谏为仓部郎中，凌准为翰林学士参度支兼调发出纳；韩晔和程异仍为监察御史，由五品提升为四品监察御史。

酒过三巡，王叔文步入正题，开门见山地说："老夫把各位大人请来，主要是讨论'永贞革新'的大事，大家畅所欲言，谈一谈革新的具体内容，一致同意后，我们再一条一条地付诸实施。"

首先是宰相韦执谊说："王大人说新朝要有新气象，完全正确，他竭力推行革新运动，这是关系到我大唐江山生死存亡的大事，若能将弊政革除，我乃宰相，应全力支持。"

韦执谊表完态后，刘禹锡站起来说："我全力支持王大人发起的'永贞革新'运动，尔等今后要紧紧地团结在韦宰相和王大人周围，以国事为重，不能沾染丝毫的个人利益，大家赞同否？"

"同意！"

刘禹锡用犀利的眼光扫视全场，大家都心甘情愿地表示赞同，只有王伾有些闪烁其词。

刘禹锡谦逊地问："王伾大人，您还有什么高见？"

王伾见这个年轻人的眼光犀利，像是穿透了他的内心：他革新是为了升官发财。

他忙表态说："刘御史说得很正确，我们要追随王叔文大人，进行革新。"

3

刘禹锡见大家意见统一后说："我提议，'永贞革新'的第一刀，应劈向京兆尹李实，联合起来弹劾他！"

陈谏是这些革新派中最年轻的一人，他为官时间不长，不甚了解李实，他问："刘御史，为什么要从他开刀呢？"

刘禹锡解释道："李实倚仗自己是皇亲国戚，为官胡作非为，聚敛民财，无恶不作，鱼肉百姓。贞元十九年京兆大旱，一片灾荒，百姓颗粒无收，四处逃荒讨饭。李实不仅不赈灾民众，反而向圣上上报说：'今年虽旱，而谷甚好'，从而使百姓拆卖青苗用以抵税款。当时有个名伶盲艺人叫成辅端，目睹百姓惨状，便作了几曲歌儿，含沙射影地讽刺不为民做主的李实。"

刘禹锡说到这时，韩泰情不自禁地唱了起来："秦地秦池二百年，何时如此贱田园？一顷麦苗五石米，三间堂屋二千钱。"

韩泰唱完，刘禹锡接着控诉说："李实知道后，就将成辅端逮捕，审讯中，成辅端并不惧淫威，在大堂上放声高歌为百姓鸣曲。谁知李实竟下令衙卒，将他用乱棍打死。"

刘禹锡停顿下来，呷了一口茶润了润嗓子，继续控诉说："德宗皇上知道灾情后，决定减免兆京地区税赋，可李实拒不执行圣上旨意，强征租税三十贯，中饱私囊。因此，百姓遭难，遍地尸横，而京兆各级官员大都也受到他的私刑刑罚，杖毙十余人，民愤极大。"

刘禹锡继续控诉说："在权德舆任主考官期间，他公然在科举考试中带头舞弊，向权大人推荐了二十名考生，并威胁说：'这二十名考生，必须全部录为进士，如你不从，就卷铺盖走人。'权大人宁可走人，也不屈服于他的淫威。因此，拿李实开刀，可以起到杀一儆百的作用，向朝廷上下表明我们革新的决心。"

"赞同！"韩泰深受其害，首先举手表态，其他人等也一致赞同。

接着，柳宗元发言说："宫中宫市和五坊小儿，倚仗皇权，强买强卖欺压百姓，无恶不作，建议取消宫市和五坊小儿。"

柳宗元接着控诉说："宫市，就是宦官操纵的市场。除宫市外还有'白望'数百人，说白了，就是白拿，商贾怒而不敢言，叫苦不迭。"

"五坊小儿大家都是知道的，就是为皇上豢养打猎用的鹰犬之人。五坊即雕坊、鹘坊、鹞坊、鹰坊、狗坊。这些五坊小儿，倚仗权势，无恶不作，欺压百姓。有的把网张在人家的大门上，有的张在人家吃水的井上，若有人走近，便诬陷人家惊动了'供奉鸟雀'，对近者拳打脚踢后，索要钱财谢罪。还有的五坊小儿，进酒楼喝酒不但不付银子，反而留下一条毒蛇，并对店主说：'这蛇是为吾皇捕鸟雀的，现在放在此地，你要好好喂养，不要让它渴着饿着，更不能让它溜走。'店主没有办法，只好拿出银子出来赔不是，以此送走这些瘟神。"

韩泰发言说："应解散部分宫女，减轻朝廷负担。"

王伾发言说："抑制方镇，惩治各级贪污行为。"

韩晔说："任用贤能，裁减冗员，树正气立新风。"

······

王叔文总结说："大家的意见都很好，我建议整顿全国税收秩序，削减盐价，让利于民。"

最后是韦执谊压轴发言说："为了壮大革新力量，我建议将前朝被贬老臣调回京城官复原职。"

王叔文笑着说："韦宰相，你这是要举贤让能啊，宰相职位只有一个，可陆贽和郑馀庆都是前朝宰相，你怎么分啊？"

陈谏初生牛犊不怕虎，他建议说："这还不好办，韦宰相为正，他们二人为副呗。"

韦执谊说："聪明，陈御史正合我意。另外我提议大家一起想出一个切实可行的办法，彻底剥夺地方藩镇和宦官们的军权，由皇帝亲自掌握。"

三个臭皮匠顶个诸葛亮，大家你一言我一语，很快就将革新方案定了下来。

刘禹锡将大家的意见归纳为第一步：一、抑制方镇，惩办贪腐；二、任用贤能，裁减冗员；三、整顿税收，削减盐价；四、遣散宫女和五坊小儿、禁止宫市。第二步，待民心向上稳定后，再收回军权，统一归皇上指挥。

刘禹锡连夜将这些革新方案写成奏折，上奏顺宗皇帝，很快得到皇上"准奏"的批阅。

第二天早朝，以王叔文为首的革新派的十人集团，列举大量事实，联名弹劾罪大恶极的京兆尹李实。

三人成虎，何况是以宰相为首的十位大臣呢。

此时，一贯骄奢淫逸的李实万万没有想到，革新派的大刀会第一个向他劈来，他毫无心理准备，顿时冷汗像豆珠似的直往地下滴着。扑通一声，双膝跪在地上。

"皇上救我，他们这是阳谋，诬陷老臣，打击报复皇亲国戚，是对我们李氏江山不满呀！"李实两眼可怜巴巴地望着他的侄儿皇上。

顺宗皇帝念及他是皇叔，法外开恩说："罪臣李实，你早知有今日又何必当初呢，念及你是皇亲国戚，现贬你为通州长史（今河北通县），好自为之吧。"

"谢主隆恩！"

永贞元年，以将李实拉下马为开端，永贞革新运动正式拉开了帷幕。

李实要离开京城的行程被他的仆人泄露，消息不胫而走。他乘着马车轿离家时，人们拥上街头，有的提着烂菜叶，有的提着臭鸡蛋，有的提着臭马桶……他们将手中的污秽纷纷投向车轿。

马车夫见势不妙，用鞭抽着双马快跑。哪知马车刚到小翠楼下，从天而降一阵臊尿，只淋得马车上，臭不可闻。

弹劾李实后，紧接着就遣散了五坊小儿，废除了宫市，放还了三百余名宫女于安国寺，又放出掖庭教坊女六百余人于九仙门，召其亲族领回家中。

由刘禹锡主持，裁减宫廷内部翰林医工、相工、占星等冗弊者四十二人。

由王叔文主持，调整了税收政策，规定除盐铁两税之外，各地方政府不得擅自增收其他税赋，还免除了永贞前的旧欠税，减轻了劳动人民的负担。

由王伾主持，免去浙西观察使李锜的盐铁转运使职务，将盐铁转运权从方镇手中收归中央掌握。他还严重警告剑南西川节度使韦皋和节度副使刘辟，私自扩大地盘，有占山为王的阴谋。

王伾还建议皇上恩准，调泗州刺史张伾入京为右金吾卫大将军，掌管全国军权，因张伾入京途中病故，未果。后改为右金吾卫大将军范希朝为右神策统军，调韩泰为行军司马，计划从宦官手中夺回御林军（时称神策军）兵权。

4

由韦执谊主持，起用有革新思想、有政治才能的人才。他们通过顺宗下旨，任命前宰相、抚州别驾姜公辅为吉州刺史；前户部侍郎、判度支、汀州别驾苏弁为忠州刺史；任命杜佑为副相兼诸道盐铁转运史（实际管理是副使王叔文）；诏令前宰相、忠州刺史陆贽；前宰相、柳州别驾郑馀庆；前京兆尹、杭州刺史韩皋；前谏议大夫、道州刺史阳城等人回京，官复原职。陆贽、阳城在诏书未到时病故，顺宗根据革新派提议，追封陆贽为兵部尚书，阳城为左散骑常侍。

作为宰相的职责，起用有才干的人才，韦执谊可谓颇费心机。

这天，他将刘禹锡和柳宗元传唤到宰相府，三人一番礼节后，韦执谊开门见山地说："我今天将两位才子请来，是要两位去请一位高人出山。"

刘禹锡笑了笑，谦逊地说："我和子厚兄算什么才子，您韦宰相才是当今大才子。谁人不知，您为德宗皇帝写了一篇文笔卓绝、超凡脱俗的《佛像赞》，得到了皇上的奖赏。"

164

韦执谊说："唉！此一时彼一时，可京郊南杜樊乡村就有一位年轻人不买老夫的账啊！老夫爱惜其才，曾三次派人请他出山为官，可他却是以一句：'我尚未入仕，何以为官'为借口，加以拒绝。"

柳宗元生气地说："如此狂徒，不用也罢。"

韦执谊笑着说："可他的确是个旷世之才呀，不用太可惜了。"

刘禹锡见宰相如此尊重爱护人才，由衷地佩服他宰相肚里能撑船的度量。

"韦宰相，此人姓甚名谁，待我和子厚兄去会会他。"

韦执谊也不正面回答，口中却吟出一句诗来。

> 求人气色沮，凭酒意乃伸。

"是他？"刘禹锡兴奋地说，"吟出'地瘦草丛短'的天才少年牛僧孺。"

"正是此人！"韦执谊说，"他今年二十有四，却不愿意报考进士为官，以他的才干，将来必定是国家的栋梁之材，只是他性格傲慢，家境殷实，一般的人是请不动他的。老夫曾三次派人请他，都碰了一鼻子灰无功而返。但老夫看好他，二位才子如能一起出山请他，想必会有满意的结果。"

柳宗元心里很是不服，表态说："宰相放心，我和梦得去会一会这个牛人，一定要牵着他的牛鼻子，来拜见宰相。"

韦执谊微笑着说："如此甚好，老夫在府中静待。"

永贞革新运动在顺利进行，朝廷里像春天一样生气勃勃，春色怡人。刘禹锡和柳宗元怀着愉快的心情，边欣赏着大自然的旖旎风光，边向南杜樊乡村走去。

春风夜雨，一路是迷人风光，刘禹锡为了抒发对国家和个人前途充满希望之感，不禁吟出一首《春日退朝》：

> 紫陌夜来雨，南山朝下看。
> 戟枝近日动，阁影助松寒。

> 瑞气卷绡縠，游光泛波澜。
>
> 御沟新柳色，处处拂归鞍。

柳宗元也不甘示弱，在赞赏好友诗作的同时，也和唱了一首《零陵春望》：

> 平野春草绿，晓莺啼远林。
>
> 日晴潇湘渚，云断岣嵝岑。
>
> 仙驾不可望，世途非所任。
>
> 凝情空景慕，万里苍梧阴。

正当牛僧孺在书房专心致志读书时，闻听家丁来报，有一个叫柳宗元和一个叫刘禹锡的才子求见。

牛僧孺忙问："是否河东柳子厚、京东刘梦得两位才子？"

"正是！"家丁忙答。

"有请，有请！"家丁听见主人吩咐，正要迈步向大门口而去时，猛然听到主人命令，"我叫你去了吗？本少爷亲自去请他们！"

一向傲慢的少爷从不亲自迎客，今天太阳从西边出来了。家丁愣着神儿地站在原地，看着少爷疾步往大门口而去。

牛僧孺见真是两位才子，忙双手抱拳行礼说："东边日出西边雨，不可知其源，真是长风破浪会有时，将二位才子吹进寒舍，有请！"

这样的开场白，让柳宗元和刘禹锡心中暗自一惊，真不愧为长安才子，出口将刘禹锡、柳宗元、李白的名句顺理成章地融为一体，组成贴切的欢迎词。

两位才子也反应敏捷，只是柳宗元慢了半拍，正欲对答，却听见刘禹锡笑着答道：

"不是道公狂不得，全以石为底，俄顷风定云墨色，是思黯（牛僧孺字）兄的墨香吸引我们前来拜访。"

牛僧孺高兴地夸赞说："梦得兄将为弟的诗句和子厚兄的名句镶嵌在

诗圣杜甫的名句中，有礼有节，令人佩服。"

柳宗元此刻终于憋不住了，赞扬说："思黯兄的妙语'地瘦草丛短'已家喻户晓，连三岁小孩都会背诵，的确难得。"

人人都喜欢戴高帽子，刘禹锡见牛僧孺那还稚嫩的脸上露出自豪的样儿，不失时机地将高帽子插上一朵花儿。

"此乃天才之语也。地者，何瘦之有？言地者，必不能超越瘠、贫、干、枯之词，谁人能将人的肥瘦同地腴薄相连，此乃思黯兄又一'奇章'啊。"

"哈哈哈！"柳宗元心花怒放地说："好一个'奇章'！梦得与思黯两位才子都是旷世逸才也！"

世间本来是一物降一物，蛇服花子盘。

就这样，三人以文会友，不费吹灰之力，牛僧孺获知二位才子的真实来意后，心甘情愿地随同他们进京拜见了韦宰相。

刘禹锡和柳宗元不负韦宰相的厚望，胜利地完成了任务，真正成为牛僧孺的擢拔老师。

世事难以预料，人心不古。牛僧孺入仕后，并未成为革新派的一员，他后来如韦执谊预料的一样，连登三科，官至宰相，但却与他的举荐老师成为政敌，这是后话。

永贞革新运动如一只高速运转的车轮，在如火如荼地进行中。作为组织部长兼秘书长的刘禹锡忙得不可开交。目前他的主要任务是负责回复全国各地的来信。

王叔文空闲时来到刘禹锡的办公室看望他，见他案台上的来信堆积如山，连与他谈话的工夫都挤不出来，忙调来陈谏和韩晔两人充其副手。

第二天一早，陈谏来到宰相府面见韦执谊，申请尽快调拨几石面粉给他。

韦执谊心平气和地问："陈御史，你又不开饭馆，你要这么多面粉干什么？"

"回禀宰相大人，刘大人每天的回信封口，需要一斗多面粉熬制成糨糊。"

"这也太夸张了吧。"韦执谊心存疑惑，抽空来到刘禹锡的办公室，见其三人忙得不亦乐乎，这才相信陈谏的请辞。

5

韦执谊一边安排调拨面粉，一边急调凌准、程异过来帮忙，这才将刘禹锡从信海中解救出来。

刘禹锡是革新派的核心人物，为官者各自怀有目的，都在攀附上这棵大树。更有一些胆大妄为的官员，打着他的旗号，在他住家附近租下房子，设立名曰革新联络处，公开敛财。

刘禹锡竟忙得全然不知，给革新派的形象造成很坏的影响。

今天是中秋节，中书舍人崔邠获知刘禹锡有空闲时间，就写了一张请柬，邀他和一些社会名流到其府上饮酒赏月。

中秋赏月，是当代文人的时尚，吟诗作赋者乐此不疲。

刘禹锡忙得很久没有回家了，今天是个团圆之日，本是想在家里陪同老母、妻子和女儿赏月。

"请你转告崔大人，下官好久没有回家，应陪老母赏月才是。"

"刘大人，我家老爷临走前就向小的吩咐，是请您去陪您的恩师杜大人一起赏月。"崔邠预料着刘禹锡要婉拒，就令下人使出撒手锏。

刘禹锡听后无奈地问："请问还有谁参加？"

下人答道："除了杜大人之外，还有武元衡、柳宗元、韩泰、窦群五位大人，都是您原来监察衙门的同僚。"

刘禹锡恍然大悟，这才明白崔大人的良苦用心。他和杜大人是支持革新运动的，而刘禹锡他们的顶头上司武元衡是一个强硬的保守派。崔大人这是想借中秋赏月的机会，帮大家做一做武元衡的工作。

多个朋友，多条路，多个支持者，就对永贞革新运动形成多个同盟军。只要是对革新有利的事情，刘禹锡都愿意参加。

"请你回去转告你家老爷，下官与老母请安后，晚上准来。"

"好的。"崔府下人便回家复命去了。

刘禹锡来到母亲房间，见妻女都在陪同母亲说笑，很不好意思地对母亲说："母亲大人，孩儿晚上不能陪同您赏月了，崔大人特邀孩儿参加聚会，特来向母亲大人请示。"

"去吧，去吧！"卢氏挥了挥手说，"你别看老母是古稀之人，但我脑子还没有糊涂。我儿忙的是国家大事，国事家事孰重孰轻，老母还是分得清楚的。"

一个成功人士的辉煌，家风、家训、家教是他的奠基石。从卢氏的话语中，窥豹一斑。她对刘禹锡一贯以严母自居，而刘禹锡又是中华孝义文明的典范。

刘禹锡是时刻遵照母亲大人的教诲行事，得到她老人家的许可后，这才吩咐下人准备轿子出门。

来得早，不如来得巧。正当刘禹锡的四抬大轿停在崔府门前时，就见杜佑的八抬大轿紧挨着停在他的轿子后面。

刘禹锡赶忙下轿，快步来到杜佑的轿子前，掀开轿帘。

"恩师，您来了，下官扶您下轿。"

杜佑乐呵呵地问："梦得，你有好些时日没有到老夫府上来了，是不是太忙了。"

"是的，恩师！"

"我听韦宰相说，你每天用作信笺封口的糨糊，就要一斗面粉。可见你的工作量巨大啊。"

刘禹锡搀扶着他，一脸憨笑，算是作答。

杜佑语重心长地说："梦得，身体是为官的本钱，一个勤政的官员，不一定要事事亲自去做，只有会调动其他人的积极性而帮助自己达到目的，那才是一个合格的官吏。"

刘禹锡的脸儿在憨笑中顿时一红，忙赔着笑脸说："恩师，下官谨记您的教诲。"

杜佑继续开导说："只顾埋头拉车，并不是千里马，它会碰得人仰马翻，头破血流的。"

刘禹锡似乎听出了恩师的弦外之音，他老人家是官场狐狸，也是政治风向标，难道他老人家嗅出了什么不对的味道。

"杜大人请，刘大人请！"刘禹锡正想着，主人崔邠已从府内快步跑出，迎接客人。

中秋赏月宴设在崔府后花园里人工湖心的邀月亭上，客人要从七星桥上曲线步入其中。

右边的岸上是怪石嶙峋、重重叠叠的假山，左边则是葱葱郁郁的茂林修竹。

一轮圆月，刚刚从天际边升起，一片雪白映照湖面，从芙蓉的大伞底下，出现一条条锦鲤在悠闲地游荡，它们涌起的涟漪，将水中圆圆的月儿，撕裂成朵朵白絮，犹如人们站在多面的哈哈镜前，观看自己的千姿百态。

按照当朝规矩，杜佑位居副相，理当首座，紧挨杜佑左右的是武元衡和崔邠，刘禹锡等人按官阶高低而坐，韩泰为首，刘禹锡次之，下首而坐的是柳宗元和窦群。

七人依次坐下后，一众下人手持托盘依次而入，首先端上来的是西瓜、苹果、大枣、葡萄、石榴、花生、香梨等水果。

大家按自己的喜好，边吃着水果边谈论时事政治。

崔邠说："自新皇登基以来，朝廷上下如春风扑面，出现一片生机盎然的景象，华夏大地一片歌舞升平。"

刘禹锡边剥着花生壳儿边将目光投向杜佑，只见杜佑在一旁微笑不语。

柳宗元扛竹篙子进巷子，直来直去地说："这一片升平景象，除得益于圣上的英明决策外，还有永贞革新深入人心。"

武元衡面无表情地问："依柳大人之见，先皇可是个碌碌无为之君啊。"

柳宗元可不畏惧他这个原来顶头上司，仍直言不讳地辩驳说："武大人，我可没有这个意思，大家不是各抒己见嘛，别拿大帽子压人好不好！"

刘禹锡说："柳大人是实话实说，圣上的政绩有目共睹，山河上下一片祥和，坚决拥护永贞革新，这有什么错。"

武元衡一声冷笑后，直言不讳地揭露说："革新，革新，就怕是将国家的财富，革到某些人的腰包里去了。"

"就是，就是。"窦群是武元衡的跟屁虫，也附和着说。

刘禹锡见武大人话里有话，也直截了当地问："武大人，以王大人为首的革新人物，在开展革新运动之前，就发誓不许借革新之名谋取私利，你讲这些话，可要有证据啊！"

武元衡继续冷笑地问："刘御史，翰林学士王伾可是你们革新派的核心人物吧？"

"是的。"

"京城上下，都在传唱他的顺口溜啊！"

刘禹锡一头雾水，忙问："什么顺口溜？"

"革新有个王伾臣，借故敛财似财神。如果人们不相信，请去打开睡柜门。"

刘禹锡望了望柳宗元，柳宗元会意地摇了摇头。他又用乞求的眼光望了望崔邠。

崔邠说："是的，王伾借革新之名，大肆敛财是事实。"

接着，王邠有板有眼地将王伾敛财的事儿讲了出来。

第十一章　昙花一现尽凋零

1

王伾虽然主张革新，但却怀有私心。人为财死，鸟为食亡，革新是为了什么，还不是为了让大多数人富起来，我作为革新核心人物，是冒着很大风险的。因此，我带头致富有什么不好。

王叔文似乎发现了王伾的动机不纯，曾严肃地批评他说："王伾，你也是饱读诗书之人，水能载舟，亦能覆舟的道理你难道不懂吗？你现在为革新做出了成绩，百姓拥护你，但一旦人们擦亮了眼睛，发现你比李实还贪得无厌，人们同样会用大粪将你泼出政治舞台。"

王伾是敬畏王叔文的，于是就对他玩起了两面三刀的游戏。王伾利用手中的职权卖官仗势敛财，凡属王叔文知道的，他就将卖官的银子如数上交国库，反之则悄悄地塞进自己的腰包。

苍蝇不叮无缝的蛋。王伾的所作所为，被保守派和阉党们看在眼里喜在心里，他们一面投其所好，密令跑官要官的人员送金银给王伾，一面暗中传播永贞革新的目的是填满自己的腰包。这一毒辣手段，的确给革新运动带来一定的消极影响。

天长日久，王伾屋子里的金银就堆积如山。他惧怕被贼偷走，别出心裁地发明了睡柜，将不义之财全部装入睡柜，他和夫人每晚就睡在睡柜上，既安全又踏实。

王伾的这一睡柜发明，后被民间采用，睡柜里面装有值钱的家当或粮食，一直沿用千年之久。

世上没有不透风的墙，王伾收藏财宝的秘密终于从他家下人口中传出，

172

于是有心人编成了四句顺口溜。

刘禹锡听后顿感气愤，口中连连说："王伾是害群之马，一粒老鼠屎搅坏了一锅粥。"

武元衡又是一声冷笑，继续当着众人的面，揭发起刘禹锡："何止只有一粒老鼠屎，难道你不算一粒吗？"

刘禹锡听后，虽然脸儿涨得通红，但他还是不解地问："武大人，下官行得正坐得稳，是谁在背后嚼舌根儿。"

武元衡向窦群使了使眼色，窦群站出来说："好一个坐得正的伪君子，你在你的府第周边设立众多办事处，全国大小官员每天以万计涌入进来，向你行贿买官，引得客栈房价大涨，住上一晚得千金以上。"

刘禹锡听后大惊，看来是无风不起浪呀，难怪恩师提醒，只顾埋头拉车，是会人仰马翻，头破血流啊。

刘禹锡略一思索，就对杜佑请求道："恩师，请借令牌一用。"

杜佑面无表情地反问："你要调动军队干什么？"

"我令刘全带着军队连夜去查封所有革新办事处，将其非法所得收缴国库，并对这些打着下官旗号的不法之徒绳之以法。"

杜佑这才舒展眉头，将腰间别着的令牌交给了刘禹锡。

刘禹锡将令牌递给外面候着的管家刘全，命令他说："你快去盐铁衙门调一支精干队伍，连夜将本府周边的革新办事处查封，务必做到除恶务尽。"

"是！"刘全受命而去。

这时，崔府的丫鬟们又是鱼贯而入，顷刻之间，一顿丰盛的赏月美酒佳肴就摆上了桌。

杜佑为了缓解刚才众人争论的不快，带头提议道："中秋佳节赏月活动，乃是本朝首创。老夫考证过，前朝历史上并没有文人以中秋赏月为题，吟咏诗篇。现在老夫问诸位，本朝是哪位文人首次以中秋赏月为题，留下诗篇。答对者老夫甘罚酒一杯，没有答对者老夫要奖励两杯哟。"

杜佑此题一出，大家你望我，我望你，一时还真想不出来中秋赏月赋诗的首创者。

杜佑微笑着说："武大人，论资排辈，官大者为先。这里除了老夫，你责无旁贷啊。"

武元衡自然不敢在杜佑面前托大，他忙站起来试探地说："是杜拾遗（杜甫）吧。"

杜佑微笑着摇了摇头，武元衡羞愧得连饮两杯。

崔邠心想，我朝历史上诗仙李太白是写月亮的专家，可能是他吧。他刚说出答案，又见杜佑摇着头儿，只好自饮两杯。

韩泰心想，诗仙诗圣都不是首创者，难道是王之涣。又见杜佑摇着头儿，他自觉地低头饮了两杯。

杜佑说："子厚、梦得，你俩是过命交情，哪个先答？"

柳宗元站起来，如实答道："反正不是李杜那个时代的文人，好像是武后那个时代的文人。"

一语点醒梦中人，刘禹锡立即答道："是李峤，武后时代的文豪李峤。"

"后生可畏。"杜佑见自己的爱徒回答正确，心甘情愿地自罚了一杯。

当然，柳宗元和刘禹锡又各敬了杜佑一杯。

三杯酒下肚，杜佑高兴地说："你俩小子倒会趁热打铁啊，老夫也会铁匠功夫，你俩今晚中秋赏月各吟诗一首助兴。"

柳宗元当仁不让，出口成诗：

觉闻繁露坠，开户临西园。

寒月上东岭，泠泠疏竹根。

石泉远逾响，山鸟时一喧。

倚楹遂至旦，寂寞将何言。

刘禹锡见大家在热情地评论子厚兄的诗作，他在一旁努力地构思自己的作品。这时见到恩师瞟了他一眼，心领神会地吟哦着：

尘中见月心亦闲，况是清秋仙府间。

凝光悠悠寒露坠，此时立在最高山。

"好，好！好一个此时立在最高山。有气魄，宰相之才也。"杜佑高兴地拍手称赞。

大家随声附和地称赞了一回，杜佑带头各自赋赏月诗一首后，众人乘兴各自散去。

临别前，柳宗元向刘禹锡使了个眼色，刘禹锡会意，出了崔府后，就令轿夫紧随其后，来到了柳府。

夜已深了，柳府里除有两个值班的下人在客厅里打盹儿外，柳夫人和孩子们都已经睡下了。为了不惊动家人，他俩像夜猫子似的，蹑手蹑脚地来到书房。

没有市井中的喧哗客套，柳宗元单刀直入地说："梦得，看来永贞革新触犯了很多当权者的利益，从今晚的中秋赏月宴中，大有'山雨欲来风满楼'之势啊。"

"我近阶段通过来信来访，从中悟出了，由于先帝们的政治需要，而遗留下了很多政策弊端，只有通过革新，才能使泱泱华夏文明获得发展。"

"梦得你的政治抱负我一贯支持，不论是现在还是将来。"柳宗元说，"现在革新局面表面上是一片大好，我只是担心堡垒会从内部攻破。"

2

刘禹锡问："子厚兄，除了王伾的行为令人不齿外，你还发现了什么？"

"近阶段，我从韦执谊和王叔文的话语中发现我们革新运动就像一辆马车，驭手所走的方向不一致，而在拉横杠，使马车停滞不前，久而久之，会将这辆马车拉散架的。"

"子厚兄，我怎么越听越糊涂了，能否用一些事例说明一下。"

"其实，韦宰相和王大人政见不和还是由王伾而引起的。韦宰相要处分王伾，可王叔文竭力反对。"

刘禹锡像是听明白了，因为王叔文和王伾是同乡、同窗、同科进士，并且在同一时期同为太子的老师，其友谊是一般人不可比拟的。

刘禹锡说："宰相肚里能撑船，韦宰相不会为这件事儿就同王大人闹翻吧。"

柳宗元说："还有就是今晚上的跟屁虫窦群，他实则是以武元衡为代表的保守派的急先锋。王叔文想用挖墙脚、掺沙子的办法将他逐出朝廷，但遭到了韦执谊的反对。"

刘禹锡也非常恼恨窦群，今天晚上窦群无中生有地揭发他，只是过眼云烟，上个月窦群秘密向皇上奏了他一本，至今他还心有余悸。

窦群是侍御史，负责朝廷诉讼、弹劾事。上月他奏刘禹锡"居心邪恶，扰乱朝政，奏请革职查办"，妄图杀一儆百，向所有革新人物示威，好在皇上圣明，将他的奏折丢在了一边。

窦群见没有扳倒刘禹锡，就以为是王叔文从中担保，并将恶气撒在王叔文的身上，逢人就谗言说："大家不要跟着王叔文鬼混，他的下场还不如李实。"

"韦宰相拒绝的理由是什么？"刘禹锡问。

"韦宰相说：'窦群的背景复杂，牵一发而动全身，恐会导致朝廷地震，我们要稳中求胜，还是缓一步再说。'"

还是韦执谊远见卓识。的确，如今的窦贵妃是窦群的姐姐，深得顺宗皇帝宠爱，欲赶走圣上的小舅子谈何容易。

刘禹锡说："韦宰相这种顾全大局的观点是正确的，我去做一做王大人的工作，我相信他是会理解的。"

"如此甚好。"柳宗元索性将他们之间的分歧和盘托出。

经柳宗元列举的事实提醒后，使刘禹锡想起一件事。

原来此前剑南节度使刘辟，他代表节度使韦皋，来到中央革新衙门，言语中带有威胁地对王叔文说："我家主帅要求统一剑南三川。你要是答应并落实这一要求，主帅会极力支持拥护你们的永贞革新。"

王叔文不露声色地问："本官要是不应许呢？"

刘辟恶狠狠地说："那就别怪我们不客气，主帅要举兵讨伐你们。"

王叔文不是吓大的，只见他猛拍案台，高声命令道："来人，将这狂徒拿下，就地正法！"

刘禹锡支持说："我坚决支持王大人的命令，决不能将这狂妄之徒放虎归山。"

这时，韦执谊站起来说："王大人，我建议暂且收监关押，待查明实情，再杀不迟。"

谁知刘辟得到了阉党们的秘密营救，逃离长安返回剑南，为永贞革新，留下重大隐患。

想到这儿，刘禹锡脸色沉重地说："子厚兄，我们内部矛盾可以内部消化解决。我担心的是今天早朝上，武元衡和俱文珍他们极力推荐皇上的长子李纯为太子，这看似是一件顺理成章、天经地义的事儿，实则是一个阴谋。"

"韦宰相不是调具有学术威望的大学士陆质，去当太子侍读先生了吗？"

"正因为这件事儿，所以我才担心太子与皇上不是一条心。"

"啊！此话怎讲！"

"韦宰相通过与太子的接触了解，发现他对永贞革新心口不一，两面三刀。口头上是坚决拥护，实则与阉党们打得火热。"

柳宗元恍然大悟地说："所以，韦宰相运筹帷幄，就委派陆质以先生为名，实则是择机做太子的工作。"

"是的。陆质受宰相之命，一次见太子高兴，就试探地讲解商鞅变法的典故，谁知太子没有听完，就不耐烦地打断了先生的话语，愤懑地说：'父皇令先生来是为孤家讲解治国方略，不是要你来胡咧咧的！我对什么商鞅变法没有兴趣，一派胡搞，搅乱朝纲。'"

由此可见，太子李纯是指桑骂槐，内心是极端仇视革新运动。

太子李纯今年二十六岁，是顺宗皇帝二十四个儿子中的长子，他是个野心家，玩弄政治于股掌之中，他一面讨好以韦执谊和王叔文为主的革新集团，一面向武元衡、窦群等保守派暗送秋波，暗地里还勾结宦官俱文珍、薛盈珍密谋怎样篡位夺权。

于是，这群阉党大逆不道，勾结御医，开始向顺宗下毒手。这是个天大的秘密，革新派无从知晓。

该交流的两位好友都交流了，刘禹锡见夜已深了，就告辞说："子厚兄，我明早儿还要送浑镳去丰州（今福建南安）赴任，你早点儿休息吧，免得嫂夫人担心。"

"好，就此别过。"柳宗元说着，就走出了书房。

刘禹锡回到家，没有立马回房间休息，而是冷静地理了理头绪，认真地梳理起来。

朝廷目前的人事任免权，通过韦执谊、王叔文、王伾和我等的不懈斗争，终于从宦官手中夺了过来。目前江西吉州、四川忠州、福建丰州三州刺史空缺。在征得韦宰相和韦刺史的同意后，就调任支持革新运动的姜公辅、苏亦、浑镳三人，分别去江西、四川、福建赴任。明天一早浑镳就要离开京城，前去福建赴任，我得去送送他，这三人之间，我是最了解浑镳的。

浑镳的父亲名叫浑瑊，因平息朱泚叛乱有功，德宗皇帝下旨封他为咸宁郡王，并在长安城内赐给他家一座高门宅院。

浑镳入仕后，受父亲荫庇，官场上一路顺风顺水，如今是永贞革新的中坚力量。

这次派他去福建丰州任刺史，是刘禹锡推荐的，韦宰相向顺宗皇帝禀奏，很快被批准。

刘禹锡的目的是，派出得力干将浑镳，去边远海域地区，进一步推行永贞革新，地方与朝廷来一个同轨进行。

前几天，刘禹锡应浑镳之邀，观赏他家后花园中的牡丹。留下了《浑侍中宅牡丹》一诗：

> 径尺千余朵，人间有此花！
> 今朝见颜色，更不向诸家。

"刘大人不愧为当今诗豪，敬佩，敬佩！"

浑镳看后大喜，这是诗人以花喻人，实赞其父如牡丹珍贵，功高盖世。

3

刘禹锡见主人高兴，又赋得一首《赏牡丹》：

> 庭前芍药妖无格，池上芙蕖净少情。
> 唯有牡丹真国色，花开时节动京城。

这首诗表面上是以牡丹与芍药、荷花为之对比，夸赞牡丹国色天香，实则是以牡丹盛开之境，颂扬永贞革新运动能使人心舒畅，使社会面貌焕然一新。

当然，进士出身的浑镎也从字里行间读出了朝廷即将要调他出京城任职的意思。

"刘大人，请你转告圣上，为了朝廷利益，我坚决服从调动。"浑镎表态后，关切地问，"刘大人，能否透透风，要将我调到何处任职。"

"不瞒浑兄，决定调你赴丰州任职是我的建议，其理由一是，你今年刚满二十八岁，年轻有为；二则是从五品御史擢升为四品刺史并掌握兵权；三则是调你在边疆海域去贯彻推行落实永贞革新运动。"

"谢谢刘大人的信任！"

刘禹锡将浑镎送到长安东的灞河岸边时，望见一艘官船停泊在码头边，就停下了脚步。

送君千里，终有一别。他心潮起伏，又吟出一首《送浑大夫赴丰州》为临别赠言。

> 凤衔新诏降恩华，又见旌旗出浑家。
> 故吏来辞辛属国，精兵愿逐李轻车。
> 毡裘君长迎风驭，锦带酋豪踏雪衙。
> 其奈明年好春日，无人唤看牡丹花。

刘禹锡送走浑镎回到家中，夜已漆黑。秋老虎却毫不眷顾勤劳之人，也许是送走友人有些怅然，也许是路走急了，此时他燥热难当，大汗淋漓。

妻子薛惠见状，忙吩咐柳儿去打一盆凉水来，洗一洗他满脸的汗渍。她递上一杯凉茶给夫君。

刘禹锡接过夫人的凉茶，一咕噜儿地送入肚中，燥热还是没有消除。他又将脸沉入柳儿刚端上来的凉水之中。

突然，一道如白蛇吐信的闪电划破夜空，刺眼的光亮从窗子里直射入盆中，吓得刘禹锡猛然抬起头来。紧接着是一阵阵闷雷声从远处传来，顿时天像破了似的，倾盆大雨打破了夜晚的宁静。

"啊！"直吓得柳儿钻入薛惠的怀中。

薛惠是很有见识的女人，她顿觉奇怪地对刘禹锡说："夫君，这就奇了，深秋打雷，是不好的预兆啊。"

"难道是……"正当刘禹锡猜测时，刘全急匆匆地来报。

"主人，王叔文王大人来访。"

这么大雨，王大人深夜来访，必有大事发生。

"快！快请王大人。"刘禹锡冒雨走出房间，就看见一位老者浑身湿淋淋地跑了过来。

"刘大人，快带上医匣跟我走。"

"王大人，是你家夫人病了？"

"不是，是皇上中风了！"王叔文沉重地说。

"怎么不叫御医？"

"御医在皇上身边，束手无策。"

"走，看看去！"刘禹锡连忙背起医匣，疾步出门。

刘禹锡和王叔文急忙赶到皇宫，在俱文珍的带领下，来到窦贵妃的兴庆宫，只见皇上倚靠在龙床上，口流涎水，人事不省。

刘禹锡见状，不满地狠狠瞪了御医一眼，忙令贴身太监说："快将皇上平躺在龙床上。"

随即又令宫女们："快将宫内所有窗户打开，使空气对流，让闲杂人等远离皇上五尺，使皇上能呼吸到新鲜空气。"

刘禹锡边命令着，边从医匣中取出三枚三寸长的银针，迅速扎入顺宗皇帝的人中和头部左右太阳穴。

"唉！"不一会儿，只见顺宗叹了一口气儿，嘴巴歪斜着，嘴里却说不出话来，一脸茫然地望着众人。

俱文珍暗自窃笑，心想，皇帝老儿，你当太子时是个假哑巴，可现在是名副其实的哑巴皇帝了。你大儿子李纯要的就是这个效果，你再也不能发号施令了，就去当太上皇吧。

刘禹锡和王叔文看见皇上醒转了过来，他们这才松了一口气。

刘禹锡心想，皇上身体好好的，怎么一下子就中风了呢？空气中，突然传出一股草药味儿，难道皇上原来就有征兆，在服御医开方熬煎的草药？

他不动声色地问御医："医官，皇上原来就有中风的征兆，怎么没有听说？"

御医不敢正视刘禹锡那犀利的眼神，闪烁其词地答道："刘……大人，皇上他好这……贵妃过多……肾亏，下官只是开了一些壮阳补肾的补药，并未发现皇上有中风……"

"把你的方子拿来让本官看看。"

御医像是早有准备，颤抖着手儿，从宽大的袖口中掏出了医方说："下官是根据皇上的肾虚情况，在'神蜓壮阳露'方的基础上加有艾叶、侧柏叶、地榆、三七和荷叶各十克而已。"

刘禹锡接过一看，这是一副宫中流传下来的"神蜓壮阳露"方。这是加以改进过的古老的温肾壮阳，治阳痿的宫廷秘方，并不会引起脑中风啊。刘禹锡还是心存疑惑，就问侍膳宫女："请你将皇上服用过的药罐拿来。"

宫女拿来药罐，里面空空的，刘禹锡接过一闻，里面除有锁阳和肉苁蓉和其中五味药之外，似乎还有一种小蓟的草药味道。

刘禹锡向王叔文使了使眼色，不动声色地说："没什么，是壮阳露的味道。"

俱文珍在一旁冷笑后，愤怼说："刘大人是狗拿耗子多管闲事，待皇上清醒了，干脆将你调来当御医得了。"

刘禹锡也不搭理他，上前与一直站在一旁抽泣的窦贵妃道了一个万福，就与王叔文离开了皇宫。

他们走出皇宫后，王叔文将刘禹锡拉进了他的八抬大轿。

待起轿后，王叔文问："刘大人，你从药罐中发现了什么端倪？"

"嘘"，刘禹锡做了做手势，侧过头去，嘴对着王叔文的耳朵小声地说："王大人，下官发现了一个天大的秘密，这是一起谋害皇上的阴谋。"

"啊！"王叔文大骇，急问，"何以见得？"

"我从皇上服过的药罐里闻到了小蓟的草药味儿。"

王叔文不懂药理，忙问："小蓟是一种毒药？"

"小蓟本无毒，但与壮阳药物配伍，会产生凝血作用，这就是医学的忌伍理论。"

4

王叔文恍然大悟地推理说："皇上长期服用此方虽然达到壮阳的效果，久而久之，由于小蓟的药效，他血液里就形成了血栓，今晚，皇上与窦贵妃房事兴奋，乐极生悲就引发了脑梗死，俗称中风。"

"是的，王大人分析得很正确。"

王叔文分析完后，气愤地说："好歹毒的阴谋，天衣无缝。"

刘禹锡问："王大人，是谁胆大包天，敢谋害皇上呢？"

"无外乎是想让权力得到最大化的人。"

"那……只有太……"刘禹锡说到此处，脸色雪白。

"木已成舟，我俩也无回天之力。这件事到此为止，天知地知你知我知，让它烂进肚子里。"王叔文郑重地交代说。

"是！"刘禹锡用感激的眼光望着王叔文。他知道这件事要是传将出去，太子上位后，不灭他们的九族以解心头之恨才怪呢。

王叔文担心地说："刘大人，看来天要变了，我们要早有心理准备，准备好棉衣过冬啊。"

今晚注定是个不眠之夜，刘禹锡回到家中，为了不惊动妻子休息，他没有回卧房，而是独自一人到书房里想着心事儿。

王叔文一语双关的话儿，提醒了刘禹锡，我得第一时间去向好友子厚兄通知皇上已经中风不能言语的情况。

虽然天大的秘密要烂在肚子里，但有福同享、有难同当才是好兄弟。

天刚麻麻亮，他就敲开了柳宗元的大门。

柳宗元边打着哈欠，边将刘禹锡迎进书房，看见刘禹锡两眼布满了血丝，就问："梦得，你昨晚又熬了一个通宵吧，又构思了一篇大作吧？"

"哪有心思写作，我是担心天要变了，苦苦思索了一晚，也没有想出解困的办法来。这不，一早就到老兄这儿请教来了。"

"到底发生了什么事儿？"

"皇上昨夜中风了。"

柳宗元听后一惊，忙问："有没有生命危险？"

刘禹锡苦笑一声说："倒是暂无性命之忧，只是真正成为哑巴皇帝了。"

柳宗元担心地说："圣上在朝上不能与大臣们交流，宦官们势必要拉虎皮做大旗，将皇帝的宝座远离臣子们，这样就能促使太子加快登基的步伐了。"

"这正是我们最为忧虑的事情。"刘禹锡神色紧张地说，"你想想，皇上不能说话，大臣们也听不到他的旨意，就不知皇帝是支持我们的。有朝一日，阉党们会勾结各方势力，说我们假传圣旨，后果实在不妙呀！"

"是啊！"柳宗元赞同地点着头儿说，"当初皇上就不该听信俱文珍之流的谗言，立李纯为太子。这下可坏事了，太子一上台，我们的永贞革新运动，想必是昙花一现，就要流产了。"

正如刘禹锡和柳宗元的预料，保守派和阉党们，在加快步伐向他们反扑过来。

贞元二十一年（805）七月，由地方藩镇韦皋、严绶、裴均、张愔四大掌握有大量军队的实权人物联名奏折。

"鉴于皇上龙体欠安，臣请权令皇太子亲监庶政。"

太子李纯、俱文珍和薛盈珍假惺惺地前来看望顺宗皇帝，三人流了一阵鳄鱼的眼泪后，就将四位藩镇的奏折摆在顺宗皇帝的病榻前。

俱文珍相逼说："皇上，为了您的龙体健康，民心所向，四位掌握兵权的大帅建议太子亲政，让您老人家好好休息。"

顺宗此刻是哑巴吃汤圆，心中有数。他们这哪儿是来看望孤家啊，这是来逼宫让位啊。

顺宗用手指了指李纯后，又指了指他身边放着的一件新龙袍，两眼似箭地逼视着李纯。

太子李纯不愧为一个政治家，他利用地方藩镇的势力和宦官们的实权，巧妙布局，即将就要登上皇帝的宝座，实现他的政治抱负。

他见到父皇的手势后，忙表态说："父皇，请您老人家放心，我辅政后一定按照您老人家的既定方针，将永贞革新进行到底。"

俱文珍和薛盈珍在一旁阴笑，两人同时在想，太子不上舞台当演员真是太可惜了。

可怜顺宗一国之君，却被宦官阉党玩弄于股掌之中。太子李纯辅政一个月后，就逼父皇"内禅"，称其为太上皇。

顺宗皇帝李诵创造了大唐历史四个第一：他是大唐皇帝中儿子最多的皇帝，共有二十四个儿子；他是大唐接班最迟的太子，登基时四十四岁；他是大唐皇帝任上最短的皇帝，在位二百四十一天；他是大唐最短命的皇帝，享年只有四十五岁。

太子李纯登基后，改年号为宪宗。

宪宗登基后，早就将在父皇面前的承诺丢弃于脑后，登基后的第三天就开始向革新派算账了。

首先，宪宗罢免了宰相韦执谊，宰相一职由杜佑担任。

可惜，进行了一百四十六天的永贞革新，似昙花一现。

大唐官场上流行说，杜佑是官场老狐狸，名副其实。

顺宗上台将国家的财政大权交给他，他能左右逢源，既不得罪权贵们私贩盐铁的勾当，又巧妙地使朝廷税赋翻了一番。

他对顺宗却多了个心眼儿，没有将他的治国巨著《通典》进贡出来，太子李纯辅政的第十天，他就将《通典》进贡给太子。

太子正是用人之际，他又不是革新派成员，于是，顺理成章地坐上了宰相之座。

继而，王叔文、王伾、刘禹锡、柳宗元、韩泰、韩晔、陈谏、凌准、程异九人也被罢免了官职，坐上了冷板凳。

最近一两个月，刘禹锡和革新的十个人一样，如坐针毡。

刘禹锡是明知山有虎偏向虎山行的角儿。十几天来他独自在书房里闷得慌。"刘全，将我存放的一坛杏花村老酒拿出来，我要去柳府，与子厚兄一醉方休。"

刘全提醒说："主人，小心被朝廷鹰犬盯上了，还是不去为好。"

"怕什么怕，难道我去叙叙兄弟之情有错吗？"刘禹锡憋在心中的气，正不知向何处而出呢，刘全正好撞在刀刃上了。

刘全嘀咕着："真是狗咬吕洞宾，不识好人心。"

刘禹锡听见刘全的嘀咕声后，不禁发出"哈哈"的一声苦笑。

5

刘全吃惊地问："主人！您这是憋出毛病了吧，忽地又傻笑什么？"

"你才是傻子呢！"

刘禹锡与刘全虽然是主仆关系，但他从未以老爷自居，却是把他当作兄弟看待，因此他们言语间并没有上下之隔，很是随便。

"那您笑什么？"

"我笑你和夫人昨晚一样的'狗咬吕洞宾'的话儿。"

"啊！主人是啥意思啊？"

刘禹锡见刘全一脸茫然的神情，心想他一定是误解了他的意思，就将昨晚的事儿和盘托出。

昨晚，薛惠见夫君愁眉苦脸的样子，在房间里来回踱步，她心知他是为罢官的事儿而苦恼。

她试探地问："夫君，要不我回娘家一趟。"

"回去干什么？"

"去求大伯在皇帝面前美言几句，让你官复原职。"

"你敢！"

薛惠自嫁到刘府半年来，还没有听到过夫君如雷般地吼过她，她惊恐地问："夫君，这是为何？"

刘禹锡斩钉截铁地说："宁可玉碎，不求瓦全，我宁可在家里憋死，也不要阉党的施舍！"

薛惠一心想为其解忧，又劝说道："夫君，薛盈珍毕竟是我大伯，与妾有着不可分割的血缘关系，妾想，这点面子大伯还是会给的。"

刘禹锡恼羞成怒，气得两手颤抖地指着夫人，怒吼着："你再说！你再说！我就把你……休了。"

"呜呜……"薛惠见夫君说出这样的绝情话，不禁委屈得呜咽了起来。

刘禹锡忙道歉："好了，我的惠儿不哭，我只是气头上的话儿。"

薛惠娇嗔地埋怨道："真是狗咬吕洞宾，不识好人心。"

正当刘全听得如云山雾罩时，卢氏从房间里出来问："禹儿，你有一段时间没有上朝了，出了什么事儿？"

刘禹锡本来不想惊动母亲，怕她老人家担心着急。但老人家的耳朵特别灵便，儿子的一举一动，喜怒哀乐全部装在她心里。

现在不实话实说，反而会使她老人家心里难过。

刘禹锡强装镇定地说："母亲大人，事情的确有点儿不妙，据刘全派人打探消息说，今天早朝皇上就将永贞革新正式定了调子，'以二王、刘柳'为首的革新集团是搅乱朝政的非法组织。王伾被贬为开州（四川开县）司马，王叔文更惨，被贬为渝州（四川巴县）司户，我和子厚兄他们被贬也是迟早的事儿。"

"那韦宰相呢，怎么把他摘出来了，倒把你和子厚绕进去了。"别看卢氏已是古稀之年，不但耳朵好使，而且脑袋瓜子还是那么灵活，她想从中为儿子找出解救的办法来。

"韦执谊出身高门，保他的人很多，特别是他的老丈人杜黄裳起到了关键性的作用。"

第十二章　贬谪之途路漫漫

1

的确如刘禹锡分析的那样，杜黄裳虽然在他女婿当宰相时被提拔为高官，但他是个强硬的保守派，在确立太子李纯的事情上他也是急先锋之一。

韦执谊曾劝说老丈人："您老刚得以晋职，怎么能插手宫廷之事呢？"

杜黄裳老脸一沉，生气地说："我承蒙肃宗、代宗、德宗三朝恩典，难道就凭顺宗将老夫升迁官职就能将我收买吗？"

正因为他这种迂腐、固执的性格，他看不惯顺宗和女婿的革新作为，当了拥立太子李纯的急先锋，从中获得了"户部尚书"头衔的回报。

宪宗碍于他的面子，才使韦执谊暂时脱险。

卢氏听后，浑浊的眼仿佛看到了一丝光亮，她忙说："你姐夫不是提升为吏部尚书了吗，还有外孙权恒不也提拔为四品监察御史了吗，你去找他们向皇上求情，也许还有转机。"

"母亲大人，什么姐夫外甥，如果没有他们父子从中炒烂豆子，也许孩儿还不至于陷入如此困境，他们现在还对我避之不及呢。"

"真是世态炎凉啊！唉！"卢氏叹了口气说，"要是你姐还健在就好了，可怜这孩子得了忧郁症走了。"

"娘，请不要再提这事儿了，要不是权璩这老小子另寻新欢，要不是权恒大逆不道，我姐姐会死吗！孩儿的革新，最终目的是要革除世间不平之事。"

"娘支持你！"卢氏雷厉风行地说，"刘全，快去拿酒哇，让他早点去与子厚商量，我这两个聪明伶俐的儿子，一定会想出解困的办法来。"

"是！老夫人。"

得到了母亲大人的支持，刘禹锡大摇大摆地提着一坛子杏花村酒儿，沿街慢慢走着。一路上，使刘禹锡没有想到的是，往日的街坊邻舍，见到他就亲切地打着招呼，可现在他们像避瘟疫似的躲着他。

好在柳宗元的家并不远，不一会儿就到了。

"梦得，难得你还记得为兄，患难见真情啊！"柳宗元亲自开门迎接。

刘禹锡见偌大的柳府冷冷清清的，好奇地问："子厚兄，嫂子和孩子们呢？"

"唉！人随潮流草随风，世态炎凉啊！孩子们上私塾也受到歧视，他们有何过错？我怕因为我使孩子们心理产生阴影，而影响他们的学习，就安排你嫂子带着孩子们回河东老家了，只留下一个家丁陪伴我就行了。"

"不谈这些烦心的事儿，来，咱哥俩一醉解千愁。"刘禹锡说。

默不作声的沉闷，他们三杯酒下肚，柳宗元终于憋不住了，开口问："梦得，你是醉翁之意不在酒吧？"

"真神面前不说假话，我是为找老兄讨教解困的办法而来。"

"唉！"柳宗元叹了口气说，"人情薄如纸啊，家父生前的老朋友走的走了，还活着的也隐居山野。我不像你这么幸运，有得宠的大岳父，有受宠的姐夫和外甥，更有红得发紫的恩师，何不去求求他们解困，到时也拉为兄一把，别忘了帮为兄纾困哟。"

刘禹锡说："子厚兄，你是知道我的性格，宁可赴死，也不会去找阉党和忘恩负义之徒求助的。"

柳宗元提醒说："你的恩师虽然是个千年狐狸，但人畜一般，都有舐犊之情，你何不去求助于他。"

找恩师求助，刘禹锡不是没有想过。今非昔比，只是现在的政治环境恶劣，他怕自己会影响恩师的官途，这是原因之一，其二是怕见到那狐狸精师母，再纠缠不休，他心有余悸。

刘禹锡说："子厚兄，别说得那么难听好不好。恩师是个重情之人，这条路可以试一试。只是……我们现在成了过街的老鼠，不便亲自登门，最好找一个人代为转呈。"

"这个我早已想好了，就叫我们的学生代劳吧。"

刘禹锡疑惑地忙问："我们几时当过私塾先生？"

柳宗元调侃地说："就是我们牵着牛鼻子，让他坐上孔明的火箭上来的牛僧孺呀，他现在是京兆盐铁转运副使啊。"

"啊，原来是京城的财政副部长，倒可以一试。"刘禹锡说完，就吩咐下人拿来文房四宝，挥笔写下了一首求助诗《秋风引》：

何处秋风至，萧萧送雁群。

朝来入庭树，孤客最先闻。

刘禹锡写完，为了防止节外生枝，被小人借题发挥，反而对恩师不利。所以，他并未署名，反正恩师熟悉他的笔迹。

他将诗笺装入信封，就在信封上写着"转呈杜宰相教正"。

柳府家丁拿着刘禹锡的求助诗信，快步来到京城盐铁转运衙门。

"烦请门卫大人转告，小的有我家主人柳宗元书信，要亲自面呈盐铁副使牛大人。"

"好，你等着，我去请示，得到许可后方能入内。"

门卫小跑着来到牛僧孺的办公室，对正在埋头看卷宗的牛僧孺报告说："牛大人，门外有柳宗元的家丁在门外候着，送信与您。"

牛僧孺听后心想，现在风声这么紧，柳先生这不是拉我陪葬吗？他头也不抬地说："不见！"

"是！"门卫正要离去，猛听一声"回来！"

牛僧孺补充交代说："你给送信的人说，我出差去外地了。"

2

家丁马不停蹄地赶回家，向主人柳宗元如实地汇报了事情经过。

刘禹锡说："子厚兄，看来我们这是病急乱投医啊。"

柳宗元苦笑一声说："何从知道天才少年，竟是个势利小人呢，是韦执谊和我们看走了眼啊！"

"唉！"刘禹锡叹了口气后，建议说，"还是请中书舍人李程李大人转交吧。"

"你与他有交情？"

"交情有一点儿，他是支持我们革新的，为人很正直。"

"那好吧，多个朋友多条路。"

柳府家丁来到李府，通报是替主人送信的。好在世间尚存一丝真情，李程热情地接待了柳府家丁，并对家丁说："请转告刘、柳两位大人，本官一定秘密地将书信转呈给杜宰相。"

杜佑在皇上那儿讨论国事很晚才回家，管家将李程送来的书信给他，他一眼就瞄上了信封字体上的笔迹，就粲然一笑，自言自语地说："你小子很久不知音讯了，今天终于给老夫写信了。"

他拆开信封一看，虽然是一首诗，但他很快读懂了这是爱徒的求助信，他迈着方步来到书房，提笔写下奏折：

臣杜佑跪祝吾皇万寿万万寿：

因罪臣刘禹锡乃臣的弟子，圣人云："成事不说，遂事不谏，既往不咎。"特奏请圣上恩准，将其重收门下任掌书记，臣再教育之。

杜佑舐犊之情天地可鉴，可一个人要是背时起来，喝凉水也塞牙。

杜夫人见老爷从管家手里拿着一封信，满脸含笑地走进书房，就好奇地跟了进去。

别看杜佑现在是一人之下万人之上的宰相，由于是老牛吃嫩草，房事很是费力儿的缘故，逐渐地惧内的病儿就落下了。

夫人李氏上前也不请示，随便地拿起奏折一看，顿时娇颜不见了，像一只母老虎似的，边将奏折撕碎，边骂道：

"你这老鬼，你引狼入室也就罢了，现在狼儿走进了陷阱，大家正在落井下石，你倒好，却要伸手救出这条色狼。"

"梦得啥时候成为色狼了？"杜佑惊讶地问。

李氏见勾引刘禹锡不成，心怀怨恨，趁这个时候落井下石，倒打一耙说：

"你这老鬼，你没发现你养的一条色狼好久没来了。那是前段时间他趁你不在，见老娘貌美，欲行不轨，被老娘义正词严地骂滚了。"

杜佑不相信地说："梦得不是那种下作之人。"

"你个老鬼看看，这是那天色狼欲拥抱我时，我乘机从他脖子上摘下来的罪证。"

杜佑接过玉佩一看，正是他常看见刘禹锡脖子上挂的那块玉佩，他将信将疑。

原来刘氏勾引刘禹锡那天，她故意倒在他的怀里，乘他不备，摘下了他胸前韦莺给他的定情玉佩，想以此物要挟他就范，哪知这小子从此未进杜府大门。

刘禹锡那天记挂着柳宗元、韩泰要来家中做客，就匆忙回到家里，三个兄弟海喝一番，没留意玉佩的事儿。第二天早起才发现，一直挂在脖子上的玉佩不见了，他暗自寻找了几日未果，还以为是不小心弄丢了呢，心中后悔不已。

刘禹锡万万没有想到，武元衡和窦群要乘机落井下石，欲置他和柳宗元于死地而后快。

武元衡深知杜佑怕老婆，就走起了夫人路线，用重金买通了李氏。他们相互勾结，狼狈为奸，就对刘禹锡打了一记重重的闷棍。

刘禹锡更没有料到，初恋情人送给他的定情信物，却成了一块不祥之物，不但不能逢凶化吉，反而使他跌下万丈深渊。

今天文武百官早朝，宪宗开门见山地说："各位臣工，今天就讨论怎样将韦执谊、刘禹锡等人发落。"

宰相杜佑早有心理准备，作为宰相，他应该在人事任免权上首先发表意见。

杜佑手捧象牙笏板，上前奏说："吾皇万寿，万万寿，圣上英明，华夏逢春，现在有广东连州、湖南邵州、江西抚州、安徽池州、广东崖州等地刺史空缺，为了惩处扰乱朝政的罪臣们，下官建议，将韦执谊贬谪琼州、刘禹锡贬谪连州、柳宗元贬谪邵州、韩泰贬谪抚州、韩华贬谪池州、陈谏贬谪台州、凌准贬谪幽州、程异贬谪郴州任刺史，以观后效，如表现良好再考虑调回京都任用。"

杜佑话音未落，以杜黄裳、崔郱为首的有百分之八十以上的文武大臣先后站出来表态说："附议！"就连权璩父子也见风使舵，站出来附议。

武元衡、窦群等人恨得牙痒痒，但众怒难犯，只得向俱文珍、薛盈珍投去求助的眼神。

俱文珍迎着他俩的目光摇了摇头，意思是告诉他们留得青山在，不怕没柴烧，他们搞明的，我们来阴的，皇上是支持我们的。

看来俱文珍是宪宗肚里的蛔虫，此刻宪宗的脸色阴沉着。好你个杜佑，你这是菜刀切豆腐两面光，既不得罪革新派，也对保守派有了一个交代，却让孤家很是难堪。

罢了，罢了，孤家在众位大臣面前给面子于你，此事再从长计议。

宪宗想到这里，用手一挥。值日太监心领神会，用他那特有的娘娘腔呼道："退朝！"

刘禹锡被贬到广东连州任刺史，虽然心里不服，但自我安慰地想：韦执谊宰相、两个王大人，官衔比我高而处分比我重啊。

接到被贬圣旨后，他原计划让刘全带着全家老小回洛阳老家居住，自个儿远行千里赴任。他是担心老娘在北方生活习惯了，身体适应不了南方的饮食和燥热的气候。

卢氏知道儿子的计划后，连连反对，她直截了当地说："我和刘全回老家，让惠儿带着小秀英跟着你，一是你的生活起居有人照应，二是要着重考虑为咱刘家承接香火的大事儿了。"

3

薛惠听后，脸色羞得通红，娇羞地对婆婆说："母亲，我有了……"

"好啊，好啊。"七十岁的卢氏，听到从儿媳口中得到的口信，竟然像个孩子似的，手舞足蹈地对儿子说："梦得，快与你娘子号号脉，看是个男孩还是女孩。"

刘禹锡的脸色一直被愁云笼罩着，此刻听见夫人说她怀孕了，仿佛从一片乌云中看到了日出，顿时眉开眼笑，连忙拿出脉枕，当着众家人的面，就在客厅里帮夫人切脉。

夫人的脉象沉稳有力，刘禹锡高兴地对母亲说："母亲，您终于有孙子了。"

已是半大姑娘的小秀英，一直倚坐在父母之间，好奇地看着父亲用手指压着母亲手动脉的神态，猛见父亲喜盈盈的脸儿。她连连拍着玉手说："好啊，好啊，我有弟弟陪着读书了。"

卢氏一听，本来因年纪大了眼皮显得臃肿而遮住的双眼儿，喜笑得合成了一条缝儿。

她又改变主意说："不行，老娘要跟着你们，我要第一时间看到我孙儿出生。"

刘禹锡无奈地对母亲说："母亲您可想好啊，南方的饮食和气候可与北方是有区别的，哈哈，连州可没有您爱吃的胡辣汤哈。"

薛惠说："母亲，别听他的，媳妇做给您吃。"

小秀英忙说："奶奶，我也会做。"

四比三，刘禹锡只好保留意见。他令刘全回洛阳照看老家，辞退家中所有下人，只留下丫鬟柳儿照顾老母，一家子乘上官府的专用马车，一路颠簸，直赴广东连州。

从京城长安出发到达广东连州的路程十分遥远，须横跨陕西、河南、湖北、湖南、广东五省，有六千余里的路程，官道是水陆交替而行。

刚踏上征程，大家一路领略华夏大地旖旎风光时，还是有说有笑。但经过一路颠簸，月余到达湖北荆州江陵地界时，一家子就像一辆破旧的马车，遇上凹凸不平的山路，散了架儿，东倒西歪，就连一向活泼的小秀英也沉默不语了，在马车上昏昏欲睡。

刘禹锡可睡不着，刚在路上又接到圣旨，他们革新派的十个核心人物，又被从重发落。

王叔文被赐死，可怜一代革新领袖，圣命难违，以一条白绫结束了自己的生命。王伾虽然保住了性命，却被没收了全部家产，就地免职为司户，一向视财如命的他晚年却成为穷光蛋，造化弄人啊！

韦执谊被贬为广东崖州司马，刘禹锡改贬为湖南郎州司马，柳宗元改贬为湖南永州司马，韩泰改贬为江西虔州司马，韩晔改贬为江西饶州司马，凌准、程异、陈谏三人就地贬为司马，八人永不录用。

这就是大唐著名的"八司马"事件。所谓著名，一是朝廷朝令夕改，八位刺史尚未到任就被免职，官场如儿戏。二是通过永贞革新事件告诉官吏们，因循守旧与革故鼎新这两条板凳，还是因循守旧稳固。

刘禹锡心如明镜，这又是阉党勾结保守派在残酷迫害他们。他心事重重地望着马车窗外一片荒凉的景象，怀古之情油然而生。

江陵在春秋战国时期是楚国的郢都，梁元帝萧绎也定都于此。然而，这都是历史的陈年旧事。

刘禹锡面对南国山川，缅怀历史往事，回味现实残酷的官场斗争，不禁感慨万分，挥毫写下了《荆门道怀古》一诗：

> 南国山川旧帝畿，宋台梁馆尚依稀。
> 马嘶古树行人歇，麦秀空城泽雉飞。
> 风吹落叶填宫井，火入荒陵化宝衣。
> 徒使词臣庾开府，咸阳终日苦思归。

这首诗的首联把江山易主，古都破败的景象勾勒出来了。

他笔底的景色不是山川相映、楼阁玲珑，而是"宋台梁馆"的遗迹依稀可辨。这不是秀丽，而是萧条，让人回味。

接着，诗的颔联和颈联是以"空城""宫井""荒陵""宝衣"等静物融入寒风摇曳的古树，嘶鸣不已的烈马，刚刚歇息的行人和乱飞的泽雉，以静制动，动静协调，相得益彰，使诗篇增添了凄凉景象和肃杀的气氛。

最后的尾联告诉人们，楚词人庾信枉费了思归之心，旧帝畿已经破败不堪，没有什么可留恋的，一语双关。

诗中，他不仅表达了对几个朝代灭亡的惋惜，更表达了自己政治革新的抱负不得施展的悲愤，以及对唐王朝岌岌可危政治局势的忧虑并暗示着：我大唐如不认真改革弊政，也会重蹈楚国及南朝四代，特别是梁元帝的覆辙。

现在不是广东连州刺史了，一脑子怎样治理连州，使百姓能安居乐业，富裕康庄的计划又如昙花一现。现在是郎州司马，虽为副刺史官衔，却是虚职，没有自己当家的权力和作为。

一家子一路上日行夜宿，早已疲惫不堪。反正路途已经不远了，不如带着家人到荆州驿栈歇息几天，让老母、孕妻、爱女领略一下江南风光，调整一下身体再行也不迟。

主意已定，车夫根据主人的意思，日落黄昏之前就来到荆州官方驿栈。

按照大唐律法制度规定，朝廷各级官员到达官方驿栈后，该驿栈要按官衔大小而进行接待。

4

山高皇帝远，有权不用过期作废。荆州驿栈丁驿使官衔只有八品，可胆子却是了得，他早就在最高规格的雅厅，为刘禹锡一家子准备了接风宴。

丁驿使是知道永贞革新的，他是拥护者，更佩服刘禹锡大公无私的精神。

因此，他安排好刘禹锡家人的食宿后。就对刘禹锡说："刘大人，下官略备有接风宴，敬请您参加。"

这是什么话儿，我一人去赴宴，我老娘还在呢。

"谢谢，我还是陪老娘用餐为好。"

显然，刘禹锡是误会了丁驿使的美意，他谄笑着解释说："刘大人，下官本意是高规格招待你们一家，只是刚才来了一位朝廷高官，本驿栈太简陋了，只有一个雅间。"

"那不更好吗，就让给那位高官。再说了，本官已经贬为司马，无权享受雅间啊。"

丁驿使还是一脸谄笑说："下官向那位高官解释说，是您先来的，但您职位比刘大人高，下官只好去做刘大人的工作。哪知这位大人听说您来了，高兴地说：'快请刘大人一起用餐！'这不，只好请您一人赴宴。不过请刘大人放心，下官一定会招待好刘老夫人和您家人。"

"那位官人是谁？"刘禹锡问。

"是四品监察御史韩愈，韩大人。"

"是他，那本官就去陪陪他。"刘禹锡一听说是他，就爽快地应许了。

刘禹锡原来与韩愈同是监察衙门幕僚，两人虽并无深交，刘禹锡是佩服他的才华和他为人正直的性格。但韩愈一直认为他在德宗执政期间被贬到阳山，是柳宗元和刘禹锡他们搞的鬼。因此，两人之间就产生了隔阂，一直不相往来。

酒逢知己千杯少，话不投机半句多。看来刘禹锡和韩愈千里相逢是缘分未尽，在推杯换盏中，刘禹锡这才知道，韩愈也是拥护和同情永贞革新的。

韩愈直言相告说："梦得兄，我俩的隔阂是从我被贬阳山开始的，通过我深入了解，诬陷我的人是王叔文和王伾两人，你和子厚并不知情，是我误会你了。"

说着，韩愈端起一杯酒敬道："梦得兄，这杯酒是我的赔礼酒，我先干为敬。"

刘禹锡也喝干了杯中酒说："所以退之兄（韩愈字）为了报复王叔文，罗列了他四条罪状来弹劾他。"

韩愈尴尬地笑了笑说："也不完全是。你也知道，宪宗皇帝是要每一位臣子表态痛批永贞革新，我借故罗列王叔文一人是拿着鸡毛当令箭，加以迫害老臣的四条罪状。但说实话，从我内心里也和全国百姓一样是拥护和同情你们的。"

"嘘"刘禹锡真诚地说："退之兄，小点声，谨防隔墙有耳，我可不愿你老兄步我的后尘。"

"谢谢！"韩愈轻声说，"我们大唐的根基被那些贪官污吏和宦官专权已经蛀得岌岌可危，但愿宪宗是个明君，能分辨是非，力挽狂澜，稳固基础。"

话说到这个份上了，刘禹锡也不藏着掖着了，就将新作《荆门道怀古》一诗吟了出来。

韩愈佩服地说："难得梦得兄在如此逆境中，还在忧国忧民。"于是，韩愈也吟了一首他在被贬时的诗作《左迁至蓝关示侄孙湘》：

一封朝奏九重天，夕贬潮州路八千。

欲为圣明除弊事，肯将衰朽惜残年！

云横秦岭家何在，雪拥蓝关马不前。

知汝远来应有意，好收吾骨瘴江边。

两人志向相投，都是文人骚客，且命运如此相似。只不过韩愈现在是峰回路转，如鱼得水，而刘禹锡则是落难的凤凰不如鸡。

韩愈根据自己的经验和见解，与他边饮酒，边彻夜长谈。

韩愈最后同情地说："梦得兄，你是杜宰相的得意门生，何不修书向他求助。"

刘禹锡无可奈何地说："退之兄，我何曾不想，不怕你笑话，我在京时曾写过一封求助信转交他老人家，却石沉大海。如今这样了，怎好意思再写呢？"

韩愈劝说道："也许是传信之人没有送到他手中呢。这样，你详细写一封你目前的遭遇、困境和报国志向，不用诗体而用文体直白，我亲自转交给杜宰相。"

"如此甚好，谢过退之兄。"

韩愈进一步打气说："你和家人先到郎州安顿再说，我就不信杜宰相不护犊子，铁人一个。"

刘禹锡闻此话语，就像一个溺水者抓到了一根救命稻草，决定到郎州后，就写一封长信向恩师一诉衷肠。

与韩愈在荆州分别后，刘禹锡一家子就启程，很快到达湖南郎州安顿了下来。

转眼到达郎州已经有大半年了，虽然郎州刺史吴用不待见刘禹锡，他倒也落得个清闲自在。

好就好在有好友柳宗元、白居易、元稹、李程等诗友们的来信安慰和新作切磋，他倒也不怎么显得寂寞。

新年刚过，刘禹锡一家迎来了一个天大的喜事，夫人为刘家生下了一个胖乎乎的小子。

5

转眼间儿子满月了，按老家洛阳规矩，小孩满月要像江南九朝宴一样，为儿子办满月宴。

初来乍到，并无亲朋前来祝贺，一切从简，但为孩子取名这一重大议程是不能从简的。刘禹锡在一家五口人的庆宴上，郑重地跟儿子起名咸允，字信臣。

十岁大的姐姐刘秀英似懂非懂地问他："父亲大人，你赐名弟弟咸允，这个名字有什么讲究吗？"

刘禹锡慈爱地抚摸她的秀发说："咸允也，终领首运，受人尊敬，享不尽的富贵荣华也。信臣，乃今后做一个百姓相信，圣上信任的大臣。"

刘秀英翘着小嘴说："父亲大人偏心，跟我起了一个俗气的秀英，只有名而没有字，却给弟弟起了一个寓意深刻的好名字，典型的重男轻女。"

刘禹锡露出尴尬之色，女儿点到他的短板了。

刘秀英说着跑向正逗着弟弟的奶奶说："奶奶，我不叫秀英了，多么俗气。"

卢氏两眼本来笑逗着孙子合成了一条缝儿，此时见孙女如此灵秀，更加高兴。

"小咸允，快问姐姐想要什么字啊。"

薛惠笑着说："娘，看把您乐的，咸允还小呢。我看女儿聪明伶俐，一张快嘴儿就是不饶人，人又长得漂亮，像是个小仙女下凡，就定字为仙姑吧。"

"好哇，好哇，姑姑从小就叫我小仙女，我从此就叫刘仙姑。"

刘禹锡见一家其乐融融，心里不禁暗笑，夫人还是书读少了，这么娇惯着女儿，自从盘古开天地以来，就没有女儿家的有字的。

一家子就这样平静地开始了漫长的贬谪生活。

这天，一个下人神色慌张地跑进客厅，上气不接下气地说："刘大人，您心爱的枣红马突然死了。"

"啊!"刘禹锡顿时惊愕,心酸的眼泪不禁在眼眶打着转儿,这是一个不祥之兆啊。

这匹枣红马伴随着刘禹锡进京赶考,驰骋疆场,又一路从长安来到郎州,有十余年时间,主畜颇有情分。

马是通人性的,枣红马躺在马厩里临死都不愿意闭眼,它见到主人来了,这才合上了双眼。

刘禹锡命下人在沅江龙泉的支流一块高地上,将枣红马埋葬。

待下人们将马儿下葬后,他将临时而作的《吊马文》在马的坟前,开始深沉地悼念。

下人们听见刘禹锡的悼文,不禁为马儿和主人相同的命运而悲悯,纷纷流下了同情的眼泪。

刚悼念完枣红马,一群人字形大雁从天空掠过,发出无奈迁徙的鸣叫。他触景生情,不禁重吟《秋风引》。

平静的生活只是表面现象,从《吊马文》和《秋风引》中不难看出,刘禹锡想重上朝廷政治舞台的愿望,初心不改。

可是,坏消息却不断传来:顺宗皇帝驾崩,宪宗即位,大赦天下,而八司马不在大赦之列。王叔文被宪宗赐死,王伾在家里病死。而好友柳宗元来信说,他到崇山峻岭的永州后,由于水土不服,患上了一种怪病,痛苦不堪。

刘禹锡坐不住了,却又毫无办法,只有借酒消愁。

"抽刀断水水更流,举杯消愁愁更愁。"刘禹锡真正体会到李白这句名诗的含义。

刘禹锡想起了韩愈在荆州驿栈的彻夜长谈,不禁沉心一动,李白能斗酒诗百篇,我刘禹锡何不借酒壮胆,借古讽今,发出自己的愤懑和无奈呢?

夫人薛氏见夫君不再饮酒了,却回到书房在案桌上奋笔疾书。她贤惠地端上一杯醒酒的茶水,悄然地放在他的手边,默不作声地站立一旁,为他研墨。

第十三章　桃花源水淌芳香

1

夫人薛惠，在一旁帮助丈夫研墨，用眼一扫，原来是夫君与他恩师写的《上杜司徒书》，她默默地读着：

月日，故吏守朗州司马员外置同正员刘某，谨斋沐致诚，命仆夫持书，敢献于司徒相公阁下：昔称韩非善著书，而《说难》《孤愤》尤为激切。故司马子长深悲之，为著于篇，显白其事。夫以非之书，可谓善言人情，使逢时遇合之士观之，固无以异于它书矣。而独深悲之者，岂非遭罹世故，益感其言之至邪！

……获其所矣，而一旦如不得终焉者，君子悲之。世人之悲，悲其不遇，无成而亏，故其感也近；君子之悲，悲其不幸，既得而丧，故其感也深。其悲则同，其所以为悲则异。若小人者，其不幸欤！

写到这里，刘禹锡端起案台上的茶水，猛地灌一口，一饮而尽后，调整了一下自己的情绪，继续写道：

间者昧于藩身，推致危地。始以飞谤生衅，终成公议抵刑。旬朔之间，再投裔土。外黩相公知人之鉴，内贻慈亲非疾之忧。常恐恩义两乖，家国同负。寒心销志，以生为惭。虽欲沥血以自明，吁天以自诉，适足来众多之诮，岂复有特达见知者耶？遂用诅盟于心，不获自白。以内咎为弭谤之具，以吞声为窒隙之媒，庶乎日月至焉，而是非乃辨。

……

一气呵成，夫人和刘禹锡二人已是泪流满面。最后，二人拭去眼泪，刘禹锡提笔写下最后几个字：

伏纸流涕，不知所云。禹锡惶悚再拜。

2

宰相杜佑读着刘禹锡的万言求助信后，老泪纵横。心想，梦得不但文学出类拔萃，思想超群脱俗，他不仅仅是老夫的得意门生，更是朝廷的栋梁之材。此人不用，乃是朝廷的损失。由于老夫的无能，却使得意门生含垢忍辱这么久了，是时候该拉他一把了。

杜佑一改老狐狸的常态，直接上奏折给宪宗皇帝，列举大量事实，陈述了刘禹锡的聪明才智和他以前为朝廷所作的贡献，特别是在杜军里刘禹锡是他的高参。如果起用他，他能更忠心地为朝廷出谋划策，为国富民强，他能起到非凡的作用。

杜宰相并以身家性命作保，力举皇上重新起用他，避免与朝廷造成人才损失。

宪宗在审阅奏折中，为杜佑的精神感动。他作为三朝元老，虽然为人处世上非常圆滑，但对朝廷却是忠心耿耿。为了举荐人才，他能举贤不避亲，实属难得。

正当宪宗准备拿起朱笔，在奏折上批示"准奏"时，俱文珍和薛盈珍两个宦官不请而入。

宪宗此时还得倚仗这两位宦官维持大局，于是将杜佑的奏折递给俱文珍，征求他的意见。俱文珍见是杜佑举荐刘禹锡，忙进言反对说："吾皇英明，杜宰相老眼昏花，刘禹锡是一只搅乱朝纲的猛虎，决不能放虎归山。否则，朝廷刚刚稳定下来的局面，又会被他搅得一团糟。"

薛盈珍也附和着说："是呀，皇上圣明，刘禹锡就是一条毒蛇啊！"

"两位爱卿，你们一个说虎，一个说蛇，倒把孤家搞昏了头脑。刘禹锡到底是蛇还是虎？"

薛盈珍抢着恶狠狠地说："是蛇，臣见他三十有二，还是一个单身汉，就好意将侄女下嫁给他。他不存感恩之心不说，还时时处处与臣作对。皇上圣明，他是一条毒蛇不错吧？"

"像，像一条毒蛇。"宪宗转而问，"俱爱卿，你说他是一条恶虎，这是何意？"

俱文珍说："郎州刺史吴用上奏说：'沅江今年遇到了百年不遇的大洪水，水漫金山，沅江堤防四处决口，致使生灵被洪水围困，尸横遍野，一片哀号……"

宪宗皇帝倒也圣明，没有等俱文珍讲完，就打断他的话说："快下旨，让吴用和刘禹锡抗洪救灾呀！"

"皇上，事过境迁，哪里还来得及呀，就连半山腰的郎州衙门也被水淹，吴用早已逃到京城避灾来了。"

"吴用之人，就地免职，下旨令宇文宿去担任郎州刺史，率领郎州百姓，抗洪救灾。"

俱文珍应承说："是！吾皇英明，乃郎州百姓之福。"

宪宗忽然想起来，他们扯野棉花了，不高兴地问："俱爱卿，你还未说明刘禹锡为什么是虎呢？"

"吾皇英明，臣正要往下讲呢。吴用抗洪不力，倒讲出了一个僧人拯救生灵的故事，很有借鉴意义。"

"啊！说来听一听！"宪宗见有故事，就来了精神。

沅州发大水，四处村寨都被洪水包围，生灵在水中垂死挣扎。乾明寺住持和尚鸿举见此惨状，忙带领几个小沙弥乘船去救生灵。

不论人畜，只要是活的，他们都往船上救之。到了傍晚，他们救出的生灵不计其数。眼见天就要黑下来了，他们还在坚持。

这时，小船上就有男女童叟三十余人，猪、狗、牛、羊、鸡、鸭等不计其数。眼见船儿装不下了，他们这才返航回到山上去。

这时，激流中，一只斑额大虎被洪水冲到他们的船边，可怜巴巴地望着他们。一小沙弥心善正欲救之，却被鸿举喝令阻止。

小沙弥不解地问："师父，您不是时常教育弟子们，出家人要以慈悲为怀，老虎也是一条活生生的生命，为何不救。"

鸿举双手合十念道："阿弥陀佛，害人之虫，必有它的可恨之处。此虎别看它一副可怜样儿，你应该从它的腹中外观看出，其肚深凹，想必在水中挣扎多时，腹内空空如也；再看从它那近似可怜的眼神中透露出了一丝丝凶光。你若把它救起，这一船生灵又要遭受涂炭，孰轻孰重，你可要擦亮眼睛啊！"

"啊！"宪宗恍然大悟地说，"爱卿是说，虎是改不了吃人的本性，刘禹锡就是一只饿虎，今个儿孤家救了他，待他养精蓄锐后，定会反咬孤家一口。"

"是的，吾皇英明！"

"那就让他在郎州待下去吧，自生自灭。"

"不，吾皇英明！还要让宇文宿，着个劲儿地，好好地调教调教他，磨灭他的锐气，使他虎落平阳被犬欺。"

宦官误国，就是俱文珍和薛盈珍两位宦官的谗言，又使得刘禹锡错过了一次进京入朝的机会。

正当刘禹锡沮丧着去信杜宰相而石沉大海时，他收到了好友元稹寄来的一个竹鞭和一封信。

他拆信一看，不禁拍案而起："宦官横行，宦官误国兮！"

3

刘禹锡为何发怒拍案而起呢？原来事情是这样的。

这天，年轻的官员元稹骑马缓缓行走在东都通往长安的官道上。他一路忧心忡忡，并不希望那么快达到长安。他此时赶赴长安，却是去接受宪宗皇帝对他的处分。

这几年，元稹的诗作名气能与白居易、柳宗元和刘禹锡他们齐名。他的"曾经沧海难为水，除却巫山不是云"等佳句已经在官场和民间口口相传。只不过，元稹名气虽然大了，但仕途却不是很顺利。

主要原因还是与他的性格有关系。元稹出身门第低微，父亲早逝，是在舅舅们的帮扶下，才使他完成学业，并考中进士。在没有成名做官之前，他深刻了解到社会底层的疾苦，心中自然涌动着效法先贤、改变世界的浩然正气。

在他任左拾遗、监察御史之职时，针砭时弊、劝谏皇帝、弹劾不法官员，尽显他认真负责的精神。

然而，年轻气盛的他哪里知道，大唐已经不是最美好的太宗时代，太宗虚心纳谏的精神，现在是被朝廷以虎皮作大旗，摆摆样子儿罢了。

因此，元稹非但没有得到宪宗皇帝的赏识，反而引起了以武元衡等人的不满，将他下放到东都任职。

虽然职务没有改变，但东都洛阳却是远离了皇帝所在的长安，朝廷的意思很明显，就是不想让他像个鹦鹉似的，多嘴多舌。

然而，自以为是的元稹并没有吸取长安的教训，工作环境变了，但他不忘自己的本职工作。

他查实了洛阳尹房式的不法之事，就上奏折给皇上要求弹劾他。房式为官虽然没有什么政绩，但他却是开国重臣房玄龄的后人。官官相护，其势力盘根错节。

自然而然，元稹不但没有弹劾动房式，他却接到宪宗训斥的圣旨，并处以罚没一年的年薪。

这一次元稹从洛阳返京，就是回到朝廷办理罚薪手续的。一年就这么白干了，家有老母，四个夫人，八个孩子和五个家佣，一大家子还靠着他的薪金生活呢。唉！又得找权恒借钱过日子了。

这天，日落黄昏，元稹就来到华州敷水驿栈，选择了最后一间上房，闷闷不乐地关门休息。

正当他刚刚准备就寝时，突然有人敲门，是敷水驿使，他吞吞吐吐地说："元大人，能不能将上房让出来，有位大官看上了这间。"

驿栈的房间有好有坏，有上房、中房、下房三种。按照大唐的规矩，上房先到先得，但如果是官职低的确实应该让给官职高的。

元稹不屑一顾地问："来者担任何职？"

204

驿栈官员赶紧恭敬地回答："是监军仇士良大人。"

听到这句话，元稹脸上露出不悦的神色，他怒斥说："都是朝廷命官，我是御史，他是监军，职位一样，为什么我要让他？"

元稹熟悉仇士良这个人，他是宫内的宦官，他本身就对宦官们狐假虎威的做派非常鄙夷。

还没等驿栈官员回答，旁边冲出一个人指着元稹痛骂："你这个小辈不识体统，还不快将房间让给本官。"

见此人正是仇士良，元稹"哼"的一声冷笑，便准备转身关门。

人一背时喝凉水也塞牙，他哪里知道，仇士良旁边又闪出一个叫作刘士元的宦官。他拿起马鞭，二话不说，直接抽打元稹。

可怜白面书生元稹，怎能禁得起这样的殴打。他跌跌撞撞冲出房间，连行李都不要了，跑到马厩，带着一身伤痕骑马往长安奔去。

这事情说出去很丢脸，但元稹也顾不了这么多了，心高气傲的他哪里能忍受这样的屈辱，他回到长安就向宪宗皇帝告状。

大唐经过多年的风霜雨雪，宪宗皇帝认识到，藩镇们靠不住，宰相们靠不住，读书人靠不住，还是宫内的宦官最亲密。

因此，唐宪宗明显拉偏架，偏袒仇士良等人，不仅不处罚刘士元，反以"少年后辈，务作威福"为罪名，将元稹贬到江陵府当士曹参军。

这件事使朝廷一些正直官员震惊，以白居易为首等官员谏书上奏，力保元稹，也无济于事。

刘禹锡对元稹的遭遇非常同情，他揉了揉他那因一遇阴雨天就隐隐作痛的老寒腿，这是那年冬天为救小元稹溺水而落下的病根。如今的元稹已经是名噪华夏的诗人，而且是个刚正不阿的官员。

为了回馈元稹的竹鞭礼物，他回赠了他保存多年的一块御文石枕，以示安慰和鼓励。他还作了一首《赠元九侍御文石枕以诗奖之》：

文章似锦气如虹，宜荐华簪绿殿中。
纵使凉飙生旦夕，犹堪拂拭愈头风。

元稹收到刘禹锡的礼物后，心里非常高兴，这才是过命的兄弟，在我仕途最黑暗时，他是困中送枕来安慰我，于是，他提笔回赠一首《刘二十八以文石枕见赠，仍题绝句，以将厚意，因持壁州鞭酬谢，兼广为四韵》：

> 枕截文琼珠缀篇，野人酬赠壁州鞭。
> 用长时节君须策，泥醉风云我要眠。
> 歌昳彩霞临药灶，执陪仙仗引炉烟。
> 张骞却上知何日，随会归期在此年。

4

刘禹锡与元稹的友谊天地可鉴，无须细叙，却说郎州新调来的刺史宇文宿。

宇文宿是临危受命，前来郎州抗洪救灾。他临行前往宰相府去拜访了杜佑。虽然名义上是向他老人家求索治水之方略，但其主要目的是得到朝廷的资金支持。

郎州本为下州，杜佑破天荒地承诺，按朝廷上州赈灾之规定拨赈灾款给郎州。

临辞别前，杜佑语重心长地对他说："宇刺史，抗洪救灾的赈灾资金只是治标而不能治本，要彻底根除沅江洪水之害，必须调动郎州百姓的积极性和充分发挥他们的聪明才智，人才自在民间，我相信你上任后，能拿出根治沅江的水患方案并付诸实施，造福郎州百姓。"

随着，杜佑从案台上拿出一封信，递给他说："烦请将这封书信转交给刘司马。"

"是！"宇文宿双手接过信封，告辞宰相府后，心想：难怪官场上流传他是只狡猾的老狐狸，他要我带信给刘禹锡，这不是此地无银三百两吗？

杜佑隐晦地说出了自己的心里话，既能帮助刘禹锡，又防止了小人在圣上面前嚼舌根儿。

官场上没有永久的朋友，也不会有永久的敌人，只有永久的利益，这是为官之道。

像宇文宿这样猴精儿的，官场上并不少见，结合杜佑老人家临别赠言，他顿时明白，宰相的意思是要自己善待罪臣、他的得意门生刘禹锡，并要团结刘禹锡共同治理郎州。

宇文宿上任的第二天，一直闲居在家里的刘禹锡就接到通知，去州府衙门商讨抗洪救灾之事。

其实，刘禹锡看到郎州百姓深受洪灾之苦，心里难受而又无能为力，为此感到沮丧。

但他深知秦国蜀郡太守李冰治水"深淘滩、低作堰"的名言和经验，郎州的地形地貌与蜀地平原相似，何不进行实地考察，改造出造福子孙的第二个都江堰呢。

刘禹锡将他的想法，在州邑官员参加的会议上，大胆地提了出来，立即得到刺史宇大人的同意。

宇文宿说："刘司马的这一建议很好，本官决定，现在由刘司马担任勘察沅江源头的负责人，带领水利专家勘察完沅江水系后，制订出治理沅江水患的规划，本官奏请皇上恩准后再付诸实施。"

刘禹锡调侃地说："刺史大人，上奏计划切莫带上刘禹锡之名。否则，计划难以批准，那刘禹锡就成了郎州百姓的罪人。"

宇文宿笑了笑说："这个本官知道，你就当个无名英雄吧。"

说完后，他将一封信递给他，开玩笑地说："刘司马，这是杜宰相给你的慰问信。"

刘禹锡接过信后，顿时明白，我坐了两年多的冷板凳，恩师心知肚明。不用说眼前的宇刺史是个心存魏阙，值得信任和结交的好官。不然，恩师是不会将他们的私信委托他带给我的。

刘禹锡心情舒畅，马上就要带队进南岭山脉考察沅江源。据说南岭还是片原始森林，人烟稀少，野兽经常出没。为了安全起见，他望着墙上挂着，曾伴随他征战平叛疆场的宝刀，自言自语地说："老伙计，我们又要一起出征了。"

说着，刘禹锡取下宝刀，习惯动作轻而抽刀，它还不出鞘呢！他猛力一抽，宝刀是出鞘了，可是锈迹斑斑。

他紧盯着宝刀，苦笑一声说："老伙计，主人未老你倒先老了。"

刘禹锡拿着宝刀，就往院子里一块磨刀石走去，他磨了一会儿，宝刀就锃亮了。他望着闪闪发光的宝刀，一篇《砥石赋》并序从脑海浮现：

南方气泄而雨淫，地曀而伤物。媪神噎湿，渝色坏味。虽金之坚，亦失恒性。始余有佩刀甚良，至是涩不可拔，剖其室乃出。溯阳眇视，傅刃蒙脊，鳞然如痀痮，如黑子，如青蝇之恶。

……

5

官场就是这样，人随潮流草随风。

在吴用任刺史期间，大家像避瘟疫似的避开刘禹锡。现在可不一样了，当地官吏和名人雅士见新刺史如此亲热地对待他，纷纷上门问安和切磋请教诗文。

因为当年吴用不许他住官邸，刘禹锡就把家安在城东安济门右边招屈亭旁的鼓楼附近。这地方虽然离州府较远，但景色格外优美。屋子的后面是枫树林荫，左右两侧均有一大片柑橘林，一到秋天枫叶红似火，橘黄似仙桃；沅江水儿在屋前静静流淌，生生不息。

这天，诗僧鸿举、崔锐带着顾象和几个当地名流雅士来拜访刘禹锡。刘禹锡见他们个个肩上还背着一个大包袱，就知道醉翁之意不在酒。

刘禹锡问："鸿举师父，你们这是要结伴旅行啊？"

"跟大诗豪打交道就是爽朗，我们久读东晋诗人陶渊明的《桃花源记》和《桃花源诗》诗作，对桃源胜景向往已久，但却不识庐山真面目。这不，听说刘大人要带队勘测沅江源头，就想来沾沾大人的文气，抒发各自情怀。"

"啊，原来是这样的！"

刘禹锡久闻桃花源如仙境一般，这次终于可以一睹其自然旖旎风光，他们是当地文人骚客，是来沾光的，哪有不带之理。

"那好吧。"刘禹锡同意了，带着玩笑说，"你们要紧跟着我们大队伍。听说深山里民风彪悍，盛行抢亲，你们这些文人雅士正是山里妹子猎取的对象，莫被他们抢去做了压寨丈夫啊。"

鸿举闻言，狠狠地瞪了他一眼。

"哈哈哈！"鸿举的这一白眼逗得众雅士哄然大笑，崔锐心想，原来刘大文豪是这么诙谐风趣之人。

沅江上游就是桃花源，也称武陵源。时值秋初，天高气爽。刘禹锡一行乘坐一艘帆船，只见船夫扯满白帆，溯江而上，很快将郎州城抛向了身后。

晌午，帆船徐徐向西航行，远处深山中，时时有冲天的浓烟升起。此时，崔锐饥肠辘辘，他指了指升起浓烟的地方说："刘大人，前面不远处一定有农家，我们去农家买些果腹的食物再行如何？"

刘禹锡爽朗地笑着解释说："我的李大才子，那不是炊烟。"

"那是什么？"崔锐好奇地问。

"那是山里瑶族百姓刀耕火种地生产中首要的一环——烧山。他们将杂栎和野草燃尽，草木灰肥土翻地，然后再播下玉米种子。"

崔锐由衷地佩服说："刘大人懂得真多。"

鸿举介绍说："刘大人是个多面手，他的思想鹤立鸡群，文章激流三江，天论通达四海，医术妙手回春。"

他介绍完刘禹锡，转而怒怼崔锐说："哪像你，读书被牛屁眼吸收了，将小麦认成了韭菜。"

"哈哈……"一船人哄然大笑，直羞得崔锐脸色通红。

"好了，好了。"刘禹锡见状，扯开话题对随行的伙夫说，"快做饭，大伙儿的腹中都闹意见了。"

众人吃罢午饭，刘禹锡令船夫将船停在一水边集市。

他对水利专家们说："我们这些夫子对水文知识都是门外汉，不能成为你们的累赘，你们沿途步行勘察。本官还是那么一句话：'深淘滩、低作堰。'本官相信你们，会根据武陵源水系的实际情况，制订出何处建立水库和堰坝的规划来。"

刘禹锡特别强调说："你们是郎州的宝贝，沿途要将安全放在首位，宁可勘察缓慢进行，也要保证你们完好无缺地回到郎州。"

疑人不用用人不疑是刘禹锡的做派。实际上他是要和才子们一起去桃花源采风，这也是宇文宿临行前交给他的又一任务。

随后专家们各忙各的去了，他高兴地对鸿举他们说："现在好了，我们几位骚客可自由踏歌而行了。"

踏歌？原来这是武陵源少数民族庆祝丰收和民族文化节日的一项娱乐活动。

他们一行五位骚人，个个自诩读破万卷书，可沿途少数民族妇女，个个身着该民族的节日盛装，边踏边唱，咿咿呀呀，曲调是人类的共同语言，很是动听，但他们却听不懂歌词的意义。

刘禹锡是个不弄懂学问，不甘心之人。他提议说："就在这美丽的瑶家山寨找一户人家借宿小憩一晚。"

"我赞同！"崔锐举起了双手。

鸿举见他如此得意，又挖苦说："想必崔大才子又有什么花花肠子吧？"

这也难怪他们经常争论，这是他们的信仰各异而产生的。佛家因热爱自然，而提倡四大皆空；而崔锐是研究天象学的，认为天地之间万物的关系是相互依存的，是个唯物主义者。

刘禹锡一行来到一家瑶寨，寨口遇见一个头戴黑色头巾的妇女，瑶语称阿妮，她正端着一木盆衣服去溪边洗涤。

刘禹锡忙上前，面带笑容地问："请问这位大婶，可有住宿的地方？"

阿妮见这些汉人个个慈眉善目，但听不懂他们的话语，忙向不远处的吊脚楼呼喊："赖，赖……"

这时，从吊脚楼里跑出一个头戴白色头巾，头巾上还插着白色羽毛，身着漂亮民族服饰的少女飞到了他们的面前。

娘俩叽里呱啦了一会儿，少女又飞快地向寨中间一座非常气派的吊脚楼跑去。

第十四章 天论人生谱义歌

1

不一会儿，只见那少女领着一位身着唐装，头戴红色头巾的老者疾步而来。

老者上前单掌抚心，身体躬下边行瑶家礼，边做自我介绍："我是本寨寨主，欢迎远方的客人来小寨做客！"

刘禹锡忙上前做自我介绍："寨主吉祥安康，本官是郎州司马刘禹锡。是来考察武陵源的，眼见天色已晚，想在贵寨借宿一晚。"

司马，那可是郎州副州长呀，是贵客啊。显然寨主是个汉人通，他忙从腰间取出一只牛角，拔出牛角尖上的木塞，一股清香从牛角里飘溢而出，寨主双手递给刘禹锡。

刘禹锡临行前备足了功课，他知道这是瑶人迎接贵客的最高礼节。他忙双手接过牛角，角尖对着嘴儿，咕噜咕噜几声，将牛角里的米酒一饮而尽。

寨主见状，高兴地拿出一把竹筷子，蘸上朱红，一个一个地在客人额上点一个红印。

鸿举不解，小声问："寨主，这是何意？"

寨主解释说："这是我们瑶人的祝福，祝福客人健康长寿，心想事成。"

崔锐不忘怼惠说："你还以为这是高家庄啊。"

鸿举狠狠地瞪了他一眼，算是报复他。

寨主将客人们领进自家的吊脚楼，相互寒暄了几句后，一桌地道的瑶家风味就飘出异香。

寨主用自酿的米酒把五位客人面前的土碗斟满后，就用筷子从一只熟透了的公鸡内，熟练地取出鸡心，放到刘禹锡的碗里。

寨主这是要与我交心呀！刘禹锡忙站起来，双手托碗敬酒道："寨主老哥，小弟不知礼节，借花献佛，祝老哥福体安康，全家快乐幸福，山寨日新月异。"

"谢谢！谢谢刘兄弟。"

宾主相欢，轮杯换盏。刘禹锡不忘此行目的，乘兴问寨主："老哥，贵民族踏歌舞悦耳动听，就是不知歌词大意，烦请老哥翻译，以解为弟的好奇之心。"

寨主也不答话，竟用粗犷的声音唱了起来。

"对对对，就是这首。"刘禹锡听得入神，待他唱完后忙说。

寨主说："我唱的是一首劳动歌曲，我们瑶人没有文字，大家相互交流的方式是以歌为语，刚才的歌词大意是：山坡上的吊楼瑶族乡，桃花伴水流沅江；瑶族人儿爱唱歌呀，欢乐的歌声传四方。桃花源呀桃花香，宁静的家园是大唐，瑶族人儿爱唱歌呀，欢乐的歌声传四方。"

这不是元老先生生前所批评的俚曲吗？看来，不全是圣人的弟子才能歌赋，华夏民族之间自有氓歌之曲啊。

米酒氓歌使刘禹锡醉醺醺地和崔锐共睡一室，他正要解衣就寝，只见崔锐坐在吊脚楼边，望着静谧的夜空出神。

刘禹锡见状，就和崔锐并肩坐下，攀谈了起来。

圣人曰："三人行，必有吾师。"刘禹锡今晚收获颇丰。他从崔锐对天论的理解中认知，世界上的事物之所以千差万别，就在于它们之间各有其特殊性的矛盾……

刘禹锡今晚听得崔锐的一番宏论，胜读十年书，对唯物主义观点产生了浓厚的兴趣和新的认识。故此，他的诗文中，具有唯物主义的哲理内涵。从此，他与崔锐成为莫逆之交。

第二天天一亮，刘禹锡五人起床，洗漱完毕，陆续来到客厅，寨主早在客厅里候着他们。只见餐桌上摆着甜玉米、玉米稀饭、白米粥儿、红薯、小粑粑、熟鸡蛋和山里特有的竹笋等野咸菜。

刘禹锡边吃着丰盛的早餐，边向寨主打听道："老哥，您这儿离桃花源还有多远？"

"远在天边，近在眼前。"

"您这里就是桃花源？"刘禹锡既惊又喜，感叹地说，"真是桃花源中人，不知晋和汉啊。"

刘禹锡感叹后，就向崔锐投去了一个眼神。

崔锐顿时明白过来，他从包裹里掏出一锭银子递给寨主说："寨主，这是我们五人的饭钱和住宿费。"

寨主连忙推辞说："刘老弟，我俩是交过心的，哪有哥哥请弟弟的客人吃饭留宿而收钱的道理。"

主客几人推辞了一会儿，寨主见推辞不过，于是说："你们真的要付饭钱，那就请刘老弟题一墨宝作为饭钱如何？"

"好！文房四宝赐候。"刘禹锡爽快地答应。

寨主的下人很快拿来了文房四宝，寨主亲自研墨，鸿举将一张长六尺、宽三尺的瑶民特制的竹纸平铺在餐桌上。

刘禹锡见没有镇尺，就地取材，拿着两只空碗压住纸张。

只见他脱掉长衫，挥笔运气，龙飞凤舞般地在竹纸上写出"桃源佳致"四个刚劲有力的大字。题完后，他在左下角写上"刘禹锡题"四个楷体字。

事后，寨主请石匠将刘禹锡的题字，刻在寨前的一柱丈余高的巨石上面，千余年后的今天，还格外醒目。

桃花源风景果然美不胜收，它镶嵌在一望无际、绵延起伏的雪峰群山之中，境内古树参天，修竹亭亭，溪水潺潺，寿藤缠绕，花草芬芳。伴有怪石嶙峋、石阶曲径、亭台牌坊等装点，宛若仙境。

桃花源分桃花山、桃源山、桃仙岭和秦人村四个景区。其中桃花山和秦人村为桃花源中心，中心桃树茂林，有桃花山牌坊、桃花溪、穷林桥、菊花园、方竹亭、遇仙桥、水源亭、秦人古洞、延至馆、集贤祠等七十多个景点。

2

特别是每年的三四月份，漫山遍野的桃花盛开，片片花瓣飘落在条条涓涓小溪里，桃花水汇流进沅江之中，花香四溢，弥漫空中，犹如仙境一般。

此时此景，怎能不使骚客们展喉高歌，四人各自抒发出自己的作品后，鸿举问："刘大诗豪，您的诗作呢？"

刘禹锡根据氓歌特点，结合少数民族的踏歌曲调，心中已存腹稿，他见鸿举盘问，即兴吟出《踏歌词》四首：

一

春江月出大堤平，堤上女郎连袂行。

唱尽新词欢不见，红霞映树鹧鸪鸣。

二

桃蹊柳陌好经过，灯下妆成月下歌。

为是襄王故宫地，至今犹自细腰多。

三

新词宛转递相传，振袖倾鬟风露前。

月落乌啼云雨散，游童陌上拾花钿。

四

日莫江南闻竹枝，南人行乐北人悲。

自从雪里唱新曲，直到三春花尽时。

五人在桃花源里即兴游玩了五日，游兴未尽。但刘禹锡出来不是游玩的，他还肩负着考察桃花源源流的任务。

"各位夫子，本官陪同有些时日了，原计划是今日去桃源村与勘测队会合，就此别过。"

鸿举、崔锐他们四人本想挽留，但考虑到他重任在肩，并且是戴罪立功之司马，不能拖刘司马的后腿。他们相互客套了几句后，各自散去。

刘禹锡此行是一举两得。他带领的勘测队不负厚望，圆满地完成了任务，他写的汇报长诗《武陵书怀五十韵》并引，得到了宇文宿刺史的高度赞扬。

> 西汉开支郡，南朝号戚藩。
> 四封当列宿，百雉俯清沅。
> 高岸朝霞合，惊湍激箭奔。
> 积阴春暗度，将霁雾先昏。
> 俗尚东皇祀，谣传义帝冤。
> 桃花迷隐迹，楝叶慰忠魂。
> 户算资渔猎，乡豪恃子孙。
> 照山畲火动，踏月俚歌喧。
> ……

刘禹锡的工作得到了顶头上司宇文宿的多次表扬，心里有一种扬眉吐气的感觉。

近段时间愉悦的心情应该与好友分享。也不知子厚兄在永州生活得愉快吗？他的身体痊愈了吗？永州与郎州虽然同是湖南省衙管辖，但一个在东边一个在西边，交通不便，两人只有书信往来。

于是，刘禹锡在去信问候的同时，并赠《壮士行》一首：

> 阴风振寒郊，猛虎正咆哮。
> 徐行出烧地，连吼入黄茆。
> 壮士走马去，镫前弯玉弰。
> 叱之使人立，一发如铍交。
> 悍睛忽星堕，飞血溅林梢。
> ……

有情之人，尽管远隔千山万水，但他们彼此思念。秋去冬来，天气渐渐转凉。刘禹锡身着厚实的棉衣，在翘首等待柳宗元的回信。果不其然，今天晌午时分，信差送来了柳宗元的书信。

刘禹锡急忙拆信浏览了一遍，眉头紧锁，他像是错把一瓶陈醋当酒喝了，心里酸酸的。

柳宗元来信说："承蒙梦得挂念，我到永州不久，便身患脾病。这种病很罕见，临床症状是脾脏肿大，引起消化不良，没有食欲，身体日渐消瘦，现在是一阵三四级风儿就会吹倒。更使我懊恼的是记忆力很差，读过的书是左耳进右耳出，思维也在退化，故而不能作诗回赠。

"我的医术知识你是知道的，只是一知半解。请了当地的名医看过，服了药后症状不但没有减轻，反而加重，再从他的处方分析判断，他竟是一位庸医。

"无奈之下，我只有托白居易在京城寻得一名医偏方，加之我研读医书的结果，症状减轻了，但三十六岁的我，现在是牙齿松动，白发始生，未老先衰了。

"唉！我现在不是壮士了，更不能出行，那就听天由命吧。"

字里行间，刘禹锡体会出柳兄现在饱受病痛折磨，使他消磨了斗志和对生活的绝望。

不行，我得去看看子厚，帮助他医治脾病和他心灵的创伤。

晚上，他将正在熟睡的两岁大的小儿子同廙挪到一边，然后上前搂抱着爱妻说：

"娘子，子厚兄说他病得不轻，我准备明天去永州看望他，家里的老母和孩子们都要麻烦你一人照料了。"

"去吧，你和子厚兄情同手足，哪有不探视之理。有母亲大人坐镇，你就不要担心家里了，只是夫君您要早去早回，别误了秀英于归的大事。"

"于归？"刘禹锡猛地翻起身子，与妻子脸对脸儿地问，"女婿是谁家公子？"

"你呀你！"

3

薛惠伸出玉手指在夫君的额头上点了点，娇媚地说："女儿都十六啦，你这个做父亲的何时关心过女儿。是你的好友崔锐的公子看上你的姑娘了，母亲应许了这门亲事。亲家崔老爷子说，就在春节前后择个黄道吉日，将秀英迎娶进门。"

"这个老夫子，真是个道貌岸然的伪君子，他挖走我的心头肉，也不跟我讲一声，看我怎样收拾他。"话是这么说，但他内心是同意这门婚事的。

刘禹锡心中明白，秀英从出身后就无亲母，是母亲一把屎一把尿亲手带大的。好在娶了薛惠后，她贤德，使她重新感受到了母爱。

崔锐精明，走夫人路线，就将儿女的亲事定了下来，母亲做主，肯定错不了，也无人敢反对。

虽然崔锐是个草儒之家，似乎有点儿门户不对，但崔锐学富五车，他是非常佩服的。

虎父无犬子，有其父必有其子，准女婿肯定也是个读书人。

他想到这里，就对妻子说："女儿的终身大事，我这个做父亲的一定要参加。但考虑到子厚兄的身体情况，我一定要将他医治得痊愈。所以行期不好说，如果我没有按期返回，全凭你和母亲做主。"

"嗯！"主意已定，夫妻俩又紧搂在一起，亲热了起来。

清晨，刘禹锡就跟母亲大人辞别："母亲，儿要去永州一段时间，为子厚兄治好了病就回。"

卢氏早已将柳宗元当成亲生儿子，经常唠叨说他有些时日没有来看她。

今个儿听见儿子说他病了，焦急地说："快去，快去！将厚儿的病治好再回。家里有惠儿操劳，你就不用担心了。"

宇文宿听刘禹锡请假，说柳宗元病得不轻，立马同意他的假期，并派了一艘官船在郎州码头等候着他。

薛惠抱着同廙，刘秀英牵着咸允，冒着寒风到码头为刘禹锡送行。也不知是不是风沙吹进了薛惠的眼眶，只见她热泪盈眶。

刘禹锡见状忙上前帮她擦干泪水，送君千里终有一别，他劝她们娘四人回家。

一路跋山涉水，七天后，刘禹锡终于来到湘西的永州。

永州也是个下州，隐藏在崇山峻岭之中，与两广交界，是个"荒蛮之地"。

州城局限于潇水东岸群山间一块小得可怜的区域，人烟稀少，还不如江南的一个小镇。

刘禹锡行走在只有一条街、三四尺宽的石板路上，在城西的偏僻处，好不容易找到了柳宗元住的地方。这是一个用山石垒起来的茅草屋，有四五个平方丈大小。

刘禹锡望着这低矮的石头屋子，不禁想起他在洛阳丁忧时的茅草棚子，看来子厚兄的日子比他想象中的还要艰难。

他上前轻叩木门，吱的一声，木门洞开，从屋里走出一个满头花白、两眼昏花、偻背驼腰的半老头儿。

"你是……""你是……"两人对视了一会儿，都心存疑惑地询问对方。

还是刘禹锡眼睛明亮，他终于认出面前的是他日夜思念的子厚兄。

刘禹锡鼻子一酸，猛扑上前，将这个半老头儿拥抱着，声音哽咽地说："子厚兄，我是梦得呀！"

是梦得？柳宗元虽然目光浑浊，但从他的声音中，听出这确实是他的好兄弟刘梦得。

"梦得，真的是你，我还以为这辈子再也见不着你了。"说完，柳宗元终于忍不住，竟像小孩儿似的大哭了起来。

"好了，好了，男儿眼泪似春江之水，金贵着呢。"

刘禹锡像哄小孩似的说："看都三十六的人了，还哭鼻子。怎么搞的？病成这样也不叫嫂子过来照顾你。"

唉！柳宗元叹了口气说："你也看到了，叫你嫂子来这个鸟不拉屎的地方受苦，倒不如让我客死他乡。"

"什么话儿，有我刘梦得在，阎王爷就不会请你去做客。"

说着，刘禹锡将他扶在既是厨房又是客厅的小桌边坐下，放下肩上的医匣，取出脉枕，他边切脉，边问最近的症状，边察看他呈红色的舌苔，看他浑浊的眼里还有神儿，他长舒了一口气，好就好在老兄尚未病入膏肓，只要按病情变化调整药方，再适时温补身子，半年之后，他又是一个文绉绉的大学士。

"子厚兄，将乐天给你寄来的偏方拿出来看一看。"

"好的。"柳宗元从卧室兼书房的书柜上的一本线装《盐铁论》中拿出一张方笺递给刘禹锡。

于细微处见精神，从子厚兄熟练地在《盐铁论》中找出贵重的偏方，不难看出他在病重期间，还在研读《盐铁论》中的治国方略，说明老兄的斗志未减。

刘禹锡接过偏方一看，就知这是一张难得的治疗脾病的偏方。他根据柳宗元由于长期营养不良，引起气血两亏，导致头白和眼浊，是肾虚的明显症状。他在原方的基础上，添加了熟地黄、山萸肉、山药、泽泻、牡丹皮、茯苓六味草药。

好在这荒蛮之地不缺草药。刘禹锡亲自上山采药，亲自熬煎，并监督着柳宗元每天按时按量地将药水喝下。

患过慢性病的人都知道，草药欺人，长期服用中草药的人，容易拖垮病人的身体。

刘禹锡时不时地煨一些山药红枣炖鸡汤为他进补。渐渐地，柳宗元的头发开始变黑，眼也不浊了，松动的牙齿开始坚硬了起来。

4

通过刘禹锡近三个月的调治，柳宗元胃口大开，又能与好友煮酒论诗文了。

当然，煮的米酒只有刘禹锡一人享受，刘禹锡是不会让一个患者喝酒的，每餐柳宗元只有口流涎水地望着他自斟自饮，扬扬自得的样子。

"子厚兄，别馋了，快去看看我的新作《天论》，与韩愈的《天能》，你的《天说》论述的观点不一样，如果你认为有错误的地方，请你提出来，我们再进行辩论，通过实践和辩论，才能真正成为真理。"

你喝酒，我读你的文章，美曰雅正，倒不如说是我向你学习。柳宗元边读边想，渐渐地，他的思想不开小差了，而是被刘禹锡具有唯物主义观点的《天论》吸引住了。

世之言天者二道焉。拘于昭昭者则曰："天与人实影响：祸必以罪降，福必以善来，穷阸而呼必可闻，隐痛而祈必可答，如有物的然以宰者。"故阴骘之说胜焉。泥于冥冥者则曰："天与人实刺异：霆震于畜木，未尝在罪；春滋乎堇荼，未尝择善。跖、蹻焉而遂，孔、颜焉而厄，是茫乎无有宰者。"故自然之说胜焉。余之友河东解人柳子厚作《天说》以折韩退之之言，文信美矣，盖有激而云，非所以尽天人之际。故余作《天论》以极其辩云。

......

我国自进入阶级社会以来，关于"天"是有意志的神，还是物质的自然？是尊天命，还是改造天命？这是唯心主义者和唯物主义者长期争论的主要问题。

历代统治阶级为了维护其统治地位，却把天捏造成有意志的最高主宰，统治阶级借以为其辩护的依据。

然而，刘禹锡的《天论》思想中，鹤立鸡群，他认为天是无意志的自然物，天象所发生的一切现象，是自然现象。

好个胆大的刘梦得，他石破天惊地推翻了前人为了迎合皇上是天的旨意，独出心裁地提出，天的规律在于生长万物，它的作用在于使万物从发芽、成长至衰老。人类社会的规律在于实行法制，它的作用表现是明辨是非的标准。治国，必须立法，而法律是建立在维护广大百姓利益的基础上形成的，逐步完善，法网恢恢，疏而不漏。

柳宗元哪里知道，刘禹锡唯物主义世界观的形成，得益于村野儒夫崔锐的思想影响。他看得津津有味，就像病后卧床而初愈者，走下病床出屋，呼吸到了大自然第一口新鲜空气，格外爽朗。

他眼不离卷地继续看着《天论》的中篇：

或曰：子之言天与人交相胜，其理微，庸使户晓，盍取诸譬焉。刘子曰：若知旅乎？夫旅者，群适乎莽苍，求休乎茂木，饮乎水泉，必强有力者先焉；否则，虽圣且贤，莫能竞也。斯非天胜乎？群次乎邑郭，求荫于华榱，饱于饩牢，必圣且贤者先焉；否则，强有力莫能竞也。斯非人胜乎？苟道乎虞、芮，虽莽苍，犹郭邑然；苟由乎匡、宋，虽郭邑，犹莽苍然。是一日之途，天与人交相胜矣。

……

如果说刘禹锡的《天论》上篇是石破天惊，那么他的中篇则是惊天动地。他大胆地提出了新的论调："人定胜天！"他列举了大量事实为依据，确立他的论调的正确性。

柳宗元就像是一个文雅的食客，遇到了一桌丰盛的佳肴，不是去狼吞虎咽，而是慢慢地品嚼，越品越有味儿，越嚼越有美感。他也不管时间到了啥时候了，继续品味着《天论》的下篇：

或曰：古之言天之历象，有宣夜、浑天、《周髀》之书，言天之高远卓诡有邹子。今子之言有自乎？答曰：吾非斯人之徒也。大凡入乎数者，由小而推大必合，由人而推天亦合。以理揆之，万物一贯也。今夫人之有颜目耳鼻齿毛颐口，百骸之粹美者也，然而其本在乎肾肠心腹。天之有三光悬寓，万象之神明者也，然而其本在乎山川五行。

……

5

好个刘梦得，竟然将古代论述天的宣夜学说、浑天学说和主张盖天的《周髀》一书所论述：天圆地方，天在上，像伞盖；地在下，橡棋盘，是运动不止的，而战国时期的阴阳学家邹衍即说阴阳五行是受着有意志的天的支配的学说，拿出来进行一一反驳。

刘禹锡最后总结说：在舜帝的时候，有才德的人被推举上来，只说是舜选用他们，没有说是天授予的。在殷高宗时，因为当时政治混淆黑白，他起用傅说为宰相，心里明知傅说的贤能，却说是上帝赏赐的，因为当时装神弄鬼的风气盛行。

尧舜的子孙，是以人定胜天而繁衍生息，难以用鬼神欺骗百姓。眼见商朝鬼神之论是伪科学，就用天命学说来统治百姓。从这些事实来看，天能干预人事吗？

柳宗元从《天论》中，领悟出了人定胜天的道理。就他的脾病来说，如果信天命任其发展，想必是个短命鬼，而梦得不信天不信神，只是坚持不懈地用所学医学知识，将我从鬼门关里拉了回来。

想到这儿，他的脸色羞红了起来，他还在追求朝廷祭祀官的神圣事业。原来那是皇帝为了愚弄大臣，维护其统治地位而设立的一个衙门，统治者弄人啊。

"还是老习惯，一看起文章来就废寝忘食。"傍晚，刘禹锡端着还冒着白气儿的草药进来说，"子厚兄，快趁热将药喝了。"

"哇"柳宗元望着比黄连还苦的中药，胃里的苦水儿情不自禁地往上翻涌，想吐，却又忍住了。

"好兄弟，我这不是好了吗？"柳宗元为了证实自己，站起来，边用力地做着扩胸运动边求饶地说，"梦得，我的确喝不下去了，三个月的黄汤，将我整个身子也变苦了。"

"这是最后一服了，它有着固本强基的作用。"

"那好吧，我坚强地将它灌进肚中。不过丑话说在前面，你再煎药于我，我……我就绝食，以示抗议。"

说完，柳宗元像是上刑场的囚犯，战栗地将一碗药水闭着眼儿猛灌入喉中。

这也难怪柳宗元，三个月来，进餐前就喝一碗苦水，谁能受得了，他还算有毅力的。

刘梦得说："那好吧，不过每天早起要跟我学'禽拳'，加强锻炼，可以预防脾病的再度发生。"

"好吧！"柳宗元现在对刘禹锡佩服得五体投地。

春节将至，女儿的婚期逼近，柳宗元的脾病已经痊愈，刘禹锡本应该辞行。但他从柳宗元的脉象中似乎探测出，还有一种侵蚀他身体的生物存在，由于没有临床反应，还不知道病源所在，故而不能施药。最好的办法是将有强身健体的"禽拳"教会于他，使他有一个强壮的体质，来预防病魔的侵袭。

最终，友谊胜过了亲情，刘禹锡决定继续留下，过完春节，待柳宗元能熟练地掌握"禽拳"的要领后，再行离开。

年初五清晨，柳宗元练完"禽拳"后，就邀请教练刘禹锡说："梦得，今天我带你去领略一下湘南风情。"

"好哇，有什么地方好玩？"

刘禹锡这段时间，在这山旮旯里过着二人光棍生活，的确感觉到有些无聊。虽然白天有白居易寄来的《乐天诗百首》供他俩研读，倒也不感到寂寞，但一到夜晚，这山里静得可怕，加之山里常常出现雾霾，使人感觉心里闷得慌，今天见柳宗元要带他出去透透风，心里自然高兴。

他们收拾完行头，正准备出门，刚一出屋，就看见一个秀才模样的年轻人发髻上缠着白布，慌慌张张地跑了进来。

只听得扑通一声，青年秀才跪在刘禹锡面前，哽咽着说："岳父大人，您让我好找啊。"

"你是……？"刘禹锡与跪着的青年秀才素未谋面，不禁问道。

"岳父大人，我是崔锐之子崔颜俊，我与秀英于腊月初八完婚了。"青年秀才含泪解释说。

"男儿有泪不轻弹，快起来说话，你为何戴孝哭泣？"

刘禹锡有所预感，女婿不顾路程遥远来寻他，再看他发髻上只有戴孝之人才有的白布条，一定是家里发生了重大变故，难道是老母亲寿终正寝了？

崔颜俊站起来，用衣袖擦干眼泪说："岳母大人，她……走了……"

"什么？薛惠她……"刘禹锡如遇晴天霹雳，一下子昏厥过去。

崔颜俊手疾眼快，一把将岳父抱住，才没有让他倒下去。他哪里见过这个场面，吓得三魂掉了两魂。

站在一旁的柳宗元大惊，忙上前用大拇指掐住刘禹锡的人中。柳宗元心里清楚，上次刘禹锡金榜题名在大雁塔上，突闻父亲去世时也是突然昏倒。也是他掐住他的人中后，刘禹锡才苏醒过来。

柳宗元见崔颜俊身体吓得不住地颤抖，忙安慰说："孩子，没事的，你岳父只是突闻噩耗昏倒，一会儿就会苏醒过来。"

　　果不其然，刘禹锡长吁一口气，苏醒过来就喃喃自语说："薛惠，你是世上最贤惠、最会体贴人、最能忍辱负重、最吃苦耐劳的女人，你怎能抛弃我和孩子走了呢？我刘梦得命苦也。"

　　不幸之人有三，幼年丧父，中年丧妻，晚年丧子。刘禹锡是青年丧父接着丧妻，中年又丧妻，晚年女儿刘秀英为了救父而死，这是后话，但从这几件丧事中不难看出，他的确是个苦命之人。

　　在陪刘禹锡回家的路程中，柳宗元才从他女婿崔颜俊的口中知道刘禹锡夫人去世的原因。

　　正月初五一早，薛惠见一家子的脏衣服都堆放在木盆里，心里就纳闷：柳儿今个儿咋的，还没有起床，难道是生病了？

　　她来到丫鬟柳儿的房间，果见柳儿昏睡在床上，满脸通红。她将手在柳儿的额头试了试，呀！滚烫滚烫的，正在发着高烧呢。

　　她跟着刘禹锡已有七八年了，受其影响，也略知一些医学常识，她忙端来一盆凉水，用湿布巾敷放在柳儿的额头上，反复多次后，见她的高烧终于退了下来。她又进入厨房，熬煎了一碗生姜红糖水儿，伺候着柳儿喝下后，见柳儿无大恙，就端着木盆，来到屋前的沅江洗衣服。

　　谁曾料到，她刚到沅江的洗衣石边，由于天寒地冻，她不小心脚下一滑，就掉入了冰冷的沅江，挣扎了一会儿，就……

　　崔颜俊讲到这儿，哽咽着讲不下去了。

第十五章 风雨郎州几多愁

1

刘禹锡三人，日夜兼程，很快赶回郎州家中，尚未进屋，就听见挂满吊唁白幡的屋子里传出一片悲凄的妇女和孩子的哭声。

崔锐忙里忙外地在主持丧事，顾象和赵咏打下手，倒也显得很有头绪，不像六神无主的样儿。

鸿举正带领着众小沙弥，手敲木鱼，围着薛惠的棺材打转儿，嘴里叽里呱啦不停地念经，在做法事，超度亡灵。

卢氏坐在灵柩旁，一边用手拍打着棺椁，一边老泪纵横地哭诉说："儿呀儿，我的儿。自从你嫁到咱刘家生儿育女，吃尽了苦头，没有过上一天的好日子，呜呜……你这一走，让娘心里堵得慌啊。儿呀儿，我的儿，郎州上下、街坊邻里、亲朋好友谁人不夸，谁人不赞你贤惠、善良、勤劳啊……我的儿……"

刘秀英身着素妆，披麻戴孝地跪在灵柩前，悲恸欲绝地哭诉着："娘啊我的娘，您让儿哭断肝肠；是您给我母爱，是您给我温暖，您让儿终生难忘……呜呜……我的娘……"

柳儿疯癫般地哭诉说："少夫人，是我害死了您呀！我要不病，您就不会去洗衣裳，我该死呀！真该死……呜呜……"

刘咸允、刘同廙两个幼儿，披麻戴孝地跪在灵柩前，用已经哭得沙哑的声音，还在不停地呼唤着："娘……娘……"

……

刘禹锡此刻心情悲痛到了极点，他迈着踉跄的步伐，快步来到灵堂前，泪水盈眶。

他用双手拍打着夫人已经入殓的棺材，嘴里不停地说："夫人呀夫人，你好狠心啊，怎么独自一人弃我而去，我们不是说好了吗，要同甘共苦，不离不弃，白头到老吗？你怎能说话不算数啊，呜呜……我的夫人啊。"

他那男儿有泪从未轻弹过的泪水，此刻如雨注下。

来吊丧的郎州刺史宇文宿、柳宗元和亲家崔锐三人，见他一路劳累奔波，忙上前劝说。

"刘司马，人死不能复生，请节哀顺变，保重身体要紧。"

"是呀，梦得，你不要过于悲伤，还有老母和孩子们需要你照顾抚养呢。"

"亲家，请节哀，我已派人去长安亲家母娘家报丧了。"

刘禹锡擦干泪水问崔锐道："我岳丈岳母怎得不来。"

崔锐说："薛謇大人说，嫁出去的女儿是泼出去的水，她生是刘家的人，死是刘家的鬼，女儿从不回娘家看看我们，娘家也不管她的死活。"

好狠心的父亲，好可恶的薛大人。所有前来吊丧的客人和当地官员，听到崔锐的话后都感到一阵愕然。

刘禹锡自言自语地说："老丈人还怄着我们的气儿啊。"

柳宗元问："梦得，你岳丈为何怄得连女儿最后一面也不见了，这也太不近人情了吧。"

刘禹锡沉默不语，脑海里立即闪现出半年前的一幕，仿佛美丽、善良的妻子就在眼前。

那晚，刘禹锡挑灯夜读，妻子陪伴在一旁做针线活儿，她是在一针一线地为他纳制冬靴的鞋底。

刘禹锡关切地说："夫人，时候不早了，你早点休息吧，不要熬夜累坏了身子。"

薛惠娇羞地说："夫君不睡，妾也睡不安稳。"

刘禹锡望着妻子那红扑扑的脸儿和她乌黑如瀑布般的秀发感到惊叹：她与我虽然结婚六七年了，又生育了两个儿子，但她还是那么娇嫩，身材还是那样楚楚动人，还是那么美丽端庄。尽管她随我吃苦漂泊到湘荆，从一个只知女红的千金小姐蜕变为浆衣做饭、抚老教子的家庭妇女，而她从来没有半句怨言。

在我精神颓废时,她常常安慰我:"谁人没有经历过挫折,只要夫妻同心,没有爬不上的高山,没有过不去的大河。"

这些话时常使刘禹锡感动万分,他望了望墙壁上挂着的宝刀的刀环,再望望妻子的娇容,一首《视刀环歌》脱口而出:

常恨言语浅,不如人意深。
今朝两相视,脉脉万重心。

刘禹锡抒发了情感后,就搂着妻子上床睡觉。薛惠见丈夫躺在她身边,只是怔怔地想着心事儿。

她翻过身来,用玉手轻抚着丈夫毛茸茸的胸膛,脸贴着脸儿,撒娇地说:"夫君,有什么解不开的疙瘩,嘻嘻,妾可是解线疙瘩的高手,让妾帮你解解。"

刘禹锡望着情意绵绵的妻子,终于说出了他的心事。

"岳父大人来信说,他蒙受他大哥薛盈珍的关照,已从泗州刺史升迁为福建观察使,现在已经到任。他来信问我是否愿意去漳州任刺史,如果愿意,他就去找薛盈珍求情,将我调往漳州。"

"啊!夫君原来是为这个事儿发愁呀。妾建议不去!想我大伯蛇蝎心肠,将你整得这么苦,才不去求他呢。宁可回老家种田,也不到福建过年。"

"薛惠,你不愧为我老刘家的媳妇,有骨气!"刘禹锡说罢,将妻子紧紧地搂抱在怀里。

人生如烟,人去烟灭。刘禹锡曾在沅江边埋葬过他心爱的战马,如今又要在沅江边埋葬他心爱的妻子,而这一切,都与自己被贬有着关联。归根到底,是我杀害了爱妻和战马。

苍天啊!亡故者均因为自己的命运而亡,而生者依然在吞食自己种下的苦果,这样的日子何时才是尽头!

2

刘禹锡在悲愤中度过了七七四十九天，为了悼念爱妻，使后人不忘这惨痛的教训，他愤然地写下了《伤往赋》：

人之所以取贵于飞蜚者，情也，而诞者以遣情为智，岂至言耶？予授室九年而鳏，痛若人之夭阏弗遂也，作赋以伤之，冀夫览者有以增伉俪之重云。叹独处之悒悒兮，愤伊人之我遗。情可杀而犹毒，境当欢而复悲。人或朝叹而莫息，夫何越月而逾时。……苒苒生死，悠悠古今。乘彼一气兮，聚散相寻。或鼓而兴，或罢而沉。以无涯之情爱，悼不驻之光阴。谅自迷其有分，徒终怨于匪忱。彼蒙庄兮何人！予独累叹而长吟。

刘禹锡自从爱妻亡故之后，情绪比他接到被贬的通知时还要低落，天天是丧魂落魄的样子，面对两个幼子和年近八十岁的老娘，他的心都碎了。

他时常产生错觉，薛惠就在床上躺着，用她温柔的身体在为他温暖被窝，而一上床被窝里却是冰凉冰凉的。空荡而又冷清的屋子使他猛然醒悟，终于不得不承认爱妻的确去了天国。

他渐渐地变得沉默寡言，莫名其妙地乱发脾气，食欲不振，身体日渐消瘦，卢氏和柳宗元都在为他担心。

这天，卢氏见儿子端着饭碗又在发呆，便心疼地劝说道："儿啊，娘看见你们夫唱妇随，甚是恩爱，为娘打心眼儿高兴。现在惠儿走了，娘也心疼，恨不得代她而去。可阎王爷不允啊，让白发人送黑发人。后来娘想开了，这是前世注定，惠儿有此一劫。禹儿你也要想开一点，一大家子还指望着你呢。"

柳宗元也劝说道："是呀梦得，老娘说得对，一大家子还依靠你呢！再说，你这样下去，怎样实现你为官的初衷，身体可是为官的本钱啊。"

柳宗元劝后，征求卢氏的意见说："娘，我想带梦得出去散散心，总在屋里憋着，怕是要憋出病来。"

卢氏说："厚儿，这是个好办法，你准备带他去哪儿？"

柳宗元说："去宽广无垠的洞庭湖！"

"去吧，去吧，在洞庭湖多作诗儿，就能解除烦闷，让他从悲痛中走出来。"

柳宗元笑着说："老娘，这正是厚儿之意。"

经过老娘和子厚兄的劝说，刘禹锡这才恢复了理智，同意去洞庭湖散心。

他们二人乘一帆船，沿沅江顺流直下。一路上，见刘禹锡还是沉默不语，柳宗元关切地说："梦得，老娘已年过古稀，允儿只有七八岁，廙儿三岁未满，女儿又出嫁了，薛妹七七四十九天的丧期已过，为了一家子着想，还是再续一弦吧。"

"唉！我刘梦得是克妻之命，再也不婚娶了。至于老娘有柳儿照顾，我已去信刘全，让他在老家请一奶娘来照看两个年幼的儿子。"

"亏你还是个唯物主义者，怎能相信克妻之说。"柳宗元诡谲地一笑，接着说，"十个书生九个爱，难道你真是一个怪？"

刘禹锡白了他一眼说："你才是怪呢！子厚兄，不瞒你说，裴花和薛惠的去世，的确让我心里凉透了，没有续弦的心思，除非……"

柳宗元见他话里有话，顿时一喜，忙问："除非什么？"

"这……"刘禹锡支支吾吾。

"梦得，我俩是好兄弟不，有什么秘密要藏起来啊！"

刘禹锡终于下定决心说："除非韦莺再现。"

"那莺妹妹现在在哪，为兄做主将她迎进门来。"

"唉！她现在不知在何寺庙出家了？"

"让她还俗！我动员白居易、元稹、韩愈、韩泰等友人在大唐上下寻找，就是挖地三尺，也要把她找出来。"

这时，刘禹锡仰望天空，看见一群大雁南飞，心想他还是个流放之人，还是别让心上人又一同受苦。

"还是算了吧！"

柳宗元见刘禹锡望着一群南飞的大雁出神，深知他和自己心情一样，心里时刻在思念着长安，盼望着施展自己政治抱负的时刻到来。

"梦得，你听说了吗？程异被重新起用，调回长安为侍御史，看来这是坚冰消融的征兆。"

"我听宇文刺史跟我讲过这事，也收到了程异的来信，他的起用主要是吏部尚书李巽帮忙，据说他们是亲戚关系。"

"是的，看来皇上非常器重李巽，他既是吏部尚书又是盐铁转运使，集朝廷的人事和财政大权于一身。"

3

"子厚兄，我正要和你商量这事呢。程异来信说，四月一日他进京途中要顺道来郎州与我相聚，问我有没有信件带到京城。"

"这是好事啊，程异还是蛮讲交情的，他这是暗示你写信给李尚书求助啊。"

刘禹锡说："就是与老兄商量投书之事，我与李尚书素不相识，只怕是投书无门。恩师杜相公年事已高已隐退，朝廷现任宰相中，武元衡是我们的政敌；权璩虽有那么一丝亲情，但此人胆小怕事；李绛与我虽是第一科同考进士，但没有交情只有同情；现任宰相李吉甫在江淮做幕僚时，与我虽未谋面，但在相互诗词交往中倒有神交，我想与他投书求助。"

"好哇，那还不快点写信，我们游完洞庭湖后，已经是三月底了，快写，快写！"柳宗元是个急性子，他从行旅中拿出了文房四宝。

好在帆船上有简易案台，刘禹锡思索了一会儿，提笔书写《奉和淮南李相公早秋即事寄成都武相公》赠诗：

> 八柱共承天，东西别隐然。
> 远夷争慕化，真相故临边。
> 并进夔龙位，仍齐龟鹤年。
> 同心身已济，造膝璧常联。
> ……

刘禹锡很快完稿，柳宗元看后称赞说："此诗写得很妙，既回顾了你们的神交之情，又暗示了你是向他求助，但又不失一个正直文人的气节。"

刘禹锡得到了柳宗元的夸赞，长吁了一口气后，心情大悦。

他缓步走出船舱，啊！虽然已是夜色朦胧，但一望无垠的洞庭湖的夜色如此恬静，他那颗躁动不安的心似乎是被清洗过一般，平如镜面。

他此刻的身躯融入洞庭湖的夜色之中，是那么清澈、洁净和透明。此时他才真正感受到子厚兄的良苦用心，他望着朦朦胧胧的君山，好像是一个倒置的青螺，顿时诗潮急涌。

刘禹锡也不与身旁的柳宗元打招呼，疾步进入船舱，一首《望洞庭》赫然于宣纸之上。

> 湖光秋月两相和，潭面无风镜未磨。
> 遥望洞庭山水翠，白银盘里一青螺。

"啊！好大的一个青螺。"柳宗元赞美说，"梦得，你将夜晚的洞庭湖比拟为一个大大的白银盘，又将君山比拟为一个盘中倒置的青螺，形象生动，优美神奇，玲珑剔透，既充满了诗情画意，又表现出了你现在平静的心情。"

"谢谢子厚兄的谬赞，要不，你也来一首。"

柳宗元摆了摆手说："还是算了吧，洞庭湖的夜景你给写绝了，我如何献丑。"

刘禹锡说："你的谦恭是骄傲的使然，谁人不知柳河东的才华，还是来一首助兴吧。"

话说到这份上了，柳宗元也不再推辞了，作了一首《和刘十八洞庭湖韵》的调侃诗。

> 莫道洞庭风雨多，十八与我品青螺。
> 九年尝尽其中味，只盼东风助过河。

刘禹锡点赞说："子厚兄调侃得很有风度，九年来，我们被贬啃着青螺，尝尽了其中酸甜苦辣的味儿，只盼着东风能为我们平反昭雪。我相信，洞庭湖恬静的夜色不会太久，东风飘至，又会掀起惊涛骇浪。"

他们在洞庭湖及周边游玩了半个多月，主要游览了湖光春色，和岳阳楼、君山、杨幺寨、铁经幢、屈子祠、跃龙塔、文庙、龙州书院等名胜古迹。临别前，他们来到当今诗圣杜甫的墓上祭祀了一番后，因惦记着程异的到来，就结束了行程，返回郎州。

刘禹锡回到家后，卢氏见他面貌焕然一新，不禁高兴地拉着柳宗元的手说："厚儿，还是你有办法，老娘我怎么感谢你呢？……"

刘禹锡见老母与子厚兄唠叨个没完，就自顾自来到书房，又提笔写了一首《洞庭春月行》。

程异调长安任用，途经郎州如约而至。这让刘禹锡和柳中元喜不自胜。从程异的被贬到重新起用，说明宪宗皇帝的用人标准有所转变，这也使他们看到了一线希望。

一阵问长问短的寒暄之后，刘禹锡拿出写给李吉甫的信交给程异。

"师举兄（程异字），烦请回京后将这封信亲手交给宰相李吉甫李相公。"

本是天涯沦落人，程异心知肚明，这是刘禹锡的求助信。

"请梦得兄放心，我一定会将这封信交给李吉甫相公，我也会在适当场合在李尚书面前为你们进言。"

"如此甚好，我和子厚兄先谢谢你啊。"

柳宗元见刘禹锡的事儿办完了，就将程异拉到一个偏僻处，直言相告说："师举兄，你知道吗，梦得的爱妻早春不慎落水溺亡，现在又是孤身一人。"

程异大大咧咧地说："女人如身上的衣服，再找一个不就得了。"

"可梦得的脾气你是知道的，倔强得很，就是不愿意再找，除非是他的初恋情人韦莺，否则再也不娶。"

程异听明白了柳宗元的话，分析地笑着说："梦得兄今年三十有七，那他的初恋情人想必也是三十好几的人了，早是为人之母或为人之祖了，难道还待字闺中等他不成，真是痴人说梦。"

"不！她是韦应物大人之女，当年俱文珍的儿子逼婚，她赌气出家了。"

"啊！是已故韦应物大人的千金小姐。那去尼姑庵做做韦小姐，啊……不，韦尼姑的工作，让她还俗嫁给梦得兄不就得了。"

"问题就出在这里，梦得至今还不知道韦莺在哪里出家呢。"

4

"你的意思是要我帮他找一找？"程异问。

柳宗元说："是的。不全是你，你回京城后会遇到很多熟人，像白居易、元稹、韩愈等，辛苦你委托他们帮助寻找。"

"好的。"程异见柳宗元的话讲完了，则转身回房，他紧随其后，边走边问，"子厚兄，难道你没有求助信要带的吗？"

柳宗元苦笑道："我和梦得是一根绳上的蚂蚱，同甘共苦，只要梦得能官复原职，我也能沾光。"

"什么一根绳上的两只蚂蚱？我们是一根绳上的三个司马，都是戏台上的名角儿——俏得很啰。"刘禹锡调侃地上前笑着说。

程异愤懑地问："此话怎讲，我们被贬期间遭到的白眼还少吗？"

"今非昔比，我刘梦得沾了两个大司马的光儿，你们看看，师举兄和子厚兄一到郎州，接风的请柬就飞来了好几张，有名儒崔锐的，有名僧鸿举的，还有宇文刺史邀请我们端午观龙舟赛的。"

崔锐的荤宴和鸿举的素宴，其热情丰盛就不说了，单说郎州端午划龙船的盛况。

弹指一挥间，明天就是端午节了。第二天早起，他们三人用过早餐，就从人群中挤进了沅水河边临时搭起的主席台客席的座位，凭高远眺，宽敞的河边摆满了大小不一、形态各异的龙舟。有龙舟头是龙形、凤形、虎形、牛形、猪形等十二生肖的船头。各条龙舟上端坐着十二名身着民族服饰的选手，他们手持划桨，正严阵以待。

吉时已到，只见宇文宿从主席台中间站起来，高声宣布："本官宣布，湘荆郎州第十三届龙舟赛，现在开始！"

三声山铳响声冲破云霄，顿时号角齐鸣，鞭炮震天，只见沅水河上浪花飞舞，龙头手执指挥杆的指挥者高呼"何在！"龙舟选手响应"何在，何在……"条条龙舟像离弦之箭，冲向前方。

顿时，战鼓声、喝彩声、划水声夹杂着两岸的鞭炮声，响彻沅江两岸。

程异见到这么壮观的场面，异常兴奋，他问刘禹锡："梦得兄，选手们高呼'何在'是什么意思？"

柳宗元抢着解释说："湘荆百姓每年春节或端午节都要举行龙舟比赛，就是为了纪念屈原，他们高呼'何在'是在呼唤屈原，您在哪里！久而久之，就成为选手们的号子声。"

"团结胜天，屈原永生，爱国永存！"刘禹锡感叹说。

"梦得，此时此景，我们回到家后各写一篇悼念屈原的诗文如何？"

"好哇，待龙舟赛结束后就回家作诗文。"

晌午，龙舟赛结束，宇文刺史招待了三人一顿具有当地特色的午宴。酒中的兴奋是借着酒兴而来，待醒后，他们又为屈原的爱国情操而惋惜和悲愤。三人结合自己的遭遇，各写了一篇悼念屈原的诗文。

柳宗元写的是《悼屈》文章，程异写的是《屈原屈》长诗。刘禹锡是用古诗的形式，作了《竞渡曲》，而悼念屈原。

> 沅江五月平堤流，邑人相将浮彩舟。
>
> 灵均何年歌已矣，哀谣振楫从此起。
>
> 杨枹击节雷阗阗，乱流齐进声轰然。
>
> 蛟龙得雨鬐鬣动，螮蛛饮河形影联。
>
> ……

宇文宿对这三个司马热情招待是真心实意，他出于对他们的尊重和敬佩，这不，又一张请束送上门来，邀请他们观看石国风情的"柘枝舞"。

程异归期逼近，柳宗元假期已到，两人委婉谢绝后，三个同病相怜之人洒泪而别。

刘禹锡家有老母和幼子牵挂，本不想去，但宇文宿是自己的顶头上司不说，且待自己不薄，加之他抗灾和理政深得郎州百姓拥戴，一片歌舞升平景象，宇文刺史与民同乐，我也应该去捧一捧这个场子。

他来到州府衙门，只见门外广场上，已经用楠竹搭建好了一座充满喜气洋洋的舞台，舞台两边高挂"舞低杨柳楼心月，歌尽桃花扇底风"一副硕大的对联格外醒目。

宇文刺史的位置是舞台下的第一排的正中间，作为司马的刘禹锡紧邻其座，左右两旁分别是地方官吏；第二排和第三排是当地名流雅士，其后排则是百姓代表。

柘枝舞起源于西北少数民族，大唐传入中原。舞技的特点是：舞姿如飞鸟矫健，舞者如猛虎英姿，节奏如沙海里的风暴，时而平静如镜，时而飞沙蔽日，随着少数民族特有的手鼓伴奏，进一步体现出柘枝舞的艺术价值。

宇文宿请来的这支舞蹈队，是来自柘枝舞的故乡——西域石国。地地道道的异国风情，闻讯者纷至沓来，广场周围早已被来看热闹的百姓围得水泄不通。

晚上酉时演出正式开始，在一片柔和而又陌生的手鼓声中，舞台幕布徐徐拉开，只见一柘枝舞独舞者在鼓声中出场。她身着美丽的五色绣罗的宽袍，头戴胡帽，帽上系有金铃，柳腰系饰着闪闪发光的纯银腰带，足穿锦靴，舞蹈开场击鼓三声为号。

随后以鼓声为节奏，她舞姿动作明快，变化丰富，旋转迅速，刚健与婀娜兼而有之。同时，她秀眉传情，眼睛富于表情。她的舞袖时而低垂，时而翘起，快速复杂地踏舞，使佩戴的金铃发出清脆的响声。观者惊叹舞姿的轻盈柔软。舞蹈即将结束时，她做了个深深弯腰的动作，最后谢幕的舞姿，有白鹤亮翅之美。

观众对舞伎的高妙技艺报以热烈的掌声，宇文宿侧耳邀请说："刘司马，这么精彩的异国演艺，何不来一首助助兴。"

刘禹锡这时兴趣正浓，诗潮如决堤的洪水，正在脑海里翻滚。

"恭敬不如从命，请刺史大人教正。"

宇文宿见刘禹锡爽快地答应了，忙站起身来，向广场挥了挥手，大声说："大家静一静，现在听刘司马即兴一首《观柘枝舞》。"

5

刘禹锡用感激的眼神望了望宇文宿，他这是要让他出头露面，从而击破朝廷传入民间对我不利的诽谤之言。

刘禹锡毫不怯场，站起身来正了正官服，信手拈来一首：

> 胡服何葳蕤，仙仙登绮墀。
>
> 神飙猎红蕖，龙烛映金枝。
>
> 垂带覆纤腰，安钿当妩眉。
>
> 翘袖中繁鼓，倾眸溯华榱。
>
> 燕秦有旧曲，淮南多冶词。
>
> 欲见倾城处，君看赴节时。

刘禹锡抑扬顿挫的诵音刚停，广场上再次响起雷鸣般的掌声。

掌声停后，第二场柘枝舞表演开始了。这是一个双人舞，只见舞侍从幕后推出一朵朵木轮莲花花蕾，停放在舞台的正中。顷刻间笙、笛、箫、管等乐器在手鼓的节拍指挥下奏出了动听的音符。

在热烈欢快的乐曲过后，又转化为悠扬婉转起来。随着乐曲的变化，舞台中间的含苞莲花在徐徐绽放。瞬时两个少女从莲花中一跃而出，两顶帽子上的金铃响声悦耳动听。

两少女身着浅绿色绸衣，衣料又薄又软，随着她们的身姿舞动，就像两片飘向大自然的绿叶……

宇文宿看得兴起，侧身对刘禹锡悄声地说："梦得，再咏一曲如何？"

刘禹锡连连摆手说："好戏只唱一曲，唱多了反而俗不可耐。"

宇文宿笑着说："梦得司马才思敏捷，一曲更比一曲吸引人。"宇文宿思考了一会儿说："要不这样，散场后，你到衙门案台为本官书法一首如何？"

盛情难却，一个时辰的演出散场后，刘禹锡跟随宇文宿来到州府衙门办公室，他也不谦让，龙飞凤舞般地书写另一首《观柘枝舞》：

> 山鸡临清镜，石燕赴遥津。
> 何如上客会，长袖入华茵。
> 体轻似无骨，观者皆耸神。
> 曲尽回身去，层波犹注人。

"好一个'何如上客会，长袖入华茵，体轻似无骨，观者皆耸神'。梦得兄的颔联与颈联环环相扣，比喻生动，豪迈奔放，出神入化，看来民间赞誉你为诗豪是名副其实啊。"

自宇文宿任郎州刺史三年有余，刘禹锡今天是第一次听见他称呼他为"梦得兄"，心中感到无比欣慰。

在大唐官场和名儒雅士间，不论对方年龄大小，均以兄为称呼，这是对对方特有的尊重。

宇文宿语重心长地说："梦得兄，我索要你的诗词墨宝是想留着做个纪念，你在郎州要好自为之。"

刘禹锡先是惊讶，然后试探着问："宇文兄，你要升迁了，谁人来郎州任刺史？"

"啥个升迁嘛，平调到江陵任刺史，只是江陵是荆楚大地的重要枢纽，责任更大了而已。"宇文宿苦笑一声，提醒说，"梦得兄，新的郎州刺史是史敛，据说他是宦官俱文珍的干儿子，你可要当心一点儿。"

"我行得正坐得稳，何惧宦官之流。"

刘禹锡刚才还强硬的语气，一下子转变为吞吞吐吐的："只是……"

宇文宿笑着说："梦得兄可不是个磨叽之人，有什么话直说无妨。"

"只是我的少年同窗元稹不知在江陵生活如何？"

真是有什么师父带出什么样的徒弟，当年杜相公委托我照顾你，也和你现在一样含蓄，不就是要我关照被贬江陵的元稹吗？就冲着你这屁股流鲜血，却跟朋友治痔疮的义气，本官也要照顾他。

宇文宿想到这儿，就对他说："梦得兄，你放心吧，我会好好关照他的。"

他最后委托刘禹锡说："梦得兄，你抽空代表我去看望刚迁移过来的琵琶女泰娘吧。"

刘禹锡惊问："刺史大人也对名伎感兴趣。"

宇文宿摆了摆手说："不，不！本官和你一样，没有那个兴趣。只是这个泰娘很是不幸。据说她原籍是你的第二故乡苏州，后为苏州刺史韦夏卿所得，成为他家苏州评弹的主角，深得韦刺史的宠爱。后来韦刺史入长安为官，泰娘跟随入京，并且学会了很多秦腔京曲，貌美艺高，京城许多上层人物为之倾倒。"

宇文宿喝了一口茶水，继续说："可是好景不长，韦夏卿来京一年余就病故，泰娘被韦氏家人驱逐出韦府，流落民间。后来被蕲州刺史张愻发现，收进家门。但不久张愻被政治风云卷起，被罢免官职，净身回郎州老家居住，不久忧郁而死。泰娘失去了依靠，又无法返回原籍，整天以泪洗面。"

刘禹锡心领神会说："刺史大人是要我代表州衙去安慰抚恤她。"

"正是本官之意。"

泰娘，这个名字好熟悉呀！难道她是那年在江南扬州的花船上遇见的泰娘？

出于对下层阶级同情和救助的责任感，他必须去完成宇文刺史交代的任务。

但有杜师母的前车之鉴，为了避免孤男寡女在一起交谈，被一些别有用心之人大做诽谤之文章，他带着慰问品，邀上好友赵咏一同往城南看望泰娘。

赵咏轻车熟路地来到东街，上前敲开张愻家的大门，只见开门的是一位衣衫不整、鬓发零乱的中年妇女。

刘禹锡仔细地打量了她一会儿，虽然她面带悲戚之容，眼含苦泪，但从她脸庞的轮廓上，还是看得出来她原来美丽的娇容。

"你就是苏州评弹名旦泰娘？"

"您是……"

"你不记得我了，我就是当年在扬州花船上听你弹曲的掌书记刘禹锡呀！"

泰娘仔细一打量，想起来了，他是当年李益在水馆里请客，坐怀不乱的年轻军官。唉！真是时间弄人，当年英俊潇洒的刘禹锡，现在的两鬓也出现了花白。想到这儿，泰娘不禁脸儿羞红了起来。

刘禹锡说："我受郎州刺史宇文宿大人的委托，前来看望你这个为大唐文艺作出出色贡献的名伎。"

说完，刘禹锡将手中的礼品放在她家的八仙桌上，随后又从宽大的袖口中，掏出一个装有二十两银子的袋子。

"这是给你重返苏州家乡的路费。"

泰娘感激地说："谢谢州老爷！"

第十六章　真金哪怕烈火炼

1

站在一旁没有言语的赵眽，见泰娘只感谢宇大人，心中便是不悦，他解释说："这些礼物和银两都是刘大人私人掏的腰包。"

泰娘连忙说："谢谢刘大人，您是观音菩萨再世。"

说着，泰娘欲跪地叩拜，刘禹锡见状，忙将她拉了起来。

泰娘很是过意不去，忙说："让小娘子为两位大人弹上一曲吧！"

未等两位客人同意，她就从条台上取下琵琶，端坐在八仙桌旁，弹奏了起来。

随着琴音如清泉般地汩汩流出，平静舒畅了一会儿，转眼儿像是决堤的大海波涛汹涌，如泣如诉……

渐渐地，刘禹锡听出这是江南一带流行的名曲《六幺》，听着，听着，他不禁热泪盈眶。

二人辞别泰娘各自回到家中。刘禹锡回想起泰娘的不幸遭遇，心情久久不能平静。我作为一个所谓诗豪，一定要将泰娘的不幸遭遇和世俗的偏见与无情，揭露于世人。

于是，一首旷世杰作《泰娘歌》愤然而出：

> 泰娘家本阊门西，门前绿水环金堤。
>
> 有时妆成好天气，走上皋桥折花戏。
>
> 风流太守韦尚书，路傍忽见停隼旟。
>
> 斗量明珠鸟传意，绀幰迎入专城居。
>
> ……

240

刘禹锡含泪写完此诗后，将它装入一笺信封，缄口后寄给远在洪州任刺史的白居易。

白居易读诗后感慨万千，他派人接回泰娘，在姑苏城内购得一幽静宅院，供她传经带徒，发挥余热。

六年后，白居易在《泰娘歌》的基础上，结合自己的亲身感受，作了一首《琵琶行》，被流传千古。

正如宇文宿所料，自从郎州新刺史史敛上任后，又把刘禹锡晾在一边坐冷板凳，刘禹锡倒落得清闲自在。

他坚持与白居易、柳宗元和元稹进行通信往来，主要是交流探讨诗文。

刘禹锡刚接到宰相李吉甫的回信，意思是说，他托程异带来的诗作已经收到，诗意悉知，他已在皇上面前为他求情，但遭到宦官们的极力反对未果，最后安慰他说："安心等待时机，我会操作此事，还你一个清白。"

可恶和变态的阉党，祸国殃民。刘禹锡正在家里心中暗骂着俱文珍之流时，又接到了柳宗元的一篇寓言文章《骂尸虫文》。

刘禹锡读罢，心中暗自佩服子厚兄的才华。这是一篇讽刺文章，他借对自然之物的褒贬，寓意对当今社会人事的不满和愤怒。

在柳宗元的启发带动下，刘禹锡用寓言诗的形式对当今社会的时弊，进行了猛烈的抨击，并借以大骂宦官和一些只会在皇上面前拍马屁，而满肚子草包的新宠官僚。

主要代表作有《百舌吟》《秋萤引》《有獭吟》《聚蚊谣》等。其中《聚蚊谣》是这样写的：

> 沉沉夏夜兰堂开，飞蚊伺暗声如雷。
> 嘈然欻起初骇听，殷殷若自南山来。
> 喧腾鼓舞喜昏黑，昧者不分聪者惑。
> 露花滴沥月上天，利觜迎人看不得。
> 我躯七尺尔如芒，我孤尔众能我伤。
> 天生有时不可遏，为尔设幄潜匡床。

清商一来秋日晓，羞尔微形饲丹鸟。

这首寓言诗的形成，实际是在一个深沉的夏夜里堂屋门被风吹开了，飞蚊趁着昏暗发出烦躁的嗡叫声，声音杂乱，听得使人感到惊骇，就像隆隆的雷声从南山传来。

蚊子喜欢在昏暗中乱叫乱飞，使得糊涂的人分不清，明智的人也迷惑不解。

在露水下滴，月儿已上升的时分，尖嘴的蚊子迎面而来，人也难以觉察。

我身高七尺，你小如麦芒，但我只一人，而你们一群却能把我咬伤。蚊子生长在夏季里阻止不了，为了防被咬，我只好躲进挂有蚊帐的床上。

等到凉风吹来，在秋天的拂晓，你们那微小的身子就去喂丹鸟吧。

正当刘禹锡夜不能寐，比喻宦官似蚊子时，只听得丫鬟柳儿在室外惊叫。

"老爷，老爷！快起来，走水啦，走水啦！"

刘禹锡猛然从书房冲出门外，急问柳儿："哪儿走水了？"

柳儿用手指了指已被火光映红了的窗户纸说："城中，城中！"

刘禹锡推开窗户一看，正是城中一个大型染布作坊发生了大火，火势借着北风的肆虐，已经将大半个郎州城点燃。

2

不好！南山有一个大型鞭炮作坊，隐藏在南山的山坳之中，要是将鞭炮作坊点燃，整个郎州将毁于一旦。

这场突如其来的大火，如不及时扑灭，后果不堪设想，吓得刘禹锡直冒冷汗。

他临危不惧，大声吩咐道："柳儿，快带上老母、奶娘和两个孩子往北山跑啊！"

柳儿关切地问："老爷！那您呢？"

"此时火灾现场正需要我们这些当官的指挥灭火。"说完，刘禹锡提

242

着水桶，飞快地奔向火灾现场。

"老爷真是狗拿耗子——多管闲事，一个被晾着的司马，指挥得动谁，不是有史大人吗？"柳儿正小声嘀咕着。

这时卢氏老夫人也麻利地站起来，她双手牵着两个幼孙出来，大声说："柳儿，尽嘀咕啥，禹儿的做法是对的，我们快去通知秀英一家，一起去北山避难。"

刘禹锡很快来到火灾现场，只见条条火龙向南街袭来，却又被层层防火墙阻挡，火龙回头后，又借着风力向各户的防火墙冲去，大有不将郎州化为火海誓不罢休的架势。

刘禹锡迅速扫视火灾现场，没有看见史敛带领官兵救火，只见黑压压的一群郎州百姓自发地而又毫无章法地从沅江提水救火，由于水力单薄，火龙越发猖狂。

"父老乡亲们！我是郎州司马刘禹锡，大家不要乱，现在听我指挥。"

刘禹锡站在一个高墙处，大声命令道："现在从火势上看，有五条火龙南窜，我们组成五路纵队，从沅江有序传递水桶，不停地泼向火龙！"

"好办法！我们听刘大人的指挥！"只见鸿举法师带着众僧也来救火，他高呼"阿弥陀佛！"边带着众僧很快组成了一个队列，崔锐、顾象、赵咏和另一名乡绅也带头组织了四个队列，灭火初见成效，火龙像斗败的公鸡低下了头儿。

"顾象先生，我来换你。南山有鞭炮作坊，你去通知刺史大人，建议他带兵丁去南山边砍出一条十余丈的隔离带，以防万一！"

"好的！"

刘禹锡知道顾象与史敛颇有交情，令别人去有误大事的可能。

果然，史敛像一只热锅上的蚂蚁，在衙门踱来踱去，他对这场大火竟然束手无策。突见好友顾象来报，刘司马正在现场指挥灭火，请他带队去南山砍隔离带。他长长地舒了一口气，欣然带着衙内众兵丁奔向南山。

大火燃烧了整整一天，傍晚才被彻底扑灭，郎州城大部分已变为废墟。刘禹锡拖着疲倦的身体回到家中，家人在北山还没有回来，他不顾满身炭灰，整个身躯瘫软地倒在床上，可久久不能入睡，刚才救火的一幕历历在目。

刚发生的火灾是染坊下人起早做饭引起的，火焰如撕裂夜空的闪电，火势迅疾地借暴风而起，蔓延着扑向南街，整个郎州烧得通红，像一座巨大的火炉；烟火汹汹像似云涛翻滚，火烧家什的噼里啪啦声好似鬼神飞奔；眼前是铄石流金，所有东西都油脂一样爆燃。

邪火的威势延伸到江边，急飞的火苗烧着了码头的船只，闪射的火星照亮了水府，滚热的浪水愁坏了天吴；火龙又吞噬了粮仓，使郎州百姓一年的口粮付之一炬。

大火扑灭后，"贤"刺史史敛体恤民众，骑着高头大马来慰问灾民……

刘禹锡为救火，一整天粒米未进，饥肠辘辘的肚子闹腾得厉害，忙起身来到厨房，揭开锅盖一看，还好，锅里还有昨晚吃剩下的两个红薯。他狼吞虎咽般地将两个红薯咽于腹中，随后从水缸里舀出一碗凉水"咕噜"几声喝了下去，这才感觉腹中舒服了许多。

反正一时也睡不着，等等老母亲和孩儿们回来，于是，他踱到书房，挥笔将今天的大火以《武陵观火诗》为题，记录下了这次特大火灾，让世人记住水火无情的残酷和注意防火的教训：

> 楚乡祝融分，炎火常为虞。
> 是时直突烟，发自晨炊徒。
> 盲风扇其威，白昼曛阳乌。
> 操缏不暇汲，循墙宁避逾。
> ……

多灾多难的郎州，何时才能让百姓过上好日子。刘禹锡被贬初来郎州时，就遭遇洪灾，现在又遭到火灾，真是多灾多难的地方啊！

任何灾祸的发生，既有偶然也有必然。宇文宿执政郎州三年多来，时刻心系百姓疾苦和安危，出现一片升平景象，乃是天意？这是为官者值得研究的课题。

火灾后，刘禹锡向史敛进言说："史大人，我们官府应积极组织人力和财力，进行灾后重建，好让百姓重返家园。"

哪知史敛骑在高头大马上，冷冰冰地说："真是咸吃萝卜淡操心，难道这个本官还不知道。"

3

秀才遇到兵，有理也说不清，一个不学无术的草包。刘禹锡再也不搭理他了，直往北山招隐寺来看望无家可归的避难百姓。

只见招隐寺周边搭起了无数个帐篷，庙前两棵皂角树下，架起了一个特大的铁锅。方丈鸿举正带着小沙弥们在锅前熬粥。

刘禹锡见热气腾腾的烟雾中，鸿举那高大而慈祥的身影，他仿佛看到了观世音菩萨下凡。

他忙上前招呼道："鸿举大师，尔乃观世音也！"说着，他从袖口中掏出一包银子递给鸿举，吩咐说："这是百两纹银，烦请大师派僧人去附近的州府买些粮食给灾民，想方设法让灾民渡过这次灾难。"

"阿弥陀佛！刘司马的俸薪勉强够一家人的生计，哪来这么多银两，难道是州府赈灾的银子。"

"否也。"刘禹锡摆了摆手，淡淡地一笑，"本官老家东都还有三四十担薄地，我令管家刘全变卖了一部分，这不，正好拿来解燃眉之急。"

"阿弥陀佛，刘大人才真正是观世音菩萨！"

"大师过奖了。"刘禹锡指了指一旁放着的一把蒲扇，调侃地说，"我顶多就是这个蒲扇，夏天给人凉爽驱蚊，进入秋天就闲置了下来。不过偶尔还能充当扇风火的作用罢了。"

鸿举见他如此谦恭，高兴地逗他说："刘大人能现场作一首蒲扇曲，老衲就认你这个蒲扇了。"

"好！君子一言九鼎。"刘禹锡沉思了一会儿，一首《团扇歌》脱口而出：

团扇复团扇，奉君清暑殿。

秋风入庭树，从此不相见。

上有乘鸾女，苍苍网虫遍。

明年入怀袖，别是机中练。

鸿举听后感叹地说："刘大人失之东隅，自寓蒲扇遭主人抛弃重用新扇的愤懑心情，老衲理解。"

"高山流水，下官遇知音也。"

鸿举粲然一笑说："刘大人雪中送炭救苦救难，贫僧无以回报，就赠您一首《法华偈》如何？"

"好哇，好哇！下官心诚拜读！"

鸿举摇头摆脑地吟咏了起来：

六万余言七轴装，无边妙义广含藏。

白玉齿边流舍利，红莲舌上放毫光。

喉中甘露涓涓润，口中醍醐滴滴凉。

假饶造罪过山岳，不须妙法两三行。

这是一首佛理诗，诗意里含有无量无边的绝妙含义。这是妙法莲华经的《法华偈》，刘禹锡少年时曾在皎然师父那儿读过，今天鸿举大师赠与他去理会，别有一番韵味。

刘禹锡辞别鸿举，大步流星地往回赶。正当他走到北山山顶时，又看见一群大雁南飞。他受其《法华偈》的感化，这次与洞庭湖中心情判若鸿沟，同样的失意心情，同样的飞鸿素秋，他摆脱了悲秋的俗套，别开生面，吟出了很高精神境界的《秋词二首》：

一

自古逢秋悲寂寥，我言秋日胜春朝。

晴空一鹤排云上，便引诗情到碧霄。

二

山明水净夜来霜，数树深红出浅黄。

试上高楼清入骨，岂如春色嗾人狂。

翌日，正当刘禹锡在书房里将《秋词二首》装入信封，寄给柳宗元共享时，忽听柳儿来报。

"老爷，有一位叫窦常的钦差大臣求见。"

"窦常？"刘禹锡脑海里一片翻腾，就是想不起来，此人是谁？

钦差大臣，难道是来传圣旨的？宣我返京。

想到这儿，刘禹锡忙大步来到门前，人未见着，声音先传出了门外："有请，有请钦差大人！"

将窦常迎进厅堂落座后，柳儿端上茶水后转身退去。

窦常扫视了一下不算宽敞而简易的厅堂，笑容满面地说："刘司马住房如此简陋，生活还是蛮艰苦的吗？"

"窦钦差大人，还好，还好！"刘禹锡敷衍着，见窦常一屁股坐在椅子上，心里凉了半截，这不是来传达圣旨的呀！

"请问钦差大人来郎州有何公干？"

"受皇命来调查郎州大火案的。"

"钦差大人，郎州大火所造成的惨状还依稀可辨，下官建议大人去招隐寺灾民窟中走走，尽快奏请皇上，赈灾救民。"

"本钦差就是为此事而来，也巡查过招隐寺，走访了当地百姓和社会名流，事实竟与刺史史敛上奏的截然不同。故而，我就来拜访，现场救火，并变卖家产来救济灾民的刘大人你呢。"

原来，史敛上奏朝廷，因郎州百姓触犯雷公，雷电引发火灾，使郎州全城发生大火，烧死烧伤无数州民。在他的带领下，率兵丁经过三天三夜的灭火奋战，终于使大火扑灭，但郎州城已经毁于一旦。因此，恳请皇上拨巨额款项赈灾，用以救济灾民和重建郎州。只字未提刘禹锡英勇指挥百姓救火和救济灾民的事儿，将功劳独揽于身。

　　史敛，人送外号史敛财，他为了将赈灾款大部分私吞，故意将火灾事故扩大，多要些赈灾银两。

　　他敛财心机很深，深知宪宗皇帝信任宦臣，加之他与薛盈珍交情颇深，于是，他通过薛盈珍之手，亲自将赈灾奏折交给宪宗皇帝。

　　宪宗皇帝只用余光扫视了一眼，就在奏折上批示："准奏，交宰相府办理。"

　　李吉甫接过转来的奏折一看，就知道史敛葫芦里装的是什么药。为了慎重起见，他就奏请皇上，派为人正直的侍御史窦常作为钦差大臣，前去郎州调查火灾情况后，再行赈灾。

　　"简直是胡说八道！"刘禹锡听完事情的原委，一针见血地指出，"钦差大人，史刺史这是别有用心地歪曲事实，私心膨胀，从而达到他敛财的目的。"

4

　　说着，刘禹锡起身回到书房，从案台上拿出《武陵观火诗》，递给窦常说："钦差大人，这才是火灾的真相。"

　　窦常看了后，与他明察暗访的一样，不禁赞叹说："难怪家兄赞您很有才华。"

　　"令兄？他是谁，认识下官吗？"

　　窦常戏谑地介绍说："家兄就是您的朝中'好友'窦群啊！"

　　"是他！这个……"刘禹锡本想骂：这个武元衡的狗腿子。但人家钦差一口一个"您"字地尊称自己，不看僧面看佛面。常言说得好，伸手莫打笑脸人。一娘养九子，九子九个样，看来，这个钦差与他哥哥的品行不一样啊。

　　于是，他止住骂声，假装关心地问："窦群大人现在何处高就？"

　　"他呀！"窦常惋叹道，"身为中丞，但品行未改，他捏造事实，使李吉甫大人二度罢相，后来皇上知道是他诬陷李宰相真相后，一怒之下要杀了他。在他命悬一线时，是他所诬陷之人李宰相在皇上面前求情，才使他保住了脑袋，现被贬为利州刺史。"

"真是宰相肚里能撑船。"刘禹锡感叹之余，就问窦常，"窦大人，不知下官的恩师杜相公近况如何？"

窦常说："身体状况不佳，毕竟是耄耋老人了。"

刘禹锡哽咽地说："下官只恨老天白给了我的两条腿儿，不能去他老人家身边尽尽孝心，惭愧啊。"

窦常见刘禹锡如此仗义，心想，难怪朝廷那么多高官权臣为他求情，此人毫不造作的举动，的确感人。从而使他记起朝廷对他的前途，保和贬两派还在进行残酷的斗争。

左拾遗杨归厚，他虽然未参加"永贞革新"，但他是同情和支持革新派人物的。

一天，他致书李吉甫，先是祝贺他再度入相。信中的核心内容是：请求宰相现在趁皇上信任之机，奏请赦免刘禹锡等人。见无回书，就知是皇上那一关没有通过。

杨归厚请求面见皇上，宪宗皇帝知道他要面见的目的，推说朝廷事务繁忙，拒绝见他。

一日早朝，杨归厚作为谏官，列举大量证据，愤怒抨击宦官、宠臣许遂振的奸行。

这还了得，这不是与孤家公开叫板吗？宪宗大怒说："将这个满嘴胡言的杨归厚，贬到琼州去，朕再也不想看见他。"

李吉甫深知内情，颤抖起身子，竟不知如何保下杨归厚。

这时，右相李绛请柬说："吾皇圣明，杨归厚身为谏官，抨击朝廷官员违法行为是他的本职工作，不能以此获罪，请皇上三思。"

宪宗皇帝没好气地说："就降为国子主簿，调往东都，免得像个蚊虫似的，闹得朕心烦。"

一石激起千层浪，杨归厚虽然调到了东都洛阳去管理东都教育，可他要求为永贞革新平反的事情，还在发酵。

这天，七十八岁高龄的杜佑，邀上李吉甫和李绛两位宰相一同向宪宗皇帝上奏说：国家现在正是用人之际，朝廷还有很多官位空缺，请求赦免刘禹锡等人，将他们调回京城，重新任用。

三人成虎，何况是新旧三位宰相呢。他们终于敲开了宪宗皇帝这颗花岗岩脑袋，他勉强同意将刘禹锡、柳宗元、韩泰、韩晔、陈谏、凌准六人解除流放，调回京城，此时韦执谊已在琼州病故。

正当杜佑准备写信告诉刘禹锡这一高兴事时，左相武元衡迎头泼了一盆冷水。

武元衡因率兵平定川西藩镇刘僻叛乱有功，调回京都后，就升任左丞相。他闻之宰相府正拟写赦免刘禹锡六人的罪过，调回京城重新任用之事，便立即联合十余名谏臣，在一次早朝上，针锋相对地对赦免诏书进行了反驳，又迫使宪宗改变了主意。

杜佑获知这一消息，心中愤懑：真是人情薄如纸啊，在我任宰相时他武元衡还是个四品监察御史，对我唯唯诺诺，可如今他翅膀硬了，竟敢打老夫的老脸。他一气之下，口吐鲜血，一病不起。

刘禹锡闻言，先对窦常的坦诚相告表示感谢，接着愤然说道："武大人作为我和子厚的顶头上司，虽然在工作中有些意见分歧，他不但不管下属的死活，反而落井下石，着实可恶。更为可恨的是，他竟然反驳恩师的意见，使他老人家气得一病不起。"

窦常劝告说："刘司马，自古官场如战场，没有永久的敌人，也没有永久的朋友，只有永久的利益。本官劝你忘记过去的政敌武元衡，重归于好。"

他为了解开刘禹锡心中的死结，列举武大人为人正直一面的事实，继续劝说："况且，武相公坚定地平定藩镇，是你们革新派想完成而又没有完成的事情，从这一点来说，你也应该对他表示感谢。再说，去年冬天他不是托人给您送冬衣御寒吗？这说明武相公还是念旧情的。本官建议您借他这次立功升迁之机，写封信对他表示祝贺。也许能起到意想不到的效果。"

刘禹锡听到窦常苦口婆心的劝告，心潮起伏：武元衡的确不像阉党们一样，只知阿谀奉承，祸国殃民。他具有独特个性和自己的政治主张，对维护大唐江山稳定还是有贡献的。

"钦差大人，你的忠告使我如雷贯耳，请稍候，品品茶，我这就去给武宰相写信。"

刘禹锡来到书房，认真思索了一会儿，一封《上门下武相公启》很快写成。

5

这封信写得既哀婉凄凉，又直截了当，真可谓绵里藏针，用心良苦。

窦常返回京城，在早朝上，他将这次调查郎州火灾的情况向皇上如实禀奏。

"启禀圣上，受皇恩，臣调查郎州火灾，通过臣的明察暗访，得出的结论是，郎州火灾是其染坊妇人做饭时不慎失火所致，当时天气晴朗，并无雷电之说。火灾烧了一整天，不是三天，造成南街和水运码头成为一片废墟，而不是整个郎州城遭殃。火灾发生后，是郎州司马刘禹锡率领郎州百姓救火，火灾现场无一兵一卒，郎州刺史史敛并未参加指挥救火。在刘禹锡的正确指挥和奋勇战斗下，大火烧了六个时辰终于被熄灭。造成有五百四十六户，一千五百二十一名百姓无家可归，除有八名百姓救火时被烧伤外，无一死亡。这些无家可归的百姓，是郎州招隐寺方丈鸿举在寺院周围搭建临棚救济，其中刘禹锡变卖老家田产，捐银一百两救济百姓。现在急需朝廷下拨赈灾资金救济灾民和重建家园。特此禀奏，请圣上定夺。"

窦常禀奏完后，将奏折和人证物证材料呈送给当值太监，再由他毕恭毕敬地双手递给坐在龙椅上的圣上。

宪宗皇帝仔细地将材料翻了翻后，就对文武百官说："看来刘禹锡真是个人才，那就让他当郎州刺史，将谎报灾情的史敛革职查办！"

右相李绛乘机上奏说："圣上英明，刘禹锡的确是我朝难得的人才，好钢要用在刀刃上，现在宰相府正缺一位监察御史，应将他调回京城，担任此职。"

窦常何等精明，他见左相武元衡正欲站出来反对，忙靠近他的身边，小声地对他说："武相公，下官带回了一封刘司马向您请安的信呢！"

朝堂上是不许拆看私人书信的，但武元衡心里明白，这是他那不服从他管教的下属，向他低头示好的表现。他刚才还怒发冲冠的神情，似乎得到了安慰，因此，他将反对意见收了回来。

宪宗见没有官员出来反对和附议，心想，尽管你刘禹锡政通人和，孤家心中还是有芥蒂的，你的事先放一放再说。

"依李绛爱卿之见，那郎州刺史该由谁担任？"

李绛又站出来奏说："圣上英明，窦侍御史能深入郎州百姓之间调查火灾真相，一定深得郎州百姓拥戴。他现在是五品侍御史，将他升迁为四品刺史是对他最好的奖励。"

李吉甫忙站出来说："臣附议！"

一朝被蛇咬，十年怕井绳，他作为宰相也有一本难念的经。他两度罢相，上次在杜老宰相的怂恿下，联名上奏赦免刘禹锡等人，遭受了皇上的严厉训斥。所以，在李绛举荐刘禹锡的时候，他格外小心，没有附议，先观察一下风向再说。

这时，朝廷上一片附议声。

李绛发现，作为刘禹锡的亲属，吏部尚书的权璩和侍御史权恒父子俩没有发言，不知他们葫芦里卖的什么药。

这天，刘禹锡接到通知，去州府衙门参加新刺史见面会。

新刺史！难道史敛被调走了吗？刘禹锡继而一想，一定是钦差窦大人的上奏文书起了作用，将不学无术只知敛财的史敛撤换了，来了一个开明的刺史。否则，是不会通知他这个坐冷板凳的司马，去参加见面会的。

于是，他整了整官服，早早地来到郎州衙门。

"刘司马，您可来了，您的大名可把我害惨了。"新刺史窦常忙迎上前拉着他的手说，"本来是您来担任郎州刺史的，右相李相公却赞赏您是朝廷栋梁之材。这不，阴错阳差地将我调来任刺史。"

"啊，原来您就是新任刺史，这下好了，郎州百姓有救了！"刘禹锡接着兴奋地问，"窦大人，朝廷发生了什么事？"

窦常将上次早朝的情况，竹筒倒豆子，一五一十地向他介绍了一遍。介绍完后，他郑重地对他说："刘司马，您可不能先溜之大吉，不管圣旨到否，你要先协助本官将赈灾的事情办圆满了再进京。"

真是饱汉不知饿汉饥，刘禹锡虽然归心似箭，但为了郎州百姓，他决定暂时留下来。

"窦大人，您放心，下官一定要做好赈灾工作。"刘禹锡又玩笑地补充说，"刺史令司马去打狗，司马决不去撵鸡。"

"哈哈哈！"窦常愉悦地大笑后，又开玩笑说，"您可要为本刺史接风洗尘啊！"

"应该的，应该的。择日不如撞日，就今天中午，到吉庆楼订上几桌酒席，邀请今天的与会者和郎州社会名流参加。"

吉庆楼是郎州最大最豪华的酒楼，与会官吏和郎州名流都参加，最少要订十桌左右。一桌按最低标准五两银子算，也需要文银五十两。本司马一年的俸禄也只有百余两，全家六口人后半年要去喝西北风了。

可海口已经夸下了，在新刺史面前不能掉底子啊。人家与我无亲无故，却在为我上调的事情四处奔走，刚刚有了眉目，可不能薄情寡义，让他人耻笑。

刘禹锡想到这里，"嘿嘿"一笑说："窦大人，我俩面也见了，我这就去吉庆楼订酒。"

"刘大人，本官只是开个玩笑而已，您怎能当真？"

"不，不，这个客我必须请，只是迟了一点，在你当钦差来郎州时我就想请您，可又怕别有用心的人拿此事做文章，就放弃了。现在可好了，郎州上下一片光明，正是本司马拍马屁的好机会。"

"别，别，您不是拍马屁之人。我只是担心，您哪有那么多银子。"

第十七章　坚冰融化会有时

1

请客的银子？刘禹锡"嘿嘿"一笑说："看来下官家的米缸里有几斤米，刺史大人是摸得一清二楚啊。不过，办法总比困难多。"

窦常正色地说："您可不许打公款的主意。"

"怎么会呢，这说明刺史大人还不了解下官，我是个公私分明之人。"

"这个本官略有所闻，不知您有何办法筹得银两，我看还是不请客了，节省一些银子。"

"我去打一打郎州土财主们的秋风不行吗？"

"您为官从不搜刮民脂民膏，今个儿怎么啦？"

"刺史大人，这个土财主不是别人，他是当地名儒，也是我的亲家，这也叫搜刮民脂民膏？"

"人们都说文人的脸比纸儿还薄，哈哈哈！"窦常大笑后，调侃地说，"今天本官算长见识了，当今诗豪的脸呀，比城墙还厚。"

"刀子嘴，豆腐心，下官这就去安排了。"

刘禹锡羞惭地与窦常告别，走出府衙，去找崔锐商量今天中午请客的事儿。

当然，亲家崔锐是很给刘禹锡面子的。为新刺史的接风宴是在崔府举行的。席间，赈灾的方案是在大家七嘴八舌中制定下来的。

刘禹锡协助窦常完成了赈灾工作，受灾的郎州百姓重新返回家园，过上了幸福生活。

刘禹锡此时心里在暗自焦急，时间一天天过去，他左盼右盼朝廷的诏书，还是没有盼来。

难道是朝廷又发生了什么变故？真是水里按葫芦，按进去这头，又冒出了那头。刚刚疏通了武相公的工作，阉党俱文珍、薛盈珍先后死亡，少了许多政敌，这个时候又是谁在中间作梗呢？

刘禹锡远在郎州，当然不知道朝廷上又发生了一些变化。李吉甫再度罢相，李绛、裴度、崔群、韦贯之、权璩相继入相，官场上又要重新洗牌。

民间流传："大唐如老牛，宰相如牛毛。"从此句中不难看出，宪宗执政的政治舞台是动荡不安的。他执政二十三年，先后换了二十九位宰相，也可以说他是一个政治奇葩。

又可以说宪宗时期的政局变化颇具戏剧性。宪宗虽是宦官拥立，他也很重用宦官，但他不是被宦官操纵的傀儡，在这一点上，他还算得上是一位圣明的君主。

宰相李绛、右相裴度、左相韦贯之、刑部尚书权璩、户部尚书崔群五人都是裴垍在元和三年任宰相时，推荐上来的官吏。因此，这次宰相衙门组阁都是一条线上的人。

宰相内阁的第一次人事任免会上，裴度提出要将刘禹锡等永贞革新期间被贬的六司马重新调回京城任用。他的意见一提出来，就得到五人的全票通过，报请宪宗批准时，宪宗思索了一会儿，就在奏折上，御笔一挥，写下了"准奏"二字。

这次诏书不同凡响，不但赦免了八司马之过，并将刘禹锡、柳宗元、韩泰、韩晔、陈谏、凌准都诏回朝廷。在李绛的提示下，还顺带将元稹也召回，统统另行任用。

从表面上看，永贞革新人物的个人命运翻开了新的一页。只有宪宗皇帝明白，他和这些人，是麦粉拌豆粉——面和心不和。二王八司马都是父皇身边的红人，是他谋权篡位的绊脚石。现在新的宰相衙门班子都在举荐他们，孤家若是继续反对，那倒是真正成为孤家寡人了，小不忍则乱大谋，所以说这次调回六司马还算顺利。

刘禹锡接到诏书后，异常兴奋。他写信给永州的柳宗元，相约在襄阳会合，一同返京。

一连几日临行前辞别亲友，将刘禹锡累得够呛。好在有好友亲家崔锐带人帮助整理行装，故而不担心家里那些破铜烂铁。

临行前的一天，他带着女儿秀英、两个儿子围绕郎州城大街小巷走了一遍后，在一家白事馆买了一梱檀香和一沓蓝字冥币，前往妻子薛惠坟前辞行。

刘秀英此刻恋恋不舍，家人此番离去，不知何日才能相见。她哽咽地说："父亲大人，将纸钱让孩儿提吧。请您放心，每年清明女儿会代表全家祭拜母亲大人。"

只有八岁大的咸允倒也机灵，他忙接过父亲的纸篮，对刘秀英说："姐姐，请你放心，每年清明我会带上同廙弟弟到大娘坟上祭拜。待父亲工作安定了，我们再将母亲的尸骨移回祖坟山。"

刘禹锡见孩子们都长大懂事了，就对女儿说："秀英，为父并不担心你在李家过日子，只是你和女婿要经常带着外孙们来长安看望你奶奶，人老了更加思念亲人。"

一家子祭拜完薛惠后，刘禹锡只身一人来到不远处的战马坟前，默默地说："老伙计，主人又要出征了，不知没有你的相助，还能否旗开得胜，永不掉队。"

第二天一早，刘禹锡试穿着刺史窦常派人送来的峨冠博带的新官服后，他站在镜子面前照了照，一个精神抖擞的官员出现在镜中。诗人的灵感一下子就来了，吟咏出一首《磨镜篇》：

> 流尘翳明镜，岁久看如漆。
> 门前负局生，为我一磨拂。
> 萍开绿池满，晕尽金波溢。
> 白日照空心，圆光走幽室。
> 山神祆气沮，野魅真形出。
> 却思未磨时，瓦砾来唐突。

这次返京与被贬来郎州的情形大不一样，一大早，刺史窦常率领郎州全体官员，早早地来到郎州码头，为他一家子送行。

挑夫早已将他们的行李搬到了官船上，刘禹锡一家子被前来送行的郎州百姓团团围住，有的送公鸡，有的送年糕，有的送熏肉，有的送咸鱼，有的……只忙得他们一家子应接不暇，感激不尽。

窦常见状，就严肃地对一行官员说："为官者，就要像刘大人这样，离任后让百姓依依不舍。"

2

官员们从来未见过这么官民融洽的场景，唯唯诺诺地点头称赞。刘禹锡一家子好不容易挤出送行的人群，徐徐来到码头。

窦常忙上前搀扶卢氏，并微笑着对刘禹锡说："刘大人，您作为被贬官员，却有这么多百姓拥戴您，何不趁此为我们这些官员讲两句。"

刘禹锡也不谦让，指了指沅江上的官船说："我们是舟，百姓是水，荀子曰：'水能载舟，亦能覆舟'，希望同僚们都能铭记于心。"

随后，他又将新作《磨镜篇》吟咏出来，以史为镜，要像一面镜子一样里外光鲜，实则告诫众官，要以历史上清正廉洁的官员为榜样，刘禹锡的话赢得一片喝彩声。

刘禹锡一家从沅江乘船顺流直下，进入洞庭湖。他此刻是归心似箭，没有在风景秀丽的洞庭湖中逗留，而是直入长江东流，再从汉口出长江入汉江，顺风顺水，很快来到荆楚重镇襄阳。

为了与好友柳宗元在此会合，他令官船停靠在襄阳码头，上岸后找到官方驿栈，一家子暂住了下来。

经与驿栈官员打探，柳宗元尚未到达，他将年迈的母亲安顿休息，由柳儿照顾后，就带着两个儿子去游览襄阳古城。

为了使两个儿子增添见识，他边游玩，边向儿子讲解襄阳的来历，人文景点的形成和发生在这座古城的故事。

襄阳也称襄樊，位于长江支流汉江的中游，是荆楚西北的门户，与河南、四川、陕西毗邻，是兵家必争之地。

襄阳的发展肇始于周宣王封仲山甫（樊穆仲）于此，从荆州牧刘表徙治襄阳前后，历来为府、道、州治所。

襄阳历史悠久，自古就有人类在此居住……

刘咸允好奇地插话问："父亲，人类在此居住是哪一年啊！"

"这个……为父也无法考证。"刘禹锡尴尬地一笑说。

两个儿子的求知欲望很强，经常问他一些稀奇古怪的问题，他凭着渊博的知识，耐心地为他们解答。可这次，倒把他难住了。

他机智地指了指汉水北岸的军营坡、龚家州、金鸡嘴、山湾等旧石器时代的遗址说："允儿，这些都是先人留下的遗址，希望你长大以后当一个考古学家，将大唐大地的辉煌历史都考证清楚明白。"

"是，孩儿谨记。"刘咸允爽快地答应下来。

"父亲，我长大干啥？"四岁大小的小儿子刘同廙问。

刘禹锡望着儿子虎头虎脑的样儿，与娘口中的自己小时候的模样一样，就不假思索地说："你也要像你哥哥一样，认真读书，长大了考取功名，与为父一样做官，造福百姓，光耀门庭。"

"我才不做官呢！"小同廙倒是扛楠竹进巷子——直来直去。

"为什么？"刘禹锡问。

"听奶奶说，官场里的坏人太多了，害得父亲到处躲藏，吃尽了苦头。"

刘禹锡听后，一脸愕然。看来我的不幸遭遇，已经给孩子们幼小的心灵，造成了伤害。

"那……那就认真读书，顺其自然吧。"刘禹锡无奈地说。

后来，这两个儿子长大以后，虽然像他的父亲一样，学富五车，可没有一个考进士为官的，都成为学术名流。

游玩了一天，两个孩子玩累了，匆匆吃过晚餐后，就在刘禹锡房间的床上睡着了。

刘禹锡毫无倦意，轻轻地踱到窗户前，用手轻轻地推开窗子，顿时一轮皓月闪进窗来，使他浮想联翩。

十年前，他被贬途经荆楚，曾作一首借古喻今，忧国忧民的《荆州怀古》。当年这首诗是在人生之路一度黯然失色的情景下作出的，低沉压抑，现在读还是会使人潸然泪下。

他现在的心情与十年前大不一样，脑海里的诗情喷涌而出，两首清朗明快的《荆州歌二首》，跃然纸上：

一

渚宫杨柳暗，麦城朝雉飞。

可怜踏青伴，乘暖着轻衣。

二

今日好南风，商旅相催发。

沙头樯竿上，始见春江阔。

刘禹锡写完，自我欣赏了一遍后，才脱衣上床，一手搂着一个儿子，甜甜地睡去。

"哈哈，爷仁都是懒虫，太阳晒破屁股了，还在做美梦呢。"

刘禹锡近十年来从没有像今天睡得这样香甜，他正梦见宪宗皇帝夸赞他在郎州救火有功呢，刚想伸手去接皇上的奖品……

突然被一声熟悉的大笑声吵醒，他揉了揉惺忪的眼皮，睁眼一看，他兴奋地猛地从床上蹦了下来。

"子厚兄，你几时到的？"

柳宗元微笑地说："月儿羞涩地退去的卯时就到了，先到老娘的房间请安，娘俩唠了一会儿嗑，估计此时你该睡醒了，这不就来了。"

刘禹锡关切地问："那你一晚上还未睡觉？"

"和你一样，天还未黑，就在船上美美地睡了一觉，要不是被船夫叫醒，想必我已经在长安街头吃肉夹馍了。"

"想得倒美！看你那归心似箭的猴急样儿。"刘禹锡提醒说，"襄阳是荆楚之地，距长安还有千余里呢，除非坐诸葛孔明的火箭还差不多。"

柳宗元说："别贫嘴了，快去洗漱，用罢早餐，我俩到襄阳城南的淳于髡的墓地凭吊于他。"

3

刘禹锡知道，淳于髡是战国时期的齐国人，是有名才子，做了很多讽喻而又诙谐揶揄之诗词。但他地位低下，是当时最让人瞧不起的赘婿身份。后来他入赘楚国，在政治官场中很有造诣。死后被人们葬在一条官道边，好让他的灵魂早日回到故乡。

刘禹锡和柳宗元的遭遇与淳于髡颇有相似之处。所以，刘禹锡和柳宗元草草吃完早餐，就直奔城南。

两人很快找到了淳于髡先生的墓地，将带来的祭品摆上，祭奠了一番后，刘禹锡怀着沉重的心情，出于对先贤的敬重和崇拜，他现场吟出一首《题淳于髡墓》：

> 生为齐赘婿，死作楚先贤。
> 应以客卿葬，故临官道边。
> 寓言本多兴，放意能合权。
> 我有一石酒，置君坟树前。

柳宗元此刻的心情与刘禹锡一样沉重，他听完刘禹锡的诗后，沉吟了片刻，也作了一首《善谑驿和刘梦得酹淳于先生》：

> 水上鹊已去，亭中鸟又鸣。
> 辞因使楚重，名为救齐成。
> 荒垄遮千古，羽觞难再倾。
> 刘伶今日意，异代是同声。

刘柳二人祭奠完淳于先生，两位患难之交心情特别复杂，喜悲参半。喜的是两人总算熬出了头，来日再在朝中大显身手。悲的是十年遭贬，心酸之事不堪回首。

特别令人悲痛的是柳宗元途中亡母，而未能回老家河东奔丧，乃不孝也，而刘禹锡中途丧妻，未能见上最后一面，乃无情也。

现在再看两人的尊容，的确不敢恭维。刘禹锡的鬓发已露微霜，而柳宗元却是老气横秋。

两人对望了很久，最后都发出了一阵苦笑，这才一起快速回到了驿栈。

归心似箭，柳宗元也决定与刘禹锡家人一起，同乘一艘较大的官船，逆汉江而上，很快到达陕西安康码头。

他们准备从安康上岸后，换乘马车，直奔长安而去。一行人刚上岸，只见管家刘全早早地在码头迎接。

"奴才拜见老夫人！"刘全拜完卢氏，接着又拜见刘禹锡说，"刘全早候着老爷您呢。"

刘禹锡高兴地上前拍了拍刘全的肩膀说："好刘全，就你会办事。你带老母和犬子们乘坐马车在后，我和子厚兄换骑快马，早日回京城复命。"

"是！老爷请。"

两人快马加鞭，也无暇顾及官道两边翠柳春花的旖旎风光，只是疾驰前进。

跑着，跑着，柳宗元触景生情，忽地记起他从汨罗江行船途中的诗句，便立即高声吟哦，生怕并肩骑行的刘禹锡听不着。

为极春风汨罗道，莫将波浪狂明时。

由此可见，两个被流放十年的司马，他们回归之情是何等迫切，对前程是何等憧憬乐观。

他们本是一根茎上的两只浮萍，在江南之地漂泊十年之久，此时欣逢回流，两只浮萍怎能不兴奋。

刘禹锡心中也有诗情，而在马背上不能尽情发挥。前面就是小时候的跟屁虫元稹败走麦城的地方，长安近郊敷水驿栈。在此驿站歇息一晚，明天就可以回到久别的长安。

到达驿栈，刘禹锡终于掩饰不住激动的心情，挥笔写下了题为《元和甲午岁，诏书尽征江湘逐客，余自武陵赴京，宿于都亭，有怀续来诸君子》的七绝：

云雨江湘起卧龙，武陵樵客蹑仙踪。
十年楚水枫林下，今夜初闻长乐钟。

从这个题目中，像似懒大娘的裹脚布——又臭又长。细细品味其七绝绝句，而不尽然。这是刘禹锡有意而为之，他要将他们人生的这次重大转折记录下来，让世人永远铭记。

诗中，他将柳宗元、韩泰、韩晔、陈谏、程异、凌准和元稹比作卧龙，自己则谦逊地比作樵夫。以吐十年漂浮的楚水于枫林之下，马上又能听见长安钟楼的长乐钟声，而感到特别兴奋和自豪。

刘禹锡回到长安，又将他的老宅子续了回来，安顿之后，他首先提着祭品，去恩师杜佑的墓前祭拜。

他望着坟头上已经长出来的青草，不禁黯然叹道：恩师相公，您生时勤勤恳恳，死后却默默无闻，您的《通典》教化了众多官吏，却教化不了市井燕雀。

一番伤感后，他接着去拜访了当年同科进士、考试先行一步为仕的李绛和武元衡等宰相们，最后才去拜访裴度右相。

这次最后拜访裴度宰相，是母亲卢氏刻意安排的。

刘禹锡不解地问卢氏："母亲大人，裴宰相乃尚书省三号人物，为何要放在最后拜访。反而先要去拜访那个六亲不认的权璩？"

卢氏说："为娘人老了但脑子清醒，滴水之恩得涌泉相报，儿这次能顺利回京，多亏了五位宰相抬爱。亲朋与好友是有区别的，娘先让你去拜访前四位，那都是尽感激之情，而最后去拜访裴宰相，那是去叙叙亲情。"

刘禹锡惊而茫然地问："母亲大人，孩儿与裴宰相何亲之有？"

卢氏骄傲地说："他是你的亲表叔，他父亲是我的亲舅舅。"

啊！难怪裴宰相一走马上任，就为我解套，真是不是亲不关心。我这个表叔隐藏得够深的。

　　裴度是山西裴柏村人，其家族自古为三晋望族，也是大唐历史上显赫的名门巨族。裴氏家族历史上出过五十九位宰相和五十九位大将军，正史立传功勋者六百余人，枝繁叶茂，历久不衰。

4

　　自古富不过三代，官不至五辈。裴族能历久不衰，除有特定的因素外，主要是与裴氏严格的祖训家规有关。裴氏族人传承家风、牢记祖训，躬身践行，律己于人，修身正心、积极进取，才创造出一代代辉煌历史。

　　裴度早刘禹锡六年中进士，位高于刘禹锡，两人既未系亲，也不串门。但裴度从小就敬佩她这个表姐，深知她有着从不求人的刚强性格。

　　因此，他在朝中不动声色地观察他这个表侄的所作所为。从永贞革新中他就意识到：这个表侄是一块价值连城的璞石，如能适时打磨，一定是一块光耀朝廷的美玉。

　　永贞革新失败后，裴度隐忍不发，主要是他当时在朝中的话语权分量不够重，免得未吃到羊肉却惹上一身膻。就皇上的性格，搞不好连他也陷了进去。由此可见，裴度的城府有多深，是朝廷中为数不多而出色的政治家之一。

　　如是，他瞄准了藩镇叛乱，危及大唐根基的政治气候，团结武元衡大臣，主动请缨，去完成革新派们想完成而未完成的艰难事业：全面镇压和削平各藩镇盘踞一方，自立为王，不服从朝廷管理的土皇帝们的势力。

　　藩镇割据的形成，是唐太宗李世民为褒奖和他一起打天下的哥儿们，允许他们拥有私家军队，盘踞一方，繁衍生殖。

　　可谁知道，随着时间的推移，这些藩王的后人，朝廷若对他们强加管理，他们就起兵发难，以致如今局势动荡不安，百姓们处在水深火热之中。

　　宪宗起初对削平藩镇势力心有余悸，迟迟下不了决心，而当他喜闻削藩的强力干将武元衡和裴度分别率兵平定了西藩和淮藩，旗开得胜后，整个人像打了鸡血似的，兴奋不已，将二人提升为左臣右相，继续平定藩乱，使大唐根基表面上更加稳固。

裴度入相后，首先考虑的是将朝廷人事进行一次大洗牌：能者上，庸者让。

他举贤不避亲，伯乐识马，是该将他表侄这个千里驹从郎州拉出来了，是骡子是马，遛一遛不就知道了。

裴度征得李绛同意后，将刘禹锡安排在尚书省任监察御史，柳宗元则恢复职务，继续掌管朝廷礼仪，其他的几位司马，除程异已经升迁外，陈谏、韩晔、韩泰三人也官复原职，而元稹则被派往四川锦州任刺史。

刘禹锡上任后，不到三个月，他的才华和智慧很快得到李绛的赏识，像对待真心朋友一样对待他。

刘禹锡十年后重返京城，工作之余没有忘记去杜佑、权德舆、韦应物等老前辈的坟茔悼念一番，而每到一处墓地，他都带上柳宗元同行。

在悼念完韦应物后，柳宗元问："梦得，你去过韦府打探过韦莺小姐的下落吗？"

刘禹锡垂头丧气地说："王老夫人健在，我去探望过她老，惧怕揭了她老失女之痛的伤疤，故而不便打听。后来丫鬟翠儿送我出府，悄悄地告诉我，小姐还是杳无音信。"

柳宗元劝说："梦得，天涯何处无芳草，你就死了对韦小姐的这条心吧！看在八十多岁的老母、两个半大儿子需要人照顾的份上，为兄劝你还是续一弦吧！"

"唉！"刘禹锡叹了口气说，"还是算了吧，我只有单身的命儿。老母与儿子们，有丫鬟柳儿照看，还是挺好的。"

柳宗元见刘禹锡还没有从中年失去裴花和薛惠两位夫人的阴影中走出来，也就不好再劝了。

两人还时不时结伴去拜访旧友，每逢与故友重逢，抚今追昔，感慨系之，最为惋惜的是时光的流逝。

为此，刘禹锡作有七绝诗《阙下口号呈柳仪曹》为证。

彩仗神旗猎晓风，鸡人一唱鼓蓬蓬。

铜壶漏水何时歇？如此相催即老翁。

264

是年阳春三月，宪宗皇帝正躺在龙椅上，想入非非，今年春游该到什么地方去游玩呢？大唐盛世，大臣们陪伴皇上出游，屡见不鲜。

宪宗想打瞌睡，就有大臣送来枕头。

正当宪宗拿不定主意时，侍御史权恒进殿献媚说："圣上为国事日夜操劳，何不出游散散心？"

"朕也想出宫换换新鲜空气，但又不宜远行，不知城郊有什么好玩的地方？"

"圣上英明！"权恒拍着马屁说，"微臣听说城郊玄都观里的桃花正盛开，格外迷人。"

宪宗皇帝大悦，敏捷地翻起龙体，就对权恒说："爱卿，快去通知在朝的文武百官一同去赏桃花。"

唐朝长安历年都有赏花的风俗。长安居民以观赏牡丹为主，"车马若狂，以不耽玩为耻"。刘禹锡有《赏牡丹》诗、白居易有《买花》诗，都是描写人们喜爱牡丹的风气，后人将之评为国花。

三月的桃花虽然也有人气，但品位不高，刘禹锡在《杨柳枝》里曾写："城东桃李须臾尽，争似垂杨无限时。"字里行间不难看出他对桃花的轻蔑。

这天，宪宗皇帝一行鸣锣开道，浩浩荡荡地直奔玄都观而去。

刘禹锡和柳宗元紧跟其后。刘禹锡望着前面围着皇上献殷勤的新面孔。

他不屑一顾地对柳宗元悄声说："子厚兄，桃花有什么好看的，轻佻而不妩媚，还是咱们家乡的牡丹更迷人。"

"哈哈，梦得又想翘尾巴了，谁人不知你的《赏牡丹》诗写得好啊。"

5

两人无奈地跟在宪宗皇帝他们后面，来到玄都观里一看，观前五六丈的空地上栽满了桃树，桃花盛开，格外令人赏心悦目。

宪宗皇帝大喜，不禁吟哦出绝句：

> 桃花怒放千万朵，色彩鲜艳红似火。

随同的众位臣子传出阵阵喝彩声和震耳欲聋的掌声，打破了玄都观的宁静，一只只栖在观檐下的麻雀，被突如其来的掌声吓得四处乱飞。

紧接着，不待宪宗下旨，大臣们搜肠刮肚地吟哦出迎合皇上《赞桃花》的绝句来。

紧跟在宪宗皇帝身边的权恒，刚吟出自己的绝句后，见皇上满意地点着头，他得意地用眼光扫视全场。

忽然，他发现了端倪，站在后边的两个幼年同窗柳宗元和刘禹锡却是一言未发。

沉默代表着冷漠和反抗。权恒抓住机遇，口蜜腹剑地说："两位大才子，怎么不为圣上捧捧场子？"

众大臣见状忙转而将眼光投向他们，柳宗元抬头一见，皇上正向他们投来威严的目光，顿时吓得他冷汗直冒，急中生智，吟哦出：

> 飘香送艳春多少，犹见真红迎夏开。

刘禹锡心中不畏惧皇上的威严是不可能的，十年的贬谪生活，使他深深地体会到，皇上的威严是至高无上的。他们作为臣子的命运和饭碗，时刻在他手心攥着。郎州有句俗语：吃饭不得罪火头军。意思是任何时候，不要得罪能决定自己饭碗的顶头上司，何况是皇上呢。

刘禹锡见子厚兄是个识时务者，他内心盘算着，怎样将眼前只会阿谀奉承，不干正事的亲贵们戏谑一番，一首《元和十年自朗州至京戏赠看花诸君子》脱口而出：

> 紫陌红尘拂面来，无人不道看花回。
> 玄都观里桃千树，尽是刘郎去后栽。

此诗一出，有点像破竹篙子打水，沿街喷。这些朝廷新贵，见刘禹锡当着皇上的面讥讽他们，个个恨得咬牙切齿，恨不得将他生吞活剥才解恨。

但当新贵们看见皇上对这首诗未置可否时，都在默默地记恨刘禹锡。

忌妒与记恨最深的莫过于权恒：摆什么老资格，不就是早我们几年入朝吗？爷爷在世时宠着你，你时时处处在我面前抢我风头，抢我女人，抢我母爱，是可忍孰不可忍，是该跟你算总账的时候了。

忌妒是心灵上的肿瘤。在人们的心里，没有比忌妒更奇怪的感情了。这是人类一个普遍现象。它似乎是极不光彩的阴影，人们往往把它当作一桩不可告人的罪恶隐藏起来。结果，它便转入潜意识之中，犹如一团暗火灼烤着嫉妒者的心，这种酷热的折磨往往会使人脱离正常轨道。

人生观脱离了正常轨道，他的思想行为就会走向极端，使人发疯，不计一切后果。

权恒的忌妒心理已经达到灼烤的地步，他时刻想将他的同窗舅舅打翻在地，再踩上一只脚。

机会来了，你刘禹锡破竹篙子打水沿街喷，得罪了朝廷新贵，不就是跟当今圣上过意不去吗？一个欲置刘禹锡于死地的计划，已经在他脑海里形成。

第二天早朝，宪宗皇帝威严地端坐在龙椅上，接受文武百官的朝拜后，主管太监拖着他那娘娘腔调，例行公事地说："各位大臣，有事上奏，无事退朝……"

侍御史权恒见大家都无本上奏，便上前奏说："皇上万寿万寿万万寿，臣有本上奏。"

"爱卿，快快奏来。"

"臣奏尚书省监察御史刘禹锡胆大妄为，昨日所作《元和十年自朗州至京戏赠看花诸君子》，竟然是含沙射影地讥讽圣上。"

宪宗皇帝听后一惊，忙问："爱卿，何以见得？"

"皇上英明，他是先帝顺宗面前的红人，而圣上您是惩处永贞革新的明君，'玄都观里桃千树，尽是刘郎去后栽。'意为大唐江山是他们治理得如此辉煌，圣上您和我们这些新提拔上来的臣子只是坐享其成罢了。他这是要为永贞革新翻案啊，皇上！"

一石激起千层浪，昨天在场的新贵们，终于找到出气的地方，纷纷附议，斥责刘禹锡。

宪宗坐在龙椅上一思量，觉得权恒言之有理，他这是讥讽朕谋权篡位呀，这还了得。

顿时，宪宗龙颜大怒，气急败坏地命令："御前侍卫，将罪臣刘禹锡拿下，打入死牢。"

一直旁观的右相裴度大骇，忙上前奏说："吾皇圣明，刘禹锡的确不该在玄都观里戏弄诸臣，引发众怒。臣以性命担保，我借他十个胆儿，他也不敢讥讽圣上您，请皇上息怒。"

刘禹锡颤抖着身子跪下说："吾皇圣明，罪臣只是看不惯一些只会在皇上面前阿谀奉承之徒，才吟此诗，绝无冒犯圣上之意。"

这时，李绛、韦贯之、崔群三位宰相，先后上奏，进行剖析，力保刘禹锡。

朝廷随着权恒一边倒的局势顷刻间发生了戏剧性的变化，支持刘禹锡的都是重权在握的老臣。

一时间，倒使得宪宗皇帝左右为难。

权恒哪里甘心失败，接着上奏说："皇上圣明，刘禹锡早就对圣上心怀不满，他自恃学识渊博，在被贬郎州期间写了《咏史二首》，借古论今，发泄对皇上执政的不满情绪。"

"竟有此等事情。大胆刘禹锡，将你的《咏史二首》，拿出来背背，让臣子们评论评论。"宪宗皇帝阴沉着脸命令着。

历朝历代统治者都是这样，他们为标榜自己是伟人形象，往往是以微妙的忍让，听取矛盾双方的意见，获取众臣子的忠心。君主在忠心中间放有一个天平，待双方斗得死去活来时，君主才侧重于貌似真理的一方，从而达到所谓的平衡。

李绛、韦贯之、崔群三位大臣深谙圣上的做派，不禁大骇，而武元衡却在一旁幸灾乐祸。

裴度心中暗自埋怨："刘禹锡呀，刘禹锡，你空有一肚子才华，怎么是马尾毛穿豆腐——提不起来呢？"

　　柳宗元的心，一下子提到了嗓子眼儿，他心中默默祈祷：愿菩萨保佑，梦得能渡过这一难关。

第十八章　逆境方见真情在

1

朝中文武百官各怀心思地向刘禹锡投来了各种目光，有惊讶的，有同情的，有讥讽的，也有幸灾乐祸的。

此时的刘禹锡却坐怀不乱，一脸从容地面向皇上，背诵着《咏史二首》的诗：

一

骠骑非无势，少卿终不去。

世道剧颓波，我心如砥柱。

二

贾生明王道，卫绾工车戏。

同遇汉文时，何人居贵位。

宪宗皇帝也是饱读诗书之人，他认真地品味了诗中的含义，这两首诗也没有什么大逆不道的行为呀，只不过是借古抒怀罢了。

宪宗不露声色地说："权御史，你先谈谈对此诗的看法。"

"臣遵旨！"权恒开始挖空心思地批驳起来，"刘御史的第一首诗是借古讽今，他意思是说：骠骑将军霍去病并不是没有权势，任少卿却始终不肯离开失势的卫青而去投靠他。这个世道越来越坏，我革新的意志还像中流砥柱一样。这首诗是含沙射影地攻击皇上您呀，是典型的大逆不道。"

宪宗皇帝一听，脸色更加阴沉。柳宗元见状，忙上前奏说："皇上，臣有本要奏！"

"柳仪曹，准奏！"宪宗一脸严厉地说。

"下官愧与权侍御史为同窗，将元老先生所教'学而不能吹毛求疵之'的师训抛于脑后。刘御史这首诗的原意是：虽然骠骑将军有权有势，但他有着像任少卿一样的莲花性格，出淤泥而不染，不为墙头草，始终坚持真理，拥护圣上，做朝廷的中流砥柱。"

柳宗元一顿慷慨陈词的解释，将朝廷的风向标又搬回到对刘禹锡有利的一边。

顷刻间，李绛、韦贯之、崔群、元稹、韩愈、程异等老臣旧友，都随着柳宗元的意思附议。

权恒此时急得像热锅上的蚂蚁，额上直冒冷汗，如此一边倒，他不但弹劾不了刘禹锡，反而会将自己弹劾。

他用乞求和怨恨的眼神扫视着朝廷中的新贵们，心中暗骂道：你们这些狗娘养的，背地里你们人模狗样地乱吠着刘禹锡的不是，可此刻咋成哑巴了？

权恒哪里知道，这些新贵在关键时刻是"各人自扫门前雪，哪管他人瓦上霜"的角儿。再说，你权恒是侍御史，弹劾官员是你的职责所在，与我们何干？

打虎亲兄弟，上阵父子兵。一心窥伺着裴度副相宝座的权璩，时时保持着隐而蛰伏的姿态，给官僚们一个错误的认知：他是个菜刀切豆腐，两面光的好官。

此时，他眼见儿子要被大臣们的口水淹没，搞不好这个蠢儿子今天要折在这里。我再不露出钢牙，这些人还以为咱们老权家都是软柿子，任人拿捏。

"皇上，臣有本要奏！"

"权爱卿，准奏！"

"吾皇圣明，刘御史的第二首诗是含沙射影地辱骂皇上您的！"

"此话怎讲！"宪宗刚刚烟消云散的脸，又一下子阴沉了下来。

"他意思是说您是昏君！"

"大胆！"宪宗终于被激怒了。

权璩火上浇油地说："他讥嘲您像贾谊这样精通治国才能的人您不用，而只用像卫绾这种会工车戏的市侩小人。"

刘禹锡原来的顶头上司、他的政敌武元衡恰时在权璩的火里加油中又撒了一把白磷。

"皇上圣明，刘禹锡这是要翻案呀！"

"好你个刘梦得，朕……朕……"宪宗听后，直气得话也说不出来，手指着刘禹锡直打战。

裴度见状知道大事不妙，连忙上奏说："皇上息怒，刘禹锡根本没有冒犯圣上您。此诗的实际内涵是：贾谊精通以王道治国的道理，而卫绾只擅长玩车戏，同处在汉武帝执政时期，他们谁有贵贱之分呢？"

此话一出，朝中大臣们像是熬了一锅粥似的，叽里咕噜地私下议论纷纷，公说公有理，婆说婆有理。

两派的斗争水火不容，连一向自认为圣明的宪宗皇帝，此刻也被这些臣子搞得主心不定。

孤家一直对革新派的这些幸存人物心存芥蒂，你刘禹锡就是个乱豆子，放在京都朝廷里，总是出乱子，使朕不得安宁。还有那个与刘禹锡穿一条裤子的柳宗元和革新派人物陈谏、韩晔、韩泰，留在京也都是些害群之马。

眼不见心不烦，干脆将你们调到远离长安的地方去做官得了。

宪宗皇帝想到这里，挥了挥手臂说："好啦，好啦！各位臣工，不要再议论了。"

顿时，宽阔的朝廷里鸦雀无声。

宪宗皇帝下旨说："李宰相，由中书省议旨，擢任刘禹锡为播州（今贵州遵义）刺史、柳宗元为柳州（今广西柳州）刺史、陈谏为封州（今广西封川）刺史、韩晔为汀州（今福建长汀）刺史、韩泰为漳州（今福建漳浦）刺史。

明眼人一听就明白了，宪宗皇帝玩的是明升暗逐的把戏。因为这五个州都是偏远、贫困、落后、蛮荒的小州。

很明显，宪宗的天平发生了倾斜，完全倒向朝廷新贵们的一边，又是一次对永贞革新人物的打压。

皇帝的话就是金口玉言，刘禹锡、陈谏、韩晔、韩泰四人无可奈何地跪地叩头谢恩。

只见柳宗元倔强地奏说："圣上英明，臣有个不情之请。"

"少啰唆，快讲！"显然，宪宗已经有些不耐烦了。

"皇上，我想与刘禹锡对调一下！"

"说出你的理由！"

2

"刘禹锡家有八十岁的老母，她老人家受不了长途颠簸，万一有闪失，如何是好。柳州比播州的路程要近许多，且沿路是湖泊和官道，甚是平稳，而播州全是翻山越岭的山道，青壮年都行走不便，何况是个耄耋老人呢？故而微臣才提出此等要求。"

文武百官听到柳宗元的话后，无不为他能为朋友行孝，无私仗义的精神而折服，纷纷向他投来敬佩的眼神。

尽管朝廷文武百官大部分都向柳宗元投以敬佩的眼神，而宪宗皇帝却铁石心肠，不为所动，竟然长臂一挥。

当值太监心领神会，拖着娘娘腔宣布说："退朝！"

只有权恒在暗自冷笑，子厚呀，子厚，你真是个大傻瓜，看来你的脑袋被驴踢了。播州是个什么地方，那是个鸟不拉屎的地方，不说吃的，十年九旱，连饮水都没有，渴死你！

八司马中的五司马刘禹锡、柳宗元、陈谏、韩晔、韩泰退朝后，一路沉默寡言，结伴来到刘禹锡的家中。

众人各自落座还在沉默之中，还是韩泰打破了沉闷，十分动容地说："子厚兄如此仗义，乃天下朋友之楷模。只是拖累了子厚兄的夫人和孩子，他们又要一起受苦了。"

陈谏感叹地说："真是患难见真情啊。"

韩晔接着补充说："子厚与梦得不是亲兄弟而胜于亲兄弟，古往今来谁能比拟。"

刘禹锡忙表态说："谢谢子厚兄的仗义，这份恩情再次让梦得铭记于心。好就好在圣上没有改变主张，否则我要愧赧一辈子。"

接着他又向诸位道歉说："皇上对我们五人明升暗逐，实则又是一场灾祸，祸是由我引起的，本应由我个人承担，却连累了大家，对不起大家，借此，我表示歉意。"

说完，刘禹锡站起身来，向各位深深地鞠了一躬。

柳宗元见状，连忙起身将刘禹锡按在座位上说："梦得，这就见外了！你的老娘就是我的老娘，我主意已决，望你不必多虑，日后再听消息吧！"

大家听后，都以为这是柳宗元安慰之话语。谁知被贬永州司马时，也不曾低头向任何人求情的柳宗元，这次辞别众人后，就直奔裴度相府而来。

裴度在书房里正在泼墨挥毫，忽闻管家来报："相公，门外有一个叫柳宗元的人求见！"

"柳宗元？"

裴度只知道柳宗元的诗文好生了得，却不知他的为人，更不知道他与刘禹锡是莫逆之交。但从今天在朝中，他为刘禹锡仗义执言和仗义行孝的作为而感动。

"快！有请柳曹议！"

主宾一阵寒暄后，柳宗元直截了当地说："裴相公，下官知道刘梦得的母亲是你表姐，故而才来贵府，求您在皇上面前进言，准奏我和梦得的工作地方对调。"

裴度不露声色地说："谈谈你的真正理由。"

柳宗元动情地流着热泪说："下官视梦得的老母如亲母，她老人家年寿已高，却要随着他儿子去播州那个蛮荒之地受苦，作为晚辈于心不忍。"

"孝子可嘉，那就安排他母亲回东都颐养天年啊。"

"使不得，使不得。"柳宗元连连摇头说，"裴相公，民间有个俗语：'七十三，八十四，阎王不请自己去。'他们母子分别，那就意味着母子永别呀，这样就将梦得置于不忠不孝的境地，我作为梦得的好兄弟，怎能坐视不管呢！"

274

柳宗元这番充满情义的话语，深深刺痛了裴度的心。人家一个局外人都能够牺牲自己的利益而帮助表姐一家，我这个与表姐有着血缘关系的表弟，不应该冷漠到坐视不管啊。

想到这里，裴度敞亮地一笑说："柳曹仪，你回家等消息吧，老夫会尽力奏请皇上恩准，给你们一个满意的答复。"

"谢谢，谢谢裴相公！"柳宗元谢别裴度，就高兴地回家等待结果。因为他知道，裴度是皇帝的宠臣，这个面子皇上是会给的。

第二天在大明宫早朝后，裴度见皇上心情不错，他紧追着皇帝一行的屁股后面，借以向皇上汇报工作之名，来到了兴庆宫。

"启禀皇上，中书省裴度宰相求见。"

这个跟屁虫，他一定是有本要奏，而又不便在朝中禀奏。宪宗想到这，忙说："有请！"

"吾皇万寿，万万寿！"裴度进殿后，跪下纳头便拜。

"裴爱卿请起，赐座！"

待裴度起身坐定后，宪宗笑吟吟地问："裴爱卿想必是有什么秘密的话语，要单独跟朕讲吧？"

"吾皇英明。"裴度脸露一副可怜兮兮的样儿，向皇帝求情说，"不知天高地厚的刘禹锡的确可恶，但他老母八十有一的确是事实，如果将她独自留在东都，就等于是置他们母子于诀别之境地，这样就违背了您倡导传承华夏孝义的文化。皇上是一国之君，日夜操劳国事众所周知，但您对待皇太后的孝心也天地可鉴，日月可存，是我们这些臣子和子民的楷模。"

是官刁于民，这一顿马屁拍的，加之他的这种表情拿捏得很到位，着实让宪宗皇帝很是开心。

皇帝就是皇帝，他善于玩弄猫捉老鼠的游戏，他忽地发出一声冷笑说："刘禹锡作为人子，做事尤须谨言慎行，事事应该考虑到不要给父母带来忧虑。他作为独子，老母就他一人赡养，更应该比别人考虑得周全一些。你作为朕的爱臣，怎么能为此种人求情呢？"

伴君如伴虎，裴度没想到皇上的脸色变化比翻书还快，顿时露出惊慌之神。

3

宪宗要的就是这个效果，打了他一巴掌，该给他一个甜枣了。他脸上又露出让人捉摸不定的微笑问：

"裴爱卿，除非你有难言之隐？"

有戏！裴度见皇上脸色的细微变化，就知道皇上是要给他这个面子。

"皇上英明，孔圣人曰：'不得乎亲，不可以为人……'还望吾皇恕罪，刘禹锡的老母，乃是我至亲表姐也。"

"哈哈哈！"宪宗皇帝其实早就知道裴度与刘禹锡是舅甥关系，只不过他当时在气头上，何况当时是在朝廷中的圣旨，怎能朝令夕改呢，那又何谈金口玉言，皇威何在？

宪宗皇帝的这一声大笑，直笑得久经沙场的裴度诚惶诚恐，心里却嘀咕着：皇上您这是几个意思嘛。

笑毕，宪宗皇帝态度温和地对裴度说："我刚才所说的，是责备刘禹锡为人子当得不合格，但并不是说他是个不孝之人。看在你们是至亲的关系上，朕破例收回成命。"

裴度起身行礼说："谢主隆恩！"

宪宗笑着招了招手说："裴爱卿，你先坐下，待朕将话讲完，你再谢主隆恩啊！"

听皇上这么一讲，重头戏还在后面呢。裴度连忙坐下，忙点着头儿说："皇上，臣洗耳恭听。"

"好人不能让你一人做了，朕也想当一回好人。柳宗元仗义可嘉，就让他继续赴柳州上任。现在广东连州（今广东韶关）刺史空缺，那是个风景秀丽的地方，且路途平坦，就让刘禹锡带着他老母去赴任吧。"

皇帝这是给了裴度天大的面子，忽然听得扑通一声，裴度立即跪在地下，不住地叩头谢恩。

当刘禹锡和柳宗元接过这道圣旨后，他俩从低沉中终于露出了一丝丝宽慰的笑容。这样的结果，是他们始料未及的。看来，当今圣上还是个比较开明的君主。

从长安出发，一个赴广东，一个赴广西，广西柳州比广东连州略远一些，但刘禹锡和柳宗元都得经过河南、湖北、湖南三省，一大半路程是同路的。因此，两人决定携家眷一起同行，以便在漫长的路途中，相互都能照应。

主意已定，出发的日期很快就定下来了。出发时间的消息传出，他们的老上司裴度、李绛、崔群、韦贯之等和李程、崔景、令狐楚、韩愈等朋友，分别来到他们的住所为他们送行。

二人携家人从长安出发的这天早上，有许多亲朋好友早早地来到长安东大门外，列为两行夹道为他们送行。

这一情景，让刘禹锡和柳宗元的沉重心情，慰藉了许多。这次被贬与十年前的被贬虽然如出一辙，上次是宪宗刚上台，人们惧怕皇帝打击报复，株连九族，故而不敢相送，只有杜佑恩师冒险相送，而这次明显是权家父子和武元衡等一些新贵的诬陷迫害造成的，公理自在人心，人们都为他们鸣不平。

在相送的队伍中，还有好友韩愈、李程、殷尧藩和元稹。

刘禹锡见元稹闷闷不乐的样子，他反而开玩笑地劝慰他说："跟屁虫，你在锦州刺史任上要好好干哟，我和子厚还在盼望你和白居易两位同窗好友拜相后，将我俩捞上来啊！"

元稹一手拉着刘禹锡，一手拉着柳宗元，声音哽咽地说："两位仁兄，望多多保重。"

说完，元稹松开他们，含泪跑进了长安城。刘柳二人还以为他是为兄弟情谊而难舍难分。

他们哪里知道，这次桃花风波也波及了他。宪宗实行连坐，将一起召回京都的元稹也来了个降级处分，被贬为通州（现四川达州）司马。从此，元稹在官场上一直萎靡不振，倒落得个风流俊逸的名声。

刘禹锡的诗友殷尧藩见元稹跑走，这才来到刘禹锡的面前，递上一纸香笺说："梦得兄，千言万语都在这封香笺里，送君千里终有一别，请保重。"

"谢谢！"刘禹锡刚谢过，也见殷尧藩挥泪作别。他忙打开香笺，一首《送刘禹锡侍御出刺连州》的诗作闪入眼帘：

遐荒迢递五羊城，归兴浓消客里情。

家近似忘山路险，土甘殊觉瘴烟轻。

梅花轻入罗浮梦，荔子红分广海程。

此去定知偿隐趣，石田春雨读书耕。

刘禹锡与柳宗元泪别众友，两家各乘着一辆马车，按上次返京的老路，直奔东面的汉水码头安州（今陕西安康）而来。

按事先计划安排，走汉江水路后，两家共乘一艘官船，由顺东流的汉江水汇入长江后逆流而上，进入洞庭湖，再行驶在湘江直达衡州（今湖南衡阳）。两家在衡州分手，柳宗元继续乘船顺灵渠直下珠江方可到达柳州，而连州与衡州是近邻，因而刘禹锡一家上岸后，可乘官轿直达连州。

这一路水路，四平八稳，主要是为刘禹锡的老母亲设置的路线，虽然水路比陆路的路程要远一些，但很适合老年人远行。

官船是上下两层结构，水路上如遇风雨，上层要比下层摇晃得厉害一些，因而柳宗元将下层礼让给刘禹锡一家子，但实际上两家刚一上船，就很快分为两个小集体。

柳夫人很会来事，她草草收拾完楼上自己的家什后，就匆匆来到下层为刘母整理床铺，哪知丫鬟柳儿手勤，一家子的床铺已经整理好了，于是，她乖巧地拉着刘母的手，双双盘坐在床位上，亲切地唠起嗑来。

柳宗元的三个儿子、小女儿和刘禹锡的两个儿子很快凑在了一起，他们聚集到上层疯闹了起来。

4

这一下子可苦了刘禹锡和柳宗元两位男主人，楼上楼下都没有他们立足的空间。无奈之下，他们只好钻进窄小的船舱厨房。

负责两家饮食的船夫，见两位刺史端坐在小方桌旁，都低沉着不说话，于是他端上来一碟油爆花生米，一碟油炸蚕豆，又分别切了一点卤猪头和卤牛肉，拼成一盘，并取出一樽玉米酒儿，一起端上小方桌。

船夫上前道了个万福说："两位大人，路程还远着呢，您边品着小酒，边唠嗑，时间就过得快一些。"

刘禹锡与面前的兄长不是来唠闲嗑儿，而是要认真地总结一下这次被贬的教训。失败不可怕，可怕的是找不出失败的真正原因，那样成功之日就遥遥无期。

"子厚兄，可笑我在静水中翻了船儿，却连累了大家。"

柳宗元忽地听着刘禹锡沉默后的开场白，一时没有反应过来，他不解地问："梦得，你这是啥意思？"

刘禹锡将两人的酒杯儿斟满，边敬酒边说："你还记得当年我作的一篇《儆舟》的文章吗？"

柳宗元将一杯酒倒入喉咙后，心不在焉地说："记得。"

"那么，请你谈谈本篇的立意如何？"

"唉！这不就是说，在行舟时若小心谨慎，遇大风大浪也会平安无事，若粗心大意，即使在风平浪静时，也会有翻船的危险。"

"这次我们被贬，不正是我在静水中翻了船吗？"

"我不这样认为，你梦得是在阴沟里翻船的。"

柳宗元气愤地接着说："武元衡是我们的政敌，权璩出于人类护犊的本能，弹劾你我都能理解。但使我不能理解的是，权恒就是个畜生，恩将仇报，将我们同窗的情谊搁置一边不说，单说你们老刘家对他母亲有养育之恩，他也不应该这样死追着你挥拳乱打呀。"

"嘿嘿"刘禹锡发出一声冷笑说："权恒这小子只是个秋后的蚂蚱，蹦跶不了几天，善有善报，恶有恶报，不是不报，只是时候未到。"

"他死追活打地想报复你，听说是你抢了他的女人。"

"这个混蛋，就是那年在苏州府，他窥视我的前妻裴花，误以为是韦应物刺史的女儿韦莺，他就犯了花痴病，于是就抄了李太白写给妻子的情书，托丫鬟递给韦莺的丑闻败露，被韦刺史撵出了苏州府。这件事也不是我引起的，他却扭曲了灵魂，记恨于我。"

"啊！原来是这么回事，他真是个怪种。"

"这是我最为痛心的地方，子不孝，父之过，权恒这么放肆，这与权德舆老爷子和权璩的溺爱不无关系。只是这小子自作聪明，却不知道他们父子转入了一个可怕的政治旋涡之中，现在看似是一个游泳高手，不惧怕这个旋涡，但有朝一日，他们父子也会被这个旋涡卷走。"

"你是说，他们父子是被别人当枪使了，那他们的幕后指使者一定是我们的政敌武元衡啊。"

"武元衡也只是个推手，起到了一定的作用。他的权力还推动不了我们这次被贬事件的发生。"

打锣听音，击鼓听声，柳宗元恍然大悟地惊问："你是说，是皇……"

刘禹锡忙打断他的话说："只可意会，不可言传。"

柳宗元小声分析说："按理说，他老人家不应该呀，永贞革新过去十多年了，他不也在铲除藩镇割据，削弱宦官势力吗？再说，不是他下旨将我们调入京城了吗，这也是他老人家的一种态度啊。"

"我经过这几天的全面反思，根本原因是我犯了一个严重的错误？"

柳宗元又是一惊，忙问："你犯了什么错误？"

刘禹锡说："我们虽然服务于朝廷，但不应该与李绛、韦贯之、张弘清、裴度四位宰相走得太近，以致他老人家的疑心病又犯了，因而密令权恒等人监视我们的一举一动。"

柳宗元如梦方醒地说："梦得，经你这一分析，我终于明白了伴君如伴虎的道理。"

的确，如刘禹锡反思分析的一样，刘禹锡他们返京上任在各自的岗位上，各司其职，认真负责的工作态度先是让宪宗皇帝高兴了一阵子，而五个新调上来的司马和元稹只听命于李绛、韦贯之、张弘清、裴度四位宰相，只找他们四个汇报工作，他们还时不时地去这四位相公的府第走动。

刘禹锡他们却一直冷落了武元衡这位宰相，这也是他们政治上还不成熟的表现。

这样一来，他们就触犯了武元衡的逆鳞。他向宪宗皇帝秘密上奏说："皇上英明，刘禹锡、柳宗元等永贞革新派人物贼心不死，他们在腐蚀拉拢李、韦、张、裴四位相公，妄想再次搅乱朝纲。"

作为一个统治者，他是不愿意看到朝中一团和气，那样臣子抱团取暖，皇上就成了孤家寡人。因而自夏、商、周时期，历朝历代的皇帝就自称为"孤家"。

武元衡的这一挑拨离间的密奏，正中宪宗的下怀。你李绛是同情永贞革新的；你韦贯之是钻着永贞革新的空子起来的；你张弘清以清高心阔自诩；你裴度虽然平藩有功，但你是刘禹锡的表舅，你们团结在了一起，令朕不得不防。

挑起朝廷两方势力的明争暗斗，是权力至高无上的政治家们的拿手好戏，待双方斗得你死我活时，皇上再来进行平衡，屡试不爽，于是，在宪宗的密使下，才有了权恒处处发难刘禹锡的风波。正当权氏父子与裴度斗得不可开交之时，宪宗皇帝再来一个政治平衡：明升暗逐，将四位相公的得力干将逐出朝廷。政治本无输家和赢家，识时务者为俊杰。

5

"唉！"柳宗元叹了口气说，"我们这些虾兵蟹将，永远都是政治斗争的牺牲品。"

刘禹锡自慰地说："这样也好，远离朝廷的政治旋涡，反而能将坏事变为好事，我们为任一方，专心为民造福也是一大幸事。"

"唉！"柳宗元也叹了口气，再一次压低声音说，"只要当今圣上稳坐在宝座上，我们将永无出头之日呀。"

刘禹锡也不作答，默不作声地用手指了指西方天际边，一片红霞中，渐渐日落的斜阳，其意味深长。

柳宗元望了望汉江两岸的小草，再望着武当山腰树上挂着金黄色的柚子，"唉！"又叹了口气吟哦出，"蒹葭淅沥含秋露，橘柚玲珑透夕阳。"

"朱雀桥边野草花，乌衣巷口夕阳斜。"

刘禹锡附吟后，忽地感觉到柳宗元竟有经常唉声叹气的毛病。按《本草》理论，这是心肌缺血的症状，再仔细往他脸上看去，脸白得不正常，难道他患有心脏病？

"子厚兄，我们不饮了，请将左手平放在桌子上。"

"唉！"柳宗元又叹了口气说，"梦得，你的思想跳跃是否太大了，刚才谈政治，乍一会儿就与我切脉了。"

刘禹锡也不解释，他向船夫招了招手，船夫会意地收拾了残羹冷炙，并很快递来一个棉枕头，柳宗元倒是配合地将左手平放在枕头上，认真地让刘禹锡切起脉来。

柳宗元的脉象无力，且脉滑而涩。刘禹锡的怀疑没错，这是气血不足而引起的，是冠心病的先兆。

为了确诊，刘禹锡让他伸出舌头，果然舌头周边燥红，且舌苔白而厚积，这是肝火旺盛使造血功能损伤而引起血管瘀塞症状。

"子厚兄，你最近睡眠情况如何？"

柳宗元说："唉！总是睡不安神，老是做噩梦，不是从悬崖上掉下来吓得心脏'怦怦'直跳，就是掉落在深水里，憋闷得喘不过气来。"

刘禹锡听后，嗔怪地说："子厚兄，亏你还对医学有所钻研，你这些症状，都是你身体向你发出了信号，你患有早期冠心病。如不及时治疗，后果不堪设想。"

柳宗元深信刘禹锡的医术，但面对刘禹锡不讲情面的嗔怪，他只是脸红了一瞬。

他像鸭子死了嘴巴却是硬的，强词夺理地解释说："还不是被权恒这个狗……坏蛋闹得烦心，我郑重声明，你可是得到名医陈子敬和僧医皎然的真传，我可是自学成才啊。"

刘禹锡见他死要面子活受罪，轻笑地摇了摇头，转而问船夫道："船家，这儿离镇上还有多远。"

船夫答："刘大人，前面不远就是郧阳。"

"请到了郧阳码头停靠一下，我和柳大人要去镇上逛一逛。"

"好的，刘大人。"

"子厚兄，稍等一会儿。"刘禹锡交代完船夫后，就站起身来往自己的卧舱走去。

不一会儿，刘禹锡端来文房四宝，刚下到厨舱，忽地膝关节一阵钻心的疼痛，他不由得一个趔趄，柳宗元见状，眼明手快，一把上前扶住了他。

"梦得，你是不是老寒腿又犯了？"柳宗元关切地问。

柳宗元知道，这是那年的冬天，梦得为救落水的跟屁孩儿元稹而落下的病根。

"我倒没有什么，这个老毛病又伤不到五脏六腑，发作时自己扎上几针就缓解了。我倒是担心你老兄的身体，为防患于未然，我开一帖药方，我们在郧阳上岸就去药铺抓药熬煎。"

刘禹锡说完，就专心致志地伏在小方桌上开起了处方。不一会儿，处方开好了，他就递给柳宗元看。

柳宗元接过一看，正是刘禹锡著《药问》医书中的"大补心汤"的方子，不禁向他投去感激的眼神。

刘禹锡淡笑道："子厚兄，你将这帖药方服用完后，我还要与你熬制一些'救心丸'，以备你心脏病突发之需。"

"唉，"柳宗元又叹了口气说，"那我不又成了药罐子了。"

刘禹锡开导地说："人吃了五谷六米都会生病的，这是没有办法的事。对待自己的病你要保持良好的心态，要时时保持乐观的心情，作息要有规律，注意休息。就你这种心脏病初发期，还是能够调整好的，还要控制饮食，严禁食用油腻过重的食品和动物内脏等，少饮酒，切记不能过量。控制好了这些，再用药调理，发病的概率就会降低许多，切记！"

柳宗元苦笑着说："梦得，放心吧，我是久病成良医啊。"

"哈哈哈！"柳宗元的话将刘禹锡逗笑了，笑是能够传染人的，柳宗元也随着笑了起来。这是他们被明升暗逐以来的一个多月时间，第一次发出的笑声。

经过刘禹锡的精心调理，十几天后，柳宗元的病情明显好转，脸上的气色也好多了。

第十九章　秋风卷起诀别忧

1

这天，他们的官船终于走出了汉江，来到了龟山脚下的入长江之口汉口。船入长江，他俩站立船头，宽阔的江面上白浪滔天，白帆点点，黄鹤展翅，他们的心情一下子就愉悦起来。

"梦得，你看江对面的蛇山脚下。"柳宗元顿时又皱着眉头，用手指着江南的方向说。

刘禹锡顺着他手指的方向一看，一座楼阁被烧毁的残垣断壁，荒凉地静躺在蛇山脚下的江边。

柳宗元说："久闻黄鹤楼胜名，老夫我是第一次到此楼，本想仿古人崔颢吟咏一番，但看到这般焚毁的惨景，实然是无此雅兴了。"

"子厚兄，我也有同感。"刘禹锡忽地想起了白居易一月前寄给他的《卢侍御与崔评事为予于黄鹤楼置宴，宴罢同望》一诗，又说，"不过乐天在一个月前经过此江段时，倒将废墟中的黄鹤楼描写得淋漓尽致。"

"哦！读来听一听，看这个醉吟先生会发出什么感慨。"

刘禹锡的记忆力超群，脱口吟出：

> 江边黄鹤古时楼，劳置华筵待我游。
> 楚思淼茫云水冷，商声清脆管弦秋。
> 白花浪溅头陀寺，红叶林笼鹦鹉洲。
> 总是平生未行处，醉来堪赏醒堪愁。

"哈哈哈"，柳宗元大笑一声后，不无感慨地说："乐天兄将黄鹤楼的惨景描写得入木三分，我们又何必去班门弄斧呢？”

"是的。"刘禹锡感叹地说，"乐天兄留给后人沉思的是，泱泱大唐盛世，却无人无力修复华夏三大名楼之一的黄鹤楼，借喻着我大唐是驴子拉屎外面光，粉饰太平啊。"

二人谈完了白居易的《卢侍御与崔评事为予于黄鹤楼置宴，宴罢同望》的诗作，又联想起崔颢的《卢侍御与崔评事为予于黄鹤楼置宴，宴罢同望》的名诗，两首诗虽然年代不同，历史背景不一样，但两位诗人抒发出的都是家国情愁。

"子厚兄，李太白的《登黄鹤楼》一诗却立意新颖，他借江南美景，表达了他的思乡之情。"

柳宗元说："这三位诗人在不同的历史时期抒情于同一座名楼，清宕的文才，是值得我们学习的。"

刘禹锡不住地点头称是。

他们俩站在船头谈论诗文，不知不觉间天已渐渐黑沉下来。突然，一阵秋风向他们袭来，使他们不禁打了一个寒噤。

刘禹锡关心地说："子厚兄，天已夜沉了，你的身体刚刚复原，经这江风一吹，别着凉了。"

"嗯！"

两人刚钻进船舱，只见船夫迎了上来说："两位大人有请，刘老夫人和柳夫人还在等你们共进晚餐呢。"

经船夫这么一提醒，柳宗元的确感觉有点饿了，他说："梦得，快点儿，老娘一定又在唠叨我们了。"

果然，他们刚一进厨舱，刘母当着柳夫人和众多孙子的面，就唠叨起来。

"禹儿，都四十好几的人了，真不懂事，你不知道厚儿正生病儿，就不怕他着凉了？"

"娘，儿可有意见哈，你对子厚兄比对我还亲。"刘禹锡故意吃醋，逗着老母亲开心。

"咯咯，"刘母脸儿笑开了花，她边用筷子将一块鸡腿夹放在柳宗元的碗里，边笑着说，"老娘我就偏心啦，咋的，你有意见就出去向扬子江提吧！"

人老了就如同孩童一般，刘母孩童般的行为，将一船舱人逗乐了。

"奶奶，我也要！""奶奶，我也要！"这时柳宗元的三个儿子和她老刘家的两个孙子也逗着奶奶，分别起哄了起来。

刘母将一只鸡腿夹给柳宗元的大儿子说："大孙子，你正是长身子的时候，这只鸡腿你吃。"

真是祖辈疼的头孙子，爹娘疼的顺肠儿。

其他四个孙子见状，异口同声地说："奶奶偏心。"

刘母人虽老了，脑袋却灵活着呢，她边假装用筷子在鸡汤碗中拨挑着，边埋怨了起来："这个船夫真是吝啬鬼，舍不得多炖几只鸡，我还有四个孙子没有吃到鸡腿呢！"

丫鬟柳儿扑哧一笑说："我的老祖宗呀，人家还炖的不多，您碗里还多两只鸡腿呢。"

可不是吗，刘母看见自己碗里堆放着两只鸡腿儿，一下子蒙圈了。

"这是咋回事儿。"

又是一阵哄堂大笑。

原来，柳宗元父子趁刘母翻搅鸡汤碗不注意时，就将各自的鸡腿悄悄地放在她老人家的碗里。

船夫在一旁看得着实羡慕这两家孝敬老人，其乐融融的情景。要不是他事先知道刘柳两位刺史大人是结伴而行，那他还会错以为他们是一家人呢。

欢乐的聚餐后，大伙儿都抢着搀扶刘老夫人回舱休息。刘老夫人毕竟年纪大了，喜欢清静。

于是，她婉言拒绝说："大家都在船上颠簸了一天，该休息了。还是由柳儿扶我回舱休息吧。"

顺从老人的意愿是最大的孝顺。柳宗元夫妇和孩子们向老夫人请安，道了一个万福后，各自回舱休息去了。

这一晚又是一个不眠之夜，心事重重的刘禹锡，似乎听见舱外传来各种鸟儿鸣唱的深夜交响曲，使人格外赏心悦目，吸引着他出去探个究竟。

　　隔壁睡舱里传出母亲和柳儿，均匀而又细小的鼾声，再看看熟睡中的两个儿子，横七竖八地将被子蹬到了一边。他微笑着摇了摇头，帮儿子们盖好了被子，心里不禁涌出了一口苦涩的味道：这又当爹又当娘的日子的确不好过啊。

　　不睡了，刘禹锡干脆起床，穿好衣服，蹑着脚来到船头，一阵湖风吹过，虽然带有深秋的寒意，但还是令他心旷神怡。啊！深夜间，官船已经进入了他熟悉得不能再熟悉的洞庭湖。

2

　　想当年在郎州，子厚兄为了把我从失去妻子薛惠的悲痛中拉回到现实，陪伴着我来到这烟波浩渺、湖光山色的洞庭湖中散心，他是用心良苦啊，兄弟之情让人难以忘怀。

　　上次来此一游，基本上是昼游夜憩，今晚乍一看，这水天一色的洞庭湖，另有一番情趣，不禁使人浮想联翩。

　　深夜，这洞庭湖中的秋月，挂在天空中，竟使湖水波光粼粼，变幻莫测，游烟袅袅，遮蔽着寒冷的湖面。

　　再远眺那岳阳楼，竟在暮色中消失，一定是涟漪将它荡过了君山的东岸。

　　夜晚的湖面，月儿不知怎的掉进了水里，倒映着湖光山色和芦苇，柔和的光辉洒满了城镇。

　　船夫一边哼唱着竹枝曲，一边用船篙划动着的水声，像是客人们一曲曲羌笛的合奏声。

　　刘禹锡脑海里这一阵跳跃式的波动，很快绘就了一幅洞庭湖秋夜美丽、宁静和神秘的图画。他站立船头，顷刻间心潮涌动了起来，在宁静的夜色中不禁放歌一曲《洞庭秋月行》：

洞庭秋月生湖心，层波万顷如熔金。
孤轮徐转光不定，游气濛濛隔寒镜。
是时白露三秋中，湖平月上天地空。

岳阳楼头暮角绝，荡漾已过君山东。

山城苍苍夜寂寂，水月逶迤绕城白。

荡桨巴童歌竹枝，连樯估客吹羌笛。

势高夜久阴力全，金气肃肃开星躔。

浮云野马归四裔，遥望星斗当中天。

天鸡相呼曙霞出，敛影含光让朝日。

日出喧喧人不闲，夜来清景非人间。

第二天一早，刘禹锡将还睡眼惺忪的柳宗元拉扯到船头，他用手指着一望无际的洞庭湖说："子厚兄，我发现这洞庭湖秋夜的景色别有一番情趣。"

柳宗元望着他那布满血丝的双眼，惊讶地埋怨说："梦得，你一夜没睡呀？你不要命了，你这老寒腿经这深秋湖里的冷风一吹，不犯才怪哩，你是不是想当跛老爷啊。"

刘禹锡憨态可掬地一笑说："子厚兄，一夜的凉风没有白吹，竟然吹出了一首《洞庭秋月行》来。"

"你呀你！"柳宗元用手指点了点他，又说，"快吟来，让为兄也欣赏欣赏。"刘禹锡也不谦虚，洋洋自得地吟咏了起来。

柳宗元竖着耳朵仔细地听着，品味着，最后谦逊地说："梦得，你不愧为当代诗豪，竟将秋夜朦胧的洞庭湖描绘得如此美丽神往，乃旷世奇才，令子厚汗颜。"

刘禹锡听后，嗔怪地说："表扬就表扬呗，何必贬低自己来表扬他人呢，谁人不知你是散文大家柳河东。"

是的，我的诗虽然比不上梦得，但我写的散文的确是略胜一筹。柳宗元想到这里，心里充满着愁肠：伴君千里终有一别，要不了多日，衡州就到了，到了衡州，就是我和梦得分离的地方，何不趁此闲心，与梦得以诗和唱，共抒离别之情。

主意打定，柳宗元声音略带哽咽地建议说："梦得，不几日达衡州我们就要分别了，不知何日才能相见，千言万语道不明我俩兄弟的分别之情，我看这样，趁还有些时日，我俩同唱分别之情如何？"

突然，湖面又刮起了一阵寒风，使一夜未眠的刘禹锡不禁打了一个寒噤。从子厚兄的话语中，他似乎听出一种人生诀别的味儿。

刘禹锡很快收回了杂念，劝慰说："子厚兄，别伤感嘛，分别自有期，相聚自待雪化时。"

"唉……"柳宗元却是一声长叹说，"有情自古伤离别，正值秋风落叶时。"

刘禹锡听着又是一阵黯然神伤，怎么子厚兄这说得像是断路话呀。难道他有什么难言之隐，但从他脸上的红润气色和说话中气十足的模样来看，心脏应该调整过来了呀。

"好啦，好啦。外面风冷，子厚兄，我们还是回舱里小酌几杯，暖暖身子。"

"嗯。"官船一行驶出洞庭湖，进入湘江水道，距离柳宗元与刘禹锡的分别之日就越来越近了。

每当想到这儿，柳宗元心里就堵得慌。难道是心脏病又犯了，他服了一颗刘禹锡专门为他制作的救心丸，也不见好转，看来不是心脏的毛病，那么会是什么情况，难道这是什么预兆吗？

柳宗元想了想，就铺开纸张，用真诚、真心、真情、真知的情感，挥毫写下了《重别梦得》一首七绝：

> 二十年来万事同，今朝歧路忽西东。
> 皇恩若许归田去，晚岁当为邻舍翁。

当刘禹锡读过柳宗元的七绝，激动得眼泪在眼眶里打转，他生怕他的煽情被柳宗元发现，连忙用衣襟擦拭着眼泪。

由于纸张的遮蔽，柳宗元确实没有发现刘禹锡动情的泪水，他不解地问："梦得，你的眼睛怎么啦？"

"眼里进了沙子。"刘禹锡不好意思地撒了一个善意的谎言。

"胡扯，这宽阔的江面上哪儿来的沙子？"聪敏的柳宗元一下子就明白了，这是刘禹锡的真情流露，"别煽情了，还不回赠一首，让我留着做个纪念。"

"好的。"刘禹锡很快跑回了自己的卧舱，一气呵成地挥毫泼墨一首七绝《重答柳柳州》：

> 弱冠同怀长者忧，临岐回想尽悠悠。
> 耦耕若便遗身老，黄发相看万事休。

柳宗元接过诗笺一读，就倍感欣慰。我比梦得还虚小两岁，是同一个年代出生的人，他却谦恭地尊称我为长者，难能可贵。他用乐观的态度，一笔勾勒出我们的相识、相遇、相知是快乐无比的。特别是他的尾阕，乃神来之笔，我们从青发变为白发再转变成黄发，让我们再来感叹人生吧。

3

事物往往就是这样，你怕什么它就来什么，不尽如人意。其实他们是入秋后从长安出发，经汉水入长江，再从洞庭湖入湘江到衡阳也走了近四五个月的时间。起先大家都觉得时间过得很慢，但官船穿过长沙后，柳宗元愈来愈感到行船与日月星辰是故意商量好了似的，仿佛都在加快了速度，衡阳近在咫尺。

儿行千里母担忧，在衡阳他们两家子难舍难分。特别是刘老夫人，她牵着柳宗元夫妇的手千叮咛，万嘱咐，就是不肯松手。刘禹锡牵着两个儿子在老母身边只有耐心地等待，好不容易等待老母唠叨完了，他这才将柳宗元拉到一边说："子厚兄，我写了一首《再授连州至衡阳酬柳柳州赠别》的诗作，千言万语都凝集在这首诗里，以作临别之言吧。"

刘禹锡一边将诗作双手递给柳宗元，一边吟哦着：

> 去国十年同赴召，渡湘千里又分歧。
> 重临事异黄丞相，三黜名惭柳士师。

归目并随回雁尽，愁肠正遇断猿时。

桂江东过连山下，相望长吟有所思。

柳宗元听后感慨万千，来而不往非礼也，他也掏出诗笺回礼给他，并高声吟出《衡阳与梦得分路赠别》：

十年憔悴到秦京，谁料翻为岭外行。

伏波故道风烟在，翁仲遗墟草树平。

直以慵疏招物议，休将文字占时名。

今朝不用临河别，垂泪千行便濯缨。

洒泪送别柳宗元一家子走后，刘禹锡从衡州驿栈，百里挑一，选中了一匹枣红马，当自己的坐骑。

刘禹锡是个重情重义的人，他钟情于枣红马，其主要原因是，他心里还眷恋着，在战场上与他出生入死，而在郎州死去的战马。

老母亲、柳儿和两个儿子四人乘坐一辆马车紧跟其后。他们马不停蹄地赶着路儿，很快进入了广东地界。

连州前任刺史闻讯，早早地率领连州八品以上的官员，在连州城北大门迎接刘禹锡一家子。这一天，正是元和十年五月十一日，也就是说，他们去年入秋从长安出发，一路颠簸了大半年才到达目的地连州，好在还没有超过圣旨规定的六月一日的报到日期。

上次刘禹锡是作为被贬的郎州司马，不被人待见，今非昔比，这次是在前任刺史带领下，高规格地迎接他这位新任刘刺史。

一番番礼仪、一席席接风宴后，刘禹锡抓紧时间和前任刺史完成了交接工作。随后他为高寓正高就举办了送行酒宴，两人在发表欢迎送别词时，高寓正首先致辞，他一番欢迎新刺史的礼节后，就高谈阔论地总结他在连州任期之间，为连州作出了巨大贡献。

谁知刘禹锡这位新州长上台却只简单地说了两句话："祝高大人鹏程万里，本官在连州没有调查，就没有发言权。"

看似语不惊人，却在连州下属官吏中荡起了阵阵涟漪，一阵骚动，大家在悄声议论：这位刘刺史，是什么意思？

上任后，刘禹锡首先上奏折给宪宗皇帝：

吾皇万寿

谢主隆恩，皇恩重于丘山，圣泽深于雨露。伏荷陛下孝理弘深，皇明照烛，哀臣老母羸疾，悯臣此生零丁，特降新恩，得移善都，母子重生。臣将披肝沥胆，殚精竭虑，报效皇恩。

臣刘禹锡叩拜

向皇上表完忠心后，紧接着他又与他的顶头上司，主管州吏的宰相张弘清寄去一封书信。

谢中书张相公启

某启：某智乏周身，动必招侮。一坐飞语，如冲骇机。昨者诏书始下，惊惧失次。叫阍无路，挤壑是虞。草木贱躯，诚不足惜。乌鸟微志，实有可哀。伏蒙圣慈，遽寝前命。移莅善部，载形纶言。凡在人臣，皆感至德。凡为人子，同荷至仁。岂惟鲲生，独受其赐？伏以相公心符上德，道冠如仁。一夫不获，戚见于色。密旨未下，叹形于言。竟回三舍之光，能拔九泉之厄。袁公之平楚狱，不忍锢人；晏子之哀越石，仍伸知己。所以庆垂胤祚，言成春秋。神理孔昭，报应斯必。身侔蝉翼，何以受恩？死轻鸿毛，固得其所。卑守有限，拜谢末由。无任感激兢惶之至。谨勒军事衔官守左威卫慈州吉昌府别将员外置同正员常恳奉启起居，不宣。谨启。

刘禹锡这封书信的主要内容，是向他的顶头上司汇报思想，反思他在京城工作期间所犯的错误，承认自己缺乏政治头脑，使自己卷入了政治斗争的旋涡之中而不能自拔，自己所受的灾祸自己承担，万万没有想到，竟给其他同僚也带来了灾祸，使他后悔莫及。

其中的内容还包括他接到圣上诏书的失态和他对张弘清、韦贯之、裴度等老前辈，在他危难之时能伸出援助之手的感激之情。

一折一信让信使送往长安后，距离刘禹锡计划到连州各地去视察的日期还有两天。他坐在刺史衙门办公室中，处理完了下面上报来的各种公文。闲暇之余，他忽地想起，该给他的政敌，原来的顶头上司，现在大权在握的宰相武元衡写一封信了。

他沉思了片刻，就伏案奋笔疾书起来。

谢门下武相公启

某启：某一坐飞语，废锢十年。昨蒙征还，重罹不幸。诏命始下，周章失图。吞声咋舌，显白无路。岂谓乌鸟微志，恻于深仁。恤然动拯溺之怀，煦然存道旧之旨。言念觳觫，慰安苍黄。推以恕心，期于造膝。重言一发，睿听克从。回阳曜于肃杀之辰，沃天波于蹭蹬之际。俾移善地，获奉安舆。率土知孝治之源，群生识人伦之厚。感召和气，发扬皇风。岂惟匹夫，独受其赐？某即以今月十一日到州上讫。守在要荒，拘于印绶。巾鞲诣谢，有志莫从，诚知微生，不足酬德，捐躯之外，无地寄言。效节肃屏，虔然心祷。无任恳悃屏营之至。谨勒军事衔官守左威卫慈州吉昌府别将员外置同正员常恩奉启起居，不宣。谨启。

这封信的内容，虽然刘禹锡也是向武相公汇报工作，但他将"某一坐飞语，废锢十年。昨蒙征还，重罹不幸"这几句话置于书信的前面，实际意思是他用以表示对武元衡的不满，这也表现出他刚毅的性格。

4

刘禹锡作为连州一个负责任的刺史，他没有因皇上的被逐而产生消极情绪。履行为任一方，造福百姓的初衷，他深知责任重大。首先要调查了解连州地区的山川、田野、地形、物产、气候、岁贡和疾病等风土人情，做到有的放矢，再制订出连州三年任期的发展计划。

主意已定，刘禹锡走出州府衙门，就开始了他长时间的调查工作。说是调查，还不如说是私访。

他没有动用"鸣锣开道"的官威，只带着一个州衙里的王幕宾，和一个他刚收的名叫曹渠的诗文徒弟。

说起曹渠，他与刘禹锡还真有师生缘分。

刘禹锡作为一个诗文扬名的新州长，当地的文人骚客慕名来拜访他的人很多，刘禹锡专门抽出时间来接待他们。

一日，一个只有十六七岁，自称叫曹渠的小伙子来拜访刘刺史，小伙子见面就下跪拜师。

刘禹锡心想，这是哪来的愣头儿青，有这样拜师的吗？莫非是攀龙附凤之辈。

刘禹锡上前将他扶起来，婉拒说："本府公务繁忙，无心收徒，你还是请回吧。"

谁知曹渠还是个倔脾气，他就是跪着不起，倔强地说："久仰先生大名，您不同意收我为弟子，我就不起来。"

刘禹锡见状，没好气地说："学而知礼也，你这胡搅蛮缠，不是读书人的做派。"

曹渠见先生是看不起他的意思，灵机一动，说："先生您不要瞧不起人嘛，古还有'项橐筑城'呢。"

刘禹锡听后一惊，看来我是将面前的这个小伙儿，三斤鳊鱼侧看了。他故意装作不懂，一脸严肃地问："什么'项橐筑城'，如实讲来。"

曹渠憨笑地说："先生，对不起，是弟子口无遮拦，若有得罪之处，还望您海涵。"

刘禹锡见他知书达理，谈吐不凡，就喜欢上了他。

"起来吧，先生赦你无罪。"

"谢谢先生！"聪明的曹渠知道这是先生同意接收他这个弟子了，兴奋地站了起来。

刘禹锡当然知道"项橐筑城"的典故，是写孔圣人的故事，讲的是"礼"和"理"字。

原来"项橐筑城"的典故出自春秋时期：为了宣传自己的政治主张，

孔子乘马车带着他的弟子们周游列国。

一日，他们来到晋国，却在城门口见一个在路中间伏地玩耍的孩子，挡住了他们的去路。

孔子说："孩子，你不应该在路中间玩耍，挡住了我们的去路。"

小孩子指了指路上说："老人家，您看这是什么？"

孔子仔细一看，原来是这小孩用石头瓦片筑起来一座城堡。

孩子问："您说，是应该车让城的路，还是城让车的路？"

孔子被问住了，觉得这孩子既懂礼貌又有理儿，不禁俯身问道："孩子，你叫什么？多大了？"

孩子回答说："回老人家的话，我叫项橐，今年七岁了。"

孔子转而对弟子们说："项橐七岁懂礼知礼，他可以当我们的老师了。三人行，必有我师焉。"

就这样，曹渠用睿智的话语打动了刘禹锡的心，成为他的关门弟子。从此，曹渠自称为"山夫"，经常到刘先生这里来请教学问，师徒二人情同手足。

在刘禹锡潜移默化的影响下，他没入仕，却成为名噪一方的儒士名医。

连州是一个多民族居住的地方，以汉、莫徭族人口居多。师徒二人和幕宾三人，分别骑着马儿，深入乡村、田野、山区之间调研，每到一处他们都注重各民族的风俗文化，与他们交心谈心，很快就与各民族之间结下了深厚情谊。

刘禹锡深入田间地头调研，他对南国风物有了一个崭新的认识。这日，他返回州府，见连州城外水稻田里，莫徭族农民正披星戴月不误农时地抢插秧苗。

还有那黄犬围着田埂四处乱窜，追逐着在田埂觅食的鸡、鸭、鹅等家禽四处乱飞，好一幅农景图画。

这时，刘禹锡忽地听见，一位满身泥巴的老农与一个头戴乌帽，身着长衫的年轻人在田埂上争吵起来。

老农怒说："你这小子，别在这里耀武扬威了，你家的根底我很熟悉。你一去长安后，就目中无人了。"

年轻人冷笑说：“长安真是个大地方，我去过不知多少次了。最近京城要补卫士，只有像我这样穿得起筒竹布的才有资格进京。你们看着吧，过两三年后，我就要做官去了。”

……

刘禹锡见他们只是打口水仗，并未动武。他好奇地问一个在田埂上撒秧苗的农夫问：“请问老哥，那衣着整齐的年轻人是谁？”

农夫说：“他呀，是县衙派下来的计吏。”

刘禹锡又问：“他们为何争吵了起来？”

农夫说：“还不是他多记了老伯的秧田亩数。”

“他这是为何？怎么不实事求是呢？”

“还不是为了多征皇赋，捞点政绩呗。”

“哦。”刘禹锡恍然大悟，他走近年轻人，和颜悦色地说：“年轻人，只有将心放在中间，才能当好官。”

计吏恶狠狠地说：“你是谁？真是狗拿耗子，多管闲事。”

一旁的曹渠大声喝道：“大胆，真是鼠目寸光之徒，还不跪下与刘刺史大人赔礼道歉。”

计吏一听说是新刺史大人，吓得像刚从冰窖里捞出的人儿，浑身发着抖儿，就扑通一声跪倒在刘禹锡面前。

他头磕得如田间的小鸡啄米似的，连连求饶说：“小的不知是刘刺史，请大人饶命。”

5

刘禹锡教训着说：“起来吧，下不为例。不要以为你穿着人模狗样的官服，就耀武扬威。你要知道你吃的粮食，都是这些农夫种出来的，对他们要尊重，要出以公心计算他们的田亩。”

计吏站起来忙点头哈腰地说：“小人再也不敢了。”

刘禹锡转向老农，和蔼可亲地说：“老哥，如果再有官吏欺压你们，你们就到州衙告状，本府为你们做主。”

老农连忙用一双沾满泥巴的双手抱拳作揖，激动地说："好官，好官呀，这下子我们连州百姓就有盼头了。"

刘禹锡经历白天农夫插田的情景，他连夜用俚歌的形式，咏出了一曲《插田歌》，描绘出了这一热火朝天的农作场景：

> 冈头花草齐，燕子东西飞。
> 田塍望如线，白水光参差。
> 农妇白纻裙，农夫绿蓑衣。
> 齐唱田中歌，嘤伫如竹枝。
> ……

近些时日，刘禹锡将一个多月来在连州实地调查的情况整理了出来，脑海里一个重新建设连州，为国增赋和为民造福的计划已经形成。

他伏案疾书几个昼夜，于元和十一年七月二十四日终于完成了《连州刺史厅壁记》的奏章。

所谓"壁记"，这是大唐皇帝规定的硬性任务，凡是新任地方的刺史，必须在到任三个月内上奏一份《壁记》给皇上。一般新上任的刺史都是请当地名儒雅士主笔，而刘禹锡的壁记是亲自执笔。

《壁记》的内容大致是：

连州的沿革：连州是南朝以后将它从郴州划分出来，称为小桂郡，后来再更名桂阳郡，再更名连州。称为桂阳郡，是以本州辖内有一个名为桂阳岭的地方而得名；又称为连州，是以本州辖内西南有黄连岭的地名，取"连"字而得名。

连州的山川地形：城东举目就能望见主峰顺山，其山势巍峨耸立，风光旖旎，山峰渐次而降，无名小山不计其数，呈回环郁秀之丽，争高竞美，一直延伸到西北方向的高山九嶷。连州城下的河流名为湟水河，它汇集了百余条支流，穿山越沟，水势随着季节的变化时而平静，时而湍急，蜿蜒着朝东南方向，流入大海。

连州的物产：连州属亚热带气候，山多地阔，物产丰盛。农耕以种植水稻和水果为主，其土质可以制陶；尤为平原地区种植的纥蕉，味甜爽口，每年要向朝廷进贡 10 余笥（当地的盛物竹器）；顺山山脉盛产桧木和桂木，都是上等木材；特别是连州的石钟乳名甲天下，每年向朝廷进贡有 300 余铢（当时的计量单位）。

连州的环境：连州山川秀丽，石林隽美，水波清澈，峰壑林密，烟雾弥漫，清荫紫光。从海面上吹来温和湿润的南风，遇到山峰森林的阻挡，燥热的温度渐渐下降，变为凉风。连州城的建筑均在一块赭色的山冈上，地势高敞，阳光充足，白云缠绕，雨水充沛。

连州的百姓：连州有十余万人口，是个多民族居住地，计有二十八个民族，其中以汉族和莫徭族为主。连州是个物华天宝的偏僻之地，这里少有人患上吐下泻之疾，长寿老人诸多，是南方炎热地带的避暑胜地。

连州的吏治，自武德年间至今，在此州任刺史的有五十七人。在百姓中口碑最好，治理连州最有成果的是宰臣王晙、幸卿刘晃、儒官严士元、闻人韩泰，故已载入史册颂扬他们，臣作为新任要向他们学习。

刘禹锡的这一《壁记》上奏给宪宗皇帝一看后，宪宗对他的文采欣赏有加。刘禹锡由于有实地调查的素材，写出的壁记充实具体，五千多字的文章，毫无华而不实的成分。《壁记》是分六个章节，层次清楚，条理分明，以实夹拟地撰写出来的。

宪宗虽然对他本人并不感冒，但对他的这篇《壁记》赞誉有加，以至以他的《壁记》作为范文，在朝廷各官吏之间互相传递学习。

这下子可够刘禹锡忙活的了，写书信和上门求他写《壁记》的官吏很多，他都欣然接受，从不推诿。他在连州任职五年期间，他为友人代写了《汴州刺史厅壁记》等共十余篇。就连大文豪韩愈任郑州刺史时，《郑州刺史东厅壁记》也是请刘禹锡代劳的。

《壁记》刚一付梓，刘禹锡就想叫他的弟子曹渠看一看，提出一些建议，以便修改。可他突然记起，这小子有好多天没有来府衙了。

刘禹锡问站在一旁的王幕宾："曹渠这几天怎么没来？"

王幕宾答："刘大人，我也不知道呀，也许是小孩儿贪玩，玩野了。"

"这孩子。"刘禹锡口里埋怨着，心里却为他担心起来。

　　"不会出什么事吧？"

　　王幕宾说："这可说不准，连州是个南蛮之地，少数民族居多，民风剽悍，稍有不慎，触犯了他们的族规，就会按他们的族规处死。"

　　刘禹锡蹙起眉头问："难道族规还大于皇律吗？"

　　王幕宾说："山高皇帝远，他们只按自己的族规行事。"

　　刘禹锡自嘲地问："照你这么一说，我这个刺史，不成了无名庙里的泥菩萨，不就是个摆设吗？"

　　王幕宾说："也不尽然，只要您真心与他们交朋友，尊重他们民族的风俗习性，他们会与您交朋友的。"

第二十章　为民解困踏潮头

1

刘禹锡熟读他老师杜佑著的《通典》，里面对各民族的风俗信仰都有记载，这一治国之通典，给刘禹锡提供了治州之理论依据。

其中《通典》记载，连州等地区的莫徭族人除有他们的风俗外，其信仰也多样，有信佛教的，也有信道教的。

刘禹锡受师父皎然和灵澈的影响，是一个虔诚的佛教徒，从不与道教人士交往。这下可犯难了：为了治理连州，他不得不与道教人士打交道了。

他双手合十，默默地向如来佛祖祷告：南无阿弥陀佛，请恕弟子梦得不专一信仰之罪，为了治理好连州，弟子有违背佛祖的意志，那也是万不得已之事。

这时，一阵从南海吹进来的热风，使刘禹锡燥热难耐，王幕宾见状，忙拿起蒲扇为他扇风，怎么越扇越热。

刘禹锡指了指窗子对面的一座桂树茂盛的小山说："我们去那桂树林中走走，也许还凉爽一些。"

"好的，大人。"

刘禹锡边走边对王幕宾说："请将连州一带颇有名望的佛教方丈和道观道长介绍几个我认识认识。"

王幕宾是本地人，对连州有几座庙宇和几座道观，他再熟悉不过，刘大人算是问对人了。

王幕宾侃侃而谈："好的，大人！我们连州有大小寺院十六座，道观有九座之多，它们都建在这顺山山脉的崇山峻岭中，要说最出名的是东岳行宫寺，方丈叫慧通，莫徭人对他尊敬有加。"

刚一踏入桂树林，一股清风袭来，使刘禹锡烦躁的心情好了许多，他喜悦地说："啊，改日我抽出时间，一定去拜访拜访慧通方丈。"

他转而又问："那连州最有名的道观是什么道观？道长名谁？"

王幕宾接着介绍说："是清虚观，始建于南北朝梁中大通三年（531）。是连州保安人廖清虚居福山修炼而得名，故而又称廖仙观。现在是廖清虚的十三代弟子廖承欢为道长。"

"啊，改日我也去拜访拜访廖道长。"

刘禹锡说到做到，他拜访之后，方才知道这慧通方丈和廖承欢道长都是学识渊博之人，后来他与他们成为莫逆之交，这是后话。

刘禹锡和王幕宾一路交谈着，不知不觉中就登上了桂花岭。他放眼一望，这桂花岭果然名不虚传：满山的桂花树密密麻麻。

虽然是五六月份，还不是桂花盛开的时候，刘禹锡不由自主地耸了耸鼻子，仿佛他过早地闻到了桂花的清香。

触景生情，顿时，他脑海里诗情激荡，一曲《度桂岭歌》脱口就吟唱了出来：

> 桂阳岭，下下复高高。
>
> 人稀鸟兽骇，地远草木豪。
>
> 寄言千金子，知余歌者劳。

"轰隆隆！"突然，天空中一声炸雷响起，一道如大蟒芯子的闪电从天上直击桂树岭不远处的一个山坡，一棵粗壮的大树被齐腰斩断。这可怕的一幕，着实让刘禹锡大骇心惊。

王幕宾忙提醒道："大人，我们快离开这片树林，往低处跑，回府便可安全，大雨马上就来了。"

"知道了，我们快跑。"

南国的天气就是这样，变天比翻书还快，不一会儿，天空乌云密布，大风夹杂着雷电闪烁，顷刻间就大雨倾盆。

人快没有天快，刘禹锡他们虽然很快跑进了府衙，但两人还是被大雨浇得如落汤鸡，浑身上下被淋了个透心凉。

王幕宾是本地人，经得起这一热一冷的侵蚀，但刘大人是北方人，还没有适应南方的气候。

他提醒道："刘大人，这一热一冷的，会淋坏身子的，前衙有我候着，您快去后衙换上干衣服，再回来坐堂候案可好。"

刘禹锡冷得身上直起鸡皮疙瘩，却关心地问："那你呢？"

王幕宾解释说："刘大人，我生在连州，长在连州，早已适应了这里的气候，将湿衣服脱下，晾干了再穿上就没事儿了，您可不一样，您是贵人之躯，且是北方人，如不尽快换上干衣服，会着凉的，一旦着凉，那可来势汹汹，不是闹着玩的。"

"你说得有道理。"

刘禹锡是学医的，当然知道其中的利害关系。"那好吧，我换衣服去了！"

南国的雨来得急去得快，刚刚的天还像被人捅破了似的，顷刻间又是阳光明媚。刘禹锡见已没雨了，就快步向后衙家中跑去。

刘母虽然年纪已八十有四了，但并未老眼昏花。她见儿子似落汤鸡地跑来，就知道儿子淋了雨。

她忙对房内喊道："柳儿，快找出少爷的衣服，伺候着他换上。"

"哎！"柳儿灵巧地找出衣服，见到老爷傻站着，他那不该看的地方，被湿衣服紧贴着，露出昂头的姿势，她不禁脸儿一红，小声说："老爷，你快将湿衣服脱下，换上干衣服。"

虽然柳儿在刘府有三十余年，但她伺候主母、少爷、少公子们是尽心尽力，从无怨言。

她都快四十岁的人了，可她从来没有考虑过嫁人的大事，刘府老少人等并没有视她为奴婢，她对刘府有一种依赖之情。反正下人就是奴才，终生有个落脚的地方就不错了，这就是下人的命。

但在刘府这个特殊家庭里，男主人是一个多年的鳏夫，而女佣又是个黄花大姑娘，一个未娶，一个未嫁，在世俗人的眼中，他们之间不撞出点火花才怪呢。

2

女人地位的卑微，在大唐社会里是一个普遍现象，特别是歌伎和女佣，她们就是达官贵人的玩物，可刘禹锡却是个另类，他的自控能力很强。

柳儿见老爷冻得直哆嗦，她忙帮他脱去外套。仅剩内衣时，刘禹锡轻声地说："你先出去吧，有事我再喊你。"

"是，老爷。"

刘禹锡见柳儿走出了他的房间，这时他的双手打着战，好不容易将内衣脱掉，人却冷得瑟瑟发抖，他仅存的一丝清醒，提示他赶快钻进被子里，但身子还在不住地哆嗦。

这时，柳儿端上一碗红糖生姜水进房，一汤匙一汤匙地帮他喂下，可刘禹锡还在一个劲儿地叫冷。

南国不比北方，床上没有厚厚的棉被，只有一床薄薄的被子。柳儿见状，连忙跑进自己的房间，将她的被子拿来，盖在他的身上。

两床被子还是不管用，她见老爷的身子连同被子一起抖个不停，嘴里不住地说："冷，冷……"

小时候柳儿患过一次重感冒，身子冷得也不住地打摆子，是母亲用肉体将她紧紧地搂抱在怀中，才使她好受了一些。

想到这儿，柳儿毫不犹豫地脱去自己的衣服，仅留着遮蔽着她的红布兜儿和遮羞的短裤。她连忙爬上床，钻进刘禹锡的被子里，将赤裸裸的他紧紧地搂在怀中。

这一幕，恰巧被来探问儿子的老母发现，她先是一愣，转而心想，儿子是个正常男人，惠儿去世也有十多个年头了，他从未出入花街柳巷的场所，现在有点儿生理需求也正常，就将错就错吧。

这样想着，老母亲悄悄地退出了房间，并随手将门儿掩上。

这时的刘禹锡又发起了高烧，脑子模糊中有一个女人紧紧地抱着他，他胡乱地猜想：我是到了天国，是裴花紧紧地搂着我，他陷入两位去世的夫人的体香记忆中，可又不像是她们其中任何一位。

他迷糊着说着胡话："韦莺……你终……回……"

柳儿见老爷烧迷糊了，反将她搂得更紧，听出了他的胡话味儿，心中一酸，老爷心里根本没有她这个下人的地方，两眼泪水不禁地打着转儿。

她轻轻地掰开他的双手，下床穿好衣服，就去端来一盆凉水，用湿毛巾将他的额头敷上。

烧终于退了，刘禹锡清醒了许多，他见自己一个人躺在床上，自以为是烧迷糊的梦境，就没有把这事儿放在心上。

他对一旁伺候的柳儿说："我一定是患上风寒了，你去药铺抓麻黄、紫苏叶、生姜、荆芥、板蓝根各十克，煎好拿来。"

"好的！"柳儿伺候刘禹锡服下中药，已经是深夜了，她见老爷的病情稳定了，就告别他来到老夫人的房间，准备请安后回房歇息。

"奴婢向老夫人请安！"

刘夫人已经睡下了，她躺着微笑着说："这么晚了，就不要来请安了，去伺候你老爷吧！"

老夫人故意将"你老爷"三字咬得很重，柳儿听后脸儿顿时羞红，喃喃地说："这……"

"这，这什么这，你们下午的一幕老娘都看见了，快回到老爷的房间去，老娘准了。"

"谢老夫人！"

柳儿不是没有怀春的倾向，而是由于她地位卑微，一直压抑着女人怀春的情感，以致后来根本不想男女之事，今天看见老爷那强健的身体，不禁春心荡漾。想到这里，她心里像有着七八只兔子上蹿下跳的，蹑手蹑脚地重新来到老爷的房间。

刘禹锡闻听房门打开的细微声音，猛然坐起望去，见是柳儿羞答答地微笑着进来。

"柳儿，放心吧，老爷的病儿已经好了，你劳累了一天，快回房休息吧。"

"老爷，老夫人令奴婢，陪……陪您……睡觉。"

刘禹锡闻听大骇，老娘是不是老糊涂了，我堂堂州府老爷怎能与女婢苟且呢，要是传将出去，那本官的颜面何存？

他正色地道："柳儿，老夫人是一时迷糊，不作数的，你回你的房间

304

去睡。"

"嗯。"柳儿泪水又在眼中打转儿，悻悻地走了出去。

第二天一早，柳儿惯例地来到老夫人房间请安。老夫人见柳儿两眼有哭得通红的痕迹，关切地问："柳儿，你老爷昨晚欺负你了？"

柳儿实话实说："没有，是老爷令我回自己的房间睡的。"

此时，刘禹锡也按惯例来到老母房间问安。老母见他一副无精打采的样子，就埋怨说："禹儿，人家柳儿虽然是近四十的人了，但还是个黄花闺女，她陪你睡了，你就得对她负责。"

刘禹锡听后，惊讶地问："娘，孩儿几时与她同床？"

这下子刘老夫人真的糊涂了，禹儿从不扯谎，她用疑惑的眼神盯着柳儿，难道是我老眼昏花，看错了？

柳儿脸色羞红地将昨天下午，她为老爷肉体取暖的经过如实道来。

老夫人感激地望着她说："柳儿，谢谢你对老刘家的忠心，你已经是刘家的人了，刘全的夫人翠儿到老家洛阳看病去了，你就去与他填房吧。"

柳儿迟疑了片刻，接着点头道："全凭老夫人做主。"

一家人正说着，只见弟子曹渠提着一篓海鲜，急匆匆地走了进来。他见师父憔悴的样子，忙说："师父，听说您病了，我带来一篓鲜活的海鲜，与你熬粥补补身子，同时让祖母也尝尝鲜儿。"

3

老夫人喜出望外地问："难得你这孩子，这一篓海鲜很贵吗？"

"回祖母，这是孙徒去南海边看海潮顺手捉的。"

刘禹锡生气地说："难怪这几天没有看见你小子，原来你是看海潮去了呀。"

"嘿嘿，"曹渠得意地说，"禀报先生，小生应南海边的发小相邀，去他家做客，正好赶上大潮，有幸看到它的壮观。"

曹渠说着，就请祖母、先生和先生的两个儿子在客厅坐定后，迫不及待地说："南潮汹涌澎湃，弟子向你们详细叙来。"

连州距南海边有五六百里路程，刘禹锡早就有意愿带着老母和两个儿子去看一看广阔浩瀚的大海，让从未见过大海的家人，见识见识大海的蔚蓝、广阔和神奇。

只因为公务繁忙，一直没有成行，今日见弟子要介绍南海大潮的壮观，忙坐下来认真地听着。

曹渠介绍说："前几日南海狂风大作，白浪滔天，只听海边的渔夫惊讶地喊道：'快往高处跑呀！三年难遇的踏潮来了。'"

只有十来岁的小儿子刘同廙好奇心特别强，他打断曹渠的话头问："曹兄，何为踏潮？"

曹渠解释说："所谓踏潮，它来临前数日海面风大浪急，台风卷带着海水疯狂地向沿岸扑来，待前潮尚未完全退出，后潮纷至沓来。故而当地渔夫称这种潮为'沓潮'，又称踏潮。

"踏潮来势汹汹，轰鸣如雷，响声中夹杂着水雾，直入云端；它更像条条白色的鞭子鞭打在崖石上，响彻云霄，使崖石在潮吼中摇摇欲坠；潮水在冲击着石崖时，像是在空中架起了一座白色的大桥；潮水威力无比，急旋倾覆而落时，竟使岸边的土冈都弯下了腰儿。

……"

曹渠真是个人才，他将踏潮描述得栩栩如生，使得刘家人如临其境一般，刘府老的少的都感叹不已。刘禹锡根据曹渠的描述，写了一首《踏潮歌》：

并引：元和十年夏五月，终风驾涛，南海羡溢，南人云："踏潮也，率三更岁一有之。"为连州客或为予言其状，因歌之附于南越志。

屯门积日无回飙，沧波不归成踏潮。
轰如鞭石矻且摇，亘空欲驾鼋鼍桥。
惊湍蹙缩悍而骄，大陵高岸失岧峣。
四边无阻音响调，背负元气掀重霄。
……

十月的一天，刘禹锡正在伏案办公，只见王幕宾急匆匆地来报说："刘大人，衙外有一位莫徭族人，自称是桂树岭寨子的族长求见。"

百姓求见无小事，刘禹锡忙说："王幕宾，快请他进来。"

不一会儿，王幕宾领着一个身着莫徭服饰的老者进来。自称为族长的老者进入州衙大堂后，忙向低头办公的刘禹锡行了一个莫徭族礼节后，礼貌地说："桂树岭寨族长莫天顺，特来拜见刘大人！"

"是您？"刘禹锡闻声抬头一望，莫族长好生面熟，好像在哪儿见过。啊！想起来了，他就是那天插田时与计吏争吵的老农。

刘禹锡忙下位，亲和地说："莫老哥，快请坐。王幕宾，上茶。"

莫族长哪有心思坐下喝茶，焦急地说："刘大人，我们寨子里的人像是得了邪症，病人每天必发作一两次，每次发作时他们不停地打摆子，并且越来越多人得了此病，有一个体弱的老者扛不住，就走了，我四处求神、求医都没有得到治愈的办法。老哥听说大人您也是个神医，这就来请刘大人来了。"

"走！"救人如救火，一刻都耽误不得。刘禹锡连忙背起医匣，就跟着莫族长的脚步疾行而去。

此时弟子曹渠刚好进衙，他见先生急火火地出门，也不好多问，接过医匣，屁颠屁颠地跟在后面。

金秋十月，桂树岭的桂花一片片白色的花蕊正在含苞欲放，一股股清香弥漫在桂树岭半山腰的寨子里，犹如仙境一般。

但寨子里的呻吟声与这天堂般的美景，吟出的是一种悲戚而又不和谐的音符。

刘禹锡在莫族长的带领下，来到一家四口都患上邪症的人家。这是一对夫妻和两个孩子的家庭，一进屋，只见夫妇和大一点儿的孩子都萎靡不振地依偎在一起，丈夫手中抱着一个摆子打个不停，已是奄奄一息的小孩。

他们夫妇见族长带着一个背医匣的汉人进来，连说话的劲儿都没有，只有那乞求的眼神。

"请将小孩平卧在床铺上。"刘禹锡忙吩咐着。

丈夫闻言连忙将小孩放在竹床上躺着，刘禹锡从医匣里拿出脉枕，切了一会脉后，他发现小孩脉搏微弱，命悬一线。他连忙取出银针，向小孩的人中穴位扎了进去，并用两指不住地捻动着银针的上方。

奇迹出现了，只见小孩雪白的脸儿出现了红晕，轻叹了一口气后，就哭了起来。

刘禹锡又吩咐着："孩子一定是饿了，去熬一碗粥儿给他吃。"

莫族长见这一家子有气无力的样子，忙对来打探情况的另一妇人说："你快去熬上粥儿，给孩子喂起。"

"哎！"妇人快速地从自己家里盛上粥来喂孩子，孩子吃饱后，果然不哭了。

4

这时，满屋子的人才松了一口气。刘禹锡又分别与这家夫妇和大孩子切了脉后，脉象均是一样的，滑而粗涩，毋庸置疑，他们患的是同一种传染病。从患者口中得知，他们一家子患病先后有四五天了，均有在上午和下午间隔地先发烧后冷得不住地打摆子，口里苦得什么都不想吃的症状。他再看了看患者的舌苔，果然舌尖通红，舌苔呈橘黄色，现在可以确诊，患者们患的是疟疾，也叫打皮寒。

这种病是一种急性传染病，是由瘴气中毒或蚊子传染引发的。

蚊子引发的传染一般发生在春夏两季，而瘴气中毒最容易在秋季发生。看来，桂树岭寨子岭的人一定进入了顺山森林里。

于是，刘禹锡又问患者丈夫："这位老哥，你们一家子去过顺山森林吗？"

患者丈夫连忙点头说："四五天前，我带着媳妇孩子去后山采过蘑菇。"

刘禹锡闻后，严肃地对莫族长说："莫老哥，请通知寨子里的人暂时不要去后山采蘑菇和狩猎。"

"这是为什么？"莫族长不解地问。

刘禹锡解释说："天地变化，各正性命。然则变化之迹无方，性命之危难测，故有炎凉寒燠、风雨晦暝、水旱妖灾、蚊蝇怪异、森木生瘴。四时八节，种种施化不同；七十二候，日月运行各别。天地尚且如此，然人安可无事？贵寨患疫，乃森林瘴气所为，故本官才下如此禁令，待查明原因，方可一如既往。"

莫族长和围观寨民听后似懂非懂,但要说顺山有瘴气,自从盘古开天地,瑶族世代居住在这大山之中,还是第一次听说,这片森林里有瘴气。

莫族长说:"这不可能,本族世代居住在这里,没有历史记载这里有瘴气,更别说有此邪症。"

刘禹锡继续用唯物主义观点,分析说:"我刚才话里的意思是说,世间万物不是一成不变的,历史没有发生过,不等于现在不会。本官分析有两种主要原因:其一是森林蔽日,叶草霉烂所致;其二是上年冬季狩猎,其动物尸体没有收尽腐烂所致。"

众徭民听后,不住地点头赞成。莫族长说:"刘大人分析得有道理,去年猎物过多,我们顾不得已受伤逃亡的猎物。"

他接着又问:"刘大人,这些病人如何治好?我们这些没有得病的人是否会被传染?"

刘禹锡安慰他们说:"请大家放心,要以预防为主,边治边防。本官先开出治疗此邪症的药方,病人服用两三服后,就会痊愈,然后我再开出预防的药方。"

刘禹锡的渊博知识,令曹渠佩服得五体投地。他听到先生要开处方,机灵地摆好了文房四宝,手中不停地研磨着墨汁。

刘禹锡朝弟子笑了笑,提笔开出了"度瘴发汗青散"方。开完药方,刘禹锡对莫族长说:"老哥,速令人去镇上抓药,给病人服上,本官再来开具预防药方。"

"哎!"莫族长立即令人抓药去了。

刘禹锡接着又开出一帖辟瘟气的"太一流金散"方。莫族长接过偏方,又令人去抓药后,就用瑶语向身后的妇人叽里咕噜地几句话后,妇人喜笑颜开地离开。

刘禹锡不懂徭语,就问身边的曹渠:"老哥说的啥?"

曹渠翻译说:"老族长是叫他的老伴,回家去弄丰盛的酒菜,招待您这个尊贵的客人。"

莫族长说:"是的,刘大人,我正式邀请您去我家做客。"

刘禹锡忙说："老哥，请放心，寨民会平安无事，谢谢你的盛情，我们就不在你家做客了，衙署里还有许多案子等着本官呢。"

莫族长闻言，他的脸儿就像六月份的天儿，说变就变，刚才还诚笑的脸上，顿时垮了下来，一脸不高兴的样子。

曹渠提示说："先生，您必须去他家做客，否则，他认为您不给他面子。"

接着他又向先生介绍起瑶家的风俗："先生，徭人热情好客，相比我们汉人有过之而无不及。凡是进入徭家寨子的人，他们都是尊贵的客人，都会受到尊重和热情款待。饶有风趣的是'挂袋子'和'瓜箪酒'的风俗，是瑶家典型待客的礼节。"

刘禹锡饶有兴致地问："何为'挂袋子'？"

曹渠说："禀告先生，来到瑶寨的客人，只要进入谁家做客，就将自己的布袋子往主人的墙上一挂，主人会马上去生火做饭招待客人。如果客人始终将袋子背在肩上，主人以为客人还要到别处去，就不会进厨房了。"

刘禹锡说："哦！我可没有挂袋子啊。"

曹渠说："先生，瑶人要是相邀客人，客人不从，那就是对主人的莫大羞辱，我们还是去吧！"

刘禹锡闻言暗自一惊，这可不是小事，这是关系到民族之间的大事。他连忙对莫族长说："老哥，恭敬不如从命，请带路。"

"请！"莫族长一听，脸上又露出了灿笑，他用瑶人的礼节，做了一个请的动作。

5

莫族长居住在寨子的中间，爬上几道山坡就到了。刘禹锡尊重瑶家风俗，进门后他忙将医匣挂在主人的墙壁上，莫族长全家人看见，顿时露出喜出望外的表情。

很快，一桌丰盛的酒席就端了上来，客人首座，这一风俗与汉人很是相似。刘禹锡坐首席，曹渠次之。

刘禹锡往桌上一瞧，腊肉、鸡、鸭、豆腐、野菌、野味碗摞碗地摆放一桌。

宴席开始，莫族长用筷子将红焖鸡的鸡冠夹放在刘禹锡的碗中，刘禹锡不解地看了看身边的曹渠。

曹渠忙解释说："先生，这是对您最高的礼节，您必须吃掉。"

"啊！"看来，这里的瑶族人与郎州瑶族人的风俗还是有一点儿区别的。

接着，一个身着瑶族服饰的靓丽少女拿出一木盆瓜箪酒来到桌前，分别给客人各瓜瓢舀了一碗后，自己也舀上一碗。她并不言语，而是将自己的酒碗，举到眉前以示敬酒。

曹渠暗示了一下刘先生，两人将带有米糟的酒儿一饮而尽。

原来这瓜箪酒是糯米酿酵而成，并不滤糟，直接饮用，其味甜中有辛，软绵可口。

待刘禹锡喝了主家女儿的敬酒后，莫族长也陪着客人喝干了自己碗里的酒，他乘着酒兴说："刘大人，老哥有个不情之请？"

"老哥，但说无妨。"

"刘大人身为朝廷命官，却与其他的官吏不一样，他们狐假虎威，而您却屈尊为我们瑶人治病防病，是我们的救命恩人。为了让我们族人永远记住您这份恩情，本族长想攀高枝儿，与您结拜兄弟如何？"

刘禹锡内心早就想与瑶人打成一片，听后他高兴地说："莫大哥，老夫早有此意。"

好一句莫大哥，直叫得莫族长心花怒放。从此，两人就像亲兄弟一般地频繁往来。

刘禹锡为莫徭人治好了邪症，一时间在连州传得沸沸扬扬，求医者络绎不绝，他都笑脸相迎，药到病除。

今天，刘禹锡送走了最后一位病人，起身活动了一下筋骨。

他望了望一旁实习的曹渠，苦笑着对他说："渠儿，医者仁心，来者不拒。但先生毕竟是一州之长，有很多案子要审，抽不出过多的时间与病人看病。你天资聪明，已经初步掌握了中医理论，为了巩固提高，你在衙门前开一诊所，治病救人，行善积德。如遇有特殊疑难病人，为师再出面与你瞧之。"

正中下怀，曹渠高兴地说："是，弟子谨遵师命。"

有了曹渠的诊所，刘禹锡的时间宽松了许多。这天，他办完公务后，看到案头的书信堆得像一座小山似的。他知道这些书信都是远方的亲朋好友寄来的，得一一回复。

可惜啊，王幕宾的文化水平不高，要是有一位知心朋友来本衙担任掌书记该多好。就像我在淮南任杜先生的掌书记一样，使他老人家如愿完成了《通典》巨著。

唉！本官也计划完成一部医学著作《传信方》，可惜没有时间。

书信中，有好友白居易、元稹、韩愈、韩泰、韩晔、程异、陈谏、李程等官场文朋诗友的诗作，他都一一回信和韵之。

在众多书信中，还有刘全从老家洛阳寄来的家信，家信的内容是他向主人汇报的当年田产收入情况。最后是感激老夫人和少爷的恩举，将柳儿赐他填房，现在他们过得很幸福。

刘禹锡回信很简单，只是说：你主持家务老爷我放心，并用当年的田产收入的一半，作为你们圆房的贺礼。

书信来得最多的是好友柳宗元，这位柳兄似乎很有时间啊，只他的书信就积压了有十多封。

刘禹锡饶有兴致地一一拆看，除有治州心得、诗文、书法、医学和佛学交流外，他被另一封信深深地吸引住了。

柳宗元在柳州非常佩服一名姓郭的弹筝高手，可惜他在不久前就病逝了，柳宗元对没有医治好他很内疚，于是，柳宗元跟他写了一篇墓志铭，特寄给刘老弟雅正。

刘禹锡读完这篇墓志铭，感慨系之。他被柳兄的感情丰富、绘声绘色地描写逝者超群的古筝技艺而折服。他也从中受到了感染，似乎觉得逝者未去，这位艺人高师还站在他的面前，在微笑地弹奏他那美妙的音乐。

刘禹锡在回信中写完这些感受后，最后调侃地关心道："子厚兄，别自己屁股流鲜血，光顾跟人家治痔疮，你最近的身体还好吗？甚念！"

柳宗元回信后，没有正面回答自己的身体情况，只是说：悉闻老弟正在收集整理民间偏方，拟撰医书，我在柳州地区搜集了三种药方，分别是"治霍乱盐汤方""越婢汤治风痹脚弱方""治痈疽痔漏恶疮妇人妒乳漆疮方",特寄汝集存。

无独有偶,刘禹锡正在后衙自己的书房里,津津乐道地品味着柳宗元寄来的三种药方。正入迷之时,王幕宾又送来了一个沉沉的木制箱子,箱子的封皮上写着道州(今湖南道县)薛景晦寄。

刘禹锡说:"啊,是舅兄道州刺史薛景晦寄来的,一定是他想两个外甥了,寄来了好吃的东西。"

王幕宾一听,忙说:"大人,我去喊两位少爷过来。"

"去吧,让他们高兴高兴。"

自从俩儿子的娘亲在郎州溺亡后,他们从未见过这个亲舅舅。母子连心,当他们一听到舅舅寄来了好吃的,就格外兴奋,两个孩子放下手中的读本,迫不及待地跑了进来。

老大刘咸允见是一箱子,忙拿起撬具,费了一番力气,这才打开,当伸手去取里面的东西时,他顿时像泄了气的皮球,瘫坐在地上。

刘禹锡见状忙问:"信臣,不是吃的?"

刘咸允说:"舅舅是摸到私塾里去了,那里尽是书。"

第二十一章　雨后彩虹映夕阳

1

刘禹锡一听，还以为是舅舅关心外甥们的学业而寄来的。他风趣地说："这很好呀，精神食粮，快拿来看看，谁写的？"

刘咸允拿出一本上面的书，递给父亲。刘禹锡一看，两眼只放光儿。好呀！这正是我梦寐以求的《古今验方集》，一套十本，完整无缺。大舅兄与他妹妹薛惠一样，有情有义，雪中送炭。

有了这一套《古今验方集》，刘禹锡更加坚定了撰著《传信方》的信心，只等闲下来就着手撰写。

正当刘禹锡公务缠身，而抽不出时间撰写医书而烦恼时，王幕宾来报。

"刘大人，衙外有一个自称是你幼年同窗好友裴昌禹求见。"

"裴昌禹？"刘禹锡脑子短路了一会儿，难道是当年苏州的邻居，铁匠的儿子裴昌禹？幼时同窗，一定是他。

"有请，快请！"

不多一会儿，王幕宾领着一个衣衫褴褛、不修边幅的中年书生进来。刘禹锡认真仔细地打量着，还是看不出儿时的轮廓。

他不禁疑问："你是……"

裴昌禹大大咧咧地说："梦得，官儿当大了就不认识人了，我是少年我们一起在元老先生私塾念书的同窗裴柏松呀！"

刘禹锡见他真是少年好友裴昌禹，他并不嫌弃他的落魄和大大咧咧的样儿，亲切地说："你真是钓王余鱼的裴柏松呀，请坐，快请坐！王幕宾，上茶！"

裴昌禹高兴地说："难得梦得兄还记得小时候的趣事。"

刘禹锡问："柏松兄，你在何处高就，今天怎么想起我来了？"

"唉！"裴昌禹叹了口气说，"何谈高就，我一直读书，现在还是个老童生，靠父亲的铁匠铺养着。去年父亲去世，我手无缚鸡之力，穷得像我们家的铁锤锤打在光锭上，叮当响啊，走投无路之下，这不投奔老兄你来了。"

刘禹锡依稀记得这位仁兄小时候读书一直很聪明，正想问他为什么不考进士。但顿时明白：当今社会，他家庭既无社会地位，又无钱财，更无社会名流举荐，谈何考进士啊，还是不接他人的伤疤为好。正好，本衙还缺一位掌书记，这不正是本官瞌睡来了，昌禹就递上枕头了吗？

刘禹锡想到这里，和蔼可亲地对他说："柏松兄，只要我有一口饭吃，就有你一口。现在本衙有一个掌书记之位空缺，你将就着吧，朝廷开考进士之日，我出资举荐你去报考，就你的才学，一定能考上。求得一官半职，有了俸禄，再娶一房夫人，为老裴家传宗接代。"

裴昌禹闻言，竟然感激得痛哭流涕。这时，幕宾又匆匆地来报：衙外又一个自称是你的好友马总求见。

刘禹锡忙说："有请！"并示意裴昌禹赶快将泪水擦干。

这马总是通过好友郴州刺史侍郎杨于陵举荐认识的。这还是去年的秋天，杨于陵带着马总来到连州看望他，曾同他们来到府中的后花园，欣赏他亲自栽培的紫薇花。赏花期间，马总即兴脱口而出：

紫薇花艳如蝶舞，飘逸轻盈不为春。

虽然只有两句，他是借花喻人，赞扬的是刘禹锡高尚的人格。看来，这位马总也是一个饱读诗书之人，而且是个高人。

马总进来，宾主一番礼节后，马总就直接说明了来意："刘大人，我陪杨大人下去视察时，发现郴州和连州的交界处有一个海阳湖，仍原始生态，乃世外桃源。如果两州联合开发出来，将是一块游览胜地，播将出去，文人骚客定会纷至沓来，这样既提高了两州的知名度，也能增加游览收入，一举两得的事儿，何乐而不为呢？我向杨大人提出了此建议，他爽快地同意了，并派我来与你洽商。"

有这等好处，不开发出来那才叫傻子呢。刘禹锡忙说："走！我们去看看。"

"好的。"

"王幕宾，你带柏松兄去后衙换身干净的衣服，让他陪我一起去。"

马总望着裴昌禹邋遢走出的背影，不禁蹙起眉头问："他是谁呀？"

刘禹锡猜透了马总在以貌取人，瞧不起他。他笑着介绍说："他叫裴昌禹，是我儿时同窗，他也是个满腹经纶之人。别看他现在这个邋遢样儿，如果让他当官，一定是个好官。"

"啊！我明白了，刘大人是个重情重义之人，你这是要搞传、帮、带呀。"

"你马兄呀，是个聪颖之人，一点就通。"

"彼此，彼此。"

"哈哈哈！"

一行三人骑着快马，两个时辰的工夫，就来到了海阳湖。这个海阳湖镶嵌在顺山和莽山之间，是两州的分界线，湖的周边灌木丛生，一看就是个人烟稀少的地方。

裴昌禹从小胆儿就大，他从马背上抽出马刀，在前面砍伐开路，不一会儿，他们就来到湖边。

"啊！"他们不禁异口同声地惊讶了起来。

只见宽阔的湖面犹如一面镜子般平静，一点儿波纹都没有，天上的白云掉落在十余丈深的湖底，而一群群鱼儿却在半空中闲游，湖底的周边倒映着各种翠绿的灌木和艳丽的花儿，像是装扮白云镜框周边的美丽的框饰。

大家惊讶之后，马总想试探一下裴昌禹的学问，于是他提议道："裴兄，你起头，为这美丽的海阳湖赋诗如何。"

裴昌禹也不谦让，即兴吟出：

顺山镶宝镜，鱼在半空翱。

我踏云头问：谁人愿作仙。

2

"啪啪啪"，裴昌禹刚一吟出，就迎来了刘禹锡和马总长时间的掌声。这掌声打破了宁静的森林，惊得两山之间的鸟儿往湖面飞来看热闹，又是一幅璀璨多姿的图画。

三人兴致勃勃地正吟着，刘禹锡忽地发现一个问题，他向马总提了出来："这海阳湖周边，是哪个民族的地盘？"

马总说："这是莫徭人的地盘。"

刘禹锡郑重地说："那得先与瑶族首领沟通。"

他接着解释道："向莫徭人解释清楚开发海阳湖的实际意义，征得他们同意后才能动工。否则，就会将利民的好事变成坏事了。"

马总不以为然地说："刘大人，杨大人手中掌握着军队，这也没什么可担心的，只要两州府同时在城头张贴开发海阳湖的告示，还怕他们不从？"

是的，杨于陵虽然是郴州刺史，但与刘禹锡这个光杆司令刺史不同：他是皇上的爱将，也是郴州刺史侍郎。别以为侍郎只是个兼职，却掌管着南国西北的军权，手下有三千多人的军队，兵权在握。

三年前，杨于陵曾和原任连州刺史高寓正沆瀣一气，对莫徭人采取强硬政策，强迫他们比汉人多交近一倍的赋税。

哪里有压迫哪里就有反抗，莫徭人不服，又没有说理的地方，于是他们就团结起来，进行反抗，遭到官府的弹劾，从而爆发了大规模的莫徭人暴乱。

暴乱最终被朝廷派兵镇压了下去，但经此一战，致使生灵涂炭，国资空虚，民族仇恨怨积徭人之心。瑶汉矛盾就像一个炸药桶，一触即发，后果不堪设想。

刘禹锡想到这里，就对马总说："马兄，你回去与杨大人复命，就说待本官做通了莫徭兄弟们的工作后，再付诸实施。"

马总还是不以为然地说："刘大人，有这个必要吗？"

刘禹锡苦笑着说："马兄，你就对杨大人说，本官只能吃补药不能吃泻药，他就会明白的。"

马总当然听懂了刘禹锡的话，就告辞而去。

见马总走后，刘禹锡解下腰间的刺史腰牌递给裴昌禹说："柏松兄，你拿着本府的腰牌去见海阳县令胡四海，你让他组织一个规划队伍，由你负责，先将开发海阳湖的规划图搞出来。"

"是，刘大人！"裴昌禹郑重地接过腰牌，策马而去。

刘禹锡心中有数，莫徭首领对官府是恨之入骨，贸然去找首领是会碰到一鼻子灰儿。

找谁呢？对！就去找惠通方丈和廖承欢道长，有了这两位德高望重的佛家和道家掌门人出面，一定会水到渠成。

于是，他快马加鞭地分别来到东岳行宫寺和廖虚观，见到方丈和道长，说明来意后，二人欣然应诺。

刘禹锡一旦认为他决定的事儿是正确的，哪怕是遇到重重阻力，他也会想尽一切办法将事情办好。他为了稳妥起见，又决定去会会他的老哥莫族长，让他在徭家首领面前打打偏鼓，也是有一定分量的。

想到这儿，刘禹锡没有直接回府衙，而是策马来到桂花岭的莫瑶寨子里，这时天已经漆黑了下来。

莫族长见是州长兄弟上门来访，自然很高兴，热情地将他迎了进来。刘禹锡记起莫徭人的"挂袋子"的礼节，忙将手伸向肩上，见自己今天走得匆忙，忘记了带莫徭人常背的布包。他灵机一动，忙将自己头上的乌纱帽摘下挂在墙上。

莫族长见后大骇，我们莫徭人是谁得罪了他，兄弟连乌纱帽都不要了，竟要与他死磕到底。

他忙赔着笑脸说："兄弟，我们寨子里的人是谁得罪了你，你跟老哥说，我这就去教训他，替你出气。"

刘禹锡见老哥误会了他的意思，忙向他说明了来意。

"哈哈哈！"莫族长敞亮地大笑后，他将墙上的乌纱帽取下来，亲自为他戴上说，"吓我一跳，我怕又是发生了什么大事儿，原来是这个事呀。你这是为我们莫徭人做的一件大好事，我们首领是个通情达理之人，走！我这就带你去会见他。"

正中下怀，刘禹锡也想与这个莫徭人首领结交朋友呢。他快步跟着莫族长举着的火把后面，大步流星地行走在蜿蜒的山道上。

顺山的夜晚非常热闹，经常听见各种野兽的吼叫声和动物的惨叫声，这些动物都是出来觅食的，各自按森林法则进行着优胜劣败、强者生存的法则生活着。

莫族长长期生活在山里，尽管是夜晚，他行走在曲折的山道间也如履平地。这下可苦坏了刘禹锡，他虽然不胆小，但被森林里不时传出毛骨悚然的野兽声而惊得身上直起鸡皮疙瘩。

他为了延缓莫老哥前行的步伐，跟自己壮胆儿，无话找话地问："老哥，等等我，你们这山里有好多野兽啊。"

莫族长放慢了脚步，拍了拍腰间的箭镞和砍刀说："可不是嘛，为了以防万一，我们莫徭人都带着家伙呢？"

刘禹锡说："是吗，老哥改日也与我配一套。"

"那你真正成为我们莫徭人的州官了。哈哈哈！"莫族长发出一声粗犷的大笑，直笑得山里的野兽们东躲西藏。

跟在莫族长的后面，真有安全感。刘禹锡紧张的心情一下子就松弛了下来。

"莫大哥，我来连州任职，就是要与少数民族兄弟打成一片，团结一切可以团结的力量，才能治理好连州。"

莫族长赞扬说："有老弟你来连州当刺史，是上苍赐给我们少数民族之福啊。"

"莫大哥过奖了。"

二人边走边谈，穿过十几里的山道，不知不觉间就到了莫徭人首领居住的莽林山寨。

3

明天是莫徭人狩猎的黄道吉日，首领名叫赵富贵，今晚正准备早点儿休息，明儿还要早起带领族人狩猎。

"咚咚……"一阵急促的敲门声，把正要熄灯的赵首领，惊得停住了吹灯。

他对下人说："牛娃，这三更半夜的，看是谁来了。"

"哎！"不一会儿，就传来牛娃的通报声，"首领，是桂树岭寨子的莫族长带着一个官府的人来访。"

赵首领对官府的人本就有意见，本不想见面，谁叫我们莫徭人好客呢。何况是德高望重的莫族长带来的，这个面子还是要给的。

赵首领刚举灯来到客厅，就见莫族长将肩上装箭镞的袋子取下来，挂在墙壁上。

他忙吩咐说："牛娃，快去叫厨房里的下人生火做饭，客人们还没吃晚饭呢。"

"哎！"

刘禹锡见下人退去，忙上前抱拳施礼并自我介绍说："连州刺史刘禹锡前来拜访赵首领。"

"你就是刘大人！"赵首领激动地说，"感谢您为我徭民解除了病灾，您是汉人不多的好官，本首领没有前去府上探望，还要您亲自下来，失礼！失礼！"

刘禹锡谦逊地说："赵首领过奖了，本官还做得不好，这不就来与首领讨教治州之方略来了。"

什么讨教方略，汉人这些当官的就是花花肠子多，不就是为开发海阳湖来征求我的意见吗？

赵首领扛楠竹进门，直言不讳地说："刘大人，白天惠通方丈和廖道长都来过我这里。海阳湖是瑶家禁地，本不应该有汉人踏足。但本首领从莫族长口中得知，您训诫计吏，救我瑶民，诚心为我们徭人着想，再听了一佛一道两位高人的指点，方知刘大人开发海阳湖是为我们莫徭人增加收入，本首领同意了。"

真是踏破铁鞋无觅处，得来全不费工夫。

丰盛的酒菜很快就端上了桌子，赵首领用莫徭族人最高的礼节招待客人，当然少不了吃鸡冠、拜把子的礼节。

刘禹锡又多了一位莫徭首领兄弟，心里异常兴奋，对敬来的瓢沓酒来者不拒，他哪里知道，莫徭兄弟的糯米酒虽然甘甜，但却后劲十足，闹腾至半夜散席，刘禹锡已经醉醺醺的，哪里还迈得动腿儿。

赵首领和莫族长是久经沙场，一点醉意也没有，莫族长明早儿还要带领族人狩猎，就乘夜赶回了寨子。

"莫……莫大哥，我……我……我也……要回去。"刘禹锡强撑着，话也结巴了起来。

赵首领见状，忙邀请说："兄弟，你就在我这里休息一晚，明天请你观战，看看我们莫徭人是如何狩猎的。"

"甚……好。"刘禹锡被首领挽扶着进了客房。

第二天一早，刘禹锡被一阵阵号角声惊醒，他揉了揉还有点发昏的脑袋，往窗外一看，只见寨子边的广场上团团篝火闪烁，牛角号子响彻云霄，赵首领正带着各寨子里的族长们，在摆着牲畜的案台上焚香纳拜，这是他们在举行狩猎前的祭祀活动。

刘禹锡连忙更衣起床，参加了这次莫徭人大规模的狩猎活动。

莫徭兄弟们狩猎经验丰富，择吉日而出。他们个个彪悍劲捷，技巧娴熟，使用的狩猎工具有弓箭、罗网和弯月形的砍刀；他们还驯化有猛犬、猎鹰等。人、犬、鹰配合默契，且齐心协力，忙而不乱，表现出高度的智慧和严密的组织性，分工明确，团结协作。

这次狩猎活动大获丰收，按照瑶族人的传统规定，男女老少，见者有份，按需分配，刘禹锡也分到了一只肥胖的獐子。

他将獐子系在马背上，像一个得胜回朝的将军，得意扬扬地往府衙而去。这下好了，家人和衙内的侍从们都能开荤尝到野味儿了。啊！对了，可不能将曹渠这小子给忘了。

刘禹锡回到府衙后，忙吩咐王幕宾将獐子送到后厨给炖了。

王幕宾问："刘大人，放不放辣子。"

刘禹锡说："一半放辣子，一半不放，老娘可不吃辣子。"

"好的。"刘禹锡见王幕宾忙活去了，忙来到案台前，要将莫徭人英勇无畏、激动人心的狩猎场景记录下来。

他回放着今天亲身经历的场面，诗情激发，一首《连州腊日观莫徭猎西山》的诗作赫然飞跃在宣纸之上：

> 海天杀气薄，蛮军部伍嚣。
> 林红叶尽变，原黑草初烧。
> 围合繁钲息，禽兴大旆摇。
> 张罗依道口，嗾犬上山腰。
> ……

人逢喜事精神爽，刘禹锡刚想放下狼毫，只见裴昌禹拿着一张图纸进来。

"梦得兄，且先不要放下毛笔，根据连州百姓的建议，要在海阳湖建一座凉亭，并请求你赐玉为该亭题名。"

刘禹锡接过图纸一看，一座古朴的八角凉亭坐落在海阳湖的堤岸上，他思考了一下，挥毫写下了"吏隐亭"三个筋骨丰厚的大字。

裴昌禹见刘禹锡如行云流水般地书写出"吏隐亭"三个大字，由衷地赞叹说："梦得兄，好书法！集权、柳书法为一体而自创的刘体，矫若惊龙。且'吏隐亭'三字概括了开发海阳湖的历史。"

刘禹锡谦虚地说："柏松兄，好眼力，我的书法是找权德舆老爷子和子厚兄学的，现在我的两个儿子也在学习子厚兄的书法，唉！还是赶不上他小女儿的字啊。"

4

"啊，女儿家家的，只会女工就行了，咋还练起书法来了？"

"子厚可是个超凡脱俗之人，他视女儿为掌上明珠，比爱他三个儿子还要溺爱，这不，女儿刚满十三岁，就来托我留心找女婿。"

裴昌禹开玩笑地说："是不是子厚兄相中了你两个公子中的一个，暗示你提亲啊！"

刘禹锡正色地说："我和子厚亲如兄弟，哪有哥哥娶妹妹的道理，有失天伦，让世人耻笑。我了解子厚兄，他也绝无此意。"

"唉！"刘禹锡叹了一口气说，"我总觉得子厚兄在向我交代，要我视他女儿为己出，多关心关心他女儿的婚事。"

"怎么，子厚兄的身体状况不好！"

"他……患有心脏之疾，让人担心啊！"

提起柳宗元，裴昌禹动情地说："也不知子厚、乐天、微之和你外甥权恒这几位同窗近况如何？"

刘禹锡知道他的意思，就简单地介绍说："柳宗元现任柳州刺史，文章与书法独树一帜；白居易现任苏州刺史，官运亨通，诗词歌赋名誉四方；元稹也官复原职，已调任利州刺史，这小子诗文出类拔萃，就是拈花惹草的臭毛病改不了；至于权恒嘛……他与畜生无异，就不提了。"

裴昌禹感慨地说："落伍失堪悲，你们都是权震一方的刺史，我却狗屁不是，这就是命啊。"

刘禹锡鼓励他说："当一个人的命运不济时，你用智慧的勇气来挑战命运，若有智慧有胆识地战胜了命运，光辉的前景就等着你，后来者居上啊。"

两人正说着，王幕宾送来了朝廷的红色蜡封公文，刘禹锡拆封一看，顿时蹙起了眉头，心中五味杂陈。

裴昌禹见状，忙问："梦得兄，朝廷发生了什么事儿，竟让你愁眉不展。"

朝廷的公文分白蜡封、黑蜡封和红蜡封三种，白蜡封的公文八品以上官吏都可以传阅，黑蜡封的公文为七品县令以上的官员之间传达，红蜡封的公文，就是最绝密的公文，仅限于州府以上四品官僚之间传达。当然，这份公文是不能给裴昌禹看的。

刘禹锡说："柏松兄，这是保密公文，恕我不能告知，你先出去吧，我得整理卷宗了。"

"好的。"

刘禹锡望着裴昌禹出门的背影，心里嘀咕着：朝廷还搞得这么神神秘秘的，要不了四五天，这则消息，华夏大地会传得沸沸扬扬。

公文中所通报的是元和十一年六月三日，宰相武元衡当街被人刺死，中丞裴度重伤，元凶正在追查的消息传来。

不几日，令刘禹锡啼笑皆非的是，朝廷还在追查凶手，而民间已经传开，是淄郓藩镇李师道雇凶做的惊天大案。

六月三日凌晨，武元衡按惯例带上卫队，骑马走出家门，准备去上早朝。刚从静安里走出来到长安东门时，只见一男子慌慌张张地闯入卫队，将前面提着灯笼带路的卫兵的灯笼吹灭，顿时一片漆黑。

武元衡生气地问："怎么回事？"

还不待卫兵回答，又听得武元衡发出一声"哎哟"的惨叫，待卫兵重新点亮灯笼一看，主人喉咙上插着一把匕首，落马倒在了城墙边，已经气绝身亡。

与此同时，裴度在另一条大街上，也遭到一群赶早集市民打扮的歹徒的围攻，打斗中裴度的左臂被歹徒砍伤，好在裴度的卫兵们拼命护主，杀败了这群歹徒，才使主人幸免于难。

刘禹锡闻讯表舅裴度有惊无险，自然松了一口气。但对于武元衡的死，他有着一种说不出的惋惜。

武元衡是他的政敌不假，他两次被贬其都是始作俑者，吃的颠簸之苦不提，主要是害得他满腔报国之志不能实现。

但武元衡也是镇压藩镇的有功之臣，力主削藩，这一点与他的政治主张相符，以致反叛藩镇头目王承宗、李师道对武元衡恨之入骨，才招来杀身之祸。武元衡作为他的顶头上司，在他被贬郎州时，还寄过棉衣关心他，滴水之恩当涌泉相报，就于公于私来说，他对武元衡的死不能幸灾乐祸。作为一个正直的官吏，应该是同情他，更应该是作诗悼念他。

想到这里，刘禹锡悲痛地写出《代靖安佳人怨二首》诗作并引：

靖安，丞相武公居里名也。元和十一年六月，公将朝，夜漏未尽三刻，骑出里门，遇盗，薨于墙下。初公为郎，余为御史，缧是有旧故。今守远服，贼不可以诛，又不得为歌诗声于楚挽，故代作《佳人怨》以裨于乐府云。

一

宝马鸣珂蹋晓尘，鱼文匕首犯车茵。

适来行哭里门外，昨夜华堂歌舞人。

二

秉烛朝天遂不回，路人弹指望高台。

墙东便是伤心地，夜夜秋萤飞去来。

圣人曰："逝者如斯夫，不舍昼夜。"写完了悼念武元衡的两首诗后，刘禹锡心想，还应该写一首对武相公的《有感》诗作，评价一下这位政敌，以供后人了解我与他的恩恨情仇。

死且不自觉，其余安可论？

昨宵凤池客，今日雀罗门。

骑吏尘未息，铭旌风已翻。

平生红粉爱，惟解哭黄昏。

从这首《有感》中，不难看出刘禹锡对武元衡生前喜贪妓乐，生活糜烂，厚于妾妇而薄于贤才的不满和讥讽。

刘禹锡人在南国，心系朝廷，关心国家大事。他在悼念总结武元衡的同时，不忘上奏宪宗皇帝，坚持削藩的政治主张，他在奏折中说："藩镇刺杀武、裴相公，乃与吾皇公开为敌，藩镇不诛，将危及吾大唐江山。"

5

宪宗看完刘禹锡的奏折后，联想起藩镇的嚣张气焰，使他恼羞成怒。他立即下旨，裴度接任武元衡的丞相一职，由裴度负责制订，削藩平叛的计划，报批后将付诸实施。

这天，刘禹锡正在府衙的案台上，为国事忧心忡忡时，只见裴昌禹手拿喜报，兴高采烈地边跑边喊："刘大人，朝廷大捷，朝廷大捷！"

刘禹锡接过喜报一看，"好！"他激动地猛拍案台，一下子就跳了起来。

裴昌禹关心地说："梦得，别蹦得太高了，小心把你的老寒腿蹦折了。"

连州多雨，潮湿过重，刘禹锡的老寒腿儿经常复发，好在他不再亲自扎针，有弟子曹渠代劳，倒省了好多事儿。

刘禹锡拍了拍他的老寒腿，兴奋地说："人逢喜事精神爽，老夫的老寒腿也好了。昌禹兄，你起草《贺收蔡州表》上奏朝廷，我来向裴相公道贺。"

"是！"

朝廷有什么大捷的喜事，能令刘禹锡这般高兴呢？原来，是元和十二年十月，裴度令门下得力大将李愬，率部乘雪夜偷袭了藩镇叛军蔡州城的老巢，活捉了藩镇反叛头目吴元济，平定了淮西叛乱。

刘禹锡见裴昌禹在一旁书记的案台上，正在专心致志地替他代写《贺收蔡州表》，心中暗喜，就不去打扰他。他也在思考怎样来拍一拍他的知遇恩人、表舅、丞相裴度的马屁了。

他思索了一会儿，一篇《贺门下裴相公启》的赞颂文章，就在脑海里形成：

贺门下裴相公启

某启：伏以相公含道杰出，降神挺生。坐筹以弼睿谟，秉钺以行天讨。风云助气，川岳效灵。制胜于尊俎之间，指踪于鞲绁之末。萧斧既定，衮衣以归。君心如鱼水，人望如风草。一德交畅，万邦和平。运神思于洪炉，纳生灵于寿域。文武丕绩，冠于古今。某恪守遐荒，不获随例拜贺。

接着他又写了一篇《上门下裴相公启》的文章，这篇文章更加详细地叙述了平叛的重大意义和高度赞扬了裴相公的英雄壮举，洋洋洒洒竟有六百多字，打破了他写散文不超过二百字的纪录。

两篇文章刚落笔，裴昌禹递上他代笔的《贺收蔡州表》，请示他说："梦得兄，你审查一下，看行不？"

裴昌禹不是谦虚，是个白身子，无权写这种贺表。刘禹锡之所以要他代劳，主要目的是要他习作公文的写作技巧，为他日后为官积累经验。

刘禹锡接过贺表，认真地读了一遍，满意地点着头儿说："柏松兄，你不为官太屈才了。"

裴昌禹苦笑着说："什么官不官的，奔五十的人了，万事皆休，跟着你我就心满意足了。"

"哎，别灰心嘛，诗仙太白说得多好：'天生我材必有用，千金散尽还复来。'"

"谢谢梦得兄的鼓励。"

刘禹锡笑着说："俗套，我俩谁谢谁呀。柏松兄，你也帮我看看这两篇文章，提出你的见解。"

"好的。"裴昌禹接过刘禹锡的两篇文章，认真地看了一遍，他由衷地佩服他"文武丕绩，冠于古今"和"一德交畅，万邦和平"总结般的赞美之词。

看着，看着，他还觉得缺少了点什么，于是提醒刘禹锡说："梦得兄，你这两篇文章笔下生花，精彩绝伦。但凭你和裴相公是亲属关系，你不认为你的贺章还缺一点儿佐料吗？"

一石激起千层浪，片语惊醒梦中人。刘禹锡猛拍了一下脑门说："对呀，裴相公曾表扬我是当代诗豪，我应该补上诗作，一并寄给他老人家。"

裴昌禹微笑地点了点头。刘禹锡重新铺纸，有了前面两篇文章的铺垫，《平蔡州三首》的诗作，他竟一气呵成。

其一

蔡州城中众心死，妖星夜落照壕水。

汉家飞将下天来，马箠一挥门洞开。

贼徒崩腾望旗拜，有若群蛰惊春雷。

狂童面缚登槛车，太白天矫垂捷书。

相公从容来镇抚，常侍郊迎负文弩。

四人归业闾里间，小儿跳浪健儿舞。

其二

汝南晨鸡喔喔鸣，城头鼓角音和平。

路傍老人忆旧事，相与感激皆涕零。

老人收泣前致辞，官军入城人不知。

忽惊元和十二载，重见天宝承平时。

其三

九衢车马浑浑流，使臣来献淮西囚。

四夷闻风失匕箸，天子受贺登高楼。

妖童擢发不足数，血污城西一抔土。

南峰无火楚泽闲，夜行不锁穆陵关。

策勋礼毕天下泰，猛士按剑看恒山。

这三首诗裴昌禹也是一口气读完，他跷起大拇指，连连说："高，高，实在是高，高视阔步的高。"

刘禹锡无意间收了裴昌禹这个高参，使他有些公文处置可以放手让他代劳了。他就腾出手来，开始整理编撰医书《传信方》。

第二十二章　丁忧为友编文集

1

也许是朝廷将刘禹锡忘记了，也许是他将连州治理得风调雨顺，也许是表舅裴相公忙于削藩斗争将他忘了。总之，宪宗皇帝是没有将他在连州任期三年已满的事记挂在心上，不闻不问，不褒不贬。看来，重新返回长安的梦想，遥遥无期。

管他呢，人不思心不烦，刘禹锡用平和的心态，在他连任连州刺史的第四年，在柳宗元和薛景晦的帮助下，他撰著的医书《传信方》上下两集终于付梓。

为了记录这一编撰心得，他在书中撰写了前言：

余为连州四年，江华守河东薛景晦以所著《古今集验方》十通为赠。其志在拯物，予故申之以书。异日，景晦复寄声相谢，且咨所以补前之阙。医拯道贵广，庸可以学浅为辞？遂于箧中得已试者五十余方，用塞长者之问。皆有所自，故以《传信》为目云。

元和十三年六月八日，中山刘禹锡述

《传信方》问世后，第一个受益的当然是刘禹锡的弟子曹渠，他得到了先生的真传，并不断进取，后来成为南国的一大名医。

转眼间刘禹锡就任连州刺史五年了，这五年期间，他指导连州百姓因地制宜，大力发展农业和水果种植业，提高了开采钟乳石的产量，并鼓励莫徭兄弟大面积种植楠木和桂树，从而平衡了林茂兽多的生态环境，同时发展旅游业，使连州百姓过上了富裕生活。上缴朝廷的赋税在逐年上升。

这一政绩，宪宗皇帝哪有不晓之理，也许是他老糊涂了，就是不调他回朝。

这天清早，刘禹锡习惯性地来到老母房间请安，他轻步而来，见母亲还在安详地熟睡，他不忍心叫醒她。

他是个勤政的官吏，正准备去前衙上班，当他转身退出母亲房间时，一眼瞧见母亲的一只手露在被子外面，就上前握住母亲的手，欲将她的手放进被子里。

这一摸可不打紧，竟使刘禹锡心里一沉，老娘的手怎么是冰冷的，他是学医的，连忙为母亲号脉，一点儿脉象也没有。

啊！九十老母无疾而终。

"娘……孩儿不孝！"刘禹锡扑通一声，双腿跪在母亲的床前，泪如雨下地大声哀嚎了起来。

这一惊天动地的哀号声，惊动了刘府上下若干人等。首先跑进来的是两个儿子，他们见父亲跪在奶奶面前恸哭，两个懂事的儿子，一下子就明白奶奶已经仙逝。

只听得扑通、扑通两声闷响，刘咸允、刘同廙同时跪倒在奶奶床前，"奶奶、奶奶……"地呼叫着。

哭得最惨的是小孙子刘同廙，一个十四五岁的半大小伙子，竟像姑娘似的，边哭边说着："奶奶，您不要丢下我和哥哥不管呀，我娘死得早，是您一把屎一把尿地将我们拉扯大的，奶奶……孙儿不要您走……"

刘同廙的哭诉，将刘禹锡的心都哭碎了。

父子三人哭了一个多时辰，裴昌禹、曹渠、连州司马张怀仁、王幕宾和丧头闻讯来到后衙，几人一齐跪下，向刘母的遗体叩了三个告别响头。

裴昌禹上前，扶起老泪纵横的刘禹锡，提醒说："梦得兄，请节哀顺变，老母九十无疾而终乃仙寿也，是人生的白喜事，你要保持清醒的头脑，风风光光地料理她老人家的后事。"

连州司马张怀仁也提醒说："刘大人，按我汉人祖制，逝者为大，应先将她老人家下榻停放在客厅的大门前，供亲朋好友悼念瞻仰遗容，然后入殓。"

这时，曹渠也将刘咸允、刘同廙分别拉了起来，吩咐说："敬臣，你去找一口铁锅，与奶奶烧落地钱（冥币）用。我和信臣去找木板、土砖和瓦片，与奶奶搭起仙床。"

在丧头的指挥下，一阵鞭炮声中，刘母的遗体从床上抬下，安放在仙床上。王幕宾很快在刘母的遗体前，安放了一个小方桌，方桌上摆放着香坛、白烛、清油灯和雄鸡等供品。

刘咸允、刘同廙和曹渠三个孙子辈则跪在拜团下，不停地为奶奶烧落地钱。

一会儿，刘禹锡从书房拿着一封辞职信出来，对众人说："老母的白事，按理应大操大办，但我的处事风格你们是知道的，除报丧至亲外，一切从简，特别是不要惊动连州的父老乡亲。"

他郑重地将辞职信交给张怀仁说："张司马，连州暂由你负责，请将这封辞职信令信使快马上报朝廷。信中我向圣上推荐你升任连州刺史，但愿圣上能够采纳。"

"是！刘大人，下官这就去令信使传讯。"

作为朝廷官吏，人人愿做鸡头而不当凤尾。张怀仁用感激的眼光向刘禹锡抱拳行礼后，就走出后衙。

刘禹锡辞去刺史之职，是按大唐律法执行的。

大唐律法规定：不论朝廷大小官吏，如遇双亲过世，都必须告假丁忧行孝三年，三年期满后，再由朝廷另行任用。

接着，他又吩咐说："柏松兄，烦请你骑快马去柳州，向子厚兄报丧，母亲是他干娘，不可不报。"

"是，梦得兄，我马上去！"说着，裴昌禹出门骑上快马向柳州方向疾驰而去。

"王幕宾，烦请你先行一步，回我老家洛阳，报知管家刘全，在父亲的墓地旁选一块吉地，我扶老娘的灵柩回去安葬。"

幕宾领命而去。

"曹渠，起来吧！"刘禹锡向着跪地烧落地钱的弟子说。

"是，先生，有何事请吩咐？"

"你骑快马去郎州报丧，通知我的女儿女婿，让他们不要来连州，直接去洛阳迎接她奶奶叶落归根。"

2

"是，先生！"曹渠应着，便问，"先生……"但欲言又止。他灵机一动，将与他一般大小的刘咸允叫出门外。

"信臣弟，先生为官清廉，操办奶奶的白事费用开支很大，你将这张银票收下，以待急时之需。"

刘咸允知道曹渠这几年，在衙门外开医馆赚了一些钱，他假装客气了一番，就伸手将银票接了下来。

"谢谢曹兄。"

"自家人，不必客气。"曹渠交代说，"信臣弟，千万不要忘了奶奶供桌上的香火不能断，清油灯不能熄，多跟奶奶烧些纸钱。"吩咐完，他飞身上马，朝郎州飞驰而去。

刘禹锡让他们去通知至亲后，就对丧头说："今晚就跟老娘入殓，寿衣寿棺都提前准备好了。"

在老娘生前，他就地买了一棵名贵的楠木，请木匠为母亲做了一个大圆华（棺椁），并托好友白居易在苏杭为官期间，买了上等绸缎，请当地裁缝做了五层厚的寿衣。

刘母生前见过这套寿衣，曾笑得老眼合成了一条缝儿，连连夸赞说："我儿孝顺，我儿孝顺。"

"是！刘大人。"丧头点头哈腰地应许着。

"梦得兄，不能草草地就这样将老娘送回老家。"

刘禹锡正与丧头商量着，突然大门外传来一声洪亮的声音。他抬头一望，进门而来的是惠通方丈带着几个小沙弥快步而入。不对，后面还有廖承欢道长和他徒儿。

怎么后面还有一大群人呢？啊！原来是闻讯赶来的各少数民族的首领，领头的是桂树岭寨子的莫族长。

刘禹锡暗自叫苦不迭，是谁通知他们的啊？我刚卸任话就不管用了？的确是的，一向在他面前唯唯诺诺的赵怀仁司马，首次没有按他的意图办事，是他派人通知莫族长的。

莫族长闻讯后心想，刘刺史的老娘九十无疾而终可是个大事，再说，按汉人的习俗他要扶灵柩回乡安葬，从此连州再难得这个百年不遇的好官，得向首领禀报。

刘刺史的老娘仙逝的消息不胫而走，于是就有了连州百姓，络绎不绝地前来吊唁。

这下子可由不得刘禹锡做主了，州府后衙人流如梭，鞭炮声、唢呐声、号角声奏起了热闹的哀乐。

惠通则领着小沙弥们，手敲着木鱼，围着逝者做起了法事，超度亡灵；廖承欢领着徒儿在白纸上写写画画完后，也手摇铜铃，围着刘母转起了圈儿，唱念着祷词。好在僧道们配合默契，没有扎堆拥挤的事发生。

莫族长他们更加忙活了，他率领一些姑娘婆婆们很快在大院垒筑了几个大土灶，火儿就生了起来；厨子们手中的刀儿被舞弄得噼里啪啦，很快流水席开了一桌又一桌。

母亲的白事，唯一的儿子却成了傀儡，这在大唐官场史上绝无仅有，后来被传为佳话。

刘禹锡将正在指挥操办白事忙前忙后的赵怀仁，叫到跟前说："赵司马，本官不是不想将老娘的白事办得热热闹闹的，而是一朝被蛇咬，十年怕井绳，有了永贞革新时我家周边，打着我的旗号，革新办事处多如牛毛的前车之鉴，我只有谨小慎微。你看这场景，传到朝廷，多舌之人又会在皇上面前告我一状。"

赵怀仁说："这个请刘大人放心，这是连州不是长安，百姓是自发的，况且他们都没有送礼儿，您担心什么？"

刘禹锡想想也是，大家都是来捧场子的，并未送礼，我担心个啥？他苦笑着对他说："赵司马，本官今年的俸禄尚未领用，这流水席的费用，不够的我老家尚有田产收入，我将寄来补上。"

"好，下官会按刘大人的意见去办。"

刘母的白事在连州热闹了七天，按汉人习俗，是该扶老娘的灵柩回老家洛阳安葬，入土为安。

这天天还没亮，刘禹锡令八大脚（抬灵柩之人），将母亲的灵柩安放在灵车上，他和儿子们披麻戴孝地骑着马儿走在前面，向衡阳出发。

一出府衙，只见官道两旁群星闪烁，蜿蜒着望不到头儿，近处还传出连续不断的爆竹声。

只听得刘同廙在马背上用马鞭指着星光说："哥哥，快看，星星们都来为奶奶送行了。"

在一旁送行的赵怀仁听后，哈哈大笑说："孩子，这是你父亲在连州清明执政，行善积德而使连州百姓感谢他，才有这沿途摆香案为你奶奶送行的盛况。"

刘禹锡望着这一望无际的香案，按礼节，孝子应下马与设香案的百姓叩头致谢。

"赵司马，这……这头叩得如何是尽头啊。"

赵怀仁说："刘大人，百姓早就放出话说，不用刘大人还礼，您心中有连州百姓，百姓心中就念叨您。"

多么朴实无华的语言，刘禹锡只有抱拳向百姓们致谢。

按事先安排，刘禹锡母亲的灵柩车队行至德阳后，改水路到洛阳。他与裴昌禹和曹渠已约定好，在德阳会合后，再各行其道。

曹渠早就等候在这里，见师奶的灵柩车队来了，他邀上德阳的好友们忙上前跪拜接灵。

刘禹锡问："曹渠，可通知到我女儿秀英？"

曹渠说："禀告恩师，师姐和姐夫已经变卖家产，决定定居洛阳，全家正在赶往洛阳迎接奶奶魂归故里。"

3

知女莫如父，刘禹锡知道这是女儿的孝心，怕我孤独，举家来老家陪伴我，可她公公婆婆谁来照料？

"曹渠，那她的公公婆婆是怎么安排的？"

"回先生话，您的亲家崔老先生和婆婆，半年前就相继过世了。"

"唉！"刘禹锡叹了口气说，"生死有命，富贵在天。亲家崔锐满腹经纶，只可惜人世间又少了一位识天文者……"

突然，刘禹锡感到胸口一阵剧痛，脸色雪白。他用手捂住胸口，话也说不出来了。

曹渠和他的两个儿子见状，大惊失色。

曹渠说："信臣、微臣，你俩守着奶奶的灵柩，我扶先生回驿栈休息一会儿，他老人家可能是这几天劳累所致。"

信臣说："谢谢曹兄。"

曹渠将先生扶进衡阳驿栈，要了一间上好的房间，安顿他躺在床上休息后，并开始为他号脉诊断，先生的脉象平稳有力，再看先生已经熟睡，果然是劳累所致。

曹渠蹑着足儿退出先生的房间，找到驿栈官吏，二人商量，就在驿栈院子里为刘母搭起了一个灵堂，安排好当值人员。

吃罢晚饭，曹渠与信臣和微臣商量说："奶奶的灵堂通宵要安排人守着，我已与站吏商量过，由他们派人值守，我们晚辈们也要参加，为了避免疲劳，上半夜由微臣值守，下半夜由信臣值守。"

微臣孩子气地问："曹兄，那你呢？"

"我担心先生的身体，我去陪先生。"

一切安排妥当后，曹渠重新回到刘禹锡的房间，只见熟睡中的先生说着梦话，他仔细一听，先生断断续续地与他的好兄弟柳宗元不知在交谈着什么。

曹渠一路奔波，也很累了，他为先生又号了一次脉，一切平稳正常，他就倚靠在先生的床上打着盹儿。

大约四更时分，刘禹锡与柳宗元闹腾了一夜的梦境中。

他突然见子厚掉落进了万丈深崖，他顿时惊呼："子厚兄！"一下子就惊醒了。

他的惊呼声将熟睡中的曹渠也惊醒了，他揉了揉眼皮问："先生，您做噩梦了？"

刘禹锡担心地问："也不知柏松和子厚兄走到哪儿了。"

"先生，我们还等他们吗？"

"等，当然等！"刘禹锡肯定地回答后，就对他说，"曹渠，这几天你也累了，你上床躺一会儿，我去为老娘守灵。"

"先生，您没事吧？"

"我倒没事，为师有一种不祥的预感，倒是担心子厚兄出了什么事儿。"

曹渠明白先生的意思，忙劝慰说："先生，请放心吧，《周公解梦》里说：日有所思，夜有所梦，其梦境与现实恰恰相反。"

"但愿如此！"

刘禹锡在德阳驿栈火急火燎地苦等了三天三夜，第四天清晨，只见一匹快马直向德阳驿栈飞跑过来。

只见快马汗流浃背，从马背上飞身下来的正是裴昌禹。他上气不接下气地进门就说："梦得兄，大事不好了，子厚他……他……"

刘禹锡惊问："他怎么啦？"

裴昌禹接过刘咸允递过来的一碗凉茶水，咕噜咕噜地一口气喝干了，这才定了定心说："子厚兄闻我报老娘仙逝噩耗，心里悲恸欲绝，他匆匆跑进书房，写了一篇《祭刘母我娘文》，刚走出书房，就对柳夫人说：为夫去送送干娘。"

柳夫人说："夫君，你放心去吧，家里有我呢。"

当我们刚走出柳州衙门，正准备上马，忽地听见子厚兄大声惨叫："好疼！"他捂住胸口跌倒在地上。

我连忙上前抱住了他，将他搂在怀里问："子厚兄，你怎么啦？"

子厚兄断断续续地说："告……诉……梦得……，我随……老娘去了……我的……四个……孩子就……就托付……他抚……请他……将我……诗文……整……"

子厚兄的话未说完，就撒手人寰了。我只能将他入殓后，这才赶过来报信。

"子厚兄，是我不才啊，没有治好你的心脏病，才使你过早地离开了我们！"刘禹锡听后，泪如雨下。

理智告诉刘禹锡，现在不是悲伤的时候，两位逝者的后事还等着他料理。他来到灵堂中的案台上，疾书《告柳州丧事》，衡州信使将这封报丧书抄录，分别送给了白居易、元稹、韩愈、韩泰、韩晔、程异、陈谏、李程等柳宗元的生前好友。

报丧书写完后，刘禹锡又写信给韩愈、李程等友人，拜托他们为柳宗元题写墓志铭。随即，他开始为生前好友书写《祭柳员外文》：

维元和十五年，岁次庚子，正月戊戌朔日，孤子刘禹锡衔哀扶力，谨遣所使黄孟苌具清酌庶羞之奠，敬祭于亡友柳君之灵。呜呼子厚！我有一言，君其闻否？惟君平昔，聪明绝人。今虽化去，夫岂无物！意君所死，乃形质耳。魂气何托，听余哀词。呜呼痛哉！……

韩愈闻噩耗，题写了《柳州墓志铭》。李程因事务繁忙，拜托刘禹锡代其写了《鄂州李大夫祭柳员外文》。

4

祭文写完后，刘禹锡又写了一首《重至衡阳伤柳仪曹并引》，寄托他对好友的哀思：

元和乙未岁，与故人柳子厚临湘水为别，柳浮舟适柳州，余登陆赴连州。后五年，余从故道出桂岭，至前别处，而君没于南中，因赋诗以投吊。

忆昨与故人，湘江岸头别。
我马映林嘶，君帆转山灭。
马嘶循古道，帆灭如流电。
千里江蓠春，故人今不见。

文字工作忙完后，刘禹锡对弟子说："曹渠，你带银子了吗？先借五百两给先生，待回到洛阳，为师再还给你。"

曹渠正要回答，只见刘咸允抢先答道："父亲大人，我这里有五百两银票。"

说着，刘咸允从袖口里掏出一张银票递给父亲。

刘禹锡接过银票一看，果真是一张五百两的银票，他忽地勃然大怒，大声斥责："信儿！你小小年纪好大的胆儿！竟然敢背着父亲收连州百姓的礼钱！"

刘咸允正要解释，曹渠忙站出来解释说："启禀先生，您错怪信臣兄弟了，这是弟子临去郎州前，交给他保管的，以备您不时之需。"

"这还差不多，算先生借你的。"

刘禹锡脸色又平静地对裴昌禹说："柏松兄，我重孝在身，不便前往柳州料理子厚兄的后事，只有烦你代劳了。子厚兄家乡情结很浓，不能让他做孤魂野鬼。你拿上这五百两银票，协助嫂夫人和孩子们扶他的灵柩回到他的家乡山西河东，到他家祖坟山安葬。七七四十九天守孝期满后，你就和嫂夫人带着四个孩子来洛阳定居。我会按子厚兄的遗嘱安置抚养孩子们，让他含笑九泉。"

"好的。"裴昌禹收好银票，又骑上快马，返回柳州。

刘禹锡考虑得很周全，当裴昌禹来到柳州府后衙，见柳夫人带着孩子们已经哭成了泪人，正为无钱安葬柳宗元而发愁。

今见义弟刘禹锡派人送来银两，她很快就与孩子们扶着灵柩回到河东老家，安葬了柳宗元。

刘禹锡在他父亲刘绪的坟墓边安葬了他的母亲。丁忧陋室还是原来为父亲丁忧的老地方。原先是破烂不堪，后经刘全带人整理，又恢复成原样。

这次为母丁忧可与上次为父丁忧大不一样，前次是孤寂难熬，只有柳宗元短暂的陪同。可这次就不一样了，他有两个儿子，啊，还有两个女儿和三个外甥以及裴昌禹和曹渠经常来陪伴他。

现在的状况不是寂寞，而是太热闹了，竟然使刘禹锡不能潜下心来，编撰柳宗元的文集。

柳夫人安葬了柳宗元后，就按其夫遗嘱，举家迁来洛阳。刘禹锡令刘全在他家隔壁买了一所住宅，安顿了柳府一家。

他视好友柳宗元的三个儿子和一个女儿为己出，与他的三个孩子一视同仁地对待。

所以，他现在是五个儿子和两个女儿的父亲了，再加上大女儿秀英的三个外甥，他实际是在享受天伦之乐，但他一时还适应不了这般热闹的生活。

这天，刘禹锡将一大家子人都召集在一起，开起了家庭会。

他首先发言说："我们这个大家庭，现在要明确分工，由秀英主持内务，刘全、柳儿和女婿协助。你柳婶身体不好，你要尽快安排人去照看她。"

刘秀英、刘全、柳儿忙点头应诺。

刘禹锡接着说："我们这一家子有十一个孩子需要读书，干脆就办一所家庭私塾，由柏松兄担任先生如何？"

裴昌禹连忙表态说："梦得兄的主意我坚决赞同，只是……只有七个男孩，哪来十一个弟子呢？"

刘禹锡微笑地说："柏松兄，难道子厚兄的女儿柳菁和我的小外孙女儿崔如花两个女孩儿，不能成为你的弟子？刘全的两个儿子就不能读圣贤书了？"

这两个问题，直问得裴昌禹面红耳赤，但他还是迂腐地争辩说："梦得兄，这样不妥吧，刘全毕竟是下人，蛇龙怎能搅和在一起呢？再说柳菁和崔如花两个小姐，应该在闺房学女工，怎能与少爷外甥们一起读书，传将出去梦得兄的颜面何存？"

刘禹锡的脸色顿时就阴沉了下来，但为了顾及他的面子，就令其他人离开，单独将裴昌禹叫到书房。待他进屋后，他用后脚将门掩上。

见裴昌禹坐下，刘禹锡单刀直入地说："裴先生，你是不是脑子生锈了，你当年不也是个平民百姓的儿子，元老先生为何接纳你与我们这些官僚的子弟一起读书呢？再说，我这办的是家庭私塾，不向外面招生，为何两个至亲的女孩儿不能一起接受教育呢？"

裴昌禹委婉地说："梦得兄，我俩各让一步，刘全的两个儿子我收下，两个女孩你另请先生吧！"

刘禹锡这次真的生气了，他加重语气道："你就不能向子厚兄学习，将两个女孩子视如己出！再说柳菁这孩子的书法胜过这班男孩，如若你再加调教，将来一定像前朝上官婉儿一样，成为才女。"

人在屋檐下，不得不低头。裴昌禹妥协地说："梦得兄，说句心里话，我没有你和子厚那种革故鼎新的勇气。这样吧，让两个女孩子在闺阁里学习，我经常去辅导行吗？"

"你这个迂腐子，那只好这样了！"

这时曹渠推门进来问："先生，您还没有安排我的事儿呢？"

"啊！为师正要说呢，连州百姓需要你这样的医馆，你应该回到连州，行善积德，治病救人。"

停顿了一会儿，曹渠依依不舍地说："弟子遵命。"

刘禹锡见曹渠同意回连州，自然高兴，他朝门外喊道："刘全。你进来一下。"

"哎！"刘全话随音到。

"老夫在衡阳向曹渠借了五百两银子，他就要回连州了，你从账上支取，还给他。"

"老爷，我这就去办！"

曹渠压根儿就没有想要先生还钱，他是了解先生性格的，不接不行。他灵机一动地说："先生，弟子诚惶诚恐。"

裴昌禹问："欠债还钱，天经地义，你为何诚惶诚恐？"

"就是！"刘禹锡立马附和。

曹渠故作低沉地说："一日为师，终生如父，哪有儿子要父亲还钱的道理，二位长辈这是要弟子落下不忠不孝的骂名啊！"

刘禹锡一脸严肃地教育他说："圣人曰：'父有争子，则身不陷于不义，故当不义，则子不可以不争于父。'你敢为师命不遵而行。"

扑通一声，曹渠立马跪在地上说："弟子不敢！"

"这还差不多！"刘禹锡慈爱地上前将他扶了起来。

5

　　家人都安排好了，各得其所。刘禹锡清净了下来，他在丁忧屋子里，兢兢业业地为柳宗元编撰《柳河东集》共二十二卷。书中记载了柳宗元诗作共四卷一千二百余首，散文共十卷，五百余篇，寓言共六卷，六百余篇，书法二卷，其中碑文一百六十余帖。这是一项巨大的工程，通过他两年的努力，使该书终于付梓，为了让后人知道他编写这套诗文集的时代背景、实际意义和流传价值，他还为此书作《序》。

　　刘禹锡为了推介《柳河东集》，请私塾的裴昌禹和五个儿子各抄写了一套，书法则由柳菁临摹，分别寄给白居易、元稹和韩愈各一套。这下子可好了，书信或上门求书者络绎不绝。

　　这正是刘禹锡想要达到的效果。《柳河东集》传播速度之快，是他始料未及的。

　　为了满足读者的需求，裴昌禹的私塾，倒成为摹本现场。这样也好，私塾的学子，包括先生裴昌禹在内，熟能生巧，他们能读懂弄通子厚兄书中的精髓，来年科考就能游刃有余。

　　这也是一种学习方法，想当年他师从皎然和灵澈两位恩师时，也未少抄写过他们的读本，他能对两位僧师的作品熟记于心，从而使他本人的诗作水平有了一个质的飞跃。

　　想到两位僧师，刘禹锡又黯然神伤了起来。唉！生老病死，这两位得道高僧也难逃脱此厄运，他们先后圆寂了。

　　想到此处，他追思起了他们。

　　"刘全，走，陪老爷我去白马寺散散心。"

　　"哎！"刘全是主人肚里的蛔虫儿，他当然知道主人要去洛阳城东白马寺的目的。

　　他的两位僧师，分别都云游过白马寺讲经论佛，他是追寻师父们的足迹，追思他们，从而得到心灵慰藉。

　　刘禹锡主仆二人各自骑着两匹枣红马，一阵风儿似的来到白马寺山门前，他们拴好马儿，徒步进了白马寺。

只见大雄宝殿前的宽大操场中间，被人群围得水泄不通。

出于好奇心，刘禹锡说："刘全，你去看看，那儿发生了什么事儿？"

"好的。"刘全应着，扎向人堆，拉着一位认识的农夫就问，"老哥，这里咋这般热闹？"

农夫说："刘管家有所不知，有一个云游和尚叫偬师，他与白马寺方丈赌棋来着。"

"啊，是这么回事儿，谢了老哥。"刘全又挤了出来，向一旁站着的主人如实禀报。

"原来是两位高僧在这儿斗法，走，欣赏欣赏去。"

"老爷您认识他们？"

刘禹锡笑着摇了摇头说："只有神交，我们相互间倒有过诗信切磋，他们的诗作如行云流水，各有千秋，却从未谋面。"

"老爷，何不趁此机会，去叙叙友谊。"

刘禹锡答非所问："你带银子了吗？"

刘全从来没有到过赌棋的场所，当然不知道风靡一时的赌棋游戏规则：观者必须下注执棋人的一方，每局下注五十钱一注以上，多则不限，赢输就看你的眼力和运气了。否则，不下注就不能进这个场子。"观棋不语真君子"此语也因此而得来。

"老爷，带着呢。"刘全应着嘴儿却咕噜着，"怎么佛门也像衙门一样，'官府衙门朝南开，有理无钱莫进来'。"

刘禹锡见他嘀咕的话儿，蹙起眉头瞪了他一眼。刘全伸了伸舌头，是的哈，老爷也是衙门的官儿。

刘禹锡见他不嘀咕了，这才说："走，老爷今儿带你去过一把下注的瘾儿。"

刘全从不赌博，但主人的话他也不能不听，他极不情愿地跟在主人的后面，挤进了场子中间。

只见场子中间摆放着一张小方桌，桌面上已经放好了棋盘，棋盘上的交界点上早已布好了黑白各两颗"坐子"，两个光头戒疤老僧正襟危坐在对面，两位贼亮贼亮的头上发出的光，竟使得操场上光鲜了许多。

赌注的人们，都知晓怀素方丈是八段高手，棋艺超群，至今还未遇到敌手。所以，大伙儿纷纷将赌注压在怀素一方。

刘全手拿着银子，用眼神征求主人的意见。只见刘禹锡用鹰隼般的眼神紧盯着鹤发童颜的偃师，仿佛要窥探出他那高深莫测的内心世界，从中找出答案。

这时，负责赌棋的宝官出现，他面无表情地说："偃师大师挑战怀素大师的赌棋马上开始，想下注的请下注，不下注的请走人。"

刘禹锡轻声地对刘全说："将银子全部押向偃师大师。"

刘全刚一下注，"哈哈哈！这是哪儿冒出来的两个生瓜蛋子，这次不赔得连裤衩也不剩才怪呢。"

顿时，引来哄堂大笑和赌客们的讥讽声。这些人大部分是洛阳的赌客，刘禹锡主仆二人从来不赌博，他们当然不认得。

未尝过兔肉，但看过兔跑的刘全，顿时慌乱起来说："老爷，假如我方输了，要赔这么多人的银子，那可要变卖田产啊！"

"闭住你的乌鸦嘴！看棋儿。"

此刻，猜中宝官手中的棋子是双的偃师，他执黑子先行一步，稳扎稳打地打眼布气儿。

可怀素倚仗天地人和都占有之灵气，采取单刀直入的办法，持白子直杀敌阵。

开始，双方呈胶着状态，杀得天昏地暗，难割难舍，地盘占有各有千秋，棋布错峙。

渐渐地，心儿提在嗓门眼上的赌客们脸上露出赌客们常有的霞光异彩。从整个棋局上来看，持白子的怀素大师胜券在握，只需几个回合，偃师大师就会败下阵来。

刘全见状，眉头紧锁，心里责怪起主人来：老爷啊，老爷，你是不当家不知柴米贵，我几十年辛辛苦苦积攒下来的几十担田产家财，被您这一下子就赌没了。

刘禹锡像是看出了他的心思，忙安慰说："刘全，笑到最后的，笑得最甜的人，是偃师大师。"

第二十三章　一路饮出多少愁

1

刘全这才注意到儇师大师此刻的大将风度，只见他心如止水，面目祥和地盯着棋盘，手持黑子的手悬在半空，迟迟没有落子。只见他用狡黠的眼神扫了一眼刘禹锡，仿佛在告诉他：你发财了。

好一会儿，儇师大师将一粒黑子点放在对手占领的地盘。

"这不是找死吗？"有一赌客小声嘀咕着。

刘禹锡见落子，暗自惊讶，真是天外有天，人外有人啊。儇师大师十分镇静，他瞄准了对手的死穴，方才落子下绊，使对方防不胜防，很快局势就扭转了过来。

两位高手一盘棋从中午开始一直杀到天已擦黑的酉时，怀素大师这才罢手投降："老衲认输。"

"不对，不对，是怀素大师赢了。"几个红眼赌徒争辩道。

争也没有用。宝官认真仔细地数了数双方的棋子，就严肃地宣布说："挑战者儇师大师……"他停顿了下来，宝官这是故意吊大家的胃口。果然，赌场一阵骚动，他这才说："略胜一粒子儿。"

"唉！"赌场上响起一片叹息声。愿赌服输，自认倒霉，赌客们纷纷退场。

刘全看见宝官抽税后递给他满满两裉裆袋子的银子，不敢相信这个结果。他狠狠地捏了一下大胯肉儿，顿觉生疼，这才知道这不是做梦，慌忙接过宝官的裉裆袋子。

刘禹锡可不管这些事儿，来到两位高僧面前，抱拳合掌行礼说："刘梦得拜见两位师友！"

怀素大师一脸愕然地问："你就是作《弈棋随想》的刘梦得？"

"如假包换。"刘禹锡笑着吟咏了起来:

> 楚界汉河峙烽时,窥见敌方斗艳痴。
> 此刻挥车扬马过,人生恰似一盘棋。

原来这首诗是刘禹锡当年在杜佑帐下任掌书记时,观军中局势而作,寄给怀素大师教正的。

有缘人能在棋局上相逢,自然高兴。僵师说:"梦得,我们都是诗友,你一碗水要端平也,你赠给怀素大师一首《弈棋随想》,也应该赠一首于老衲。"

"恭敬不如从命。"刘禹锡欣然应诺。

怀素大师说:"二位禅房有请!"

"请!""请!"

僵师这个要求对于刘禹锡来说是小菜一碟,他们边进怀素大师的禅房,他边打着腹稿,进了禅房,早有小沙弥铺好了纸张。

刘禹锡也不客套,提笔饱蘸墨水,一气呵成一首长诗《观棋歌送僵师西游》:

> 长沙男子东林师,闲读艺经工弈棋。
> 有时凝思如入定,暗覆一局谁能知。
> ……
> 初疑磊落曙天星,次见搏击三秋兵。
> 雁行布阵众未晓,虎穴得子人皆惊。
> ……

元和十五年正月,大唐皇宫又传出一个爆炸性的消息:宪宗皇帝步其父德宗的后尘,被宦官谋得所谓长生不老的仙丹毒死。

朝廷不可一日无君,随即太子李恒即位,称穆宗皇帝,改年号为长庆。

长庆元年,刘禹锡这年正满五十岁,老母的丁忧期已满,他上书朝廷,按大唐体制请求穆宗皇帝重新安排工作。

这日早朝，穆宗刚登上皇帝的宝座，故作清明地将刘禹锡请职的奏折，交给大臣们讨论。

宰相裴度首先上奏说："吾皇圣明，刘禹锡是我朝不可多得的人才，他在为母丁忧前任连州刺史时，将连州治理得一派欣欣向荣，百姓安居乐业，五年来上缴的皇税在逐年递增。就他的才干，放到州府任职，是大材小用，臣建议将他调回京都，重新重用。"

裴度表明态度后，李逢吉、韦贯之、李庸、李夷简等大臣先后附议同意。

穆宗见状，眉头紧蹙了起来，一脸寒霜。他与刘禹锡并无过节，是他看不惯裴度在父皇时期，得意扬扬的样子。

副相权璩早已垂涎裴度宰相的位置，他正在密谋网罗以牛僧孺为首的权臣和其他心腹大臣，准备找机会弹劾裴度呢。如果将刘禹锡安排在朝廷任职，无异于让裴度如虎添翼，那自己可不是竹篮打水一场空。

他见穆宗一脸不高兴的样子，善于揣摩皇上心理的权璩，忙上奏说："吾皇圣明，裴相公是刘禹锡的表舅，有任人唯亲之嫌！"

权璩在工作中时时与裴度掣肘，是政治对手。就裴度刚直不阿的个性，早就想将他清理出宰相衙门，但每次都被原太子，眼前的皇帝保下来了。理由很简单：他是叔祖父李憕唯一的一脉，是皇亲国戚。

"嘿，"裴度见状发出一声冷笑后说，"权相公，你推荐你儿子任侍御史难道不是任人唯亲吗！"

"就是。"文武百官中有大部分人看不惯权家父子专横跋扈的做派，纷纷附议质疑。

权璩大言不惭地说："圣上英明，臣这是举贤不避亲。"

侍御史权新忙上前上奏说："吾皇圣明，新儿我是皇帝的外孙，打虎亲兄弟，上阵父子兵嘛。"

满朝文武官吏都在发出冷笑，世上不要脸的人有之，却不见这么不要脸的人。他扯上皇亲国戚，按辈分与皇上是远房表亲关系，他不顾伦理道德，却认穆宗为外公，真是恬不知耻。

2

这个权新不是别人，就是刘禹锡的同窗外甥，权璩的亲儿子权恒。他与时为太子的李恒同名，为了巴结讨好太子，他将自己的名字改为权新，就这一点，就让太子对他刮目相看。

正当穆宗皇帝对刘禹锡的工作安排举棋不定时，刘禹锡和柳宗元的举荐生，吏部侍郎牛僧孺却落井下石。他上奏说："皇上圣明，刘刺史不宜回朝廷任职，他的思想过于激进，有倾我大唐之厦的风险。臣建议发挥他的特长，继续担任刺史一职。"

穆宗眼前忽地一亮，饶有风趣地问："牛爱卿，就近有哪个州最穷最落后？"

牛僧孺已经听出了皇上的弦外之音，他老人家这是一箭三雕啊。一是将刘禹锡调到距长安较近的地方恩泽于他；二是要他去治理贫瘠之地；三是裴度你不是说你外甥有能耐吗？朕就迎合你的意思。

牛僧孺在吏部是管理官吏的官，他当然知道大唐三百五十八个州的大致情况，他忙上奏说："启禀皇上，四川夔州刺史位置空缺，臣建议将他调往任职。"

穆宗问："夔州？那不是李白笔下的'两岸猿声啼不住'的地方吗？"

牛僧孺说："吾皇英明，正是。"

穆宗大手一挥地说："下旨，任刘禹锡为夔州刺史！"

刘禹锡接到圣旨后，苦笑了一下，准备去夔州赴任。

就他原先的想法，一朝天子一朝臣，是想依附着裴度这棵大树，去朝廷实现他为皇上治理国家的远大抱负。这次又落空了，从他这次任职的风向来分析，新皇帝对裴相公不信任啊。

临出发的头一天，他将裴昌禹叫到书房，对他说："柏松兄，按我大唐惯例，新皇帝登基后，为了吐故纳新，招贤纳士，一定会举行一次科举进士考试，这里有两封举荐信，一封是东都太子宾客程异的，另一封是老夫我的，信里举荐你和你的弟子柳周六和刘咸允一同进京赶考，预祝你们师徒三人马到成功。"

"谢谢梦得兄。"

"刘全，进来！"

刘全进入书房说："老爷，按您的吩咐，奴才已经办好了银票。"

说着，刘全将三百两银票递给刘禹锡，他又转交给裴昌禹说："进京后，很多地方需要银子，这是老夫付给你当先生的束脩（学费）。"

裴昌禹连连摆手说："梦得兄，使不得，使不得。我流离失所在你家白吃白喝快五年了，怎能收你的束脩。"

刘禹锡说："穷光蛋怎能赴京赶考，权当老夫资助你的吧。"

话说到这份上了，盛情难却，裴昌禹感动得连话都说不出来了，用微微颤抖的双手接过了银票。

"柏松兄，老夫作有一首《送裴处士应制举》，请你教正。"

裴昌禹接过古律长诗，慢慢读了起来：

> 裴生久在风尘里，气劲言高少知己。
>
> 注书曾学郑司农，历国多于孔夫子。
>
> ……

读着，读着，裴昌禹感激的泪水夺眶而出，打湿了纸张。

长庆二年，裴昌禹、柳周六、刘咸允师徒三人赴京赶考，有了程异和刘禹锡的举荐信，倒省去了很多"投名状"的麻烦，本届主考官韦贯之直接让这一老二少参加了应试，同登进士榜，被传为佳话。

刘禹锡辞别家人，独自一人走水路，从洛阳运河入汉江再入长江，逆水而上到夔州赴任。

官船行至汉口时，刘禹锡站立船头，望着江对面乌烟缭绕的被焚毁的黄鹤楼遗址，不禁心中怅然。

上次与子厚兄同船赴柳州和连州赴任，看见黄鹤楼的废墟，都是叹息了起来。今日重返故地，墟在人非，使他又思念起柳宗元。

忽地，一阵江风将他从黯然神伤的状态下吹醒了过来。江对面是鄂州（今武昌），听说当年在监察御史衙门任职的同事好友李程，现已调任鄂州刺史、鄂岳观察史。

"船家，请将船停靠在江对面的鄂州，本官要去拜访一位友人。"

"好嘞。"船家将舵柄转向，官船很快停靠在鄂州徐家棚码头。

刘禹锡深知这位好友的德行：艺学尤深，然性放荡，不修仪表，滑稽好戏，为人大方，特讲义气。

果不其然，李程见好友来访，心中自然高兴，他忙牵着刘禹锡的手，来到鄂州老字号腴餐酒家二楼的雅厅。

李程乐呵呵地说："梦得兄，这家腴餐是专做鱼宴的百年老字号，今天为你接风洗尘，请你这个北方人尝尝百湖之州的风味儿。"

刘禹锡说："表臣（李程字）兄，我出生在江南鱼米之乡的扬州，生长在苏州，也算是半个南方人，我也偏爱吃鱼。"

"如此甚好，只要你刘梦得不计较我招待不周，欺负你这个北方人就得了。"

"哪里哪里。"

两人闲扯间，店小二很快端上一满桌的菜肴。李程介绍说："梦得兄，都是一些本地特产，这是清蒸武昌鱼，这是香煎大白刁，这是红烧江鲇，这是香菇烩江鲟，这是千张煮鳜鱼，这是拼命吃河豚……"

"且慢。"刘禹锡截住李程的话儿问，"表臣兄，以上鱼儿我梦得都吃过，这拼命吃河豚是什么讲究？"

刘禹锡知道这位好友有诙谐幽默的情趣，以为他是戏弄他这个门外汉，忙问。

"你老兄别以为我在戏弄你，这河豚虽然鲜嫩无比，可它是一种毒鱼。"

"表臣兄真是胆识过人，竟然连毒鱼也敢吃。"

"哈哈哈，"李程大笑后说，"比起梦得兄，我可差远了。"

刘禹锡一头雾水地问："表臣兄，老夫何时吃过毒鱼？"

李程诙谐地说："看来，梦得兄的脑子被江风吹迷糊了，得用三杯酒将你的脑子烧醒啊。"

说着，李程斟满当地用稻子酿制的汉汾酒，连敬了刘禹锡三杯，刘禹锡毫不客气地一饮而尽。

3

三杯酒下肚，在酒精的作用下，他们的话匣子彻底打开了。

刘禹锡接着前面的话题说："信臣兄，你几时看过我吃毒鱼？"

李程一脸坏笑，仍旧幽默地说："梦得兄你忘记了，十八年前，你和王叔文一起不就吃过吗？"

刘禹锡听后就明白了，苦笑地用筷子点着他说："你呀，你还是老样儿，净爱揭人家的伤疤而起乐。"

"对不起，我怎敢拿揭梦得兄的伤疤起乐子呢，我是实事求是嘛。"

一声对不起，两位好友又连干了三杯。

李程接着说："梦得兄，你也知道，当年我对永贞革新是赞同和支持的，也想与你们'同流合污'，谁知王叔文竟排挤我，反而使我因祸得福，使九司马而变成了八司马。"

刘禹锡这才真正明白，他这是借毒鱼来翻旧账，发泄对王叔文的不满。的确如他所说，他当年也是永贞革新的积极分子，是王叔文瞧不起他才使他因祸得福，仕途一路顺利，以至现在是鄂州刺史、鄂岳观察史，掌管着鄂岳的军政大权。要知道，八司马中的五司马，虽然现在都是刺史官吏，可都是文官。宪宗和穆宗父子俩对他们还是心存疑虑，从不将军权交给他们啊。

刘禹锡不想旧事重提，他岔开这令人尴尬的话题说："表臣兄，过去的事儿就让它过去。听说仁兄最近付梓了一篇《金受砺赋》，那可是大手笔啊，能否赠予老夫一读。"

李程谦虚地说："老夫的《金受砺赋》比起梦得兄的《砥石赋》那是小巫见大巫，愧于赠送啊。"

刘禹锡此时有些醉意，批评他说："信臣兄，谦虚过度等于骄傲啊。"

"哈哈哈，"李程风趣地说，"千古奇闻，大唐天下，竟有四品刺史，批评三品观察史。"

刘禹锡也笑了起来说："批评了怎的？谁叫我俩是好朋友呢。来！为我们的友谊干杯。"

两个好友推杯换盏，直至均有九分醉态，才由侍从将他俩搀扶回到驿栈休息。

第二天，太阳晒到了屁股，两人才从驿栈里醒转过来，驿官早已准备好汉口热干面、四季美汤包和孝感米酒的早点，等待着他们。

席间，李程又来调侃起好友说："梦得兄，老夫是饱汉子不知饿汉子饥。"

"此话怎讲？"刘禹锡试探着问，避免又掉进他那幽默的陷阱。

"昨晚酒喝多了，竟然忘了嫂夫人去世多年，应该寻得一个美人儿与梦得兄共度良宵。对不起，今晚补上。"

"老夫就知道你是狗嘴里吐不出象牙来，老夫就不劳烦你了，吃完早点我就告辞赴夔州。"

李程一本正经地说："梦得兄，老夫是真的关心你啊。我是知道你的禀性，决定的行程，是不会更改的。请放心，老夫一定将梦得兄的终身大事放在心上，为你物色一个德才兼备的江南女子。"

"谢谢表臣兄的好意，老夫已是五十岁的人了，并未存有找老伴的想法，除非……是她。"

李程见他打住了话头儿，忙问："她是谁？"

好友之间，就应该坦诚相待，于是他将他和韦莺的初恋，一五一十地告诉了他。

"啊，原来是这么回事儿，老夫派人与你寻找韦莺，让你有情人终成眷属，这个媒婆我当定了。"

"唉！"刘禹锡叹了口气说，"谢谢表臣兄的安慰，已经过去三十多年了，何处寻得芳草。"

李程狡黠地一笑说："芳草慢慢寻啊，不过，梦得兄得先谢谢我这个媒婆。"

刘禹锡会心一笑，知道他是借故索诗儿。他对一旁陪着的驿官说："烦请拿来文房四宝。"

"好的，刘大人。"驿官很会来事，他取出文房四宝后，就在另一张桌子上铺好宣纸，并研起墨来。

"请！"李程忙请刘禹锡上前赋诗书法。

刘禹锡也不客气，用他独有的刘氏书法写出：

> 高樯起行色，促柱动离声。
> 欲问江深浅，应如远别情。

刘禹锡辞别李程，乘船逆流而上。现在已是深冬迎春的季节，三峡两岸阴风习习，将他在鄂州愉快的心情一扫而尽。他不畏寒冷，仍站立船头，凝望着神女峰出神。

当年诗仙李白被贬至这块不毛之地，忽然接到圣旨令他返回朝廷，另有重用，他心情愉悦地咏出了千古绝唱：

> 朝辞白帝彩云间，千里江陵一日还。
> 两岸猿声啼不住，轻舟已过万重山。

李白当年是顺风顺水，当然白帝城是一片彩云，而我现在是逆水行舟，不进则退。彩云被乌云遮住，只见那滋江渡口冬天的冷雨下个不停，轻洒在尚未复苏的梅树上，雨儿夹杂雪花很快被南方迎春的温度融化为江水向东流去……

触景生情，他又怅然起来，一首《松滋渡望峡中》的诗作，从他那忧虑的脑中迸出：

> 渡头轻雨洒寒梅，云际溶溶雪水来。
> 梦渚草长迷楚望，夷陵土黑有秦灰。
> 巴人泪应猿声落，蜀客船从鸟道回。
> 十二碧峰何处所？永安宫外是荒台。

刘禹锡到达夔州，已是长庆元年的正月初二，办完一切接任手续后，已是正月初五。他还有一项重要的工作还没有完成，那就是要向穆宗皇帝报到。

一封《夔州刺史谢上表》的奏折，很快传到穆宗皇帝的御案上，皇上拿起看后，发出一声冷笑："这小子还想重返京城，真是白日做梦，一边凉快去吧。"

穆宗也懒得拿起朱笔御批，随手就将刘禹锡的谢表丢进了垃圾桶，成了一张废纸。

4

《夔州刺史谢上表》的内容看似向皇上感恩谢德，其实他是委婉地发泄宪宗对他的不公，从而产生了不满的情绪和望回归朝廷之路的期盼。其内容是：

臣某言：伏奉某月日制书，授臣使持节都督夔州诸军事、守夔州刺史。跪受天诏，神魂震惊。伏惟文武孝德皇帝陛下，垂衣穆清，睿鉴旁达。……

可刘禹锡哪里知道，就在他赴任途中近一个月的时间，权璩和牛僧孺等人在穆宗皇帝面前对裴度进行诬陷弹劾，三人成虎，唾沫星儿也能淹死人，裴度这是第二次罢相，连与裴度走得很近的韦贯之等副相也先后被逐出了京城，权璩和牛僧孺等如愿坐上正副宰相的宝座。

虽然没有等到皇上对奏表的回复，但还是要继续开展工作，不做占着茅坑不拉屎的事儿。

新年刚过，刘禹锡就将张幕府叫到跟前问："张幕府，你对夔州熟悉吗？"

"回大人话，小的是土生土长的夔州人，连任了几届州衙的幕宾，对这里的一草一木还是比较熟悉的。"

"很好，那你与本官说说怎样治理好本州的建议。"

"这……"

刘禹锡见幕宾吞吞吐吐的样，就知道他有顾虑，就对他说："张幕府，言者无罪。"

"当年您的好友同窗元稹被贬到本州任司马时，刺史早就撂挑子不干了，实际是他行使刺史之职。他年轻有为，想在本州干一番事业，但他通过月余的时间下去调查研究，一下子就像漏气的羊皮筏儿，瘫软地停在江边。"

"他这是为啥？"

"穷呗！元大人曾作诗戏谑：'山外长江江外山，只闻蝉噪哭穷寒。'本州是个不毛之地也。"

刘禹锡蹙着眉头又问："那夔州百姓是靠什么生活呢？"

"靠山吃山，靠水吃水呗！"

"请说具体一点儿。"

"本州是穷乡僻壤，靠山就是狩猎和农业畜种生活，靠水就是在长江里打鱼和拉纤生活。"

刘禹锡说："马上要春播了，走，我们去乡下看看。"

江陵的山道以栈道居多，窄狭而险象环生，马儿根本无法行走。还是张幕府有走山道的经验，他雇了一顶滑竿。

"刘大人，请坐上滑竿。"

刘禹锡见两位苦力抬着用两根竹篙子扎着的简陋滑竿摇摇晃晃的，心存余悸。他忙说："我们还是步行吧。"

幕宾眼角里露出一丝轻蔑的冷笑，心里想着：神女峰的山道是你们这种书生官僚能走的吗？待会儿你会不请自顾地上滑竿的。

"跟着。"张幕府也不劝说，只是小声令两位苦力跟着。

果不其然，刘禹锡走在半道上，不知是被悬崖峭壁的猿猱小道吓着了，还是走累了，他的双腿软得再也迈不开步子了。

真是活见鬼了，这巴山山脉怎么这么大呀，日头尚未冒出来就从州衙出发，眼见日头已经挂在当头，却一点炊烟都未见着。

张幕府见状，提醒他说："刘大人，前面的山道更加险峻，我们还是折回去吧。"

"回去？"刘禹锡倔强的性子上来了，"本官没有亲眼见到百姓的春播，就不回衙。"

正如张幕府所料，刘禹锡自个儿爬上了滑竿，闭起了双眼。

"起竿啰！"只听两个苦力齐声唱和，滑竿就升在两人的肩上。

嘿嘿，首次坐滑竿还是蛮平稳的嘛，这不与在长安城里坐官轿一样的感受吗？刘禹锡想到这儿，胆儿就大了起来，他刚睁开眼儿，就见滑竿行走在悬崖峭壁的半空栈道中，眼底下是万丈深崖，他眼里直冒星花儿，吓得他又闭上了双眼。

一路无话，中午他们坐在峡谷间的一块大山石上，张幕府令一苦力从汩汩流动的溪水中取来山泉水，他们就地啃食着黄粉儿直掉的玉米窝头儿，实在是难以下咽，好在有清甜的泉水润着嗓儿。

刘禹锡艰难地啃完了一个窝头儿，喝了一口山泉水，惆怅地问："张幕府，我们几时才能见到人烟呢？"

"快了，再走十几里的山道，就到了土家人的山寨。"

刘禹锡听后，心里不免犯起了嘀咕，张幕府这不是欺瞒本官吗？还有几十里的山道，还说快了，最早今天傍晚才能到达。

他生气地说："张幕府，今后说话诚实一点，是几时到达就几时到达，要如实说嘛。"

张幕府先是一愣，但很快明白刺史大人的意思，他忙解释说："刘大人，您误会了，'快了'一词是山里人和平原地区人的文化差异，前者是鼓励之意，后者则是时间概念。"

"啊，是这样的啊，我要向你学习。"三人同行必有吾师，刘禹锡谦逊地说。

临近黄昏，夕阳西下，走在山道前面的张幕府，终于兴奋地欢叫了起来："刘大人，巴山土司城到了。"

刘禹锡一听，忙从滑竿上睁开闭目养神的眼儿一望，果然，深山的壑间茂林处，一座土家人特有的城池映入了他的眼帘。

"快放我下来，下山的路儿平缓，让本官下来活动活动。"刘禹锡见两个苦力，初春季节汗水已经浸透了他们单薄的衣衫，忙令他们穿上厚衣。

"好嘞，刘大人。"谁知两位苦力行山路多年，只在白帝城周围爬山度日，从来没有到过这深山野林，更别说见过土司城了。他们肩上的滑竿轻松了许多，话匣子就打开了。

5

"张幕府，为何叫土司城？我们怎么没有听说过呀？"一苦力问。

张幕府说："土司城，就是土皇帝居住的地方。"

"哈哈哈！"另一苦力大笑后说，"傻小子，我大唐只有李姓皇帝，哪来的土皇帝，张幕府是调侃你的哟。"

张幕府听后，摇了摇头，嘲笑着说："真是秀才遇见苦力，有理也说不清哩。"

刘禹锡严肃地批评说："张幕府，圣人云'学而优则仕'，是教育我们这些读书人做官后，不要忘了衣食父母，我们要耐心地解答他们的问题，这才是优仕。"

"刘大人批评得对，下官一定改正。"

"还是刘大人体贴我们。"

前者苦力有打破砂锅问到底的精神，他转问："刘大人，这儿的土皇帝是咋回事儿？"

"这土皇帝呀，就是土家人的皇帝，他们称为土司。这些土皇帝统统归我大唐朝廷管理，这是先皇太宗以夷治夷的一种体制。"

"刘大人的话太深奥了，小民不懂。"

刘禹锡耐心地解释说："简单地说，就是皇上让少数民族的人自己管理自己，只要按年纳贡就行了。"

"啊，小民明白了，那土皇帝服从您这个州长管理吗？"

张幕府笑着说："当然要服从，刘大人是代表朝廷来着。"

"啊，这下子小民明白了，刘大人是管土皇帝的。"

四人在谈论中不知不觉间来到土司城下，刚到他们忽地听到一阵阵牛角号子的声音和蛇皮鼓的擂鼓声，像似战场上的战鼓之声，大有一触即发之势，听起来让人毛骨悚然。

刘禹锡警惕地问："张幕府，这是怎么回事儿？"

张幕府连忙解释说："刘大人，不必惊慌，这是土司城上的哨兵发现

356

了我们，在向我们示威，同时在向他们的土司发信号，有陌生人造访，待下官前去通报一声。"

"啊，去吧！"刘禹锡来拜访土司之前是做足了功课，但没有读到告访这页书，这才有了警惕性。

张幕府走近城门，举目往城楼一望，正要通报，只见城楼上的土司管家庹明宣发话说："城下可是州府的张幕府？"

"是的，烦请庹管家向覃土司通报一声，新任夔州刺史刘大人巡查来了。"

"哈哈哈，张幕府，你别开玩笑了，哪有刺史巡查？没有鸣锣开道的威严，咋得孤家寡人一个。快道出来者何意，否则恕本管家不打开城门迎客。"

"你一个土司管家，怎晓官吏微服私访之道，快开城门迎客，否则你吃罪不起。"

庹明宣在土家人面前有着一人之下万人之上的权威，但他和土司一样，对州府的官员还是很敬畏的。

"张幕府请你们稍等，容本官禀报土司后，再行开门。"说着，城楼上就不见了庹管家的身影。

土司覃天富正在与妻妾们饮酒作乐，闻管家来报，新任刺史刘禹锡到此巡查。

本土司这里是山高皇帝远，只要我年年按时岁贡，可从来没有哪个官吏造访啊，今天刘大人怎的有兴趣来到我们这儿呢。不管怎样，刘大人并未带一兵一卒，说明他是善意而来。想到这里，覃土司亲自出城相迎。

土皇帝覃天富见到顶头上司刘禹锡和善的面孔，好是高兴，他连忙对管家命令说："快摆上牛头宴，招待客人！"

"谢谢覃土司盛情。"刘禹锡边抱拳致谢，心里却嘀咕着：覃土司有几个意思，不用牛肉招待客人，却用牛头，是否吝啬了一点儿。

正当刘禹锡疑惑不解时，张幕府恰好小声地对他说："这是土家人最为盛情招待客人的牛头宴。"

一行人刚到土司宽大而带有民族特色装饰的客厅坐下，几个漂亮的土家姑娘就款款地来到客人面前，敬上了米米茶。

刘禹锡品茗也算是个行家里手，但还是第一次喝这种茶，他接过姑娘的大碗茶水，随即呷了一口，顿时一股清香中夹杂着辛辣而又带着甘甜的味儿，润滑进了喉管。

"覃土司，这米茶是从哪个山上采摘的？风味独具一格。"

覃土司笑着解释说："刘大人，这种茶不是茶树上摘的，而是用我们土家人特有的糯米，经过浸泡、蒸熟、晒干再炒制而成，冲泡时加以生姜等配料。它的作用不仅仅是提神解渴，而且还能充饥。"

刘禹锡赧然一笑说："没有调查，就没有发言权，覃土司，本官说外行话了不是。"

张幕府连忙讨好地说："刘大人，不知者不为错嘛。"

"哎，话可不能这么说，圣人曰：'知错就改，善莫大焉'，看来我们还要深入民间调查研究，才不会说外行话啊。"

张幕府连忙点头哈腰地说："那是，那是。"

覃土司见这位谈吐不凡，而又敢于承认自己错误的刺史，与其他官吏不一样，是个亲民坦诚的好官。

覃土司心里一高兴，忙大声命令说："上酒！"

顿时，大厅外的音乐奏起，这种音乐是长长的二十四支唢呐，由二十四位大汉吹奏而成，其声音粗犷而又威武。

随着音乐声，一个土家大汉领头，他手里托着的是一个木制长方形大托盘，托盘上端放着一个带有牛角的红烧黄牛牛头。十个土家汉子很快将十个土家菜端上了一个四方大桌子。

"刘大人，有请！"覃土司邀请道。

"覃土司请！"

第二十四章　竹枝词唱人间事

1

宾主坐上后，庹管家笑容可掬地对桌上的菜肴一一作了介绍。

红烧牛头，油茶汤，土家腊肉，灶膛罐罐牛腩，松脆蜂蛹，鲊广椒，土豆蛋蛋，蒿草粑粑，大锅盘鳝，麻辣知了，口味虾子。

庹管家介绍完后，谄笑着说："这叫牛头宴，是我们的土司，招待尊贵的客人的最高礼节。"

说完，庹管家站在一旁伺候着，他朗声唱道："敬……酒……"

这时，从侧门鱼贯而入十位年轻貌美的土家姑娘，她们手捧着一个个小土碗儿，边走边唱：

哎……土家山寨嘛风俗多呀，风俗多，贵客那个来了请上坐呀，请上坐，先敬一碗嘛苞谷酒呀！再唱那个一曲哎敬酒歌……

覃土司见姑娘们边唱边来到刘禹锡面前，这才缓缓地站起来，手捧着盛满苞谷酒的土碗说："刘大人，干！"

刘禹锡和张幕府忙站起来和敬酒的姑娘们将碗中的酒喝得一干二净。这苞谷酒比汾酒还要烈，刘禹锡见姑娘们面不改色，由衷地佩服土家姑娘的酒量。

突然，只听得覃土司发出粗犷地哈哈大笑后，砰的一声，将手中的碗儿重重地摔在地上，随即"砰……砰……"声不断，又见刚才还秀气的姑娘们，也将手中的碗儿摔在地上。

刘禹锡见状，脸色顿时阴沉了下来：这难道是土家人的待客之道，分明是进了土匪窝子嘛。

刘禹锡正思索着怎样破局，又听得砰的一声闷响，张幕府边摔着碗边提醒他说："刘大人，快摔呀，越响越发。"

刘禹锡虽然一头雾水，但还是受到他们的感染，重重地将碗摔在地上。

张幕府这才解释说："刘大人，这就是土家人的摔碗酒风俗。"

刘禹锡狠狠地瞪了张幕府一眼，埋怨他为什么不早点介绍，脸色儿这才雨过天晴。

庹管家又端上一大摞土碗，各自又倒上酒，刘禹锡心想，来而不往非礼也。

"覃土司，干！"他一口喝干后，也重重地将碗摔在地上。

就这样边喝边摔至深夜，整个大堂地上碗片遍地，覃土司和刘禹锡已经有了八分醉意，庹管家这才吩咐下人搀扶着客人回客房休息。

次日早起，刘禹锡应土司之邀，来到一座山峰，观看土家人畲田耕种。

又是一阵粗犷的号角之声，只见山峰的对面忽地大火熊熊。刘禹锡担心地说："覃土司，这样放火烧山不怕引发森林大火，自焚家园吗？"

覃土司微笑着抓起地上的树叶，向空中扬了扬说："刘大人，今天起的是东北风，而火场背面的悬崖正是东北向。再看看火场的正前方有草堂河阻隔，没事的。"

果真如此，刘禹锡向覃土司竖起了大拇指，佩服土家人的祖先传下来的畲耕智慧。

这场大火，从清晨一直烧到傍晚，待刘禹锡他们离开时，还有火苗像天上的星儿一样，一眨一眨的，很是迷人。

第二天，在覃土司的陪同下，刘禹锡参加了土家人的春播农活。

昨天烧光的山坡余灰，已经被土家人均匀地犁耕进了土壤，充作了肥料儿，耕农正一粒一粒地埋种着玉米种子。

刘禹锡对张幕府说："我们也去参加播种，你用锄头挖坑，我放玉米种子。"

张幕府也是个读书之人，哪里做过农活，心里极不情愿，但又不能反对，他只好用求援的眼神望着覃土司。

他的这一小动作被刘禹锡看在眼里，心明却不道破。看来这个张幕府与本官不是一条心啊，得物色一个掌书记才是。

覃天富心领神会，他忙说："刘大人，使不得，使不得，这都是泥腿子们干的活，我们是贵族，怎能下地干活呢。"

刘禹锡听后不悦地批评说："你这土皇帝只知道在百姓面前作威作福，哪知'锄禾日当午，汗滴禾下土'的艰辛，我们去体验一下劳动的辛苦有什么不好。"

覃天富是当地的土皇帝，有着至高无上的权力，谁敢在他面前这般放肆。县官不如现管，只有他刘刺史敢啊。小不忍则乱大谋，覃土司脸红一阵白一阵儿，只好将心里的怨气往肚子里吞，站在一旁气鼓鼓地不说话。

张幕府见状，伸了伸舌头，他忙拿起一旁的锄头，就往耕地里走去。

刘禹锡他俩顶着烈日撒着种，一直忙到晌午，已经是汗流浃背，这才歇息。

刘禹锡见一群耕夫正围在地头吃午饭，他走近一看，这些种粮食的农民吃的是干巴巴的玉米窝头，而没有其他菜肴。

他皱起了眉头，便问："几位大哥、大嫂，你们干这么重的活儿，就吃这个？"

一位已过七旬的农夫说："有这吃就不错了，要是老天爷不眷顾，种下去的种子没遇上下雨，也是白种了，那我们只有挖野菜充饥了。"

刘禹锡忽地想起了覃土司满桌上的牛头宴，他们只有三人享用，真是奢侈浪费啊。"你们的土司不管你们的生活吗？"

2

老农正要回答，只见庹管家从这儿走来，赶忙闭上了嘴儿。

"刘大人，请回土司城吃午饭，我们土司还等着您一起喝酒呢。"

看来覃土司也是个不管百姓死活的土皇帝，与这种人一起吃饭是一种耻辱。

刘禹锡没好气地说："不啦，本官就吃这窝头儿，下午还要去白帝山巡查呢。"

这是什么官儿？简直是贱命一个。放着土司桌上的山珍美味不吃，却要吃这猪狗食。

庹管家耸了耸鼻子，头也不回地回去复命了。

刘禹锡又优哉游哉地坐上滑竿，直往白帝山而去。在滑竿上，他根据农耕的体会，一首《畲田行》脱口而出：

> 何处好畲田，团团缦山腹。
> 钻龟得雨卦，上山烧卧木。
> 惊麏走且顾，群雉声咿喔。
> 红焰远成霞，轻煤飞入郭。
> ……

诗已定稿，不知不觉间又是夕阳西下，刘禹锡见还没有到达目的地，放眼望去，只见另一山坳处有炊烟袅袅升起。

"张幕府，前面的山坳有人家，我们去那儿借宿一晚。"

"好的，刘大人。"张幕府口中应着，心里却在嘀咕，这个刘刺史想一曲儿就是一曲儿，真不好伺候。我计划到咱们汉人姚族长那儿落脚，他偏要去侗族那么个小山寨子里去，这夔州有二十三个少数民族，你管得过来吗？

他们一行来到只有十几户人家的侗族山寨，就看到了侗族杨首领率领其寨子里的族人，载歌载舞地迎接客人。

侗族也是个热情好客的民族，不一会儿，杨首领就端上一桌子酸腊肉、酸菜鱼、酸水鸭、酸闷鸡和一碗老坛酸菜。

满桌子的酸气味儿直入鼻孔，竟酸得客人口水直流。

张幕府介绍说："刘大人，侗家人有'无酸不席'的风俗。"

刘禹锡微笑着说："啊！侗家与山西'无醋不食'的生活习性很相似啊，这样好，很开胃口。"

杨首领见刺史大人夸赞他们侗家的酸菜，高兴地举起碗儿敬酒。

"刘大人，我代表咱侗家人敬你一碗。"

"好，同饮。"刘禹锡端起碗儿，这才发现碗里是用糯米酿制的醪糟，他在郎州时就饮过这种糯米酒，很是养胃。

酒过三巡，刘禹锡边饮边与杨首领拉起了家常。"杨首领，你这侗寨都姓杨吗？"

"是的，我们侗寨都姓杨，但其他的寨子有姓吴的，有姓姚的两大姓氏。"

"你们在这儿靠什么生活？"

"托祖先的福，我们以种水稻为主，兼在稻田里养鱼，以种黑糯稻为主，有着'无酸不席''无糯不饮''无鱼不食'的习俗。"

"啊，侗族兄弟的日子过得挺安逸哟。"

"不瞒刘大人，比起汉人有些不足，但比土家人还是绰绰有余。"

"你们种水稻就不怕大旱灾？"

"刘大人，我们这儿是巴山脚下，紧靠长江，不缺水。"

"真是块风水宝地哟。"

刘禹锡与杨首领就这样，一直边喝边聊至很晚才罢席，各自回房休息。

第二天早起，刘禹锡一行辞别杨首领又出发了。半上午的工夫，他们来到了白帝山下的姚家寨。

中午，姚族长是在姚氏祠堂里招待客人的。刘禹锡按惯例在席间又问这问那，姚族长一一作答。

下午，刘禹锡在姚族长的陪同下，来到春耕现场巡查。他们刚到一个播种玉米的山坡地，就听见另一山坡传来一个男子粗犷的山歌声：

> 捌扒儿子离不开它，上坡下坡离不开它，
>
> 过河过水探探浅呀，亲生儿子不如它……

歌声虽然粗犷豪放，但刘禹锡一句儿都没有听懂，他好奇地问："姚族长，对面山坡的汉子唱的啥？"

"嘿，我们山里人尽爱胡咧咧地唱着山歌寻乐子，他唱的是《巴山背二哥》。"

"啊！听起来很亲切！"

刘禹锡想起了少年时，他曾被漕运船夫们的俚曲所感染，竟在课堂上哼唱，遭到了元老先生的严厉批评。但船夫粗犷而又优雅的俚曲至今还在他的脑海中萦绕，其中的歌词要比这巴山的歌词优美很多。

顿时，一个大胆的想法在他脑海中浮现出来：我要在任期内，根据巴山各民族的特点，作出《浪淘沙》和《竹枝词》的歌词，在这绵延不断的巴山中传唱。

要想歌词接近百姓生活，还要做很多调查研究，要获取大量的民间素材方可完成。心急吃不了热豆腐，世上无难事，只怕有心人，只要我时刻留意各民族的演唱风格就是了。

调查获得侗族人生活的简单情况后，刘禹锡转问："姚族长，这白帝山山清水秀，有什么名胜古迹可游览的？"

"有，有，我们这白帝山下有一座蜀先主庙。不过，香火没有先前旺盛。"

"蜀先主庙？那不是三国时期的刘备的庙吗？"

"正是，刘大人。"

"走，我们去拜一拜这位先贤。"

3

他们一行进入大庙的山门，只见一棵棵苍松翠柏的松树茂盛地耸立在庙宇的周围，一块块青石铺成的石板路直通大殿。石板路旁，每隔一定距离蹲着麒麟、蛟龙、大象、猛虎、犀牛、骏马等石兽。

刘禹锡无心观察这些陪衬神兽，快步来到高大而又陈旧的刘备像前，低头就拜。睹物思人，他的心情又低沉了下来。

通过调查，他对治理夔州还是颇有信心的，他希望能充分发挥自己的政治才能。但愿望是美好的，现实却是残酷的！穆宗皇帝对待他的态度，使他感到很是失望。

于是，他借古喻今，作了一首《蜀先主庙》，表达了他此刻复杂的心情：

天地英雄气，千秋尚凛然。

势分三足鼎，业复五铢钱。

得相能开国，生儿不象贤。

凄凉蜀故妓，来舞魏宫前。

通过两个多月的巡查，刘禹锡终于跑完了他管辖的一亩三分地。总的感受只有一个字来形容，那就是"穷"。

他们一行刚回到衙门，就见一侍卫跑到刘禹锡面前报告说："刘大人，有一后生自称您故交的儿子，专程来拜望您，有半月时间了。"

"我故交的儿子？他姓甚名谁？"

"回大人的话，他说他叫韦绚。"

"韦绚？"刘禹锡马上想到可能是他的好友、前宰相、在"八司马"事件中，与他们同贬到琼州，后客死他乡的韦执谊。

"后生人呢？"

"小的见是您的客人，便将他安排到驿栈暂住，等您回来。"

"你做得很对，有请韦公子。"

"是！"

不一会儿，刘禹锡正批阅着积压的卷宗，只听得一人扑通一声跪地。

"晚生拜见刘叔叔！"

"快起来，贤侄。"刘禹锡放下卷宗，亲自上前将韦绚扶了起来。他用双手搭在韦绚的双肩上，像转风轮似的，左瞧瞧，右看看，眼前这位英俊潇洒的年轻后生太像当年的韦执谊了，简直是同一个模子刻出来的。

"像，像，太像韦公了。"刘禹锡激动得自言自语后问，"贤侄，今年多大了？"

"回叔叔的话，晚生今年虚岁二十了。"

"贤侄，圣人云'父母在，不远游'，你不在老家陪伴你母亲，这么远的路，你来看老夫干啥。"

韦绚听后鼻子一酸，哽咽说："叔叔，自从高堂在琼州忧郁而终后，母亲大人思念父亲相继离去，我时年只有八岁，是两位老人的唯一血脉。

当年年幼，六神无主，幸亏有亲朋好友帮忙，才扶二老的灵柩回老家长安安葬。"

刘禹锡鼻头一酸地继续问："我可怜的孩子，你是怎样生活的，读圣贤书了没？"

"叔叔，是本家叔婶将我抚养成人，也受过良好教育，只是……"

刘禹锡这才想起，韦氏在京城长安是名门望族，担心他的学业是多余的。他说："只是什么？在自家叔叔面前，说话直言无妨。"

韦绚不好意思地说："叔叔，实不相瞒，只是晚生学而不精，常常会遇到疑难之题，因而晚生前来拜您为师。"

说着，韦绚就要下跪拜师。刘禹锡将他拉住，爽快地说："贤侄免礼，你这个学生老夫收了，一定将你培养成像你父亲一样，进士为官，为国出力，为民造福。"

韦绚听后，不好意思地说："叔叔，高堂生前有遗言，令儿永不为仕。"

"啊！"刘禹锡明白韦执谊为何不要晚辈为官的意思，他是领悟到了官场险恶，不愿意他这棵独苗再步他的后尘，折戟沉沙。

"贤侄，你学而有成后，有什么打算？"

"叔叔。"韦绚忽见刘叔叔嗔怪的眼神，立马改口道，"回先生的话，学生学成后，决定开办私塾，教书育人，过田园生活。"

"过田园生活？"刘禹锡听着这句话儿咋这么熟悉呢？他猛地想起侄女柳菁也曾是这么说的。

一次，刘禹锡见柳宗元的宝贝女儿在书房里专心练书法，他故意问："侄女儿，你一个女儿家家的，练习书法将来干什么？"

柳菁大大方方地说："叔叔，为了过田园生活呀！"

刘禹锡又想起子厚兄的遗嘱，要他做主关心女儿的婚姻大事。他望着韦绚，"哈哈"地展然一笑，默默地说："子厚兄，这个乘龙快婿咋样？待老夫调教调教，再与菁儿结秦晋之好。"

韦绚被先生的笑声弄得一头雾水，怯怯地问："先生，过田园生活不好吗？"

"好，很好！"刘禹锡说，"先生我公务繁忙，不能像私塾的先生那样教你啊。这样,你在本府暂时担任掌书记,跟在先生我身边边做边学如何。"

"是,学生一定听从先生的教诲。"

有了韦绚这个得力帮手,刘禹锡的案头工作轻松了许多。师生二人边讨论学问,边批阅积压下来的卷宗,半个月来,就将堆在衙内如小山包似的积案一一处理完毕。

4

刘禹锡这样培养韦绚有他的真实意图,他不认为官场险恶就应打退堂鼓,这是懦夫的表现,应该迎难而上。韦氏家族在我大唐世代为官,才成为名门望族,怎能到了韦绚这一代就偃旗息鼓呢。

韦公啊韦公,您是一朝被蛇咬,十年怕井绳啊。您泉下有知,老夫不是故意而为之,您这个宝贝儿子的出言吐气,就器宇不凡,一定是朝廷栋梁之材,不为仕那才叫屈才呢。本官令他任掌书记,就是为了培养他为官的兴趣和积累经验,为他日后在官场上能游刃有余。某种意义上说,我是在培植接班人,来实现我们的政治抱负。

他深信,他那聪明伶俐的侄女柳菁,待他们成家后,一定会规劝夫君考士为官,完成他们长辈的凤愿。

果然,韦绚的官场之路,如刘禹锡设计的一样,在他于衙门锻炼了一年后,他作主将柳菁许配给他,他与才女柳菁如胶似漆,之后他听从夫人的规劝,一举考中进士,青云直上,官至义武军节度使,成为集北方军政大权于一身的地方诸侯。

大中十年,韦绚将他与恩师刘禹锡在一起的所见所闻,写出一本《刘宾客嘉话录》流传于世,这是后话。

这天,刘禹锡闲暇之时,对韦绚说:"走,我们到民间访贫问苦去。"

韦绚试探着问:"先生,是否需要安排鸣锣开道的队伍。"

刘禹锡瞪了他一眼说:"要那样的排场干吗?我扮行游医倌,你扮徒儿就行。"

这天,白帝城里,一个书童打扮的后生肩背医匣,一手握着写有"扁鹊再世"的黄色太极图，一手摇着小铜铃，边摇边吆喝着："刘名医巡诊，药到病除，妙手回春。"

紧跟书童后面的是一位头戴黑色巾帽，须发已白的老者，他摇动着一把骨扇儿，优哉游哉地跟在后面，给人一种高深莫测的感觉。

也许是夔州人体质过硬，也许是这个世道的骗子太多了，一老一少顶着烈日，转遍了白帝城，就是没有一人问诊求医。

书童是韦绚装扮的，他已经热得额头上的汗珠直流，忽见前面有一个阿嫂茶楼，忙对医倌扮者刘禹锡说："先生，我们去喝碗凉茶如何？"

刘禹锡心疼而又满意地望着这个能吃苦的公子哥儿，陪他转了一上午。他微笑地说："好的，为师正有此意。"

师徒二人在茶馆坐定，老板娘很快沏来一壶茶，热情地为这一老一少两个郎中倒满茶碗。

刘禹锡拿着碗儿轻轻地呷了一口，一股清香顿时沁人肺腑。

"好茶！"刘禹锡赞后问，"老板娘，你这茶叶是从哪儿进的？"

"回郎中的话，是我丈夫从渝州进的云雾茶。"

"渝州与这夔州相邻，为何舍近求远呢，本地没有云雾茶吗？"

老板娘不屑一顾地说："夔州人懒呗，现成的胡子不知道安须，要是在这巴山种植茶树，那也是一笔可观的收入。"

"你怎么知道这巴山能种茶树？"

"不瞒老郎中，我是渝州人氏，做姑娘时就是采茶女。"

说者无心，听者有意。刘禹锡向韦绚传递着眼神，他会意地在一旁将二人的对话记录了下来。

"啊！种茶、采茶和制茶很有技巧吗？"

"嘻嘻，什么技巧不技巧，这方圆百里云雾缭绕的巴山土壤就适合种茶树，至于采茶嘛就是要勤快，每天早晨趁日头未出就采集嫩叶尖儿，制茶我父亲是行家里手，但采摘永川芽尖就另当别论了。"

"何以见得？"

老板娘顿时脸儿羞红，她不好意思跟这个狗拿耗子多管闲事的郎中讲出其中的事儿。

采摘永川芽尖，采茶姑娘需天未亮儿就上山，趁着露珠未干，她们用舌尖儿一片一片地含摘。这些姑娘很有讲究，只能是未出阁的姑娘，要在月经期间才能上山含摘，这是集天、地、人气之精华，才能获得永川芽尖独有的清香。

这样含羞的事儿能对郎中讲吗？老板娘白了他一眼说："我说你这个郎中呀，真是狗拿耗子，做好你本分的事就行了。"

刘禹锡并不怪罪她出言不逊，这是山里女人的性格，快言快语，他尴尬地一笑说："这不没有病人吗？"

老板娘指了指靠江边窗子独坐的一个后生，调侃地问："郎中，你会治相思病吗？"

刘禹锡问："那后生咋的？"

老板娘又向江边码头指了指，刘禹锡顺着她手指的方向一看，只见一个清秀的姑娘在江边洗衣服。

刘禹锡顿时明白了，那独坐的后生一定在暗恋着那位姑娘。他问老板娘："小伙子相中了洗衣服的姑娘，为何不上门下聘礼呢？"

"穷呗！"

于是，老板娘道出了这两个有情人近在咫尺，而不能相聚的原委。姑娘叫桃花，是纤头的女儿。后生叫江郎，是纤夫的儿子。他们一块儿在船上长大，两小无猜，长大后心心相印。后生苦于没有钱下聘礼，遭到了姑娘父母的拒绝，不许他们再来往。后生每当思念姑娘，就来到这阿嫂茶楼，眺望意中人的倩影。天长日久，老板娘看出了端倪，上前打探方知这江郎是犯了相思病。

"啊！是这么回事儿。老夫这就去为他瞧瞧。"说着，刘禹锡独自来到江郎身旁。

他上前鼓励他说："江郎，别在这儿痴望着，只要你按老夫的意思办，保准你一年后迎娶桃花。"

刘禹锡从袖口中掏出一锭银子，对着江郎的耳根如此这般了一番，只见江郎高兴地跑出了茶馆。

5

刘禹锡二人喝完茶后，心里凉爽了许多，付了茶钱还不忘买一包茶叶带回去。他们辞别老板娘，就往江边而来。

刚到江边，他们就听见码头上传出了一女子动听的歌声：

山桃红花满上头，蜀江春水拍山流。

花红易衰似郎意，水流无限似侬愁。

"先生，这姑娘唱的是您的新作《竹枝词》。"韦绚兴奋地说。

刘禹锡一喜，没有想到他的《竹枝词》这么快就在民间演唱传播，从而更加坚定了他要集百家所长，像屈原谱曲《九歌》那样，将川南的俚曲改编，规范性地传播。

他循声望去，唱歌的姑娘正是桃花。他们快步来到江边桃花的身边，刘禹锡赞扬他说："桃花姑娘，你的歌声真美。"

正在边唱边洗衣服的桃花，听见一个陌生男人的夸赞一惊，她警惕地回头一笑，见是一位童颜鹤发的郎中，瞬间灿烂一笑说："郎中，不是本姑娘唱得好，是这歌词作得好。"

"这个老夫知道，不就是那个新来的刺史刘禹锡作的吗？"

桃花惊讶地问："您是怎么知道的？"

刘禹锡故弄玄虚地说："我不但知道歌词的作者，还知道你是唱给你的江郎听的。"

被郎中猜中心思的桃花，顿时脸儿羞红，幽怨地说："这个负心郎，今天怎不见他在茶馆里听我唱歌呢？"

刘禹锡神秘地一笑说："桃花姑娘，老夫不仅是郎中，还会掐指算命呢。"

桃花惊喜道："求神仙为小女子算一卦，江郎去了哪里？"

刘禹锡掰着手指儿，微闭着双眼，口中念念有词地算了一会儿说："恭喜桃花，贺喜姑娘，江郎外出做生意去了，一年后他发财了，保准会来你家迎娶你。"

"真的！太好了。"桃花喜不自胜。

信儿带到了，再说下去就露馅儿了。

刘禹锡摇起了折扇，飘然而去。丢下桃花姑娘傻站在江边发呆，她还以为他们命运好，是遇到神仙在为他们做媒呢。

师徒二人回到州衙，刘禹锡立即令张幕府去将姚族长请来。

半晌工夫，姚族长战战兢兢地进了衙门，他还以为是上次刘大人巡查到他的一亩三分地而不快，要责罚他。

刘禹锡见姚族长对他行礼，明显看出他那忐忑不安的样子，就和蔼可亲地给他吃了一颗定心丸。

"姚族长，你是本官的朋友，不必局促，请坐，上茶！"

韦绚心领神会地泡上了在阿嫂茶馆买的茶叶递给一旁坐着的姚族长。

姚族长呷了一口后，一股清香直入鼻孔，他连连致谢说："谢谢刘大人赐茶！好茶，好茶。"

刘禹锡问："你知道这茶是哪里产的吗？"

姚族长摇了摇头说："刘大人见笑了，我是一个山中小民，大半生是围着这巴山打转儿，没有见过世面，不知茶叶的产地。"

刘禹锡告诉他说："这就是我们隔壁渝州产的。"

"这茶叶挺贵的吧？"

"还算可以，一两文银只能买二两茶叶。"

"我的天啊，这么贵，要是我们有这块茶园就发财了。"

"我们这巴山与渝州同出一脉，地理条件与气候相同，为何你们不种茶树？"

姚族长无可奈何地说："可我们不会种茶叶技术啊。"

刘禹锡说："这个好办，白帝城阿嫂茶馆的老板娘就会种。本官想在你们的一亩三分地试种，成功后再向全州推广，你看如何。"

"好，好！"姚族长激动地说，"刘大人为我们山民能过上好日子操心，我们一定照办。"

刘禹锡通过调查研究，他不但号召山民种植茶叶，还号召山民大面积地种植楠竹，从而使夔州百姓向多种经营方向发展。

一日，刘禹锡和韦绚正在探讨《天论》的自然学说，忽地听见府衙外传出，有人击打鸣冤鼓的声音。

鼓声就是命令，刘禹锡高声喝道："升堂！"

随着一阵衙卒的"威武"之声，只见一个财主模样的人，手儿拉着一个长工模样的人的手进来。

主仆二人进入大堂，就听见扑通两声跪地的声响，只见财主大声说："刘大人，你要为小民做主啊。"

啪的一声惊堂木响，刘禹锡问："堂下所跪何人，你们为何事拉扯，如实招来。"

"小的是白帝城外的莫财主，这个下人是我家长工，他偷吃我家两个鸡蛋，被我当场抓获。他却死不认账，我又打不过他，这才将他扭送见官，大人可要为小民做主啊。"

"嘿，不就是两个鸡蛋吗，这个财主太抠门儿了，至于闹上公堂吗？"坐在刘禹锡身后的韦绚小声嘀咕着。

刘禹锡扭头白了他一眼说："百姓告状无小事啊。"

果然，只见长工大声喊冤说："大人，我冤枉啊。他是附近有名的莫剥皮，他诬告小民是为了赖掉我一年的工钱啊！"

刘禹锡不动声色地劝说："莫财主，他只是偷吃了你家两个鸡蛋，小事一桩，权当慰问他好了。"

莫财主眨着鼠眼说："刘大人，这不是小事，我家鸡生蛋，蛋生鸡，那可是个大数目，一定要他赔偿。"

果然是个莫剥皮，刘禹锡问："莫财主，你确认是他偷吃了你的鸡蛋？"

莫财主理直气壮地说："大人，他被我当场抓获，才把他扭到公堂您这儿评理。"

刘禹锡追问："你确定他偷后没有离开你？"

"确定！"

"来人，去后厨取两个熟鸡蛋来，给莫财主吃了。"刘禹锡大声命令。

"我……我不吃刘大人赔的鸡蛋。"显然，莫财主不知道刘禹锡的真实意图，忙叫嚷道。

　　"我说让你吃，你就必须吃掉。"刘禹锡见莫财主无奈地吃了两个鸡蛋后，也不理他，径直看起了案台上的卷宗。

第二十五章　祈雨救父烈女焚

1

过了好一会儿，也不见刺史大人审案，前来看热闹的百姓开始骚动了起来，议论纷纷：这位刘大人葫芦里到底卖的什么药？

莫财主见人们的议论，再看了看刘大人正专心地看着卷宗，仿佛将他们忘记似的。他这才诚惶诚恐起来！

"刘大人，我不告了。"说着，莫财主准备起身开溜。

啪的一声惊堂木响，只见刘禹锡威严地说："站住，大堂之上岂能儿戏。来人，端两碗清水过来，令他两人漱口后，将漱口水各自吐在自己的碗里。"

不一会儿，案情的结果真相大白：莫财主碗里全是蛋白蛋黄渣儿，而长工碗里只有点点儿酸菜渣儿。

莫财主见状，吓得就像掉进冰窟的人儿，直打哆嗦。

"莫财主听着：本官判决你如数付给该长工一年的工钱，并赔偿他的名誉损失费折银十两，你服不服本官判决！"

一年的工钱不说，外加十两银子，这不是要我的老命吗？莫财主想到这儿，一咬牙说："大人，您判决太重了！"

"哼！"刘禹锡冷哼一声，"那就当场打你五十杀威棒，免去十两银子如何？"

看似商量的语气，其实这个刘大人用心险恶，这不是要我的老命吗？莫财主头叩得如小鸡啄米，连忙求饶："刘大人，我服，我服，这就回家与长工结算工钱。"

"只结算工钱？"又是一句冷冰冰的问话。

莫财主慌忙表态说："除工钱一分不少外，另加十两银子。"

刘禹锡说："都起来吧，快去结账。"

"真是刘青天啊！"看热闹的百姓又骚动了起来。

"退堂！"

随着衙卒的一阵"威武"声，刘禹锡退出了大堂。

韦绚紧跟其后，他拍马屁地说："先生，您这独特的审案方法，令晚生学无止境。"

"怎的，你看出了端倪？"

"先生用的是一把双刃剑！"

刘禹锡心中一喜，却不动声色地问："何以见得？"

韦绚坦诚地发表了自己的见解："先生一开始审这个案子，就意识到原告和被告有一个在说假话。于是，您抓住原告说被告从未脱离他的手，这是个关键问题，假如脱手了那就另当别论了。您与原告钉钉回脚后，您就令原告吃下鸡蛋，实则是为真相铺垫，假如被告也吐出了蛋渣，无疑是他偷吃了蛋，反之就是原告诬陷被告。"

刘禹锡向他投以满意的眼神。他接着问："绚儿，你在老夫身边有一年多了吧，老夫没有记错的话，你今年满二十一岁了吧？"

"是的，先生！"

"该是成家立业的时候了。"

韦绚诚惶诚恐地问："先生要撵晚生走？"

刘禹锡露出慈祥的笑容说："谁要撵你走了，先生是想招你为婿。"

"先生取笑晚生了，谁不知道您只有秀英姐姐这么一个女儿，可她也是快要当祖母的人了。"

"绚儿，你知其一，不知其二，老夫还有一个侄女儿，芳龄二八，尚在闺中。"

"您侄女？"韦绚是知道先生是刘氏一根独苗，何来侄女。

刘禹锡又问："绚儿，你可知晓柳员外其人？"

"先生，我知晓，听高堂生前说过，柳员外与他老人家也是莫逆之交，柳公的书法和散文独树一帜。"

"是的，他的小女可是个才女哟，她就是我的侄女。"

韦绚惊喜地问："您说的是名噪东都的柳体传承人柳菁？"

"正是，老夫为媒，你俩结秦晋之好如何？"

韦绚红着脸说："全凭恩师做主。"

"好！老夫这就修书嫂夫人，你回京与你韦家人商量好后，就去东都洛阳迎娶菁儿吧！"

"遵命！"

刘禹锡站在白帝城码头，望见韦绚乘船东去，如释重负地露出了欣慰的笑容。他望见渐渐消失在视线中的帆影，正欲转身回衙，却听见一声熟悉的声音：

"郎中恩人，您让我们好找啊！"

"江郎、桃花，原来是你们俩啊。"刘禹锡乐呵呵地说。

江郎牵着桃花的手，双双就要下跪拜谢恩人，刘禹锡忙扶住他们说："二位，不必如此重礼，巧点鸳鸯谱是老夫的乐趣啊。"

江郎连忙向桃花搓了搓指头，桃花会意，忙从兜里掏出一袋银子，她双手递给刘禹锡说："恩人，这是还您去年借给江郎做本钱的银子。"

刘禹锡开玩笑地说："恭喜啊，有情人终成眷属，看样子你们小两口是桃花当家啊。"

江郎也不害臊地说："是的，恩人。自从您借本钱让我放竹排，我赚到钱后，就去桃花家下聘礼，顺利地将她迎娶了回来，这不，就让她当家了。"

"好好！"刘禹锡一边说好，一边数着袋中的银子，发现多了二十两。他将二十两银子递给桃花说，"这多出的二十两银子物归原主。"

小夫妻俩异口同声地说："这是付给您老的利息。"

2

"你们这不是在为难老夫吗？当初借银子给江郎我可没说要利息，纯属是想帮你们。"

桃花又将钱硬塞给刘禹锡说："恩人，这是我们做晚辈的一点心意。"

刘禹锡想了想，就将银子强塞到江郎手中说："谁叫咱爷俩有缘呢，权将这银子当是老夫给你们结婚的贺礼。"

"这……"江郎一时愣住了。

"这怎么行。"桃花手疾眼快,连忙拿起银子又要塞给刘禹锡。

这样推扯下去不是办法,刘禹锡忽地一个脑筋急转弯说:"桃花,你不是爱唱歌吗?烦请你们将夔州一带会唱歌的人儿都与老夫请进府衙,权当感恩老夫了。"

"哎!""哎!"小夫妻俩忙点头应诺。

"府衙?"江郎望着恩人远去的背影,猛拍自己的后脑勺,幡然大悟地对妻子说,"桃花,恩人不是郎中,他是我们夔州刺史刘大人。"

刘禹锡返回府衙案桌,对今天的一送一迎两件喜事乐不可支,兴笔写下了另一首《竹枝词》:

> 杨柳青青江水平,闻郎江上唱歌声。
> 东边日出西边雨,道是无晴却有晴。

这天一早,一群喜鹊飞到州府院内的一棵古榕树上,"叽叽喳喳"地叫个不停。

早来的张幕府见状,忙跑向后衙向刘禹锡报告说:"刘大人,衙前的古榕树上飞来很多喜鹊啊,欢叫个不停!"

"是吗?"刘禹锡笑呵呵地吩咐说,"快安排人手多泡一些咱们姚家湾产的巫山云雾茶,有客人要来了。"

张幕府当然知道,刘大人这是要在客人面前推介本州的新茶巫山云雾茶。

说起这巫山云雾茶名字的由来,还是姚家湾的姚族长根据刘大人布置的任务,在神女峰下开辟了一座硕大的茶园。

头年生产出的茶叶还没有命名,姚族长就拿来请刘大人品茶命名。

"好茶,好茶,不亚于渝州云雾。"刘禹锡赞扬后说,"就叫巫山云雾?"

姚族长不解地问:"大人,为什么叫这个名字?"

刘禹锡解释说:"你这茶叶是在巫山神女峰下面种的,是神女瑶姬赏赐的，美味得很呢。"

就这样，巫山云雾茶刚上市，因其味其名被茶商马帮抢购一空。

今天来到州府的客人，是江郎夫妇从夔州四面八方邀请来的歌手，这些歌手有巫婆、祷师和民间歌手，有汉族、瑶族、土家族、布依族、羌族等少数民族歌手。

他们欢聚一堂，只有一个任务：就是每人唱一首民歌。其后，州府奖励歌手每人一包巫山云雾茶叶。

要知道，当时的巫山云雾茶可是个奢侈物，歌手们来是为了在刺史大人面前表现自己，何况还有奖励，歌手一个个都在尽情发挥。

刘禹锡边听，边记，边鼓掌，使整个大厅异常活跃，达到了百花齐放的效果。夔州的民歌丰富多彩，不像郎州和连州那么单调。

从那一曲曲粗犷嘹亮的各民族的歌声中，刘禹锡很快发现这些歌声中都融入了吴地音乐那种清脆嘹亮的声音，同时还夹杂着楚歌那般悠扬的情味。

于是，他对这些曲调的歌词进行分析研究，发现歌词的内容是同情爱、劳动、风俗、交流有着密切关系。虽然激情向善的歌词占主流，但也有些歌词粗俗鄙陋，需要创作新的歌词进行拾遗补阙。

此时的刘禹锡受到夔州民歌的感染，诗情井喷般地在脑海燃烧着，终于如火山般地喷发出来。

他用很短的时间，创作完成了《浪淘沙词》九首，《竹枝词》九首，《踏歌词》四首。

九曲黄河万里沙，浪淘风簸自天涯。

如今直上银河去，同到牵牛织女家。

这是刘禹锡的第一首《浪淘沙》，他写完后，就寄给了在苏州任刺史的白居易。

他在信中说："乐天兄，浪淘沙乃教坊曲名，且改为《浪淘沙词》牌可好？"

白居易看后，回信说："梦得兄，读其《浪淘沙词》很受鼓舞，词意很接地气，吾赞同用此词牌。"

就这样，《浪淘沙教坊曲》在刘禹锡和白居易的革新下，《浪淘沙词》被流传开来：

> 山上层层桃李花，云间烟火是人家。
> 银钏金钗来负水，长刀短笠去烧畲。

这首《竹枝词》，是九首中的一首，歌词大意是描绘土家人畲种的劳动情景。为了使《竹枝词》被夔州各族百姓接受，刘禹锡在创作完成《竹枝词》九首后，还对《竹枝词》注以说明：

> 四方之歌，异音而同乐。岁正月，余来建平，里中儿联歌《竹枝》，吹短笛，击鼓以赴节。歌者扬袂睢舞，以曲多为贤。聆其音中黄钟之羽，卒章激讦如吴声，虽伧儜不可分，而含思宛转，有淇濮之艳。昔屈原居沅湘间，其民迎神，词多鄙陋，乃为作《九歌》，到于今荆楚鼓舞之。故余亦作《竹枝词》九篇，俾善歌者飏之，附于末。后之聆巴歈知变风之自焉。

刘禹锡作《竹枝词》九首是有考量的，屈原老夫子只作《九歌》，九九归一，他不想超越这一范畴。但又遇到了一个问题：他感觉到九首竹枝词不能全面地反映地方特色。

> 春江月出大堤平，堤上女郎连袂行。
> 唱尽新词欢不见，红霞映树鹧鸪鸣。

这首《踏歌词》是四首中的第一首，是以江淮一带百姓联臂以脚踏地为节拍，边歌边舞。

刘禹锡反复欣赏着自己的作品，这才舒心地一笑。他作这些歌词的目的，是希望夔州百姓也与长安百姓一样，过着欢乐的日子。

3

然而愿望是美好的，现实却是残酷的。

长庆三年，夔州地区遭到了百年难遇的干旱。半年多无雨，山河断流，各地粮食颗粒无收，一场饥荒笼罩着夔州。

刘禹锡急百姓之所急，他急用红纸封口奏章上报朝廷，请求皇上赈灾，救济夔州百姓。

已被酒色掏空身体的穆宗皇帝，他很少临朝，大臣们如遇紧急事务，都是来到后宫向他老人家请示汇报。

这天，尚书省监察御史韩愈急匆匆地来到太极宫求见穆宗，见皇上正与宠妃打情骂俏，礼部员外郎权新仁立一旁，低着头儿，不敢出声，打断皇上的兴致。

韩愈进殿后，他装着没有看见，连忙伏地三呼："吾皇万寿、万寿、万万寿！"

穆宗一脸不高兴地说："你怎么老是来烦朕？有事说事，没事快滚！"

满朝大臣都知道皇上这个德行，都不愿意来触碰这个霉头，韩愈是个勤政的官吏，职责所在。他上奏说："启禀圣上，夔州遇百年大旱，民不聊生，刺史刘禹锡请求朝廷赈灾。"说完，他就呈上了刘禹锡紧急求救的文书。

穆宗看也不看，一边用手抚摸着他宠妃的小脸蛋，漫不经心地说："不就是没有下雨吗，找朕干吗？叫他去找老天爷啊。"

韩愈在一旁哭笑不得，正想再为刘禹锡求情。

真是不是冤家不聚头，一旁的权新一听，立即奸笑地说："吾皇英明，刘刺史应该设坛祭祀祈雨啊！"

穆宗说："祭祀不正是你管的事吗，你替朕拟旨，令刘禹锡在夔州设坛祭祀老天，恩泽雨露。"

"是！臣遵旨！"

韩愈出宫望着权新屁颠屁颠的背影，着实为他的好友刘禹锡捏了一把汗。权新这小子与梦得有过节，他这是要借祭天之事，落井下石，将他打入万丈深渊呀！

韩愈虽然不赞同刘禹锡《天论》的唯物辩证观点，但对祖制祭祀的礼仪还是很清楚的，主持祭天的人要终日跪地求天，他这把老骨头没有求到雨就别想爬起来。

这种仪式相当严肃庄重，又不能找人代替，否则落下欺君欺上天两项罪名，那是要株连九族的。

可雨是好求的吗？不行，我作为梦得的朋友，得与他先通个气儿，要他早做准备，看他有无死里逃生的法儿。

要找一名信得过的人去与刘禹锡报信，越快越好，越有胜算。这个人选只有他的儿子刘咸允了，他现在子承父业，也是担任太子校书。

刘咸允闻讯不敢怠慢，连夜赶回东都洛阳，与家人共想办法，救救老父亲。

三个臭皮匠，顶过诸葛亮。老二刘同廙说："现在唯一的办法是，我与父亲相貌最相像，由我去替代父亲求雨。"

刘咸允马上反对说："不行，这样犯了欺君之罪，是要株连九族的。再说父亲一贯反对弄虚作假，他老人家也不会同意。"

崔颜俊和刘全夫妇直急得在屋子里转圈儿。

刘秀英见状，颇有主见地说："你们不要转了，我去夔州与父亲共患难，见机行事。"

从小刘咸允、刘同廙兄弟俩都听从大姐的话，唯命是听，今日见大姐发话了，他们都默不作声。

刘秀英转对丈夫崔颜俊说："夫君，妾这一去，需要些时日，你在家中，照顾好三个孩子，督促他们读书学习。"

崔颜俊说："夫人，你放心去吧，家里有小舅敬臣带着三个外甥读书，你有什么不放心的。"

刘秀英今天却有点心神不定，又将三个孩子叫到小舅身边，千般嘱咐了一通后，忽地冒出一句："夫君，两个舅舅子承父业，都会在外地为官，老父亲退休后全凭你照料啊。"

这是什么话儿？女婿是半边子，照顾岳丈是我义不容辞的责任。崔颜俊满不在乎地说："夫人，平日里未见你这么啰唆，你放心去吧。"

刘秀英这才背起包袱，眼含泪水地离开洛阳，乘快马走旱路直奔夔州。

刘禹锡在府衙心急火燎般地等着朝廷的赈灾银子，等来的却是祭天求雨的圣旨。

君命不可违，刘禹锡立即命张幕府请来巫师，在白帝山峰设坛祭天求雨。

张幕府请来的这个巫师是汉人，刘禹锡从未见过此人。他哪里知道，这个巫师装神弄鬼很有一套，对祭天的礼仪却是一窍不通。

但是，刘刺史是个唯物主义者，虽然朝纲里有明文规定的祭祀礼仪，可能是他不愿意翻开这页书，或者翻开过而没有记住。就这样，麻里布、布里麻，反正就那么回事儿，任凭巫师折腾。

夔州百姓听说刺史大人在白帝山祭坛求雨，纷纷赶来一睹这从未见过的场景，一时间，白帝山头上人山人海。

只见临时搭起的祭坛上摆放着牛头、猪首和公鸡，祭坛周围烛火闪亮，香火缭绕。吉时已到，一阵阵号角声夹杂着震天鼓声过后，刘禹锡跪在祭坛中间的拜团上，读着祭天祭文，他的两旁分左右跪着的是他的下属和土司族长们。

巫师见刺史大人读完祭文，就一手提着木剑，一手提着活鸡公，口中念念有词地围着祭坛打着转儿。

4

突然，巫师被浓浓的香火味儿呛了一下，不禁手儿一松，自顾自地打起了喷嚏。

七魂吓掉了五魂的公鸡，趁主人手松弛之机，立即扑打着翅膀，毫无目标地向祭坛中间飞去。

说巧也巧，像无头苍蝇乱飞的公鸡，正巧落在一支燃着的红烛上，顿时鸡毛起火，瞬间它疼痛地向树林飞去。

围观的百姓有人惊呼："不好！"人们随鸡望去，只见鸡落的地方燃起了熊熊大火。

刘禹锡见状，大惊失色，忙令："快！救火！"说着他脱掉身上的长袍，冲向火海，用长袍挥打着火点。

山上这么多人纷纷效仿刺史大人的灭火办法，都投入了灭火的队伍。人多力量大，大火很快被熄灭，刘禹锡正要松口气，指挥众人消除火星时，突然一阵山风刮来，将地上的火星吹得满天飞舞。

半年多没有下雨的山坡满是枯叶儿，哪儿经得住火星儿点拨，迅速燃烧了起来，干柴遇烈火，顷刻间山火就再次燃烧了起来。

刘禹锡见状大骇，一面指挥老弱妇人往背风方向转移，一边指挥山民去砍隔离带，他则带着官卒灭火。

这一幕，恰巧被匆匆赶来的刘秀英看见，她眼见老父亲他们就要被大火吞噬。

她大声疾呼："老天，快下大雨吧，救救老父亲和夔州百姓！"呼喊着，刘秀英纵身一跃，跳进了火海。

顿时，天空乌云密布，瞬间一场倾盆大雨从天而降，很快浇灭了山火。

山火熄灭后，已经精疲力竭的刘禹锡被大雨浇得清醒了过来，他大声疾呼："秀英！秀英！"

人们随着刘大人，发疯般地向他女儿投火的地方跑去。除了一堆堆灰烬，哪儿还有刘秀英的身躯，哪怕是一点儿骨头都没有看见。

姚族长见到这种情景，恍然大悟地喊道："她是刘仙姑，下凡来救我们夔州百姓的。"

"刘仙姑！""刘仙姑！"顿时，整个白帝山头响起了人声鼎沸的大呼声。

刘禹锡见状，含泪仰天长啸写下一首诗，寄托对女儿的哀思：

邑邑何邑邑，长沙地卑湿。
楼上见春多，花前恨风急。
猿愁肠断叫，鹤病翘趾立。
牛衣独自眠，谁哀仲卿泣。

夔州百姓为了纪念刘秀英不顾个人生死，纵身跳入火海拯救夔州百姓的壮举。他们在她跳火的地方建起了一座仙姑庙,香火旺盛地敬奉她,同时也是用以慰抚刘大人的失女之痛。

但刘禹锡还是决定离开这个心痛之地。

当穆宗皇帝接到刘禹锡要求调动的奏折,他也听说他女儿为救父亲和夔州百姓,投火自焚的消息,动了恻隐之心,下旨曰:刘禹锡辞夔州刺史,改为和州刺史。

夔州的大小官吏听说刘大人要调走,纷纷赶来送行。他们为了表达对这位善解人意、施政清明的上司的留恋之情,有的以诗相赠,有的唱起了竹枝新韵……刘禹锡为属下的深情而感动,他当着众下属的面,吟出一首《别夔州官吏》的诗来,以示对他们的谢意:

> 三年楚国巴城守,一去扬州扬子津。
> 青帐联延喧驿步,白头俯伛到江滨。
> 巫山暮色常含雨,峡水秋来不恐人。
> 唯有九歌词数首,里中留与赛蛮神。

和州在淮南,其地理位置和生活环境比夔州要好许多,是个鱼米之乡。且和州距洛阳比夔州较近一些,便于刘禹锡和家人联系。

刘禹锡此时的心情很是颓废,他决定去赴任的途中散散心,调整好心态,再赴和州上任。

散心的第一站当然是鄂州了,那儿的刺史是他的好友李程,他于他而言像生前的柳宗元一样,是不设防的知心朋友。

李程见好友来访,心中自然高兴,他也知道他失女之痛的消息,但他努力不去揭这块伤疤,而是想方设法地逗他开心。

"梦得兄,这次为你办接风宴,你说定在什么地方好!"

"表臣兄,客随主便。"

"那就在黄鹤楼内摆上一桌,我们边饮酒边欣赏烟波长江的白帆点点,鹤去鹤归的景色如何。"

刘禹锡惊喜地问:"你将黄鹤楼修缮好了?"

"谈不得修缮，我找本地的财主们募捐了一些银子，将废墟清理了一下，在原来基础上盖起了一座小亭，供文人骚客们游览休息。"

刘禹锡调侃地说："啊，崔颢天上有知，一定会禀奏穆宗皇上，对你这个保护文物的刺史进行奖励。"

李程闻言，惊讶地问："梦得兄，穆宗皇上前几日升天了，你知不知道？"

刘禹锡大骇，忙解释说："我近十日都在扬子江中度过，何缘知道天塌了下来。"

"也是！"

刘禹锡又问："表臣兄，圣上刚过三十，为何英年早逝。"

"唉！"李程叹了口气说，"你在夔州真是消息闭塞啊。圣上一日与宦官们打马球，跌落马下，御医诊断为中风。后来圣上令宦官找来炼丹仙师，提炼不老仙丹，其结果是中毒仙逝了。"

5

"唉！"刘禹锡只是轻轻地叹息了一声，接着又问，"太子李湛何日登基？"

"具体时间尚未确定。但太子有一件事却被传得沸沸扬扬。"

"啊，什么事儿？"

"十六岁的人了，竟在父皇的灵柩前与宦官们玩起了逗鸟的游戏。"

"啊！竟有此事。"刘禹锡对朝廷的未来又担心了起来。

"梦得兄，别忧人忧天了，耳不听心不烦，走，黄鹤楼吃酒去。"

刘禹锡迈着沉重的步子，从蛇山来到江边，正如李程所言，这不是黄鹤楼的原貌，只是一个小亭子。亭子中间有一个小圆形石桌，四只石凳，下人早已将酒菜摆放在桌子上。

刘禹锡想借酒消愁，主动提壶斟酒。

"慢！"李程神秘地一笑说，"还有一位贵客。"

"等就等呗，何方神圣，表臣兄搞得神神道道的。"

"来了你就知道了。"李程微笑着说,"梦得兄,酒未饮趁嘴儿的闲工夫,何不就此情此景咏上一首。"

刘禹锡实话实说:"表臣兄,老夫此刻心情不佳,脑子一片空白,一句也难咏成。"

"扫兴!看来你这个诗豪的皇冠老夫要与你摘下来。"

"摘与不摘随你的便。"刘禹锡淡淡一笑说,"不过老夫在扬子江上倒吟了一首《自江陵沿流道中》。"

"快吟来听听。"

> 三千三百西江水,自古如今要路津。
> 月夜歌谣有渔父,风天气色属商人。
> 沙村好处多逢寺,山叶红时觉胜春。
> 行到南朝征战地,古来名将尽为神。

"好,好一曲竹枝新韵,借古喻今,神来之笔也!"

"哈哈哈!谁的神来之笔?"

突然,亭外传来一声洪钟般的声音。刘禹锡循声望去,见是一位童颜鹤发银须的老者,精神矍铄地大步跨了进来。

李程忙站起来介绍说:"鄂老,这就是您要见的刘刺史刘梦得。"

鄂老也不生分地上前,用力拍了拍刘禹锡的肩膀说:"挺英俊的一个后生嘛。"

什么眼力,还英俊后生,都半百老人了,不过眼前这位老者想必是百岁老人,称我后生也不为过。

刘禹锡问:"表臣兄,这位老人家是?"

"他就是当年镇守黄州的名将鄂百龄老将军!"

刘禹锡这才发现鄂老将军手持竹笛,恍然大悟,他立即上前用双手握住老者的手,激动地问:"您就是当年显赫京城的'归德郎将'鄂老将军?"

鄂百龄一手捻了捻他那银须,一手将一支竹笛扬了扬,笑吟吟地说:

"有此笛做证，如假包换！"

原来鄂百龄在长安曹王帐下任将军时，不但英勇善战，而且还吹得一口好笛而被传扬，京城谁人不知，谁人不赞。

刘禹锡忙抱拳施礼说："鄂老前辈，受晚生一拜，认识您乃三生有幸也。"

李程狡黠地笑了笑说："梦得兄，算你认亲了哈，我们来喝酒，祝贺你们认亲成功。"

三人虽然是乐呵呵地举杯，但刘禹锡不解地问："表臣兄，你这是几个意思吗？啥叫认亲，我与鄂老没啥亲戚关系，老夫只是敬重他老人家啊。"

李程解释说："当年你赴夔州上任，我承诺与你找一个伴侣，说缘分缘分就来了。鄂老家中唯一的孙女鄂姬四十二岁尚在闺中，我与鄂老提及你还是单身一人，鄂老大喜，忙去征求孙女的意见，她的孙女可是我们鄂州一带的大才女，谁知她过于苛刻地挑选伴侣的执着而此生未嫁，一提到你刘禹锡的大名，她就点头同意了，这叫千里姻缘一线牵啊。"

确有此事，当年刘禹锡还以为他是酒桌上的玩笑话呢，并未放在心上，此刻见他这么一说，倒犹豫了起来。

鄂百龄正色地说："刘大人，我老鄂家不是攀龙附凤之辈，孙女姬儿从小饱读诗书，诗文歌赋乐曲样样精通，她父母双亡，她为了照顾老夫倒耽误了她的青春。请你看在老夫的薄面子上，收她为侧室，且了却老夫的一块心病。"

刘禹锡委婉地推辞说："鄂老，恕晚生薄了您的面子，我已五十有三，黄土也快埋在脖颈儿的人了，岂敢续弦，我这棵枯枝也发不了新枝了，就让我慢慢腐朽吧。"

鄂百龄不以为然地说："哎！你正值壮年，老夫这一大把年龄了，还没有说黄土埋上脖颈呢。"

刘禹锡接过他的话头，继续推诿道："您老已快百岁老人了，我若娶了您孙女，您也要随我们颠簸，晚生于心不忍。"

李程忙说："这个请梦得兄放心，鄂老是我大唐的有功之臣，理应得到我们这些父母官的照顾，本官已经安排好了他老的退休生活，在蛇山脚下专为他建有一座别墅，安排下人料理生活起居，让他老人家愉快地颐养天年。"

真是患难见真情啊，好友的热心肠儿使刘禹锡无法推辞，他只能来一个缓兵之计。

第二十六章　有情莫道梨花薄

1

　　刘禹锡不是没有正常男人的欲望了，而是他始终心存幻想，心中只有韦莺的位置，他相信有情莫道梨花薄，不会摧零落。

　　"承蒙鄂老您看得起晚生，这样，待我去和州上任后，再择黄道吉日迎娶。"

　　李程摸透了他的心思，忙趁热打铁地说："鄂老，择日不如撞日，今天就是个黄道吉日，让姬儿与刘郎在驿栈完婚如何？"

　　鄂百龄继续捻着他的银须，笑眯眯地说："好，如此甚好！"

　　说真的，刘禹锡被好友真挚的感情和鄂老无比信任的情怀感动了，他只好点了点头。

　　当新娘子穿着红嫁衣，头盖红头帕，从轿子里如仙女般袅袅婷婷地飘进鄂州驿栈时，把看热闹的驿栈司卒们惊呆了。

　　不知是谁嘀咕了一句："真是老牛吃嫩草啊！"

　　刘禹锡听到了，不禁一激灵。难道我是步恩师杜佑相公的后尘，又在上演一曲"老牛吃嫩草"的人间悲剧。

　　李程见好友傻愣愣地站在大堂里，忙提醒说："新郎官，快牵着新娘子入洞房啊。"

　　刘禹锡经好友提醒，无奈地接过伴娘手中的红绸，往驿栈临时布置的新房走去。

　　进入了二人世界，刘禹锡呆坐在新床上默不作声，迟迟不愿意掀开新娘的红盖头儿，新房里一片寂静。

　　许久，新娘子打破了沉默，嘻嘻一笑地说："梦哥哥，你不想莺妹妹了？"

"梦哥哥!"多么柔软、多么亲切、多么熟悉,多么让人失魂落魄的声音啊,三十多年未曾听过,今儿一听,让刘禹锡疯狂了起来。

"真是我的莺妹!"刘禹锡丢掉了文人的斯文,粗野地掀起红盖头,猛地抱着新娘子狂吻了起来。

一阵急风暴雨过后,刘禹锡还不愿从韦莺柔软的身体上下来,他用双手捧着她饱经风霜的秀脸问:

"莺妹,你咋成了鄂老将军的孙女儿?"

"咯咯,"韦莺莞尔一笑说,"梦哥哥绝顶聪明的一个人,怎么被鄂将军和李大人合伙骗了还没觉察呢。"

刘禹锡这才从韦莺的身上下来,躺在她身边,抓了抓后脑勺说:"莺妹,快说说这到底是怎么回事儿。"

"唉!"韦莺深深地叹了口气,回忆着说,"那年你回洛阳为父丁忧走后,俱文珍就为他那混世魔王儿子俱无霸托媒提亲,可怜我父亲虽为官一品,却惧怕那宦官的淫威,含泪同意将我硬往火坑里推。

"妹妹我在大雁塔地下室曾对你发过誓,生是你刘家的人,死是你刘家的鬼,我怎能背叛梦哥哥你呢?

"于是,半夜我乘家人熟睡之机,悄然地离家出走。

"我原想在玄观寺出家当尼姑,后来一想,玄观寺离京城太近,俱无霸耳目众多,这里是藏不住我的,还是会落入虎口。

"我一咬牙,剪掉了头上的青丝,女扮男装,直奔利州当年武则天的祀庙皇泽寺而来。

"当年的皇泽寺住持惠尼师太,见我红尘未尽,不肯收留我,我百般求情,她出于同情才收留我带发暂时出家。"

刘禹锡吻了吻她羞红的脸蛋说:"惠尼师太真是个高尼啊,要是当年她收你入了佛门,我梦得就得改名字了。"

"嘻嘻,那改啥名字?"

"就叫梦幻呗。"

韦莺娇羞地望了望自己雪白的娇体,梨花带雨般地说:"我佛慈悲,终于使我得到了梦哥哥!"

经她这么一说，竟使得刘禹锡又问："莺妹，你后来咋成了鄂老将军的孙女儿？"

韦莺回忆着说："那年鄂老将军从长安调往黄州任镇守，临行前他带着久婚未育的儿子和儿媳来皇泽寺敬香还愿，乞求武皇看在他为大唐忠心耿耿，出生入死的份上，赐孙子于他。

"惠尼师太了解他的来意后，知道他杀戮过重，得罪了观世音娘娘，而此生无根。

"于是，她将我叫到他们的跟前说：'阿弥陀佛，我佛大慈大悲，你将这位小姐领回去做孙女儿吧。'

"'鄂伯伯！'我一见鄂老将军，就像见到久别的亲人，含泪扑进了他的怀里。

"'是莺儿？'鄂百龄与家父是生前好友，是我们家的常客，一眼就认出我是韦应物的女儿。"

可怜韦应物一代文豪，朝廷一品大员，却因女儿婚姻之事未果，被宦官俱文珍迫害致死，门第辉煌的王府从此就在京城消失了。

"鄂老将军对我说：'我可怜的孩子，这是佛祖的意思，从此你就是本将军的孙女。为了避免俱文珍的儿子再纠缠你，你改名鄂姬，随同我们一家回黄州吧。'"

"啊！"刘禹锡恍然大悟。他满怀歉意地对她说，"莺妹，谢谢你对我一往情深。我去和州报到还有些时日，我带你沿途散散心，将我们分别之久的眷恋之情补回来。"

"嫁鸡随鸡，嫁……妹妹一切听从梦哥……啊！不对，是得哥的安排。"

刘禹锡用手指轻点了一下她的头，幸福地说："你还是与少女时一样，调皮可爱。"

2

有情人终成眷属。刘禹锡和州赴任途中意外得到他日夜思念三十余年的莺妹，他喜不自胜，格外珍惜和呵护她，这时的夫妇俩可是世间最幸福的人。

夫妇二人在鄂州缠绵了三天，这才辞别鄂老将军和李程刺史，乘官船沿扬子江东下。当官船行至武昌永兴地段时，刘禹锡夫妇站立船头上，看见风景秀丽的西塞山，心旷神怡。

"莺妹，我们去游览这西塞山如何？"

"好呀，好呀，得哥，莺妹正有此意。"

你看这二人黏糊的，已经是夫妻了，却还是以兄妹相称。船夫只是心中羡慕他们，就将船儿停靠在西塞山码头。

根据刘禹锡夫妇二人约定，为了避免麻烦，二人世界时以兄妹相称，在朋友同事面前却以鄂姬为名，夫妾相称。

这西塞山耸立在扬子江中心，地势狭窄峻险，是锁住扬子江西进的咽喉要冲，也是当年楚国的东大门。

"得哥，这西塞山这么险峻独特，它一定有很多历史故事吧？"韦莺边沿着石阶爬山，边喘着气问。

"是的，这是长江要塞，是历代兵家必争之地。"刘禹锡历史知识渊博，他不紧不慢地跟心爱的人讲起西塞山的历史。

晋武帝司马炎大举伐吴时，遣龙将军王濬率军由成都顺江东下，在西塞山突破吴军江防，吴主孙皓自我绑缚，并拉着棺材出城投降，东吴自此灭亡。

刘禹锡与爱妾手牵手游览了桃花洞、摩崖石刻、塞山铁桩、龙窟寺等名胜古战场，感慨万分。

"得哥，看你这全神贯注的神情，一定有诗作而出了哟。"

"知我者莺妹也！"刘禹锡雅兴地吟出一首《西塞山怀古》：

> 西晋楼船下益州，金陵王气黯然收。
> 千寻铁锁沉江底，一片降幡出石头。
> 人世几回伤往事，山形依旧枕寒流。
> 今逢四海为家日，故垒萧萧芦荻秋。

韦莺不愧为才女，一下子就听出了夫君这首诗的含义是借古叹自己，空有报国之志，却还是枕着寒流东进。她为了将他从郁闷的心情中拉回来，和唱了一首：

玄真乘鹭白云飞，留下鳜鱼正值肥。

谁道西塞多险阻，君随东水赏芳菲。

刘禹锡愉悦地一笑，正要唱和，却见船夫急匆匆地来到他们的跟前，他用手指了指夕阳西下的暮色说："刘大人，我们要赶快下山，稍迟一会儿天就漆黑了，又没火把，下山就不安全了。"

说得有道理，刘禹锡夫妇余兴未尽地下了山，继续乘船东去。

官船顺流而下，一日就到达淮南池州。刘禹锡计划在此上岸，与鄂姬一起乘轿车赴和州。

他们当晚歇息在池州驿栈。驿吏送来一封书信，刘禹锡拆封一看，原来是好友崔群写给他的。

崔群在信中说，他和裴度一起罢相了，现贬任宣州刺史。

他邀请他去宣州相聚，痛饮一番，共叙离别之情，待一起过完春节后，再赴和州上任。

崔群与刘禹锡是同庚，他早刘禹锡一年入仕。他们在长安朝中共事时，政治观点相同，是志同道合的朋友。

今见朋友相邀，盛情难却，反正距任期的时间还早，而又逢春节来临，和州举目无亲，乘新婚之喜，与朋友相聚，两好合一好，何乐而不为呢。他和韦莺商量好后，乘马车走官道并绕道前往宣州。

一路上，有着崔群派来的向导引路，不几日马车就到了宣城城下，只见崔群夫妇早就等候在城门口迎接他们。

他们二十多年没有见面了，两人乍一见，顿时都被各自刻满了皱纹和两鬓霜白的模样，吓得愣住了，原来两个朝气蓬勃的年轻人不见了，现在是两张饱经风霜的老年面孔。

终于，两人打开了记忆的闸门，青年时的棱角依旧，他们紧紧地拥抱在一起。

好一会儿，崔夫人指了指马车一旁气质高雅的女人问："刘大人，这位是？"

崔夫人知道刘禹锡自郎州他的薛夫人过世后，再没有续弦，故而好奇地问。

不待刘禹锡介绍，韦莺就落落大方地上前自我介绍说："嫂夫人安康，我是刘郎在鄂州新纳的小妾，名鄂姬。"

崔夫人拥着韦莺左瞧瞧，右看看，喃喃自语地说："多标致的人儿，我就说嘛，哪有不吃腥的猫。夫君常夸刘大人是个感情专一的人，只恋着韦刺史的女儿，至今未娶，这不，见了这么漂亮的弟妹，不动心才怪哩。"

韦莺羞红着脸说："嫂夫人，你错怪刘郎了。"

"我错怪他了？难道弟妹真是当年貌美倾压京城的韦小姐？"

"嫂夫人，容弟妹慢慢与你解释。"

"好，好，慢慢叙！"崔群说，"梦得兄和夫人请！"

刘禹锡还礼说："敦诗（崔群字）兄和嫂夫人请！"

就这样，两个女人亲如姊妹，春节期间不参加男人们的酒筵活动，在一起有说不完的悄悄话。

而崔群和刘禹锡摆脱了妇人的束缚，在宣州大小官吏的陪同下，每日一小聚，小聚中还有歌伎陪唱。

刘禹锡不适应这种环境，他风趣地说："敦诗兄，我们丈夫间饮酒，就不要美女陪同了，你的耳朵被嫂夫人揪成了老茧，不怕疼，我可是渝州的扒耳朵，惧内啊。"

"哈哈哈！"崔群开怀大笑说，"难怪官吏中传言，梦得兄不贪女色，原先我还不信，自从读了你的那首《赠李司空伎》是一知半解，今日一见，果然名不虚传。"

3

经崔群这么一提醒，刘禹锡倒是记起二十几年前，他和崔群等京官受宰相李绛之请，赴宰相府饮酒赏月赋诗。

李相公什么都好，就是有点儿贪色。

席间，美女歌伎鱼贯而入，倒使得应邀赴宴的客人诗兴大发，纷纷引吭高歌。刘禹锡却沉吟了一首：

> 高髻云鬟宫样妆，春风一曲杜韦娘。
> 司空见惯浑闲事，断尽苏州刺史肠。

客人们都知道，这群美女歌伎都是李绅任苏州刺史时带进京城的，他作这首诗暗示着对朝廷这种奢靡之风的不满，同时表达了对李绅的谴责和劝诫。

大家都正为刘禹锡捏把冷汗时，好在李绅宰相肚里能撑船，只是淡笑一声，将这页书翻篇了。

不要歌伎，那就喝闷酒吧，每次两人都喝得酩酊大醉。

刘禹锡醉后，都是由下人搀扶着送回他们的房间。他一回房，就吐得满地酒秽，使整个卧室都弥漫着酒味。

韦莺也不气恼，只是默默地伺候着他。她知道这两个男人是在借酒发泄，发泄怀才不遇和报国无门的愤懑。

刘禹锡可没有李白斗酒诗的能耐，他在宣州十日，每天醉醺醺的，一片字的诗作都没有。

来到和州后，他彻底地清醒了过来，他在和州作了一首长诗《历阳书事七十韵》，记述了这个难忘的春节。

和州是个鱼米之乡，刘禹锡到任向朝廷写了报到奏章后，正值开春，他又投入农村做起了调查研究，很快制订了发展农业生产计划。

百姓刚刚完成春播，太阳像一个自私而又不知疲倦的老人，每天清晨早早起来，驱散着云雾，高高地挂在天上，灼烤着大地直冒烟儿，竟使和州境内的几条河水干涸，稻田枯裂出一道道裂口，插进田里的禾苗，由青转黄，很快全部枯死了。

人算不如天算，命运似乎总是在捉弄刘禹锡，他又遇到了和州地区百年不遇的旱灾。

刘禹锡站在干涸的河堤上，望着背井离乡而逃荒的百姓，心里像打翻了五味瓶，酸楚得老泪纵横。

回到后衙，韦莺见夫君一副无精打采的样子，心疼地说："得哥，你担心百姓流离失所，却又无回天之力，为何不向朝廷求救呢。"

"唉！"刘禹锡叹了口气说，"本官何曾不想，只是一招被蛇咬，十年怕井绳啊。倘若当今敬宗皇上像他父亲一样，再令我设坛祈雨，我可再没有女儿贴进去了。"

"得哥，现在唯一的办法，只有朝廷赈灾，才能拯救和州百姓，也许敬宗皇帝的执政理念与他父皇不一样呢，你上奏试试吧。"

韦莺不愧为韦应物的女儿，知书达理，是刘禹锡的贤内助。

有了夫人的支持，刘禹锡伏案一气呵成《奏赈和州旱灾章》。用红烛将奏章封好后，立即令快马上报朝廷。

刚登基的敬宗皇帝看到奏章后，就与新宰相牛僧孺商量，很快就下诏书赈和州之灾。并派钦差大臣元稹从苏州等地调拨粮食万余担和白银千两，一同配合刘禹锡搞好赈灾工作。

元稹的到来，竟使刘禹锡如虎添翼。

"微之，你作为钦差大臣，我本应该设宴为你洗尘，但救灾如救火，我们还是马上下去了解灾情，做到有的放矢，按各地灾情的严重程度，制定出赈灾方案，使朝廷的每一粒粮食都用在刀刃上。"

"好的，一切听从梦得兄的安排。"元稹毫不犹豫地表态说。

当年在长安四位少年同窗巧遇同科考进士时，就按年龄排好了座次：白居易老大，刘禹锡老二，柳宗元老三，元稹最小，当然是老四了。

刘禹锡见小老弟元稹不摆钦差大臣的架子，心里很是欣慰，很快组织人等下乡赈灾。

两位少年同窗，他们奋战在赈灾一线，恪尽职守，配合默契，安抚灾民，很快使和州慌乱的局面得到控制。

人世间的一团和气只是表面现象，舌头与牙齿都有打架的时候。这天，刘禹锡和元稹为赈灾银子的发放，发生了激烈的争吵。

元稹问："梦得兄，你为何只发赈灾粮，而不发赈灾银子呢？"

刘禹锡反问道："微之，你说是杀鸡取蛋好，还是养鸡生蛋好？"

"这与发放赈灾银子有联系吗？"

"有！"刘禹锡说出了他的计划，"我计划将赈灾银子用于水利开发上，兴修引淮入流工程，使和州常年遇水成涝，遇旱成灾的灾害彻底根除。

"本钦差不同意！"

钦差大臣是见官大一级，元稹耍起了官威。

刘禹锡不卑不亢地说："钦差大人在上，本官是个不服黑杆秤的人，只服理儿。"

元稹这才意识到自己失礼，在同窗面前摆什么官威呢，何况梦得兄对我还有救命之恩，那年寒冷的冬天，他奋不顾身地跳入邗沟将我救上来，落下了老寒腿的毛病。

更使他感恩的是，自从那年服用了刘梦得的偏方，我老元家有了三个接香火的儿子。知恩不报非君子，但皇命也不可违背呀！

元稹想到这里，语气平和地陈述自己的意见说："对不起，梦得兄。将赈灾银子发给百姓，是圣上的旨意，为的是体现出皇恩浩荡，也是本钦差的职责所在。"

"职责！"刘禹锡也缓和了语气说，"职责与责任本来就是一对孪生兄弟，承受责任的能力是衡量人的标准，人一旦受到责任感的驱使，就能创造出奇迹来。我们修建好和州的水利工程，就是造福于百姓的奇迹，这更进一步体现出皇恩浩荡。"

"我说不过你。"元稹无奈地向他伸了伸手。

他又低声咕噜了一句："我就知道这次是个苦差事。"

"你要什么？"

元稹没好气地说："快写谢表，我好回京在圣上面前交差。"

"好，我早准备着呢。"说着，刘禹锡从案桌上拿起《和州谢上表》递给他。

4

元稹接过谢表，认真地读了起来：

臣某言：伏奉制书，授臣使持节和州诸军事、守和州刺史。臣自理巴寥，不闻善政。恩私忽降，庆抃失容。伏惟皇帝陛下，丕承宝祚，光阐鸿猷。有汉武天人之姿，禀周成睿哲之德。发言合古，举意通神。……

"不愧为当今文坛三杰，这谢表真是感人至深。"元稹夸赞地说。

元稹所指文坛三杰，是柳宗元、韩愈和刘禹锡，他们的文章各有千秋，却都才藻富赡。

刘禹锡谦逊地说："你和乐天的诗也力压群芳啊！"

"惭愧，惭愧。梦得兄，就此别过。"

"微之，我夫人在家里为你准备了饯行酒呢，有请！"

"别蒙我了，谁人不知你是个独身官僚，难道你找到韦大小姐了。"

"你去了不就知道了。"

在和州府后衙，韦莺心灵手巧地为元稹准备好了一桌她亲自下厨做的菜肴，虽然没有荤菜，只是豆腐酸菜宴，但元稹感到很温馨。梦得和嫂夫人的热情，使他有一种回家的感觉。

二人杯觥交错间，刘禹锡乘机说："微之，请你转告皇上，我已半百之身，且腿脚有些不方便，看能否将我调回京城。"

元稹闪动着狡黠的眼神，扫了扫他夫妇二人说："我说一向吝啬的梦得兄，今天怎么舍得请客呀，原来是另有所图。"

"你这个跟屁虫，在你嫂子面前给点面子好不好，和州一片干旱，我拿什么招待你？"

在一旁陪着的韦莺，见他们两位都四五十岁的人了，竟像小孩儿一样，相互揭短，打起了口水仗，不禁笑了起来。

元稹见她发笑，便调侃地开着玩笑说："嫂夫人，这是你将他滋润得好，他原来的脸儿是八斧头都剁不进，厚着呢。"

"狗嘴里吐不出象牙来。"刘禹锡笑骂了一句。

韦莺娇笑着说:"你还没有回答夫君的话呢。"

"放心吧,嫂夫人,我和梦得兄是过命的好兄弟,他的事就是小弟我的事。"

刘禹锡在和州边指挥兴修水利,恢复农业生产,边等着元稹的消息。然而,元稹的消息没有等来,却等来韩愈去世的噩耗。

韩愈与柳宗元和刘禹锡之间的关系有点儿微妙,他们之间既有误会又有谅解,既有分歧又有合作。他们同为文学巨匠,刘、柳极力在推行文学创新,而韩愈提倡古文,且声誉很高,刘禹锡对韩愈的文章是推崇备至的。

短短几年间,柳宗元和韩愈两位好友相继去世,使刘禹锡万分悲痛。使他自责的是,柳宗元去世,他因母孝在身,不能前去悼念,而韩愈去世他却远在和州,不能去长安送他一程。

他一个人呆呆地坐在书桌上发愣,老泪直在眼眶里打转儿。

韦莺见状,心疼地劝说道:"得哥,人死不能复生,你不如写篇悼念韩大人的文章,以寄托你对他的哀思。"

一语点醒悲痛的人,他对她说:"莺妹,请研墨。"

"嗯!"韦莺立即研着墨儿,他抚平纸张,挥毫写了一篇《祭韩吏部文》:

高山无穷,太华削成。人文无穷,夫子挺生。典训为徒,百家抗行。当时者,皆出其下。古人中求,为敌盖寡。贞元之中,帝鼓薰琴。奕奕金马,文章如林。君自幽谷,升于高岑。鸾凤一鸣,蜩螗革音。手持文柄,高视寰海。权衡低昂,瞻我所在。……

元稹回到长安后,就马不停蹄地进了皇宫,面见敬宗皇帝。他见十六岁的皇帝正与太监们打马球,玩得兴起,哪敢上前打扰,眉头皱着,就在一旁等候着。

过了好一会儿,他见敬宗皇上踢完了一局,已是满头大汗,两个宫女忙上前帮皇上擦汗,他乘机上前请安后,就将刘禹锡的《和州谢上表》呈献给他。

399

"交给王守澄吧，朕还要去玩呢。"说着，敬宗就又去玩了。

元稹将谢表交给宦官王守澄后，心里闷闷不乐，看来梦得兄托付回京的事儿，只有从长计议了。

宦官王守澄根本没有将刘禹锡的谢表当一回事儿，放在他的案头上一压，就是半年多。

这天，权恒来到王守澄的办公室，两人狼狈为奸地商量着朝廷的事儿，他无意间瞟到了他案台上的一封刘禹锡的《和州谢上表》，竟然像是仇人相见分外眼红。

权恒不禁哼的一声冷笑说："还想进京，看我不参你一本，又将你打翻在地，再踩上一只脚。"

第二十七章　坎坷风雨几时休

1

王守澄知道权恒是个变色龙，他见穆宗死后，又将权新的名字改回来了，仍叫权恒，但他不知道他与刘禹锡有过节。

王守澄不解地问："你和刘禹锡有仇吗？"

"有！他就是我的克星。"

"这次元稹和刘禹锡赈灾有功，你为何还要踩上一只脚呢？"

"哼！"权恒又是一声冷笑说，"有功？他们欺上瞒下，将皇上的赈灾银子挪用在搞什么狗屁水利建设上去了。"

王守澄火上加油地说："两位好大的胆儿，竟敢将赈灾款挪作他用，我们联名奏上一本，让他们吃不了兜着走。"

"好的，我这就写奏折，参他们一本。"

王守澄和权恒这一恶毒的奏折写好后，签上两人的名字，由王守澄亲自交给了敬宗皇帝。

好就好在敬宗只顾着贪玩，根本不理朝政，他令吏部员外郎牛僧孺处理此事。

牛僧孺接过奏折一看，着实为刘禹锡和元稹二人捏了一把冷汗，这份奏折幸好是落在我的手上，否则这两位才子的后果难以预料。

牛僧孺念及刘禹锡当年的伯乐识马，他和柳宗元亲自上门请他出山为仕的情分上，就来了个和稀泥的处理方法：将元稹贬为利州司马，刘禹锡则罢官回东都闭门思过。

刘禹锡接到罢免和州刺史的圣旨后，也不奇怪，只是对妻子感叹地吟出：

受谴时方久，分忧政未成。

比琼虽碌碌，于铁尚铮铮。

韦莺见夫君有这么好的心态，也不安慰他，就默默地收拾行李，陪夫君回东都洛阳。

刘禹锡夫妇经润州抵达长江，计划走水路直入洛阳。当他们来到长江的北岸扬州时，天色已经很晚了。

"莺妹，我们在扬州驿栈歇息一晚，再乘船往西逆江而上如何？"

"妾一切听从得哥的安排。"

夫妻二人商量好后，刘禹锡轻车熟路地直奔扬州客栈而来。刚到客栈大门，刘禹锡却与同窗好友白居易撞了一个满怀。

"怎么是你，乐天兄！"

"哎呀呀，是梦得老弟呀。"

刘禹锡与白居易是同庚，白居易大他两个多月。五十多年来，这次是他们第三次会面，第一次是少年同窗，第二次是赴京赶考巧遇柳宗元、元稹与他们是同科考试，这次却在扬州偶遇，这就是缘分。

刘禹锡还以为他这个苏州刺史，来辖地扬州视察了。再一看他身边连个随从都没有，一副无精打采的样儿，感觉不像那么回事。

"乐天兄，你怎么来扬州了？"

"唉！"白居易叹着气说，"耳闻你已回家赋闲，老夫我也不想干了，托病陪你一起回洛阳老家休息。"

"妾鄂姬拜见乐天兄。"韦莺见两位好友巧遇，落落大方地上前施礼。

"这位是？"

刘禹锡介绍说："这是拙荆韦……"话未说完，却被韦莺的秀指暗暗地掐了一下，他忙改口说："鄂老将军的孙女鄂姬。"

"好，好。"白居易说，"传闻梦得娶了个聪明贤惠、知书达理的鄂姬，今日一见，果然名不虚传。"

韦莺羞涩地说："乐天兄，过奖了。啊对了，请问嫂夫人和孩子们怎么没有和你在一起？"

"我已派管家领着她们先行一步了。"

刘禹锡问:"那你一人来扬州有何事?"

"这里还有一点公务没有交接完,这不,刚交接完就遇上你们了。"白居易邀请说,"要不,趁着闲余,老夫尽地主之谊,带你们在扬州游玩一番。"

"谢谢乐天兄,扬州老夫较熟悉,只是郊外大明寺的栖灵塔倒未登过,要不,我们明早去登塔如何。"

"好呀,好!"夫唱妇随,其实韦莺小时候父亲就带她去过大明寺,且也登上过栖灵寺的塔顶。

当晚,白居易在扬州客栈,为刘禹锡夫妇摆了一桌接风洗尘宴。

接风宴开始了,刘禹锡见白居易只是礼节性地喝了几杯,可就是提不起兴致,他忙问:"乐天兄,是不是身体还没有康复,待筵席散后,老夫与你切脉看一看。"

白居易苦笑了一声说:"你也是泥菩萨过江,还治我的病。"

刘禹锡先是一愣,但马上明白过来了,他问:"乐天兄,难道你不是身体原因,而是因为空有政治抱负而不能实现而辞职的。"

"二者均有之。"白居易满腹牢骚地说,"从政不能为百姓造福,不如回老家去割谷。"

"可老夫听说你在苏州任上口碑不亚于我的……"刘禹锡本想说我的泰山大人,韦莺机灵地踩了他一脚,他忙改口说,"我们的前辈韦应物大人。"

"唉!今非昔比,韦刺史当年执政时朝廷的政治风气还算可以。你看现在,又是奸臣当道,宦官作恶,藩镇横行。我们这些正直的官吏,是当权者手中的一块砖,哪里需要哪里搬,不需要时,就是他们的铺路砖。"

"乐天兄说得很有道理。"

2

喝酒就是这样,愉酒起乐,闷酒伤心。酒过三巡之后,韦莺欲想再与他们酌酒,白居易却起身碎步来到另一案台上,见文房四宝俱全,便提笔写下了《醉赠刘二十八使君》一诗：

> 为我引杯添酒饮，与君把箸击盘歌。
> 诗称国手徒为尔，命压人头不奈何。
> 举眼风光长寂寞，满朝官职独蹉跎。
> 亦知合被才名折，二十三年折太多。

啊，乐天兄这是感叹我怀才不遇，对我二十三年来的坎坷遭遇而愤愤不平，抒发了两人同病相怜之情。

来而不往非礼也，刘禹锡即席写了一首答谢诗《酬乐天扬州初逢席上见赠》：

> 巴山楚水凄凉地，二十三年弃置身。
> 怀旧空吟闻笛赋，到乡翻似烂柯人。
> 沉舟侧畔千帆过，病树前头万木春。
> 今日听君歌一曲，暂凭杯酒长精神。

刘禹锡这首诗的前两阕是回顾过去的不幸遭遇，他先后被贬郎州、连州、夔州、和州等地，在这些偏远、荒凉的贬所生活了二十三年。人生有几个二十三年。

昔日志同道合的亲人老母亲、妻子薛惠、女儿秀英和朋友王叔文、王伾、韦执谊、柳宗元、陈谏、凌准、吕温、韩愈等相继离开人间，表达他怀旧悼亡的沉痛心情和对社会不公允的愤懑。

白居易由衷地佩服他的这位命运多舛同窗的高尚情怀。刘禹锡在后两阕中用"沉舟""病树"两词提醒他，这些都无碍于千帆竞发，万木争春的现实，不能沉浸在个人的嗟病伤往之中，这种乐观进取、奋发向上的精神，是值得我们同僚学习的。

在韦莺的陪同下，他们借酒消愁愁更愁。

她暗想，他们已是两鬓斑白的人了，这样喝下去会伤身体的。

于是，她提醒他们说："二位老夫子，别杞人忧天了，时间不早了，明天还要去游栖灵寺。"

"好啊，我们听弟妹的。"

一夜无话，第二天一早，他们三人早早地来到了大明寺，虽然没有赶上头炷香，但也虔诚地跪拜了各位菩萨。

"走，我们去登栖灵塔。"拜完菩萨后，刘禹锡提议说。

白居易附和着说："好，我们一起登上塔顶。"

韦莺望了望九层直入云霄的栖灵塔，又指了指自己的三寸金莲说："夫君，我在塔下等你们。"

"好！"刘禹锡挽着白居易的手拾级而上，九层高达二十七八米的栖灵塔，对于青壮年来说是不在话下，而对于两位已经是五十五岁的老人来说，登塔是很辛苦的。他们相互搀扶着，一级一级艰难地往上登着。当他们终于登上塔顶时，两人都是气喘吁吁，满头大汗。

待心平气和后，刘禹锡竟然发出震耳欲聋的大笑，引得塔下游客惊讶地向上仰望。

索性，刘禹锡对着游客高歌一曲：

> 步步相携不觉难，九层云外倚阑干。
>
> 忽然语笑半天上，无限游人举眼看。

登完栖灵塔后，因白居易还有些工作没有移交完，刘禹锡夫妇就先行一步，二人约定洛阳见。

这年清明，女婿崔颜俊领着外孙们，刘咸允和刘同廙领着儿子们都回来祭祖，一向冷清的刘府一下子热闹了起来，里孙外孙有十来个，叽叽喳喳地闹个不停。

刘禹锡已经习惯了孤寂，一下子还没有适应这儿孙绕膝的天伦之乐，有时吵得他眼花心烦，但他还是强忍着，没有向哪位孙子发脾气。

倒是韦莺贤惠，很快就与孙子们打成了一片，如胶似漆，其乐融融。

清明的这天早晨，刘府一家二十余口分别乘上四辆马车，浩浩荡荡地向荥阳西檀山原新的祖坟山而去。

刘禹锡乘坐的马车人数最多,将马车塞得满满的。

刘禹锡当然知道,这些小孙子是黏着奶奶来的,他玩笑着说:"莺妹,你要是再生几个,咱老刘家就得定制一辆大马车。"

韦莺听罢,她的脸色露出一点点愁苦的神情,男人就是粗心,竟然没有发现她这细微的表情。

她哪里不想与郎君生下一男半女,可她已是半老徐娘,肚子不争气啊。

不知怎的,近几日她尽做一些与她逝去父母和好姐妹裴花的梦境。老是感觉到她那两只还没有被小孩吸吮过的乳房不舒服,用手摸着有硬块儿。虽然郎君是个郎中,可这女人羞于开口的事儿,不好意思跟郎君说呀。

她顷刻间回过神来,微笑地说:"得哥,妾有这些里孙外孙就心满意足了。"

她又转向孙子们问:"你们说,外婆奶奶我爱不爱你们哟?"

"爱!""爱!"孙子们异口同声地说。刘同廙最小的儿子不知天高地厚地嗲声补充了一句:"奶奶比爷爷更爱我们。"

"咯咯,"韦莺展然一笑着说,"得哥,童言无忌,你对孩子们别总板着个脸,小心成为孤家寡人。"

刘禹锡臣服地点着头儿说:"我要向你学习。"

老少谈笑间,祖坟山就到了。刘咸允和刘同廙分别在爷爷、奶奶、大娘、母亲坟头上摆上祭品,然后就带着孩子们跪着燃烧纸钱。

刘禹锡见女婿崔颜俊呆站在一旁,他走近他,低沉地问:"俊儿,秀英的遗体是运回郎州老家安葬的吗?"

崔颜俊说:"泰山大人,夔州百姓说她是仙姑转世,是来救苦救难的。他们执意要将她葬在仙姑庙里,我无奈只好在我崔家祖坟,为她筑了一个衣冠冢。"

"这样也好。"刘禹锡又问,"今年清明你带着孩子们去你们老家扫墓了吗?"

"泰山大人,去了,我们清明的头三天就祭过了。"

3

翁婿正说着，忽听到裴花的坟头上传来女人的嘤嘤哭声，刘禹锡循声望去，见是韦莺，他立即向她走去。

韦莺见夫君过来，忙擦干眼泪，伤感地说："得哥，我和裴花姐姊妹一场，今日相见却是阴阳相隔，故儿伤感，哭哭心里倒是痛快了一点儿。"

刘禹锡劝说："人死不能复生，莺妹不要伤感。"

他突然忆起他与裴花成亲时，裴花说过的话来。"莺妹，裴花曾叫我入仕后，就将你娶过门来。"

韦莺听后，怆然地说："难为姐姐了，不知这祖坟山有没有妾的一抔土儿，妾能否与大姐、二姐一起伺候公公婆婆。"

"有，当然有。"刘禹锡马上意识到口误，忙纠正说，"你要伺候我百年后，你就是咱老刘家的太祖母。"

"但愿如此吧。"韦莺苦笑着说。

北方清明的天气与南方一样，阴雨连绵。刘禹锡一家子刚刚祭完祖坟，一场大雨夹杂着寒风就席卷而来，直冻得韦莺瑟瑟发抖。

刘禹锡忙脱下上衣披在她身上，赶忙将她扶上了马车。

韦莺病了，从此一病不起，经刘禹锡诊断，她是患了胸部肿疡，已到了晚期，尽管刘禹锡使了浑身解数，她还是安详地永远闭上了双眼。

爱不是朝朝暮暮地厮守在一起，而是刻意保留团聚的时光。韦莺虽然与刘禹锡只有短暂的不到四年的夫妻缘分，可她知足了，她的病魔虽然痛苦，但她是带着笑容离开的。

刘禹锡却悲伤至极，他心里悔恨交加，想到莺妹无情的诀别，悔不该有鄂州之行，让人肝肠寸断。恨的是自己学医不精，不能挽救心上人的生命。

裴花、薛惠前两位夫人相继去世，他作为诗豪却没有写作一首悼念的诗词，而韦莺的突然离世，对他的打击太大了，他独自一人整天地关在书房里，写着悼亡妻的诗作《悼亡妻》《蒼卜林中黄土堆》……

刘全见老爷整天独自闷在书房里，怕憋闷出病来，他曾几次进门劝说："老爷，人死不能复生，请节哀顺变，还是出房走动走动，莫把自己的身子憋出毛病来。"

刘禹锡却淡淡地说："刘全，忙你的去吧，我只想一个人待着。"

我可劝说不了老爷，这可怎么办？刘全忽地想起了他的好友白居易。对！请白老爷子来劝劝他。

当白居易悉闻刘禹锡还沉浸在失妻之痛中，他想了想，就走进书房写了一首《和刘郎中伤鄂姬》的劝慰诗来：

> 不独君嗟我亦嗟，西风北雪杀南花。
>
> 何知月夜魂归处，鹦鹉洲头第几家。

他拿起诗作，正要与刘全一起来到刘府看望刘禹锡，一只脚儿刚迈出门槛，忽地想到梦得是个倔性子，老夫我一人恐怕不能劝说他振奋精神，从悲痛中回到现实中来。

唉！要是子厚兄还健在多好，他梦得最听他子厚的话了。对！我何不修书一封给微之，让微之也劝劝他，可能会达到事半功倍的效果。

果然，经白居易的一番劝说，刘禹锡的心情稍微好了一些，愿意出门溜达了，但心里还是迈不过去这道坎儿。

一天，刘禹锡接到了元稹从利州寄来了一封信，信中说，他与梦得兄是同一根藤上的苦瓜，为同一件事被处分丢掉了官帽，而又同时有失妻之痛，真是痛楚的女儿痛楚到家了，痛楚至极。

啊！原来微之与我是同病相怜之人。

在信的结尾，元稹也写了一首悼亡妻的诗作《离思》，特请梦得兄雅正：

> 曾经沧海难为水，除却巫山不是云。
>
> 取次花丛懒回顾，半缘修道半缘君。

他这是一首劝慰诗：曾经历过沧海，别处的水就再不值得回顾，你看过巫山的云，别处那叫云吗？仓促的花儿从身边闪过懒得去回顾，这缘由，一半是修道之人的清心寡欲，一半是曾经拥有过的你。

啊！元稹竟然用一诗点醒梦中人。

刘禹锡心里释怀了，终于从失去韦莺的悲痛中走了出来，他常与白居易相聚，喝酒、吟诗、聊天。

当然，他们主要聊的是朝廷的近况，担忧着大唐这棵大树的根儿开始腐烂了。

敬宗皇帝登基两年来，他不理朝政，奢侈荒淫，整天沉迷于击鞠（打马球）和打夜狐（夜间捉狐狸）。宦官王守澄逐渐掌握了大权，并与权臣李逢吉相互勾结，排斥异己，败坏朝纲。

白居易问："梦得，你知道近期长安发生的动乱吗？"

刘禹锡说："听说过，是朝廷的工匠们发生了暴动，但不知所为何事。"

"事情的经过是这样的：长安街的算命先生苏玄明，他一日见到宫廷染工张韶的相貌天庭饱满，就拉着他看相说：'他有天子之命。'谁知张韶不听则可，一听就火冒三丈。"

刘禹锡问："这不是苏玄明鼓动他造反吗，为何火冒三丈？"

白居易继续说："他恨死了王守澄这些太监。"

"这是为何？"

4

"王守澄他们经常克扣染工们的工钱，对他们是又打又骂，这股怨气早就在肚子里憋着。苏玄明的一席话，点燃了他复仇的焰火，皇帝不除，太监们作威作福，我们这些穷苦百姓永无宁日，于是，张韶就号召百十来名染工造反。他们这是以卵击石，最终还是被王守澄带领的神策军全部杀死了。"

"乐天兄，老夫是担心这是星星之火，可以燎原啊。"

"可不是嘛，各地藩镇都在乘机跃跃欲试，自立为王。"

"唉！"刘禹锡叹了口气说，"乐天兄，可叹我俩空有报国之志，浑身是力却使不出来呀！"

"嘿嘿，"白居易苦笑一声说，"梦得，我们是同病相怜之人啊。"

"乐天兄，不喝酒儿了，心里闷得慌。"刘禹锡告辞而去。

这天，白居易急匆匆地来到刘府，人还未进屋，声音却传了进来："梦得，朝廷又发生大事件了。"

刘禹锡边将他迎进屋，边问："乐天兄，又有谁造反了？"

白居易轻描淡写地说："敬宗被太监李克明杀死了。"

刘禹锡闻讯，心中暗喜，昏君不除，朝廷永远是乌烟瘴气，大唐江山岌岌可危，我们这些臣子将是历史的罪人。

"刘全，摆酒，今个儿我要与乐天兄痛饮几杯！"

"嗯！"刘全今天才见到老爷的皱眉舒展开了，忙应着忙活去了。

"哈哈哈，"白居易与利禹锡相视而笑，他扬了扬手中的纸稿说，"梦得，老夫还带下酒菜来了。"

"哦，什么好下酒菜？"

"我在江州任司马时，看到琵琶女与泰娘有着同样悲惨的命运，闲暇之时，在你在郎州作的《泰娘歌》的基础上，创作了一曲《琵琶行》，请梦得兄雅正。"

刘禹锡接过纸稿，认真地吟咏了起来：

> 浔阳江头夜送客，枫叶荻花秋瑟瑟。
> 主人下马客在船，举杯欲饮无管弦。
> ……
> 别有幽愁暗恨生，此时无声胜有声。
> 银瓶乍破水浆迸，铁骑突出刀枪鸣。
> ……
> 凄凄不似向前声，满座重闻皆掩泣。
> 座中泣下谁最多，江州司马青衫湿。

刘禹锡看后，眼睛湿润了。他是为泰娘和琵琶女的悲惨命运而流泪，同时也是为同窗能写出这样的佳作而激动得流泪。

白居易见状，忙劝道："梦得，别忧心忡忡了，你不是规劝老夫'沉舟侧畔千帆过，病树前头万木春'吗？春天就要来了。"

的确如此，白居易的春天来了，太子李涵即位为文宗皇帝，改年号大和。

一朝天子一朝臣，白居易被诏令为中书省秘书监，而刘禹锡却被新皇帝遗忘在角落，继续待命。

白居易怕引起刘禹锡分别时的尴尬，赴长安上任时是悄悄地乘着马车走的。他哪里知道，刘禹锡一双木呆的眼睛望着同窗远去的马车消失在晨雾中，才缓缓地收回目光。

刘禹锡当时的心情颓废极了，他回到自己的书房，挥毫写下了一首《罢郡归洛阳闲居》：

> 十年江外守，旦夕有归心。
> 及此西还日，空成东武吟。
> 花间数盏酒，月下一张琴。
> 闻说功名事，依前惜寸阴。

十年来，刘禹锡日夜盼望召回京都，这下可好了，盼到回归的日子，却是回东都洛阳坐冷板凳。他此刻的心情与鲍照"少壮辞家去，穷老还入门"的情景相似。

他天天无所事事，只有借助于琴台抚琴或借酒消愁愁更愁地度日，从《罢郡归洛阳闲居》诗中，可窥豹一斑，他的内心是多么的苦闷和焦急。

白居易赴京已经有两个多月，刘禹锡望眼欲穿的朝廷诏书终于等来了，委任他为东都尚书省主客郎中。这个官职是个闲职，好就好在朝廷还记着他，待遇与刺史的俸禄不相上下。

这天清晨，刘全早起打扫院子，看见院子中间的古榕树上传来叽叽喳喳的鸟叫声。他抬头一望，是一群喜鹊飞来在树上欢叫，这种久违的声音，听起来让人格外舒服。

凭着他多年的经验，今天一定有贵客登门。刘全忙放下扫帚，兴冲冲地来到刘禹锡的房间。

"老爷，快起床，待会儿有贵客来访。"

刘禹锡起身伸了一个懒腰问："你是怎么知道的？"

"嘿嘿，"刘全憨笑着说，"是我家古榕树上的喜鹊来传信的。"

刘禹锡边穿衣服边笑吟吟地说："那还傻愣在我这儿干嘛，快上集市买酒肉去呀！"

"哎！哎！"刘全应声出门。

晌午时分，刘禹锡正在书房的琴台上，弹奏着古筝，一曲《高山流水》荡气回肠，余音绕梁。

"哈哈哈，梦得兄，士别三日，当刮目相看啊，没有想到东都主客郎中的琴艺竟然达到了炉火纯青的境界。"

正在专心抚筝的刘禹锡闻声猛一抬头，惊叫道："安平（韩泰字）兄，是什么风将你吹到我这陋室里来的？"

韩泰笑着说："一股东风吹来，就将老夫吹来了呗。"

"请坐！刘全快上茶。"刘禹锡兴奋地说，"安平兄，咱们想必有十多年未见面了，你咋有时间来看望老夫这个闲云野鹤。"

5

"梦得兄，我调任湖州刺史，这不从洛阳路过嘛，顺道来看看你这个老友，并告诉你一件你关心的事儿。"

"安平兄，什么事儿？"刘禹锡迫不及待地问。

"你的那个害人精的外甥权恒被圣上下令凌迟处死了。"

刘禹锡与外甥权恒的矛盾只有柳宗元和韩泰知晓。他是怀着"家丑不可外扬"的想法，告诉了这两位永贞革新时同甘共苦的挚友，并要求他们为他保密，两人也履约做到了。

包括韩愈、白居易、元稹等好友都不知道这舅甥两人的过节。

"安平兄，权恒所犯何事，让圣上如此大怒，处以极刑。"刘禹锡一脸平静地问。

刘禹锡听到权恒被处死的消息，脸色却是波澜不惊，他早就料到他会有这个结局，古人云："善有善报，恶有恶报，不是不报，时候未到。"他的报应来了。

韩泰说："这小子近十年来靠投机钻营，在朝中顺风顺水，却本性难改，色胆包天，他勾结宦官王守澄为他提供便利，竟入后宫调戏皇上的女儿兴唐公主，被兴唐公主告发而被凌迟处死。"

刘禹锡叹惜地说："可怜他是我姐姐唯一的血脉，他在九泉之下怎么有脸面去见他母亲。养子不可娇啊。这都是权老相公溺爱才导致的恶果，他老九泉得知，一定会后悔莫及。"

韩泰也感叹说："权恒的教训，让世人警醒啊，应养子不娇，宠孙不溺，严于管教晚辈，家族才能兴旺发达。"

"安平兄说得对，这是血的教训。"刘禹锡这时想起姐夫权璩的命运，他问，"圣上如何处理权相公的呢？"

"皇上虽然大怒，怒他教子无方，本应株连九族，但念及他是皇亲国戚，被贬播州司马，放过了他权家一马。"

真是风水轮流转啊，十年前刘禹锡因玄观庙看桃花戏弄新贵一诗，当年宪宗皇帝也是将他贬到荒蛮之地播州，他们父子俩不但不救，反而落井下石，幸亏有挚友柳宗元以老母年事已高为由，请求皇上对调，皇上才起了恻隐之心，将他贬到连州，这真是报应啊。

往事不堪回首，过去了的事就让它过去吧。刘禹锡释怀地问："刘全，为安平兄的接风宴准备好了吗？"

"老爷，早就准备好了，就等韩大人和您入席呢。"

酒席很丰盛，刘禹锡还像长安时对待韩泰和柳宗元一样随和亲密，再次体现出主人的真情。

杯觥交错间，韩泰动情地吟哦了一首：

刘府黄鸡秋正肥，和州举网得鱼归。

抚琴念旧迎新客，醉饮甘甜共举杯。

刘禹锡举杯与韩泰同饮一杯后，脱口而出一首：

昔年意气结群英，几度朝回一字行。
海北天南零落尽，两人相见洛阳城。

　　韩泰见好友在回忆离别之情，又怀念起他们和柳宗元在一起的日子，他们经常借看望刘禹锡老母亲的由头，去他家打秋风畅饮，他有感于此，随即吟出：

长安东院诱牡丹，倾馥来回去秀餐。
可叹桃园三结义，东都煮酒两夫寒。

　　刘禹锡沉重地吟出：

自从云散各东西，每日欢娱却惨凄。
离别苦多相见少，一往心事在书题。

　　韩泰悲情地吟出：

几度烟云几度春，芭蕉泣雨洗征尘。
黄河九道弯千处，尽是滔滔诉苦声。

　　刘禹锡感慨地吟出：

今朝无意诉离杯，何况清弦急管催。
本欲醉中轻远别，不知翻引酒悲来。

　　韩泰见刘禹锡发出的感慨中含有郁闷，不禁自责地转移了诗意，他带着自我安慰地吟出：

岸林莽莽若高城，蹚水依河万里行。

踏碎晚霞人不倦，黄昏举酒洗新尘。

刘禹锡见好友的诗词转意了，他也跟随地吟出：

骆驼桥上苹风起，鹦鹉杯中箸下春。
水碧山青知好处，开颜一笑向何人。

韩泰见好友转弯似乎慢了一点，他为了活跃酒场沉闷的气氛，于是调侃地吟出：

春色春光好赋诗，泰娘俚曲诱人时。
谁知贪者沉迷处，却是耕牛恋鄂姬。

好你个韩安平，真是哪壶不开提哪壶，何人不知，何人不晓，你韩泰与李绛一样的德行，见了漂亮的歌伎就挪不动步子，看我怎样对付你。

刘禹锡敬上一杯酒后，顺着他的韵脚，戏吟出：

溪中士女出岜篱，溪上鸳鸯避画旗。
何处人间似仙境，春山携妓采茶时。

二人开怀大笑了起来。

世间没有不散的筵席，第二天，刘禹锡送走韩泰后，他将他们的各自五首诗作，以《洛中逢韩七中丞之吴兴口五首》命题，收集到他正准备出版的《刘梦得文集》中去。

太和二年春，文宗清除了宦官王守澄和权璩父子之流，重新起用了老臣裴度，这是他第三次入朝为相。

裴度上任后，就进行朝廷宰相府组阁，将窦易直、李宗闵、牛僧孺提拔为副相。当然，他没有忘却刘禹锡、白居易、李绛和崔群等有政治抱负、政绩突出、执政经验丰富的老政客们。

第二十八章　激流勇退避党争

1

刘禹锡是由宰相裴度、副相窦易直和淮南节度使段文昌的举荐，调回长安任主客郎中。虽然他是东都主客郎中，但那是个闲职，而回长安任主客郎中，就是宰相府的幕僚，政务繁多。

大家别以为裴度在搞个人小团体，其实不然，裴度的确与刘禹锡是表舅和表外甥的关系，举荐他似乎是顺理成章。

窦易直虽然与刘禹锡两人并无交情，但他从刘禹锡在和州敢于顶着"抗旨不尊"的杀头风险，而组织资金大修水利，从而根治了和州每年都发生旱涝灾害的顽疾。由此可见，他的思想鹤立鸡群，是一个敢于担当的官吏。

段文昌与刘禹锡虽有交往，但友谊不是那么深厚，只是敬佩他是当代诗豪。在他任宰相时，他就没有关照过他。

段文昌这次出任淮南节度使，和州也是他管辖的州郡，他切实感受到和州百姓安居乐业实况和百姓们对他赞不绝口的赞美，他才真正认识到刘禹锡是朝廷不可多得的栋梁之材。因此，他在文宗皇帝面前，极力举荐刘禹锡返回朝廷任职。

刘禹锡是个知恩必报之人，他作有《谢裴相公启》《谢窦相公启》《送陆侍御归淮南使府五韵》以示谢恩。

当好运来临时，就像汹涌的河水，门板子也是挡不住的。正当刘禹锡在宰相府干得热火朝天时，又被裴度举荐为集贤殿大学士。

集贤殿大学士是朝廷储备人才的地方，历届正副宰相都是从集贤殿里选拔出来的。很明显，裴度这是为退休前选定接班人，让刘禹锡在这里镀一镀金，就有出任宰相的政治资本。

今个儿荣升，刘禹锡的举荐生、当朝副相牛僧孺，好友白居易、李绛和崔群一起来到他在长安的府中庆贺，难免又是一番杯觥交错，诗词歌赋畅咏。

白居易时任刑部侍郎，为了祝贺好友，他在席间吟出：

暂留春殿多称屈，合入纶闱即可知。

从此摩霄去非晚，鬓间未有一茎丝。

一诗引来百花开。随后，李绛、崔群、牛僧孺也先后赋诗祝贺。

刘禹锡乘着酒兴提议说："各位大人，我们趁此雅兴，去赏桃花赋韵如何？"

李绛问："去何地方赏桃花？"

刘禹锡不假思索地说："玄都观呀。"

白居易玩笑地说："梦得，那可是你落马的地方，你还敢去。"

刘禹锡笑着说："那有什么敢不敢的，在哪里跌倒就在哪里爬起来呗。"

崔群"哈哈哈"地笑着说："客随主便！"

牛僧孺听刘禹锡说要去玄都观里看桃花，先是惊讶。他有好多年不曾去过，今天且陪他们走一回，看看主人倒是什么意思。

"各位大人，本相也好久未曾去过玄都观里看桃花了，恭敬不如从命。"

五人已有些醉态，他们分别坐上各自的官轿，直奔玄都观而来。

一行到了玄都观刚下轿，刘禹锡就发现不对劲儿，这阳春三月正是桃花盛开的季节，原来专程来此看桃花的达官贵人络绎不绝，而今天是庙门紧闭，冷冷清清。

牛僧孺令轿夫推开庙门，他们依次进得庙来一望，走在前面的牛相公不禁发出"扫兴"二字。

四人放眼一望，整个道观里连一个道士都没有，原来大院里的桃树不见了，哪里还有桃花，只有齐人高的蒿草野栎，杂草丛中夹杂着少许油菜花儿。

牛僧孺戏谑地说："刘大人，此时此景你有兴致吟咏一首诗吗？"

怎能不吟，老夫十四年前到此吟了一首《戏赠》诗，因讥讽朝廷新贵们而被贬谪逐京，山不转路转，今儿刘郎我又回来了，你这玄都观却是破旧不堪，杂草丛生，老道士也不知去了何方，他触景生情，脱口吟出：

> 百亩庭中半是苔，桃花净尽菜花开。
> 种桃道士归何处，前度刘郎今独来。

听锣听音，听鼓听声。牛僧孺听后心里非常生气，刘禹锡的诗是影射讥讽我们这些曾得到过他的帮助，而忘恩负义的人啊。

"哼！"牛僧孺冷笑一声，与众人连招呼都没有打，竟悻悻地独自乘轿而去。

白居易苦笑地用手点了点刘禹锡说："你呀你，禀性难改。"

"我写了，看他能咋整。"刘禹锡不屑一顾地说。

就这样，一场庆祝宴不欢而散。

2

刘禹锡就是这样一个人，他不畏权势，刚直不阿。他作为集贤学士，其主要工作职责是：掌握刊辑古今之典籍，以辨明邦国之经典；凡大唐上下图书之遗逸、贤才之隐埋，则上奏皇上补充和起用。他作《题集贤阁》一诗，将他的工作环境和现实意义，做了详细介绍：

> 凤池西畔图书府，玉树玲珑景气闲。
> 长听余风送天乐，时登高阁望人寰。
> 青山云绕栏干外，紫殿香来步武间。
> 曾是先贤翔集地，每看壁记一惭颜。

又是一年过去了，裴度见刘禹锡在集贤殿里工作突出，得到了朝廷官僚们的一致好评，于是，他加快了提拔他这个得意门生的步伐。

一次朝议中，裴度举荐说："吾皇圣明，刘禹锡学士在集贤殿里工作一年来，阅书两千余卷，阅壁记三千余篇，为皇上呈送了大量利于邦国的经典图书和壁记，为吾皇提供了宝贵资料，使吾皇圣明地治理天下，百姓山呼吾皇圣明，万寿无疆。刘学士还履行自己的职责，他以唯才是用的原则，极力举荐湖州刺史韩泰，利州司马元稹等贤才调京任用。因此，臣举荐刘禹锡为中书省知制诰，请吾皇恩准。"

啊！这中书省知制诰的官衔离宰相只有一个官阶了。朝廷里的文武百官像是热油锅里的酥黄豆，顿时炸开了锅，议论纷纷。

牛僧孺心想，他刘禹锡将来成为宰相，那我呢，还是原地踏步，那我不得吃他拉的屎才怪哩。不行，得把裴相公的举荐之事，消除在萌芽之中。

牛僧孺忙上奏说："皇上英明，刘禹锡知错不改，心无魏阙，难以担当此重任。"

文宗皇帝问："牛爱卿，刘禹锡为何知错不改。"

牛僧孺说："禀奏皇上，他重游玄都观，又赋诗一首，含沙射影讥讽发泄我们这些臣子不举荐他的愤恨。"

如是，他将刘禹锡《再游玄都观》的绝句当场读了一遍。

裴度听后感到很是惊讶，你牛僧孺当年还是寓公时，不是刘禹锡提拔举荐上来的吗？这会儿不帮他说话也就罢了，咋地还抽出暗箭来伤害他呢？

顿时，朝廷里一片静默。值得庆幸的是，文宗不像他父亲敬宗一样昏庸无道，他很民主地问："各位臣工，你们对这件事是怎么看的？"

副相李宗闵见状，来了一个和稀泥，他上奏说："吾皇圣明，刘禹锡这个人要一分为二地对待，他虽然有缺点错误，但确实是个人才。臣建议他继续担任集贤学士兼任礼部侍郎，韩泰调回朝廷工作，至于元稹他还年轻，升任他为利州刺史。"

就这样，裴度孤掌难鸣，刘禹锡不但未提一级，反而肩上的担子又加重了。

他除了集贤学士的职责外，又兼掌礼乐、学校、衣冠、符印、表疏、图书、册命、祥瑞、铺设和百官及宫内丧葬赙赠之事。

刘禹锡领命上任，没有半点怨言，立即投入两项具体工作之间，他办理每一项事情或审理每一份卷宗，都是兢兢业业，一丝不苟。

最使他高兴的是，他借"常参官上后三日举荐一人自代"的朝廷制度，举荐好友韩泰进京久拖不决，而因牛僧孺在朝廷上的诽谤，阴错阳差地获得批准。真是成也萧何，败也萧何。

他将他的工作情况和这件事情作了一首《蒙恩转仪曹郎，依前充集贤学士举韩湖州自代，因寄七言》记述了此事：

翔鸾阙下谢恩初，通籍由来在石渠。
暂入南官判祥瑞，还归内殿阅图书。
故人犹在三江外，同病凡经二纪馀。
今日荐君嗟久滞，不唯文体似相如。

今天是中秋节，回京继续担任监察御史的韩泰，笑吟吟地来到吏部郎中的办公室，对正在低头阅看卷宗的白居易说："白大人，时间不早了，该下班了。"

"哟，韩大人真是稀客呀，快请坐，老夫这就与你沏茶去。"白居易见韩泰是第一次来他的办公室，放下卷宗，热情地邀请道。

"不啦，我们打秋风去。"

"打谁的秋风？"

"当然是打集贤殿刘大学士的秋风。"

"这样不好吧，他又没有邀请我们。"

"这也没什么不好的，想当年，我和子厚在他家打秋风是常有的事儿，当时他老母亲说了一句至理名言，我还铭记在心。"

"什么名言？"

"吃不穷，喝不穷，算盘不到一世穷。"

白居易一听，就高兴地说："有道理，走！"

"走，两位上哪儿去呀！"他们二人刚走出办公室，就与李绛和崔群两位司空不约而遇，李司空问。

韩泰忙上前施礼说："二位司空大人好，这不，我和乐天正准备一起去刘梦得的家里打秋风。"

李绛笑着说："在他家打啥子秋风，他过着一人吃饱，全家不饿的日子，没有兴致。走，我们去集贤殿里邀上刘梦得，一起到老夫的府上喝酒赏月去。"

李司空自愿请客何乐而不为呢？大伙儿都知道，他在苏州任刺史时，带回了很多美女歌伎，美女加美酒，能扫除一天工作的疲倦。看来，老牛喜欢吃嫩草是大唐官吏的通病。

"好！""好！"大家一致同意。

崔群提议说："李大人，要不，我们将裴相公一起请上？"

李绛忙说："崔大人这个主意好，老夫这就去宰相府请他老人家，你们去集贤殿将刘梦得请到我府中来。"

"好的。"大家都应诺着。

3

作为宰相的裴度，他有着进步的政治思想，他的身边有很多追随者，李绛、崔群、刘禹锡、白居易和韩泰更是他的左膀右臂，是他的政治盟友。李绛来请他，他当然乐意参加这个赏月喝酒赋诗的饭局。

李绛的家族是长安城的官宦世家，他也曾经入相，因而李府的府第大门高大恢宏，很有气势。

傍晚，裴度的八乘大轿和五辆四乘大轿先后停在了李府的大门外，李绛早已在门口候着他们。

李府管家笑眯眯地将轿夫们引进侧门，李绛则引领着他们从正门而入，直入后花园。

后花园被一堵蜿蜒起伏的琉璃瓦院墙与大院隔开着，他们从半月形的门儿进入花园后，就眼前一亮：许多巨大红灯笼高高地悬挂在树丫上，照得宽大的花园如同白昼；花园内各种花卉繁多，花红柳绿，碧波荡漾，假山林立；一条从假山而出的飞雪瀑布的流水，如乐曲般地流进一条人工河里，河中架有一座七星桥，桥上火树银花；紧挨着七星桥的河边停靠着一艘石舫。

只见石舫的正中，摆放着一张圆桌和六把贝雕鸟虫的圆板凳，桌子上早已摆放好了六套酒樽、簋、碗等器皿，各种新鲜水果有六大盘，六小碟冷盘和还未开盖的簋，从簋缝里飘出的袅袅烟香，竟能使人馋涎欲滴。

正好六人，果蔬菜肴各六份，六六大顺。

宾主按主次分别坐定后，李绛举杯敬酒，大家一饮而尽后，李绛又敬裴度一杯，并吟诗一首：

> 厚泽沾翔泳，微生保子孙。
> 盛明今尚齿，欢奉九衢樽。

赏月、饮酒、赋诗是大唐文人和官僚们的时尚玩法，大家见李绛开了头，诗意是赞誉裴相，他们纷纷唱和。崔群、白居易和韩泰先后敬了裴度的酒后，也各自吟了一首。

刘禹锡是裴度的得意门生，按常理他在此场合更应该感恩赞誉他的长辈伯乐一番。可他敏锐地觉察到，他老人家不愿意陷入李宗闵和牛僧孺的党争之中，有隐退山林的想法，于是，他借此机会，吟出一首《庙庭偃松诗》来劝慰恩公：

> 势轧枝偏根已危，高情一见与扶持。
> 忽从憔悴有生意，却为离披无俗姿。
> 影入岩廊行乐处，韵含天籁宿斋时。
> 谢公莫道东山去，待取阴成满凤驰。

白居易听后，心里暗自一沉，心想，别把刘梦得三斤鳊鱼侧看了，他不但诗文出众，政治嗅觉还很强。今天得亏了他提醒，在朝廷这个政治旋涡中，我得早点儿游出去，免得卷进去被淹死。

李绛和崔群也已经嗅到李宗闵又在旧病复发，勾结宦官势力，从而挑战裴度的权威，使他登上第一宰相的宝座。

李绛今天的饭局，也是为裴度特地设的，其目的是使他老人家从烦恼中走出来散散心。此时见刘禹锡的诗中道破了他们的共同心声，点到为止。

李绛举手啪啪两声，只见古韵音乐奏起，六个身着漂亮衣裙的歌伎鱼贯而出，个个袅袅婷婷的身姿，如天女下凡地来到石舫的中间舞场，边唱边翩跹起舞。

人们的注意力都集中在这美妙乐曲中来，连一向不重女色的刘禹锡也沉浸在这梦幻般的美境之中。

一曲终了，白居易触景生情，不禁想起他家里遣而不去的两位歌姬，首先吟出：

> 花非花，雾非雾，夜半来，天明去。
> 来如春梦几多时，去似朝云无觅处。

大和三年炎热的夏天终于到来，朝廷政局危机四伏，白居易急流勇退，又一次导演了一个"身体有恙，辞职回家"的把戏。

李宗闵联盟牛僧孺，趁机在文宗皇帝面前，挖起了裴度的墙脚，将李绛调任兴元尹兼山南西道节度使，又将崔群调任江陵尹兼荆南节度使。

官场如战场，没有永久的朋友，也没有永久的敌人，只有永久的利益。虽然李宗闵和牛僧孺都是裴度提拔到宰相位置上来的，但为了宰相这头把交椅，李牛二人是明联暗争，对此裴度了然于胸。

三块大石头被他们搬掉了，现在身边只有刘禹锡和韩泰两块石头塞着，显然稳固不了他第一宰相的地位，于是，裴度做通了文宗皇帝的工作，将浙西观察使李德裕调回京城先任兵部侍郎，待他在京城站稳脚跟后，裴度再让贤他为第一宰相。

李宗闵很快发觉了裴度的真实意图，他勾结宦官力量，迫使文宗又将李德裕改任滑州刺史兼义成军节度使，将他排挤出朝廷。

刘禹锡目睹着李德裕在京任职只有一个月，如昙花一现，心里很是不平，但又无能为力，很是愤慨。只能去李府上送别他。

李德裕回京时是门庭若市，而如今是冷冷清清，生怕沾上他被李宗闵发现而遭厄运。

"刘大人，难得你不畏权势，敢来府上为本官送行。"

"李大人，下官今天来送您，就是要让那些靠搞阴谋诡计的人知道，公理自在人心。"

李德裕担忧地说："刘大人，你就不怕那些搞党争的人，打击报复你。"

刘禹锡轻蔑地一笑说："这有什么可怕的，大不了再被贬下去呗。"

"听你这话的意思，是已做好了下放的准备。"

"不瞒李大人您说，下官和韩泰都有这个心理准备，裴相公隐退之时，也是我们辞官之日。"

"难得你俩对裴相公如此忠心。"

刘禹锡说："祝愿李大人去滑州途中一帆风顺，下官没有什么礼物送给您，作了一首《酬滑州李尚书秋日见寄》，以示慰问。"

> 一入石渠署，三闻宫树蝉。
>
> 丹霄未得路，白发又添年。
>
> 双节外台贵，孤箫中禁传。
>
> 征黄在旦夕，早晚发南燕。

4

李德裕读罢刘禹锡的诗，激动地说："梦得兄，老夫格外珍惜我们的这份友谊，后会有期。"

"李大人，一路顺风，后会有期。"

谁知李宗闵在越来越得势时，为了发泄对李德裕回朝搅局的这口恶气，又将他调到距长安更远的剑南，只担任剑南节度使。

这天，裴度叫下人将刘禹锡请到了宰相府。

刘禹锡进府后，很有礼貌地向裴度施礼后问："裴相公，不知您传唤晚生所为何事。"

裴度颓废地说："梦得，你是老夫的得意弟子，实话跟你说吧，老夫年老多病，驾驭不了目前朝廷的局势，圣上有意让李宗闵掌管宰相府，老夫何必占着茅坑不拉屎呢，倒不如主动辞职，免得有些人时刻惦记老夫的位置。"

刘禹锡问："裴相公，难道牛僧孺甘心将您的这把腾出来的椅子让李宗闵坐？"

"无官一身轻，让他们狗咬狗去吧。"裴度说，"老夫已经老眼昏花，今个儿将你叫来，是要你代老夫写一篇辞职表文。"

"恩公主意已决，晚生勤恳代劳就是。"

裴度也不吱声，用手无力地指了指他办公的案台，刘禹锡心领神会地来到案台上，奋笔疾书《为裴相公让官第一表》：

臣某言：臣去冬得疾，近日加剧，西夕之景，岂能久留？及其未乱，披露诚恳。臣犬马之齿，六十有七，寿虽不长，亦不为短。位忝公台，近十五年，皆由际会，非以才进，常惧官谤，以招国刑。今被病得死，保其始终，为幸甚厚，岂复咨嗟？所恨者，遇圣明之君，不得佐成太平之化。……傥天眷绸厚，念以伏事多年，臣之所陈，未蒙便遂，则国朝勋旧以疾辞位者，皆得致仕，使其家居，足以颐养。既有成例，著于旧章。伏望天恩，特赐哀允。

刘禹锡写完，双手呈给裴度。裴度怆然地说："梦得，你读，老夫眼儿昏花了，但耳朵还是好使，你读老夫听。"

"是，晚生遵命！"刘禹锡用抑扬顿挫的声调，一字一句地将让官表文读完。

"好。"裴度又吩咐说，"梦得，明日早朝，你亲自将此表代老夫上奏圣上。"

"是，晚生遵命！"

晚上，刘禹锡将韩泰叫到他的临时住所，将裴相公辞职的情况向他通报了一遍。

韩泰问："裴相公可是当真？"

刘禹锡说："千真万确，让官表文是我代写的。"

树倒猢狲散，两人边喝着闷酒，边商量着他们何去何从。

显然，他们的身体还硬朗，不能像裴度、白居易那样托病辞职。特别是他俩不甘心就这样离开政治舞台，还想发挥余热，为百姓做一些有益的事情。

韩泰问："梦得，你消息灵通，现在下面哪儿有空缺的位置？"

刘禹锡说："你原来湖州刺史的位置还空着，再就是苏州刺史的位置空缺。"

"明日早朝，我申请重回湖州，你申请赴任苏州，离开京城这个是非之地。"

"唉！"刘禹锡叹了口气说，"只好如此了，不过，在朝中我们得请求到东都去担任闲职。"

韩泰苦笑着说："你就不怕李、牛顺水推舟，将我们都打发到东都去。"

刘禹锡说："朝廷这样的政治环境，休息也罢，休息后我就有时间整理我的《刘梦得文集》一书了。你不用担心，想必他们没有那么好心，让我们回东都享清福的。"

"那我们以何借口请辞呢？"

"你不是有胃疾吗？我是有腿疾的。"

"好，就按梦得兄的计策，我告辞回家写辞表。"

第二天早朝，当值太监拖着他那独有的娘娘腔，高声唱喏："各位大臣，有事请奏，无事退……朝。"

"臣有本要奏！"刘禹锡手捧朝笏上前请奏。

"准奏！"文宗皇帝威严地说。

"圣上英明，因裴相公病重不能早朝，他委托学生代他辞去宰相一职，请圣上恩准。"

李宗闵、牛僧孺听后，心中暗喜，暗自庆幸他们终于将三朝宰相裴度扳倒了。

文宗皇帝听后下旨说："准奏！裴爱卿年高多病，劳苦功高，传御医去为他诊治，李爱卿接任宰相府，代表朕去他府上抚慰。"

李宗闵忙上前奏说："谢主隆恩，臣遵旨！"

牛僧孺一听到圣旨，心里就凉了半截。哼！还是让你李宗闵捷足先登

426

了一步，看我今后怎样掣肘你。

牛僧孺正恨恨地想着，却见刘禹锡又奏曰："皇上，臣还有本奏。"

"准奏！"

"臣从小患有腿疾，现在经常复发，走路很是困难，臣要求辞去集贤殿学士和礼部员外郎职务，回东都担任闲职，待病养好后，再听皇上差遣，请吾皇恩准。"

"这……"文宗对刘禹锡的才干还是比较赞赏的，他犹豫地望着李宗闵，想听一听他的意见。

李宗闵早就想把他排挤出朝廷，这个刘禹锡还是蛮识相的，知道树倒猢狲散的道理，他忙上奏说："臣附议。"

5

"唉！"朝廷文武百官中有人发出轻微的叹息声。你李宗闵刚为首相，就排挤异己，连一句假意挽留的话都没有吗？一些追随裴度的大臣心里凉了半截。

牛僧孺也想将他的荐师排挤出朝廷，但他决心要与李宗闵重新掰掰手腕子，于是他上前奏道。

"皇上圣明，刘禹锡是治理州郡的有经验之臣，臣保荐他去苏州担任刺史一职。"

"准奏！"文宗想都没想地一锤定音。

韩泰见时机成熟，忙上前奏说："吾皇圣明，臣久患胃疾，近日疼得厉害，臣请辞回家养病。"

李宗闵心想，老好人不能总是让你牛僧孺做了，那日后谁还追随本相？他趁皇上犹豫之机，忙上前奏说："皇上，湖州水土养胃，还是让韩泰返回湖州任刺史吧。"

"准奏！"

韩泰见刘禹锡闷闷不乐地走出朝廷，他紧追几步赶上他。为了安慰好友，他忽然发现不远处的深宫里，一个孤独的宫女在木然地数着花朵，由于她的呆滞，一只蜻蜓飞到她的发髻上，扇动着翅膀，在无情地戏弄她，她却全然不知。

"梦得，快看，那宫女无精打采的样子，像傻子一般。"

其实这一镜头刘禹锡也看到了，他叹着气说："其实她也和我们一样，多么希望皇上宠幸啊。"

"大诗豪，何不应此时此景，赋诗一首，以发泄一下心中愤懑的情绪。"

刘禹锡苦笑了一下，脱口而出：

新妆宜面下朱楼，深锁春光一院愁。

行到中庭数花朵，蜻蜓飞上玉搔头。

他们吟着走出宫来，韩泰见刘禹锡的心情好了起来，他邀请道："梦得，走，我们到崇义坊听歌去。"

"还不是那些女歌伎老调重弹，有什么好听的。"

"你还不知道呀，崇义坊来了一个西域米国歌唱家。"

"是男的还是女的？"

"正适合你的口味，是个男的，他名叫米嘉荣。"

"啊，他我曾相识，走！听歌去！"刘禹锡一听到米嘉荣的名字，一下子就兴奋了起来。

二人来到崇义坊时，米嘉荣正在戏台上引吭高歌，他们找到自己的位置坐定后，认真地听起歌来。

听着，听着，刘禹锡一下子激动起来，米嘉荣唱的歌词正是他写的《竹枝词》。激动过后，他感叹地吟出一首《与歌者米嘉荣》：

唱得凉州意外声，旧人唯数米嘉荣。

近来时世轻先辈，好染髭须事后生。

韩泰听后说："人们都说，刘梦得的诗要细细品味，他那含沙射影的技巧达到炉火纯青的地步，一不小心，被他怼了也不知道，今日一首，果然名不虚传。"

"安平兄，你看出来了。"

"你这是恼恨李宗闵和牛僧孺连一个外国人都不如，米嘉荣与你只有一面之缘，而他知道感恩你的才华，将你的作品搬上了舞台，而李宗闵是裴相公一手提拔上来的，牛僧孺是你和子厚兄举荐上来的，他们不感恩你们不说，反而在想尽办法排挤你们，乃小人也。"

"他俩是小人也，骂得好！"刘禹锡愤怒地说。

刘禹锡离开长安时比李德裕要热闹得多，有很多幕僚排队为他饯行，特别是刑部侍郎姚合最为热情，他的饯行宴设在长安最有名气的杏花楼，几乎将长安城的名人骚客都请来作陪，使得刘禹锡倍感宽慰，他抛开了一切烦恼，与这些老夫子斗诗饮酒。

世间没有不散的筵席，待大家闹到夜半时分，最后姚合作了一首《送刘禹锡郎中赴苏州》以作离别之情。

> 三十年来天下名，衔恩东守阖闾城。
> 初经咸谷眠山驿，渐入梁园问水程。
> 霁日满江寒浪静，春风绕郭白蘋生。
> 虎丘野寺吴中少，谁伴吟诗月里行。
> 州城全是故吴宫，香径难寻古藓中。
> 云水计程千里远，轩车送别九衢空。
> 鹤声高下听无尽，潮色朝昏望不同。
> 太守吟诗人自理，小斋闲卧白蘋风。

刘禹锡是乘坐马车离开长安的，这次与前两次不一样，因为他为人正直、不畏权势的人格，加之他才藻富赡、妙笔生花的诗文，已经得到朝廷官吏和长安百姓的爱戴和尊重，抚车送行的人一拨接一拨。

他百感交集，一双干涩的老眼眶儿不禁湿润了，这是他第三次离开这个既眷恋又愁肠的长安。

马车行至河中尹地界时，天气转寒，大雪纷飞，官道上一枝枝红梅仿佛在等候着恋人的到来，正含苞欲放。

已从鄂州刺史调任为河中尹的李程，他顶风戴雪，早早地来到城门口，迎接从此路过的好友刘禹锡。

刘禹锡的马车到达城门口，他掀开轿帘一看，只见一个骑在一匹白龙驹上戴着官帽的官员，浑身雪白地凝望着官道的前方。

他定眼一望，忙令马车夫："快！快停车。"

"吁……"刘禹锡不待马车停稳，忙从车轿里跳了下来。也许是在马车上坐久了脚麻木了，也许是他的心情太激动下车用力过猛了，不禁一个趔趄，来了一个嘴啃雪。

车夫见状忙将他扶起来，边帮他拍打着身上的雪儿边关切地问："刘大人，跌着了没有！"

"这点小跤儿，还能跌着老夫？"

刘禹锡丢下一句话儿，就一瘸一拐地向前疾步，他边走边喊："表臣兄，我在这。"

白龙驹上的李程听见好友的声音，忙飞身下马，快步上前，扶着刘禹锡说："梦得兄，终于接着你了，你的腿儿咋的？"

刘禹锡说："这寒天儿，老寒腿儿又犯了。不碍事，待会儿在驿栈，我自己扎扎针就好了。"

"啊，老夫倒忘了，你自己就是一个郎中。"

李程将刘禹锡重新扶上马车，他也钻进马车。

第二十九章　行善如流断奇案

1

"马夫，先不去驿栈，直接去城中宴月楼，本官要为刘大人接风洗尘。"

"得嘞，驾！"马车直奔宴月楼而去。

李程与刘禹锡面对面坐着，他满怀歉意地说："梦得兄，老夫没有料到鄂姬（韦莺）的命如此之苦，刚找到你这个恋人，你们如胶似漆还不到四年，她就抛下你走了。"

"唉！这怎能怪你呢，老夫是个克妻之命。"

刘禹锡叹着气儿问："表臣兄，鄂老将军可好！"

"他老呀，成仙了。说巧也巧，他的名字叫百龄，他老正好是在百岁那年无疾而终。"

"啊！"刘禹锡又沉浸在对韦莺和鄂老的思念之中，低头默默不语。

李程见状，忙劝说："梦得兄，天涯何处无芳草，老夫为你又物色了一名才貌双全的歌伎筝娘，她弹得一曲好筝，正在宴月楼上候着你这位大人呢。"

刘禹锡说："表臣兄，一大把年纪了，没有续弦的欲望了，听筝解乏，饮酒叙旧倒还可以。"

"你呀，还是个榆木疙瘩，孤身一人。亏你与白居易还是同窗好友，人家可是歌伎成群，并玩出了感情。"

"乐天兄是思念他的初恋情人湘灵，他的众多歌伎都貌似十五六岁的湘灵姑娘。"

"就是嘛，你就不能找一些貌似韦莺姑娘的歌伎，以寄托你们的初恋情谊。"

刘禹锡佯装生气地说："表臣兄，歌伎怎能与韦莺相比？"

李程心中暗笑，哪有老牛不爱吃嫩草的事儿，待会儿你见到娇嫩可弹的筝娘，她与韦莺像是一个模子刻出来的，保你挪不动步儿。

马车很快到了宴月楼，两位好友并肩进入酒楼，店老板就笑容可掬地将他们迎上二楼的雅间。

顿时，雅间里传出一阵优雅的古筝乐曲，刘禹锡进门循声望去，只见餐桌的上方，一位发髻入云的少女正低头抚弹着琴弦。

"韦莺，怎么是你？"这不是做梦吧，怎么少女时的韦莺会出现在这里。

弹琴的少女见客人来了，忙起身袅娜地来到刘禹锡面前，她秀手微合，行了一个侧身礼说："妾筝娘，拜见刘大人。"

"啊，是老夫老眼昏花了。"刘禹锡如梦方醒，这才知道，她不是韦莺，而是筝娘。

李程调侃地说："筝娘像不像韦莺？"

"唉！"刘禹锡叹了口气说，"像是像，可惜她不是莺妹。"

"你别狗咬吕洞宾好不好。"李程生气地说，"为了你这个孤寂老头子，老夫我四处寻宝才寻得筝娘，来陪伴你。"

"谢谢表臣兄！"刘禹锡委婉地说，"我们边听曲儿，边喝酒儿。"

李程原本想让筝娘一起上桌陪着刘禹锡喝酒，增进感情，哪会想到这个榆木疙瘩就是不开窍儿。

他只好对筝娘说："你用你的才艺，来撬动这个榆木疙瘩。"

"是！"筝娘回到琴台上，强露出欢笑，用两只白藕般的嫩手，熟练地重新调试着琴弦。

不一会儿，在静谧的夜晚，一曲《高山流水》悄然响起，一会儿听到丛林溪水平滑，一会儿听到百鸟戏水欢唱，一会儿听到高山飞瀑的翕响，跌宕起伏，婉转悠扬。

筝娘的手指在琴弦上如彩蝶般轻盈地跳跃，弹奏出细腻动人的旋律，那优美的音色和独特的韵味，仿佛用诗意的语言在倾诉着一个古老的知音故事，如一幅流动的画卷，让人心醉神迷。

一曲终尽，余音绕梁，筝娘这是借古颂今，赞美我与表臣兄不正是高山流水遇到了知音吗？的确如此，这么多年的政坛风雨中，表臣兄与我的政见始终是一致的，并且他将我视同手足。

想到这里，刘禹锡毕恭毕敬地敬了李程一杯酒后，随即吟出《冬夜宴河中李相公中堂命筝歌送酒》：

> 郎郎鹍鸡弦，华堂夜多思。
> 帘外雪已深，坐中人半醉。
> 翠蛾发清响，曲尽有余意。
> 酌我莫忧狂，老来无逸气。

佳酿知音双醉客，最能醉客是知音。两位老朋友在优美的旋律中，推杯换盏，很快双双醉山颓倒。

第二天清晨，刘禹锡从醉梦中醒来，一股久未闻着的女人特有清香扑面袭来，他转身一摸，摸着一个光嫩娇柔的雪峰。他陡然一惊，从睡榻上一跃而起。还好，自己是和衣而眠的。

"你……你是谁？"

"回老爷，妾……是筝娘！"筝娘羞怯地回答。

其实筝娘早就醒着，她睁着一双秀气的眼，正一眨不眨地望着这位可充当她爷爷的大官儿，心里虽然酸楚，但她还是期盼着，他醒来后占有她。

她们歌伎的命运就是这样悲悯，她是李大人用钱买来送给他的，他可以随意玩弄她，玩腻了主人可以将她再卖掉。她想这是她的第一位主人，她想使出女人的浑身解数，来赢得主人的欢心，与主人长相厮守，度过女人可怜的一生。

刘禹锡正色地说："快将衣服穿上！"

2

筝娘胡乱地穿好衣服，下榻跪在刘禹锡面前，哭求着说："老爷，求求您，不要再将筝娘卖掉。筝娘我也曾是大家闺秀，因家门惨遭横祸，被土匪抢劫，双亲被杀。父亲临死前，将我藏在家中地窖中才躲过一劫，妾身无分文，才逼得卖艺，但我决不卖身，只伺候获得我第一次贞操的男人，否则我就自尽。"

刘禹锡将她扶起来，惊讶地问："你是何方人氏，谁家闺秀？"

"回老爷的话，妾是河西人氏，姓刘名芳，筝娘是艺名，家父生前是当地颇有名气的财主。"

刘禹锡见是一位落难小姐，就决定帮助她渡过这一难关，从此嫁一个好人家，相夫教子。

"走，我们一起去见李大人。"

"嗯。"

他们来到李府，李程闻报，热情地将他们迎进客厅。他玩笑着说："梦得兄，春宵一刻值千金啊。"

筝娘听着，小脸儿羞得通红，忙垂下头儿默默不语。

刘禹锡解释说："表臣兄，请别玷污了刘小姐的名声，老夫与她什么事儿都没有发生。临别前我托你件事儿。"

"我俩谁跟谁呀，梦得兄所托何事，但说无妨。"

刘禹锡指着低头站着的筝娘说："她叫刘芳，原是个大家闺秀。老夫拜托你做主为她寻得一个好人家，就当是我的义女将她嫁了，使她再也不为歌伎，有个好的归宿。"

这哪跟哪呀，咋一晚上就收了义女呢？李程虽然一头雾水，但还是点头同意说："这个请梦得兄放心，刘小姐既是你的义女，也就是我的侄女，我定当隆重嫁女。"

"谢谢！"刘禹锡谢过之后，便从衣袖中掏出一锭五十两的银子递给筝娘说，"芳儿，这是义父给你的置办嫁妆的银子，不足部分，暂由李伯伯垫着，为父日后补上。"

筝娘不愧为大家闺秀，一夜间使她命运得到转变，她知道她是遇到贵人了。

她乖巧地跪下谢恩于义父，同时也在李程面前叩了三个响头。一声声甜甜的"谢谢义父！""谢谢伯伯！"将刘禹锡和李程逗得开怀大笑。

刘禹锡告别李程和义女刘芳，又踏上了南下的征程。刚到他的家乡洛阳，却遇到了一场大雪的阻拦，不得不暂回到家里躲避。

现在是东都宾客闲置的白居易听说同窗好友刘禹锡被困家中，心中早就思念着他，便令管家去请好友来他府上饮酒吟诗。

白居易本想亲自去请，但这大雪封门，身体本就有恙，不适应室外寒冷的环境，只好令自家的管家去请了。

刘禹锡见白管家来请，他不顾大雪难行就欣然赴约。两位好友见面后，也不客套，直接摆酒欢宴。

这次欢宴中，白居易家里的十二名美若天仙的歌伎，除樊素和小蛮在依偎着两位老爷伺候着饮酒外，其余十位歌伎在旁边跳舞助兴。

刘禹锡调侃地问："乐天兄，你可真会享受啊，原来的三十三个美女湘灵，咋少了许多，是否金屋藏娇了啊？"

"唉！人老了，身体不如从前了，养那么多歌伎干嘛？就遣散了二十一个。"

白居易回答后便问："梦得，你还是过着清心寡欲的生活？"

刘禹锡说："老夫我可没有你这个爱好，一人吃饱，全家不饿的日子我已经习惯了。"

白居易见樊素在好友面前眉飞色舞地献殷勤，便玩笑地说："梦得，将这小女子赏你可好？"

刘禹锡此刻正享受樊素的口唇吻酒，没有反应过来。

谁知樊素却有激烈的反应，她立即放下酒樽，跪在白居易面前，梨花带雨地乞求说："请老爷不要嫌弃樊素，妾要与老爷厮守终生。"

白居易嗔怒着说："这是什么话儿，歌伎乃是我们这些达官贵人的玩物，可以随意赠送，你却敢违抗主人的意思。"

樊素也不惧怕主人发怒，她边抽泣着边据理力争地说："老爷，前些时您卖马儿的事您忘却了，五年的老马宁死都不愿意离开主人，畜生都有恋主之情，何况小女子是人呢！"

白居易的老脸羞愧成红色，忙亲自将樊素扶了起来说："梦得，你看，老夫只是一句玩笑话，却将她逗哭了。"

刘禹锡笑着说："乐天兄，难得樊素姑娘对你一片忠心，还不作一首诗来，赞美赞美她。"

"好！老夫先吟得一首，你再吟啊。"

"乐天兄发话了，老夫我哪有不从之理。"

说着，二人将酒樽对碰了一下，各自干了后，白居易便吟哦了起来：

> 樱桃樊素口，杨柳小蛮腰。
>
> 黛青描画眉，凝脂若雪肤。
>
> 回眸一笑过，倾国倾人城。

"樊素、小蛮。"刘禹锡哈哈大笑着说，"这两位歌伎是乐天兄宠爱之女，老夫怎能夺君子之爱呢。"

"老夫猜想你也不会，梦得，快吟赞她们。"白居易催促着说。

刘禹锡呷了口酒后，咂了咂嘴儿，便吟哦了起来：

> 玉钗重合两无缘，鱼在深潭鹤在天。
>
> 得意紫鸾休舞镜，能言青鸟罢衔笺。
>
> 金盆已覆难收水，玉轸长抛不续弦。
>
> 若向蘼芜山下过，遥将红泪洒穷泉。

3

大雪在旷日持久地下着，洛阳的街面上已经有两三尺厚的积雪，人们行走都很困难，刘禹锡索性就住在白居易府上。

只有老管家刘全每天来往问候一次，两个好友倒也落得逍遥快活，整天是美酒佳人陪伴着，吟诗作赋。

这天，刘全送来了一封郓州天平节度使令狐楚寄来的信，他为刘禹锡又被逐出京城而愤愤不平，故作诗《寄礼部刘郎中》一首：

> 一别三年在上京，仙垣终日选群英。
>
> 除书每下皆先看，唯有刘郎无姓名。

刘禹锡原本与令狐楚并无深交，他们的交情是在白居易任刑部侍郎，令狐楚任户部尚书，刘禹锡任集贤殿学士兼礼部郎中时，同朝为官，政见相同而建立的感情，三人诗作唱和许多。

后来令狐楚调往郓州，两人就很少有书信往来，这次接到其为他打抱不平的诗作，很是欣慰。

半个月后的这天，地上的雪儿渐渐融化了。人世间没有不散的筵席，刘禹锡今个儿起了一个大早，来到白居易的房间。

"乐天兄，今天老夫就启程赴苏州上任，感谢你这半个多月来的盛情招待，老夫这是来辞行的。"

说着，刘禹锡将手中的诗稿递给白居易，诙谐地说："乐天兄，这首《赠乐天》权当是付给你的招待费啊。"

樊素和小蛮正在为白居易宽衣，他忙将两人推开，接过诗稿，轻轻地吟哦了起来：

> 一别旧游尽，相逢俱涕零。
>
> 在人虽远达，于树似冬青。
>
> 痛饮连宵醉，狂吟满座听。
>
> 终期抛印绶，共占少微星。

"梦得，等等！"白居易知道他是个责任心很强的人，再也挽留不住他，也不虚情假意。他迅速来到书房，挥毫写了一首《代梦得吟》：

> 后来变化三分贵，同辈凋零太半无。
>
> 世上争先从尽汝，人间斗在不如吾。
>
> 竿头已到应难久，局势虽迟未必输。
>
> 不见山苗与林叶，迎春先绿亦先枯。

白居易将诗作递给刘禹锡，也调侃着说："来而不往非礼也，请梦得收下老夫赠给你的路费。"

"哈哈哈！"两人心照不宣地大笑着。笑着，笑着，两人又相互拥抱着，四只浑浊的老眼渐渐湿润了，他们久久不愿松开。

刘禹锡是大和五年冬月辞别白居易，于大和六年二月才到达苏州，此时正是苏州地区的梅雨季节，路途的艰辛自不必详叙。

倒是他接任苏州刺史后，一场洪涝就向苏州百姓袭来，似乎又在考验着他这个新刺史的执政能力。

风雨中的刘禹锡不顾年老体衰，马不停蹄地坚持在他管辖的一亩三分地四处考察灾情。掌握了第一手资料后，他火速向朝廷汇报了灾情，在请求朝廷赈灾的同时，将生产自救的方案也提交了出来。

文宗皇帝接到刘禹锡的赈灾请求奏章，也不敢轻视。苏州历年来是大唐的粮仓，无粮则乱的道理他心里很清楚。

必须尽快赈灾，恢复生产，苏州不能乱，否则后果不堪设想。

那派谁代表朝廷去赈灾呢？文宗想破了脑壳也想不出合适人选。

"传旨，令牛爱卿立即来见朕。"

"是！"值班太监很快传来了主管赈灾工作的副相牛僧孺。

牛僧孺面君一番君臣之礼后，就急问："吾皇急令臣来有何急事？"

"牛爱卿，你先看看这个。"

牛僧孺接过刘禹锡的奏折一看，冷哼了一句："吾皇圣明，刘梦得真是官运不济啊，他任夔州刺史遇到了百年难遇的干旱，在湖州任刺史时又遇干旱，这次可好了，在任苏州刺史时又遇洪灾，看来他是灾星下凡，他走到哪儿，哪儿就不得安生。"

"哎！牛爱卿，别用老眼光看他。"

文宗又将他同时奏上来的苏州生产自救的方案递给他说："朕看这个方案，刘爱卿还是下了功夫的，切实可行。"

牛僧孺接过方案一看，也禁不住点头称好。

刘禹锡在生产自救方案中，首先调查出，苏州的这次洪涝灾害，除有长期梅雨天气作祟外，主要是邗沟（古运河）长久没有疏通，导致污泥淤塞河道，致使大水不能有效地排入太湖所致。

找出了主要原因，就有的放矢地提出了灾后恢复生产的自救方案：一是请求朝廷赈济灾民的同时，下拨资金由本府组织人力物力疏通邗沟；二是因灾在早稻播种无望的情况下，迅速组织农民们种植中稻，力争还能抢种一季晚稻，将颗粒无收的早稻损失夺回来；三是建议朝廷提高丝绸收购价格，鼓励桑农和绸商提高产量，使苏州丝绸惠及大唐。

"好！圣上英明，臣也认为这套方案可行。"牛僧孺也称赞说。

文宗皇帝问："依牛爱卿之见，派谁代表朝廷去苏州赈灾呢？"

牛僧孺想了想后说："依臣之见，就派中书舍人权璩最为合适。"

权璩也曾担任宰相之职，只因他的儿子作恶受刑而受到牵连被贬黔州恶处，文宗念其是皇亲国戚，又重新调回朝廷任中书舍人。

"也好！"文宗皇帝说，"传旨，令权璩为钦差大臣，立即赶赴苏州赈灾。"

刘禹锡左盼右盼，盼来了政敌、他的姐夫这位钦差大臣，心一下子就凉了半截，心里暗骂着，这一定是牛僧孺搞的鬼。

自他姐姐李姣儿去世二十多年来，他和权璩因政见不和，加之他那个傻外甥权恒处处与他为敌，致使他们两家恩断义绝，老死不相往来。

4

权璩来到苏州府后，因为他是钦差大臣，为了苏州百姓，刘禹锡表面上还是热情地接待了他。

在为权璩举行的接风宴上，刘禹锡忍气吞声地问："请问钦差大人，这次赈灾工作如何开展？"

"刘刺史，皇恩浩荡，朝廷基本同意批准了你的生产自救方案，由本钦差负责灾民的救济工作，你负责组织人力疏通邗沟。"

也好，你权璩负责济民，无外乎是要在你的第二故乡落个好名声，只要你能出以公心救济灾民，老夫就去疏沟了。

刘禹锡因为有湖州赈灾导致他与元稹被贬的经验教训，一朝被蛇咬，十年怕井绳，害人之心不可有，防人之心不可无。

他直言不讳地说："钦差大人，本官建议这次赈灾资金，设立两本账簿，专款专用。"

权璩面露微笑地说："刘大人，本官同意你的意见。请你放心，本钦差会全力协助你搞好这次赈灾工作，你和微之在湖州那样吃力不讨好的事儿就不会再发生了。"

看来这个姐夫，通过他儿子的教训，为人做派有所改正啊。

"好哇，就以钦差大人为主，本官会积极配合。"

这次苏州赈灾工作，由于刘禹锡积极配合权璩，且分工明确，两位都在兢兢业业，一丝不苟地工作，苏州洪涝赈灾工作搞得很是成功，使苏州百姓得到了安抚，苏州府上下一片安宁。

权璩回朝复命中，起草了《苏州刺史制文》，他向朝廷汇报这次赈灾的全面情况，文章中有一些赞美刘禹锡的句子。

刘禹锡看到《苏州刺史制文》后，感到很是意外，能够得到政敌的赞美，乃是祖坟山冒青烟了。

官场如战场，没有永久的朋友和永久的敌人，只有永久的利益。虽然权璩在朝中实权并不大，但能够为他说点好话也不错了。

于是他作了一首《酬郑州权舍人见寄二十韵》寄给了他。诗韵很长，无外乎是叙叙旧而已，其中有一首是这样写的：

铩翮方抬举，危根易损伤。

一麾怜弃置，五字借恩光。

赈灾、疏沟工作完成后，苏州府上下也恢复了正常生产生活秩序，刘禹锡才轻松了下来。

他从案头一大堆书信中，发现有一封是白居易寄来关心他赴任情况的书信，他读完后，立即伏案写了一首《乐天寄重和晚达冬青一篇，因成再答》，向好友表达了他任苏州刺史的心情：

风云变化饶年少，光景蹉跎属老夫。

秋隼得时陵汗漫，寒龟饮气受泥涂。

东隅有失谁能免，北叟之言岂便无。

振臂犹堪呼一掷，争知掌下不成卢。

刘禹锡处理完案台上堆积如山的公文信函，他那老寒腿儿又坐不住了，他要走出府衙，沿街微服私访。

"赵幕府，陪老夫在街上转转。"刘禹锡令衙门幕府说。

赵幕府问："刘大人，是骑马还是坐轿子？"

"都不要，我们着便服，步行即可。"

"好的，大人。"

赵幕府是上届刺史的幕府，刘禹锡上任后用起他来还比较顺手，因此也没有重新换人。

主仆二人换好便服后，从府衙出来，直入阊门口。

刘禹锡猛然发现，苏州城的街道上卖丝绸的店铺林立，邗沟小桥流水，商船穿行，街上行人络绎不绝。

刘禹锡问："赵幕府，本官半年前上任，街上可没有这么多人啊？"

赵幕府忙说："多亏大人建议朝廷提高了丝绸收购价格，桑农和绸缎庄老板发现了商机，江南商家纷纷来苏州开设铺面，吸引了大唐各地的丝绸贩子来本地进货，现在苏州城人口比上届多了一倍以上。这就叫政通人和，生意兴隆。"

"啊，是这么回事。"刘禹锡想了想，就命令赵幕府说，"你回衙后，立即以苏州府的名义下达一个市场管理公文，贴入四个城门和多处闹市区。"

"好的。刘大人，请明示管理方法。"

刘禹锡说："一是欢迎全国商贾来苏州经商；二是每位商贾都有向朝廷纳赋的义务；三是公平交易，不许强买强卖，以劣充优的事情发生。有违反者本府将严惩不贷。"

自从布告张贴出去以后，苏州丝绸生意秩序井然，生意火爆，使苏州府的税赋成倍增长。

一日，刘禹锡正在衙内审阅卷宗，忽然听见有人击打登闻鼓的声音。这是他上任一年来从未闻到过的鼓声。

大唐县衙设置鸣冤鼓，百姓如遇冤情可击鼓鸣冤，县官就要升堂审案。若原告不服县官判决，可以来州府击打登闻鼓上诉。

百姓上诉无小事，刘禹锡放下手中的卷宗，立即命令赵幕府升堂。

随着一阵"威武"之声，只见值班衙卒带来一个非常俊俏的少妇，她头系白绫，跪在地上哭成了泪人。

啪的一声惊堂木响，刘禹锡大声呵斥道："堂下所跪何人，何方人氏，为何到本府击打登闻鼓？"

这时少妇停止了哭泣，凄怆地回答说："回大人，民妇张氏，是吴县张家湾张生之妻。只因家中飞来横祸，我回娘家一夜间，夫家房屋被大火烧没了，公公和丈夫下落不明。"

"你为何不去吴县报案，却舍近求远。"

"民妇去吴县鸣冤，吴县县令却以自然灾祸，县衙管不了为由，将民妇轰出衙门，民妇无奈才来州衙，请求大人为民妇做主，查找公公和丈夫的下落。"

两个大男人在家中深夜失火而失踪，一定是被大火吞噬遇难了。人命关天，吴县令却不闻不问，如果事实如此，本府一定要将这个不为民做主的县令就地免职。

5

刘禹锡命令一旁做记录的赵幕府说："带上衙头和仵作，立即随本官去勘察现场。"

"是！"

很快从苏州府衙跑出了上十匹马儿，向吴县方向急驰。两个时辰的工夫，刘禹锡带着仵作们就赶到吴县张家湾火灾现场，只见张氏的家残墙断壁中，还有余烟袅袅，烟雾中夹杂着松油的气味儿。

"快去废墟中查找，有没有两个人的尸体，并认真勘查失火原因，不

442

要放过任何丝蛛马迹。"刘禹锡命令衙役。

"是!"衙头带着众衙卒很快进入火灾现场。

村民们听说是刘刺史亲自带人来到火灾现场办案,大家都围了过来,纷纷议论说:"好好的一家子,一夜之间咋就飞来横祸呢?"

不一会儿,衙卒们就从废墟中抬出两具已经烧焦的尸体,两人烧得面目全非,身体炭黑,惨不忍睹。

刘禹锡见状,忙令仵作现场查验尸体。

"夫君,你们死得好惨啦!"只见张氏猛地扑向一具尸体,悲恸欲绝地痛哭,突然就哭昏了过去。

啊!顿时,围观的村民一阵惊慌失措。

救人要紧,刘禹锡令赵幕府将张氏抱起,他急忙从袖口中抽出三根银针,分别扎入张氏的人中穴和两鬓的太阳穴。他不停地扭动着人中穴的那枚银针,不一会儿,只听得张氏长叹了一口气又哭了起来。

这时仵作来报告说:"刘大人,这两名死者是先被人杀死后焚尸灭迹的。"

"你是从何处判断出来的?"

"回大人的话,小的发现一死者胸前被利刃刺破,一死者脖颈儿有刀痕,且两死者喉管里并没有被烟呛的痕迹。因此,小的才得出是先杀后焚的结论。"

"有道理!"刘禹锡点头同意。

这时,衙头提着一个已经烧得变了形的铁皮桶来报告说:"刘大人,这是一只装松油的铁桶。"

刘禹锡接过闻了闻,果然有一股刺鼻的松油味儿。从仵作的验尸和这只松油桶表明,这是一起恶性杀人焚尸案件。

"升堂,本官要现场审案。"赵幕府顷刻间明白了主人的意思,立即带人从一邻居家借来一张小方桌和一把太师椅,简易的公堂就设在张氏家前的场地上。

刘禹锡满意地点了点头,他稳坐在太师椅上,正要拍打赵幕府为他准备的一块做惊堂木的木头时,吴县县令闻信正满头大汗地赶来。

吴县令来到刘禹锡面前，忙屈膝卑躬地行官场之礼说："刘大人，下官有罪，姗姗来迟。"

刘禹锡两眼放着刺骨的寒光望着他，语气冷冰冰地问："你何罪之有？"

"这……"吴县令突然结巴了起来。

"你还不知罪从何来是吧？"刘禹锡愤怒地说，"本官早就听说，你身为吴县父母官，不为百姓办事不说，还鱼肉乡里。"

"冤枉啊，刘大人，本官冤枉啊！"

"冤枉？"

刘禹锡用手指了指火灾现场，严厉地说："这里发生了两条命案，人命关天啦，你不组织衙役侦破，却将报案人轰出大堂，你这种渎职行为，就是严重的犯罪！"

刘禹锡不等吴县令辩白，就厉声命令道："来人，将他的官帽摘下！"

"是！"衙头快步上前将吴县令的乌纱帽摘下，放在案台上。只见吴县令像是刚从冰窖里捞出来的一样，身体直打战。

刘禹锡又和颜悦色地对他旁边专心做笔记的赵幕府说："赵幕府，请把你头上的秀才帽子摘下，将这顶乌纱帽戴上。"

"这……"这官升得太突然了，赵幕府一时还没有回过神来。

"刘大人，你任人唯亲，侮辱斯文，本县令是大唐进士，而姓赵的却只是秀才，不能当县令，我要上京告你去。"吴县令嘶喊着。

"来人，把他轰出去，本府要现场办案。"刘禹锡猛拍惊堂木。

吴县令被衙卒拖出人群后，刘禹锡又拍惊堂木说："将原告张氏带上公堂！"

张氏被带上公堂，忙跪下叩头说："青天大老爷，您可要为民妇做主啊，查明凶手，为我公公和丈夫报仇！"

"本官问你，死者被烧得面目全非，你怎么认出他是你丈夫？"

"回大人的话，我丈夫生前患牙疾，安了一颗金牙，尚在口里，故而民妇才说他是我男人，村里人都可为我做证。"

"是的，张生有一颗金牙，我们全村人还叫他张金牙呢。"张家湾里的村民纷纷证明说。

"本官再问你，出事当天你为何要回娘家？"

刘禹锡这一问，张氏犹豫了一下，还是如实向刘大人道明了她为什么回娘家的始末。

出事的当天下午，来了一个叫智能的化缘和尚，自称是寒山寺的僧人。他沿村化缘来到张生家里，正遇张氏在院里喂鸡，他一下子就被她的美色惊呆了，两只眼睛色眯眯地紧盯着她。

原来是个花和尚，张氏被她盯得浑身不自在，正要转身回屋，恰巧这一幕被回来的丈夫发现，他向智能凶巴巴地道：

"滚！哪来的色鬼？还不快滚，否则我打断你的腿。"

"哼，你等着。"智能凶恶地丢下一句狠话就走了。

张生是个醋坛子，他见和尚走后，进屋就埋怨张氏："你一个妇道人家不守妇道，瞎在院子里转悠什么。"

这不是侮辱民妇吗？我在院子里喂鸡与我何干系？于是，夫妻俩就吵了起来。

病重卧床的公公闻声呵斥说："吵什么吵，男吵官司女吵穷，你们不嫌丢人，我老汉还嫌丢人呢。"

为了不使公公再为我们生气，我一气之下就跑回了娘家，谁知发生了这么大的灾祸啊！张氏哭诉着。

张生隔壁的邻居也出来做证说："刘大人，出事的那天中午，寒山寺的智能和尚的确是化缘来了。"

"嗯！"刘禹锡又问，"张氏，你家可有值钱的东西？"

第三十章　啼笑朝廷一块砖

1

张氏仍旧抽泣着说："公公生前是做蚕丝生意的，家底殷实，据丈夫说，有黄金和银子存入他的睡柜之中。"

刘禹锡转而问捕快："你们在勘查现场时，发现财物否？"

捕快摇了摇头说："我们将现场搜了个遍，没有发现有金银。"

"嗯！"刘禹锡陷入了沉思：从表面看这是一起入室杀人盗窃后，再毁尸灭迹的案件，有点儿像是盗匪作案的手法。但从张氏的颜值和寒山寺智能和尚丢下的狠话来看，又有点像是报复杀人。

刘禹锡向新上任的赵县令耳语，如此这般一番。

接着，他向围观的村民定案说："各位乡党，这是一起盗匪作案，本府令赵县令先安抚张氏，再派衙役缉捕凶手。退堂！"

刘禹锡为了不打草惊蛇，实则是放了一个烟幕弹，他并不相信是盗匪所为，怀疑是智能和尚所为。这个淫贼不全是为报复杀人，而是贪恋张氏的美色，有可能还会来骚扰张氏。他密令赵县令派高手暗中保护张氏，若发现智能来骚扰她，立即抓捕归案。

如果要百分之百地锁定凶手，只有密访寒山寺一回，看智能和尚是否还在寺里，如果还在，就派人盯住他的一举一动。

返回府衙后，刘禹锡和捕快就打扮成主仆香客，直奔苏州城外的寒山寺而来。

寒山寺的路径刘禹锡再熟悉不过了，小时候他经常来找他的僧师皎然讨教诗文。他早就闻说高僧已经圆寂，由于工作繁忙，还没有来寒山寺他的塔前祭悼一次，心里感到很是愧疚。

主仆二位香客，来到大雄宝殿敬完香跪拜毕，捕快打扮的仆人来到一个身着黄色袈裟正在旁边敲打着木鱼的和尚说："这位师父，我家主人曾承诺过贵寺智能师父，要捐赠银子给贵寺，重新修缮这千年古刹。"

"阿弥陀佛，贫僧法号最澄，智能化缘未回，请两位施主跟老衲来，去见见我们的方丈空海大师。"

刘禹锡听说寒山寺已经破旧不堪，便向朝廷申请了一些银子，准备修缮寒山寺，让寒山寺佛光再现。这也对得起九泉之下的师父，他这次密访寒山寺，实际是一箭双雕。

当他确认智能是寒山寺的和尚后，为了进一步了解智能的底细，他不露声色地跟随着最澄来到他师父原来的禅房。

空海方丈正在禅房里独自闭目打坐念经，最澄深知师父念经时不愿外人打扰。于是，他指了指禅房墙边的座椅，将他们安置坐下后，就盘坐在一旁的拜团上，双手合十地也念起经来。

好一会儿，空海大师的经才念完，他睁开眼说："最澄，上茶，上好茶。"

最澄问："师父，你知道施主是谁了？"

空海说："阿弥陀佛，你师祖皎然师父昨夜托梦于我，说他生前的得意弟子，如今的苏州刺史今日要来本寺捉拿凶手，想必座位上的就是刘大人了。"

高，实在是高，看来师父皎然已超度成仙了。刘禹锡忙站起来施礼说："师兄，请受师弟一拜。"

"哈哈哈！"空海大师大笑着说，"刘大人才是师兄呢，咋当官后倒谦虚起来，请受师弟一拜。"

两师兄弟客气一番后，最澄便上前拜认了这位师伯。

"师父，你说师伯是来捉拿凶手的，咱出家之人，是以慈善为怀，谁是凶手？"

空海愤怒地说："师父梦中说，就是佛门败类智能，可惜他潜逃了。否则老衲定将他逐出佛门，交由刘师兄处置。"

刘禹锡冷笑着说："法网恢恢，疏而不漏，本官已经布下天罗地网，我想这个淫贼不出一个月，就会自投罗网。"

　　果然不出所料，智能摇身一变，成为返乡富商。张家惨案后的二十七天，他带着媒婆来到张氏娘家，自称自己经商耽搁了婚娶，欲续娶张氏为妻。

　　张氏与智能那日只是院内扫了一眼，她没有认出乔装打扮的和尚，但她根据赵县令的安排，先稳住这个商人。

　　赵氏对媒婆说："我已相中这位财主，让他就近择良辰吉日抬花轿迎娶我。"

　　这天正是良辰吉日，智能胸挂大红花，骑在一匹大红马上，一行人抬着聘礼和花轿，浩浩荡荡，吹吹打打地来到张氏娘家。

　　智能兴冲冲地从马背上飞身下马，立即被两位彪形大汉一左一右地钳夹住。

　　"混账，轻点、轻点。"智能还以为是仆人扶他下马。

　　这时，空海大师从人群中走出来，大声斥骂："智能，你这个佛门败类，假装财主，你烧成灰，老衲也认识你！"

　　智能这才缓过神来，可他的左右手臂已被两名捕快锁住，很快他就戴上了枷锁。

　　刘禹锡帮助寒山寺清除了害群之马，并筹资修缮了寒山寺，使他又与空海和最澄成为最好的朋友。他一有空闲就来到寒山寺，与他们切磋诗文。

　　这天，寒山寺来了个东游和尚，法名元曷，他是灵澈大师生前的徒弟，也是个诗僧。

　　当他从空海方丈口中获知，师父的弟子刘禹锡是苏州刺史时，他连夜去叩开了苏州府的大门。

　　值班衙卒见是一位得道高僧，不敢怠慢，忙问："这位师父，这大夜晚的，你敲门所为何事？"

　　"烦你通报一声刘大人，就说东游和尚元曷求见。"

　　"元曷和尚？"刘禹锡正在书房里办公，一时脑筋短路，不知是何方高僧，他苦想了一会儿，猛地想起了他曾经作的一首《赠别君素上人诗》：

穷巷唯秋草，高僧独叩门。
相欢如旧识，问法到无言。
水为风生浪，珠非尘可昏。
悟来皆是道，此别不销魂。

“快请，快请元暠大师！”

2

两人再次相见时，格外亲热，又是拥抱，又是阿弥陀佛的，值班衙卒都看傻了眼，这是一向威严的刘大人吗？咋与佛家有这么深的友谊呢。

元暠大师坐下后，品了一口衙卒端上来的茶水，就迫不及待地说明了来意。

“梦得师兄，我们佛家受东瀛嵯峨皇帝之请，去东瀛国土传授佛学。贫僧认为，我们远渡重洋一次不容易，这次不仅要带去大唐佛学，更应该带去大唐文化。”

“元暠大师，你这个想法很独特，你不但要带去大唐文化，更要带去大唐文明和友谊。”

刘禹锡赞扬后问：“就你一人去吗？”

“嵯峨皇帝还邀请了海空和最澄大师。”说着，元暠向刘禹锡伸了伸手。

“元暠大师是要路费吗？”

“谁找你要路费，这次全程是东瀛出资，贫僧是要你的诗稿。”

“啊！”刘禹锡恍然大悟，思索了片刻说，“你先喝杯茶等一等。”

说完，他就开始整理他的《刘梦得文集》诗稿一千余首。整理完自己的诗稿后，他又想到：我大唐诗文化是百花齐放，各有千秋，应该全部带去东瀛流传。

“元暠大师，你有杜甫、李白、韦应物等先贤的诗集吗？”

“大唐早期诗人的诗集贫僧都收集到了，就差你们这些中期诗人的大作了。”

"你算是找对人了！"刘禹锡听后，哈哈大笑地说。

于是，刘禹锡将权德舆、杜佑、韦执谊、裴度、李绛、韩愈、韩泰、柳宗元、白居易、元稹、令狐楚、李程等三十几名近代诗人的来往诗集都整理了出来，一并用一块黄丝巾包裹了起来，交给了元曧。

武元衡、牛僧孺、权璩等也是当代诗人，由于他们与刘禹锡素未有诗作往来，东瀛国历史上没有他们的作品情有可原。

元曧大师高兴地背着黄包袱准备辞行时，刘禹锡令衙卒套了一辆马车将他送回寒山寺，并赠《送僧元曧东游》一首：

> 宝书翻译学初成，振锡如飞白足轻。
> 彭泽因家凡几世，灵山预会是前生。
> 传灯已悟无为理，濡露犹怀罔极情。
> 从此多逢大居士，何人不愿解珠璎。

一年多来，由于刘禹锡的精心治理，苏州府重新回到白居易执政时期欣欣向荣的繁华景象。

这年腊月二十六日一早，苏州商会李会长来到苏州府衙，刘禹锡热情地接待了他。

一番客套后，李会长说明了自己的来意："刘大人，我们商会会员自愿捐资，在阊门东侧紧靠邗沟边建了一座集贤堂，现已竣工。我今天特地来请刘大人前去剪彩，对外开放，苏州百姓还等着入堂敬香谢恩呢。"

刘禹锡感兴趣地问："啊！集贤堂里供奉着哪几位先贤？"

李会长神神道道地说："暂且保密，刘大人剪完彩后不就知道了。"

李会长见刘禹锡紧锁眉头，默不作声，似乎是弄不明白是哪几位先贤他就不去的架势。

他忙赔着笑脸解释说："我们商会根据民意，供奉的是历任苏州刺史像韦应物、白居易等贤吏。"

会长将还有眼前的刺史隐瞒了，因为他深知刘大人为人为官都很低调，如集贤堂里供奉有他，他决不会去参加的。

450

"好。你们这是民间行为，代表着苏州百姓的心声，本官理应参加这次活动。"

苏州府距阊门本来就不远，刘会长陪同着刘禹锡很快就来到集贤堂新建的广场。只见广场张灯结彩，人山人海，一片铿锵的锣鼓声中，三只金黄而机灵的狮子在广场中间穿梭舞动着，体现出热闹的节日气氛。

吉时已到，主持人李会长走进广场中间，大声宣布说："我们苏州百姓能过上幸福安康的日子，得益于集贤堂里正大光明、勤政为民的好官贤吏，为了纪念他们的政德，每年腊月的今天，我们苏州百姓就要举行隆重的集会，来叩拜先贤！"

顿时，广场上响起雷鸣般的掌声。

"现在请苏州府刘大人剪彩揭幕！"

李会长话音刚落，锣鼓声、鞭炮声就响彻广场上空。

刘禹锡健步来到用红彩绸遮蔽的两层古色古香的集贤堂门前，用力扯下了引绢，顿时，集贤堂大门洞开。

刘禹锡在李会长和苏州社会名达的陪同下进入大厅，他们被三座栩栩如生的高大铜像吸引住了。

刘禹锡放眼一望，第一座的大手是韦应物，中间的是白居易，尾间的竟然是他。

"快将本官的铜像搬走，莫使老夫汗颜。"刘禹锡对李会长说。

李会长似乎早有准备，微笑着说："刘大人，您最愿意听取百姓的意见，您问问他们同意否。"

还不待刘禹锡问话，挤满大堂的人们纷纷说："不同意！""不同意！"

不知是哪位还冒出一句："要是把刘刺史的铜像搬走，还不如撤掉集贤堂。"

"就是。""就是。"

民意虽然难违，但刘禹锡总是感觉不妥，他耐心地向人们解释说："苏州父老乡亲们，你们标榜韦白两位刺史本官是赞同的，但我刘禹锡何德何能，受到你们的标榜，惭愧，惭愧啊！"

"哈哈哈！刘大人谦虚过度等于骄傲啊！"突然，大厅里传来一阵爽朗的大笑。

是谁这么大胆，当着这么多人的面，竟然批评起刺史来。

刘禹锡循声望去，不禁惊讶，是浙西观察使、他的顶头上司李德裕李大人，他是几时来的，怎么连个信儿都没有？

刘禹锡忙上前施礼说："下官拜见李大人，请到府衙歇息。"

3

宾主回到苏州府衙分主次坐下后，李德裕不待刘禹锡发问，就高兴地说："本官受皇命来考课（年终考察各州府政绩），看到苏州一片欣欣向荣的景象，老夫很是高兴。你任职虽短，忧劳则深，念百姓水潦之余，闾里获安，流庸尽复。故而，本官考课定苏州府为浙西政绩最优的州府，将上报朝廷，予以嘉奖。"

果然，开春后，刘禹锡受到文宗皇帝优诏嘉奖，特赐蓝缎官服挂紫金鱼袋。也就是说，他当了二十余年的四品官吏，终于被提拔为三品刺史，这也是他为官以来第一次受到皇帝的奖励。

刘禹锡在苏州任上还不到三年，就将苏州治理成硕果累累的大花园。桃子熟了自然惹人红眼，自然有人要采摘了。

宰相李宗闵勾结宦官，联合牛僧孺排挤走了裴度后，再将牛僧孺排挤出了朝廷，一人独大，大权在握。

苏州是朝廷的一块肥肉，刘禹锡是裴度的亲信，当然不会让他长期享受，应该派心腹去享受才是。

机会来了，河南汝州又发生旱灾，你刘禹锡本来就是朝廷的救灾指挥员，夔州、和州和苏州的自然灾害你不是都治理得很出色吗，何不将你调往汝州再去救灾。

主意已定，李宗闵上奏文宗皇帝说："圣上英明，如今河南汝州发生大旱，颗粒无收，百姓流离失所。朝廷无贤良可用，臣建议将苏州刺史刘禹锡调往汝州去抗旱救灾。"

文宗皇帝自从李宗闵与宦官们沆瀣一气后，为了吸取父皇和祖皇们被宦官谋害致死的历史教训，他基本上对这个宰相的建议言听计从。

名义上说是请示君主，实则是臣子给皇帝的面子。

文宗担心地说："爱卿，朕刚下诏奖励刘爱卿为三品刺史，苏州是上州，而汝州是中州，这不是明升暗降吗？怎能服众？"

"皇上万寿，臣早就为您想好了，调刘禹锡为汝州刺史，兼御史中丞，充本道防御使。这样，他集军政大权于一身，权力更大了，会有谁不服？"

文宗最怕李宗闵说"皇上万寿"四个字，表面看来是祝福之语，实则是在要挟他，否则就是皇上短寿。

皇帝连忙点头说："准旨！"

刘禹锡接旨谢恩后，哭笑不得，他心想：老夫今年六十三岁高龄了，还能折腾几年？

皇命难违，他无奈地将苏州府印放在案台上，又伏案挥毫留下了《别苏州二首》：

一

三载为吴郡，临岐祖帐开。

虽非谢傅黛，且为一裴回。

二

流水阊门外，秋风吹柳条。

从来送客处，今日自魂销。

写完，他也没有与同僚下级通气，就独自一人静悄悄地离开府衙。

天刚麻麻亮，他从后花园邗沟的码头上，乘上一艘官船，离开了这个生他养他而又辉煌了他的第二故乡苏州，往汝州而去。

当官船行至扬州时，天已擦黑，刘禹锡决定在扬州驿栈休息一晚，缓解一天乘船的疲倦，第二天再继续赶路。

他刚踏上扬州码头，却见扬州大都府长史、淮南节度使牛僧孺已经在码头上迎接他。

这让刘禹锡很是意外，虽然他对这个忘恩负义之人颇有成见，但他知道，官吏们的脸儿就像巴蜀的变脸戏曲主角，说变就变。

牛僧孺满脸堆笑地上前说："老夫在此等候恩公多时了，本官在花船上略备有酒席，为恩公接风洗尘。"

伸手不打笑脸人，何况人家还在"恩公、恩公"地称呼，刘禹锡微笑地说："承蒙牛相公抬爱，请。"

二人来到火树银花般的花船，只见花船主餐桌上早已摆放好了山珍海味和美酒佳酿，四个年轻漂亮的歌伎犹抱琵琶半掩面地坐在一旁等候着他们。

她们见刘禹锡和牛僧孺进来，忙起身恭迎，其中两位只有十五六岁的歌伎，谄媚地上前分别挽住两位大人的手臂，将他们搀扶到主客的座位上，又娇羞地依偎在他们的身上。

这是大唐官僚们享受的豪奢放逸的生活，刘禹锡见怪不怪，他这次未加推辞，任由歌伎在他身上献媚撒娇。

酒过三巡，牛僧孺假惺惺地说："恩公，学生我虽官至宰相，却未能助您实现治国的抱负，深感愧疚。"

刘禹锡淡淡一笑说："牛相公言重了，请不要恩公恩公地叫了，老夫汗颜，人各有志，岂能强求。"

牛僧孺吐着苦水说："学生我是政治不成熟，被李宗闵这个奸相用猪油糊住了眼睛，是非不分，伤害了您的恩师裴相公和您的感情，今备薄酒，以示赔礼。"

敲锣听音，击鼓听声，从牛僧孺语句中"您的恩师裴相公"一语中，不难听出他这是醉翁之意不在酒。

刘禹锡为了摸清他这次请客的真正目的，就直截了当地问："牛相公，过去的事情就甭提了，你有何事，直说无妨。"

牛僧孺没有直接回答他的问题，只是笑呵呵地说："刘大人，本官要恭喜你呀。"

"老夫有啥事值得恭喜的？"

"你的诗文魅力不但感染着我大唐达官贵人和名人骚客，而且流传到了东瀛国，风靡于以天皇嵯峨为首的宫廷文化沙龙，成为缙绅阶层所乐于驰骋才情的文学形式。"

"啊，是吗？"刘禹锡回敬了牛僧孺一杯酒后，像打了鸡血似的，兴奋地连续问了几个问题。

"牛相公，你是怎样知道的？我们大唐文化是怎样在东瀛传播的？效果如何？"

牛僧孺耐心地一一回答说："本官是从大唐赴东瀛的特使中获得这一消息的，汉诗文化是空海、最澄、元曩三位高僧带入日本的。"

牛僧孺忽然埋怨说："这都是你刘大人运作的啊，朝廷上下的官吏都有作品在日本流传，唯独没有我牛相公的诗作，看来你是个记恨之人啊。"

你还好意思说我，你恩将仇报，处处打压我这个举荐老师。就允许你做初一，不许我做初二，何况我俩并没有诗文往来。

4

刘禹锡干笑了一声说："对不起牛相公，但话又说回来，没有你的诗作带往东瀛，也不能全怪我，你与我有交流吗？"

牛僧孺无可奈何地说："这不怪你！"说着，他向一旁伺候着的幕府招了招手。

他的幕府上前躬身双手递给了刘禹锡一本《牛僧孺集》。牛僧孺在一旁谦逊地说："请恩师赐教。"

来而不往非礼也。刘禹锡接过诗集，放入行匣之中，顺手拿出一本《刘梦得文集》递给他说："请牛相公雅正，待有机会，我一定让最澄大师将你的作品带去东瀛。"

"拜托了！"牛僧孺双手合十道。

刘禹锡这才明白他的这位举荐生请客的真实意图。但他还是很高兴地问："牛相公，不知我大唐文化在东瀛的影响力如何？"

"据特使汇报说，影响很大，在东瀛天皇的带领下，模拟汉诗很快风靡东洋，演变成'东瀛汉诗'的文学体系，它不仅遵循大唐诗歌的形式格律，而且具有与大唐诗歌相类似的历史文化内涵。"

"请牛相公举例说明吧。"

牛僧孺微笑着吟出一首:

> 一道长江通千里,漫漫流水漾行船。
>
> 风帆远没虚无里,疑是仙查欲上天。

噫,这首诗的风格咋这么熟悉呢,刘禹锡忽地想起他在《浪淘沙》的一首诗。

> 九曲黄河万里沙,浪淘风簸自天涯。
>
> 如今直上银河去,同到牵牛织女家。

刘禹锡感叹地说:"这首诗是从我的《浪淘沙》其中的一首脱化而来,措辞虽异,但风调相仿,情韵相若,不知出自何家之作?"

"哈哈哈,"牛僧孺大笑着说,"刘大人,你没有想到吧,这首诗是东瀛嵯峨天皇作的。"

"啊,是吗!"这个效果是刘禹锡没有预料到的。

他的初衷是将大唐文化传播到国外,使邻国对大唐有所认知。谁知大唐诗歌有这么大的魅力,竟然能在东瀛开花结果。

他感慨地说:"看来,我大唐汉诗文化会在东瀛越来越多的模拟作品中拓展开来啊。"

牛僧孺狡黠地一笑说:"所以说,学生这次又要向先生推介了。"

"这个自然!"

二人畅饮至深夜,刘禹锡作了一首《酬淮南牛相公述旧见贻》,以示谢意:

> 少年曾忝汉庭臣,晚岁空余老病身。
>
> 初见相如成赋日,寻为丞相扫门人。

追思往事咨嗟久，喜奉清光笑语频。

犹有登朝旧冠冕，待公三入拂埃尘。

牛僧孺读懂了刘禹锡想二人重归于好的诗意，也回赠了一首《席上赠汝州刘中丞》，两人这才结束了迟来的宴席。

看来，这对恩怨冤家，通过这次推心置腹的交谈，是摒弃前嫌，把酒言欢了。

因为这次刘禹锡知道汝州旱灾严重，他肩上的担子很重，汝州百姓还在翘首以待他这个刺史大人去抗旱救灾呢。他谢绝了牛僧孺的挽留，第二天一早，就乘官船出发。

官船到达汴州时，已调任汴州刺史、宣武军节度使的好友李程，早已带人在码头上等候着他。

救灾如救火，刘禹锡本来没有打算在汴州停顿，本想与好友会面就继续前行，哪想李程生气地说：

"梦得兄，你一大把年纪了，还想连轴转，就不担心身体卡壳了，在本府休息一晚再走。"

"表臣兄，感谢你的再次盛情，救灾如救火，只住一晚。"

"这还差不多。"

李程这次没有将刘禹锡领到高档酒家，而是直接把他领回家里。刚进大堂，李夫人张氏领着一个小伙子、一个少妇牵着一个岁把多的孩子来拜见客人。

刘禹锡刚坐下，还没有来得及品一口香茗，只听得扑通两声的跪地声。

"女儿和女婿带领外孙拜见父亲大人，祝父亲大人福体安康！"

刘禹锡又脑塞了，女儿不是早已归天了吗？咋又冒出一个年轻貌美的女儿。

他揉了揉他那干涩的昏眼，仔细一瞧，啊，原来是他的干女儿筝娘。

他忙起身将干女儿扶起来说道："筝儿，快起来，快起来。这位是？"

"愚婿张发奎拜见泰山大人。"

"好，好，好女婿，快起来。"

筝娘幸福地介绍说："父亲大人，自您走后，李大人将女儿许配给了他的内侄张发奎，小奎，快叫外公。"

"外公！"

一句模糊不清的叫声，直乐得刘禹锡心花怒放，他忙不迭地说："嫂夫人，快叫下人拿红纸来，老夫要封一个大大的红包给我这个可爱的外孙。"

"好。"

刘禹锡今晚在李程一家人的陪同下有点儿喝高了，酒不醉人人自醉。要不是女儿筝娘担心他的身体，不让他喝，他今天非烂醉如泥不可。

女婿张发奎连忙扶他回客房休息，女儿筝娘亲自端来一盆热水与他泡脚。待他们夫妇二人离开后，刘禹锡看到铺得整齐干净的卧榻，不禁发出感慨："还是女儿好呀！"

这一声感叹，竟然勾起了他对女儿刘秀英的思念，老泪不禁夺眶而出。

这是怎么啦，年纪大了反而多愁善感起来，要是被筝儿发现，又不知有多少唠叨关怀的话。

5

他连忙用手巾擦干眼中的泪花，又想着人生难觅一知己，李程是继子厚兄后的又一知己，他顿时诗兴大发，来到书桌前，提笔写下了《将赴汝州，途出浚下，留辞李相公》一诗：

长安旧游四十载，鄂渚一别十四年。
后来富贵已零落，岁寒松柏犹依然。
初逢贞元尚文主，云阙天池共翔舞。
相看却数六朝臣，屈指如今无四五。
夷门天下之咽喉，昔时往往生疮疣。
联翩旧相来镇压，四海吐纳皆通流。
久别凡经几多事，何由说得平生意。
千思万虑尽如空，一笑一言真可贵。

刘禹锡心系灾区，第二天一早辞别了李程一家人和女儿女婿，又踏上了赴任的征程。

女婿张发奎，女儿筝娘抱着孩子，依依不舍地将刘禹锡送到了码头。

刘禹锡抚摸着外孙的小脑袋说："贤婿、筝儿，送父千里，终有一别，你们回去吧。"

筝娘鼻子一酸，含着泪花说："父亲保重，我们父女一别，不知何日才能相聚，饶恕女儿不能在父亲身边尽孝。"

刘禹锡开玩笑地说："待父亲老得不能动弹了，你再行孝不迟。"

谁知就这么一句玩笑话，竟是他们父女的最后诀别。五年后，刘禹锡去世，筝娘带着丈夫张发奎和两个孩子，千里迢迢地来到洛阳，为义父守孝，这是后话。

刘禹锡按时到达汝州后，立即下沉到汝州的各乡村实地调查灾情，迅速制定出赈灾方案，上报朝廷支持后并付诸实施，很快稳定了汝州百姓因灾祸而流离失所的局面。

稳定了汝州局面后，刘禹锡在州府案台上思考着一个问题，按理说汝州境内有沙河、北汝河、澧河、甘江河四支河流汇入淮河，水源充沛，不应该发生旱灾呀？

那么就是跟和州一样，是水利工程滞后而造成的。在和州他和元稹商量抽出了部分朝廷赈灾款兴修水利，差一点儿就断送了他和元稹的政治前程。

今非昔比，今个儿刘禹锡还兼任御史中丞，充本道防御使，有职有权治理淮河水系。于是，他网罗了很多民间水利专家，很快制定了一套《淮河倒灌引水工程》，彻底解决了汝州干旱问题，政绩斐然。

没有了旱情，汝州百姓又安居乐业了，刘禹锡倒清闲了下来。汝州距洛阳不远，闲余时他就跟在洛阳任闲职的裴度、白居易经常唱和诗词，倒也雅兴有余。

刘禹锡任苏州刺史时的顶头上司海军节度使、浙西观察使李德裕，奉旨上调为左仆射、长安节度使、镇西观察使，同时他的诗友令狐楚奉旨上调京城任吏部尚书、太常卿。这一政治风向的转变，说明宰相李宗闵已经在文宗皇帝面前失宠了。

这天，李德裕赴京途中，顺道来到看望他的老下级刘禹锡。刘刺史热情地接待了这个正直的上级。

接风宴在刘禹锡的府地举行，请来了刘司马等八位汝州要职官吏陪同。要说特殊的是，满桌丰盛的菜肴虽然没有山珍海味，但一碟一钵一碗一罐精美的菜肴并不是刘府的下人做的，而是刘禹锡请来了汝州广宴楼最有名的厨师做的。招待宴中的用酒，是汝州老窖最好的酱香型王茅。

主客畅饮间，李德裕总觉得宴席场中的气氛少了点什么，但他也不点破，只是含蓄地说："我大唐传闻，刘大人是官场另类，今日一见果然名不虚传。"

能够在州府为官的人，个个精明。刘司马听出了李德裕的弦外之音，忙附在刘禹锡的耳边小声地请示："刘大人，要不下官去翠花楼，请几名歌伎来助助兴儿？"

刘禹锡摇了摇头说："对待上司过于阿谀奉承，那是一种虚伪，乘伪行事，莫能久长。"

"哈哈哈！好一个乘伪行事，莫能久长。老夫与你刘梦得有近四十年的交情，今天才真正认识了你。你对待朋友和上级从不搞虚伪的那一套，以诚待人，本官佩服。"李德裕大笑着说。

刘禹锡为了活跃宴席气氛，他站起来恭敬地敬了刘德裕的一杯酒，接着请示问："李相公，我们来一个行酒令助兴如何？"

"好，客随主便，刘大人先请。"

刘禹锡胸有成竹，一首《奉送浙西李仆射相公赴镇》的诗作，脱口而出：

> 建节东行是旧游，欢声喜气满吴州。
> 郡人重得黄丞相，童子争迎郭细侯。
> 诏下初辞温室树，梦中先到景阳楼。
> 自怜不识平津阁，遥望旌旗汝水头。

这是一首借古喻今，高度赞扬李德裕的七律诗作。有了刘刺史的铺垫，刘司马等八官吏先后也吟哦出拍李德裕马屁的诗句,李德裕自然享受,心中高兴不虚此行。

刘禹锡刚刚在汝州享受了一年的清福,又接到文宗皇帝的圣旨,调任同州刺史、兼御史中丞、充本州防御、长春宫使等一连串儿的官衔。

这是啥意思嘛,将本官调到长安邻郊的同州去当军政一把手,还要管理长春宫,为什么不将本官直接调到长安任职,这显然是对本官不信任啊。

令狐楚啊,令相公。你与本官唱和多年,没有交情也有感情,从本官的诗中,难道你没有读懂我刘梦得时刻想着再次返回朝廷,施展我的政治抱负和才干吗?

刘禹锡怀着对令狐楚不满的情绪,挥毫写下了《酬令狐相公首夏闲居书怀见寄》一诗:

翔泳各殊势,篇章空寄情。

应怜三十载,未变使君名。

第三十一章　收官同州始流芳

1

不论你爱与不爱，别以为你令狐楚现在居高权位，大权在握，我刘梦得何时畏惧过权势，就是要向你提提意见。

想到这里，他毫不犹豫地将这首诗作，寄给了令狐楚。

意见归意见，但朝廷的调令还是要服从的。在去同州赴任的途中，刘禹锡回了一趟洛阳，与裴度、白居易、李绅等友人见了一面。

当然，请客做东的自然是好友白居易。

席间，刘禹锡愤愤不平地说："看来，令相公也是个妒贤嫉能之辈，怕将我调回朝廷压了他的风头。"

说着，他起身再躬身，恭敬地敬了裴度一杯酒，真诚地说："裴相公，终期大冶再熔炼，愿托扶摇翔碧虚，请您老重新出山，我们跟着您干才有劲头。"

裴度摇了摇头说："老夫三度出相，厌倦了朝廷的尔虞我诈，何况老夫我现在已是垂暮之年，担任东都留守这个闲职，安度晚年很好。"

接着，他又批评刘禹锡说："梦得，不是长辈批评你，你的棱角还没有磨圆，没有你的同窗白居易圆滑。"

裴相公，您的批评晚生虚心接受了，但您说白乐天圆滑，这又是哪个意思吗？刘禹锡一头雾水地望着白居易。

白居易惊讶地问："梦得，同州的局势你还不知道吗？"

"啥个局势？"

"同州连续四年干旱，粮食颗粒无收，民不聊生，大有风起云涌之势，严重危及朝廷安全。朝廷原先是任我为同州刺史，我老弱病体，怎能承当起如此重任。于是我借故辞疾不拜，为东都宾客挺悠闲的。"

刘禹锡自嘲地说："那我不真成朝廷的救火队员了吗？"

"哈哈哈，"一直没有开腔的李绅，笑着敬了刘禹锡一杯酒说："要我说呀，你是朝廷一块砖，哪里需要哪里搬。"

"哈哈哈！"李绅太有才了，他的一句形象的比喻，引得众人哄堂大笑。

笑毕，刘禹锡表情严肃地说："我喜欢具有挑战性的岗位，待我将同州治理顺了，就告老回乡，陪同诸位吟诗作赋，共度晚年。"

裴度、白居易和李绅三人，由衷地敬佩刘禹锡刚毅的性格，同时向他敬酒说："祝你马到成功。"

刘禹锡回敬了大家一杯后，不禁吟哦一首：

> 不归丹掖去，铜竹漫云云。
>
> 唯喜因过我，须知未贺君。

刘禹锡于大和九年十二月初接任同州府印和军印后。他按多年积累的经验，立即下沉到同州所辖的四个县邑去深入调查灾情。

刘禹锡计划只带着肖幕府一起去微服私访，当与他通气后，肖幕府心有余悸，但他权位低微，又不敢提出反对意见。

肖幕府应承后，借故回家换衣服，就飞马来到同州军帐，将刘刺史要独自微服私访的情况，汇报给了同州防御副使邹成功。

邹成功听后一惊，立马来到同州府衙。

他是武官出身，没有文官那么多弯弯肠子，就直来直去地提出了反对意见说："刘大人，您万万不可微服私访。"

刘禹锡瞪了一眼与他一起进来的肖幕府，问："这是为何？"

邹成功说："下官镇守同州多年，同州四年旱灾，百姓流离失所，饥寒交迫，而朝廷不闻不问，还在强征皇赋。因而百姓早已与朝廷官员处于对立之面，大有一触即发之势。这样下去，严重危及您的人身安全，保护大人的安全，是下官的职责，还望大人审慎思量，再作决定。"

真是活见鬼了，本官当了二十余年的刺史，微服私访是本官的专利，从来没有发生过事故，难道在天子脚下的同州，就能翻船了不成。

刘禹锡不满地说："本官个人的安危事小，百姓的生活事大，邹副使，本官决意此行，你别再劝本官了。"

真是狗咬吕洞宾，不识好人心。邹成功无奈地向肖幕府递了递眼神。

肖幕府顿时明白，他这是要自己陪着刘大人去，他再派兵暗中保护他们。

肖幕府迅速从衙门兵器库里，领来两把宝剑，递给刘禹锡说："刘大人，带着防身吧！"

刘禹锡怒斥道："你要怕死就别跟着。本官是去调查百姓疾苦，又不是去上战场，要它何用？耍威风呀！"

邹成功帮助肖幕府解围，继续劝说："刘大人，您考虑过没有，您要是出了安全事故，朝廷一定会派兵镇压，又要使多少生灵涂炭，那样不就违背了您为百姓谋福的初衷吗？"

肖幕府这时小声嘀咕道："就是嘛，就连李太白也佩剑出征。"

这两个活宝，一唱一和。看来乐天说同州是风雨欲来，并非空穴来风。

刘禹锡无奈地接过宝剑，没好气地对肖幕府说："前面带路。"

两人装扮成商人来到府衙门口，门口已备好纯白和枣红两匹马。按道理骑着白龙驹的人，是代表荣华富贵的。但刘禹锡思念着他被贬郎州司马时与他出生入死的枣红马，他也顾不得与肖幕府解释什么，就飞身上了枣红马。

他们一路走着，一路调查研究，很是令人揪心。刘禹锡一路眉头紧皱：广袤的同州大地，地荒树枯，没有一点儿生气。

2

行进的路上，刘禹锡警惕地发现，一个月来有一队马帮紧紧跟随在他身后。

刘禹锡问："肖幕府，你发现没有，后面有队马帮老是跟着我们，不知何意？"

肖幕府实话实说："刘大人，那是邹副使派来保护您的。"

邹成功尽职尽责，无可非议。私访一个多月来，刘禹锡巡查了临晋、怀德、怀阴三个县的村庄农田，一片荒秃景象，百姓看见他们爱搭不理，听得最多的一句是："饭都没得吃的，哪还有钱做生意，一边凉快去。"

见此情况，有一次他们遇到乡民，刘禹锡就让肖幕府亮出他们是官府人员，前来调查灾情的底牌。

谁知之前还有人搭讪，当百姓听到他们是官府的人，个个瞪着他们，充满怒气地扭头就走，刘禹锡为官的生涯中，第一次遇到这种情况。

根据这一情况，刘禹锡在途中休息时，写了一份《同州赈灾谢上表》，谢表中说：

伏以本州四年以来，连遭旱损，闾阎凋瘵，远近共知。民不聊生，视官如敌，如此拖延，无粮则乱，后果可惧……今本部灾荒，物力困涸。忝为长吏，敢不竭诚？即需条疏，续具闻奏。

言下之意，他在极力请求朝廷拨粮拨款赈灾，否则后果不可预料。

巡视完周边县邑后，他们返回到同州地域的大荔县。

刘禹锡皱着眉头，骑在枣红马上远远望去，多日未见到炊烟的两人，却见一个很大的村庄袅袅地升起了炊烟。此时，刘禹锡方才觉得饥肠辘辘。

他勒住枣红马的缰绳，扭头对肖幕府说："我们到前面去买点儿吃的，再返回府衙。"

"好的，刘大人。如有人问起，我们是说官家还是商人？"

"再别介绍本官是什么刺史，就说是盐商老板，否则连西北风也没得喝了。"

"是！""驾！"

一红一白两匹马儿就一溜烟地来到村口，只见村口的牌楼上写着"赵家庄"三个大字。

二人将两匹马儿拴在村外的老柳树上，徒步往村里走去。

他们往村里冒烟的地方一望，原来是一大户人家在高院墙边搭起了一个简易凉棚，两口临时搭起的土灶上的两口大铁锅里白浪翻腾。

村里的老少妇孺们，个个无精打采地端着饭钵，有序地排着两条长长的队伍，等候着锅里的粥儿。

刘禹锡一下子就明白了，这是大户人家在向全村人施粥。

他感叹地说："看来这赵家庄的赵财主是个宅心仁厚之人，在旱灾这么严重的时候，他能接济村民实属难得。"

肖幕府连连接应说："可不是吗，这个赵财主的善心，在同州可并不多见。"

刘禹锡说："走，我们也排队去。"

肖幕府担心地说："刘大人，就怕他们不给外人吃啊。"

刘禹锡笑着说："一个善良与品德兼备的人，如宝石镶嵌于金属之间，两者相互衬托，相得益彰，赵财主可能就是这种人，他的心境是不分里外的。"

肖幕府由衷地敬佩和认可刘刺史的这番哲理之言，他立马去村民的后面排队了，刘禹锡也紧跟在后面排队。

当轮到他们时，赵府管家眯着笑眼问："二位不是本地人吧，看你们的衣着打扮不像是逃荒之人啊。"

肖幕府将他早已想好的台词说了出来："回赵管家的话，我家老爷是盐商，从早到晌午都没有吃饭，沿途也没有饭庄，早已饿得前胸贴后背了，请求管家卖一碗粥儿，我们照价付钱。"

"什么钱不钱的，来的都是饥饿之人。"赵管家吩咐一旁施粥的家丁说，"打两碗粥儿，给这两位客人。"

"哎！"

正当刘禹锡和肖幕府坐在一旁美滋滋地喝着稀饭时，赵财主在家丁们的拥簇下，从赵府走出，他迈着八方步子，来视察施粥的情况。

"不好！"赵员外是认识肖幕府的，他暗叫一声，忙低下头。他这一做贼似的动作，已经被赵财主发现了。

"把头抬起来！"赵财主威严地说。

肖幕府无奈地抬起了头。"原来是你呀，你烧成灰老爷我也认识你，你是朝廷的鹰犬。来人，将他们轰出村子，喂猪喂狗我也不喂你们这些猪狗不如的东西。"

你还别看肖幕府是个文弱书生，见一群家丁如饿狼般地扑了过来，他敏捷地抽出宝剑，紧护着刘禹锡道："赵财主，不要胡来，这位大人是新上任的同州刺史刘大人。"

赵财主不听则已，一听更怒了，他毫无情面地吼道："我轰的就是他们这些不管百姓死活的狗官！"

"骂得好！"刘禹锡忙站起身子，正欲解释他是来调查灾情赈灾的。

谁知饥民哪儿还愿听他的解释，群起而攻之，石块儿、瓦片儿、扫帚儿、树棒儿，总之，什么东西顺手就捡起什么，不由分说地向他俩砸来。

"快跑！"肖幕府见势不妙，拉着刘禹锡就往村口跑去。

跑着，跑着，只听得刘禹锡"哎哟"一声惨叫，他就一屁股跌坐在地上。

"刘大人，您怎么啦？"肖幕府惊问。

刘禹锡痛苦地说："这不争气的老寒腿又犯了。"

3

肖幕府见村民有的举锄头、有的扛铁铲、有的握棍棒、有的拿扫帚追了上来。

他连忙将刘大人背在肩上，正欲往外跑，可他刚迈出一脚，顿时就傻眼了，他俩已经被愤怒的村民团团围住，根本跑不出去。

"刘大人，我跟他们拼了。"说着，肖幕府将刘禹锡放在地上，抽出宝剑就要冲进人群。

"住手！"

刘禹锡一声大喝地说："肖幕府，你不能向他们动武，他们是同州百姓，不是我们的敌人。"

他的这一声大喝不但镇住了肖幕府，而且镇住了赵家庄的村民，一时间，双方对峙了起来。

刘禹锡再也站不起来了，忍着疼痛，坐在地上向村民耐心地解释说："各位父老乡亲，老夫是受皇命前来调查灾情的。朝廷马上就会下拨赈灾粮接济你们……"

不提皇帝则已，这一提起皇帝，又激起了村民的愤恨。

村民中不知是谁大声骂道："乡亲们，不要听这个狗官胡说，李家皇帝这棵大树从根都烂了，这么严重的灾情他皇帝老儿不但不顾我们的死活，还要我们上交皇赋，供他们吃喝玩乐，这样的狗皇帝我们不要也罢，打死狗官，我们造反！"

"打死狗官！""打死狗官！""我们举旗造反！"

见到全村人们群情激愤，刘禹锡眼睛一闭，只有听天由命。

正当命悬一线之时，他忽地听到一声："快冲进人群，救出刘大人！"

原来是邹成功的副官马良，他们装扮成马帮，负责保护刘禹锡的安全。他们在村子外候着。忽见村子里喊杀声震天，顿觉不妙，立即命令铁骑兵冲了进来。

赵家庄的村民本来是想发泄一下他们对朝廷狗官们的愤慨，并无心伤害刘禹锡他们。忽地见有朝廷铁骑兵追杀进来，他们不愿意鸡蛋碰石头，顿时吓得作鸟兽散，各自跑回家，闩紧了大门。

马良见刘大人瘫坐在地上，忙飞身下马，疾步来到刘禹锡面前，关切地问："刘大人，您受伤了，伤在哪儿？"

刘禹锡仍旧是痛苦的表情，摇了摇头说："没有受伤，是老寒腿儿不争气，起不来了。马将军，快令人将我抬上马背。"

"是！下马来两位，将刘大人抬上马背。"

就这样，刘禹锡他们一行，威风凛凛地出了赵家庄。

刘禹锡回到同州府衙，虽然有惊无险，但他的老寒腿儿不论他怎样施展银针，就是站不起来，只好在后衙办公。

回府的第二天，他得到了一个意外的喜讯：邹成功奉命从长安押运回了六万石救急粮食。

邹成功将粮食入库后，没有返回军营，而是马不停蹄地来到府衙复命，他递给刘禹锡一封信说："刘大人，这是令相公给您的一封信。"

"邹将军，辛苦了。"

刘禹锡接过信，拆开一看，只见上面写着：刘外郎，辛苦了，已拨六万石粮食，以救济灾民，平定同州局势，望你大胆革新弊政，老夫做你的坚强后盾。令狐楚。

寥寥数语，体现出令狐楚忧国忧民的意志。看来老夫是错怪了令相公了，同州风起云涌的局势他是清楚的，原来他是故意将老夫用在刀刃上。

"刘大人，您这次微服私访还顺利吧？"邹成功关切地问。

一旁的肖幕府气愤地说："很不顺利，沿途百姓见我们是官府的人就像是避瘟神似的，我们到达赵家庄时，却遇到赵财主带着村民围攻我们，致使刘大人犯了腿疾，不能站起来了。"

"好大的胆子！"

邹成功一听，暴跳如雷，恶狠狠地说："好你个赵财主，我这就带人将他抓起来！"

刘禹锡做了个平手的姿势说："邹将军，请息怒。本官不许你去抓赵财主，反而要将他请到府衙担任农业使。"

"这是为何？"邹成功和肖幕府异口同声地问。

刘禹锡教育他们说："官逼民反，是历史的惨痛教训，我们不能昏了头儿，将他们推向对立面。如果我们这些官僚时刻为百姓着想，百姓是拥护我们的。"

邹成功抓了抓后脑勺，不好意思地说："刘大人的话很有道理，是下官错了。您的前任是李宗闵的亲信，他只知道抓政绩，迎合朝廷的口味，不顾百姓死活，强征皇赋，致使百姓仇恨官府。"

刘禹锡意味深长地对他的师爷说："赵幕府，你要向邹大人学习，他能知错就改，并且能分析局势，要不是他提前布局，我们赵家庄一行的后果不堪设想。你还年轻，要有上进心，不能只在幕府这个岗位上混一辈子。"

肖幕府羞愧地说："刘大人批评得很正确，下官一定要向您和邹大人学习，多做一些为百姓服务的好事。"

邹成功也真诚地说："对待百姓，我也做得还不够，今后要虚心地向刘大人学习。"

4

刘禹锡满意地点了点头。其实他心里明白：他的腿儿已经废了，再也不能为朝廷当救火队员了。

不能占着茅厕不拉屎，得让位举荐眼前这两位忠心耿耿的下属，来担任同州的正副官吏。在辞职之前，他要做好传、帮、带的作用。

"两位大人，目睹了百姓的疾苦，本官建议废除原来同州诸多不合理的制度。比如说，每遇荒年，视灾荒严重程度，可减免青苗赋和田赋，使百姓有信心战胜灾情，二位意下如何？"

邹成功表态说："对刘大人的指示我们坚决执行，下官这就去征求兵勇们的意见，改掉军营的陈规陋习。"

肖幕府也表态说："刘大人，下官这就根据我们的巡查情况，起草出革新方案。"

"很好！"刘禹锡分配工作说，"邹大人，你现在不仅要抓军营，还要代表本官全面主持同州工作。当务之急，是要将赵财主请到州府，一起商量发放救济粮的大事。"

"是！下官这就去办。"邹成功告辞而去。

刘禹锡笑着对肖幕府说："你现在是本官的腿儿，要下沉到百姓中间去，多了解他们的疾苦，制定出为国为民的政策。只有这样，百姓才能拥护我们。"

在刘禹锡的正确领导，邹成功、肖幕府等官吏和赵员外的积极配合下，赈灾工作初见成效，赵财主正在积极地动员全州百姓恢复农业生产。

同时，新的同州州府制度也发布了安民告示，张贴在各县邑和同州城门上，同州局势很快稳定了下来。

刘禹锡闻报，欣然地向朝廷报告《谢恩赐粟麦表》：

伏奉今月一日制书，以臣当州连年歉旱，特放开成元年夏青苗钱并赐斛斗六万石。仰长吏逐急济用，不得非时量有抽敛于百姓者。……恩降九天，泽周万姓。优诏才下，群情顿安。……

谢恩表寄出不久，唐文宗病逝，唐武宗即位，取年号会昌。

刘禹锡在病榻上，向新皇帝写了一份奏折，内容是以腿疾不能正常工作为由，提出辞职申请。

奏折写好了以后，他又向令狐楚写了一封举荐信，其内容是：举荐邹成功为同州刺史，肖幕府为同州司马，赵员外为同州农业使和其他官吏论功行赏。

刘禹锡是同时接到两份圣旨的，一份是同意刘禹锡辞去同州刺史职务，赴东都洛阳任太子宾客，与白居易一样去教太子读书。

另一份圣旨是完全按刘禹锡的意见，该提升的提升，该嘉奖的嘉奖。他自然高兴。

同州的一切交接工作完成，新上任的同州刺史邹成功，不论刘禹锡怎么推辞，非要举行宴席，为他饯行。

刘禹锡执拗不过，只得苦笑着说："邹刺史，你看我这腿儿动弹不得，你的盛情难却，就在后衙举办一桌，仅限于你、马将军、肖司马、赵农使和老夫五人一起叙叙旧儿。

"好！"

正在此时，只听得门外传来"吱嘎"的轱辘声，原来是赵农使推进来一辆崭新的木制轮椅。

"刘大人，试试合适不？这是赵家庄的能工巧匠们为您定做的。"

"这叫不打不相识嘛，谢谢，谢谢赵家庄的父老乡亲。"刘禹锡诙谐地致谢。

刘禹锡在他们的搀扶下，坐在轮椅上。他用手转动着两个大大的转轮，还挺灵活轻松的。

他用手轻拍了一下扶手，又诙谐地说："赵农使，谢谢赵家庄的父老乡亲，他们为老夫找了一个好老伴儿。"

"哈哈哈！"刘禹锡诙谐的话，逗得邹刺史和赵农使同时大笑了起来。

欢送宴是在亲切友好中进行，四个下属虽然跟随刘禹锡只有一年多的时间，但他们读懂了刘禹锡人生为士的这本书。

欢送会变成为表态会，四人纷纷表态说：请刘大人放心，我们要向刘大人您学习，一定会将天子脚下的同州治理得风调雨顺，国泰民安，使同州成为我大唐朗朗乾坤的一块标杆。

刘禹锡听后，心里的石头终于落地了，他感叹地写出：

> 昔贤多使气，忧国不谋身。
> 目览千载事，心交上古人。
> 侯门有仁义，灵台多苦辛。
> 不学腰如磬，徒使甑生尘。

刘禹锡是由邹成功派副将马良，亲自用马车护送他回到家乡东都洛阳。

马车刚到洛阳，远远地看见东都留守裴度、副守李绅、太子宾客白居易、刘府老管家刘全等站立在北城门口，迎接刘禹锡。

刘禹锡被两个兵勇搀扶下马车，马良搬下木制轮椅放在他面前，小心翼翼地将他搀扶坐下。

刘全迈着有些蹒跚的脚步，快步上前为主人请安后，就忙去推着轮椅，向前行动着。

刘禹锡坐在轮椅上，首先抱拳向裴度行礼说："裴相公您老福体安康，恕晚生腿脚不便，不能行跪拜之礼！"

裴度捋着他那尺余长的银须，乐呵呵地说："梦得，老夫可以理解，回来就好。"

随后，刘禹锡又向众人一一抱拳行礼说："感谢诸位在家乡的城门口迎接我。"

白居易边还礼边戏谑地说："刘梦得刘大人，你好大的官威啊，圣上坐龙辇，你也有专车。"

"哈哈哈！"一句玩笑话，逗得大家捧腹大笑。

5

刘禹锡苦笑着说："乐天兄，你又不是不知道，我这腿疾是拜小跟屁虫所赐，它能够运行一个花甲还算是不错的。"

一提起小跟屁虫元稹，白居易不禁问道："真的，不知怎的，微之有半年时间未与老夫诗词唱和了。梦得，他与你呢？"

刘禹锡摇了摇头说："也没有，我被同州的事务搞得昏头昏脑的，倒把他给忘了，不知他近况如何。"

李绅与元稹都是洛阳人，他惊讶地说："你们还不知道呀，本官听下人传说，元稹半年前就在利州任上病倒了，已经运回洛阳了啊，只等驾鹤西去。"

刘禹锡黯然伤感地说："乐天兄，柳宗元、权恒、韩泰、裴昌禹、程异都走了，现在又是最小的元稹……我们八同窗只剩下我俩了。"

"等等。"李绅插话问，"本官只知道你们是好朋友，却不知道你们何时同窗过？"

裴度爽朗地一笑说："李大人，你愧为一朝相公，他们都是安史之乱后，父辈们举家逃难到苏州时的少年同窗。"

李绅脸儿一红，又问："裴相公，他们的启蒙先生是谁呀？"

裴度捋了捋银须，敬佩地说："就是元稹的父亲，时为苏州名声最誉、学富五车的元宽老先生。"

"啊，真是名师出高徒啊，难怪有八骏驰骋我大唐大地。"李绅感叹地说。

裴度哼的一声冷笑说："只有七骏驰骋，权璩教子无方，他的儿子权恒是个害群之马？"

刘禹锡笑而点头不语，难怪裴相公能够三次出相，他那爱憎分明、洞察秋毫的智慧大脑，的确令人折服。

白居易伤感地说："梦得，看来我们不久也要去地下与他们叙旧了，我们一起去探望微之可否。"

"好！"

裴度又捋着他的银须，用批评的口吻说："改日吧，别一个个像是冬天的蔫茄子，老夫一个耄耋之人，都没有你们这些年轻人悲观。"

好个年轻人，白居易与刘禹锡是同庚，今年都是花甲有七之人，李绅略小，也有花甲有四。三人对他们顶头上司的批评一点也不介意，个个露出灿烂的笑容。

"这就对了嘛！"裴度笑着大手一挥说，"走，别都傻站在这儿，今天本相请客，在宴月楼为梦得接风洗尘。"

白居易忙说："裴相公，还是下官来吧。哪有长辈请晚辈之理。"

"怎么啦？"裴度一双炯炯有神的眼光直视着白居易说，"只许梦得革新，就不许本相改革酒宴，这是哪门子道理呀！"

白居易只好讪笑着说："梦得，我们恭敬不如从命。"

"嗯！"刘禹锡心不在焉地应了一声，他在思索裴相公的话对他从政一生是褒奖还是贬损。

他带着疑问，一同来到宴月楼，待坐定酒菜还没有上来之机，他诚恳地问："裴相公，晚生是一个革新失败者，还望长辈多多指教。"

裴度仍捋着他的银须，带着溺爱般的微笑说："梦得，老夫官场众多弟子中，你是老夫最为欣赏的一位。你能始终不忘革新初衷，任人唯贤，在同州，你能举荐不是进士出身的肖幕府和赵财主担任同州高官，冲破了我大唐官场体制的禁锢，开创了朝廷用人的先河，实属难得。"

刘禹锡惭愧地说："裴相公，晚生非常生气自己不争气的身体，朝廷还有一个毒瘤晚生还没有割除。"

白居易不解地问："什么毒瘤？"

"唉！"刘禹锡叹了口气说，"同州乱象，我只顾脚痛医脚，却忘了我还是长春宫使的官吏，没有腾出手来，去治理那些尽干坏事的宦官，这个毒瘤不除，它将危及我大唐江山安啊，这是我严重失职，惭愧啊。"

裴度说："我大唐宦官专权，是一个长期毒瘤，要想割除它并非易事。唉！这样也好，你的腿疾在某种意义上来说，是救了你一命。否则，你孤军割瘤，宦官势力闻风后，是要将你置于死地。"

白居易又调侃刘禹锡说："梦得，不论你的《天论》观点如何新颖，命运往往是捉弄人的，你和微之是相得益彰的关系，他也救了你一命啊！"

"哈哈哈！"他的话语一落，又引得众人哄堂大笑。

裴度打圆场说："大家别顾着取笑梦得了，来，喝酒。"

正当大家举杯时，李绅的管家匆匆来报："老爷，夫人突发疾病，快回去看看。"

刘禹锡本想说："我随你去看看。"但话到嘴边又咽了回去，人家堂堂东都副守，有御医瞧病，我何必去逞能。

"裴相公，刘、白二位，对不住了，失陪。"

裴度挥着手说："少来夫妻老来伴，快去请御医瞧瞧。"

"好的，告辞！"

李绅向众人道歉后，就急匆匆地往自家的府第而去。

第三十二章　留守东都度残春

1

李绅走了，并没有影响三人喝酒的兴致。白居易和刘禹锡共同举杯，首先敬了德高望重的裴相公一杯酒，三人畅饮而尽。

裴度自告奋勇地说："今天是欢迎刘梦得回东都，饮酒唱和，是我大唐传统酒文化，老夫作为东道主，当自先吟。"

话落，裴度就吟哦了起来：

> 成周文酒会，吾友胜邹枚。
> 唯忆刘夫子，而今又到来。

字里行间，不难看出，裴度是多么疼爱刘禹锡。他没有以长辈自居，而是将他当作知心朋友。

刘禹锡感动万分，双手持杯敬酒说："裴相公，谢谢您的抬爱，晚生连敬三杯，您老随意。"

说着，他连饮了三杯。白居易见状，歉意地说："裴相公，下官可没有梦得那海量，我敬您一杯。"

敬完酒后，他接着吟道：

> 欲迎先倒屣，亦坐便倾杯。
> 饮许伯伦右，诗推公干才。

白居易迎合裴度的诗意，将刘禹锡比喻为伯伦，即西晋竹林七贤之一的刘伶，嗜酒善饮，以《酒德颂》著称，人有真骨凌霜的傲骨，诗有高风脱俗的豪气。

接着，刘禹锡吟出：

> 洪炉思哲匠，大厦要群才。
> 它日登龙路，应知免暴鳃。

白居易听后，暗自赞叹，刘禹锡这个马屁拍得有水平。他将裴度比作哲匠，发现和培养人才最需要的是哲学的眼光，而裴相公最善于珍惜人才。

看来，刘梦得的宝刀未老，他诗意里是在希望裴相公再度出山，他还想实现重展报国的夙愿。

裴度当然理解刘禹锡的诗句意思，他又开始捋着他那尺余长的银须，乐呵呵地吟道：

> 莫道长安静，暗流涌浪尖。
> 华清池水浅，放马隐骊山。

由此可见，裴度已经领悟在大唐是没有明君执政，朝廷上下四处暗流涌动，他也没有回天之力，还不如放马归南山，安度晚年。

刘禹锡不待白居易续吟，抢先吟出：

> 尊前花下长相见，明日忽为千里人。
> 君过午桥回首望，洛城犹自有残春。

白居易心想：好个刘梦得，咋这么固执呢！裴相公不愿出山，他还在极力劝说裴公作为国之柱石，故以残春拟之，言为时所瞩望也。他再次把目光投向裴度，见他捋着银须笑望着自己。

白居易提议说："裴相公，请您老明年春天再举行一次这样的文酒会。"

"好。"裴度爽朗地应许了。

白居易高兴地吟出：

> 时泰岁丰无事日，功成名遂自由身。
> ……
> 宜须数数谋欢会，好作开成第二春。

刘禹锡见白居易的提议，裴相公毫不犹豫地答应了，心里自然高兴，他唱和地吟出：

> 高名大位能兼有，恣意遨游是特恩。
> 二室烟霞成步障，三川风物是家园。
> 晨窥苑树韶光动，晚度河桥春思繁。
> 弦管常调客常满，但逢花处即开樽。

第二年开春，裴度在东都集贤里如期举行了文酒会。刘禹锡身为洛阳人，还是第一次来到这个地方，他仔细地打量了起来：

这集贤里是历任东都留守居住的地方，占地面积有百来平方丈。筑山穿池，竹木丛翠，风亭水榭，梯桥架阁，岛屿回环，集都城之壮观。午桥建有一处别墅，古松矗立，百花争艳，这是东都留守家人居住的地方。

别墅内有一座凉台暑馆，名曰绿野堂，文酒会就是在这里举行的。这次文酒会，受邀的文人骚客有令狐楚、李珏、李绅、白居易、程异、刘禹锡等十六人。

这些文人骚客都是大唐社会名流，宴席是在行酒令中进行的，其热闹场面自不必一一叙述。刘禹锡作有《自左冯归洛下酬乐天兼呈裴令公》七律为证：

> 新恩通籍在龙楼，分务神都近旧丘。
> 自有园公紫芝侣，仍追少傅赤松游。
> 华林霜叶红霞晚，伊水晴光碧玉秋。

> 更接东山文酒会，始知江左未风流。

刘禹锡和白居易追随裴度的晚年生活酣宴终日，高歌放言，以酒诗琴书相伴，倒也快乐。

空余时间，刘禹锡整理出了他一生的大量作品如《子刘子自传》《刘梦得文集》《刘宾客集》等书籍。他还经常与令狐楚诗文唱和，晚年倒也充实自在。

月有阴晴圆缺，人有生老病死。刘禹锡还盼望着裴度举办第二次开春的文酒会时，裴度于开成二年腊月二十二日无疾而终，倒是落得一个腊骨头的人生好修行。

2

刘禹锡闻此噩耗，心中凉了半截，朝廷无人莫做官，看来重返长安的梦想彻底破灭了。

他来到东都集贤里，看到裴度安详的遗容，他不顾自己已近古稀之年，由刘全搀扶着双膝跪在他的遗体前，连叩了三个响头，老泪纵横，久久不愿意起来，边叩头边哭泣地吟出：

> 昨日看成送鹤诗，高笼提出白云司。
> 朱门乍入应迷路，玉树容栖莫拣枝。
> 双舞庭中花落处，数声池上月明时。
> 三山碧海不归去，且向人间呈羽仪。

前来悼念裴度的达官贵人和文人骚客们，无不被刘禹锡的真情所感动，都流下了悲伤的眼泪。

自从裴度去世后，刘禹锡的精神支柱彻底崩溃了，一病不起。他作为学医之人，当然知道自己的病情，本该自己开处方调理，但他就是不愿意。

他也不愿意吞服老管家刘全，为他请医而熬煎的草药，他心里只有一个念想：追随裴相公驾鹤西去。

刘禹锡的这种病态，可急坏了老管家刘全，他忙来到白府，将他的情况向白居易讲明，请他去劝劝老爷。

白居易拖着病体前来探望刘禹锡。白居易来到他的病榻前，看到刘禹锡油干灯熄的样子，也不安慰他，只是板着个脸儿，激愤地说："梦得，算是老夫看错了你，你是个提着灯笼只顾照着别人的人。"

这是一句模棱两可的话语，可以理解成是宁可燃烧自己，却愿照亮别人；也可以理解成只照着别人的自私之人。

刘禹锡有气无力地问："乐天兄，你这是几个意思吗？"

白居易仍板着个脸儿说："你不记得那年老夫因病告老还乡时，你是怎样劝我的？"

刘禹锡沉默了一会儿，就记起了他曾作过"沉舟侧畔千帆过，病树前头万木春"的诗句劝他保重身体，想远一点儿。

他不禁脸儿一红，立即吩咐刘全说："去将药水拿来。"

白居易太了解他了，他不但不安抚他，反而使用激将法。还真管用，刘禹锡接过刘全递过来的药碗，只咕噜咕噜几声，就将药水全喝进了肚中。

"这还差不多。"白居易以老大哥的口吻交代说，"快点好起来，老夫还等着你喝酒唱和呢。"

"嗯。"

白居易这才放心地离开。他不愧为白、刘、柳、元四人中的大哥，回到家中，他就向时任宰相的李珏写了一封书信，隐晦地向他汇报了刘禹锡的病情。

李珏接信后，非常关心这位老臣，请御医开了一个惠方，令下人抓好药后，并写了一封他是文曲星下凡的安慰信给他，下人马不停蹄地送到东都洛阳刘府。

刘禹锡接过信和药后，非常感动，他拖着病体写了一首《洛滨病卧，户部李侍郎见惠药物，谑以文星之句，斐然仰谢》：

隐几支颐对落晖，故人书信到柴扉。

周南留滞商山老，星象如今属少微。

　　裴度去世后，牛僧孺来洛阳接替东都留守职位。这位相公自从与刘禹锡摒弃了前嫌之后，就意识到有很多地方对不住刘禹锡。这次他来洛阳任职，极力在武宗面前举荐，欲将刘禹锡提上一级，武宗没有立即答复他，他只好委托宰相杨嗣和李珏记住这件事。

　　机会来了，武宗与先皇肃宗、代宗、宪宗们有着共同的爱好，那就是爱好五言诗，特别是古调五言诗。

　　皇帝突发奇想，欲在朝廷里置办诗社，招学士七十二员，名单他也拟好了。他将左丞右相杨嗣和李珏招来，征求他两人的意见，让谁当这个社长合适。

　　杨嗣记起了牛僧孺的委托，立即上奏说："吾皇圣明，今之能诗，唯有宾客分司刘禹锡也，臣力举刘禹锡来当这个社长。"

　　"李爱卿的意见呢？"武宗问李珏。

　　李珏奏曰："启禀吾皇，臣不同意设立诗社。"

　　"李爱卿，这是为何？"

　　"皇上英明，当今起置诗学士，名稍不嘉。您这七十二员中的诗人，除刘禹锡外，多为穷薄之士，昧于识理。况且朝廷设有翰林学士，纯属重复机构。臣深虑轻薄小人，为嘲咏之词，属意于云山草木，亦不谓之会昌体乎？玷黯皇化，实非小事。"

　　李珏的一番宏论，武宗心中自然不高兴，但他还不得不听从李珏的意见。因为李珏与宦官们是一伙的，势力很大。

　　武宗不得不亮出最后一张牌说："牛爱卿上任东都留守前，曾举荐提拔刘禹锡一级，李爱卿，你说如何是好？"

　　武宗虽然怕宦官作祟，他还算有点儿明智，你李珏不是在拉拢老臣们吗？你若不同意朕设立诗社，你就得罪了老臣们。

　　谁知皇上的提问，正合李珏心意，他顺水推舟地说："吾皇圣明，臣建议刘禹锡担任秘书监分司，兼太子宾客。"

　　就这样，刘禹锡现在是大唐二品官吏，虽然都是虚职，但待遇提上来了。

他这个太子宾客比白居易高了一级，某种意义上说，他如今是白居易的顶头上司。

和平时期，东都留守一职的职责，就现代语言来形容，就是中央老干部休干所。作为所长的牛僧孺，他也仿效裴度，成立了一个文酒会，再次与白居易和刘禹锡等闲职老臣们开怀畅饮，唱和诗韵。

因为他知道，宰相李珏将这两个文豪抬得很高，称"白少傅、刘尚书为诗酒侣，其韵无高卑"。

3

牛僧孺打心眼儿佩服白居易和刘禹锡的才华，称他俩是当代诗仙，经常开小灶，邀请两位诗仙唱和。

谁知道，牛相公是剃头挑子一头热，白居易和刘禹锡对待这位顶头上司是忽冷忽热。其主要原因不是他的为人做派，而是看不惯他嗜石成性的癖好，尤其是太湖石。

在一次文酒会上，牛僧孺用手指了指集贤里四处垒山的太湖石，他津津乐道地对两位诗仙介绍说："石有族，聚太湖为甲。今公之所以嗜甲也，是有原因的：本官多年镇守江湖，知老夫之心者，仍石也。乃钩深致远，献瑰纳奇。"

刘禹锡直言不讳地说："牛相公，老夫不懂石性，但老夫知道，你的这一爱好，是劳民伤财。"

刘禹锡说此话是有根据的，苏州的一些官吏，为了傍上牛僧孺这棵大树，经常从千里之外的太湖捞上太湖石，再运到洛阳，进贡给他。

在交通、起重并不发达的年代，一块重达几千余斤的太湖石，从太湖中打捞上来，再运到千里之遥的洛阳，需要多少人力财力，又有多少劳工为此失去了生命，闹得整个苏州鸡犬不宁。

牛僧孺不以为然地说："这怕什么，这是周瑜打黄盖，一个愿打，一个愿挨。"

作为先后担任过苏州刺史的白居易和刘禹锡，他们对苏州充满朴素的感情，深知百姓的疾苦。

谁知白居易翻脸比翻书还快，他气愤地说："牛相公，圣人云：'道不同，不相为谋。'你要是不改掉你这不良的嗜好，我们从此不参加你的文酒会了。"

说着，白居易推着刘禹锡就往外走。

两人如此不讲情面，使得牛僧孺尴尬地望着太湖石，一言未发。一场精心准备的文酒会就这样不欢而散。看来这两位诗仙，是不好料理的啊。

刘禹锡毕竟与牛僧孺是有感情的，知道他们三人必须团结，才能使东都一团和气。

但他是个讲原则的人，为了使留守大人改掉这个臭毛病，他作了一首《和牛相公题姑苏所寄太湖石，兼寄李苏州》：

> 震泽生奇石，沉潜得地灵。
> 初辞水府出，犹带龙宫腥。
> 发自江湖国，来荣卿相庭。
> 从风夏云势，上汉古查形。
> 拂拭鱼鳞见，铿锵玉韵聆。
> 烟波含宿润，苔藓助新青。
> ……

这是一首五言排律，诗中刘禹锡借古代劳民伤财的教训事例，来规劝牛僧儒改掉这一臭毛病后，他和白居易会一如既往地抬他的桩，出席文酒会。

同时，他直言不讳地批评了现任苏州刺史李凡，劝他不要以太湖石阿谀奉承牛相公了，否则苏州将有大乱发生。

牛僧孺读明诗意后，方知刘禹锡的良苦用心，他决定改掉这个臭毛病，立即寄信李凡："洛阳石为祸，无须添烦恼。"

待摆平了苏州的那些投其所好的官吏后，他又派下人书信相邀刘禹锡和白居易，一起去游南庄，书信中还有一首七律：

粉署为郎四十春，今来名辈更无人。

休论世上升沉事，且斗樽前见在身。

珠玉会应成咳唾，山川犹觉露精神。

莫嫌恃酒轻言语，曾把文章谒后尘。

知错就改还是好官嘛。刘禹锡叫上刘全，推着他去白居易的府上。只听得一路"吱嘎吱嘎"的辘辚声，不一会儿就来到了白府。

"乐天兄，牛相公邀请我们去游南庄。"刘禹锡坐在轮椅上，一进白府的大院后，就摆动着手中的书信说。

白居易刚服完草药，其草药苦涩的味儿，使他愁眉锁得很紧，他立马回应说："不去！"

刘禹锡早料到他会回绝，便微笑地劝说："乐天兄，人无完人，金无赤金。牛相公能知错就改，还是好官嘛。哪像你，被黄汤灌迷糊了，将腹中的气量也灌小了。"

白居易挖苦他说："梦得，我俩是芦席滚到竹垫子上，强不了一根篾。老夫没有你有福气，有专车坐，有专人伺候着。"

"难怪你乐天兄当不了宰相，人家肚里能撑船，而你的腹中连只小船也放不下。"

"那你是个宰相的料啊。"

"老夫虽未坐上宰相的宝座，但心胸却是开阔的。"

"梦得，你腿瘫影响到你脑子了，这么健忘，想当年你不是也骂人家是个忘恩负义的东西吗？"

真是哪壶不开提哪壶，看来打口水仗，老夫不是乐天的对手。

"好啦，好啦。"刘禹锡举手投降地说，"我们还是去学学人家牛相公吧！"

他们之间的口水仗时有发生，但都不会往心里去，白居易还是很就味儿，立即与刘禹锡一起去赴约。

他们来到集贤里大门口，牛僧孺准备的马车早已在门口候着，三人见面也未客套，只是相视一笑，算是打过招呼，各乘上一辆马车，望城南门而去。

4

南村位于洛阳老君山脚下，距洛阳城二十余里地。此村山清水秀，茂林修竹，风光旖旎。

三人兴致勃勃地游玩了两个时辰后，腹中已经闹起了意见。

牛僧孺说："两位诗仙，想必是游饿了吧，老夫在南村农庄为你们准备了酒席，有请二位。"

"牛相公请！"

"客随主便！牛相公请！"

农家菜儿还是很丰盛的，食材全部是土特产，而且很是清淡，相当对老人的胃口。

酒是当地产的苞谷酒，浓度虽然有点儿高，但大家余兴未尽，酒过三巡，当然要以行酒令助乐。

先主后客，先大后小。牛僧孺和白居易分别作了一首七律，都是赞美南村旖旎风光的诗句。

最后轮到刘禹锡了，他作了一首《和牛相公游南庄醉后寓言戏赠乐天兼见示》，其诗题比藤蔓还长，这是他的独门创造。

> 城外园林初夏天，就中野趣在西偏。
> 蔷薇乱发多临水，鹭鹚双游不避船。
> 水底远山云似雪，桥边平岸草如烟。
> 白家唯有杯筋兴，欲把头盘打少年。

唐武宗李炎会昌二年（842），经过几度起落的李德裕再次入居相位，很快取得了武宗皇帝的信任。

李德裕将他作的《秋声赋》寄给刘禹锡这个老下级雅正。雅正是托词，要求刘禹锡唱和才是他的真正目的。

这天是个寒冷的冬天，刘禹锡为了给老上司面子，不顾每况愈下身体，连夜挑灯夜战。

相国中山公赋《秋声》，以属天官太常伯，唱和俱绝，然皆得时行道之余兴，犹动光阴之叹，况伊郁老病者乎？吟之斐然，以寄孤愤。碧天如水兮，宵宵悠悠。百虫迎暮兮，万叶吟秋。……嗟乎！骥伏枥而已老，鹰在韝而有情。聆朔风而心动，睇天籁而神惊。力将瘳兮足受绁，犹奋迅于秋声。

一篇《秋声赋》刚刚落笔，刘禹锡正准备起身伸个懒腰，忽地一口气没有接上来，就跌卧在书房的书桌上。

老管家刘全一觉醒来已是二更天了，他见老爷的房间还亮着烛光，忙起身查看。

当他看见老爷瘫卧在书桌上，大声惊呼着："老爷，老爷！"

叫天天不应，叫爷爷不答。刘全这才明白老爷追随他父母亲、姐姐、妻子和女儿、引路人权德舆、医师陈子敬、启蒙先生元宽，以及诗僧皎然、灵澈，恩师杜佑、裴度，革新领袖王叔文，好友柳宗元、元稹、韩愈、韩泰等驾鹤西去。

刘禹锡的丧事是由白居易主持的。他令刘全请来仵作将他入殓后，立即又令人报告了牛僧孺，由他转奏朝廷刘禹锡已经去世的消息。

牛僧孺在奏折中建议，根据逝者生前为大唐所作的贡献，力举追封他为宰相殊荣。

刘禹锡入殓后，刘全令下人迅速通知了远在苏州、广东、湖南的大儿子刘咸允、二儿子刘同廙、女婿崔颜俊及家人。待他的亲属来见上一面后，再入土为安。

白居易白天在刘府协助刘全接待前来吊唁的达官贵人和社会名流，晚上回到白府自己的书房，含着老泪写下了《哭刘尚书梦得二首》：

一

四海齐名白与刘，百年交分两绸缪。

同贫同病退闲日，一死一生临老头。

杯酒英雄君与操，文章微婉我知丘。

贤豪虽殁精灵在，应共微之地下游。

二

今日哭君吾道孤，寝门泪满白髭须。

不知箭折弓何用？兼恐唇亡齿亦枯！

宵宵穷泉埋宝玉，骎骎落景挂桑榆。

夜台暮齿期非远，但问前头相见无。

刘禹锡入殓的第三天，白居易和刘全左等右盼刘禹锡的后人时，首先盼来自称刘禹锡女儿的筝娘一家。

只见筝娘身穿白色孝服，髻发上束着白纱，一见到刘禹锡的遗体，就扑通一声跪在地下，悲痛地放声痛哭。

白居易一头雾水，梦得生前咋没有提过，他还有这么一个女儿。从筝娘的哭诉声中，他渐渐明白，是梦得救她出火海，她是前来吊唁她的恩人的。

从筝娘的哭诉中，他同时听出她对这个社会制度的愤怒，可叹父亲刘禹锡势单力薄，没有能力治理已经是千疮百孔的大唐之厦，感叹父亲没有实现夙愿，死不瞑目……

姑娘哭得身心交瘁，哭得惊天动地，使在场的人无不动容，纷纷流出伤心和怀念的泪水。

5

刘禹锡葬在洛阳荥阳西檀山原他刘家的祖坟山上。

白居易见到生前同窗好友漂泊一生，今天终于和九泉之下的双亲，以及三任妻子裴花、薛惠和韦莺团聚了，他悲痛的心情好受了许多。

他擦干老泪，见刘禹锡的坟头前方有一个小池塘，池塘堤岸周边空旷旷的，他将刘咸允叫到跟前说："贤侄，你叫人在池塘堤岸周边栽上七棵梅树。"

刘咸允问："世伯，为何是单数，栽八棵不是更好吗？"

白居易解释说："这七棵梅花代表着我们少年七同窗，又来陪伴着你父亲饮酒唱诗啊。"

"好的！世伯，晚辈这就去办理。"

不一会儿，刘全就带着下人在池塘周边栽种下了七棵梅树，白居易望着刘禹锡的坟头吟出：

池边新种七株梅，欲到花时点检来。

莫怕长州桃李妒，今年好为君使开。

刘禹锡去世一月余，被朝廷追封为兵部尚书。